In Erinnerung an die letzten Runrig Konzerte

Stirling
17. & 18. August 2018

Impressum

Bibliografische Information der Deutschen Nationalbibliothek: Die
Deutsche Nationalbibliothek verzeichnet diese Publikation in der
Deutschen Nationalbibliografie; detaillierte bibliografische Daten sind
im Internet über dnb.dnb.de abrufbar.

Die im Buch genannten Personen und Handlungen sind frei erfunden.

Dritte Auflage

© 2020 bis 2024, Bernd Pesch

Verlag: BoD · Books on Demand GmbH, In de Tarpen 42, 22848 Norderstedt

Druck: Libri Plureos GmbH, Friedensallee 273, 22763 Hamburg

Kontaktadresse des Autors: BerndPesch@RavenFox.de

ISBN: 978-3-7597-7908-3

Bernd Pesch

Liath

Die Farbe des
Himmels

Eine Übersicht der Protagonisten finden sie auch im → Anhang, Seite 484.
Dort werden auch die maßgeblichen Orte der Handlung vorgestellt.

Prolog

Liath – die Farbe des Himmels

Liath ist die Farbe des Himmels.

Es ist ein Wort für das, was man sieht, nicht sieht oder meint zu sehen.

Man sieht Farben. Man sieht sie nicht.

Der Himmel ist blau. Oder ist er nicht? Er ist grau. In allen Schattierungen. Oder orange? Oder rot?

Liath ist aber auch der Name des gälischen Buchs. Das Buch bestimmt die Farben. Es ändert die Welt und den Himmel.

Aber wer kann es lesen? Wer?

Wo kann man es lesen?

Ist es nur ein Buch?

Zwischen Eifel und Köln

Die Probe

Ülpenich, ein Dorf bei Zülpich

It was a '59 Chevy,
The car I loved a lot.

»Stopp! Stopp! Stopp! So nicht!« Entnervt schmiss Jo ihr Mikrofon in die Ecke. Es war nicht das erste Mikrofon, das diesen unwürdigen Tod sterben musste. Und es würde nicht das letzte sein.

»Wie soll jemand diesen Krampf singen, wenn ihr noch nicht einmal den Takt halten könnt?« Jos große, rehbraune Augen sprühten Funken. Sie stellte sich kampfbereit in Position, stemmte ihre Fäuste in die Hüften und fuhr fort: »Wer träumt denn heute noch von Chevys? Der Text ist einfach scheiße!«

Jo scheute keine Konfrontation. Mit ihren dunkel geschminkten Augen, Rouge auf den Wangenknochen und Cherry Gloss Lippenstift sah sie aus wie ein Indianerhäuptling auf dem Kriegspfad. Diesen Eindruck unterstrich sie auch noch, wenn sie so wie jetzt, ihre Hände in die Hüften stemmte, ihren Rücken durchdrückte und ihre Bandkollegen herausfordernd anschaute.

Die Band war diese Vulkanausbrüche bereits gewohnt. Keiner wagte es, bei solchen Eruptionen zu widersprechen. Einzig eine Tafel Schokolade könnte bei ihr nun eine beruhigende Wirkung ausüben. Andererseits war Jo eben wegen dieses Temperaments die Frontfrau der Band.

Charly versteckte sich hinter dem Schlagzeug. Er sah sich in der Mitverantwortung für das Dilemma. Wenn er den Kopf nicht von seinen Sorgen freispielen konnte, färbte dies sofort ab. Ansonsten spielte er wie der Teufel: diabolisch, rhythmisch und mitreißend.

Der Kugelblitz zupfte mit seinen zu kurz geratenen Fingern den Bass. Er hatte keinen besonderen Schutz gegen Jos brennende Attacken und sein, in Wohlstand gerundeter Bauch bot genügend Trefferfläche. »Demnächst packe ich mir ein paar Tafeln Schokolade in den Basskoffer. Für alle Fälle«, beschloss er zum wiederholten Male.

»Ok! Fünf Minuten Pause«, rief Pete und versuchte, das Feuer zu löschen, bevor die Scheune anfing, lichterloh zu brennen. Peter spielte Gitarre, komponierte, sang und leitete das musikalische Geschick der Band.

Um dem Druck zu entgehen, griff der Blitz nach seinen Zigaretten. »Es ist an der Zeit, durch Rauchzeichen dem Gott des Blues ein deutlich sichtbares Opfer zu bringen«, gab er mit todernster Miene zum Besten.

Dies war für Charly das Zeichen, ihm vor die Tür zu folgen. Früher war das anders. Im Probenraum einer ordentlichen Bluesband musste der Qualm stehen. Ansonsten war man keine Bluesband, sondern eine Kirmescombo.

Zeiten änderten sich.

Der Probenraum befand sich im Anbau einer Scheune. Hier galt Rauchverbot. Da der Hof abseits am Ortsrand lag, war die Scheune ideal für die Proben, ohne befürchten zu müssen, dass aufgebrachte Dorfbewohner sich jeden Dienstag bei der Polizei wegen der Lärmbelästigung beklagten.

In den Pausen drehten der Blitz und Charly immer eine Runde um den Hof. Die Zeit, die sie dafür benötigten, entsprach ziemlich genau einer Zigarettenlänge.

»Pete dreht wieder komplett am Rad«, nahm der Blitz frustriert das Gespräch auf.

»So ist er immer. Aber ich sehe eher Jo als Auslöser. Die hat wohl mal wieder ihre Tage«, entgegnete Charly.

»Oder ihr Bauunternehmergatte vögelt mal wieder seine Sekretärin und Jo kommt zu kurz. Ich würde ja gern die Lücke füllen.«

»Sofern es bei Jo noch irgendwo Lücken gibt, die nicht bereits mit Silikon oder Tampons gefüllt sind«, lachte Charly.

»Das erklärt Jos Schmerzensgeld-Porsche.«

Die Raucher schlenderten langsam inhalierend in Richtung des auberginefarbenen Porsches. Lediglich eine alte, staubige 60-Watt-Glühbirne gab ihr Bestes, die Dunkelheit im Hof zu durchdringen.

»Auch am Licht spart der Schmitz«, meinte der Blitz. »Erinnerst du dich noch daran, dass wir hier früher zwei starke Strahler hatten?«

»Unsere alten Bühnenstrahler? Nach ein paar Wochen waren die komischerweise defekt ...«

»... und brauchen seitdem auch keinen Strom mehr.«

Beide lachten schallend. Der Blitz kam vom Lachen zum Husten.

»Du solltest dich mal untersuchen lassen«, heuchelte Charly Mitgefühl.

Ein Grunzen lenkte die beiden ab. Zufriedenes Schweinegrunzen, gepaart mit aggressivem Quieken und lautem Schmatzen. Es klang, als stritten sich die Schweine über einen Leckerbissen, den sie nicht alltäglich vorgesetzt bekamen. Der Blitz wendete behäbig den Kopf in Richtung des Geräuschs und schluckte trocken.

»Verdammt! Da liegt jemand!« Der Blitz kam auf Drehzahl und rannte zu der schemenhaft wahrnehmbaren Gestalt in der Suhle. »Dort zwischen den Schweinen!«

Charly war eher sensibel, vermochte nicht näher zu kommen und fragte lieber aus der Distanz: »Scherz, oder?«

Der Blitz machte am Gatter halt. Weiter hätte er sich sowieso nicht getraut. Seine Schuhe versanken in Schlamm und Schweineurin.

Charly spürte, wie sein voller Magen rebellierte. Er übergab sich mit lautem Würgen und Husten über seine Schuhe.

»Ich muss den Bauern informieren«. Der Blitz war angewidert und fasziniert vom Schauspiel; riss sich jedoch los, nachdem er Josef, der geistig zurückgebliebene Bruder des Bauern zwischen den Schweinen erkannte. Er lief – so schnell er konnte – zum Bauernhaus. Auch wenn es nur wenige Meter waren, begann er sofort zu keuchen. Er zerrte die Haustür auf. Der Geruch von gebratenen Zwiebeln und Kalbshirn schlug ihm entgegen. Nach Überwinden des neuen Szenarios trat der Blitz in die rustikale Wohnküche, wo ihm der nächste Schlag in die Magengrube versetzt wurde: WDR 4! Heino trällerte sonor im Hintergrund:

»Schwarzbraun ist die Haselnuss. Schwarzbraun bin auch ich, bin auch ich.«

Johann Schmitz war sichtlich verärgert. *»Wat soll dat? Putzt du dir nit mih de Schluffe ab, wenn de in et Huus küst?*[1]*«*

---

[1] *Was soll das? Johann Schmitz besteht darauf, dass man sich erst die Schuhe abputzt, bevor man das Haus betritt. Aus Eifler Höflichkeit wurde dies als Frage formuliert.*

Der Blitz ignorierte den Vorwurf. »Der Josef, der liegt in der Schweinesuhle.«

»*Äh nee! Hät d'r Depp schon widder minge Schnaps jefonge? Ich han jedaach, ich han de' Steinhäger jod jenog verstoche.*[2]«

Der Ärger des Bauern mehrte sich sichtlich. Er stellte die Pfanne ab und wischte sich seine Hände am Blaumann ab, der ebenso ranzig aussah wie sein Besitzer. Johann Schmitz kam dem Blitz bis zur Küchentür entgegen, wechselte dort von seinen abgewetzten, braunen Filz-Hausschuhen in ein Paar grüne Gummistiefel und schaltete die – vermeintlich defekten – Strahler an.

Nachdem Charly wieder durchatmen konnte, kam ihm ein Gedanke, der stärker war als seine Abscheu. Er zog sein Handy aus der Tasche und schoss schnell ein paar Fotos. 'Vielleicht', hoffte er, 'bezahlt die *Bild* hierfür.' Er sponn den Gedanken weiter: 'Vielleicht springt sogar ein neues Schlagzeug dabei raus.' Plötzlich wurde es taghell auf dem Hof und in seinen Gedanken. Charly sah sich hinter einem nagelneuen Schlagzeug im Rampenlicht. Dummerweise waren es lediglich die beiden Strahler, die ihn in die Realität zurückholten. 'Ich dachte, die sind kaputt?'

Das künstliche Licht kämpfte gegen die Dämmerung an. Durch die langen Schatten wurde die Situation noch surrealer. Als sich Charly mit der neuen Lage konfrontiert sah, drehte sich sein Magen erneut um. Er wandte sich ab und rannte zurück in den Probenraum, um Geborgenheit im Kreis der Freunde zu suchen. Der Gedanke an das neue Schlagzeug verflog so schnell, wie er laufen konnte.

---

[2] *Bauer Schmitz war bis dato der Meinung, dass er den Steinhäger gut genug vor seinem Bruder versteckt hätte.*

»Der Josef, der Jupp ...«

»Wer jetzt?«

»Beide. Nein. Der Jupp ist der Josef. Also tot. Bei den Schweinen.«

Der Blitz und der Bauer überquerten den Hof mit schnellen Schritten. Unterwegs griff Schmitz nach einer Mistgabel, die an der Wand der Scheune lehnte.

»*Weiß'de, Jung*«, begann der Schmitz, »*Säu em Foderrausch sinn rasende Bestialitäten. Die bekumme alles klein. Alles, sag ich. Man söht et den Viecher nit an, wie us de leckere Schnitzelchen op einmol Monstere wääd.*«[3]

Selbst der Bauer schien Respekt vor den lebendigen Schnitzeln zu haben. Schmitz atmete tief durch, bevor er das Gatter zur Schweinesuhle überkletterte.

»*Jangk op Sigg, al' Sau!*«[4]

Es kostete ihn Mühe, die Schweine von der Köstlichkeit weg in den Stall zu treiben und die altersschwache Tür zu schließen. Langsam, nur langsam, trat gespenstische Ruhe ein. Die Schweine brauchten ihre Zeit, bevor sie Adrenalin und Testosteron abgebaut hatten und zur Ruhe kamen. Schmitz presste sich gegen die Stalltür, während seine wulstigen Finger am Riegel fummelten und den Stall verschlossen.

»*Watt für ene Dress*«, grummelte der Bauer und übersetzte sogleich in die hochdeutsche Kurzform: »Scheiße!« Er richtete

---

[3] *Säue im Futterrausch sind rasende Bestien. Man sieht es den Tieren nicht an, wie aus den leckeren Schnitzelchen auf einmal Monster werden.*

[4] *Auf Hochdeutsch etwa: »Würdest du bitte auf Seite gehen, altes Sus scrofa domestica.«*

sich auf, ging zum Leichnam seines Bruders, nahm ihn auf und trug ihn zu einem halbwegs trockenen Platz zwischen den Autos der Band. Dort ließ er ihn wie einen Sack Kartoffeln auf die Erde fallen. Josef rollte sogleich gegen Jos neuen Porsche und hinterließ eine Spur Schmodder auf dem frisch gewaschenen Lack.

Mittlerweile war die Band vollständig Zeuge dieser Szene.

»Nicht an meinen Porsche!« schrie Jo.

»*Watt es, Sensibelche?*«, entgegnete Schmitz kalt. »*Hä es doch dud. Der merkt et nit mih.*«[5]

---

[5] *»Er ist doch tot. Der merkt es nicht mehr.«*

Ermittlungen

»Chefin?«

»Ja?« Kriminalhauptkommissarin Alexandra Mathijs drehte sich in die Richtung, aus der sie von einem etwas untersetzten, kurzatmigen Mitarbeiter angesprochen wurde.

»Das hier ist Johann Schmitz. Der Bruder des Verstorbenen.« Mit einem angedeuteten Kopfnicken deutete er auf einen rustikalen, unrasierten Mann, Ende fünfzig, im schmutzigen Blaumann und grünen, matschtriefenden Gummistiefeln.

‚Junggeselle, alleinlebend auf dem Hof‘, dachte die Kommissarin.

Der bierkugelige Polizist flüsterte ihr zu: »Ich versteh’ den nicht. Der redet irgend so ’nen Eifler Dialekt. Viel Glück.«

Die Kommissarin nickte unverbindlich lächelnd. ‚Anfänger mit dreißig Jahren Berufserfahrung‘, dachte sie. Ihre Meinung zum Untersetzten war schon längst gefestigt.

AM – so wurde Alex Mathijs schon genannt, bevor sie zur Polizei ging – ahnte, dass dieses Verhör nicht einfach werden würde. Sie kam selbst aus der Eifel, aber den Dialekt hatte sie nie richtig gelernt.

»Herr Schmitz, nehme ich an? Johann Schmitz?«

»*Wer will dat wesse?*«

»Mathijs, Kriminalhauptkommissarin, 6. Kommissariat, Kripo Bonn.«

»*Äh neeee.*« Johann dehnte die Silbe missbilligend. »’ne Frau!«

Nach seiner Meinung hatten Frauen bei der Polizei nichts zu suchen. Erst recht nicht bei der Kripo.

Alex Mathijs überging den abfälligen Kommentar. »Wir untersuchen den Fall.«

»*Äh neeee. Esu offensechlich sicher net.* [6]« Johann musterte unverholen Alex Mathijs' kleinen Brüste. »*Jo. Klar. Ävver d'r Jupp, d'r Depp, hä es kenne Fall. Hä es dud. Mausedud.* [7]«

»Geht's vielleicht ein wenig verständlicher?«

Johann Schmitz stockte kurz und überlegte. Dann siegte etwas Vernunft: »*Menge Jupp,* also mein Josef, der ist sicher kein Fall. *Dud,* ... tot ist der. Mausetot.«

Auch wenn AM glaubte, verstanden zu haben, zwang sie Johann Schmitz durch die Fremdsprache, beim Sprechen mehr nachzudenken.

»Also ...«, begann Schmitz, »Noch nicht einmal, wenn sie Uniform tragen würden, würde ich mit 'ner Frau über Jupp reden.«

»Herr Schmitz, wir reden jetzt. Wenn Sie nicht mit mir reden wollen, ist das Ihr Problem. Ich würde Sie auf das Präsidium vorladen lassen. ... nach Bonn.«

Die Drohung wirkte.

»*Wollen'se de Säu verhafte? Müsse'se net. Die kriege de Todesstrof. Die kumme en de Wursch oder wärde Schnetzelche. D'r Jupp es secher usjerötsch un' de Säu fresse alles.* [8]«

»Herr Schmitz?!«

»Wir sprechen über Jupp?« Die Kommissarin benutzte mittlerweile auch die rheinische Form Jupp.

»*Äh su* ... Also der Jupp ist wohl ausgerutscht.«

»Da hätte sich Ihr Bruder wohl gewehrt.«

---

[6] *So offensichtlich sicher nicht.*

[7] *Ja klar. Aber der Jupp ist kein Fall. Der ist mausetot.*

[8] *Wollen sie die Schweine verhaften? Müssen sie nicht. Die bekommen die Todesstrafe. Die kommen in die Wurst. Der Josef ist sicher ausgerutscht und die Schweine fressen alles.*

»*Net, wenn'er menge Schnaps jefonge hät.*[9]«

AM fröstelte und zog sich den Kragen ihrer Lederjacke hoch. Der Gedanke, von Schweinen angefressen zu werden, war keine angenehme Vorstellung und sie erschauderte. Noch weniger amüsant war der Gedanke, dass dieselben Schweine hinterher wieder auf den Tellern der Menschen landen würden. ‚Sozusagen Kannibalismus zweiten Grades', dachte AM. ‚Ein Grund mehr, Vegetarierin zu werden.'

Johann – nun vielleicht ein wenig zugänglicher – hakte seine Daumen in den Taschen des Blaumanns ein und baute sich breit vor der Kommissarin auf. »*Wissen se, Fräulein. Der Jupp, hä wor malad. Der hät'ene Ratsch em Kappes.*«

»Was?«

»*Hä hät ene Knall. Irre. Plem Plem. Hä het ene Ratsch em Kappes. Häste et jetzt?*«, entgegnete Schmitz unwirsch. »*Hä wor wie ene Balg.* [10]«

»Ich versteh' Sie noch immer nicht.«

»*Villeech wollt er dat ja so.*«

Johann Schmitz ließ sich diesmal nicht bremsen und AM erhob die Stimme unwirsch: »Herr Schmitz. Bitte nochmals verständlich.«

Der Bauer stockte nun. »Der war krank. Irre.«

»Mehr sagten Sie nicht?«

»*Äh neeee.*«

AM hakte sofort nach: »Denken Sie wirklich an Selbstmord? An eine solch brutale Art, sich selbst zu richten?«

Mittlerweile gesellte sich ein einheimischer, uniformierter Polizeibeamter zu den beiden, nachdem ihm aufgefallen war,

---

[9] *Nicht, wenn er meinen Schnaps gefunden hat.*
[10] *Er war wie ein Kind.*

dass die Kommissarin aus Bonn Probleme hatte, den richtigen Zugang zum Bauern zu finden. »Darf ich kurz helfen? Ich komme von hier.«

AM nickte kurz zur Bestätigung, verschwieg aber, dass nicht der Dialekt das Problem der Kommunikation war, sondern dass Schmitz Kommissarinnen nicht akzeptierte.

»*Ich sag et dir: Willst'e he esse, moss'de he och arbeide. Och d'r Jupp. De Säu un de Höhner moht hä födere. Wat halt so zo mache wohr bei dem Vieh. Nur in de Kohstoll durft'er net. Dä Bulle wöhd em dud trampele oder ävver uffspieße.* [11]«

‚Nun war es nicht der Bulle, sondern die Schweine‘, dachte AM. ‚Was wäre der schönere Tod gewesen?‘

Der Polizist schaute kurz zur Kommissarin rüber. AM nickte und der Uniformierte bestätigte kurz: »Wer hier essen will, muss auf dem Hof auch mitarbeiten. So ist das auf dem Dorf.«

»Haben Sie Josef gefunden?«, wendete sich AM an den Bauern.

»Neee. Han ich net. Diese Musiker han den jefonge.«

»Welche Musiker haben ihn gefunden?«

»*Joh. Menge ahl Schüng. Die han ich vermeeded. Do mache se jetz Nejermusik. Jazz, oder so. Ejal. Et es laut. Ävver, Hauptsach, de zohle de Nüssele. De Nejermusiker han de Jupp – Jott hät en sillig – jefonge.*«

»Muss ich das wirklich übersetzen«, fragte der Polizist.

»Sie haben sich doch selbst angeboten«, konterte AM.

»Nun gut. Der Bauer hat seine Scheune an eine Jazzband – so meint er – vermietet. Und die zahlen wenigstens Miete.«

»Und das mit dem sillig? Was heißt das denn?«

»Jott hät en sillig?«

---

[11] *Wer hier essen will, muss dafür arbeiten.*

»Ja. Lassen Sie sich doch nichts alles aus der Nase ziehen.«
AM verlor langsam die Geduld

»Gott hat ihn selig.«

Langsam tendierte die Kommissarin dazu, Johann Schmitz doch lieber vorzuladen. Der örtliche Polizist war keine besondere Hilfe; auch wenn er es vielleicht gut meinte. Alex Mathijs schluckte den Ärger runter und wandte sich erneut dem Bauern zu: »Sie haben dann die Polizei gerufen?«

»*Äh neeee. Han ich och net. Dud es dud. Weßt'de, kölsches Jebot: Do kannste nühs mache.*[12]«

»Herr Schmitz, ein letztes Mal. Ich verstehe Sie nicht … Wann wurde Jupp gefunden?«

»*Als et düster word.* [13]«

AM begann unruhig von einem Bein auf das andere zu steigen. So langsam spürte sie die Kälte der Nacht die Beine hochkriechen, wie Efeu gemächlich an Bäumen hochrankte.

‚Als es dunkel wurde‘, wiederholte AM in Gedanken. ‚Das ist auch schon gut zwei Stunden her.‘ Zudem hatte sich Alex Mathijs nie an die Nähe von ungepflegten Menschen gewöhnen können, mit denen sie beruflich tagtäglich zu tun hatte. Der Blick in das unrasierte, graufaltige Gesicht mit strähnig klebenden Haaren, der Anblick von dunkelbraunen Flecken auf dem Blaumann, oder der beißende Geruch nach Schweiß und Kuhstall trugen nicht unbedingt zu ihrem Wohlbefinden bei. Sie potenzierten ihr Frösteln erheblich.

»Haben Sie das genauer, wann er gefunden wurde?«

---

[12] *Aber nein. Habe ich auch nicht. Tot ist tot. Weißt Du. Kölner Gebot: Da kannst du nichts machen.« [Anmerkung des Übersetzers: „Füge dich in dein Schicksal“]*

[13] *Als es dunkel wurde.*

»*Neeeee. Worüm? Mer ston op, wenn de Sonn sching. Un mer jon zo Bett, wenn et düster es.*[14]«

»Der Bauer wollte Ihnen sagen ...«, hob der junge Beamte an und kam sich augenblicklich wieder wichtig vor.

»Das habe ich noch verstanden. Aber bleiben Sie mal.«

Johann Schmitz schien von der Kälte unbeeindruckt. »*Jupp kohm net zum Ovendesse. 'Wer wieß, wu d'r sich schon widder rumdriev', dacht ich. Jejesse han ich dann allein. D'r Jupp wohr manchmol op Jöck und irjendjemand hät en immer widder jesinn un noh Hus gebraht. Wer net do es, wenn et Esse op d'r Desch steht, kriet nüs.*«

Johann hielt einen Augenblick inne. Währenddessen bekam AM die passende Übersetzung: »Josef kam wohl nicht zum Abendessen und der Bauer fragte sich, wo sich sein Bruder rumtreiben könnte. Manchmal irrt er wohl orientierungslos rum und wird in der Regel von den Dorfbewohnern wiedergefunden.«

»*Wesse'se, Frollein, et Levve op'em Hoff es hadd*«, begann Johann Schmitz das Leid der Bauern im Allgemeinen und seines im Speziellen zu klagen. »*De Jenossenschaft zahlt net mieh jod für et Jetreide, Milch un et Vieh. Un dann kom ener der Musiker anjeloofe. Hä met de lang Hoor op em Kopp. Hä hat etwas jefaselt, dat d'r Jupp im Trog litt. Dann ben ich met em russ noh dem Stall. De Jupp log drusse, ävver net enem Trog, villmieh en d'r Suhl. Kene staatse Anblick. Hä log met'em Kopp noh unge do em Dreck. De Säu wollte sech jerad üvver em hähmache.*«

Und prompt begann der junge Dolmetscher: »Das Leben auf dem Hof muss wohl hart sein. Für Milch, Vieh und Getreide wird nicht mehr so viel von der Genossenschaft gezahlt. Irgendwann kam einer der Musiker und erzählte davon, dass Jupp im Trog

---

[14] *Nein. Warum? Wir stehen auf, wenn die Sonne scheint und gehen zu Bett, wenn es dunkel wird.*

liegen würde. Der Bauer hat ihn jedoch in der Suhle mit dem Kopf nach unten gefunden. Die Schweine wollten ihn gerade fressen.«

»Suhle«, fragte AM den Beamten. »Was ist das?«

»Das ist dieses Drecksloch, in dem sich die Schweine wälzen. Das nennt man Suhle.«

AM errötete ein wenig, denn das hätte sie wissen müssen. ‚Scheiß Allgemeinbildung‘, dachte sie; ging dann ihre Fragen weiter durch: »Sie meinen, der war noch nicht lange tot?«

»*Neeee. Sicher net. Söns wöre de Säu at längs bei ihm jewesse. Die jon nit sofort an Minsche. Do möhten die at rischtisch Kohldamp han oder besunders vörwetzig sin. Ävver su …?*[15]«

»Es kann noch nicht lange her sein«, schätzte Schmitz. »Schweine gehen nicht sofort an Menschen.«

»Haben Sie den Krankenwagen gerufen?«

»*Neeee. Warum dat dann? Der wohr doch schon dud. E’ne von denne Musiker hät doch de Schmier anjerofe. Die han dä Sanitätswage metjebraht.*[16]«

»Herr Schmitz, ist Ihnen sonst noch irgendetwas aufgefallen, was von Bedeutung sein könnte?«

»Neeee!« Schmitz schüttelte den Kopf.

»Ich würde nun gerne mit Ihrer Frau reden?«

»*En Frauminsch?*« Schmitz lachte schallend, als wäre der Gedanke schon besonders abwegig. »*Neeeh. Bestemmp net. Su e*

---

[15] *Nein, sicher nicht. Sonst wären die Schweine schon längst bei ihm gewesen. Die gehen nicht sofort an Menschen. Da müssten die schon richtig Hunger haben oder besonders neugierig gewesen sein. Aber so?*

[16] *Nein. Warum das denn? Der war doch schon tot. Einer von diesen Musikern hat die Polizei gerufen. Die haben den Krankenwagen mitgebracht.*

Wiev kütt mer net en'et Huus. Et koss jo nur Jeld.[17]« Schmitz explodierte fast.

»Und wen habe ich da eben im Haus gesehen?«

»Et Jertruhd.«

»Wer ist Gertrud?«

Schmitz war sichtlich genervt und wollte das Gespräch beenden.

»*Jertruhd. Dat kocht für os und mäht de Wäsch. De Huushälterin. Es es billijer als ene Ihfrau. Und du kanns'et feuere, wenn et sin moss. Feuere se ens ne Ihfrau. Scheidung, Ungerhald und eso. Dann levver dat Jertruhd. Ävver dat Luder wohr nur schärp op de Hoff. Nit op mich. Do han ich se ens richtig ranjenomme, wenn se wesse, wat ich mehn. Poppe un esu ...* [18]«

Verschwörerisch schaute Schmitz den Uniformierten an und ignorierte die Kommissarin geflissentlich.

»Gertrud ist die Haushälterin und kümmert sich um die Wäsche. Schmitz meint, sie ist billiger als eine Ehefrau und kann bei Bedarf gefeuert werden. Er sagte auch, dass sie scharf auf den Hof war und der Schmitz hätte sie dann ...«

»Ich hab' verstanden«, würgte AM ab.

Schmitz stand den beiden gegenüber und grinste sichtlich vergnügt. »*Jevögelt han' ich die! Un' wie!*«, betonte er nochmals. »*... bes se jequietscht hat, ... wie de Säu.*«

»Das müssen Sie nun nicht übersetzen«, meinte AM. Sie hoffte, dass sie die Bilder des Bauern schnell wieder loswürde. Sonst würde ihr Herpes wohl wieder aufbrechen. Dennoch for-

---

[17] *Eine Frau? Nein! So ein Weib kommt mir nicht ins Haus. Die kostet nur Geld.*

[18] *Johann erläutert in sachlicher Art und Weise, dass Getrud den Haushalt führt und ökonomischer als eine Ehefrau sei. Es gäbe allerdings auch gewissen Befürchtungen, dass Gertrud es insgeheim auf den Hof abgesehen hätte.*

derte sie Schmitz durch ein simples »Und weiter?« zum Weiterreden auf.

»Hück dörf et mir nur ens alle zwei Mond de Hohr schnigge. Dann kritt et ne Heiermann extra. Dat es mih als jenoch.«

»Und für fünf Euro extra schneidet sie dem Bauern alle zwei Monate auch die Haare«, lautete die Übersetzung.

‚Bei dem Gestank badet er ja auch nur alle zwei Monate … nach dem Haareschneiden.‘ AM folgte der Geschichte mit Gertrud nur oberflächlich. Es gab keine Punkte, die aus kriminalistischer Sicht interessant sein könnten. Wichtig war ihr jedoch, dass Johann erst einmal erzählte, damit sie einen Gesamteindruck erhielt. Und vielleicht ergaben sich ja aus solchen Gesprächen – die noch keine Verhöre sind – wichtige Ansatzpunkte zur weiteren kriminalistischen Arbeit.

»Un als et Jertruhd nit mih bei misch lande kunnt, han ich mir jesaht: Johann, han ich mir jesaht, dat Luder es nix für dich. Dat will nur de Hoff. Dann hät et sich an de Jupp ranjeworfe. Et kriech halt de Hals nit voll jenoch. Un' ich meen jetzt nit menge Schwanz, sondern de Nüssele.«

Als der Beamte übersetzen wollte, winkte die Kommissarin ab. ‚Schwanz, … und „Nüsse?‘, dachte sie.

»An den irren Josef hat die sich auch rangemacht?«

»Dat wor nit immer so schlemm met'em Jupp. Der wor es bei d'r Bank, als hä noch net esu plem-plem wor. He hät rischtisch Nüssle jehat. Ävver su schlemm wor et noch net. Den hättste hiehrode könne. Op jede Fall hät et Jertruhd et donn künne. Die hät et jekonnt. Vielleicht wär'et och besser su jewesse. Ich wohr dowidder. De Hoff hät'et Jertruhd nit bekomme solle. Esu oder esu. Mer kütt keine Frau op'en Hoff.[19]«

---

[19] *Als Getrud nicht mehr bei mir landen konnte, habe ich mir gesagt: ‚Johann‘, habe ich mir gesagt, das Luder ist nichts für*

»Nun brauch ich doch wieder Ihre Hilfe.«

»Josef war nicht immer so schlecht dran. Er muss wohl mal bei der Bank gearbeitet haben und hat viel Geld verdient. Gertrud hätte ihn wohl heiraten können. Johann Schmitz war dagegen, damit der Hof nicht irgendwann an sie fallen würde.«

»Und wo wohnt diese Gertrud nun?«

»Em Dörp natörlich. Et mäht och de Huushald für d'r Pastur. Net ons Pastur. Esu ener us Kölle. Ener us däm Dom. Un ich jläuve net, dat et nur de Huushald mäht. Ävver das Faarhuus, dat kann't nit krieje, och wenn et sich dem Pastur an'en Hals schmieße däd. Ävver ich han nüs jesaht.«

Und wieder war der Uniformierte gefragt: »Gertrud wohnt im Dorf und macht auch für einen Pastor den Haushalt. Er sagte, dass das ein Pastor aus dem Dom in Köln sei. Der Schmitz meint, da läuft wahrscheinlich mehr, als nur Haushalt.«

Die Kommissarin musste grinsen. ‚Es wäre nicht die erste Haushälterin, die einen Pfarrer verführt … oder umgekehrt.‘ Unterbewusst notierte sie: „Pastor aus dem Kölner Dom. Vermutlich ein Kirchenbeamter oder ähnlich.“

»Herr Schmitz, halten Sie sich zu unserer Verfügung. Ich werde Sie demnächst nochmals befragen müssen.« Damit beendete AM das Verhör und war sichtlich erfreut, sich in den mit Standheizung bestückten VW-Bus zurückziehen zu können, um bei einer Tasse Tee die nächsten Schritte mit ihren Kollegen abzusprechen.

---

dich. Die will nur den Hof. Dann hat sie sich an den Josef rangemacht. Sie bekommt eben den Hals nicht voll genug. Und ich meine jetzt nicht meinen … sondern das Geld.

Zahlenspiel

»Das müssen Sie sich ansehen!«, rief eine junge Polizei-beamtin und stürmte zum VW-Bus, bevor AM ihren Tee ein-schenken konnte.

»Was muss ich mir anschauen?«

»Sein Zimmer. Also Josefs Zimmer. Also das Zimmer des Toten ...«

»Sie machen das nicht oft?«, fragte AM, und die junge Poli-zistin errötete.

»Man stirbt hier meistens im Bett. Nur selten in der Schweinesuhle. Also meistens nie ...«

»Meistens oder nie? ... ach vergessen sie es.« AM gönnte sich eine kurze Pause für den Tee und ließ sich dann den Weg zu Josefs Zimmer zeigen. ‚Das wäre sowieso der nächste Schritt gewesen.‘

Josefs Zimmer befand sich nicht im eigentlichen Bauern-haus, sondern in einem Anbau, dessen Funktion auf den ersten Blick nicht erkennbar war. In dem Zimmer gab es kaum Ein-richtungsgegenstände: ein Bett, einen Stuhl, einen alten Sessel, eine Kommode und einen windschiefen Schrank. Keine zwei Gegenstände passten zusammen. Josef hielt auf eine gewisse Art Ordnung. Es sah aufgeräumt und übersichtlich aus und entsprach nicht dem erwarteten Eindruck, nachdem Josef in der Schweinesuhle gefunden wurde.

Neben den spärlichen Einrichtungsgegenständen gab es nur wenige sonstige Dinge in diesem Zimmer. Alles war mini-malistisch. Neben etwas Kleidung, die ordentlich im Schrank hing, gab es ein paar Taschenbücher und Zeitungen. Ein altes Radio stand auf der Truhe. Lediglich ein einzelnes in Leder gebundenes und in Seidenpapier eingeschlagenes Buch weckte

Alex' Interesse. Es passte nicht in diese Umgebung. Sie faltete das Seidenpapier auf und war enttäuscht. Ein altes, speckiges Buch wurde sichtbar.

Sie blätterte kurz durch die Seiten. Mit den wenigen sichtbaren Symbolen konnte sie nichts anfangen. Viele Seiten schienen unbeschrieben zu sein. An manchen Stellen war in Fragmenten erkennbar, dass das Buch auch Text enthielt, der längst nicht mehr lesbar war. Die Tinte schien im Laufe der Jahre bis zur Unleserlichkeit verblichen zu sein. AM blätterte auf der Suche nach Notizen oder eingelegten Papieren alle Seiten durch, wurde aber nicht fündig. Abschließend sah sie keinen Zusammenhang zwischen diesem Buch und dem Tod. Daher packte sie es wieder sorgfältig in das Seidenpapier und legte es zurück, auch wenn es hier vollkommen deplatziert wirkte.

Und da war diese eine Wand. Auf der vergilbten Tapete standen überall zwischen den kleinen Blümchen handgeschriebene Zahlen. Immer wieder musste Josef Zahlen kombiniert haben. Ganz oben stand die Zahlenfolge 2 71828 18284 59045. Darunter standen viele einzelne Zahlen: 1, 3, 5, 6, 13, 17, 64 und Kombinationen aus diesen Zahlen in Klammern. Übte Josef Rechenaufgaben, um seinen Geist zu beleben? Die Zahlenreihe und die Klammern wurden mit Linien verbunden. Manche schienen wieder mit zornigen Zickzack-Linien durchgestrichen worden zu sein. Dann folgte eine neue Anordnung der gleichen Zahlen und wieder Linien. Linien in verschiedenen Farben überlagerten sich, was die Orientierung nicht einfacher machte.

‚Es ergibt keinen Sinn', überlegte Alex Mathijs und ließ Fotos von der Zahlenwand anfertigen.

Isle of Lewis and Harris, eine Insel der Äußeren Hebriden

Nachdem in Deutschland erstmals wieder das Licht der Sterne auf das Buch fiel, erhellte sich der nächtliche Himmel über der nördlichsten Insel der Äußeren Hebriden, der Isle of Lewis, für einen kurzen Augenblick. Das Schwarz der Nacht wich einem dunklen Rot. Es erschien wie ein ferner Feuerschein. Nur gab es dort kein Feuer. Die Umrisse eines alten Steinkreises warfen surreale Schatten. Der Himmel über Lewis brannte für einen kurzen Moment und verlosch sogleich wieder.

Das Ereignis blieb nicht unbeobachtet. Zwei junge Frauen – scheinbar Zwillinge – saßen vor einer alten Hütte und genossen die selten warme und windstille Nacht, als sie von dem Phänomen überrascht wurden. Sie schauten sich nachdenklich an. Eine der Frauen griff nach ihrem Smartphone und schrieb eine kurze Nachricht an einen alten Bekannten:

Der Himmel über den Sgiogarstaigh Cairns brannte für einen kurzen Augenblick.

Offene Wunden

In der Pathologie der Uniklinik Bonn lag Josef Schmitz auf dem blanken Stahltisch. Dünne Rinnsale verschiedener Körperflüssigkeiten bahnten sich ihren Weg zum Abfluss, als wollte der flüssige Rest seiner Seele den toten Körper verlassen. Seine aufgeklappte und von Edelstahlklammern gehaltene Haut sah blass und faltig aus. In der Körpermitte klaffte ein großes, grell erleuchtetes Loch, aus dem nach und nach Organe entnommen wurden.

Aufgrund der Besonderheit des Falles und der ungeklärten Umstände sollte Josef Schmitz als Anschauungsmaterial für angehende Mediziner dienen. Sechs von ihnen standen mit sichtlicher Scheu hinter den Oberpriestern dieser aztekischen Opferzeremonie, Prof. Neuhaus, im Kreis. Die Studenten waren froh, den Pathologen zwischen sich und der Leiche zu wissen. Fatalerweise gab Neuhaus mit einer eleganten Linksdrehung den Blick in die große, halbgeleerte Körperöffnung wieder frei.

»Meine Herren ... oh, ich sehe ... und meine Dame ... ich hätte Sie im Kittel, Mundschutz und Brille – und so bleich wie unser Herr Schmitz vor uns – kaum erkannt.« Nach dreißig Jahren in der Pathologie gab es nichts, was Neuhaus noch nicht gesehen hatte. Und so fiel es ihm leicht, neue Studenten immer wieder an ihre Grenzen zu führen. »Kommen Sie näher und erzählen Sie mir, was Sie hier sehen.«

Sichtlich unangenehm berührt versuchten die Studenten in die Unsichtbarkeit zu flüchten, was auf einer Distanz von zwei Metern ohne Versteckmöglichkeiten keinem so recht gelingen mochte. Andererseits zog das große, klaffende Y-förmig aufgeschnittene Loch die Blicke der Studenten immer wieder magisch an. Das Morbide übte seine Faszination aus.

»Sie da hinten, treten Sie doch einfach mal zu unserem Herrn S. vor.«

Der angesprochene Student, von biederem Aussehen, dessen V-Ausschnitt-Zopfmuster-Pulli unter seinem Kittel hervorschaute, wurde noch bleicher als die Leiche vor ihm. Sein Herz pochte sichtlich unter dem Lacoste-Krokodil auf seiner Brust.

»Sie dürfen ihn ruhig anfassen. Oder warum haben sie sich sonst die Latexhandschuhe übergestreift?« Der Professor wurde ungeduldig: »Nicht so zaghaft. Herr S. hat keine Berührungsängste mehr.«

»Er ist doch schon offen? Die Beschau hätte doch schon vorab ...«, versuchte der Angesprochene abzublocken.

»Natürlich ist er schon offen!« Der Professor breitete theatralisch seine Arme aus und legte seinen ganzen Sarkasmus in seine Worte: »Ich habe das Mahl schon angerichtet. Essen müssen Sie selbst. Ich habe die Leichenöffnung bereits vorbereitet, weil der Verblichene nicht auf die Damen und Herren Studiosi warten wollte«, fuhr er dann fort. »Denken Sie doch an Hannibal Lecter!«

Er schaute über den Rand der Nickelbrille den Kandidaten lange und durchdringend an.

»Ich wette«, fuhr Neuhaus fort, »Ihr Vater ist Arzt und sie sollen die Praxis übernehmen. Scheinbar beabsichtigen sie, Ihren Herrn Vater zu enttäuschen.«

Neuhaus hatte mittlerweile einen siebten Sinn, wenn es darum ging, einzig auf Grund des Aussehens die Ärztekinder von den Intelligenten zu unterscheiden.

‚Intelligente Ärztekinder habe ich viel zu wenige hier‘, sinnierte er.

»Woher wissen Sie ...?« Zum Glück hatte der Student den Kragen seines Hemdes geöffnet. So konnte der Kloß, den er nun im Halse spürte, durch den V-Ausschnitt tiefer rutschen und seinen Mageneingang versperren. Auch gut. Das Übergeben blieb ihm so erspart.

»Intuition, mein Lieber. Ihr Herr Vater hat wohl vergessen, Ihnen zu sagen, alte Sachen zur Leichenöffnung anzuziehen. Das ist doch reine Schurwolle, oder? ... gut, gut, ... für einen Arzt passend. Warten Sie mal ab, wie sich der Leichengeruch festsetzen wird; wie das Formaldehyd in die Wolle einziehen wird.« Neuhaus schüttelte sich theatralisch. »... nun ja, konserviert wird er dann ja sein. ... Sie werden den Geruch nie wieder los. ... Nun, wo war ich stehen geblieben? ... Geben Sie sich einen Ruck und machen Sie Ihrem Herrn Vater alle Ehre und erklären Sie mal Ihren Kommilitonen ... und Ihrer Kommilitonin, was Sie hier sehen.«

Neuhaus lehnte sich lässig gegen den Seziertisch und stützte sich mit seinen Händen neben der Leiche ab, als wäre es das Normalste der Welt. Es hinterließ den Anschein, als stünde er zu Hause in der heimatlichen Küche, während er vor seinen Gästen referierte, warum er ausgerechnet einen Rotwein zum Carpaccio gewählt hatte.

Der Student versuchte sich zu fangen und vor seinen Kommilitonen eine gewisse Coolness an den Tag zu legen, was ihm nicht gelingen mochte.

»Also, ich sehe. Nun ja ... ich sehe einen älteren Herrn ...«

»Mein Gott, die sehen wir alle täglich auf der Straße und die sitzen auch noch neben uns in der U-Bahn. Oh, ich vergaß ... Sie haben sicher vom Herrn Vater einen schmucken Audi zum Abi geschenkt bekommen und fahren nicht in öffentlichen Verkehrsmitteln.«

Die Finger des Ärztesohns krampften sich um den Audi-Schlüsselbund in der Hosentasche und er schluckte seine bereitgelegte Antwort runter. Und das war gut so. So wagte er immerhin einen neuen Anlauf: »Vor mir liegt ...«

»Das ist nicht Ihr Ernst! Hören Sie auf, hier den Leichen-flüsterer zu geben.« Neuhaus verdrehte die Augen. »Werden Sie präziser und kommen Sie zur Sache, bevor Ihr Herr Vater die Praxis aus Altersgründen schließen muss.«

Der Student wurde sichtlich nervöser und sein Nerven-flattern vermochte sein Unwohlsein nicht zu überdecken. Im Gegenteil!

»Also, was haben Sie bei mir gelernt? Nichts? Waren meine Vorlesungen so nutzlos? Konzentrieren Sie sich endlich und denken Sie daran: Es ist verboten, den Toten die Hoden zu verknoten.«

»Zur pathologischen Befundung wurde ein Mann, mittel-europäischem Anscheins, Alter zwischen 60 und 70 Jahre, eingeliefert.«

»Schon besser. Und sein Allgemeinzustand?«

»… von allgemein schmächtiger Statur, jedoch nicht unter-ernährt. Auffällig sind diverse Striemen, insbesondere an Rücken und Armen. Zudem weist der Leichnam verschie-dentlich offene Fleischwunden …«

»Offene Fleischwunden! Dass ich nicht lache. Wer soll denn mit so einem Bericht etwas anfangen? Sie wissen doch, eine sorgfältige Beschreibung des Äußeren ist in der Gerichts-medizin das A und O. Dies ist ein Teil der Beweissicherung. Jegliche Verletzung ist genauestens zu beschreiben. Was könnte sie verursacht haben? Messer, Spiegelscherben, Mont Blanc- oder Lamy-Kugelschreiber, Füllfederhalter, oder was? Sind die Ränder glatt oder ausgefranst, die Wunden tief oder oberflächlich … und, und, und … Es gibt nichts, was nicht zur Mordwaffe taugen würde. Also geben Sie sich Mühe! Schauen Sie genauer hin! Das sind Bisswunden, mein junger Freund! Der Mann wurde im wahrsten Sinne des Wortes angefressen.«

Das war zu viel für den Studenten. Seine Gesichtsfarbe, so-fern er je eine hatte, wechselte in Sekundenbruchteilen von bleichweiß zu grüngelb. Er stammelte noch etwas, was man vielleicht mit etwas Wohlwollen als Entschuldigung deuten könnte, bevor er auch schon mit der Hand vor dem Mund aus dem Obduktionssaal rannte.

Ein, zwei Kommilitonen kicherten; der Professor lächelte diabolisch und meinte: »Falls noch jemand vor die Tür treten möchte, um sich zu übergeben ... der Eimer steht links. Nicht wundern, wenn noch ein Mageninhalt drin schwimmt. Ist von diesem Unglückseligen hier.«

Die Reihe der Studenten lichtete sich umgehend.

Neuhaus' Blick schweifte in die Runde: »Wer möchte fortfahren, meine Dame? ... Meine Herren?«

Nacheinander schaute er in die fünf verbliebenen Gesichter, die eines nach dem anderen versuchten, seinem Blick auszuweichen. ‚Die Decke müsste auch mal wieder gestrichen werden', erkannte einer, wagte es aber nicht, seine Feststellung zu äußern.

»Wer hat noch nicht, wer will noch mal? Denken Sie an Ihre Examina. Oder möchte sich jemand gleich hier übergeben?«

Die Studenten hassten Neuhaus. Aber er war der Beste. Wer diese sarkastische und cholerische Schule überlebte, den konnte im weiteren Studium nichts mehr schocken.

Letztendlich trat die einzige Studentin aus dem Rudel hervor. ‚Sie könnte auch als Domina im Luxusbordell arbeiten; so streng wie sie aussieht', dachte Neuhaus, womit er nicht falsch lag. Ihr knöchellanger Kittel umspielte ihre Figur wie ein Mantel und war bis zum Stehkragen hochgeknöpft. Die Brüste wurden hochgepresst und der Professor vermutete, dass sie eine Corsage unter dem Kittel trug. ‚Dieses Luder', dachte er. Ihre dunklen Haare hatte sie zu einem festen Pferdeschwanz gebunden. Ihren Rücken hielt sie stolz durchgedrückt. ‚Irgendwie scheint sie bereits in alle Abgründe dieser Welt geschaut zu haben. Dann sollte es ein Leichtes sein, in dieser offenen Bauch-höhle nach der Milz zu schauen.'

»Gut«, meinte der Professor, »nehmen Sie den Faden auf und erläutern Sie uns die Wunden.«

»Der Körper weist diverse Bisswunden auf. Nacken, Gesicht und Hals sind besonders betroffen. Die rechte Wange ist kom-plett bis zum Mundraum geöffnet. Vereinzelte Spuren sind nach erstem Augenschein auch an Händen und Unterarmen zu sehen. Es könnten Abwehrverletzungen sein.«

»Sehr gut! Aus Ihnen wird sicher noch etwas«, lobte Neu-haus und dachte jetzt wirklich an ihre kommende Zweitkar-riere als Ärztin. »Melden Sie sich doch morgen nach 17:00 Uhr in meinem Büro.« Hierbei hatte er eher ihre Domina-Karriere im Sinn, worin er noch mehr Potential zu entdecken glaubte.

Die Studentin, nicht wissend, ob dies als Lob zu deuten war, nickte nur souverän und trat wieder zurück in die Reihe der langsam etwas mutiger werdenden Meute. So war wohl der Habitus im Wolfsrudel. Erst nachdem das Alpha-Tier die erste Attacke auf das verwundete Wild gestartet hatte, folgten die anderen. Und dieses Wild ward schon lange gerissen. Bissmale und die leere Bauchhöhle waren untrügliche Zeichen.

»Nun sammeln Sie unsere bisherigen Erkenntnisse«, for-derte Neuhaus. »Was spricht für Bisswunden? Und was spricht dagegen? Seien Sie als Wissenschaftler immer offen für alle Möglichkeiten. Legen Sie sich erst fest, wenn Sie sicher sind, dass es keine anderen Erklärungen gibt. Wägen Sie ab.« Er schaute fordernd in die Runde, die sich wieder vor ihm zurück-zog. »Wie wollen Sie der Polizei helfen, wenn Sie Ihre Annah-men nicht begründen können? Beginnen Sie einfach mit dem Offensichtlichen.«

Nach und nach kamen erste zaghafte Aussagen und die strenge Stimme der Domina führte wieder das Wort: »Es sieht eben aus, wie Bisse.«

‚Beißt eine Domina auch ihre Opfer?', fragte sich Neuhaus. Der Professor hatte zwei Gesichter. Nachdem er den Studenten ihre Grenzen mit knallharten, verletzenden Worten aufgezeigt hatte, war es nun an der Zeit, ihnen wieder ein wenig Selbstvertrauen zurückzugeben. Zumindest ein wenig. Man muss nicht gleich übertreiben. Die Welt brauchte Mediziner; selbst, wenn sie schlechter waren als er. ‚Wo das alles enden soll?', fragte sich Neuhaus. So führte er mit einem Seufzen die Studenten in kleinen Schritten an die Todesursache heran. Er entnahm Organe, wog sie, ließ die Studenten Gewebeproben fürs Labor entnehmen, kommentierte den jeweiligen Zustand der Organe und fragte vereinzelt in die Runde nach objektiven Erkenntnissen und subjektiven Wertungen. Immer wieder stellte er fest, dass die Organe zwar angegriffen waren, aber eine Todesursache hier nicht zu finden sei. Seine subjektiven Eindrücke trennte er vom Offensichtlichen, um den Studenten zu verdeutlichen, dass Pathologie eine exakte Wissenschaft sei, aber auch die Spekulation durchaus eine Daseinsberechtigung hat.

»Seien Sie kreativ und lassen Sie Ihre Gedanken mit dem Möglichen spielen. Und mit dem Unmöglichen!«, sagte er. »Nur so werden Sie auch das Verborgene erkennen. Wir Gerichtsmediziner machen es für die Strafverfolgung sichtbar.«

Nach gut zwei Stunden intensiver Arbeit meinte Neuhaus: »Aha. Ich glaube, ich habe die Todesursache.«

Die Studentenmeute witterte das Ende der Veranstaltung, was wiederum frische Atemluft und ein Mindestmaß menschlicher Wärme außerhalb der Pathologie bedeutete. Alsdann wendete sich Neuhaus an seinen Assistenten und meinte: »Müller, erläutern Sie den Studenten mal, woran unser Herr S. gestorben ist.« Dies war die finale Demütigung, um den Studenten, die zwischenzeitlich ein kleines Hoch erleben durften, wieder ihre Grenzen aufzuzeigen.

Müller, selbst Arzt und Gerichtsmediziner, legte die Instrumente beiseite und trat neben seinen Professor. Er betastete die nun offengelegten Halswirbel und antwortete: »Genickbruch. Vermutlich verursacht von einem scharfen Gegenstand. Aber keine Zähne.«

»Sehen Sie, meine Damen und Herren«, ergänzte Neuhaus und erhob seine Stimme oberlehrerhaft, »Unser Schmitz hat eine simple, eine ganz profane Wirbelfraktur im Bereich des zweiten Halswirbels, wobei sein Rückenmark durchtrennt wurde.« Neuhaus hielt einen Augenblick inne. »Die Bissverletzungen sind sekundärer Natur. Schaufel, Spaten. Gartengerät. Scharfkantiger Stein. Das wiederum wissen wir nicht. Das ist Aufgabe der Polizei. Gefressen wurde erst später.«

»Feierabend?«, fragte einer der Studenten.

»Für den Augenblick sind Sie entlassen. Ich schlage vor, wir diskutieren unsere Ergebnisse gleich in der Mensa. Die Stunden hier vergehen wie im Fluge. Übrigens gibt es heute gebratene Leber.«

Professor Neuhaus aß an diesem Tage allein zu Mittag.

Polizeiarbeit (I)

Das Polizeipräsidium erwachte am folgenden Morgen erst langsam aus seiner Nachtruhe. Die ersten Konferenzrunden trafen sich. Auch Alex Mathijs hatte ihre Mitarbeiter um sich versammelt.

»Wirbelbruch mit irreparabler Schädigung des Rückenmarks, keine Fremdeinwirkung belegbar, aber wahrscheinlich ... der Allgemeinzustand der Leiche überdeckt eventuell vorhandene Merkmale einer möglichen Fremdeinwirkung«, zitierte Kriminalhauptkommissarin Alex Mathijs nuschelnd aus dem vorläufigen Obduktionsbericht. Sie schaute in die Runde. Sie blätterte weiter durch die Seiten. »Laborbefund unauffällig. Keine Alkoholkonzentration; Josef Schmitz war nüchtern. Also haben wir keine konkrete Aussage dazu, ob wir es mit Mord oder Unfall zu tun haben.«

»Er war also nicht am Schnaps seines Bruders«, sagte die Kommissarin und legte den kurzen Bericht beiseite. Im kleinen Kreis saßen vier Polizeibeamte um den Tisch mit Kaffeetassen und etwas Spritzgebäck im sachlich eingerichteten Besprechungsraum des 6. Kommissariats im Bonner Polizeipräsidium. Einige Aktenschränke in kratz- und bissunempfindlicher Buchenoptik standen an den Wänden und verströmten den Charme der späten 1990er Jahre.

»Der Kaffee ist wieder scheiß' dünn«, mäkelte der Dürre, ein schlacksiger, hochgewachsener Polizist in den Vierzigern, und versenkte seinen Blick in seiner Benjamin Blümchen Tasse; einem Vatertagsgeschenk seines Sohnes.

»Das ist der gleiche Kaffee wie immer«, entgegnete der Dicke und fügte einfältig hinzu: »Der Condomo.«

»Vermutlich hast du zu wenig Kaffeemehl genommen. So wie immer.«

Der Dürre überhörte den Vorwurf geflissentlich und seine Blicke drangen noch tiefer in die Vatertagstasse ein. ‚Ich wusste gar nicht, dass blaue Elefanten rote Mützen tragen‘, dachte er.

»Ich hab‘ neuen Kaffee mitgebracht«, meinte AM, als sie zu der Runde stieß. »Der alte war leer.«

»Wir hatten kein Kaffeepulver mehr?«, wurde der Dürre aus seinen Gedanken gerissen und landete unsanft in der Realität. »Und womit hat der Dicke dann diese Suppe gebrüht?«

Nach und nach richteten sich alle Augen auf den Dicken und versuchten, ihn an die Wand zu nageln.

»Ich dachte, da hat schon jemand den Filter befüllt. Ich hab‘ nur Wasser eingefüllt und die verdammte Maschine angeschaltet.«

»Also nicht selbst ...«

»Habe ich wohl verwechselt«, reagierte der Dicke gereizt und hätte nun lieber über Benjamin Blümchen geredet.

»Also trinken wir gerade den zweiten Aufguss mit dem Kaffeesatz von gestern?«, ergänzte ein Kollege aus dem Hintergrund und schob langsam angewidert seine FBI-Tasse von sich.

Als die Türe aufging und es kurzfristig dunkel im Rahmen wurde, war allen klar, dass dies der Schatten des Dezernatsleiters, Kriminaloberrat Jäger, war. ‚Benjamin Blümchen kommt persönlich‘, dachte der Dürre und sein Blick richtete sich nach oben. »Aber keine rote Mütze auf dem Kopf«, meinte er und musste feststellen, dass er aus Versehen laut gedacht hatte. Der Oberrat schaute ihn fragend an. »Ich trage nie Mütze, oder was meinen Sie?«

»... ähm Dienstmütze ... Schirmmütze natürlich.« Der Dürre musste sich eingestehen, dass dies heute nicht sein Tag werden würde. ‚Brücke an Enterprise ... Scotty beam mich rauf!‘

»Darf ich mir einen Kaffee schnorren? Meine Sekretärin hat vergessen, Kaffeemehl zu kaufen.«

Die vier schauten sich nacheinander verschwörerisch an, worauf der Dürre nickte, aufstand und zur Kaffeemaschine ging. Er nahm die Kanne und schüttete dem Oberrat das Spezialgebräu ein.

»Mit Milch? Zucker?«

»Zucker habe ich selbst. Und Milch trinke ich seit der Entwöhnung von der Mutterbrust keine mehr. Also: Schwarz.«

‚Ein Witz', konstatierte AM gequält. ‚Der gleiche, wie immer.' Sie entschied sich für ein gequältes Lächeln aus ihrem Repertoire an nichtssagender Mimik. Das Lächeln konnte man mit gutem Willen als Lachen interpretieren; musste man aber nicht.

Jäger schlürfte seinen ersten Schluck und alle schauten ihn mucksmäuschenstill und erwartungsvoll an. Jäger wiederum schaute in die Runde und registrierte die Aufmerksamkeit mit Wohlwollen. »Wie Sie wissen, haben wir seit gestern einen ungeklärten Todesfall, zwei Vergewaltigungen und diverse kleinere Delikte neu zu bearbeiten.«

Jäger schaute in die Runde. »Ich plane, dass sich das dritte Kommissariat um die beiden Vergewaltigungsopfer kümmert. Das sollte Routine sein. Den Todesfall soll dann Kollege Rößler vom Vierten bearbeiten. Der ist Hobbylandwirt. Der hat Erfahrung mit Schweinen.«

Die Kollegen schauten sich recht zufrieden an. Dann ergriff Alex Mathijs das Wort: »Wir bearbeiten bereits den Todesfall; waren bereits am vermeintlichen Tatort. Es wäre sinnvoll, wir würden dort weitermachen, wo wir gestern aufhörten. Schließlich haben wir auch schon die ersten Verhöre geführt und den Obduktionsbericht auf dem Tisch.«

Jäger schob seinen imposanten Bauch vollständig durch die Türe: »Meine Planung ist eine andere, Kollegin Mathijs.« Jäger duldete keinen Widerspruch, weder aus den Reihen der Kollegen noch zu Hause von seinen mittlerweile erwachsenen Kindern. Lediglich Frau Jäger hatte ein – selten wahrgenommenes – Vetorecht in Fragen der Haushaltsführung und Entscheidungsbefugnis in Sachen ‚Nahrungsmittelbeschaffung‘. So war man gezwungen, Jäger andere Sichtweisen derart schmackhaft zu machen, dass er später der Meinung war, es wäre seine Idee gewesen.

Schwach versuchte Jäger, seine Planung zu rechtfertigen: »Der Kollege Rößler vom Vierten muss sich noch bewähren. Deshalb bekommt er die Leiche.«

»Herr Jäger, Sie sind doch sicher der Meinung, dass sich Rößler gerade mit den Vergewaltigungen besser profilieren kann. Insbesondere ist es für einen Mann eine Herausforderung, sensibel mit den Opfern umzugehen.«

Jäger schwieg einige Sekunden und nippte nochmals am Kaffeebecher. »Darf ich Kaffee nachschenken?«, fragte der Dicke. Jäger nickte. ‚Bin ich der Meinung?‘, überlegte er. Man merkte, wie er sich seine Meinung neu bildete. »Mmm … Wenn ich es mir so recht überlege, könnte der Rößler sicher auch sein Einfühlungsvermögen – ich meine das rein dienstlich – weiter schärfen, wenn er sich selbst einmal mit Vergewaltigungsopfern befasst. … Sie, Frau Mathijs, übernehmen den Toten in der Eifel.«

»Voreifel … so viel Zeit muss sein, Herr Kriminaloberrat«, korrigierte der Dürre überflüssigerweise.

»Ja, es muss sein. Der Rößler muss sich noch bewähren, wie ich es Ihnen hoffentlich schon klarmachen konnte. Und keine Widerrede, Frau Mathijs. Sie bearbeiten erst einmal die Leiche. Alles Weitere klären wir dann später.«

Jäger drehte sich um und wollte das Büro verlassen. Irgendwie gelang es ihm dennoch, sich auf der Türschwelle nochmals um einhundertachtzig Grad zu drehen, ohne im Türrahmen stecken zu bleiben und meinte: »Guter Kaffee. Danke. Ich werde in Zukunft den gleichen Kaffee kaufen lassen.«

Sprachlose Ruhe kehrte ein. Man schaute sich verblüfft an. Langsam bewegten sich erste Mundwinkel nach oben, gefolgt von ersten Lachfältchen. Sekunden später brachen alle Dämme und die Kollegen lachten, bis Tränen über die Wangen kullerten.

»Wir werden extra ein Paket Recycling-Kaffee für Jäger aus allen Kaffeemaschinen der Behörde zusammensammeln«, prustete der Dicke los.

»Und dann etikettieren wir das Paket mit Second Service«, ergänzte der Kollege im Hintergrund.

Alex Mathijs lächelte insgeheim. Sie hatte es wieder mal geschafft, Jägers Meinung im eigenen Sinne zu drehen.

Die Mitarbeiter des Kommissariats verstanden nicht, warum AM diese Planung so vehement verteidigte. Ungeklärte Todesfälle gab es wie Sand am Meer. Warum ausgerechnet dieser Fall in der Voreifel mit all der notwendigen Fahrerei?

»Gefällt mir gar nicht«, durchbrach der Dürre das einsetzende Schweigen. »Ohne Indizien.

Wonach sollen wir denn suchen?«

»Wie wäre es mit einem Motiv?« ergänzte der Untersetzte.

»Jeder könnte Motive haben, und seien sie noch so trivial«, entgegnete der Dürre. »Solange wir nicht wissen, ob wir es mit einem Mord zu tun haben, können wir nur herumstochern.«

»Gut. Stochern wir mal. Mal sehen, wen wir alles aufschrecken.« AM blätterte noch mal im Obduktionsbericht, doch ihre Gedanken kreisten mehr und mehr um ihre abgenagten Fingernägel. ‚Mit Nikotin waren die schöner.' Ihre Kollegen wussten mittlerweile, dass dies auch ein deutliches Warnsignal war. Es bedeutete: Lass mich in Ruhe. Alternativ könnte es auch heißen: Gib mir einen Kaugummi, denn eigentlich wollte ich jetzt rauchen, kann mich aber beherrschen. Ohne angesprochen zu werden, reichte ihr der Dürre einen Kaugummi rüber und ohne aufzuschauen nahm AM diesen an und brummte gedankenverloren etwas, was vielleicht „Danke" heißen könnte. Vielleicht.

Sie legte nach einigen Minuten den Bericht ergebnislos auf den Tisch und schaute fragend in die Runde, die ihr mit unwissend-erwartungsvollen Mienen gegenübersaß. Ihre Kollegen verlangten nach Führung und Anweisungen, als müssten sie erst laufen lernen. Schließlich versuchte AM langsam den Fluss der Gedanken wieder zu kanalisieren und meinte: »Zunächst werden wir alle Beteiligten und vermeintlich Unbeteiligten einzeln vernehmen. Mal sehen, wo wir Ansätze für die weitere Recherche finden. Was haben wir denn sonst noch?«

AM schaute fragend und auffordernd in die Runde, aber man schwieg sich lieber gemeinschaftlich an.

»Also«, fuhr der Untersetzte nach einer halben Tasse Spezialkaffee fort: »Dorf, Bauernhof, wohl etwas heruntergekommen, auf jeden Fall schon älter, Männer-WG ...«

Der Dürre fiel ein: »Blues Band, mehrere Musiker, kaum Nachbarn, keine Zeugen, Schweine, Geisteskrankheit.«

Aus dem Hintergrund kamen die Punkte: »Ülpenich, Schweine, Zähne, Bisswunden, Dreck ...«

Während die Mitarbeiter sich gegenseitig den Ball zuschmissen und immer mehr Schlagworte fanden, schrieb AM eifrig mit und strukturierte diese in einer MindMap – einer grafischen Darstellung. Am Ende kamen fast sechzig verschiedene Worte zusammen, die AM nun mit Hilfe eines Laptops und eines Beamers an die Wand zauberte. Schließlich fasste sie die Begriffe zu baumartigen Strukturen zusammen und erläuterte: »Verschiedene Äste zeichnen sich ab, bei denen wir beginnen werden. Da ist zum einen die Blues Band ...«

Der Dürre nickte zum Zeichen, dass er dieser Spur nachgehen wollte.

Der Untersetzte ergänzte: »Und ich kümmere mich um das Obduktionsergebnis.«

»Dann werde ich mich auf die Recherche im Ort konzentrieren.« AM klappte nach dieser Bemerkung ihren Laptop zu und beendete das Brainstorming: »Danke meine Herren.«

Allen Beteiligten der Runde war deutlich anzumerken, dass man versuchte, eine gewisse Ratlosigkeit zu überspielen, denn neue Informationen hatte die aufwendige Aktion nicht gebracht. Die Kernfrage Mord, Selbstmord oder Unfall stand noch immer ungelöst im Raum und es fehlte der Ansatz, sich dieser Frage systematisch zu nähern.

Josef Schmitz

Josef Schmitz hatte ein bewegtes Leben hinter sich. Nach einer Banklehre stieg er schnell im Finanzwesen auf und wechselte aufgrund seiner analytischen Fähigkeiten in die Investmentbranche eines großen internationalen Geldhauses. Seine Karriere begann in Bad Honnef, führte ihn über Frankfurt und Paris bis nach New York. Schließlich leitete er in London eine Abteilung für hochriskante Anlagen.

Josef verdiente mehr Geld, als er ausgeben konnte. Er häufte es schneller an, als er Objekte der Begierde fand, für die er es ausgeben konnte. Irgendwann begann er, sein Geld zu nutzen, um Menschen zu manipulieren und zu demütigen. Diese Machtspielchen wurden zu seiner neuen Leidenschaft. Kontrolle über Zahlen und Dinge genügte ihm nicht mehr.

Mit 36 Jahren bemerkte er, dass ein älterer Kollege eine hochriskante Wette auf seltene Erden abgeschlossen hatte, die er vermutlich nicht bedienen konnte. Josef hasste diesen Kollegen, der nicht nur erfolgreich, sondern auch glücklich war: eine wunderbare Frau, Kinder, einen Hund, ein großes Haus mit Personal, ein Boot, seltene Autos und Kunstwerke – alle Statussymbole der Branche. In diesen Punkten war er Josef überlegen. Für Josef war ein zweiter Platz inakzeptabel. Er musste besser sein, er musste diesen Kollegen besiegen.

Vor einiger Zeit war Josef bei diesem Kollegen in dessen Londoner Stadtwohnung zu Gast gewesen, um einen Deal zu feiern. Der Kollege zeigte ihm ein uraltes, in graublauem, abgegriffenen Leder gebundenes Buch. Es war in schlechtem Zustand, die Schrift größtenteils verschwunden, und keiner von ihnen konnte die verbliebenen Zeilen und Worte lesen.

Das Buch war ohne Frage dekorativ, aber vermutlich wertlos. Da es jedoch in einer Vitrine präsentiert wurde, musste es für den Kollegen von besonderer Bedeutung sein. Aufgeschlagen auf einer dekorativen Seite mit einer Skizze eines Steinkreises und indirekter Beleuchtung, war es für jeden Besucher sichtbar in der Empfangshalle platziert.

Josef fühlte sich auf unerklärliche Weise von diesem Buch angezogen. Er setzte er viel Geld ein, um dem Kollegen die seltenen Erden vor der Nase wegzukaufen. Es gelang ihm und der Kollege stürzte über Nacht in den Bankrott. Josef hingegen erzielte enorme Gewinne für die Bank und für sich selbst. Über Nacht wurde er zu einer Investmentlegende.

Um dem ruinierten Kollegen zu helfen, bot Josef gönnerhaft an, ihm das Buch abzukaufen. Er bekam es und fühlte sich unbesiegbar.

Er besaß das Buch *Liath*.

❦ ❦ ❦

London und anderswo, 1992

Josef Schmitz war angekommen, wo er sein wollte. Als erster ohne Studium bot man ihm einen Sitz im Vorstand der Bank an, sobald einer frei werden würde. Schmitz musste nur warten. In einem halben Jahr würde er in den Bankvorstand wechseln. In dieser Zeit wollte er noch so viel Geld wie möglich machen. Er begann unvorsichtig zu werden und vermischte den Einsatz des Geldes der Bank mit eigenem Geld. Seine Bankgeschäfte wurden immer mehr zu seinen eigenen Geschäften. Lange Zeit liefen die Geschäfte sehr gut.

Abends blätterte Josef im Buch Liath und versuchte, einen Sinn in den Zeichen und der Schrift zu finden. Er fand keinen Zugang zum Inhalt und begann irgendwann, die Zahlen abzuschreiben, die er lesen konnte.

Eines Tages fing er an, das Buch ständig bei sich zu tragen. Er packte es morgens in seine Aktentasche und nahm es mit ins Büro, wo er es in einer Vitrine verwahrte. Manchmal dachte er daran, das Buch einem Schriftsachverständigen oder Antiquar zu zeigen. Er wollte wissen, in welcher Sprache es geschrieben war und ob es Möglichkeiten gab, die vergilbten Passagen sichtbar zu machen. An anderen Tagen wollte er das Buch verstecken. Es war sein Schatz, nur für seine Augen bestimmt.

Der Tag des Wechsels in die Chefetage rückte näher. Schmitz bereitete seinen letzten großen Deal vor. Wieder investierte er in seltene Erden. Er hatte aus dem Fehler seines Konkurrenten nichts gelernt. Diesmal wurde er selbst das Opfer eines Deals. Schmitz wähnte sich weiterhin auf der Siegerseite und meinte, die Falle zu erkennen. Er machte mehr und mehr Geld für dieses Investment locker. Er verlor alle Grenzen aus den Augen. Er zapfte fremde Fonds an und veruntreute riesige Summen, um Geld in das Investment nachzuschießen.

Dann platzte die Blase. Schmitz verlor alles. Nicht nur Geld, sondern auch seinen Verstand. Die Gerichtsverhandlung erlebte er wie in Trance. Seine Gedanken waren kaum noch beim verlorenen Deal. Sie drehten sich um die Zeichen im Buch. Auch im Prozess redete er über kaum etwas anderes. Zwei Gutachter kamen unabhängig zu dem Ergebnis, dass Schmitz nicht schuldfähig sei und seine Strafe in einer psychiatrischen Heilanstalt verbringen sollte.

Er nahm das Buch mit in die Anstalt.

Ülpenich, in der Provinz, 2007

Nach endlos langen Jahren wurde Schmitz als geheilt entlassen. Genau genommen wollte die Krankenkasse nicht mehr für seine weitere Behandlung bezahlen. Er wusste nicht, wohin er sich wenden konnte. Er hatte kein Geld und sein einziger Besitz war dieses unleserliche, schäbige Buch.

In seiner Not nahm Josef Schmitz wieder Kontakt zu seinem Bruder Johann auf. Nach Bitten und Betteln kam er auf dem Hof unter. Josef musste allerdings für Kost und Logis arbeiten.

Abends vertiefte er sich dann in dieses Buch, ohne dessen Geheimnis näher zu kommen. Josefs Verstand war wieder scharf wie eh und je. Alle Gedanken kreisten um das Buch. Für andere Themen hatte er kein Interesse. Diese Besessenheit führte dazu, dass man in Ülpenich weiterhin der festen Überzeugung war, dass Josef verrückt sei. Er nahm nicht am Dorfleben teil. Er verließ den Hof äußerst selten.

Das Buch Liath besaß Josef Schmitz. Nicht umgekehrt.

Gertrud

Ülpenich

Trotz der tragischen Ereignisse, machte Gertrud mit stoischer Ruhe bei Johann Schmitz den Haushalt. Sie war an das Chaos in der Küche gewöhnt. Nach Josefs Tod lagen nun mehr Kornflaschen herum als üblich. Scheinbar war Johann nicht so gleichgültig, wie er tat.

Sie war eine graue Maus. Ruhig, vielleicht phlegmatisch. Ihr Alter war schwer zu schätzen. Sie trug eine unmoderne, praktische Kurzhaarfrisur. Ihre Haare hatten eine Farbmelange von Mittelbraun über Grau bis Weiß. Ihre Haut war glatt und zeigte nur wenige Fältchen, was darauf hindeutete, dass sie vielleicht doch noch keine sechzig war.

Unter der Kittelschürze, die sie zumeist zur Arbeit im Haushalt trug, mochte sie drahtig und sportlich sein. Ansonsten trug sie eine traditionelle, schmucklose, gestärkte Leinenbluse und im Herbst und Winter eine graue oder blaue Strickjacke zu einem weiten wadenlangen, grauen Rock. Es war fast ihre Uniform. Sie versteckte sich hinter dem Grau der Kleidung, um unauffällig zu bleiben. Sie schminkte sich nie. Manchmal legte sie einen blassen Lippenstift auf, mehr zum Schutz der Lippen gegen rissige Haut. Bei aller Unscheinbarkeit achtete sie auf ihren Körper und pflegte sich. Gertrud wusste, dass sie eigentlich eine sehr schöne Frau war. Einmal hatte sie sich vor dem großen Garderobenspiegel nackt betrachtet und sogar selbst berührt. Es fühlte sich angenehm, aber verboten an. Sie tat es nie wieder.

Gertrud legte ihre Fahrten mit dem Fahrrad zurück und das sah man ihr an. Drei Mal in der Woche fuhr sie mit dem Rad nach Zülpich zum Einkaufen und besuchte bei dieser Gelegenheit ihre Schwester zum Kaffee.

Als Gertrud mit der Küche fertig war und auf den Hof kam, standen drei Kisten aus alter Wellpappe und ein Düngemittelsack neben ihrem Fahrrad.

»Nimm d'r Knies met wenn de feddisch bes[20]«, kommentierte Johann Schmitz direkt. »Denn wat fott es fott. Isch mösch d'r Brassel net mieh he sinn.[21]«

Es waren die wenigen Hinterlassenschaften von Josef Schmitz. Gertrud nickte, ohne so recht zu wissen, was sie damit anfangen sollte. Weder Johann noch sie erachteten es als Geschenk; eher als Aufforderung zur Entsorgung.

Später lud sie die Kisten auf ihr Fahrrad, sicherte sie mit einer Schnur und balancierte das schwer beladene Rad quer durch Ülpenich nach Hause. Dort angekommen, lehnte sie das Rad an der Hauswand im kleinen Vorgarten des geerbten Backsteinhauses und trug die Kisten in den angrenzenden Schuppen.

Gertrud war wenig neugierig auf den Inhalt von Josefs Hinterlassenschaften. Sie meinte, alles zu kennen, da sie seit Jahren den Haushalt der Brüder führte. 'Was soll da schon von Wert drin sein', dachte sie ärgerlich. 'Der Johann wollte nur den Kram loswerden. Und ich bin darauf reingefallen.' Gertrud ärgerte sich sichtlich.

Manchmal fragte sie sich, warum sie eigentlich noch immer den Haushalt auf dem Hof führte. Vor Jahren hatte Johann sie mehrfach bedrängt. Zweimal hatte Gertrud damals nachgegeben. Es geschah beim ersten Mal aus Neugierde. Sie wollte nicht ewig Jungfrau bleiben. Beim zweiten Mal wollte sie dem Druck ausweichen, nachdem Johann sie immer intensiver bedrängte. Sie hatte sogar so etwas wie Lust verspürt, aber

---

[20] *Nimm den Kram, wenn du hier fertig bist.*

[21] *Was weg ist, ist weg. Ich möchte das Zeug hier nicht mehr sehen.*

diese schnell wieder verdrängt. Es durfte nicht sein. Sie schämte sich, weil sie eigentlich nie Sex vor der Ehe haben wollte. In beiden Fällen hatte sie Angst, da keiner von beiden verhütete. Aber sie wurde nicht schwanger.

Damals dachte sie kurz, dass Johann vielleicht der richtige Mann für sie sei und redete sich ein, der Sex könnte so etwas wie ein Eheversprechen sein.

Johann sah das anders.

Im Nachhinein war Gertrud froh darüber, dass es damals nicht zur Ehe kam. Sie wäre auf dem Hof nicht glücklich gewesen. Sie wäre sicher nur zu einem weiteren Stück Vieh im Stall geworden.

Abends kochte Gertrud für ihren Mieter, Dr. Meyerhoff, Kartoffeln mit weißer Specksoße. Dazu gab es Feldsalat. Meyerhoff, ein Prälat im erzbischöflichen Amt in Köln, hatte es vorgezogen, auf dem Land zu leben. Praktischerweise führte Gertrud auch ihm den Haushalt und kochte gelegentlich abends gegen einen Aufschlag auf die Miete. Obwohl andere vermuteten, dass Gertrud und der Prälat ein Verhältnis hatten, war dem nicht so. Beide verband eine ehrliche, katholische Freundschaft. Berührungen wurden sowohl öffentlich als auch privat vermieden.

Gertrud lebte von der Miete und den beiden Haushältertätigkeiten. Sie beklagte sich selten und hatte ihr Auskommen, weil Meyerhoff für die Bequemlichkeiten gut bezahlte. Um ein paar Euro zusätzlich zu verdienen, beschloss Gertrud, am kommenden Samstag Josefs Hinterlassenschaften zusammen mit einigen anderen Gegenständen aus ihrem eigenen Haushalt auf dem Straßenflohmarkt in Zülpich zu verkaufen.

Nach dem Abendessen sortierte Gertrud die Kisten. Alles, was nicht brauchbar war, würde sie verbrennen. Im Garten brannte bereits ein Feuer mit Josefs Kleidung. Wer wollte schon alte Blaumännern, Unterwäsche, Gummistiefel und andere abgetragene Kleidungsstücke weiterverwenden?

Anschließend blätterte Gertrud oberflächlich durch zwei Ordner mit persönlichen Papieren und etwas neugieriger in einem Fotoalbum. Sie sah Josef im Businessanzug in London, New York und in einem Penthouse-Apartment und erkannte, dass Josefs erstes Leben ganz anders gewesen sein musste. Sie zögerte kurz. Dann übergab sie Josefs vergangenes Leben ebenfalls dem Feuer.

Meyerhoff schaute immer mal wieder nach unten in den Garten und sah Gertrud in den Kisten wühlen. Manche Gegenstände legte sie beiseite, andere verschwanden in der Feuertonne. Gertrud hatte ihn über ihr Vorhaben informiert. Der Prälat beschloss, sich ebenfalls von einigen Dingen zu trennen und Gertrud eine Freude zu machen. Er stellte einige alte Kerzenleuchter, einen Rasierspiegel und zwei historische, aber wertlose Bibeln und das neue Testament zum Verkauf zusammen und brachte die Gegenstände in den Garten.

»So spät noch geschäftig?«, fragte der Prälat, obwohl er genau wusste, was Gertrud dort machte.

»Ich bin fast durch und werde gleich das Feuer löschen.«

»Ich habe noch ein paar Gegenstände, die ich nicht benötige. Die dürfen Sie gerne an sich nehmen und veräußern.«

Meyerhoffs Sprache war nicht einfach. Kommunikation lag ihm nicht. Aus diesem Grunde war er nach seinem Theologiestudium auch nie als Seelsorger tätig und erfüllte seinen Dienst lieber hinter den Kulissen. Er wünschte noch einen schönen Abend und verschwand wieder ins Haus zu seinem Abendgebet.

Zuunterst in der Kiste lag noch ein altes Buch. Es musste Josef wichtig gewesen sein, denn es war zusätzlich in Papier eingeschlagen. 'Wer würde ein altes unleserliches Buch im speckigen Einband nochmals extra verpacken?', dachte Gertrud. Kurz dachte sie darüber nach, das Buch vielleicht zu behalten. Als nächster Gedanke drängte sich auf, das alte Buch zu verbrennen. ‚Man kann ja noch nicht einmal die Zeichnungen erkennen oder die Schrift lesen.'

Dann legte sie es doch zu den Gegenständen, die sie verkaufen wollte. Irgendetwas hielt sie mit Macht davon ab, das Buch dem Feuer zu übergeben. Sie überkam eine Angst, die sie nicht beschreiben konnte. Dennoch hatte Gertrud den Eindruck, das Buch schnell loswerden zu müssen. Es war ihr unheimlich. Sie hatte das Gefühl, dass das Buch nicht in ihr Haus gehörte.

Der Flohmarkt

Das Wetter war angenehm warm, Männer trugen leichte Hemden und T-Shirts, manche liefen in bunten Shorts und Sandalen durch die Innenstadt von Zülpich. Frauen hatten die leichten Sommerkleidchen ausgepackt.

Enya schlenderte an diesem Samstagnachmittag nach einem Ausflug in die Eifel mit ihrem Hund Juna und ihrer Freundin Jule durch die Gassen. Zu Hause hing der Haussegen schief und sie freute sich, für ein paar Stunden das Haus verlassen zu können. Der Straßenflohmarkt in der kleinen Stadt war eine willkommene Ablenkung.

Hier und da hielt sie an und prüfte verschiedene Gegenstände. Das Bummeln entlang der Stände tat ihr gut. Nach den ersten Händlern zeigte sich, dass auch hier der übliche Flohmarktmüll angeboten wurde: abgegriffene Bücher, unvollständiges Geschirr, angelaufenes Besteck, originalverpackte Handyhüllen, die so abscheulich hässlich waren, dass sie nie einen Käufer finden würden, Blechspielzeug, alte Bilderrahmen und verrostete Milchkannen. An manchen Ständen konnte man abgelegte Kleidung erwerben. Enya fand wenig in ihrer neuen Konfektionsgröße 36, aber ihre Freundin Jule wurde fündig und hatte schnell eine Tasche mit verschiedenen Kleidungsstücken in Kleidergröße 40 und einer neuen, schrillen Handtasche gefüllt. Eigentlich trug sie 44, gab es aber nicht zu. Sie würde wenig Freude an ihren Errungenschaften haben.

Es wurde spät und die beiden Frauen wurden müde.

»Zeit für ein Eis«, meinte Jule, als sie an einer Eisdiele vorbeischlenderten. Zufällig war noch ein Tisch für zwei frei.

Enya schickte Jule vor, weil sie im Vorübergehen noch handgearbeiteten Haustierbedarf entdeckt hatte. Sie kaufte für Juna ein mit Strasssteinen besetztes Halsband. Jule belegte sofort den Tisch und verteilte ihre Einkäufe darüber. Sie war überrascht, hier in der Provinz keine typische Eisdiele vorzufinden. Sie wähnte sich in einem mediterranen Bistro mit kleinen Glastischen und bequemen Korbsesseln, liebevoll dekoriert mit roten, orangenen und erdfarbenen Kissen. Jule arrangierte die Sessel neu und drehte sie mit Blick zur Straße.

Der Kellner war schnell zur Stelle: »Was darf ich bringen, bella Signorina? Meine Name ist Luigi.« Er blinzelte verführerisch und lächelte jedem weiblichen Gast zwischen 16 und 60 gleich zu.

Jule bestellte eine Latte Macchiato und ein Glas Wasser.

Luigi lächelte mit südländischem Charme: »Gracie. Eine Latte für die schöne Signorina mit die Augen von die Reh.« Mit einem eleganten Hüftschwung verschwand er hinter der Theke.

»Wahrscheinlich heißen alle Italiener in Deutschland Luigi«, meine Jule zu Enya, die gerade wieder hinzukam. »Und dieser hier ist wahrscheinlich auch noch schwul.«

»Darauf würde ich nicht wetten«, entgegnete Enya, als sie sich müde auf den anderen Stuhl niederließ, nachdem sie Jules Taschen beiseite geräumt hatte.

Überall, wo Enya auftauchte, weckte sie die animalischen Instinkte der Männer und den Neid der Frauen. Ihre Ausstrahlung war das Destillat aus Erfahrung, Lust und Aussehen. Ein einziger Blick konnte abhängig machen.

»Ich habe gesehen, wie du dem Kellner hinterhergeschaut hast. Passt er in dein Beuteschema?«

»Prego. Ihre Latte mit aufgeschäumter Milch, wie Sahne.« Luigi stellte das Glas auf den Tisch und vergaß nicht den obligatorischen Augenaufschlag. »Dazu die Aqua von unserem Dorfheiligen, dem heiligen San Pellegrino.«

Luigi wandte sich Enya zu: »Und für die Dame mit den Haaren wie Locken von Reh? Was darf ich bringen? Vielleicht meine Telefonnummer? ... Nur ein Witz von Luigi.« Sein Lachen klang künstlich, wie eine Plastikminiatur des schiefen Turms von Pisa.

Enya breitete für Juna eine Hundedecke auf dem Boden aus. ‚Seit wann haben Rehe Locken?‘, dachten beide Frauen.

Jule fragte sich zudem, ob Luigi überhaupt noch andere Tiere kannte.

‚Schlechter Witz, du Lügner‘, dachte Enya. »Eine Bloody Mary, bitte. Aber mit viel Blut.«

»Ahhh, Signorita hat besonderen Humor. Kein Blut in Bloody Mary.«

»Oh. Nein?«

»Nein. Nur Saft von wunderbar reifen Tomaten aus Kalabrien. Onkel Salvatore liefert exklusiv für Bella Napoli.«

»Napoli liegt nicht in Kalabrien.«

Luigi überhörte die Bemerkung. »Wirklich kein Blut?«

»Bella Signorina ...« Luigi zog mitleidig die Stirn kraus. ‚Wie können Frauen nur so dumm sein?‘

Jule amüsierte sich. Enya meinte: »Du kannst doch gar nicht wissen, was Onkel in Kalabrien in seinen Tomatensaft mischt.«

»Aber steht doch auf Dose.«

»Der Onkel füllt den Saft in Dosen?«

‚Ertappt!‘ Enya grinste den Kellner an. Luigi schaute nur noch verlegen. »Onkel benutzt die Dose ... für Export.«

Enya zog die Stirn kraus. Luigi brach den Versuch einer Erklärung ab. »Ok, ok. Ich heiße Ludwig und bin Krankenpfleger im Altenheim Marienborn. Ich arbeite nur am Wochenende hier. Die Masche zieht meistens.«

Enya rettete die Situation: »Für eine Bloody Mary ist es zu früh. Ich nehme einen Cappuccino und ein Wasser … aber nicht aus der Dose.«

»Verstanden. Und Wasser für den Hund?«

Die nächsten Minuten unterhielten sich die beiden Frauen über das Wetter, die Beute vom Flohmarkt und Männer. Nach dem zweiten Latte Macchiato und Cappuccino wurde es kühl und sie beschlossen, aufzubrechen.

»Zusammen, die Damen?« fragte Luigi.

»Ja, die Signorinas sind zusammen«, antwortete Enya und rückte an Jule heran. »Ich bezahle für zwei.«

»Nein, getrennt«, warf Jule ein.

»Nicht doch. Du hilfst mir mit deinen Ratschlägen. Da ist es nur gerecht, wenn ich bezahle.«

Luigis Blicke schweiften zwischen den Frauen hin und her. ‚Frauen!‘

Enya schickte Jule nach draußen: »Geh vor. Ich erledige das.«

»Ich geh doch nicht allein. Die Zeit habe ich noch.«

Enya bezahlte an der Theke, ohne aufs Wechselgeld zu warten. Beim Hinausgehen flüsterte sie Luigi ins Ohr: »Für den Sex brauchen wir keinen Mann.«

Mit offenem Mund blieb Luigi nur eine Sekunde stehen und entgegnete leise: »Und ich keine Frau.«

Jule fragte draußen neugierig Enya: »Was hast du dem Schleimer ins Ohr geflüstert?«

»Ach nichts. Er soll seinem Onkel in Kalabrien ausrichten, dass Tomaten nicht in Dosen gehören.«

Es wurde kühler. Die ersten Verkäufer bauten bereits ihre Stände ab. Manche hatten noch eine längere Fahrt vor sich, andere waren ausverkauft, hatten keine Lust mehr oder waren einfach nur müde. Auch Enya und Jule beschlossen aufzubrechen. Juna wurde ungeduldig. Der Weg zum Auto führte noch einmal an den Verkaufsständen vorbei. Die meisten Stände beachteten die Freundinnen nicht mehr, da sie das Angebot bereits begutachtet hatten.

Plötzlich blieb Enya stehen, als sie eine Verkäuferin sah, die ein altes Buch in eine Kiste räumen wollte.

Enya sprach Gertrud an: »Ist das Buch noch zu haben? Es sieht irgendwie antik aus.«

»Sicher sehr dekorativ auf einem alten Regal«, antwortete Gertrud geistesgegenwärtig.

Jule runzelte die Stirn: »Enya, was möchtest du mit dem Buch? Lass uns weitergehen.«

»Moment«, meinte Enya und nahm das Buch entgegen. Der Ledereinband fühlte sich weich an und schmiegte sich in die Hand. Neugierig blätterte sie die ersten Seiten um. Sie konnte die Schrift nicht lesen. »Eine alte Sprache?«, fragte sie Gertrud. Enya hatte sich bereits entschlossen, das Buch zu kaufen, egal was Getrud antworten würde. Egal was es kosten würde. Sie musste es haben.

»Ich vermute, dass es eine alte Sprache ist. Es ist ein Erbstück. Viele Seiten sind verblasst. Mehr kann ich nicht sagen.«

»Lass es doch liegen«, meinte Jule. »Wenn man es nicht lesen kann.«

»Darum geht es nicht. Es macht sich sicher gut im Atrium. Und überhaupt … Ich habe noch nichts für mich gefunden.«

Jule nannte es „Last Minute Shopping" und widersprach nicht mehr. Enya musste das Buch einfach haben. Dieses Buch und kein anderes würde demnächst auf der Truhe im Atrium liegen.

Gertrud nannte einen geringen Preis und Enya akzeptierte nach kurzem, nicht ernsthaftem Feilschen.

Das Buch Liath hatte eine neue Besitzerin gefunden. Nicht umgekehrt.

⤳ ⤳ ⤳

Caisteal an Siùna, Siùna Island[22], Alba (Schottland)

Irgendwo in Alba saß ein alter Herr nachdenklich im Ohrensessel, umgeben von alten Schriften in seiner Bibliothek. Er drehte ein Whiskyglas in den Fingern, sein Blick schweifte ins Leere. Eine Pfeife lag im Aschenbecher und drohte zu verlöschen. Sir Abraham Scobie, oder Sir Bram, beachtete es nicht.

Er spürte, dass das Buch Liath nach unendlicher Zeit im Verborgenen wieder aufgetaucht war. Er spürte es einfach. Vor wenigen Tagen hatte er der Nachricht der Zwillinge über den blutroten Himmel über Sgiogarstaigh Cairns noch wenig Bedeutung beigemessen. Eine der Zwillinge, Kayla, lebte dort oben im Norden und verdiente ihren Lebensunterhalt als Weberin. Robyn, ihre Schwester, arbeitete als Schäferin auf Siùna. Sir Bram kannte beide gut und vertraute ihrer Nachricht. Nun ordnete er das Geschehen neu ein. Es wurde für ihn immer deutlicher, dass eine neue alte Zeit begann.

Im Traum hatte er wahrgenommen, dass das Buch mit einer befugten Person und einem Krafttier zusammengekommen war. In dieser Konstellation wurde es für ihn wieder sichtbar. Die Gedanken daran waren vage und irritierend. ,Ich meinte, die Person in meinem Traum sprach Deutsch', grübelte er, wäh-

---

[22] *Siùna Island, auch Shuna Island liegt im Meeresarm Loch Linnhe, nahe Appin*

rend er das Whiskyglas drehte. ‚Warum Deutschland? Österreich? Die Schweiz? Oder wo?', fragte er sich. ‚Wie ist das Buch auf den Kontinent gelangt?'

Der alte Mann kannte dieses Buch gut, hatte es aber seit vielen Jahren nicht mehr in Händen halten dürfen. Es war nicht einmal sein Buch. Es machte ihm Hoffnung, aber auch Angst. Sir Bram hatte einmal die Gelegenheit gehabt, darin zu lesen. Er verstand das alte Gälische, aber vieles im Buch verbarg sich auch vor ihm; war für ihn nicht sichtbar. Sir Bram war nicht der Auserwählte des Buches.

Ülpenich

Der Sonntag war minutiös getaktet. Wie jeder Sonntag.

Um 6:30 stand Gertrud auf. Wie immer. Dann trank sie allein am Küchentisch Kaffee, hörte die Nachrichten im Radio und begann, Kleinigkeiten zu richten. Auch dies war Routine. Gegen acht Uhr machte sie sich für den Kirchgang fertig und schaute unterwegs noch auf dem Friedhof vorbei, entzündete eine Kerze auf dem Grab der Eltern und goss die Blumen. Um 8:45 läuteten die Glocken in Ülpenich. Gertrud war zu diesem Zeitpunkt schon zehn Minuten in der Kirche, saß auf ihrem Platz in der zweiten Reihe und las aus dem Gotteslob.

Der Pfarrer aus dem Pfarrverbund mehrerer Ortschaften nahm sich für die Messe nur die nötigste Zeit. Nach vierzig Minuten war die Messe gelesen und die wenigen Gläubigen verließen schnell die Kirche. Der Pfarrer sprang in seinen Wagen, um die nächste Messe in einem anderen Ort lesen zu können. Auch Gertrud verließ zügig die Kirche, denn es gab keine Zeit für einen Plausch am Kirchentor.

Gertrud begann direkt nach dem Kirchgang zu kochen. Zwei Portionen, eher drei, zweigte sie sonntags üblicherweise für

Johann und Josef Schmitz ab. Nach Josefs Tod fragte sie sich, ob sie für Johann nun zwei Portionen kochen sollte oder nur eine. Letztendlich blieben es zwei Portionen; auch unter der Gefahr, dass der Rest bei den Schweinen landete. Sie brachte Johann das Sonntagsessen zum Hof und fuhr dann wieder nach Hause, um im Wohnzimmer den Tisch für zwei zu decken.

Pünktlich um 12 Uhr aßen Gertrud und der Prälat zusammen zu Mittag. Es gab Rinderbraten mit dunkler Bratensoße, selbstgemachte Kartoffelklöße und Rotkohl. Zum Nachtisch gab es die letzten eingekochten Mirabellen vom Vorjahr. Beim Essen wurde Unverbindliches besprochen. Gertrud berichtete vom Flohmarkt und ihrem kleinen Gewinn mit den Kerzenleuchtern. Prälat Dr. Meyerhoff war erfreut und lächelte.

Nach dem Essen wollte der Prälat wie jeden Sonntag beim Abräumen des Geschirrs helfen. Es war ihr Ritual, dass Gertrud dies vehement ablehnte, und der Prälat trank währenddessen einen von Hand aufgebrühten Kaffee im Wohnzimmer.

»Wissen Sie was, Herr Prälat«, rief Gertrud aus der Küche. »Zu guter Letzt habe ich dann beim Einpacken noch ein altes Buch verkaufen können. Es stammte aus Josefs Nachlass. Das Buch war mir unheimlich. Ich bin froh, dass ich es los bin.«

Gertrud brachte den Kaffee ins Wohnzimmer. Sie stellte die Kanne und die Tassen auf den Tisch. Sie wusste, wie der Prälat seinen Kaffee mochte, und goss ihm ein. »Als ich es bekam, war es in Seidenpapier eingepackt. Ich wusste gar nicht, dass Josef so etwas besaß.«

Der Prälat hörte aus Höflichkeit zu. Sonntags gehörte dies zum Ritual. »Ich hoffe, Sie haben einen guten Preis erzielt?«

»Na ja. Ich wollte es loswerden. Es war in Ordnung. Ich habe zwanzig Euro dafür erhalten.«

»Das ist viel Geld für ein altes Buch. Gratulation.«

Gertrud erzählte weiter: »Es war ledergebunden, blau-grau. Man konnte es nicht lesen, vieles war verblichen. Es war in keiner mir bekannten Sprache verfasst. Handschriftlich.«

Der Prälat wurde aufmerksam.

»Auf manchen Seiten gab es keltische Runen, Symbole und Zeichen. Eine Spirale, nein, drei Spiralen in einem Kreis. Dazu ein Pentagramm und ein Bild von einem Steinkreis mit Hinkelsteinen.«

Gertrud hatte nun die volle Aufmerksamkeit des Geistlichen. »Auf der letzten Seite gab es nur Zahlen. Die fingen irgendwie mit 2 7 1 ... an. Vielleicht ausländische Telefonnummern. Oder so.«

Die Neugierde des Prälats wuchs. ‚Konnte es wirklich sein?'

»Erzählen Sie mir mehr! Alles, was Ihnen zu diesem Buch einfällt.«

Gertrud hatte nicht mehr Details. Nach und nach war sich Meyerhoff sicher und murmelte: »Das fehlende Buch Liath!« Er wollte seine Aufregung nicht zeigen, aber Gertrud hatte es bemerkt. Auch die gemurmelten Worte vom fehlenden Buch hatte sie verstanden.

≈≋≋

Kaum war der Prälat in seiner Wohnung im Obergeschoss, hastete er zu seinem Schreibtisch. Hinter einem losen Stück Furnier in einem Geheimfach verbarg Meyerhoff diverse Papiere. Er suchte ein besonderes Dokument mit Zahlen und fand es schnell. Bereits die erste Zahl bestätigte seine Vermutung:

2, 7 1 8 ...

Nun war er sich sicher. ‚Wenn es keine Fälschung ist, ist das Buch Liath wieder da!'

Nachdem er sich dessen gewiss war, schrie der Prälat seine Wut, Frustration und Freude in die Nacht hinaus. »*Habent sua fata libelli!*[23]«

Es war das erste Mal, dass Gertrud ihren Mieter hatte schreien hören. ‚Das Buch war so nahe. Als ich im Garten bei Gertrud war, war es zum Greifen nahe in der Kiste. Und das Feuer brannte bereits. Wir hätten es sofort verbrennen können und die jahrhundertealte Aufgabe wäre vollbracht.‘

»So nahe. Und es war wohl die ganze Zeit bei diesem Josef.« Meyerhoff ging aufgeregt im Wohnzimmer auf und ab. »Herr, wir waren so nahe am Ziel. *Abyssus abyssum invocat*[24].« Meyerhoff schluchzte laut und brach vor einem Kreuz auf einer Anrichte im Wohnzimmer zusammen.

»Wir hätten es beenden können. … Nun werden wir es erneut suchen müssen!«

---

[23] *Bücher haben ihr Schicksal.*
[24] *Die Tiefe ruft die Tiefe. Aus Psalm 42:8*

Die Kirche wird aktiv

»Laudetur, Eminenza.« Der junge Kaplan stand in tiefster, heuchlerischer Demut hinter dem Kardinal und wartete auf ein Zeichen, dass er sprechen durfte. Der Kardinal ließ sich Zeit, scheinbar unbeeindruckt, und kniete vor dem Marienaltar im Erzbischöflichen Seminar an der Kardinal-Frings-Straße. Er heuchelte seinerseits tiefe Meditation und spielte das Spiel der Unnahbarkeit gegenüber Normalsterblichen.

»Laudetur, Eminenza«, wiederholte der Kaplan. »Gelobt sei Jesus Christus, Eure Erhabenheit, verzeiht die Störung.« Nach endlos langen fünf Minuten drehte sich der Kardinal zum Kaplan, winkte mit seinen fetten, perfekt manikürten Fingern und fragte: »Mein Sohn, warum stört ihr meine Einkehr?«

»Eminenz, man sagte mir am Telefon, ich solle euch ausrichten, es gäbe Anzeichen dafür, dass die Hexerei wieder auflebt.«

»Ach, wohl wieder so ein paar Irre, die ein Pentagramm auf den Aldi-Parkplatz malen, ein paar Kerzen reinstellen und bei Vollmond umherspringen.«

»Eminenz. Ich habe versucht nachzufragen, was dieser Unsinn soll. Jedoch ist mir der Anrufer persönlich bekannt. Er war Dozent für Dogmatik im Seminar.«

»Nicht etwa Meyerhoff?«

Der Kaplan hatte nun die ungeteilte Aufmerksamkeit des Kardinals. »Er trug mir auf, ich solle euch diese Nachricht wörtlich und unkommentiert zukommen lassen.«

»Und warum tut ihr dies nicht?«

»Wie meint ihr, Eminenz?«

»Ihr solltet die Nachricht *unkommentiert* weitergeben, sagtet ihr selbst.«

Der Kardinal runzelte die Stirn und versuchte, gelassen zu wirken. Auf seinem aufgedunsenen Gesicht glänzte die Stirn vor Schweißperlen. Die Maßregelung des Kaplans sollte seine Unsicherheit überdecken. Kleinigkeiten, die seine Position unterstrichen, waren ihm oft wichtiger als die Botschaft selbst.

»Ja. Dr. Meyerhoff aus Zülpich«, antwortete der kleinlaute Kaplan irritiert. »Er hat klare Anzeichen, dass ein Buch wieder aufgetaucht ist.«

»Zülpich? Es geht um ein Buch? Kommt diese Gegend denn nie zur Ruhe? Zuerst dieser Eklat um den angeblich pädophilen Priester – wie konnte man den guten Mann auch nur so verleumden – nun auch noch Hexerei.« Der Kardinal kratzte nachdenklich sein Doppelkinn. »Bestellen Sie Prälat *Doktor* Meyerhoff sofort ein.« Der Kardinal betonte den Doktor verächtlich. Ihm war es nie vergönnt, zu promovieren. »Ich möchte ihn nach der Morgenandacht hier im Priesterseminar sprechen. Er arbeitet gleich um die Ecke. Der arrogante Schnösel hätte doch gleich selbst herüberkommen können.«

»Der Prälat rief aus Zülpich an.«

Der Kardinal stockte, rieb sich erneut die Falten des Doppelkinns und überdachte verschiedene Punkte, bevor er fortfuhr: »Nein. Wir machen das anders. Klärt ab, ob Raphael, der Abt des Trappistenklosters Marias Gnade, Zeit für uns hat. Sollte dies der Fall sein, bestellt Dr. Meyerhoff zur Morgenandacht zum Kloster am Rursee. Gebt keine Details weiter. Das überlasst mir.«

Der Kardinal winkte herablassend als Zeichen, dass der Kaplan nun entlassen sei. »Und nun geht mit Gott. Aber bewahrt Stillschweigen.«

Der Kaplan verbeugte sich und verließ still die Kapelle. ‚Ich kann noch immer nicht verstehen, wieso ausgerechnet dieser fette Bischof vom Heiligen Vater auf den Kölner Bischofsthron gesetzt werden konnte.'

Auf dem Weg aus der Kapelle hatte der Kaplan die ganze Zeit den Geruch von Schweiß und „4711 – Echt Kölnisch Wasser" in der Nase. Diese Melange an Gerüchen würde ihn noch lange begleiten.

Der Kardinal verbrachte die restliche Zeit bis zur Morgenandacht sehr nachdenklich. Ein externer Beobachter mochte vermuten, er sei in tiefer Meditation. In Wirklichkeit bewegten ihn andere Gedanken. Er wendete seinen Blick der Marienstatue zu und murmelte: »Das Böse zeigt wieder seine hässliche Fratze. Und ich dachte, wir hätten es längst ausgerottet. Eines der Bücher hatten wir nie gefunden. «

Abtei Marias Gnade, nahe dem Rursee

Prälat Doktor Franz-Michael Meyerhoff war der mächtigste Mann des La Mano de Dios, eines in Spanien gegründeten Laienordens. Diese Organisation führte weltweit grobe Aufgaben aus, mit denen die Kirche nicht in Verbindung gebracht werden wollte. Offiziell war Meyerhoff Mitarbeiter im erzbischöflichen Amt in Köln, freigestellt für seine Arbeit als Prälat und Inquisitor. Nur Gott, dem Papst und seinem Gewissen gegenüber war er Rechenschaft schuldig.

Der Anruf aus dem erzbischöflichen Amt erreichte Meyerhoff in seinem Arbeitszimmer. Er hatte ihn bereits erwartet und ließ den Kaplan drei, viermal klingeln, bevor er abhob. »Doktor Meyerhoff«, meldete er sich und schaute in den Garten. Er fühlte sich erniedrigt, dass der Kardinal nicht selbst anrief. Zugleich sah er dies mal wieder als Kampfansage. Nach knapp einer Minute beendete er das Gespräch mit: »Gut. Dann Morgen in Marias Gnade.«

Ein Treffen in Köln wäre einfacher gewesen, aber die Wahl des Klosters als Treffpunkt sprach Bände. Es war ungestört und die Mönche waren vertrauenswürdiger als Seminaristen. Meyerhoff erinnerte sich an seine eigene Zeit als Theologiestudent, in der er durch kritische Fragen auffiel und früh gefördert wurde. Seine Karriere war vorgezeichnet, und sein Ehrgeiz wurde belohnt.

Meyerhoff schätzte Abt Raphael, einen Eingeweihten des La Mano de Dios, obwohl sie sich nicht freundschaftlich verbunden waren. Raphael war ein eiskalter Analytiker, Meyerhoff ein brennender Eiferer. Das Kloster verfügte über diverse, nie veröffentlichte Literatur, und sein Koch bereitete die beste Erbsensuppe der Welt.

Meyerhoff musste lächeln über die Art und Weise, wie der Kardinal das Treffen arrangierte, ihn wie einen Schuljungen zitieren ließ. Dabei war es Meyerhoff, der das Treffen initiiert und die Details geliefert hatte. Der ungeliebte Kardinal, Führer des Erzbistums, war wenig intelligent, einfältig, bäuerlich und jähzornig. Meyerhoff war sich seiner geistigen und theologischen Überlegenheit bewusst. Beide Männer waren durch gemeinsame Aufgaben aneinander gekettet und aufeinander angewiesen.

Der Prälat konnte die bevorstehende Spannung fast greifen. Die Luft war elektrisch geladen. Der Kardinal würde versuchen, seine Dominanz auszuspielen.

Meyerhoff wusste, dass jedes Wort, jede Geste auf die Goldwaage gelegt werden würde. Als der Prälat sich auf das Treffen vorbereitete, ging er noch einmal alles im Kopf durch. Er würde nichts dem Zufall überlassen. In seinem Inneren brodelte es, aber nach außen hin zeigte er eine Fassade der Ruhe und Gelassenheit.

Abtei Marias Gnade, am Rursee

Die Fahrt führte vom ehemaligen römischen Kastell Tolbiacum – dem heutigen Zülpich – über die B265 in die Eifel. Meyerhoff wählte bewusst einen etwas längeren Weg. Es war eines seiner Machtspielchen, um den Kardinal ein wenig länger warten zu lassen. Mit wenigen Minuten Verspätung würde er eintreffen – genug, um nervös zu machen, aber nicht genug für eine Rüge.

Nach etwas mehr als einer Stunde erreichte Meyerhoff das Kloster Marias Gnade, versteckt im Kermeterwald am Rande des Rurstausees. Das Kloster lag im Mittelpunkt des Nationalparks Eifel und war ein Ort der Zuflucht und Ruhe, nur zu einem kleinen Teil für die Öffentlichkeit zugänglich.

Das mächtige, in hellen Beige getünchte Kloster, wuchs über die Jahrhunderte zu einer großen Anlage mit einem abseits liegenden Wirtschaftshof. Der prächtige Haupthof, umgeben von einem Kreuzgang an drei Seiten, zog jeden Besucher in seinen Bann. Ein Kreuzweg zierte den Gang und strahlte Ruhe und Leidensfähigkeit aus. Die vierte Seite des Haupthofs wurde von einer großen schmiedeeisernen Pforte verschlossen, geschmückt mit der Inschrift "Claustrum Marias Gnade".

Der Kreuzgang verband die drei sakralen Gebäude des Klosters, die mit Moselschiefer gedeckt waren. Gegenüber der Pforte stand die Klosterkapelle, robust und wehrhaft, als wolle sie den wahren Glauben verteidigen. Die Kapelle war wesentlich älter als die anderen Gebäude. Links von der Kapelle, getrennt durch einen Durchgang zum Wirtschaftshof, befand sich das zweigeschossige Hauptgebäude. Hier wohnten die Mönche im Obergeschoss über dem Refektorium, dem Speisesaal. Die wertvolle Bibliothek schloss sich an das Hauptgebäude an.

Gegenüber dem Hauptgebäude und rechts der Kapelle befand sich eine Klostergaststätte, ehemals ein Priesterseminar. All dies wurde von einer hohen Mauer wohlbehütet, die einst gegen Plünderer und nun gegen Touristen schützte. Manche im Kloster sahen zwischen beiden kaum einen Unterschied.

Dr. Meyerhoff wunderte sich jedes Mal über die Inschrift über der Klosterpforte, wenn er darunter hindurchfuhr. „Claustrum" stand für Kloster. ‚Warum dieses Wort auf Latein und der Rest auf Deutsch?', fragte er sich. Er wollte immer nachgefragt haben, aber ständig gab es Wichtigeres.

Meyerhoff ließ sich standesgemäß fahren. Nicht, dass er darauf besonderen Wert legte, aber in Gegenwart des Kardinals hielt er es für sinnvoll, gegenzuhalten. Immerhin hatte der Orden La Mano de Dios ihm ein adäquates Dienstfahrzeug zugestanden.

Als Meyerhoff am Kloster ankam, wurde er von Abt Raphael begrüßt und schnellen Schrittes in die Bibliothek begleitet. Die beiden Männer verschwanden aus der Öffentlichkeit. In der Bibliothek wartete der Kardinal bereits im Dämmerlicht einer Leselampe. Er hatte es sich in einem alten, zeitlos eleganten Ledersessel bequem gemacht. Bevor man ihn sah, hörte und roch man ihn. Der Kardinal schnaufte und rasselte wie eine alte Dampflok. Dabei trommelte er ungeduldig mit den Fingern auf die dunkelrote Armlehne des schweren Sessels.

Möglicherweise meinte der aus Berlin nach Köln versetzte Geistliche, dass es ein Zeichen von Lokalverbundenheit sei, wenn er seinen Schweißgeruch ständig mit 4711 aus einem kleinen Zerstäuber überdeckte. Diese Geste kam in Köln nicht an. Ebenso wenig wie der Kardinal.

Nach einem lediglich angedeuteten Kuss des Bischofsrings an der fleischigen Pranke des Kardinals ließ sich auch Meyerhoff vom Abt einen Platz anbieten. ‚*Omne animal se ipse diligit'*[25], kam Meyerhoff beim Anblick des selbstverliebten Fettkloßes in den Sinn. ‚Früher passte der Ring sicher mal auf den Ringfinger', munkelte Meyerhoff, und er lag richtig. Nach den Zeiten der Völlerei hatte der Kardinal vergeblich versucht, den Ring abzunehmen. Ein Goldschmied musste ihn damals – noch in Berlin – mit einer Feinsäge entfernen, während der Kardinal um seine Gliedmaßen fürchtete.

Umgeben vom gesammelten Wissen der katholischen Kirche, saßen sich die drei wichtigsten Führer des konservativen Flügels der Kirche im Rheinland gegenüber. Vieles aus den Büchern hinter den Männern war im Laufe der Zeit öffentlich geworden. Ebenso viel schlummerte hinter dicken Ledereinbänden verborgen. Geheimes Wissen, das Machtansprüche untermauerte. Verschiedene Bischöfe und Kardinäle hatten begehrlich die Finger danach ausgestreckt. So auch der Kardinal, der versucht hatte, die Bücher nach Köln zu holen. Der Versuch scheiterte an den Mönchen, die diverse Rechtstitel anführten. Letztendlich musste der Kardinal anerkennen, dass das Kloster zum Bistum Aachen und nicht zu Köln gehörte. Dies nährte seine Abneigung gegen das Kloster.

Ohne Zeit zu verlieren, übernahm der Kardinal die Gesprächsführung:»Ich dachte, La Mano de Dios hätte ganze Arbeit geleistet, seitdem der selige Ordensgründer der Kirche die Idee zur Hexenjagd unter dem Deckmantel seiner Laienorganisation vorgetragen hatte. Nicht umsonst hat der Heilige Vater den Gründer seliggesprochen. Kam dieser Dank etwa zu früh?«

Dr. Meyerhoff gab sich zunächst peinlich berührt und zog sich in den eigenen Strafraum zurück. Seine nächtliche Akribie hatte ihn auf alle eventuellen Windungen des Spiels vorbereitet. Er ließ den Kardinal sich verausgaben und formulierte seine Antwort vorsichtig, diplomatisch:»Eure Eminenz, ihr wisst,

---

[25] *Jedes Lebewesen liebt sich selbst.*

dass der Kampf gegen das Böse nie endet. Wir alle können lediglich Etappenziele vorweisen. Der Dualismus Gut gegen Böse wird sich nie auflösen. Gäbe es das Böse nicht, hätte auch das Gute keine Existenzberechtigung mehr.«

»Papperlapapp. Reden wir nicht um den heißen Brei. La Mano de Dios hat versagt. Ihr habt versagt! Regelmäßiges Versagen ist auch eine Art von Zuverlässigkeit!« Der Kardinal schnaufte und griff nach Luft. »Euer Orden hat noch eine Gelegenheit, das Angefangene zu vollenden. Warum seid ihr hier, wenn ihr nichts Sinnvolles beitragen könnt?«

»Ich treffe mich gerne mit Gleichgesinnten.«

Der Kardinal verstand die Antwort nicht. Noch immer hatte keiner den Grund des Treffens ausgesprochen. Meyerhoff ließ den Kardinal zur Sache reden.

»Eminenz, La Mano de Dios ist das Rückgrat der Kirche. Und in speziellen Fragen sind wir die einzigen, die der Aufgabe gewachsen sind …« Er lächelte und wandte sich zum Abt. »… außer vielleicht eurem ehrenwerten Orden, wenn sie sich denn mal aus ihrem Kloster begeben würden.«

Abt Raphael lächelte, schüttelte aber den Kopf. »Unser Platz ist in diesen Gemäuern.«

Der Prälat versuchte, den Abt auf seine Seite zu ziehen. Dieser verstand den Wink, bezog aber keine eindeutige Stellung.

»Unsere Recherchen bilden die intellektuelle Basis des Glaubens und des Handelns. Das Handeln sehe ich bei den Brüdern des La Mano de Dios.«

Meyerhoff hatte den Abt in seine Gesprächsführung eingebunden, ohne dass der Kardinal darauf eingehen konnte.

»Vielleicht sollte ich diese Aufgabe dem Orden übertragen?« Der Kardinal versuchte, sich im Sessel zu winden, um größer zu erscheinen. Gleichzeitig griff er nach hausgemachtem Spritzgebäck, das auf einem kleinen Beistelltisch wartete.

»Unser Ort sind diese Mauern. Zudem haben wir nicht die Ressourcen. Und wie bereits erwähnt, der La Mano de Dios ...«, bemerkte der Abt.

Der Kardinal nuschelte: »Ja, ja! Der La Mano de Dios. Eure Meinung ist bekannt, lieber Abt.« Er ärgerte sich, dass der Abt nicht für ihn Stellung bezog. »Meint ihr wirklich, die Männer des La Mano de Dios sind der Aufgabe der Hexenjagd gewachsen?« Krümel flüchteten auf das durchschwitzte Hemd des Kardinals.

Meyerhoff erhob seine Stimme belehrend: »Eminenz, ihr habt keine Weisungsbefugnis. Wir sind nur dem Heiligen Vater Rechenschaft schuldig.«

Das „Ja, Ja" des Kardinals klang fast wie „Leck mich am Arsch". Wer es so interpretierte, lag nicht falsch.

Meyerhoff beugte sich hinunter, stützte sich auf den Lehnen des Sessels ab, nahm dem Kardinal die letzte Fluchtmöglichkeit und suchte den Augenkontakt. »Eminenz, eure Aufgabe ist es, uns die Logistik der Kirche zur Verfügung zu stellen, die fehlenden Informationen zu liefern, Einblick in die Kirchenbücher zu gewähren und den Rücken frei zu halten. Ihr dürft hier zuarbeiten. Die Vernichtung des Bösen überlasst uns.«

Meyerhoff richtete sich auf und schaute demonstrativ auf den Kardinal hinab. »Ihr dürft von der Kanzel über das Böse predigen. ... Sofern man euch Zugang zum Dom gewährt.«

Der Kardinal wusste, dass der Dom dem Domkapitel gehörte und er die Kirche nur als Gast betreten durfte. Dies würde immer ein wunder Punkt sein.

»Wir werden das Böse suchen und vernichten!«, meinte Meyerhoff scharf.

Der Kardinal wechselte das Thema, um sein Gesicht nicht zu verlieren.

Zwischen den Fronten fühlte sich Abt Raphael unwohl. So kam es ihm entgegen, dass die Mittagsglocke läutete. »Folgen sie mir ins Refektorium. Wir essen mit meinen Brüdern.«

Für einige Minuten prägten Nichtigkeiten die Diskussion. Ein älterer Mönch trug Suppe, aufgeschnittenes Holzofenbrot und Mineralwasser auf. Dem Kardinal wäre ein stark gehopftes Bier oder Rotwein lieber gewesen, aber er verzichtete aus Rücksicht auf die Askese des Abtes.

Nach dem Mahl schlossen sich ein Gebet und ein Rundgang durch den Kreuzgang des Klosters an. »*Post cenam stabis aut passus mille meabis*[26]«, meinte Meyerhoff entschlossen. Der Kardinal folgte schnaufend den beiden anderen. Er musste seine Lateinkenntnisse zusammensuchen. ‚Nach dem Essen, … tausend Schritte.' Die Ruhe hatte er vergessen. So gut war sein Latein nicht mehr.

Raphael hatte diesen kurzen Verdauungsgang vorgeschlagen, um etwas Frischluft zu atmen und zur Ruhe zu kommen, bevor man sich wieder in die Klosterbibliothek zurückziehen wollte. Mit Genugtuung nahm Meyerhoff wahr, dass der Kardinal nicht glücklich mit dieser Entscheidung war. Zudem richtete Meyerhoff immer wieder Fragen an den Kardinal oder versuchte, ihn auf sonstige Weise in das Gespräch einzubinden. So konnte der Berliner nicht einmal ruhig durchatmen, weil sein Redefluss das Atmen aus dem Rhythmus brachte.

»Und wo ist das Buch nun?«, wandte sich der Abt an Meyerhoff. Auch seine Neugierde brannte. Aber ihm ging es um das Buch und das geheime Wissen, das es bergen könnte.

---

[26] *Nach dem Essen sollst du ruh'n, oder tausend Schritte tun.*

»Ich muss gestehen ... ich weiß es nicht«, antwortete Meyerhoff zögernd. »Dazu gleich mehr in der Bibliothek. Man weiß nie, ob Wände Ohren haben.«

Die letzten Meter des Kreuzgangs gingen die Männer schweigend und betraten schließlich wieder die Innenräume des Klosters.

Zurück in der Bibliothek hatte der Prälat sich entschieden, ganz offen die Wahrheit über die Geschehnisse weiterzugeben, ohne seine Rolle besonders zu betonen. ‚Genau genommen hatte ich auch keine Rolle‘, überlegte er.

»Ich war nur eine Armlänge vom Buch entfernt, wusste aber nichts von seiner Gegenwart«, begann der Prälat und erläuterte die Verbrennung der Habseligkeiten von Josef. Anschließend beschrieb er die Rolle Gertruds als Haushälterin von Johann und den Tod seines Bruders in der Schweinesuhle.

»Das letzte Buch ... das gälische Buch war hier? So nah in der Eifel. Bei einem Bauern?« Der Abt betonte diese Worte mit Bedacht. Er konnte sich diese Zusammenhänge nicht erklären. Als Kirchenwissenschaftler musste er dieses Buch finden. Hingegen wusste er, dass Meyerhoff und der Kardinal eher die Inquisition und Vernichtung der Hexerei in den Fokus stellen würden. »Wie sollte ein Eifeler Bauer an das letzte Buch der Hexen gekommen sein?«

Der Kardinal fokussierte sich auf die Aussage, die er wiederholte: »... die ganze Zeit so nah ...«

Für den Abt waren die globalen Zusammenhänge wesentlich interessanter, weil sie keinen Sinn für ihn ergaben. »Wir haben die ganze Zeit das letzte Buch in Schottland oder Irland vermutet. Vielleicht auch, mit weniger Wahrscheinlichkeit in der baskischen Region. Dort, wo man eben noch das Gälische oder verwandte Dialekte spricht. Oder abseits. Bei Auswanderer in den USA. Aber doch nicht in der Eifel.«

»Die hiesigen Highlands. Es war in Ülpenich bei Zülpich«, korrigierte der Kardinal. »So nah und doch so fern.« Dann erhob er sich schwerfällig aus seinem Sessel und fand einen Schuldigen: »Meyerhoff, Sie waren eine Armlänge entfernt. Sie hätten zugreifen und das Buch dem Feuer übergeben müssen. Es war Gottes Vorsehung. Er hat das Buch zu uns geführt. Zu Ihnen geführt. Sie hätten nur zugreifen müssen. Sie haben bei dieser Prüfung versagt. Sie haben unseren Herrn enttäuscht!« Bei diesen Worten bekreuzigte sich der Kardinal. »Korrigieren Sie gefälligst Ihren Fehler. Wir, ... nein, Sie ... werden Maßnahmen ergreifen. Das Buch muss wiedergefunden werden!«

Nachdem der Kardinal Aufgaben verteilt hatte, wozu er keine Befugnis hatte und ohne konkret zu werden, verabschiedete er sich mit kurzen Worten und ließ nach seinem Fahrer rufen. Der Abt begleitete den Kardinal noch zu seinem schwarzen Audi mit Massagesitzen und hielt die Türe auf.

Meyerhoff verblieb in Selbstzweifel auf halber Strecke im Kreuzgang und schaute nachdenklich dem Kardinal hinterher. ‚War es wirklich meine Schuld? Habe ich den Herrn enttäuscht?‘

Der Abt holte den Prälaten am Kreuzgang ab. Anstatt wieder in die dunkle Bibliothek zu gehen, gingen die beiden Männer, begleitet von der Nachmittagssonne, in den vor der Öffentlichkeit abgeschirmten Klostergarten. Die Insekten waren fleißig. Bienen summten von Blüte zu Blüte. Es roch vielfältig nach alten und uralten Küchenkräutern, die hier nicht nur wissenschaftlich, sondern in erster Linie für die eigene Küche gezüchtet wurden.

»Bruder Ulrich züchtet hier alte Kräuter zurück, wie sie früher einmal waren. Das gibt einen anderen, bodenständigen Geschmack für unsere Speisen«, erläuterte der Abt überflüssigerweise, denn die Männer saßen nicht zum ersten Mal in diesem Garten und genossen die Melange der verschiedenen Gerüche. »Niemand vermisst hier den Geruch von Kölnisch Wasser«, meinte Meyerhoff süffisant.

Die Situation erschien entspannt, obwohl die beiden Männer versuchten, nun ohne den Kardinal, alle bekannten Fakten zu bewerten. Der Prälat erläuterte dem Abt, was er von Gertrud über Josef und die Londoner Begebenheiten wusste. Auch wenn vieles den Männern verborgen blieb, ergaben die verbliebenen Fakten ein schlüssiges Bild.

»Das Buch frisst seine Besitzer«, grübelte der Abt. »Und diesmal wohl wortwörtlich.«

»Das macht es so gefährlich.«

Der Prälat fasste zusammen, was er über die Geschichte des Buchs wusste. »Jeder, der es in den Händen hielt, starb früher oder später eines unnatürlichen Todes.«

Was beide Männer nicht wussten, war, dass diese Erkenntnisse nur auf jene zutrafen, die das Buch nicht lesen sollten. Rechtmäßige Besitzer wurden hingegen vom Buch geschützt. Dies konnte die Kirche wirklich nicht wissen.

Dann wiederholte Abt Raphael seine Frage aus der Bibliothek, die unbeantwortet blieb: »Und wo ist das Buch jetzt?«

»Es wurde auf einem Flohmarkt verkauft. Wir wissen nicht viel über die Käuferin. Wir haben lediglich eine vage Beschreibung der Person, die uns nicht weiterhilft. Noch nicht einmal ein nützliches Bild für die Suche.«

»Haben wir irgendetwas an Ansätzen?«

»Ich vermute, dass das Buch noch ganz in der Nähe ist. So wie die Verkäuferin die Kundin und ihre Freundin beschrieben hat, gab es keine Auffälligkeiten im Dialekt und man schien auch nicht aus der Ferne zu diesem Flohmarkt angereist zu sein.«

»Also suchen wir im näheren Umfeld von ... sagen wir einmal 50 Kilometer. Vielleicht etwas mehr.« Der Abt schien die weiteren Möglichkeiten zu hinterfragen.

»Geben Sie, mein lieber Prälat, an Ihre Leute im Orden am besten nur eine Beschreibung des Buches weiter. Nicht mehr. Jeder, der zwei Augen hat, soll danach Ausschau halten. Wir werden versuchen, über das Internet Spuren zu finden.«

❧ ❧ ❧

Bonn

»Wo tut es weh?«, fragte der Physiotherapeut, den Enya nur den Prediger nannte, als er bei ihr zu Hause die Massageliege aufbaute.

»Es ist der Rücken. Und es zieht schrecklich ins Bein.«

Der Prediger, der immer über sein Ehrenamt in einer freikirchlichen Gemeinde sprach, arbeitete professionell und linderte ihre Schmerzen trotz seines ständigen Redens.

»Ist es besser so?«, fragte er, während er sich langsam an den Schmerzherd heranarbeitete. Enya antwortete nur mit einem gequälten »Autsch!« und verzog die Mundwinkel.

Der Prediger erzählte von einem Jugendcamp und der Selbstfindung in der Natur. Irgendwann verstummte das Gespräch, und die Bewegungen seiner Hände wurden fahriger. Der Druck auf den Schmerzpunkt ließ nach. Enya, auf dem Bauch liegend, versuchte den Kopf zu drehen, konnte ihn aber nicht sehen.

Juna, ihr schwarz-weißer English Pointer, wurde unruhig. Normalerweise verschlief sie den halben Tag in ihrem Körbchen und reagierte nie auffällig auf den Prediger. Doch heute war alles anders.

Nach 20 Minuten war die Behandlung zu Ende. Enya ging ins Bad, wischte sich das Massageöl ab. Sie zog sich eine bequeme Jogginghose an.

Der Prediger klappte die Massageliege zusammen und ging. Enya bemerkte, dass etwas im Atrium verändert war. Sie schaute sich um und grübelte, ob es nur Einbildung war.

Juna saß vor der Truhe mit dem Buch Liath und schaute nach oben. Das Buch lag aufgeschlagen auf der Truhe, obwohl es dort sonst nie offen lag. Der Prediger musste hineingeschaut haben.

Ülpenich

Das Telefon klingelte penetrant. Eine unbekannte Nummer erschien im Display. Meyerhoff, in seinem Büro mit einer umfangreichen Arbeit beschäftigt, wollte das Gespräch zunächst ignorieren. Doch als der Anrufer zum dritten Mal anrief, ohne eine Nachricht auf dem Anrufbeantworter zu hinterlassen, beschloss der Prälat widerwillig, zurückzurufen.

Unter der Nummer meldete sich der Prediger mit knapper Stimme: »Ich weiß, wo das gesuchte Buch ist.«

Von Bonn nach Alba

Die Stimmung des Tages war ungewöhnlich.

Juna, eine ältere Hundedame mit grauer Schnauze, hatte ein besonderes Gespür für Gefahr. Mit ihren sanften, schwarzen Pfoten, die wie in Handschuhen steckten, wirkte sie aristokratisch. Man musste Juna einfach mögen.

Enya und Juna waren kreative Einzelgänger, die keine festen Bindungen suchten. Beide suchten gelegentlich Zärtlichkeit, ohne sich fest binden zu wollen. Enya hatte Juna als streunenden Junghund mit blutenden Pfoten gefunden. Obwohl Enya normalerweise kein Samariter für streunende Hunde war, konnte sie an diesem Häufchen Elend nicht vorbeigehen. Sie pflegte Juna zu Hause, zahlte den Tierarzt und brachte sie wieder zu Kräften. Eigentlich wollte sie Juna ins Tierheim geben, aber das Tierheim war überbelegt. So blieb Juna bei Enya, und ein Besitzer meldete sich nie.

Die beiden arrangierten sich schließlich. Enya kaufte ein Weidenkörbchen, Futter, ein Flohhalsband und Spielzeuge. Doch Juna zog nach ihren eigenen Bedingungen ein. Sie ignorierte das Weidenkörbchen und bevorzugte Enyas Sofa, fraß lieber Enyas Wurst vom Brot und schleckte Marmelade von unbeaufsichtigtem Toast. Enya begann, einen kleinen Rest ihres Croissants als Morgengruß für Juna neben das Weidenkörbchen zu legen.

Enya erkannte bald, dass Juna lieber mit dem unter dem Bett gefundenen Vibrator, namens Fred, spielte als mit der eigens gekauften Plüschente. Enya bestellte einen neuen Vibrator, entfernte die Batterien aus dem alten und überließ ihn Juna. Ohne das permanente Surren verlor Juna schnell das Interesse.

In kürzester Zeit wurde Juna Enyas einzige Vertraute, kannte all ihre Geheimnisse und behütete sie. Enya fragte sich oft, ob Juna die Reinkarnation eines großen Geisteswissenschaftlers oder Psychotherapeuten sei, der heimlich ihre Sehnsucht nach Wärme therapierte.

Am gleichen Ort, also in Bonn

Junas Unruhe färbte sich auf Enya ab. So gut es die Rückenschmerzen zuließen, lief Enya im Atrium auf und ab.

Juna streifte immer wieder um die Truhe herum.

Enya nahm das Buch Liath von der Truhe, woraufhin Juna sofort ruhiger wurde.

»Was hast du mit dem Buch zu tun?«, fragte Enya Juna. Zu ihrer Überraschung hatte sie das Gefühl, eine Antwort zu bekommen: ‚Das Buch kennt die Antwort. Schlag nach!‘

Verwirrt fragte sich Enya, ob sie sich das nur einbildete. ‚Rede ich jetzt mit meinem Hund? Oder was war das gerade?‘ Die Verwirrung wich schnell der Aufregung und Neugierde.

»Ich rede mit einem Hund und suche Lösungen in einem Buch, das niemand lesen kann.«

Trotzdem legte Enya das Buch auf den massiven Tisch und setzte sich. Nach einem tiefen Atemzug schlug sie es an einer willkürlichen Stelle auf. Es war weiterhin unleserlich. Sie hatte auch nichts anderes erwartet. Oder doch? Bei einem zweiten Blick schienen ihr plötzlich einzelne Worte erkennbar:

Leòdhas agus na Hearadh

Alba

Caisteal an Siùna, Alba (Schottland)

Sir Abraham Scobie hatte Gewissheit. Irgendetwas sagte Ihm, dass das Buch Liath seine Reise in die Heimat antreten würde. Sir Bram würde seine Vorbereitungen treffen.

Abtei Marias Gnade

Am späten Nachmittag traf Prälat Meyerhoff wieder in der Abtei Marias Gnade ein. Er wollte das Gespräch nicht am Telefon führen.

Der Abt führte den Prälaten direkt in die Bibliothek.

»Es gibt Dinge zwischen Himmel und Erde, die der Kardinal nicht wissen muss«, begann Meyerhoff. »Wir wissen nicht, ob der Fund des Buches Zufall ist oder ob ein Hexenzirkel wiedererstarkt.«

»Wenn jemand das alte Wissen ausgegraben hat, könnte er einen neuen Coven aufbauen. Es irritiert mich, dass das Buch hier aufgetaucht ist. Es sollte – nach meiner Kenntnis – unlesbar sein.«

»Das irritiert mich nicht«, entgegnete Meyerhoff. »Dieser Josef Schmitz hat es wohl in London erworben.«

»Ich dachte, das alte Wissen liegt wohlbehütet in eurer Bibliothek«, hinterfragte Meyerhoff. »Der Kardinal muss nicht alles wissen.«

»Wir haben eine alte Abschrift des Deutschen Buchs der Schatten, aber vieles ist unlesbar. Die Schattenbücher der Coven unterscheiden sich. Keines hat uns bisher seine Geheimnisse offenbart«, erläuterte der Abt. »Vielleicht erhalten wir nun Zugang zu diesem Wissen.«

»Wir brauchen ein detailliertes Lagebild. Wen haben wir auf unserer Seite?« Meyerhoff zählte auf: »Ihr, Abt Raphael, meine Wenigkeit, mit Einschränkungen den Kardinal ...«

»Und drei Vertraute aus meinem Orden. Das sind fünf Personen. Wie sieht es im La Mano de Dios aus?«

»Ich bin mir nicht sicher, wem ich was anvertrauen kann. Ich habe einige Spezialisten für heikle Jobs und ein Dutzend Laien hier in Deutschland auf der Suche nach dem Buch. Dazu kommen einige Dutzend in Europa und der neuen Welt. Auf Hexenjagd musste ich noch niemanden schicken. Auch Exorzismen hatten wir lange keine mehr in Deutschland.«

»Dann schlage ich vor«, sagte der Abt, »dass wir alte und neue Orte des Auftretens der Hexen gegenüberstellen und die Verbindungen suchen.«

Und dann suchen wir das Buch. *Cessante causa cessat effectus.*[27]«

๑๛ ๛ ๛

Bonn

Enya versuchte, den Sinn der erkannten Worte zu entschlüsseln. Dank Google war es einfach, eine Übersetzung zu finden. Alba war der gälische Name für Schottland. Mit Leòdhas agus na Hearadh tat sie sich schwerer. Es klang wie ein ganzer Satz, dessen Bedeutung ihr unklar war. Schließlich entdeckte sie, dass es die Namen der nördlichen Doppelinsel Lewis und Harris in den Äußeren Hebriden waren.

‚Was soll das?', dachte Enya. Sie hatte geografische Bezeichnungen, aber keinen Zusammenhang. Sie wurde nachdenklich und bemerkte, dass ihr eigener Name Enya und der ihres

---

[27] *Fällt die Ursache fort, entfällt auch die Wirkung.*

Hundes Juna gälische Namen waren. Diese Häufung konnte kein Zufall sein.

Enya lief auf und ab. Der Dampfer reichte nicht mehr zur Beruhigung. Sie durchsuchte die Schubladen nach Zigaretten. ‚Irgendwo müssen doch noch welche sein‘, dachte sie. Juna beobachtete sie aufmerksam. Die Unruhe legte sich nicht. Schließlich fand Enya eine angebrochene Zigarettenschachtel in der Schublade mit Haushaltswerkzeug. Schnell zündete sie eine Zigarette an und nahm den ersten tiefen Zug nach langer Zeit. Enya ärgerte sich, da sie normalerweise nie im Haus rauchte. Sie öffnete die Terrassentür und rauchte draußen weiter, fröstelnd in der kühlen Abendluft.

In dieser Nacht fand Enya keinen Schlaf. Immer wieder versuchte sie, den Zusammenhang zwischen den Namen Enya, Juna, Alba, Leòdhas und Hearadh zu ergründen. Es musste einen Grund geben.

Noch in der Nacht beschloss sie, nach Schottland zu reisen. Sie erkundigte sich nach den Einreisebestimmungen, besonders für Hunde. Am Ende entschied sie sich für die Fähre von Ijmuiden bei Amsterdam nach Newcastle-upon-Tyne, da es dort eine Hundekabine gab.

Die Nacht verging schnell. Enya packte Koffer, die Transportbox für Juna und alles, was sie brauchte. Der Alfa Romeo bot nicht viel Platz, aber es würde reichen.

Plötzlich hielt Enya inne. ‚Was mache ich hier eigentlich? Wie lange werde ich weg sein?‘ Sie prüfte ihre Kontostände. Zur Sicherheit überwies sie eine größere Summe vom Gemeinschaftskonto auf ihr eigenes Konto.

Zum Schluss nahm sie vorsichtig das Buch Liath von der Truhe, schlug es wieder in das Seidenpapier ein und legte es in einen ihrer Koffer.

Es wurde langsam hell, als Enya fertig war. Sie wollte raus, weg von Bonn. Ein paar Stunden Schlaf konnte sie später auf der Fähre nachholen. Die Weichen waren gestellt.

Bonn

Der Prediger stellte seine zusammengeklappte Massageliege kurz ab, um an der Tür zur Villa am Venusberg in Bonn zu klingeln.

Ein missgelaunter Mittfünfziger öffnete die Tür. »Heute wird es keine Massage geben.«

»Physiotherapie. Nicht Massage.«

»Es wird auch keine ... Physiotherapie ... geben«, betonte der Hausherr nochmals mürrisch und blieb in der Tür stehen.

»Ich verstehe nicht«, entgegnete der Prediger. »Frau Ansbach hat nicht abgesagt.«

»Sie ist weg«, grummelte der Hausherr. »... hat aber nicht gesagt wohin. Warum erzähle ich Ihnen das eigentlich alles?«

»Sie kann mich anrufen und einen neuen Termin ausmachen, sobald sie zurückkommt. Die Stunde muss ich berechnen.«

»Das wird dauern. Sie muss in der Nacht mit meinem Auto und ihrem Köter abgehauen sein. Sie hat mir einen Zettel auf der Truhe dagelassen, wo sie sonst den neuen Flohmarkt-Kram aufbewahrte: „Ich brauche eine Auszeit und fahre ein paar Tage weg".« Der Mann hielt kurz inne und schrie dann dem Prediger entgegen: »Und dann nimmt sie mein Auto!« Seine Stimme wurde wieder ruhiger. »Und den Hund. Und ein Buch mit Zahlen, das keiner lesen kann! Irre, oder?«

Dem Prediger blieben einige wichtige Punkte aus dem kurzen Gespräch in Erinnerung. Er saß noch immer vor Hauke Ansbachs Haus in seinem alten Opel und dachte über die Situation nach. ‚Ärgerlich. Ich habe das Buch aus den Augen verloren. Man wird unzufrieden mit mir sein.‘

Er rekapitulierte die wenigen Informationen und griff dann zu seinem Mobiltelefon. Vor Scham, Enttäuschung und in dem Glauben, vor Gott versagt zu haben, würde der Prediger in der folgenden Nacht wieder zur Peitsche greifen und sich selbst kasteien. Zuerst musste er telefonieren.

Erzbischöfliche Verwaltung, Köln

Meyerhoff nahm das Gespräch bereits nach dem ersten Klingelzeichen an. Er hatte sein Mobiltelefon in der Hand und blätterte durch verschiedene Nachrichtenseiten, als der Anruf seine Lektüre unterbrach.

»Das Buch ist nicht mehr dort, wo ich es gefunden hatte«, erklärte der Prediger ohne Umschweife.

Der Prälat horchte sofort auf. »Wo ist es jetzt?« wollte er wissen.

Der Prediger wiederholte Hauke Ansbachs Informationen über das Verschwinden seiner Frau. Außer einer kurzen Antwort, »Ich werde mich darum kümmern,« gab es keine weitere Reaktion vom Prälaten. Alles Weitere hatte den Prediger auch nicht zu interessieren.

Meyerhoff legte das Mobiltelefon beiseite und ging seinen Gedanken nach. 'Ich werde mich darum kümmern. Ja. Aber wie?' Er versuchte, seine Möglichkeiten abzuschätzen. Zunächst betätigte er die Toilettenspülung, kleidete sich wieder an, verließ das Bad und begann, einen Plan zu schmieden.

Abtei Marias Gnade

Eine halbe Stunde später versuchte Prälat Meyerhoff, Abt Raphael zu erreichen. Es war nicht einfach, den Mönch ans Telefon zu bekommen. Mehrere Anrufe blieben erfolglos, bis Meyerhoff schließlich im Klostersekretariat anrief und um einen Rückruf bat. Die Nachricht erreichte Abt Raphael im Klostergarten, wo er gerade mit Bruder Ulrich über dessen neueste Ideen sprach, alte Gemüsesorten wie Mangold wieder anzubauen. Ein Novize brachte dem Abt sein Mobiltelefon und übermittelte die Bitte um Rückruf.

Der Abt wählte die eingespeicherte Nummer. »Was kann ich für Sie tun? Man sagte mir, es sei wichtig,« begann er das Gespräch. Während des Telefonats ging er die langen Wege zwischen den Beeten auf und ab. Bruder Ulrich folgte im gebührenden Abstand und beschäftigte sich mit einem Rosmarinzweig, den er zwischen den Fingern drehte.

Der Abt hörte eine Zeit lang schweigend Meyerhoff zu. Seine Mimik verriet wenig, er wirkte nachdenklich und unerschütterlich, während er parallel viele Gedanken verarbeitete und sich dennoch auf das Wesentliche konzentrierte. Gelegentlich wies er Bruder Ulrich auf eine Pflanze hin, nickte dann wieder, als stimmte er einer Aussage des Prälaten am Telefon zu. Abt Raphael hatte das Multitasking perfektioniert.

»Und Sie sind sicher, dass das Buch weg ist?« fragte der Abt schließlich, während er weiter dem Anrufer lauschte.

Irgendwo in Alba

Der Tag begann für schottische Verhältnisse erstaunlich mild und sogar ein wenig sonnig. Sir Abraham Scobie wurde bei seiner Frühstückslektüre, der Oban Times, auf dem Balkon des alten Gemäuers gestört. Üblicherweise nahm er während des Zeitungslesens keine Anrufe entgegen. Er würde zu gegebener Zeit zurückgerufen.

Nachdem er kurz mit »Yes, please?« das Gespräch dennoch entgegen genommen hatte, meldete sich eine junge Stimme mit starkem gälischen Akzent: »Der Himmel über den Steinen hat sich kurz und ungewöhnlich verändert. Selbst die Steine haben kurz aufgeleuchtet.«

Für die meisten Menschen wäre solch eine Meldung über ein Himmelsleuchten irrelevant gewesen. Nicht für Sir Bram. Mittlerweile wusste er, diese Erscheinungen zu deuten. Wenn die Steine Regungen zeigten – was sie eigentlich nicht taten, sondern lediglich die Farben des Himmels reflektierten – änderte sich die Magie. Dies konnte gut sein; musste es aber nicht. Zunächst hatte Sir Bram nur diese Kenntnis: „Die Magie änderte sich.“

Ijmuiden bei Amsterdam und auf See

Die Fähre war bereits aus einiger Entfernung im Hafen von Ijmuiden zu sehen und erschien wie ein schneeweißes Hochhaus. Enya reihte sich mit dem blauen Alfa Romeo ihres Mannes zwischen zwei Wohnmobilen ein und beobachtete die anderen Reisenden, während sie warten musste. Ihr Finger klopften einen undefinierbaren Rhythmus auf dem Lenkrad. Die meisten schienen freudig erregt, offenbar bereit, ihre Urlaubsreisen zu beginnen. Einige wenige Geschäftsleute standen ebenfalls in der Schlange. ‚Beruflich würde man wohl eher das Flugzeug nehmen', überlegte sie. ‚Time is money.'

Viele Autos mit britischen Kennzeichen standen in der Reihe. Es waren wohl Urlauber, die vom Kontinent zurückkehrten. Man erkannte sie an ihren bunten Hawaiihemden oder den Trikots der Glasgow Rangers, Bierdosen in der Hand und lauten Fangesängen.

Zwischen den Fußballtrikots mischten sich Fantrikots der schottischen Rockband Runrig, die am kommenden Wochenende ihre Abschiedskonzerte geben würde. Enya dachte: ‚Da wäre ich auch gerne.'

Der Check-in zur Fähre verlief gründlich. Alle Papiere wurden ausführlich geprüft. Mitarbeiter der Fährgesellschaft arbeiteten gemeinsam mit dem niederländischen Zoll. Enya war nervös und hätte fast ihren Personalausweis fallen lassen, als sie diesen zusammen mit der Buchungsbestätigung vorzeigen sollte. Der Ausweis und die Impfpapiere von Juna waren bereits im Fährterminal überprüft worden. Hier am Check-in wurde der Chip des Hundes ausgelesen und mit den Daten in den Papieren abgeglichen.

Etwas stimmte nicht. Die freundliche Holländerin am Schalter runzelte die Stirn. Schließlich meinte sie: »Ich habe Buchungen für eine Person und einen Hund. Soweit ist alles in Ordnung. Aber nicht für das Auto!« Enya war erschrocken und enttäuscht. Irgendwie war bei der Online-Buchung das Ticket für den Alfa Romeo herausgefallen. Die Fahrt schien zu Ende zu sein, bevor sie richtig begonnen hatte.

Enya überlegte, was sie tun sollte. Wäre es eine Option, das Auto in Amsterdam stehen zu lassen und ohne Fahrzeug zu fahren? Das Auto gehörte ihrem Mann Hauke. In Newcastle könnte sie sich einen Mietwagen leihen. Doch wie sollte sie das mit dem Gepäck und Juna bewerkstelligen? Und wie lange würde ihr Geld reichen?

»Die Fähre ist ausgebucht«, sagte die Holländerin und schaute in die traurigen Augen des Hundes. Sie wollte Enya und Juna gerade zurück zum Fährterminal schicken, doch dann hatte sie eine Idee. Sie prüfte die Buchungen genauer und wurde fündig: »Hier sehe ich eine Absage für einen Passagier mit Auto! Wenn Sie möchten, buche ich Ihr Fahrzeug direkt auf diese Fähre.« Enya war erleichtert. Juna schnaufte zufrieden in ihrem Körbchen. Manchmal muss man auch ein wenig Glück haben.

❦ ❦ ❦

Auf See

Auf der DFDS Fähre King Seaways wurde jeder Zentimeter unter Deck genutzt. Enya fuhr bis zur Stoßstange des Vordermanns vor, während das nächste Auto bereits hinter ihr positioniert wurde. Die Autos mussten millimetergenau geparkt werden. Ohne die Einweiser in gelben Warnwesten hätte Enya das kaum geschafft. Das Aussteigen mit Hund war ebenfalls eine Herausforderung. Zuerst stiegen die Insassen auf einer Seite aus, dann wurde Tür an Tür mit eingeklappten Spiegeln geparkt. Früher, ohne die vielen SUVs, war das sicher einfacher.

Es war wichtig, nichts im Auto zu vergessen, denn die Autodecks wurden nach dem Parken für Passagiere gesperrt. Enya lief genau in diese Falle und musste nochmal mit Juna zurück, um Hundefutter aus dem Auto zu holen. Den Weg zurück zu den Autodecks zu finden, war nicht einfach, da viele Türen nach dem Hochfahren der Autorampen nicht mehr zugänglich waren. Schließlich fand Enya doch noch einen offenen Zugang und konnte sich zum Auto durchschlängeln.

Eine Fähre ist wie ein Kreuzfahrtschiff für eine Nacht. Die Überfahrt bot ein komprimiertes Erlebnis: eine Kreuzfahrt in wenigen Stunden mit Entertainment-Programm, Bars, Bistros und einer Shoppingmeile. Die Bar auf dem Oberdeck bot schlechte Drinks und teures Bier aus Flaschen. Bei gutem Wetter saßen die Passagiere hier in der Sky Bar hinter Glasscheiben und genossen den Seewind. Viele fühlten sich bereits wie im Urlaub und es gab schnell Small Talk: »Was macht ihr so?« oder »Fahrt ihr weiter durch Schottland?« – das waren die Fragen, die die Passagiere bewegten.

Enya wusste noch nicht, dass sie Deutschland für lange Zeit hinter sich lassen würde. Vielleicht für immer.

Alba (Scotland)

Die ersten Kilometer im Linksverkehr

Newcastle-Upon-Tyne

‚Noch bin ich nicht in Schottland', wusste Enya. Sie fühlte sich fremd in diesem Ort, der für ihren Geschmack noch viel zu weit von Schottland entfernt war.

Die ersten Kilometer im Linksverkehr begannen mit fünf aufeinanderfolgenden Kreisverkehren. Enya bekam sofort einen Eindruck von dem, was sie auf den Straßen noch erwarten würde. Dabei hatte sie die schmalen Single Lanes in den Highlands noch gar nicht kennengelernt. Anfangs stand ihr der Schweiß auf der Stirn, und sie fuhr übertrieben langsam. Mit etwas Konzentration kam sie nach und nach besser zurecht. Die Briten zeigten Geduld; ihr Autokennzeichen deutete darauf hin, dass man ihr ein wenig mehr Zeit geben musste.

Da viele Kreisel größer und mehrspurig waren, musste sich Enya darauf konzentrieren, auf welcher Spur sie ein- und wieder ausfahren sollte. Blinker links beim Einfahren, rechts blinken, wenn man noch ein wenig im Kreis fahren wollte, und wieder links blinken, wenn man das Karussell verlassen wollte.

Wenn Enya links abbog, blieb sie nahe der Bordsteinkante, sofern es eine gab. Sie wollte sich jedoch nicht zu sehr an den Straßenrand schmiegen, denn immer wieder gab es Ausbrüche oder Felsen, die ein paar Zentimeter hervorschaute und auf unschuldige Leichtmetallfelgen warteten. Beim Rechtsabbiegen musste sie aufpassen, da sie sich nicht am Bordstein orientieren konnte.

Carter Bar, jetzt aber in Schottland

Enya überquerte die Grenze nach Schottland am 16. August um 11:30 Uhr. Diese geografische und kulturelle Grenze zwischen England und Schottland war deutlich, auch wenn es keine Schlagbäume oder Zäune gab. ‚Südlich dieser Grenze trägt man Hosen, nördlich den Kilt‘, dachte Enya, obwohl sie später nur wenigen Männern im Kilt begegnen würde.

Am Carter Bar, an der A68, erreichte Enya die Grenze auf einer Bergkuppe. Sie hielt auf dem Rastplatz an, damit Juna ein paar Pfotenschritte laufen konnte. Enya wollte an einem Imbisswagen einen Kaffee trinken, musste aber feststellen, dass sie vergessen hatte, sich mit britischen Pfund einzudecken. Dennoch nutzte sie die Gelegenheit, eine Pause zu machen, einen ersten Blick auf Schottland zu werfen und Fotos am Grenzstein sowie am Willkommensschild mit der Aufschrift „*Fàilte gu Alba*“ auf einer schottischen Flagge zu machen. Der Name Alba klang für Enya besser als Scotland und war einprägsam.

Jedburgh

Enya hielt in Jedburgh, weil sie dringend Pfundnoten für die erste Zeit in Schottland brauchte. Jedburgh war der erste größere Ort hinter der schottischen Grenze, und Enya fragte sich zunehmend, wohin sie eigentlich wollte. Bisher war sie einfach losgefahren und fühlte sich auf eine verborgene Weise geleitet. Schottland war ihr Ziel, beeinflusst durch die Hinweise im Buch Liath auf Alba und die Inseln Lewis & Harris.

Sie parkte in der Cannongate Street und versuchte, an einem Geldautomaten Geld abzuheben, was jedoch scheiterte. Schließlich betrat sie eine kleine Bank, wo ein freundlicher Mitarbeiter ihr half und sie mit 200 schottischen Pfund versorgte.

Mit dem Geld in der Tasche setzte sich Enya in ein Café am Market Place und beobachtete das ruhige Treiben. Auf einem Baugerüst arbeiteten Handwerker, ab und zu fuhr ein Auto vorbei, und es gab nur wenige Passanten. Sie trank ihren ersten schottischen Kaffee, der besser war als erwartet, und teilte sich mit Juna ein Thunfischsandwich.

Polizeiarbeit und Zahlenlehre

Bonn

Bei der Polizei ging die Suche weiter, obwohl man sich noch immer mit dem Fall Josef Schmitz beschäftigte.

»Wir haben nichts. Nichts!«, fasste Alex Mathijs den aktuellen Sachstand zusammen. »Nicht die Schweine waren die Mörder, sondern der Genickbruch.«

»Niemanden würde es stören, wenn wir die Ermittlungen einstellen«, kommentierte der Dicke und schlürfte an seinem Kaffee. Insgeheim wollte AM ihm zustimmen, doch sie sträubte sich.

»Wer könnte ein Motiv haben?«, fragte AM rhetorisch in die Runde. Weder die Anwesenden noch sie selbst hatten eine Antwort. »Wir müssen alles nochmals neu überdenken. Irgendetwas übersehen wir.«

»Oder wir übersehen nichts, weil nichts da ist«, meinte der Dicke.

»Die Zahlen an der Zimmerwand müssen eine Bedeutung haben«, entgegnete der Dürre.

»Aber sie müssen nicht unbedingt mit dem Tod in Verbindung stehen. Es sind wirre Zahlen. Wenn wir nichts anderes haben ...« AM zuckte ratlos mit den Schultern.

Bonn Poppelsdorf

Später am Tag hatte AM einen Termin mit einem zerstreuten Mathematikprofessor der Uni Bonn im Poppelsdorfer Waschbeton-Zweckbau. AM wartete bereits seit einer Viertelstunde vor dem Büro des Professors, als ein zerzauster, älterer Herr über den Flur gehetzt kam. »Sie sind schon da? Ach ja. Sehe ich. Wissen Sie nicht, unsere Zeiten gelten c.t., also immer zuzüglich eines akademischen Viertels. Sie haben nicht studiert, oder? So gesehen, nein absolut, bin ich pünktlich. Gestatten, mein Name: Brieskorn. Und Sie sind? Ach ja, sagten Sie am Telefon. Kommissarin.«

»Nein, ich heiße Mathijs. Alexandra Mathijs.«

»So, so. Stimmt. Ein Kommissar ist ja jemand, der vom Staat mit besonderen Vollmachten versehen wurde. Was sind Ihre Vollmachten?«

‚Sind Mathematiker wirklich so lebensfremd?', fragte sich Alex Mathijs. »Ich bin Kriminalkommissarin.«

»Also Frau Mathijs? Polizistin, oder?«

Während des einseitigen Gesprächs zog der Professor einen riesigen Schlüsselbund aus seiner Hosentasche und suchte umständlich den richtigen Schlüssel für seine Bürotür. AM wunderte sich, welche Tiefen eine Männerhose haben musste. Ganze Handtaschen könnten wohl darin verschwinden. Nachdem der Professor alle Schlüssel zweimal probiert hatte, meinte er: »Ach ja, die Tür ist offen. Warum haben Sie nicht drinnen gewartet?«

AM zweifelte immer mehr daran, dass dieser Mathematiker ihr helfen konnte. »Das sind die Zahlen und die einzige Spur, die wir in einem möglichen Mordfall haben«, begann sie. Sie musterte den Professor, der eine alte abgewetzte Cordhose und ein zerknittertes, offenes hellblaues Hemd trug.

»Nun zeigen Sie schon her!« Die Neugierde des Mathematikers war geweckt. Er schaute flüchtig auf die Zahlen und lächelte mitleidig. »Die erste Zahl ist der Mathematik seit langem bekannt und sehr bedeutend. Jeder Abiturient müsste sie kennen. Sie haben Abitur, oder?«

Alex Mathijs schaute böse.

»Wie dem auch sei, es ist die Eulersche Zahl e. Sie haben hinter der Zwei ein Komma vergessen. Es müsste 2,718... heißen. Ohne diese transzendente Zahl würden wir das exponentielle Wachstum und den Logarithmus nicht verstehen.«

AM verstand nicht viel, ließ den Mathematiker aber weiterreden. »Die Zahl ist etwas Besonderes, wie jede Zahl einzigartig.«

Der Mathematiker ging zur grünen Tafel an der Wand, wischte eine Ecke frei und notierte die Ziffern der ersten Zahl, die ihm AM gezeigt hatte.

Er dozierte über Transzendenzen, irrationale Zahlen und vieles mehr, alles anhand einer einzigen Zahl. AM schaute ihn fragend an, ohne zu unterbrechen. Der Mathematiker wechselte in den Lehrmodus und schließlich zu einem gnädigen Vater. An einem Punkt schaltete AM wieder auf Empfang.

»Die Zahl e wurde nach dem Schweizer Mathematiker Leonhard Euler benannt, der im 18. Jahrhundert lebte. Der Schotte John Napier arbeitete schon 200 Jahre früher mit Logarithmen und dieser Zahl. Können Sie mir folgen?«

AMs Gedanken fuhren Achterbahn. ‚Wo liegt die Verbindung zwischen einem Bauern in der Schweinesuhle und dieser speziellen Zahl?'

»Nun wird es interessant und philosophisch«, meinte der Mathematiker. »Die weiteren Zahlen, vielleicht eine Telefonnummer?« Er zuckte mit den Schultern. Dann hatte er doch noch einen Tipp: »Zumindest die Zahlen 3, 5, 13 und 17 sind

Primzahlen und haben auch eine tiefere esoterische Bedeutung. Versuchen Sie es mal im Kloster Marias Gnade in der Eifel. Der dortige Abt – der Name ist mir entfallen – weiß alles über esoterische Symbole, Hexerei und Zahlen. Er studiert quasi seinen Feind.«

Abtei Marias Gnade

Es war der Tag, den AM für die Zahlenrecherche vereinbart hatte. Sie würde Abt Raphael im Kloster treffen. Zunächst wollte sich Raphael nicht selbst der Sache annehmen, aber dann klangen die Begleitumstände und der Grund der Anfrage sehr interessant. Raphael brachte die Anfrage der Kommissarin gleich mit Liath in Verbindung.

AM brauchte gut fünfzig Minuten von Bonn in die Eifel. »Ich hoffe, es ist keine verlorene Zeit.« Sie rechnete bereits die Zeit für die Hin- und Rückfahrt zusammen und ging davon aus, nach einem kurzen Gespräch wieder in Bonn zu sein. »Aber es ist immerhin eine Chance«, dachte sie.

Kies knirschte unter den Reifen des Dienst-BMWs, als sie das Auto auf dem Besucherparkplatz des Klosters abstellte. Als sie die fünfzig Meter zur Klosterpforte leicht bergan lief, dachte sie nochmals über die Geschehnisse auf dem Hof nach und was sie eigentlich vom Gespräch erhoffte. Da sie keine Idee hatte, wen sie wo im Kloster ansprechen konnte, wenn sie den Abt sprechen wollte, fragte sie sich zunächst im Klosterladen durch. Zwischen geweihten Kerzen, Rosenkränzen und verschiedenen Büchern über das Klosterleben, Meditation und alte Pflanzen der Eifel fand sie schließlich eine Frau in der grauen Tracht eines Nonnenordens.

»Entschuldigung, ich habe heute einen Termin beim Abt. Vielleicht können Sie mir weiterhelfen …«

Die Nonne schaute kurz auf. »Leider kann ich den Laden jetzt nicht verlassen. Ich werde das Sekretariat anrufen. Sicher kann man Sie abholen. Die Pforte zum Kloster ist sowieso verschlossen und es muss jemand herunterkommen.«

Die Kommissarin bedankte sich und die Nonne wendete sich zum Telefon. Nach einem kurzen Gespräch drehte sie sich wieder zu AM um. »Sie werden abgeholt.«

»Ich dachte, ich bin hier im Kloster?«

»Ja schon. Das Kloster hat zwei Bereiche. Dies hier ist der für die Öffentlichkeit zugängliche Bereich. Daneben gibt es den zweiten Hof, in dem sich die Mönche zurückziehen. Dort findet das Klosterleben statt.«

»Vielleicht noch eine Frage«, wendete sich AM nochmals an die Nonne: »Wie redet man eigentlich einen Abt an?«

»Traditionell mit Euer Gnaden, Hochwürdigster Herr Abt, oder Hochwürden. Abt Raphael legt da nicht viel Wert drauf.«

»Und dann, wenn er keinen Wert darauf legt ...?«

»... dann machen Sie es am besten trotzdem. Man wird es wohlwollend zur Kenntnis nehmen.«

Noch während die Nonne die Begebenheiten beschrieb, kam ein junger Mönch, um die Kommissarin abzuholen. »Folgen Sie mir bitte. Man erwartet Sie bereits.«

AM folgte dem Mönch über verwirrend angelegte gelbbeige getünchte Gänge in das innere Heiligtum des Klosters. Der junge Mönch klopfte an einer massiven, rustikalen Holztüre, die sich in keiner Weise von den anderen Türen auf diesem Flur unterschied. Von außen konnte man nicht erkennen, dass dies das Büro des Abtes war. Raphael legte auch keinen Wert auf Äußerlichkeiten.

AM trat ein und wollte gerade den Abt wie soeben gelernt begrüßen, aber Raphael kam ihr zuvor: »Willkommen in Marias

Gnade. Darf ich einen Kaffee anbieten? Oder vielleicht einen Tee aus den Naturkräutern unseres Gartens?«

»Oh, das mit dem Tee hört sich gut an. Sehr gerne ...« Und dann fügte sie doch hinzu: »Euer Gnaden.«

Der Abt lachte und wiederholte fast wörtlich, was AM vor wenigen Minuten bereits über die Anrede gelernt hatte. Nach einigen Sätzen Smalltalk kam die Kommissarin zum Grunde ihres Besuchs: »Wir kommen in einem vermutlichen Mordfall nicht weiter. Bei einem Toten haben wir vor drei Wochen eine Wand voller Zahlen gefunden. Ein Mathematiker in Bonn hat uns auf die Idee gebracht, dass hinter den Zahlen eine mystische Verbindung stecken könnte, die wir Polizisten nicht sehen. Sollte auch diese Spur kalt bleiben, werden wir den Fall erst einmal beiseitelegen müssen und uns anderen Fällen zuwenden.« AM hielt kurz inne und sah, dass der Abt aufmerksam folgte.

AM probierte den zwischenzeitlich von Bruder Ulrich gebrachten Tee und schob dem Abt den gleichen zusammengefalteten Zettel mit den Zahlen zu, den auch bereits der Mathematiker gesehen hatte. Zusätzlich legte sie noch ein Foto von der bemalten Wand in Josefs Zimmer auf den Schreibtisch.

Der Abt benötigte nur wenige Sekunden, um die Zahlen zu erkennen, aber er ließ es sich nicht anmerken. Anstelle des Blattes nahm er das Foto auf und versuchte zu erkennen, welche Schlüsse andere aus den Zahlen gezogen hatten. »Scheinbar wusste der Tote wenig über die Zahlen«, erkannte der Abt. »Nur wissen wir auch nicht mehr. ... Und wie kann ich helfen?«

»Ich habe gehofft, Sie könnten uns weitere Zusammenhänge erläutern, die wir nicht sehen.«

Der Abt schwieg zunächst, lehnte sich in seinem Bürostuhl zurück und begann zögerlich: »Ich kenne diese Zahlen. Geben Sie mir einen Augenblick. Ich werde kurz Rücksprache halten, welche Informationen ich Ihnen hierzu offenbaren kann. Genießen Sie zwischenzeitlich den Tee.«

Raphael verließ den Raum, um ungestört zu telefonieren. Er ließ die Kommissarin angespannt zurück. ‚Er weiß etwas über die Zahlen. ... Es gibt Geheimnisse ...'

»Meyerhoff hier«, meldete sich Raphaels Gesprächspartner am Telefon. Der Abt erklärte kurz die Situation: »Die Polizei ist hier. Sie haben bei einem Todesfall in der Nähe von Zülpich undefinierbare Zahlen an der Wand eines Toten gefunden. Es sind Zahlen aus dem verlorenen Buch.«

»Sind Sie sicher?«

»Ohne Zweifel. Die Eulersche Zahl in Kombination mit dieser kurzen Reihe.«

»Hat die Polizei eine Vorstellung von den Zahlen?«

»Natürlich nicht. Sie kennen die Zahlen, aber nicht deren Bedeutung. Deshalb ist die Kommissarin hier.«

»Nun ja ... die Bedeutung der Zahlen kennen wir auch nicht«, bemerkte Meyerhoff mit einer unverhohlenen Arroganz.

Der Abt überhörte den Unterton geflissentlich. »Und natürlich wissen sie nichts vom Buch.«

»Können wir sie umdrehen, oder für unsere Zwecke nutzen, indem wir unser Wissen verknüpfen?«

»Wie sollte dies gehen?«, fragte Raphael.

»Nun. Wir bedienen uns der technischen Möglichkeiten der Polizei und geben so wenig wie möglich zurück.«

»Dann müssen wir darstellen, dass wir auf der Suche nach einem Buch sind.«

Die beiden diskutierten noch ein paar Minuten das Für und Wider und beschlossen, das Wagnis einzugehen.

Jedburgh

Enya saß inmitten der Ruine der Kathedrale von Jedburgh. »Wo wollen wir heute Nacht schlafen?«, fragte sie sich und schaute Juna an. Die Fellnase antwortete nicht. Mit Hilfe von Google Maps verschaffte sie sich einen Überblick und zog gedanklich eine Linie Richtung Nordwesten, zu den Äußeren Hebriden. Irgendwo auf dieser Route musste eine Unterkunft für die Nacht zu finden sein – am besten ein ruhiges Bed & Breakfast, das noch an diesem Nachmittag erreichbar war.

Enya suchte lange. Wegen des morgigen Runrig-Konzertes und der parallel stattfindenden Highland Games war es kaum möglich, im Umkreis von Stirling bis in den Trossach National-park kurzfristig eine Übernachtungsmöglichkeit zu finden. Edinburgh oder Glasgow wären Alternativen gewesen, lagen aber nicht direkt auf der Route.

Letztendlich buchte sie online ein Apartment ohne Früh-stück für zwei Nächte in der Nähe von Buchlyvie, auf halber Strecke zwischen Stirling und dem Loch Lomond. Manchmal musste man einfach ein bisschen Glück haben.

Marias Gnade

Raphael kam zurück und begann ohne Umschweife: »Die Zahlen weisen auf ein magisches Buch hin. Es wurde über Gene-rationen weitergegeben und enthält geheimes, für die Kirche relevantes Wissen.«

AM erinnerte sich, dass sie in Josefs Zimmer ein entspre-chendes Buch gesehen hatte. ,Wo ist das Buch abgeblieben?', fragte sie sich und bekam sofort die Antwort vom Abt: »Jemand hat das Buch auf einem Flohmarkt gekauft. Eine Frau namens Enya Ansbach. Sie ist verschwunden, ebenso wie das Buch.« Der

Abt schaute die Kommissarin an. »Ich helfe Ihnen mit den Zahlen und Sie suchen Frau Ansbach.«

»Meinen Sie, dass Frau Ansbach mit dem Mord etwas zu tun haben könnte?«

»Wir vermuten nicht. Sie scheint der Schlüssel zum Buch und damit auch zu Ihrem Fall zu sein.«

»Dann wäre das Buch ein wichtiges Indiz in einem möglichen Mordfall.«

»Ist es ein Mordfall?«

»Wir wissen es nicht, schließen es aber nicht aus. Die Polizei benötigt Hilfe bei diesen Zahlen, um zu verstehen oder auszuschließen, ob ein okkulter Kreis hinter dem Mord steht.«

»Dabei können wir natürlich unterstützen«, meinte der Abt bescheiden. Dann kam er zum Kern seines Anliegens: »Die Zahlen sind nicht das Wesentliche. Es ist das Wissen im Buch, das Begehrlichkeiten weckt. Frau Ansbach ist in Gefahr.«

»Dann wäre es wichtig, dass Sie uns alles Notwendige über diesen Okkultismus mitteilen.«

Der Abt lächelte. »Dafür müsste ich die geheimen Klosterarchive öffnen, was nicht geschehen wird. Wir können uns gegenseitig unterstützen. Dann könnte ich Ihnen einen Einblick in die Kreise der Hexerei geben.«

»Hexerei?« Alex Mathijs meinte, sich verhört zu haben.

Abt Raphael sah die Skepsis. »Sie haben richtig gehört. Es geht um geheimes Hexenwissen. Sterbliche und die Kirche haben nur begrenzten Zugang. Ich könnte Ihnen einen kleinen Einblick geben oder Sie an jemanden weitervermitteln, der auf Seiten der Kirche sehr aktiv ist.«

Die Kommissarin musste die Informationen verarbeiten. »Vielleicht möchten Sie mein Angebot überdenken«, fuhr der Abt fort. »Sie erhalten Einblick in die Magie der Zahlen und die Bedeutung des Buches für Hexenzirkel. Dafür suchen Sie Frau

Ansbach.« Der Abt schaute die Kommissarin fragend an. »Dann können wir Frau Ansbach unter den Schutz der Kirche nehmen.«

»So einfach ist das leider nicht, einen Deal mit der Polizei einzugehen. Wir sind da weisungsgebunden.«

»Ich weiß«, entgegnete der Abt. »Natürlich ... inoffiziell. Ich übertrete mit dieser Zusammenarbeit ebenfalls weit meine Befugnisse als Klostervorstand. ... Es wäre zum gegenseitigen Nutzen.«

»Ich werde es mir überlegen«, meinte Alex Mathijs skeptisch.

Auf der Rückfahrt zum Präsidium dachte Alex Mathijs über dieses Buch nach. Sie erkannte, dass nicht nur die Polizei, sondern auch die Kirche nach diesem Buch suchen würde. Die Kommissarin wusste, dass sie schneller sein musste, falls das Buch im Fokus der Ermittlungen stehen könnte.

Upper Ballaird Bothy

Enyas erste Unterkunft war nicht einfach zu erreichen. Es gab keine richtige Adresse, nur einen britischen Postcode und GPS-Koordinaten, die sie an Geocaching erinnerten: »Suche im Nirgendwo bei N 056° 5,8, W 04° 19,96 einen Bauernhof. Dort findest du deine Gastgeberin. Sie wird alle weiteren Geheimnisse zur Unterbringung lüften.«

Enya musste sich dennoch durchfragen. An der vorgegebenen Adresse gab es drei Häuser mit der Bezeichnung Ballaird Bothy: Lower Ballaird Bothy, South Ballaird Bothy und Upper Ballaird Bothy, wo sich ihr Apartment für die kommenden zwei Nächte befand. Bothy ist ein altes schottisches Wort und bedeutet Schutzhütte. Und als solche mochte Enya das Apartment nach dem langen Tag nun sehen.

Es wurde Enya klar, dass der Weg vom Lower Ballaird Bothy zum Upper Ballaird Bothy herausfordernd war. Die Fahrspur war ausgefahren, und es blieb kaum Platz zwischen Spoiler und Straßenschotter. An manchen Stellen tauchten die Räder tief in die Spurrillen ein, und Enya hatte immer wieder Angst, das Auto aufzusetzen. Die Landschaft war wunderschön, und nach etwa 1,5 Kilometern Schotterpiste hatte sie die Anfahrt geschafft. Mal abgesehen von den Schlaglöchern und tiefen Spurrillen hatte die Straße ihren Reiz.

Vor Ort wurden Enya und Juna von der Hauskatze begrüßt. Oder eher herrschaftlich zur Kenntnis genommen. Anschließend verzog sie sich würdevoll zur Mäusejagd in den Schafstall.

Die Vermieterin zeigte Enya das Apartment und meinte: »Hier musst du nichts abschließen. Hier klaut niemand.« Enya hatte nicht so viel Vertrauen, akzeptierte die Aussage aber erst einmal.

Das Apartment lag im Obergeschoss eines vermutlich früher als Werkstatt genutzten Gebäudes. Vom Sofa aus hatte sie den besten Ausblick auf die weiten Felder und Schafe. Sanfte Hügel, soweit das Auge reichte, ein blau-weißer Himmel, und endlich war es einmal nicht so diesig wie seit ihrer Ankunft.

Überall in dem Apartment fand Enya liebevoll arrangierte Accessoires, wie eine weiße Rose auf den Handtüchern oder einen frischen Blumenstrauß auf dem Wohnzimmertisch. Das Apartment war vollständig eingerichtet, man hätte sich hier auf Dauer einmieten können. Von der Mikrowelle bis zur Waschmaschine war alles vorhanden. In den Schränken fand Enya alles Weitere, von Weingläsern bis zum Spülmittel. ‚Hier kann man es aushalten', dachte Enya und schaute zu Juna hinüber.

Juna war in den vergangenen Tagen stark vernachlässigt worden. Enya überlegte kurz, ob sie eine wetterfeste Jacke anziehen sollte, um eine Runde zu laufen. Nach einem Blick auf den Himmel entschied sie sich gegen die Jacke. Das Wetter war mild, und Regen war nicht in Sicht. Mit ein paar Leckerlis in der Tasche verließ Enya mit Juna das Apartment. Draußen auf dem Hof begegnete sie einer Dame, die sie etwas älter schätzte als sich selbst: Annie Tempest.

Man winkte sich zu. Enya fand das Bild der Bäuerin lustig. Annie stand in Gummistiefeln, einer alten schmutzigen und löchrigen Jeans und einem grob gestrickten Pullover.

»Ich bin Annie«, kicherte sie. »Die Vermieterin ist meine Schwester.« Wieder kicherte Annie ansteckend.

»Und ich bin Enya. Das hier ist Juna«, stellte Enya sich und ihren Hund vor.

»Welche schönen gälischen Namen«, nickte Annie anerkennend. »Ich wollte auch mal Enya heißen, aber meine *Maw*[28] hatte irgend so einen *Sassanach*[29] geheiratet. Die haben sich für einen englischen Namen entschieden.« Annie schüttelte den Kopf und verzog ihr Gesicht zu einer Grimasse des Abscheus, dann lachte sie laut. »Gut, der Name Annie ist auch in Schottland verbreitet. Ich habe mich daran gewöhnt.«

Enya nickte, und mit einem Abschiedsgruß lief sie mit Juna in Richtung eines kleinen Bachs los.

Bonn

AM war auf sich selbst gestellt. Sie saß allein am weißgrauen Resopaltisch im Besprechungszimmer und hielt ihre zweite Tasse Kaffee in der Hand. In zehn Minuten würden die Mitarbeiter nach und nach erscheinen, manche mit leeren Kaffeetassen, andere bereits mit gefüllten.

Sie stellte sich vor, was passieren würde, wenn sie in der Lagebesprechung darlegen müsste, dass sie nur weiterkommen, wenn sie anfangen, Hexen zu jagen. Sie müsste erklären, warum eine unbescholtene Frau – zudem mit Alibi – verfolgt werden sollte, obwohl klar war, dass sie höchstwahrscheinlich mit dem Mord an Josef Schmitz nichts zu tun hatte. Warum sollte man jemanden jagen, der einfach nur auf Tour war? AM beschloss, nichts weiter über die Zahlen und noch weniger über Hexen zu erzählen.

Der Raum füllte sich wie erwartet. Der Dicke war missmutig, nahm den letzten Kaffee und ließ die Maschine leer zurück. Der Dürre ging leer aus. Bereits zwei übergelaunte

---

[28] *Maw: Mum oder Mutter*
[29] *Sassanack: Abwertend für Engländer*

Augenpaare schauten die Kommissarin an. Zwei weitere Mitarbeiter versprühten ebenfalls keine bessere Laune. Nachdem fünf übelgelaunte Polizisten am Tisch saßen, sagte die Kommissarin: »Ich habe wenig erfahren, was uns weiterhelfen kann. Daher möchte ich dem Staatsanwalt vorschlagen, die Ermittlungen einzustellen und den Fall als ‚Unfall' abzuschließen.«

»Mit Widerwillen. Es bleiben Zweifel«, grummelte der Dürre.

»Korrekt, aber ich sehe nach drei Wochen Arbeit keinen Anhaltspunkt mehr, den wir verfolgen können, kein Motiv, keinen Täter und eine unbewiesene Todesursache. Letztendlich ... wer sollte einen alten, mittellosen Bauer ...«

»... Bruder eines Bauern ...«, korrigierte der Dicke.

»... Bruder eines Bauern umbringen wollen.«

Die Kommissarin beschloss, den Fall auf eigene Faust und an allen Regulierungen vorbei inoffiziell voranzutreiben.

Alex Mathijs hatte sich den Nachmittag freigenommen. Sie hatte die Adresse von Enya Ansbach herausgesucht und Einblick in die letzten Kreditkartenbuchungen und EC-Karten-Abrechnungen bekommen. Enya lebte, das wusste sie nun. Die Fährüberfahrt nach Schottland und eine Geldabhebung in Jedburgh ließen sich nachvollziehen. Dennoch war Alex unschlüssig, wie sie dieses Wissen einsetzen wollte. Zunächst wollte sie sich ein Bild von der häuslichen Situation machen und fuhr zum Venusberg, um mit Enyas Mann Hauke zu sprechen.

Laute Rockmusik aus den 1980er Jahren dröhnte ihr entgegen, als sie vor der Villa hielt. Mehrmals klingelte sie, bevor sie eine Reaktion im Haus wahrnahm. Ein Schatten bewegte sich langsam durch die Diele zur Haustür, während ein anderer

Schatten mit schnellen Schritten in die entgegengesetzte Richtung flüchtete. ‚Er hat sich ja schnell Trost gesucht', dachte AM.

Hauke schlurfte zur Tür. Eine Alkoholfahne eilte ihm voraus.

»Restalkohol von gestern?«, fragte die Kommissarin.

»Wer will das wissen?« Ansbachs Augen funkelten böse.

»Alexandra Mathijs, Kripo Bonn.« Die Kommissarin hielt ihm ihren Dienstausweis unter die Nase.

»Verzeihung, ist wohl etwas lauter heute«, murmelte der Hausherr und musste rülpsen.

»Wollen wir uns lieber drinnen weiter unterhalten?«

»Worum geht es? Etwa um mein Auto?«

»Wie kommen Sie darauf?«

»Meine Frau hat es entführt.«

Die Unterhaltung entwickelte sich zu einem Wechselspiel aus Fragen und Gegenfragen. Ohne auf eine Antwort zu warten, wollte AM an ihm vorbei ins Haus gehen, aber Hauke Ansbach versperrte ihr den Weg. So kam AM unfreiwillig dem Hausherrn so nahe, dass ihre Nase von Alkoholausdünstungen und viel zu süßem, aber sicher teurem Herrenparfüm angegriffen wurde. Beide standen Gesicht an Gesicht auf der Türschwelle. AM zog es vor, zurückzuweichen. Sie konnte es nicht riskieren, dass sich Hauke Ansbach über sie beschwerte, zumal sie offiziell gar nicht hier war.

»Enya ist mit meinem Alfa Romeo abgehauen. Mit dem Auto, dem Köter und einem Buch.«

Eigentlich hatte AM genug gehört. Wohin Enya gefahren war, wusste sie bereits, und nun hatte sie zusätzlich die Bestätigung, dass sie das Buch mitgenommen hatte. Und einen Hund.

»Haben Sie vielleicht eine Beschreibung für uns … für den Fall, dass wir sie suchen sollten?«

»Natürlich. Blu Monte Carlo. Das ist ein Metallic-Blau mit einem Rotstich, speziell für die Giulia. B-L-U, nicht B-L-U-E. Eine Sonderlackierung von Alfa Romeo. Schwarz getönte Scheiben, elektrisches Panoramadach, Garrett-Turbolader, Akrapovich-Auspuff, Sportivo-Felgen mit AR-Logo auf den Ventilkappen, Allrad und Domstrebe, aber das sieht man von außen nicht, ...«

»Stopp. Stopp, stopp! Wir brauchen eine Beschreibung Ihrer Frau und eventuell des Hundes, nicht des Autos.«

Hauke Ansbach stoppte seine Ausführungen irritiert. »Von meiner Frau? Und vom Köter? Sie sollten nach dem Auto fahnden. Eine gute Frau kommt schon irgendwann von allein wieder. Und wenn sie nicht kommt, ... dann ist es keine gute Frau. Ein Auto kann das nicht. Noch nicht. ... nun denn ... Meine Frau. Nun ja. Irgendwie so blond. Eher braun. Meistens doch blond. Vielleicht schon grau. Zumindest am Haaransatz. Glaube ich. Sie färbt ihre Haare, glaube ich. So etwa 1,65. Vielleicht auch größer. Eher nein. Keine fünfzig Kilo mehr. Vielleicht früher mal, oder doch? ...«

»Okay, okay«, unterbrach AM. »Haben Sie vielleicht ein Bild für uns?«

»Moment.« Hauke Ansbach drehte sich um, ging zu einer Kommode im Flur und nahm sein Mobiltelefon aus einer Schale. »Natürlich habe ich Bilder. Viele.« Er wischte auf dem Display hin und her.

‚Wenigsten etwas‘, dachte AM.

»Hier«, meinte Ansbach und drehte das Handy zu ihr: »Die Giulia vor der Garage ... hier beim Alfa Romeo Treffen ... hier am Nürburgring ... Moment, das sind meine beiden Häschen da hinten im Alfa, die müssen sie wegretuschieren. Ihre Männer wissen nicht, ...«

AM drehte die Augen nach innen. »Ich brauche ein Bild von Ihrer Frau!«

»Habe ich ... glaube ich nicht.«

»Also nicht. Noch ein Tipp am Rande: Wischen Sie sich die weißen Spuren von der Nase, bevor Sie das nächste Mal der Polizei die Tür öffnen.«

Buchlyvie

Enya kam nach einem ausgiebigen Spaziergang zurück zu ihrem Bothy. Es tat gut, die milde, feuchte Luft Schottlands zu atmen. Das satte Grün der Wiesen verwöhnte ihre Augen. Juna tobte durch die Felder und konnte endlich wieder rennen, rennen und nochmals rennen.

Zurück im Apartment stellte Enya ihre Schuhe an der Tür ab und versorgte Juna mit Futter. Sie legte ihre Kleider ab und warf sie achtlos aufs Sofa, während sie sich auf die Dusche freute.

Dann stellte sie fest, dass die Toilettenspülung nicht funktionierte. 'Das muss eine schottische Variante einer Toilette sein?', dachte Enya. Sie fand in einer Abstellkammer einen Putzeimer und konnte so mit dem Wasser aus der Dusche die Toilette spülen. Im Laufe des Abends bemerkte sie weitere Unannehmlichkeiten: neben der Toilettenspülung und der fehlenden Möglichkeit, die Haustür zu verschließen, funktionierte das WLAN-Passwort nicht. Irgendwie nahm Enya diese Kleinigkeiten gelassen. ‚Es ist eben Schottland – Alba – dachte sie.'

Nach der Dusche zog Enya ihre Jeans wieder an, ein dünnes T-Shirt über ihren feuchten Körper, schlüpfte in bequeme Schlappen und suchte die Vermieterin auf dem Hof. Juna trottete gemächlich hinterher.

Vor dem Hauseingang traf sie wieder auf Annie Tempest, die mit einem Weißwein und einer Zeitung an einem Tisch saß und die Abendsonne genoss. Ganz nüchtern schien Annie nicht mehr zu sein. Bevor Enya von der Toilette und dem WLAN-Passwort berichten konnte, meinte Annie: »Ich hole ein zweites Glas. Es ist noch ein *Dram*[30] in der Flasche.«

Ohne auf eine Antwort zu warten, verschwand Annie und kam umgehend mit einem zweiten Glas und einer weiteren Flasche Weißwein zurück. Enya wollte protestieren, aber Annie nahm ihr den Wind aus den Segeln: »Für den Fall, dass eine Flasche nicht reicht. Du siehst *droofin'* aus.«

»Droo…«

»…fin. So als ob du vertrocknest. Ohne Wein.« Annies Lachen war ansteckend.

»Irgendwie habe ich ja auch Urlaub.« Enya setzte sich zu Annie auf die Bank. Der Wind strich an ihrem feuchten T-Shirt vorbei und ihre Brustwarzen waren deutlich zu erkennen. Annie schaute neugierig. Enya bemerkte die Blicke und versuchte abzulenken, aber Annie ließ sie nicht zu Wort kommen.

»Ich ziehe meinen Pullover auch aus«, lachte Annie. Sie trug nur ein hellblaues Trägertop unter dem Pullover. »Sieht gut aus«, kommentierte Enya.

Als die Sonne hinter dem Horizont verschwand, meinte Enya: »Lass uns nach drinnen gehen.«

Annie schaute nach den Weinflaschen. »Für ein Glas sollte es noch reichen«, meinte sie.

Wenige Minuten später saßen Juna und die beiden Frauen auf dem Sofa in Enyas Bothy und schauten auf den immer dunkler werdenden Himmel hinaus.

»Darf ich deine Toilette benutzen?«, fragte Annie und ohne auf eine Antwort zu warten, verschwand sie im Bad. Kurz

---

[30] *Eigentlich ein Volumenmaß. Es wird aber eher für die Menge eines Drinks verwendet.*

darauf hörte Enya zwei, drei heftige Schläge und ein Scheppern, gefolgt von der Wasserspülung der Toilette.

Enya lachte laut auf. Annie kam zurück und setzte sich nahe zu Enya. Enya hatte das Bedürfnis nach Nähe. Sie rückte an Annie heran und berührte sie von der Seite. Enyas Hand ruhte auf Annies Knie. Annie schaute Enya an. Beide spürten den Atem der jeweils anderen Frau. Unvermittelt küsste Enya Annie. Direkt. Hart. Durstig. Ohne Scheu.

Annie übernachtete in dieser Nacht bei Enya.

Irgendwo am Rursee

AM saß am Rursee und schaute auf die Wellen hinaus. Viele der neuen Informationen hatten sich als stichhaltig erwiesen. Die Zahlentheorie deutete in eine spezielle Richtung, und die Bestätigung der Kirche untermauerte alle Theorien des Okkultismus. AM weigerte sich, von Hexerei zu sprechen. Der Besuch bei Hauke Ansbach passte ebenfalls ins Bild. Ein Buch – das Buch – musste für jemanden so wichtig sein, dass dafür gemordet wurde und die Kirche in helle Aufregung versetzte.

Die Wellen des Rursees blieben stumm. Sie gaben keine Antwort. Diese Entscheidung musste sie selbst treffen.

‚Habe ich nicht schon längst entschieden?', fragte sich AM und rekapitulierte die letzte Lagebesprechung.

Alex Mathijs stand auf und ging den Wanderweg am Seeufer weiter. ‚Soweit die Meinung der Kriminalhauptkommissarin Alexandra Mathijs. Zufrieden bin ich mit der professionellen Meinung meines zweiten Ichs nicht.'

AM nahm ihr Mobiltelefon und rief den Abt an.

Runrig

Buchlyvie

»Was machst du heute Abend, *ma lil' lass*[31]?«, fragte Annie, nachdem sie sich aus Enyas Arm herausgewunden hatte. Enya wurde langsam wach und schaute sich um. Die Umgebung war noch ungewohnt. Sie hatte Kopfschmerzen, und Juna tigerte schon durch das Apartment und wollte raus.

»Was machst du heute Abend?«, wiederholte Annie ihre Frage und biss Enya zärtlich ins Ohr.

»Autsch! Ich habe keine Ahnung. Ich treibe so vor mich hin.«

»Dann komm doch mit zum allerletzten Runrig-Konzert. Das ist nicht weit weg.«

»Es gibt doch seit Monaten keine Karten mehr?«, fragte Enya verwundert.

»Ich habe eine Karte zu viel. Meine Schwester kann mich leider nicht begleiten. Sie hat Grippe und hütet das Bett. Daher hast du sie hier auch noch nicht gesehen.«

Annie sprang nackt aus dem Bett und stellte sich breitbeinig und mit in die Hüften gestemmten Händen vor Enya auf. »Komm mit! Meine Schwester passt so lange auf Juna auf.«

‚Was sollte dagegensprechen?', dachte Enya und schaute nach ihrem Hund. Juna schien nur zustimmend zu lächeln.

»Wenn Juna Ja sagt, sage ich auch Ja«, stimmte Enya zu. »Zuerst brauche ich ein Frühstück. Seit gestern Morgen auf der Fähre habe ich nichts mehr gegessen.«

---

[31] *Ma lil lass: Meine kleine Freundin*

In der Abtei

Prälat Dr. Meyerhoff saß mit Bruder Ulrich im Klostergarten. Die beiden Männer sprachen Belangloses über das Eifelklima und die Auswirkungen der Trockenheit auf die Eifelwälder und die Tabakpflanzen im Klostergarten.

»Wir sitzen sicher nicht wegen dem Wetter ...«

»... wegen des Wetters ...«

»Wir sitzen kaum wegen ... Wetter hier«, nahm Ulrich seinen Satz verärgert wieder auf.

»Natürlich nicht«, meinte der Prälat. »Ich warte auf den Abt. Wir führen heute noch ein wichtiges Gespräch mit einer Polizistin aus Bonn betreffs des gälischen Buchs.«

Bruder Ulrich nickte und verabschiedete sich: »Ich habe noch in der Küche zu tun. Der Abt kommt sicher gleich.«

Bruder Ulrich mochte den Prälaten nicht. Er empfand ihn als rechthaberisch und herablassend. Ulrich war dem Prälaten in keiner Weise gewachsen.

Wenig später vernahm der Prälat eilige Schritte hinter sich auf dem Kiesweg.

»Verzeihung, dass ich mich verspätet habe.« Der Abt schaute auf seine Uhr. »Oh nein. Doch pünktlich auf die Minute.« Er setzte sich zum Prälaten auf die Bank. »Wir werden hier reden. Hier haben die Wände keine Ohren.«

Nach etwa einer Viertelstunde wurde Alex Mathijs in den Klostergarten zu den beiden wartenden Männern geleitet. Der Novize verabschiedete sich.

»Hochwürden ...«, grüßte AM die beiden Männer beim Näherkommen. Sie war sich sicher, dass diese Anrede für beide Männer gleichermaßen galt.

»Ich darf Ihnen Prälat Dr. Meyerhoff vorstellen«, begann der Abt. »Prälat und somit Verwalter oder Vorsitzender eines katholischen Ordens. Er kennt sich in der … etwas heiklen Angelegenheit … gut aus.«

»Nennen wir das Kind beim Namen: Hexerei«, konkretisierte der Prälat seine Einführung.

AM schaute abwechselnd die beiden Männer an. Sie waren sich äußerlich recht ähnlich. Beide waren groß gewachsen, asketisch und vermutlich auch sportlich. Beide schienen ihren Prinzipien zu folgen. Hierbei hatte die Kommissarin den Eindruck, dass der Prälat die treibende Kraft war. 'So klar, wie er die Dinge ausspricht, muss er der Meinungsführer hier sein', kombinierte sie. Ihre polizeilichen Instinkte ließen sie nicht im Stich.

»Ich werde sie unterstützen, obwohl ich es nicht darf«, meinte AM. »Ich kann Ihnen schon mal mitteilen, dass wir Anhaltspunkte dafür haben, dass Enya Ansbach sich in Schottland aufhält. Ihre EC-Karte wurde in Jedburgh eingesetzt.«

»Die alte Abtei von Jedburgh?«, ergänzte der Abt.

»Die Ruine der Kathedrale«, verbesserte der Prälat und stand auf. »Setzen Sie sich, Frau Mathijs. Ich erläutere Ihnen kurz die Zusammenhänge.«

Wiederum fühlte sich AM wie in einem Seminar und ließ sich wissenschaftliche Zusammenhänge – oder das, was die Kirche dafür hielt – erläutern.

»Das Leben der Hexenzirkel kreist um die Regeln, die in einem Buch niedergeschrieben wurden. Jeder Coven – so nennen wir die Hexenzirkel – führt ein eigenes Buch. Oder sollten wir eher sagen, das Buch führt den Zirkel. Wir haben im Laufe der letzten Jahrhunderte alle Bücher mit einer Ausnahme vernichten können. Zu einem Buch verloren wir die Spur etwa zur Zeit des Zweiten Weltkriegs.« Der Prälat war im Redefluss. AM nickte an der einen oder anderen Stelle. Sie nahm das Gesagte auf und wollte es später neutral bewerten.

Der Abt erschien unbeteiligt. Er kannte die Aspekte, welche die Kirche über das Buch wusste, schon lange. Er beobachtete Alex Mathijs aus dem Augenwinkel und versuchte zu ergründen, wie sie auf die Geschichte reagierte.

»Über das fehlende Buch wissen wir nur, dass es in einem alten gälischen Dialekt geschrieben wurde. Das lässt zunächst darauf schließen, dass es in Schottland, in Irland, aber vielleicht auch im baskischen Bereich verfasst wurde. Auch dort spricht man einen ähnlichen Dialekt. Wir legen uns auf Schottland fest, weil wir meinen, den Autor zu kennen.«

»Sie kennen den Autor? Wie das?«

»Sie haben uns eine Zahlenfolge genannt. Die Eulersche Zahl! Mit dieser Zahlenfolge hatte bereits im 16. Jahrhundert der schottische Mathematiker John Napier seine Werke signiert. Wir wissen bereits seit langer Zeit, dass dieses Buch so signiert wurde. Wir schließen daraus, dass John Napier nicht nur Mathematiker war, sondern auch ein Hexenmeister. Wie sonst konnte er bereits zweihundert Jahre vor dem genialen Euler mit dieser Zahl arbeiten?«

Nach einer kurzen Pause fuhr der Prälat fort: »Wir haben das Napier-Buch – oder wie es wohl heißt: das Buch Liath – nicht zu Gesicht bekommen. Wir hatten durch die Jahrhunderte hinweg immer mal wieder Hinweise zum Buch bekommen. Wir waren nie einhundertprozentig sicher, ob es wirklich existiert. Da es nun aufgetaucht ist, lässt darauf schließen, dass sich entweder bei den Hexencoven wieder Leben regt, sofern es noch welche gibt.« Dann wurde der Prälat leiser und mit scharfer schneidender Stimme fügte er hinzu: »Oder vielleicht bald wieder. Das müssen wir unter allen Umständen verhindern.«

Dann mischte sich der Abt doch noch in das Gespräch ein: »Aus wissenschaftlicher Sicht ...«

'Bingo', dachte AM: 'Ich wusste es. Der Prälat ist der Eiferer und der Abt der kühle, sachliche Denker hinter den Kulissen.'

»Aus wissenschaftlicher Sicht können wir sagen, dass so ein Buch nur von ausgewählten Personen, an besonderen Orten unter speziellen Situationen gelesen werden kann. Es müssen also einige Bedingungen zusammenkommen: jemand, der es lesen kann, der Ort, die Bedingungen. Vielleicht muss noch mehr hinzukommen. Das wissen wir aber nicht. Leider wissen wir hierüber viel zu wenig. Wir konnten die Bücher nie lesen.«

Dies war die erste Information, welche die Kommissarin bezweifelte. ‚Sicher hat der Abt zumindest Teile der Bücher gelesen‘, vermutete sie.

Raphael fuhr fort: »Nur wissen wir, dass sich die Bücher alle unterscheiden … unterschieden haben. Ansonsten ist das Buch wertlos, aber sehr gefährlich.«

»Man sagt sich …«, griff der Prälat wieder ein, »… dass die Bücher sich ihre Besitzer selbst aussuchen. Und wenn es in die falschen Hände kommt, ist es der Tod des Besitzers.«

»Dann können wir bei Josef Schmitz und dem Banker, dem das Buch vorher gehörte, davon ausgehen, dass es keine akzeptierten Besitzer waren«, kombinierte AM, ohne so recht an diese Erklärung zu glauben. »Und wieso ist dieser Haushälterin nichts passiert, obwohl sie das Buch nach dem Tode von Herrn Schmitz hatte?«

»Das Buch hat Zeit. Es existiert seit Jahrhunderten. Vermutlich war die Haushälterin keine Bedrohung für das Buch, weil sie es nur sehr kurz im Besitz und sehr schnell wieder verkauft hatte. Das Buch war noch keine Bedrohung für die Haushälterin. Wir befürchten allen Ernstes, dass sich das Buch diesmal einen genehmen Besitzer auf dem Flohmarkt selbst gesucht hat und sich nach Schottland bringen lässt. Nur können wir nicht mit Gewissheit sagen, ob die Käuferin in Gefahr ist, oder nicht. Das kommt auf den jeweiligen Standpunkt an.«

'Ein Buch ist eine Sache. Ein Buch hat keine Meinung, kann nicht handeln ... kann nicht handeln', versuchte AM ihre Gedanken zu ordnen. 'Mathematiker schreiben keine Bücher über Hexerei? Oder vielleicht doch? Waren es nicht Universalgelehrte, wie Da Vinci, die so viel wussten?'

AM wusste nicht mehr, was sie glauben konnte oder wollte und was nicht. Aber eines wusste sie mit Gewissheit: 'Schottland! Dahin ist Frau Ansbach unterwegs.'

Zülpich

Johann Schmitz war außer sich vor Wut. »*Wat sull dat? He weed wigger gekocht. Et jit keine Orlaub. Basta!* [32]« Dabei hatte Gertrud ihm gerade nur mitgeteilt, dass sie in der kommenden Zeit nicht für Arbeiten auf dem Hof verfügbar sei und beruflich verreisen würde. Beim Wort *„beruflich"* fing Johann Schmitz laut an zu lachen.

»*Noch sage isch, wat ding Beruf es.* [33]«

Als Johann sah, dass Gertrud es ernst meinte, entgegnete er schnippisch: »*Wenn de jetz jehst, bruchs de net wiederkomme. Keimol. Jank med Jodd, ävver jank* [34]. *Denn wat fot es, es fot.* [35]«

Kurz bevor Gertrud für die tägliche Arbeit zum Hof gefahren war, hatte Dr. Meyerhoff angerufen und sie gebeten, seinen

---

[32] *Schmitz verneinte, dass es keinen Urlaub für Gertrud geben würde. Sie hätte gefälligst weiter zu kochen. Basta!*

[33] *Johann Schmitz bekräftigt nochmals, dass er der Arbeitsvermittler ist.*

[34] *Dann soll sie doch in Gottes Namen gehen. Oder eher: „Dann hau' doch ab".*

[35] *Die Ultima ratio der kölschen Festlegung ist, dass wenn etwas weg ist, dann ist es weg. Dann muss man auch nicht mehr wiederkommen. Niemals.*

Reisekoffer für eine längere Fahrt fertigzumachen. »Es könnte kälter und feuchter werden«, meinte er geheimnisvoll, ohne das Ziel näher zu beschreiben. »Packen Sie bitte Kleidung für etwa zwei Wochen. Und natürlich feste Schuhe. Ich muss schon morgen los.«

»Soll ich eher für ein berufliches Auftreten oder für Freizeit packen?«, fragte Gertrud.

»Hatte ich jemals Freizeit?«, fragte Meyerhoff. Gertrud dachte kurz nach. »Eigentlich nein, Herr Prälat.«

»Wenn ich es bedenke ... es ist wohl besser, wenn meine Kleidung nicht ganz so streng ist. Ich möchte mich unter das Volk mischen und werde wohl auch viel draußen sein.«

Dann ergänzte Meyerhoff: »Und wenn Sie Gelegenheit haben und wegkönnen, packen Sie Ihren Koffer gleich mit. Ich werde Unterstützung benötigen.«

»Ich glaube, ich kann nicht ...«

»Es ist Arbeitszeit. Ich werde Sie entsprechend bezahlen.«

Gertrud dachte an eine Reise an die Ost- oder Nordsee, als die Worte „kälter und feuchter" ihr wieder in den Sinn kamen. Es war Sommer. Gedanklich überlegte sie, was sie für die See einpacken sollte. Gertrud realisierte, dass sie nie wirklich Urlaub gemacht hatte. Zwar gab es mal die eine oder andere Bustouristiktour mit dem Kirchenchor in das Ahrtal oder an die Mosel. Und einmal sogar in den Schwarzwald. Weiter war Gertrud noch nie von zu Hause entfernt. Und vermisst hatte sie diese Reisen bis dato auch nicht. Insbesondere, weil der Schwarzwald wie die Eifel war. Warum soll man dann verreisen? Und nun bot sich die Gelegenheit, an die See zu fahren. So vermutete sie. ‚Benötige ich einen Badeanzug? Gehe ich mal in das Salzwasser?'

Gertrud war derart in Gedanken vertieft, dass sie erst beim zweiten Mal mitbekam, dass der Prälat sie nach einem gültigen Reisepass oder Personalausweis fragte.

»Reisepass? Nein, wozu? Einen Personalausweis habe ich sehr wohl. Den braucht man ja«, antwortete sie.

»Was Sie noch an Kleidung benötigen, können Sie unterwegs kaufen. Das ist in den Spesen enthalten.«

Das Wort Spesen kannte Gertrud nur von Geschäftsleuten. Und nun sollte sie „auf Spesen" verreisen. Damit verschob sie gedanklich das Reiseziel. ‚Vielleicht Holland', dachte sie zunächst. ‚Oder Belgien. Vielleicht sogar Dänemark.' Nach dem Gespräch dachte sie daran, dass sie auch einfach hätte fragen können, wohin die Reise gehen sollte.

Caisteal an Siùna

Sir Abraham Scobie, oder kurz Sir Bram, nahm sein Mobiltelefon auf, als es sich mit einem leisen „Ping" meldete. Sir Bram war in der Neuzeit der Kommunikation angekommen, nachdem der Verkäufer im Telefonladen ihm die gängigen Apps installiert hatte. Nun blinkte das Gerät in seinen Händen. Und da Sir Bram längst mit dem Messenger vertraut war, öffnete er sofort die Nachricht von einem unbekannten Absender.

»Die Steine leuchteten wieder. Es war intensiv und sah sehr drohend aus. Irgendetwas nähert sich.«

Er stand auf, ging zum Fenster und schaute auf die ruhige See und den Himmel hinaus. Hier in seiner Burg wirkten Meer und Himmel friedlich. Er war auch weit weg vom Steinkreis auf den Hebriden. Doch er nahm die Meldung ernst.

Einige Momente lang dachte er nach und traf dann telefonisch verschiedene Arrangements. »Wir werden vorbereitet sein.«

Stirling Park

Enya und Annie machten sich langsam für den langen Tag fertig. Es war kühl geworden. Für das Open-Air-Konzert würden sie lange im schottischen Wetter draußen sein. Wetterfeste Kleidung und Zwiebellook waren angesagt, da niemand vorhersagen konnte, wie heiß es beim Konzert und wie kalt oder nass es vorher und danach werden konnte.

Juna fand es gar nicht gut, den Tag bei Annies Schwester zu verbringen und der Katze über die Pfoten zu laufen.

Enya hatte Appetit auf ein Frühstück. Annie schlug vor, den Tag in Stirling in einem Hotel, etwa zwei Kilometer vom Festivalgelände entfernt, mit einem ausgiebigen schottischen Frühstück zu beginnen. Sie kannte den Besitzer und wusste, dass sie dort einen Parkplatz bekommen würde, was bei diesem Konzert in Stirling eine Kunst war. Selbst auf dem Festivalparkplatz bekam man nur mit teuer vorgebuchten Parktickets einen Platz.

Die ganze Stadt war abgesperrt und im Ausnahmezustand. So hatte sich Enya das nicht vorgestellt. Bei großen Veranstaltungen sollte man doch immer in irgendeiner Nebenstraße Parkmöglichkeiten finden. Neben dem Runrig-Konzert fanden zeitgleich auch die Highland Games statt. Es waren nicht nur fünfundzwanzigtausend Runrig-Fans in der Stadt, sondern sicher auch nochmal die gleiche Anzahl Besucher der Games. Alle Straßenränder waren zu Parkverbotszonen erklärt worden.

Annie holte den reichlich verbeulten Land Rover der Schwester aus der Scheune und hielt vor Enya. Zunächst musste sie sich den Weg auf den Beifahrersitz freikämpfen. Dort lagen verschiedene Quittungen, Rechnungen, eine leere Burger-Box von McDonald's und eine leere Irn Bru Flasche im grellen Orange.

»Ihr habt McDonald's in Schottland?«, fragte Enya.

Ertappt, aber auch fast schon beleidigt schaute Annie Enya über den Beifahrersitz hinweg an.

Enya war nervös und wollte unbedingt los. Sie hatte nicht nur Hunger, sondern hätte nie zu träumen gewagt, dass sie doch nach Stirling zum Runrig-Konzert kommen würde.

Nach vielleicht einer halben Stunde Fahrt steuerte Annie den Land Rover auf den Parkplatz des Highland Gate Hotels. Sie stellte das Auto ab, stieg aus und lief zielstrebig auf den Hoteleingang zu.

Annie hatte bereits von unterwegs den Tisch reservieren lassen. Die beiden Frauen wurden von einem geschäftigen jugendlichen Aushilfskellner zu einem freien Tisch in einer Nische geführt.

Der Kaffee für Enya und der Tee für Annie wurden umgehend gebracht. Beim Toast und den Marmeladen bediente man sich selbst. Die übrigen Bestandteile des schottischen Frühstücks, wie Spiegeleier, Schinken, rechteckige Bratwurst, die Square Sausage genannt wurde, gebackene Bohnen, Champignons und Tomaten wurden frisch zubereitet und individuell bestellt.

Während die Frauen auf das Highland Breakfast warteten, schaute Enya sich um. Das Hotel war gediegen eingerichtet und schien zu einer Hotelkette zu gehören. Es fehlte die Individualität privat geführter Häuser. Die Einrichtungs- und Dekorationsgegenstände waren austauschbar, fand sie. Es war relativ laut im Restaurant. Die meisten Tische waren besetzt. Sie sah junge Familien mit ihren Kindern, die kaum zum Konzert wollten. Vermutlich waren sie zu den Highland Games gekommen. Die Menschen im mittleren Alter bildeten die Mehrheit der Gäste. Am Nachbartisch mit dem Rücken zu den Frauen gewandt, saß ein alter aristokratischer Herr mit einem Gehstock aus Palisander und silbernem Knauf mit einer Triskele; drei konzentrisch angeordnete Spiralen. In der Mitte der Triskele funkelte ein Mondstein in allen sanften Farben des Mondes. Das Symbol weckte Enyas Aufmerksamkeit. Er wirkte in dieser Umgebung wie aus einer anderen Zeit gefallen. Auf seinem Tisch stand ein Whiskyglas zum Tee. Außer Toast und Marmelade hatte der Herr kein Frühstück bestellt. Von hinten erkannte Enya lediglich sein dünnes, schulterlanges und lockiges weißes Haar. Es fiel über den dunklen Kragen eines langen Gehrocks aus Harris Tweed.

Bevor sich Enya weiter mit den Gästen beschäftigen konnte, wurde das restliche Frühstück gebracht.

»Enjoy your meal«, meinte Annie und Enya antwortete mit: »Guten Appetit«, worauf Annie wiederum kichern musste.

»Ich nehme dein Haggis und den Black Pudding, wenn du ihn nicht magst.« Ohne auf Antwort zu warten griff Annie zu.

»Was ist das eigentlich«, fragte Enya.

»Das willst Du wahrscheinlich gar nicht wissen.«

Enya wusste, warum sie auf diese Gerichte, von denen sie bereits gehört hatte, verzichtete. Ansonsten war das Frühstück eine gute Grundlage für die kommenden Stunden. Es musste einen ganzen Tag vorhalten.

Nach dem Frühstück verließen die Frauen laut kichernd das Hotel und der alte Herr vom Nebentisch schaute ihnen nachdenklich hinterher, während er den abgegriffenen Knauf seines Gehstocks zwischen den Fingern hin und her drehte.

෬ ෬ ෬

Enya stellte fest, dass sich der Weg zum Konzert mit vollem Bauch lange hinzog. Nach etwa einer halben Stunde kamen die Frauen am Festivalgelände an und mussten feststellen, dass der Eingang auf der gegenüberliegenden Seite des Geländes war. Annie fluchte kurz in Anbetracht der vielen weiteren Meter. Zwanzig Minuten liefen sie am Zaun entlang, während sie sich mit flachen Witzen die Zeit vertrieben. Die Ordner schickten Enya und Annie immer weiter, bis sie endlich die Wartezone vor dem Festivalgelände erreichten.

Enya hatte die ganze Zeit über einen guten Blick auf Stirling Castle. Die mächtige Burg thronte hoch über der Stadt. Für Annie war dieser Anblick keine Besonderheit mehr. Die Burg lag teilweise im Nebel, und dunkle Wolken kündigten das zu erwartende Wetter an: kühl und nass. Enya empfand diesen Anblick je nach Lichtsituation entweder als bedrohlich oder als Zufluchtsort.

Die Wege zum Festivalgelände waren frühzeitig kanalisiert worden. Einer der Wege führte zu einem Viehgatter auf einer Wiese. Dies war nur die erste Etappe zum nächsten Wartebereich. Annie und Enya würden sich in kleinen Schritten Runrig nähern.

Die beiden Frauen standen ganz vorne am Gatter. Nur wenige andere Fans waren bereits gegen Mittag vor Ort. Neben dem Gatter wuchs eine Hecke, die ein wenig vor Wind und Nieselregen schützte. Hier ließen sich die beiden Frauen auf einer Picknickdecke nieder. Enya war müde und zog die Decke um sich, um in Annies Schoß einzuschlafen.

In den kommenden Stunden wurde die Schlange der Wartenden immer länger. Die Gespräche in der Menge wurden zunehmend gereizter. Zwei etwas korpulentere Damen neben Annie, die Pinguin-Regenjacken im Partnerlook trugen, beschwerten sich auf Deutsch über alles, was um sie herum geschah.

»*Hackit penguins*[36]«, kommentierte Annie unschmeichelhaft und nicht überhörbar. Zum Glück konnten die Pinguine nichts damit anfangen.

Die flugunfähigen Vögel beschwerten sich über das Wetter, die Einlasszeiten, ihre Größe, die Parkverbotszonen und ihre Gummistiefel. Sie beschwerten sich über den Sicherheitsdienst und die allgemeine Ungleichbehandlung.

Annie verstand kein Wort, aber sie reimte sich alles richtig zusammen.

Enya, ihrerseits, beschwerte sich bei Annie über die schnatternden Pinguine, nachdem sie von dem Gezeter wieder wach wurde. Annie fühlte sich für die Pinguine nicht zuständig. »Bin ich hier der Tierpfleger im Zoo?«, fragte sie scherzhaft.

Nach weiteren Verzögerungen wurde das Publikum aus dem Wartebereich einen Schritt weiter bis zum Eingang vorgelassen. Nun erwachte sportlicher Ehrgeiz. Enya stupste Annie an. »Wenn wir schon so weit vorne stehen, sollten wir auch versuchen, ganz nach vorne zur Bühne zu kommen.«

»Aye, dann mal los«, schloss sich Annie an und die beiden Frauen rannten den Pinguinen davon zu den Eingängen. Sie waren die Ersten dort. Hinter sich hörten sie das Schnattern und Gezeter der Pinguine, die in ihren Gummistiefeln hinterherwatschelten: »... zu weit ... zu nass ... zu viele Menschen ... falsche Schuhe ... habe ich es nicht gesagt ... beschweren ...« konnte Enya Sprachfetzen der Pinguine wahrnehmen.

Die erreichte Position ganz vorne am Eingang hatte den Vorteil, dass man sich auch mal auf das Gitter aufstützen konnte, was den Personen hinter Enya und Annie verwehrt war. Der einzige Wermutstropfen an dieser Position war die Mariacchi Band, die die Wartezeit bis zum Einlass verkürzen sollte. Enya hoffte, dass dieses Intermezzo schnell vorbeiging.

---

[36] *Hackit penguins: Häßliche Pinguine*

Es schien dennoch vielen Gästen zu gefallen. Enya meinte zu Annie: »Ich vermisse Ohropax.«

»Was ist das?« fragte Annie.

»So eine Art Ohrenstopfen – gegen Lärm.«

Annie kommentierte die Aussage mit ihrem lauten Lachen.

Gegen 14:30 kam die Stunde der Wahrheit. Die Tore zum Festivalgelände wurden geöffnet. Die Taschen wurden kontrolliert. Karten wurden abgerissen. Enya rannte nach links an die Bühne vor und konnte zwei Plätze direkt vor Rory, dem Bassisten, sichern.

Enya hatte ein Leben lang die Musik von Runrig gehört. Diese Mischung aus Tanzmusik, gälischer Folklore und Rock begleitete sie durch jede Lebenssituation. Sie nannte es ‚ihre Küchenmusik‘, weil sie oft beim Kochen oder Essen im Hintergrund lief. Nun konnte sie ihre Band nach so langer Zeit endlich live erleben. Tränen der Freude, Dankbarkeit und Trauer liefen ihr über das Gesicht.

Annie bemerkte den Gemütswechsel. »Bleib hier vorne und halte uns die Plätze frei«, sagte sie und verschwand schnell in der Menge, um Getränke zu holen. Enya hielt den Platz neben sich frei, indem sie ihre Ellbogen ausfuhr. Nach einer gefühlten Ewigkeit kam Annie mit vier gelben Bierdosen, zwei Wasserflaschen, zwei Cola und zwei Schalen Fritten zurück.

Enya staunte, wie Annie den Transport organisiert hatte. Bier, Wasser und Cola hatte sie sich unter beide Arme geklemmt, während sie die Fritten balancierte, ohne Mayonnaise oder HP-Soße an den Jacken der anderen Gäste abzustreifen. »Getränke kosten hier wohl ein Vermögen?«, fragte Enya und bedankte sich.

»Dafür kommt dieser Augenblick nie wieder«, entgegnete Annie und reichte Enya eine Bierdose. »Das ist Tennant's Beer aus Glasgow. Das gibt es nur in Schottland.«

Enya und Annie steckten die Dosen in ihre Jackentaschen. Enya hätte nun lieber einen Kaffee gehabt, aber Bier schien passender. Die Fritten gaben noch etwas Restwärme ab. »*Some tatties*[37]«, meinte Annie, als sie Enya ein Frittenschälchen reichte. Enya war skeptisch, aber die Fritten schmeckten mit der leicht sauren, nach Essig duftenden Soße gar nicht schlecht.

Gegen 17:30 begann Enyas Reise in die Vergangenheit. Donnie Munro, der ehemalige Frontmann von Runrig, trat mit seiner eigenen Band auf. Einige bekannte Lieder in etwas anderem Gewand ließen Erinnerungen aufkommen. Weiter ging es dann mit einer schottischen Sängerin, die Enya nett, aber fast schon langweilig fand. Sie nutzte die Zeit, um am Merchandise-Stand zwei T-Shirts zu kaufen.

Als der Tag langsam zu Ende ging, betrat Runrig die Bühne. Die Stimmung kochte hoch. Enya hüpfte vor der Bühne hin und her und vergaß den Stress der vergangenen Tage. Annie bekam den einen oder anderen Stoß in die Rippen und quittierte diese wahlweise mit »Autsch« oder einem spitzen Lachen.

Nach drei Stunden ausgelassenen Feierns und zwei Stunden Vorprogramm ging der Abend zu Ende. Ein großes Feuerwerk über Stirling Castle bildete den Abschluss. Runrig war Geschichte. Eine seltsame Stille breitete sich über den Platz aus. Menschen schlichen mit stillen oder lauten Tränen langsam zu den Ausgängen. Andere sprachen leise über ihre Empfindungen.

Enya begegnete wieder den beiden Pinguinen, die irgendwo weiter hinten gestanden haben mussten. Ihr Geschnatter störte

---

[37] *Fritten*

die melancholische Stimmung. ‚Ich dachte, die gibt es nur am Südpol?', fragte sich Enya. Die Frage blieb unbeantwortet.

Der Weg zurück zum Parkplatz zog sich unendlich lange hin. Nach dem langen Stehen waren die Knochen steif und kalt. Enya setzt linkisch Schritt vor Schritt. Die Frauen mussten sich gegenseitig stützen. Jeder Schritt tat weh. Enya spürte die Kälte und Nässe.

Annie schien damit besser umgehen zu können.

‚Was macht Annie eigentlich beruflich?', fragte sich Enya. Sie hatte bisher nicht danach gefragt, würde es aber nachholen.

Selbst der letzte Schritt auf dem Heimweg tat weh. Enya musste in den Land Rover klettern. Sie verfluchte, dass Geländewagen so hoch gebaut wurden. Müde ließ sie sich auf den Beifahrersitz fallen.

Annie war wesentlich munterer und aktiver. Sie ließ den Motor an und stellte die Heizung auf volle Leistung. Dennoch brauchte der alte Geländewagen Zeit, bis eine wohlige Wärme Enyas Beine streifte.

In alle Richtungen versuchten die Festivalbesucher die Stadt zu verlassen. Annie kannte die richtigen Schleichwege durch Wohngebiete, doch manchmal half das wenig, und sie reihte sich fluchend wieder in die Autokolonne ein.

In dieser Nacht schlief Enya erneut in Annies Armen ein und fühlte sich geborgen.

Gertruds Aufbruch

Ülpenich, die Stadt am Neandertal und hoch über den Wolken

Gertrud hatte vor Aufregung in der Nacht kein Auge zugetan. ‚Mein erster Urlaub', dachte sie, obwohl der Prälat von Arbeit gesprochen hatte. Bezahlte Arbeit. Wie dem auch sei, Gertrud war aufgeregt. ‚Ich werde das Meer sehen.' Sie lief auf und ab, zählte die Stunden herunter und kontrollierte immer wieder ihren Personalausweis, als ob er jede Stunde ablaufen könnte.

Um die Zeit zu verkürzen, goss sie noch einmal die Topfpflanzen. In den kommenden Tagen würde sie die Nachbarin um das Haus, Post und die Pflanzen kümmern.

Zum ersten Mal seit langer Zeit warf Gertrud einen Blick in den Spiegel im Hausflur. Normalerweise ging sie achtlos daran vorbei. Heute war alles anders. Sie betrachtete sich skeptisch und dann neugierig. Im Schlafzimmer suchte sie ein buntes Halstuch heraus, ein Geschenk der Pfarrgemeinde. Vor dem Spiegel streckte sie sich und ging selbstbewusst durch die Tür, die sie sonst als graue Maus durchschritt.

Pünktlich um 8 Uhr klingelte ein Fahrer an der Tür. Gertrud stand reisefertig mit gepacktem Koffer und Handtasche im Hausflur. Der Prälat hatte auf ein gemeinsames Frühstück verzichtet, um letzte Vorbereitungen abzuschließen.

Der Fahrer trug ihren Koffer, öffnete ihr die Tür zu einer großen schwarzen Limousine und verstaute das Gepäck. Gertrud fühlte sich wie in einer neuen Welt. Normalerweise trug sie die Sachen anderer.

Wenige Minuten später kam der Prälat mit seinem Koffer und einer Aktentasche aus dem Haus. Gertrud wollte ihm zurufen, dass er die Tür ordentlich verschließen solle, aber sie saß bereits in der Limousine. Der Prälat verschloss die Tür, wie immer.

»Wohin fahren wir eigentlich?«, platzte es aus Gertrud heraus, als Meyerhoff einstieg.

»Nach Schottland.«

Gertrud war sprachlos. Dann fragte sie: »Und welche Arbeit erwartet uns?«

»Zu gegebener Zeit werden Sie es erfahren, liebe Gertrud.«

Die Haushälterin registrierte das »liebe« in der Anrede. ‚Zum Glück habe ich Brote geschmiert‘, dachte sie. Schottland ist weit weg. ‚Wie fährt man eigentlich nach Schottland?‘ Vermutlich Fähre oder den Tunnel nach England, dachte sie. Der Fahrer steuerte die Limousine jedoch Richtung Düsseldorf. Als sie das Schild »Düsseldorf Airport« sah, realisierte sie, dass sie fliegen würden.

Fliegen, wie die Meiers von gegenüber. Die fliegen jedes Jahr in Urlaub. ‚Angeber!‘, dachte Gertrud jedes Mal. Bald würde sie mitreden können. Wenn die Meiers von Mallorca sprachen, könnte Gertrud mit Schottland kontern.

Der Fahrer hielt vor dem Terminal, öffnete die Türen und die Passagiere stiegen aus. Unschlüssig blieb Gertrud neben dem Prälaten stehen. Der Fahrer hatte die Koffer ausgeladen und sich verabschiedet. Gertrud wollte beide Koffer tragen, aber der Prälat organisierte einen Gepäckwagen und steuerte den Check-in-Schalter von British Airways an.

Enya hatte für drei Tage gebucht und wollte nun weiterziehen, obwohl sie noch nicht genau wusste, wohin. Das Fernziel Lewis & Harris stand weiterhin auf dem Programm.

Als Enya zum Bezahlen in der Küche des Farmhauses erschien, stand Annie mit gepackten Koffern im Flur. »Nimmst du Anhalter mit?«, fragte Annie und lachte laut los.

»Eigentlich nicht … Wenn wir alle drei ein wenig zusammenrücken, sollte es aber gehen«, meinte Enya erfreut und schaute zu Juna rüber.

Nach dem Bezahlen gestaltete sich das Unterbringen des Gepäcks im kleinen Kofferraum des Alfa Romeos wie ein Tetris-Spiel. Letztendlich brachten sie alles unter. Die letzten Taschen und Jacken wurden um Junas Transportkiste herum arrangiert, die auf der Rücksitzbank stand.

Enya war froh, nicht allein losfahren zu müssen. »Ehrlich gesagt, ich weiß noch nicht, wo es konkret hingeht«, meinte sie zu Annie.

»Dann habe ich einen Vorschlag. Lass dich überraschen. Aber zuvor: Hast du Hunger?«

Enya nickte, und Annie meinte, von Juna ebenfalls ein zustimmendes Juchzen zu hören. Annie dirigierte Enya auf die Landstraße Richtung Westen.

Sie fuhren an mehreren kleineren Straßencafés vorbei, denen Annie keine Beachtung schenkte. Die meisten dieser Cafés sahen nicht besonders einladend aus, vermutlich dienten sie den Frühaufstehern für eine kurze Rast auf dem Weg zur Arbeit.

Schon nach wenigen Kilometern ließ Annie Enya den Wagen auf einem Parkplatz in einer kleinen Ortschaft anhalten. Die Frauen stiegen aus, und Juna durfte ohne Leine mitlaufen.

Enya hatte unterwegs bereits mehrere Andenkenläden gesehen, die zugleich ein kleines Restaurant oder Café betrieben. In einem solchen bekamen sie eine halbe Stunde später ihr gemeinsames Frühstück. Um zu den Tischen zu gelangen, mussten sie sich zunächst durch lange Regale mit Andenken und Überflüssigem hindurchschlängeln. Manches fanden sie lustig, anderes war eher kitschig. Überall roch es nach Lavendel oder Rosen.

Enya probierte zum ersten Mal Eggs Benedict mit Toast und fand sie phantastisch: Sauce Hollandaise über Eier und Schinken. Annie nahm Rühreier mit Speck, gebackene Tomate, Bohnen und Toast. Dazu gab es endlich den ersten Kaffee des Tages.

⌘ ⌘ ⌘

Über den Wolken

Für Gertrud fühlte es sich seltsam an. Sie saß am Fenster und schaute auf die immer kleiner werdenden Häuser hinunter. Sie sah die Erde zum ersten Mal von oben und war fasziniert. Es sah aus wie im Fernsehen. Eine Stewardess kam vorbei und bot warme und kalte Getränke an. Gertrud nahm ein Wasser, der Prälat einen Rotwein. Gertrud saß so nah am Prälaten, dass sie nicht wusste, wie sie damit umgehen sollte. Auch Meyerhoff realisierte die ungewohnte Situation. Beide sprachen kaum miteinander. Gertrud schaute aus dem Fenster und nahm die neuen Eindrücke auf. Ihr wurde flau im Magen. Irgendwann verlor sie die Erde aus den Augen. Außerhalb des Flugzeugs wurde alles diesig weiß-grau. Schnell änderte sich das Bild und der Himmel erschien in strahlendem Blau. Wie eine übervolle Daunenbettdecke lagen die Wolken unter ihnen. Zwischen den Wolken schimmerte es kurz in Blau. Dies wird das Meer sein, dachte sie.

⌘ ⌘ ⌘

Loch Lomond

Loch Laomainn (Loch Lomond)

Gesättigt spazierten Enya und Annie die Hauptstraße entlang, bis sie eine Wiese erreichten, auf der Juna herumtoben durfte. »Wohin geht es nun weiter?«, fragte Enya.

»Wir sind gleich da,« antwortete Annie, ohne konkreter zu werden.

Nach ein paar Minuten rief Enya Juna zurück und sie schlenderten gemeinsam zum Auto. Enya ließ den Alfa Romeo auf die Landstraße rollen und beschleunigte bis zur zulässigen Höchstgeschwindigkeit. Kurz vor Balloch wies Annie Enya an, rechts Richtung Balloch Castle abzubiegen. Die Fahrt führte durch einen gepflegten Park zu einem Parkplatz in der Nähe des Schlosses.

»Castle trifft es nicht wirklich«, meinte Enya und ihr Blick schweifte zum herrschaftlichen Gemäuer.

»Bei uns heißt fast alles Castle, was größer als ein Einfamilienhaus und älter als fünfzig Jahre ist«, lachte Annie.

Das Balloch Castle war ein gut erhaltenes Schloss mit einem wunderbaren Blick über den Loch Lomond. Nur wenige Autos standen an diesem Morgen dort. Die Frauen stiegen aus und Juna sprang voran. Ein frischer Seewind strich die Hügel hinauf, es roch nach Wacholder und blühender Heide. Sie trafen ein schottisches Paar, das mit einem Wohnmobil am Schlossparkplatz übernachtet hatte. Nach ein paar Worten Small Talk wollten die Frauen endlich zum See laufen.

Der Spaziergang tat gut. Enya und Juna liefen mit Annie über feuchte Wiesen hinunter zum See. »Komm, ich muss dir etwas zeigen«, sagte Annie aufgeregt. Enya und Juna folgten ihr über die Wiese vor dem Schloss, bis sich der Blick auf den See öffnete.

»Das ist der Loch Lomond. Schau mal, wie ruhig er dort unten im Tal liegt.«

Die beiden Frauen hatten die Morgensonne im Rücken und schauten entlang ihrer langen Schatten auf den See hinunter. »Nimm warme Sachen aus dem Auto. Wir laufen ein wenig am See.«

Sie packten einen Rucksack mit dem Notwendigsten für den Tag: Hundefutter, Jacken, Wasserflaschen und die paar Kleinigkeiten, die Frauen mit sich führen, wenn sie in der Wildnis unterwegs sind. Der Weg vom Parkplatz zum See dauerte etwa eine Viertelstunde und führte sie zu einem Kinderspielplatz am See.

»Komm, lass uns schaukeln«, meinte Annie.

Enya ignorierte das „No Dogs on Playground"-Schild und rannte hinter Annie her. Wie Kleinkinder stritten sie um die schönste Schaukel. Annie gewann den Kampf und besetzte die Schaukel. Enya war mit dem Anschubsen dran. Immer höher schaukelte Annie und kicherte laut. Dann bremste Enya sie ab und umfing sie mit beiden Armen.

»Jetzt bin ich dran«, sagte Enya und drückte Annie einen nassen Kuss auf die Wange. Annie dachte nicht daran, die Schaukel kampflos aufzugeben.

»My swing«, schniefte Annie trotzig wie ein Kindergartenkind.

Enya nutzte die Chance, um von hinten die Schaukel zu entern. Annie rappelte sich hoch und gab Enya einen kräftigen Schubs. Nun war es an Enya, so hoch zu schaukeln, wie es die Ketten zuließen.

Ein älterer Herr im dunkelgrünen Lodenmantel, Tweed-kappe und Gehstock beobachtete das Treiben gönnerhaft. Er lächelte in sich hinein und wandte seinen Blick nachdenklich zurück auf den See.

Nachdem sie sich ausgetobt hatten, liefen die Frauen am Seeufer entlang nach Balloch. Den kurzen Weg schafften sie in einer halben Stunde. Sie schlenderten durch die Straßen, bis sie an einer Brücke, die über den River Leven führte, anhielten.

»Moment«, meinte Annie. »Lass uns zwei Tickets für eine Bootstour kaufen.«

»Schöne Idee«, sagte Enya sofort. »Braucht Juna auch ein Ticket?«

»Ich mache das schon«, meinte Annie.

Annie steuerte zielstrebig die kleine Hütte an, in der die Tickets verkauft wurden. Die Frauen hatten Tickets für den späten Nachmittag gebucht. Bis dahin war noch viel Zeit, um Balloch zu erkunden.

Über Glasgow

Die Anschnallleuchten blinkten, begleitet von einem 'Ping'. Die Chefstewardess machte ihre Durchsage: »Wir landen gleich in Glasgow. Das Wetter ist freundlich ... bla, bla, bla ...« Gertrud war zu aufgeregt, um alles zu verstehen. Sie hörte einzelne Sprachfetzen. »*Glasgohhh*«, wiederholte sie und dehnte das Wort. Viel mehr hatte sie aber nicht verstanden.

»Bitte stellen Sie Ihre Rückenlehnen senkrecht und schnallen Sie sich an.« Schritt für Schritt folgte Gertrud den Instruktionen. Sie war nervös und spielte mit dem bunten Halstuch. 'An Farben könnte ich mich gewöhnen', dachte sie. Sie warf dem Prälaten einen neugierigen Blick zu. 'Wie verhält sich „so einer", der regelmäßig fliegt?', versuchte sie zu ergründen. Scheinbar hatte „so einer" versucht zu schlafen und erwachte langsam wieder.

»Wir müssen uns anschnallen. Schnell! Die Durchsage war schon da.« Übereifrig griff Gertrud nach dem Sicherheitsgurt des Prälaten und musste sich weit über ihn hinwegbeugen. Unverhofft streifte sie seine Hose im Schritt. Gertrud errötete und zuckte sofort zurück. »Verzeihung. Verzeihung ... ich wollte doch nur ...«

»Alles in Ordnung«, behauptete der Prälat und nahm selbst den Sicherheitsgurt, um ihn anzulegen. 'Nichts ist in Ordnung', dachte er und war über die Berührung noch irritierter als Gertrud.

Die Maschine wurde routiniert gelandet. Vereinzelt klatschten Passagiere. Geschäftsmäßigkeit setzte ein. Erste Passagiere sprangen auf, bevor die Maschine ausgerollt war. Sie griffen nach den Fächern oberhalb der Sitze, um das Handgepäck zu sichern. Gertrud versuchte sich ebenfalls zu erheben, hatte aber auf dem Fensterplatz nicht die notwendige Kopffreiheit und verlor das Gleichgewicht. Sie fiel auf ihren Sitz zurück und streifte erneut den Prälaten, was sie sofort zurückzucken ließ. Sie spürte die Gänsehaut unter ihrer Bluse. 'Zum Glück kann Meyerhoff das nicht sehen', dachte Gertrud. Das darf nicht sein.

Die folgende Stunde verlief ohne ein Wort. Jeder war in seinen Gedanken versunken. Erst als das ungleiche Paar mit den Koffern vom Terminalgebäude zu den Mietwagen lief, begann Meyerhoff wieder aufzutauen. »Ich habe ein Auto reservieren lassen.«

»Und wo werden wir übernachten?«, fragte Gertrud.

»Wir haben Zimmer in einem Kloster«, antwortete der Prälat.

Loch Laomainn (Loch Lomond)

Am späten Nachmittag saßen Annie und Enya im hinteren Teil des Ausflugsboots. Juna lag vor Enya und ertrug die Tour. Ausflugsboote waren wohl nichts für Hunde. Es gab kein Gras, der Boden wackelte und es roch nach Diesel. Juna schnüffelte lustlos herum. Schließlich streunte sie über das Achterdeck und schloss neue Freundschaften mit den Touristen. Bei einem älteren Herrn blieb sie sitzen und wollte mit seinem Gehstock spielen. Enya hatte das Gefühl, diese Silhouette schon einmal gesehen zu haben, konnte sich aber nicht erinnern, wo.

Vom See aus hatte Enya einen besonderen Blick auf das Ufer. Der südliche Teil des Loch Lomonds war breiter und zeigte einige kleinere Inseln. »Das ist Inchmurrin«, erläuterte Annie, »die Insel ist bewohnt.« Enya erkannte etwa ein Dutzend Häuser, die an einfache Trailer erinnerten. Luxus sah anders aus, obwohl die Lage einmalig war.

Ganz anders sah es an den Seeufern aus. In angemessenem Abstand lagen alte herrschaftliche Anwesen, die einen anderen Eindruck hinterließen als die einfachen Häuser auf Inchmurrin. »Da haben wohl einige wenige Familien sich die Ländereien aufgeteilt und keine neuen Ansiedlungen erlaubt«, überlegte Enya.

»So wird es wohl sein«, antwortete Annie, ohne es bestätigen oder dementieren zu können.

»Schau mal, sogar mit Steg und Wasserflugzeug. Und Golfplatz«, staunte Enya.

»Reichtum ist doch so langweilig«, kommentierte Annie.

»Man wird nachdenklich, wenn man solche Anwesen sieht. Fliegt man mit so einem Wasserflugzeug zum Shopping bei Lidl?«, fragte Enya.

»Lidl?«, Annie musste nachfragen, erinnerte sich dann. »Ich kenne keinen Lidl mit See vor der Tür. Wo soll man da landen?«

»Ich würde mir nie ein Wasserflugzeug kaufen, glaube ich. Obwohl ich meinen Lottoschein noch nicht kontrolliert habe.«

Die neunzigminütige Fahrt über den See war für die Frauen sehr entspannend. Für Juna weniger. Sie fand die Zeit auf dem Boot einfach langweilig.

⋘ ⋙

Bonn

AM nutzte die Sonntagsbereitschaft im Büro, um weitere Informationen zu Enyas Flucht nach Schottland zusammenzustellen. Zudem erhielt sie regelmäßig automatisierte E-Mail-Benachrichtigungen, wenn es Kontobewegungen auf dem Konto der Ansbachs gab. Diese Kontoüberwachung war zwar nicht legal, aber das interessierte AM in diesem Moment nicht. Es war leicht, eine richterliche Anordnung zu bekommen, wenn man einen Richter kannte, der bereit war, alles zu unterschreiben.

Die meisten Buchungen waren uninteressant: automatische Abbuchungen für Versicherungen, Streamingdienste und Energieversorger. Dazwischen fand AM jedoch eine Auslandsabbuchung für einen Porno-Anbieter, ironischerweise auf den Virgin Islands. Das war wohl eher Hauke Ansbach als Enya. Dann stieß AM auf eine aktuelle Buchung, die ihre Aufmerksamkeit erregte: Eine Abbuchung von einer Tankstelle in Schottland.

AM griff sofort zum Telefon und rief Abt Raphael an. »Ich habe eine neue Spur. Eine EC-Kartenbuchung an einer Tankstelle in Schottland.«

Der Abt unterbrach sie und gab Meyerhoffs Telefonnummer weiter. »Er ist bereits in Schottland«, ergänzte er.

Als Nächstes wählte AM Meyerhoffs Nummer.

Er meldete sich mit: »Dr. Meyerhoff.«

»Alexandra Mathijs hier«, stellte sie sich vor.

»Gut. Ich konnte Ihre Nummer nicht identifizieren. Was kann ich für Sie tun?«

»Es gibt eine neue Spur aus Schottland. Frau Ansbach hat an einer Tankstelle zwischen Stirling und Balloch getankt. Die Buchung ist keine zwei Stunden alt. Soweit ich weiß, ist Frau Ansbach mit einer blauen Alfa Romeo Giulia unterwegs. Das Auto ist auffällig.«

Meyerhoff war elektrisiert und bedankte sich. Er steckte sein Mobiltelefon zurück in die Jacke und wandte sich an Gertrud. »Wir fahren nach Balloch und übernachten irgendwo am See.«

Gertrud schaute den Prälaten von der Seite an. »Wir wollten doch im Kloster übernachten.«

Meyerhoff entgegnete: »Unsere Arbeit führt uns unvermittelt dorthin.« Er war sich noch immer nicht sicher, wie viel er von seiner Mission verraten sollte. Manchmal zweifelte er daran, ob es eine gute Entscheidung war, Gertrud mit nach Schottland zu nehmen. Sie sollte das Buch Liath und Enya identifizieren. Er wollte sie zudem als Alibi benutzen und, falls notwendig, als Tarnung ein Ehepaar vortäuschen. Ansonsten würde er sie als Mitarbeiterin bezeichnen, je nachdem wie sich die Situation entwickelte.

In einer anderen Ecke von Bonn

Hauke Ansbach hatte die Buchungen auf seinen Online-Kontoauszügen gesehen. ‚Hoffentlich hat die Schlampe wenigstens E5 und nicht E10 getankt‘, dachte er. ‚Wieviel Oktan hat eigentlich Benzin in England?‘

Hauke begann unverzüglich mit seiner Internetrecherche. Er musste wissen, welche Qualität das Benzin auf der Insel hatte. Nachdem er die nötigen Informationen gefunden hatte, meldete er sich über seinen Facebook-Account bei allen Alfa Romeo und Giulia-Gruppen in Großbritannien an, die er finden konnte. Überall schilderte er sein Leid vom Verlust seiner Giulia.

Loch Laomainn

Nach dem Abendessen schlenderten die Frauen mit Juna entlang des Sees zurück in Richtung des Castle Balloch. Unterwegs begann Annie leise ein Lied zu singen:

By yon bonnie banks, and by yon bonnie braes

Where the sun shines on Loch Lomond

There me and my true love spent many days

On the banks of Loch Lomond.

...

But me and my true love will never meet again

On the bonnie, bonnie banks o' Loch Lomond.

On the bonnie, bonnie banks o' Loch Lomond.

Die Sonne begann über dem Loch Lomond unterzugehen, und der Himmel färbte sich langsam rot. Ein leichter Dunst lag über dem Wasser und den Bergen, und manchmal blitzte die Sonne nochmals zwischen den Wolken hindurch, bevor sie hinter den Bergen verschwand.

Am Seeufer war es ruhig geworden. Mit sinkenden Temperaturen waren nicht mehr viele Menschen unterwegs. ‚Bei gutem Wetter wäre hier sicher mehr los‘, dachte Enya. Sie passierten einen geschlossenen Kiosk, der verlassen an einer Betonrampe stand, die in den See führte. Enya und Annie hielten dort an. Es war kühl, und Enya zog eine Fleecejacke aus ihrem Rucksack. Auch Annie hatte sich bereits einen Pullover übergezogen. Enya genoss einfach den Moment und die Umgebung.

Kleine Wellen plätscherten gegen die Rampe, und das leise Geräusch vermischte sich mit dem Rascheln der Blätter im Wind. Enya ging bis ans Ende der Rampe, soweit es möglich war, und beide Frauen unterhielten sich über Belangloses. Enya fühlte sich endlich frei und genoss die feuchte Luft. Sie holte eine kleine Bluetooth-Lautsprecherbox aus ihrem Rucksack und verband sie mit ihrem Mobiltelefon. Sie hatte eine Playlist mit Musik von *Runrig*, *Manran*, *Skipinnish* und anderen Bands zusammengestellt. Bei dieser Musik schaute sie über das Wasser und träumte von Ruhe und Frieden.

Annie nahm Enya an die Hand und begann mit ihr auf dem Steg zu tanzen. Die beiden tanzten West Coast Swing in Trekkingschuhen, Pullover und Fleecejacke auf einem rauen Betonsteg am Loch Lomond zur Musik aus dem Handy.

Diese Erinnerung würde ewig bleiben.

Balloch

Meyerhoff fand es schwierig, spontan zwei Hotelzimmer in einer Touristenhochburg im Sommer zu bekommen. Schließlich entdeckte er online freie Zimmer in der Nähe von Balloch in einer noblen Lodge mit Seeblick. Die Zimmer waren teuer, aber der Orden La Mano de Dios würde die Rechnung problemlos übernehmen.

Der Prälat checkte souverän ein und hinterließ seine Kreditkartennummer. Gertrud bewunderte seine Gelassenheit und seinen Umgang mit der englischen Sprache. Sie blieb einen Schritt hinter dem Geistlichen, der in einem neutralen Anzug nicht als solcher zu erkennen war. Meyerhoff fragte nach den zwei reservierten Einzelzimmern, die im zweiten Obergeschoss lagen. Der Prälat und Gertrud nahmen den Aufzug und fanden schnell ihre nebeneinanderliegenden Zimmer auf der Seeseite. Die Zimmer waren durch eine Zwischentüre verbunden, wie Gertrud feststellte. Vorsichtig klopfte sie an der Tür und stellte fest, dass diese nicht verschlossen war.

»Herein«, rief Meyerhoff.

Gertrud war über ihren Mut erstaunt. Noch am Morgen desselben Tages stand sie in ihrer Küche in Ülpenich und schaute in Richtung des Zülpicher Wassersportsees. Nun stand sie am Fenster einer Lodge in den schottischen Highlands und blickte auf den See hinaus. Sie konnte es kaum fassen.

‚Das Leben kann so schön sein', dachte Gertrud und lächelte.

»Wir haben den ganzen Tag über noch nichts gegessen«, meinte der Prälat.

Gertrud erinnerte sich, zu Hause Brote für unterwegs geschmiert zu haben. »Ich habe noch Brote vorbereitet.«

Mit einem Lächeln lehnte der Prälat das Angebot ab. »Nein. Ich lade Sie zum Essen ein.«

»Und was soll ich anziehen?«

»Bleiben Sie ruhig, wie Sie sind. Ich würde nur vorschlagen, die Strickjacke hier oben zu lassen. Es wird im Restaurant nicht so kalt sein.« Meyerhoff wollte Gertrud nicht sagen, dass er die Strickjacke hässlich fand.

Gertrud wusste nicht, was sie von der Karte des Hotels wählen sollte. Sie fühlte sich plötzlich wieder hilflos und provinziell. Meyerhoff bemerkte, dass Gertrud mit der fremden Sprache und der Situation überfordert war, und entschärfte die Situation. Nachdem er Lammcarrée mit Rosmarinkartoffeln und gemischtem Gemüse empfahl, schloss sich Gertrud gerne diesem Vorschlag an. Dazu bestellte Meyerhoff Wasser und einen schweren Rotwein.

Inverbegam am Loch Lomond

Später, nachdem Enya und Annie wieder am Auto auf dem Parkplatz angekommen waren, realisierte Enya, dass sie für diese Nacht keine Unterkunft gebucht hatten. Enya schaute Annie ratlos an, aber Annie schien nicht im Geringsten beunruhigt.

»Wo wollen wir übernachten?«, fragte Enya.

Annie lächelte. »In Schottland findet sich immer eine Möglichkeit. Wir Schotten sind unkompliziert. Lass uns einfach erst einmal losfahren.«

Annie dirigierte Enya auf die A82, um am Westufer des Loch Lomonds nach Norden zu fahren. Enya war noch immer skeptisch, wollte die Fahrt aber genießen und drosselte das Tempo. Sie öffnete das Schiebedach und atmete tief durch. Währenddessen nahm Annie ihr Mobiltelefon und führte verschiedene Telefonate auf Englisch und auf Gälisch. Dann wendete sie sich lächelnd Enya zu: »Erledigt. Wir haben eine Unterkunft für die Nacht.«

Nach etwa 15 Kilometern gemütlicher Fahrt am Seeufer dirigierte Annie Enya auf einen kleinen Campingplatz.

»Wir haben sie bereits erwartet«, sagte ein kräftiger junger Mann an der Schranke. »Die Hütte Nummer sieben ist für sie bereit. Sie finden diese unten am Seeufer. Es liegt Holz für die Feuerschale bereit, falls sie sich noch auf die Terrasse setzen möchten.«

Enya war verblüfft, wie unkompliziert manches in Schottland war.

Die beiden Frauen trugen die wichtigsten Dinge in die Hütte. Juna schnüffelte entlang des Ufers. Schon nach wenigen Minuten war die Hütte bezugsfertig. Annie hatte ein paar Scheite Feuerholz in der Feuerschale aufgeschichtet und entzündete das Feuer mit einer alten Zeitung und einigen Spänen.

Enya brachte eine Decke aus der Hütte mit, die sie auf einem Sessel gesehen hatte. Wenn man etwas zusammenrückte, konnte man sich gut darin einkuscheln.

»Ich habe etwas für uns«, sagte Annie und zog eine kleine Blechdose aus ihrer Jackentasche. Sie öffnete diese und hielt Enya einen Joint unter die Nase. »Zur Feier des Abends.«

Annie wartete nicht auf Enyas Reaktion und zündete den Joint an, zog zuerst selbst daran und reichte ihn dann weiter.

»Du kiffst?«

»Nur bei besonderen Gelegenheiten. Dafür rauche ich nicht.«

Annie wechselte das Thema: »Das da drüben am anderen Ufer ist der *Ben*[38] Lomond. Ein magischer Berg«, sagte Annie und zeigte nach Osten über den See, wo man gegen den Ster-

---

[38] *Berg*

nenhimmel vage die Umrisse eines großen Berges erkennen konnte.

Enya folgte den Blicken stumm. Sie öffnete eine Flasche Gin, den sie in Balloch gekauft hatte, und schüttete den Branntwein in zwei Zahnputzbecher.

»Cheers! Auf Schottland!«, prostete Enya Annie zu.

»*Slàinte*[39]! Alba!«, entgegnete Annie und Enya wusste auch ohne weitere Erklärung, was dies bedeutete.

Luss am Loch Lomond

Der Tag war auch für Gertrud, die es gewohnt war, den ganzen Tag aktiv zu sein, sehr lang. Ihr Tag begann früh in der Nacht voller Nervosität. Beim Abendessen wurde sie immer müder und fragte den Prälaten: »Ist es in Ordnung, wenn ich nun in mein Zimmer gehe? Ich würde gerne noch etwas auf den See hinausschauen.« Meyerhoff nickte wohlwollend, und Gertrud entschwand.

In ihrem Zimmer ließ Gertrud ihren Gedanken freien Lauf. Sie musste Einiges verarbeiten. Sie verglich ihre kleine Welt im Dorf mit dem, was sie allein heute schon von der Welt gesehen hatte. Fast alles war neu oder nur aus dem Fernsehen bekannt. Es war ihre erste Auslandsreise, und diese war unorganisiert. Kein Busunternehmer fuhr nach einer vorgeplanten Route von Hotel zu Hotel. Hier wusste sie nicht, was der nächste Tag bringen würde. Sie kannte ihre Aufgabe noch nicht.

Gertrud musste auch verarbeiten, dass sie im Flugzeug direkt neben Meyerhoff saß, ihn mehrfach berührte und beim Versuch des Anlegens des Sicherheitsgurtes seinen Schritt streifte. Im Nachhinein war ihr das nicht mehr peinlich. Es

---

[39] *Prost*

beschäftigte sie mehr, als ihr lieb war. ‚Morgen werde ich etwas mehr Haut wagen‘, dachte sie, als sie zu Bett ging. ‚Und es wäre nicht für Meyerhoff, sondern für mein eigenes Ego.‘ Sie hatte das Gefühl, mit ihrem Heimatort Ülpenich abgeschlossen zu haben und ein neues unbekanntes Leben klopfte an ihre Tür.

Der Prälat trank sein Glas Wein aus, wollte aber noch nicht auf sein Zimmer gehen. So entschloss er sich, ebenfalls noch etwas auf den See hinauszuschauen. Meyerhoff trat vor die Tür der Lodge und schlenderte die wenigen Schritte zum Seeufer hinunter. ‚Hier herrscht wohl immer Verkehr‘, dachte er und schaute vom See hoch in Richtung der Straße A82, die auf der anderen Seite der Lodge vorbeiführte.

‚Wie sieht eigentlich so ein Alfa Romeo aus?‘, fragte sich Meyerhoff, nachdem er im Schein der Straßenlaternen vor der Lodge eine dunkelblaue Sportlimousine vorbeifahren sah. Diese Frage ließ ihm keine Ruhe und er brach den Spaziergang am See ab.

In seinem Hotelzimmer bekam er nach einer schnellen Internet-Recherche Gewissheit. Er hatte soeben eine Giulia vorbeirauschen gesehen. Hätte er gewusst, dass Enya Ansbach in dem Auto saß, hätte er alle Hebel in Bewegung gesetzt, um ihr zu folgen. So jedoch blieb der Mietwagen vor dem Hotel stehen. Zumal Meyerhoff kein guter Autofahrer war und er das wusste. Mitten in der Nacht mit einem rechtsgesteuerten Auto schnell auf der linken Straßenseite zu fahren, traute er sich nicht zu.

Sir Bram

Eas Falach (Falls of Falloch)

Nach der Übernachtung am Loch Lomond fuhren Enya und Annie weiter nach Norden. Ihr nächstes Ziel war Oban an der Atlantikküste, ein idealer Ausgangspunkt für Fährverbindungen zu den inneren und äußeren Hebriden. Annie, die sich in der Gegend gut auskannte, übernahm das Steuer des Alfa Romeo.

Am Nordende des Loch Lomonds wurden die Straßen schmaler, und sie fuhren durch enge Täler. Der River Falloch speiste am nördlichen Rand des Loch Lomond and Trossachs National Parks den See. Die Bäche der Highlands sorgten dafür, dass die Seen am Caledonian Canal ständig Wasser hatten.

Enya und Annie folgten dem River Falloch, nachdem sie den Loch Lomond hinter sich gelassen hatten. Unterwegs sah man wenig vom Bach, der sich oft tief hinter Bäumen versteckte. Ein Hinweisschild wies auf einen Wasserfall hin. »Den möchte ich sehen«, sagte Enya.

Annie nickte und steuerte den Alfa Romeo auf den Parkplatz. So früh am Morgen waren sie allein an der Sehenswürdigkeit. Der Wasserfall war ein Kleinod. Nach etwa hundert Metern durch den Wald, unter Birken, Eschen und Erlen, folgten Enya und Annie Juna. Juna lief dem Rauschen des Wassers nach.

Das Land strömte Magie aus. Dorothy Wordsworth hatte hier 1803 ein Gedicht geschrieben. John Kennedy, ein Architekt, nahm diese Gedanken auf und gestaltete einen Zugang zu den Wasserfällen aus gewebten Stahlstäben. Diese sollten die verwobenen Gedanken und Geräusche des fallenden Wassers widerspiegeln. Annie führte Enya zur Spitze des Aussichtspunktes, von wo aus man die Wassermassen etwa zehn Meter in die Tiefe stürzen sah. Juna blieb zurück, das Eisengestell war ihr nicht geheuer. Enya schaute eine Weile auf die fallenden Wasser und fühlte sich an diesem magischen Ort wohl.

Unterdessen hatte Juna Gefallen am Wasser gefunden und sprang über die Steine, planschte in den flacheren Stellen des Beckens unterhalb des Wasservorhangs. Die Schotten nannten das Becken Rob Roys Badewanne, obwohl nicht belegt war, ob der Nationalheld hier jemals gebadet hatte. Annie glaubte daran.

ঔ ঔ ঔ

Eas Falach

Enya und Annie standen noch auf der Aussichtsplattform, als sie hinter sich ein „Tick – Tick – Tick" hörten, das wie das Auftreffen von Metall auf Stein klang. Enya drehte sich um und sah den alten Herrn mit dem Palisander-Gehstock und dem Silberknauf. Sie erkannte die Triskele und das Funkeln des Mondsteins auf dem Knauf sofort wieder. Die Spitze des Stocks verursachte das metallische Geräusch.

Der Herr kam gebeugt in kleinen Schritten vorwärts. Sein Blick war aufgeweckt und stechend. Enya versuchte, dem Blick standzuhalten, doch es gelang ihr nicht. Sie wollte sich nicht abwenden und bemühte sich, an ihm vorbeizuschauen, ohne ihn aus den Augen zu verlieren.

Es bestand kein Zweifel, der ältere Herr wollte zu den beiden Frauen. Mittlerweile hatte sich auch Annie umgedreht. Sie schien bereits zu wissen, wer sich da näherte.

»Hallo Bram«, begrüßte sie den Fremden im vertrauten Tonfall.

Enya war irritiert. Verschiedene Begegnungen kamen ihr in den Sinn, die sie bis zu diesem Zeitpunkt als Einbildung abgetan hatte. Sie hatte die Silhouette im Hotel vor dem Runrig-Konzert wahrgenommen, dann später nochmals auf dem Loch Lomond und vielleicht noch zu anderen Gelegenheiten. Enya war sich sicher, dass dieser Mann ihnen schon lange folgte. Er musste Annie folgen. Und nun begrüßte sie ihn freundlich mit seinem Vornamen. Enya war verwirrt. ‚Wenn der Mann Annie folgte und sie ihn freundlich begrüßte, müssen sie sich gut kennen‘, folgerte sie. Warum hatten sie sich nicht vorher schon begrüßt? Warum folgte er ihr über mehrere Tage?‘

Juna blieb ruhig. Sie witterte normalerweise Gefahr, aber von diesem Herrn schien keine auszugehen.

»Hallo Annie, hallo Enya«, begrüßte Sir Abraham Scobie die Damen. »Und das muss Juna sein.«

Enyas Verwirrung steigerte sich ins Unermessliche. ‚Er kennt nicht nur meinen Namen, sondern auch Juna.‘ Sie konnte sich dies nicht erklären; es sei denn …

»Annie, hast du über uns erzählt?«

»Aye«, meinte Annie, als wäre es das Natürlichste der Welt.

»Lass mich kurz aufklären, was hier geschieht«, meinte Bram. Da in der englischen Sprache in der Anrede nicht zwischen „Sie“ und „Du“ unterschieden wurde, fühlte Enya sich auf ungewohnte Weise direkt angesprochen.

»Du transportierst etwas sehr Wertvolles.« Er hielt kurz inne. »Und du bist wertvoll. Du wirst bald eine besondere Rolle in dieser Welt einnehmen. Und das ist nicht untertrieben.«

‚Dieser Sir übertreibt doch‘, dachte Enya. Zugleich nahm sie wahr, dass dieser Fremde auf eine überzeugende Art daran glaubte, was er sagte.

»Das ist doch irre!« Enya schüttelte den Kopf. »Ich kann nicht folgen. Geht es etwa um das Buch?«

»Das Buch und insbesondere die Frau, die es transportiert. Ich schlage vor, wir fahren zu einem sicheren Ort und ich werde dort alle Details erklären.«

Enya merkte, dass an diesem mystischen Ort dem Fremden nicht mehr zu entlocken war. Wollte sie erfahren, worum es ging, müsste sie wohl oder übel folgen. Enya schaute zu Annie rüber. Annie nickte ihr aufmunternd und ernst zugleich zu. Der nächste Blick galt Juna. Sie lag ruhig im Gras und leckte sich entspannt die Pfoten. Enya dachte kurz über ihre Optionen nach. ‚Entweder werde ich folgen und das Rätsel wird sich lösen, oder ich drehe hier um und fahre zurück nach Bonn. Entweder ich erlebe dieses magische Land und wage ein neues Leben, oder ich werde auf ewig in dieser Vorstadtvilla mit einem cholerischen Ehemann leben.'

Enya fällte ihre Entscheidung: »Ich komme mit.«

Zwischen Eas Falach und Oban

»Du bist mir eine Erklärung schuldig«, meinte Enya zu Annie, als beide wieder im Auto saßen und einem älteren, dunkelgrünen Jaguar folgten, in dem sich Bram Scobie fahren ließ.

»Es wird sich alles aufklären«, entgegnete Annie.

»Du hast mich hierher geführt ... oder muss ich sagen: gelockt?«

»Geführt ist wohl richtig«, antwortete Annie. »Überleg' mal selbst, wer oder was dich geführt hat? Wieso bist du nach Alba gekommen? Was hat dir gesagt, wohin du dich hier wenden sollst?«

Enya schwieg lange und musste sich die Fragen erst einmal selbst beantworten. »Ich habe den Namen Alba in diesem Buch gelesen ... und Leòdhas agus na Hearadh.« Enya sprach die Namen so aus, wie sie vermutete, dass es richtig war.

Annie verstand die Aussprache und meinte: »Du hast ein Talent für diese alte Sprache. Also, wer hat dich geleitet?«

»Das Buch«, erkannte Enya.

»Das Buch – es hat übrigens einen Namen: Liath! Und mit Juna warst du in guter Begleitung. Wir hier in Alba hatten deutliche Anzeichen, dass das Buch nach Hause kommt, wussten aber nicht, wie dies geschehen würde. Wir hatten dann verschiedene Köder ausgelegt, um den Transporteur des Buches irgendwo frühzeitig zu entdecken. Das war bereits auf der Fähre geschehen. Wir kennen Zwillinge, die mit dem Buch eng verbunden sind. Eine der beiden war mit an Bord. Sie konnte die Aura des Buches spüren. Wir wussten also, dass es an diesem Tag nach Alba kommt. Nur hatten wir keine Vorstellung, wer es transportieren würde. Auch wussten wir nicht, wie und warum. Meine Aufgabe war es, einen der Punkte zu überwachen, wo der Kurier vielleicht übernachten würde. Ich sollte dich dann abfangen und weiter durch Schottland geleiten.«

»Wie war es möglich, dass ich ausgerechnet im Upper Ballaird Bothy buchte und so mit dir zusammentraf?«

»Das war gar nicht so schwer. Wir wussten, dass der Weg des Buches nach Harris & Lewis führen musste. So war der Weg grob definiert. Zu unserem Glück gab es ein Nadelöhr bei Stirling. Wir haben auch Edinburgh, Glasgow und Hull überwacht. Immer in der Hoffnung, irgendwo die Spur des Buches aufzunehmen. Du hast selbst gemerkt, dass wegen des Konzerts und der Highland Games alle Hotels, Bed & Breakfast und Privatunterkünfte ausgebucht waren. Wir hatten dann überlegt, eine Unterkunft zu blockieren und dafür zu sorgen, dass sie nicht beliebig gebucht werden konnte. Ein guter Kontakt von einem Bekannten beim größten Online-Buchungsportal sorgte dann dafür, dass dir diese Unterkunft zwischen all den belegten Unterkünften angeboten wurde. Das Angebot wurde extra für dich so manipuliert. Niemand sonst konnte es sehen.«

»Die Vermieterin ist doch deine Schwester?«

»Eine Notlüge. Wir sind nicht verwandt.«

»Und die Runrig-Karten?«

»Ein weiterer Köder, den wir schnell organisiert hatten, nachdem wir von deiner Liebe zu dieser Band erfahren hatten.«

So viele neue Eindrücke prasselten auf Enya ein. Sie blieb still und dachte darüber nach, wie dies alles möglich sein konnte. Es war schwer zu begreifen, so unreal.

Schon vor einigen Kilometern hatte der vorausfahrende Jaguar die breite A82 verlassen und eine kleinere, einspurige Straße genommen. An manchen Stellen ragten Felsen in die Straße hinein. An anderen Stellen galt es, große Schlaglöcher zu umfahren. Aber Annie fuhr das linksgesteuerte Auto, als wäre sie nie ein anderes gefahren. Enya war froh darüber, nicht selbst fahren zu müssen, denn die einspurigen Straßen erforderten viel Aufmerksamkeit. Annie wich geschickt den Hindernissen aus. Bei Gegenverkehr musste man die nächste Ausweichbucht ansteuern. Schotten waren entspannte und zuvorkommende Autofahrer. Man beharrte nicht auf Vorfahrt. An den Ausweichstellen konnte es sogar vorkommen, dass man sich nicht einigen konnte, wer dem anderen den Vortritt gönnte.

Nun hatte sie Zeit, sich die Landschaft genauer anzusehen. Das Land wurde hügeliger. Die Straße führte in sanften Wellen auf und ab. Die wenigen Fleckchen Wald wichen der Heidelandschaft, die von Schafen und Highlandrindern abgegrast wurde. Lange Steinmauern zerschnitten die Landschaft, viele davon in Teilen zerfallen. Moos wuchs auf den Mauern.

»Und woher wusstest du, dass ausgerechnet ich das Buch auf dieser Fähre hatte?«

»Wir wussten es nicht. Juna hat es uns verraten.«

Prälat Meyerhoff ließ die Beobachtung der letzten Nacht nicht los. Er wusste nun, nach welchem Auto er Ausschau halten musste. 'Wie groß mochte die Wahrscheinlichkeit sein, dass ausgerechnet hier am See eine zweite Giulia in gleicher Farbe herumfahren würde?' fragte er sich. Zunehmend wurde er sich sicherer, dass Enya vor seiner Nase hergefahren war. Meyerhoff ärgerte sich. Vor wenigen Tagen war er dem Buch so nahe gewesen, als Gertrud die letzten unverkäuflichen Habseligkeiten von Josef Schmitz verbrannt hatte. Er hätte nur seine Hand nach dem Buch ausstrecken müssen. Doch dann hielt der Prediger das Buch in seinen Händen, ohne weitere Maßnahmen zu ergreifen. Und nun wurde das Buch an seiner Nase vorbeigefahren. 'Spielt das Buch mit mir ein Katz-und-Maus-Spiel?' dachte er.

Das war letzte Nacht. Meyerhoff überlegte, wie er die Spur wieder aufnehmen konnte. Ihm standen viele weitere Augen zur Verfügung. Und nun würde er sie benötigen.

Siùna (Shuna Island)

Die versteckte Burg

Caisteal an Siùna

Nahe Connel mussten Sir Bram und Annie in ihren Wagen an einer Ampel vor der Connel Bridge warten.

»Wir wollten doch nach Oban?«, fragte Enya. »Nach Oban geht es links.«

»Stimmt«, quittierte Annie. »Sir Bram wohnt etwa eine halbe Stunde entfernt am Loch Linnhe. Dort haben wir eine sichere und bequeme Unterkunft.«

Enya bemerkte, dass Annie von einer sicheren Unterkunft sprach. »Wieso brauchen wir eine sichere Unterkunft?«, wollte Enya wissen.

»Das Buch braucht einen sicheren Platz«, antwortete Annie knapp.

Die Ampel sprang auf Grün. Über die einspurige Stahlbaubrücke ging es weiter. Sie hatten die Atlantikküste erreicht. Das Meer griff fingerartig in die Highlands. Loch Linnhe war eine dieser Buchten. Die Schotten bezeichneten alle stehenden Gewässer, auch große Buchten, als Loch.

Nachdem sie die Connel Bridge passiert hatten, fuhren sie noch einige Meilen entlang des Loch Linnhe. Kurz nach Castle Stalker bog der Jaguar links Richtung Ufer ab. Ein Parkplatz mit dem Schild Private Property bot Platz für vier bis fünf Autos.

»Viele Touristen halten sich nicht an die Beschilderung«, erklärte Annie. »Manchmal lässt Sir Bram sie von der Polizei vertreiben.« Enya wurde klar, dass Annie Sir Bram gut kannte.

Als sie ankamen, öffnete sich das große blaue Hallentor der Garage wie von Geisterhand. Der Jaguar parkte neben einem alten Land Rover.

»Das Auto kenne ich«, erkannte Enya.

»Stimmt! Ich habe es für die Fahrt zum Konzert genutzt.« Annie lachte. »Jetzt ist es wieder sauber.«

Annie folgte dem Jaguar in die Halle. Das Tor schloss sich hinter ihnen. Sir Bram stieg aus und öffnete Enya die Tür. Juna sprang heraus.

»So ist das auffällige Auto unsichtbar«, meinte Sir Bram.

Mit Koffern und Taschen bepackt, verließen sie die Halle. Der Diener führte sie zu einem Steg, wo ein weißes Motorboot lag. Es war eher eine Fähre für Personen und Güter. Die Überfahrt war nur 300 Meter weit und ruhig. Der Tidehub war einige Meter hoch und die Strömung gefährlich.

Aufgrund der versteckten Lage war die Burg weitgehend unbekannt. Langsam verbreitete sich die Kenntnis um dieses Hidden Gem im Internet. Castle Stalker zog mehr Touristen an.

Die Insel Siùna erschien unbewohnt. Ein herrschaftlicher Sitz stand im Süden der Insel, mit Ausblick über das Meer. Das Castle war wehrhaft und luxuriös.

»Lassen sie ihr Gepäck hier«, sagte der Diener. »Ich hole die Koffer gleich mit dem Elektrowagen ab.«

Enya wollte ihren Rucksack mit dem Buch Liath nicht abgeben. Sir Bram lächelte. »Das Buch sollte man wirklich nicht aus den Augen lassen.«

Ein Kiesweg führte durch einen kleinen Wald aus Buchen, Eschen, Ahorn, Erlen und Birken. Der Wald hatte eine dichte Unterbepflanzung aus Dornen, die eine natürliche Mauer bildete. Nach sechzig Metern lichtete sich der Wald und gab den Blick auf das Castle frei.

Caisteal an Siùna strahlte eine besondere Aura aus. Es war wehrhaft, aber einladend. Die Fenster der Obergeschosse wirkten leicht und einladend, während das Erdgeschoss aus massiven Mauern bestand. Das Erdgeschoss wurde im 15. Jahrhundert als Verteidigungsanlage erbaut, später aufgestockt und wohnlicher gestaltet.

Die Seeseite des Castles war von einem breiten Tor mit einem massiven Eichentor durchbrochen. Ein hoher Turm an der Nordostecke überragte das Gebäude. Das Castle hatte ein Dach aus gebrannten Tonziegeln, bedeckt mit Flechten, die ein Farbenspiel von Grün, Grau bis Gelborange boten.

Sir Bram führte die Frauen um das Gebäude herum. Der Diener holte den Golfwagen für den Gepäcktransport. Im kiesbedeckten Hof bot ein kleiner Springbrunnen mit steinernen Bänken einen Ruhepunkt.

✧ ✧ ✧

Caisteal an Siùna

»*Fàilte don taigh agam*, Willkommen in meinem Haus«, lächelte Sir Bram den Frauen zu. »*Is tu na h-aoighean agam*, Sie sind meine Gäste.« Sir Bram sprach in dieser kantigen, schroff klingenden Sprache. Enya hatte den Eindruck, auch ohne Übersetzung zu wissen, was Sir Bram sagte.

Als ob Enya nicht schon verwirrt genug war, meinte Annie: »Früher nannte sich Sir Bram Scobie auch mal Bram Stoker. *Dee ye ken*[40]?«

Enya schaute noch verwirrter zu Annie. »Ist das nun ein schlechter Film, oder? Ich dachte, Bram Stoker ist …«

»… schon sehr, sehr lange tot«, ergänzte der Alte den Satz. »Vielleicht bin ich das. Vielleicht auch nicht. Zumindest meint

---

[40] *Du weißt, was ich meine?*

es die Geschichte. Mein Körper hat ein wenig gelitten. Ich fühle die Gicht. Ich lebe, so wie meine Geschichten leben.«

Mit einer vorsichtigen Bewegung wandte Sir Bram sich Enya zu. »Verzeihen Sie«, sagte er und ergriff ihre Hand, um sie zu einem angedeuteten Handkuss zu heben. »*Fàilte don dachaigh againn*, Willkommen in unserem Haus.«

‚Sagte er wirklich unser Haus?' Dann meinte sie: »Haben Sie Dank. Ich verstehe wirklich nicht … »*An taigh againn*, Unser Haus?«

»Ja. Willkommen in unserem Haus«, wiederholte der Alte. »Nennen Sie mich ruhig Bram. Kaum jemand nutzt oder kennt eine andere Anrede. Ich habe mich daran gewöhnt.«

»Gerne.«

»Ich wundere mich selbst, wie unhöflich ich bin. Ich habe Sie noch nicht ins Haus gebeten. Bitte folgen Sie mir. Drinnen ist es angenehm warm. Ich sehe, George hat sich mittlerweile um das Gepäck gekümmert. Gut, gut.«

Enya war sofort vom schottisch unterkühlten, aber auch mürrischen Charme des Mannes fasziniert. »Lassen Sie mich helfen.« Ohne eine Antwort abzuwarten, hakte sie sich bei Bram ein und half ihm, die Stufen nach oben zu bewältigen.

George brachte Shortbread, schottische Mürbeplätzchen, und Scones, ein luftiges Gebäck, das mit Marmelade gegessen wurde.

»Ich möchte vorschlagen«, übernahm Bram, »Wir erfrischen uns ein wenig und sehen uns in einer Stunde zum Dinner. Mein Diener wird euch die Zimmer zeigen. Morgen werde ich alle Fragen beantworten, soweit ich es kann.«

Der Weg in das Obergeschoss führte über eine breite dunkle Holztreppe mit liebevoll ausgeführten Schnitzereien an den Balustraden. Der hölzerne Boden des Obergeschosses war etwas wellig und knarzte bei jedem Schritt. In der Seeluft hatte das Holz viele Jahre Zeit, sich zu verziehen.

Dunkelgrüne Läufer mit angedeuteten Wappen bildeten eine angenehme farbliche Ergänzung auf den dunklen Holzdielen. An den beigen Wänden der Flure hingen Bilder von ehrwürdigen Damen und Herren in steifen Kragen aus vergangenen Tagen. Verschiedene Wandteppiche im Tartanmuster gaben dem Treppenhaus Geschichte und Wärme auf den ansonsten nackten Wänden. Diese Tartans waren die registrierten Karomuster der befreundeten Clans des Laird of Siùna, des adligen Landbesitzers der Insel und umgebenden Ländereien: Sir Abraham Scobie, Laird of Siùna.

Obwohl es überall elektrisches Licht gab, hatte man die Kerzenleuchter belassen. Die Stimmung im Haus war very Scottish.

Die Tür zu Enyas Zimmer hing ein wenig schief in ihren Angeln und benötigte einen kleinen Schubser, um geöffnet zu werden. Enyas Zimmer war liebevoll und überraschend modern eingerichtet. George hatte bereits Junas Körbchen neben Enyas Bett gestellt. Auf einer Truhe standen weiße Rosen in einer weißen Vase. An den verputzten Wänden hingen wieder Wandteppiche aus Tartan, diesmal aus dem Clan Siùna. Enya fühlte sich in diesem Zimmer geborgen.

Juna hatte ihr Körbchen auch bereits bezogen und schnaufte zufrieden.

Zimmer Nummer 16

Auf dem Weg nach Oban

Meyerhoff erwartete Gertrud nach dem Auschecken vor der Lodge am gemieteten Ford Focus. Er hatte die Straßenkarte auf einem Tablet studiert und überlegte die nächsten Schritte.

»Ich vermute, das Buch ist auf dem Weg nach Oban«, meinte er, als Gertrud ihren Koffer verladen hatte. Gertrud erkannte, dass Meyerhoff verschiedene Marker auf eine Onlinekarte gesetzt hatte, was sie jedoch nicht besonders interessierte.

»Das Buch?«, fragte Gertrud und begriff schnell: »Geht es um das Buch, welches ich auf dem Flohmarkt verkauft hatte? Das Buch von Josef Schmitz?«

»Korrekt«, meinte der Prälat nach einer Gedenksekunde. »Die Kirche benötigt dieses Buch.«

Gertrud fühlte sich schuldig.

»Sie trifft keine Schuld«, meinte der Prälat, als könne er Gedanken lesen. »Sie konnten die Bedeutung des Buches nicht kennen. Nun suchen wir es gemeinsam. Alles Weitere erkläre ich unterwegs.«

Meyerhoff programmierte Oban in das Navi ein. Er hatte den Gedanken aufgegriffen, dass Gertrud sich schuldig fühlte. Er dachte daran, falls notwendig, diese Karte auszuspielen.

Auf der Fahrt nahm Gertrud mehr und mehr von Schottland in sich auf.

»Ich möchte Englisch lernen«, sagte sie.

Unterwegs bekam sie die erste Lektion und die Fahrt wurde recht kurzweilig.

»*We are looking for a book*«, erläuterte der Prälat. »*Book* bedeutet Buch.«

»*I am Mr. Meyerhoff.*«

»*Dr. Franz-Michael Meyerhoff*«, wiederholte Gertrud.

»And your name is Gööörrtruhd.«

Gertrud musste über die englische Aussprache ihres Namens lachen. »Kennen die Engländer den Namen wirklich?«

»*Of course*«, bestätigte der Prälat. Meyerhoff überspielte gekonnt, dass sein Englisch bei Weitem nicht so gut war, wie es Gertrud erschien.

Oban

Meyerhoff und Gertrud erreichten die kleine Hafenstadt Oban am frühen Nachmittag. Über der Stadt lag eine Mischung aus Meeresluft und dem Geruch gemälzter Gerste. Die Oban Distillery lag mitten in der Stadt und ließ – je nach Windrichtung – die Einwohner und Besucher wissen, dass hier vorzüglicher Whisky produziert wurde. Der Weg zum Seafront Guest House war einfach zu finden. Meyerhoff musste nur durch die Stadt bis zur Küste fahren und dort nach rechts abbiegen. Er hatte im Seafront Guest House telefonisch zwei Zimmer bestellt.

Nomen est omen – das Hotel lag direkt an der Uferstraße nahe einer Kathedrale. Das Guest House war in einer Hälfte einer alten Seebad-Villa eingerichtet worden. In der anderen Hälfte befand sich ebenfalls ein Hotel; sozusagen die Konkurrenz im gleichen Hause. Während der Prälat die Uferstraße entlangfuhr, stellte er fest, dass in fast jeder dieser Villen Hotels und Guest Houses eingerichtet waren.

Meyerhoff steuerte den Ford auf den kleinen Parkplatz vor dem Haus. Die Parkbuchten waren so angelegt, dass drei Fahrzeuge nebeneinander, aber zugleich immer zwei Fahrzeuge auch hintereinander einparken konnten. Wer also zuerst einparkte, musste entweder darauf hoffen, dass der Stellplatz hinter ihm frei blieb, oder man musste sich arrangieren, wer als nächstes wieder wegfährt.

»*This is not a problem*«, meinte der Besitzer des Hotels. Man solle seine Autoschlüssel einfach in eine Schüssel im Foyer legen und bei Bedarf könne man die fremden Autos umparken. So weit ging das Vertrauen des Prälaten in die Fahrkünste der Rechtslenker dann doch nicht.

Das Seafront Guest House empfing seine Gäste mit einem wunderschönen Erker mit Möbeln und Kissen, in dem man es sich gemütlich machen und in Ruhe lesen konnte. Eine sicherlich alte, handgearbeitete Tiffanylampe spendete abends gemütliches Licht zum Lesen. Oder man saß einfach nur da und schaute, geschützt hinter hohen Fenstern, auf das Meer hinaus.

Beim Check-in musste Meyerhoff feststellen, dass er in Schottland mit seinem Oxford-English nur bedingt verstanden wurde. Ihm wurde schlagartig bewusst, dass nicht nur Gälisch, sondern auch ein besonderer schottischer Dialekt gesprochen wurde, der anfangs nur schwer zu verstehen war.

Meyerhoff verlangte die beiden Schlüssel zu den reservierten Zimmern. »*I would like to get the keys for our two bedrooms.*«

Er bekam von dem freundlichen Mittvierziger einen Schlüssel auf den Tresen gelegt. »*Number 16 is yours.*«

»*And the other room*?« Meyerhoff fragte nach dem Schlüssel für das andere Zimmer. Hierauf bekam er einen zweiten Schlüssel. Ebenfalls mit der Nummer 16. Er hielt in jeder Hand einen der Schlüssel.

»*I've ordered two bedrooms.*«

»*No. A two ... bed ... room*«, entgegnete der Manager. »*But not two bedrooms.*«

Meyerhoff musste schlucken und Gertrud verstand den Grund der Diskussion noch nicht. ,Ich muss Englisch lernen', dachte sie erneut.

Im Verlaufe des Gesprächs bedeutete der Manager, dass Nummer 16 das einzige freie Zimmer war und er kein weiteres zur Verfügung stellen konnte. Gertrud erlebte zum ersten Mal den Prälaten in einer Situation, in der er nicht Herr der Lage war.

»Wir können das schon regeln«, meinte Gertrud, nachdem der Prälat ihr die Situation erklärte. »Wir wahren Distanz und ziehen uns nacheinander im Bad um.«

Mangels kurzfristiger Alternativen stimmte Meyerhoff nach einem Moment Bedenkzeit zu.

Der hölzerne Boden knarrte unter den Füßen, als Meyerhoff und Gertrud auf der Suche nach Nummer 16 durch das Obergeschoss liefen. Die Gänge mit kleineren und größeren Stufen und Absätzen waren nur bedingt gerade und eben. Sie waren verwinkelt und manchmal auch seitlich versetzt; vermutlich, weil an das Vorderhaus mit Seeblick im Laufe der Zeit nach hinten mehrfach angebaut wurde. Dort befanden sich die meisten Gästezimmer.

Die Teppiche auf den Gängen waren tief und dunkelrot. Dazu gab es bunte Tapeten, Nachdrucke von Bildern aus vergangenen Tagen, vielleicht auch Originale, Windfänge und Holzvertäfelungen in Nussbaum. Das Ambiente war gediegen und natürlich very british ... oder scotish. Gertrud konnte sich lebhaft vorstellen, dass hier in den vergangenen zwei Jahrhunderten die Mondänen und Reichen den Sommer verbrachten, wenn es in London zu stickig war. Die Farbwahl empfand selbst Gertrud als mutig. Rote Teppiche, braunes Holz, hellblaue und hellbraune Tapeten. Vielleicht entsprach dies den damaligen englischen Vorlieben und wurden nie geändert. Gertrud begann erst langsam zu erkennen, dass Schotten keine Engländer waren und besonderen Wert auf diese Unterscheidung legten. Für sie waren alle noch ohne Unterschied Engländer.

Es machte Gertrud nichts aus, dass sie aus ihrem Zimmer auf das Hinterhaus des Nachbarhauses blickte, oder genaugenommen: auf die andere Doppelhaushälfte. Dafür war das Zimmer liebevoll, aber kitschig dekoriert. Es gab Tulpen aus Stoff und sehr viel Rosa. Klassische Tapeten mit hellbraunen und rosa Streifen und Ornamenten im viktorianischen Stil mit kleinen Blümchen. Die Betten waren mit Spitzen-Tagesdecken gedeckt. Gertrud kannte solche Tagesdecken aus dem Haus ihrer Oma. Die Decken hatten kleine hellbraune Symbole, die sie nicht kannte, auf altrosafarbenem Grund und eine weiße Spitzenumrandung. Gertrud wunderte sich darüber, wie weich Teppiche sein konnten. Er dämpfte jeden Schritt im Zimmer, während sie zentimetertief einsank. Auch der Teppich hatte einen rosa Ton, diesmal allerdings dunkler als die Tapeten. Ein Bild mit Mohnblumen hing an der Wand, ausnahmsweise nicht rosa, sondern intensiv rot.

Abends wählte man vorab sein Frühstück aus einer Liste. Es wurden verschiedene Varianten von britischem Hot Breakfast angeboten: *Black Pudding* mit *Haggis, baked tomatoes, baked beans* und *eggs*. Oder *Haggis* mit *ham, Black Pudding, fried mushrooms, eggs* und *tomatoes*. Optional auch mit *baked beans*. Man konnte auch *eggs* and *tomatoes* und *ham* wählen. Natürlich mit oder ohne *baked beans, Haggis* und viele andere Kombinationen. Alternativ zum *ham* gab es *square sausages*.[41]

Zu jedem Frühstück gab es Toast und verschiedene britische Marmeladen, teils bitter, teils süß. Die Marmeladen waren klasse. Man konnte sich daran gewöhnen. Die Auswahlliste der warmen Speisen überforderte Gertrud bei weitem. Sie

---

[41] *Es ist in vielen Hotels und Bed'n'Breakfast üblich, vorab auszuwählen, was man am kommenden Tag frühstücken möchte, wie beispielsweise: Black Pudding (etwa unserer Blutwurst), Haggis (Schafsinnereien im Darm), baked tomatoes (gebackene Tomaten), baked beans (gebackene Bohnen), eggs (Eier), ham (Schinken), square sausages (Bratwurst in viereckiger Form)*

sah nun zum zweiten Mal, seitdem sie Ülpenich verlassen hatte, dass man zum Frühstück nicht nur eine oder zwei Scheiben Grau- oder Schwarzbrot und ein Frühstücksei aß, sondern ein vollwertiges Mittagessen.

Man kreuzte seine Wahl auf der Liste an und hinterließ seine Zimmernummer hinter der Auswahl. Dann hoffte man, am nächsten Morgen noch zu wissen, was man gewählt hatte. Die Sorge wurde einem genommen. Die Tische waren nummeriert und trugen die gleichen Nummern wie die Zimmer. Die Gäste aus Zimmer Nummer 16 aßen auch am Tisch Nummer 16. Sofern man also am richtigen Tisch saß, bekam man auch das richtige Frühstück.

Auch der Prälat hatte echte Probleme, den Überblick bei den angebotenen Varianten zu behalten. Schließlich setzte er auf der Liste irgendwo ein Kreuz und schrieb #16 dahinter.

Gertrud war unschlüssig. Sie wählte als Alternative Pancakes. Die standen nicht auf der Liste, aber der Manager bot Pfannkuchen als weitere Möglichkeit an, nachdem er sah, dass Gertrud sich nicht entscheiden konnte. Nachdem der Manager für Gertrud unter der Liste Pancakes ergänzte, fragte er nach weiteren Wünschen: »*Maybe some eggs, ham, sausages, tomatoes, baked beans, haggis, Black Pudding, mushrooms ...?*«

Als die Sonne langsam die Bucht von Oban rot färbte, beschlossen der Prälat und Gertrud, einen kleinen Spaziergang auf der Uferpromenade zu unternehmen. Für Gertrud war es das erste Mal, dass sie am Meer entlanglief, auch wenn es hier durch eine Uferstraße eingezwängt war und nicht so wild wie an anderen Stellen der schottischen Küste. Die Lage der Stadt an der Bucht nahm der Gewalt des Meeres die Spitze.

Nach wenigen Metern kamen die beiden an der Saint Columba's Cathedral vorbei. Der Prälat entschied, die Kirche zu besuchen und eine Kerze für ihre Mission anzuzünden. Gertrud folgte ihm in die mächtige Kirche aus rohen, rostbraunen Bruchsteinen und entzündete ebenfalls eine Kerze. Sie behielt jedoch ihre damit verbundenen Wünsche für sich. Anschließend sprachen sie ein kurzes Gebet. Gertrud war überrascht, dass die Kirche eine offene Holzdecke hatte. Diese Kirche war rustikaler und bei Weitem nicht so opulent ausgestattet wie die katholischen Kirchen, die sie aus der Eifel kannte. Sie fragte sich, ob dies eine katholische oder evangelische Kirche war, fragte aber nicht nach, um sich keine Blöße zu geben. Das es eine anglikanische Kirche sein konnte, kam ihr nicht in den Sinn. Zumindest hing vorne ein Kreuz.

Der weitere Weg führte sie ins Zentrum der Stadt. Oban strahlte einerseits eine entspannte Ruhe und andererseits Betriebsamkeit aus – eine Mischung, die das Leben in einer Hafenstadt ausmachte. Auf dem Weg zum Hafen kamen sie an gusseisernen Pollern vorbei, jeder mit einem bunten, gehäkelten Mäntelchen in schrillen Farben bedeckt. Jeder Poller war anders gestaltet, was Gertrud als Kunstaktion eines Handarbeitsvereins deutete.

Sie machten Rast an einer Fischbude im Hafen von Oban. Gertrud aß *Fish and Chips* und wunderte sich über den Teig des Backfisches, den sie von der Kirmes in Euskirchen als Bierteig kannte. Dann staunte sie über die Chips – grob geschnittene Fritten und keine Chips aus der Tüte. Der Verkäufer in der Fischbude spritzte Essig über die Fritten, bevor sie "No" sagen konnte. Es schmeckte nicht einmal schlecht. Dazu gab es eine Remoulade und eine grüne Paste, die sie als Erbsenmus vermutete. Der Prälat nahm eine Schale gemischter Meeresfrüchte.

Gertrud beobachtete die schwarz-weiß gestrichenen Fähren, die im Pendelverkehr Oban anliefen und von hier aus zu den Hebriden wieder in See stachen. Bunte Fischerboote, die im Kontrast zu den Fährschiffen wesentlich kleiner und farbenfroher waren, lagen ebenfalls im Hafen.

Später am Abend gingen sie den gleichen Weg zurück zum Hotel. Laternen beleuchteten die Promenade, als die Dämmerung einsetzte. Das Wetter schlug um. Der Seewind frischte auf und brachte feuchtkalte Luft in die Stadt. Regen hing in der Luft, der nicht fallen wollte.

Gertrud fröstelte in ihrer Strickjacke und wünschte sich, sie hätte ihre Regenjacke mitgenommen, die noch immer an ihrer Garderobe in Ülpenich hing. Sie benötigte eine neue Regenjacke für Schottland. Sollte sich morgen eine Gelegenheit bieten, würde sie sich eine neue Jacke kaufen.

Gertrud fühlte sich unterkühlt, als sie zum Seafront Guest House zurückkamen. Den beiden wurde angesichts des Hotels schnell wieder klar, dass sie ein Zimmer teilten.

»Ich sehne mich nach einer heißen Dusche«, meinte Gertrud.

Der Prälat wurde sich bewusst, dass das Teilen eines Zimmers eine ungewohnte persönliche Nähe bedeutete, die nicht unbedingt körperlicher Art sein musste. Er nickte. »Dann gehen Sie vorab nach oben, Gertrud, und machen sich schon mal fertig. Ich bleibe so lange hier unten im Erker und lese ein wenig.«

Beide waren bemüht, die Situation so distanziert wie möglich zu überstehen.

Es war Meyerhoff ganz recht, wieder etwas Zeit für sich selbst zu haben. Es war reiner Opportunismus, dass er Gertrud mitgenommen hatte. Ihre Gesellschaft war belastend. Er wäre gerne allein auf der Mission gewesen, aber er wusste, dass er ihre Anwesenheit noch benötigte.

Er setzte sich in einen bequemen dunkelroten Plüschsessel mit silbrig-blau gestreiften Kissen, in dem scheinbar schon

Generationen von Besuchern gesessen hatten, und schaute auf die Bucht hinaus. Die Farben verloren sich langsam im Grau, und die Positionslichter der Schiffe flammten nach und nach auf. Es wurde still auf dem Meer, und noch immer lag Regen in der Luft.

Er bereute die Entscheidung, ein Zimmer zu teilen. Im Nachhinein wäre es ihm lieber gewesen, ein anderes Hotel zu suchen. Irgendwo hätte man sicher noch zwei freie Zimmer gefunden. Der Prälat beschloss, noch eine Stunde hier unten zu bleiben. Er hoffte, dass in dieser Zeit Gertrud mit ihrer Abendtoilette fertig wäre und im Bett läge. Dann würde er sich nach oben schleichen, sich im Bad schnell entkleiden, den Schlafanzug anziehen, Zähne putzen und in sein Bett kriechen. Er plante die nächsten Schritte generalstabsmäßig und versuchte, die Kontrolle wiederzuerlangen.

Zum Lesen kam Meyerhoff nicht. Er hatte sein Tablet oben im Zimmer liegen, wollte jedoch ein paar Notizen festhalten. Zu seinem Glück fand er im Erker Schreibpapier und einen Kugelschreiber. Er musste nicht nur die Kontrolle über die Situation im Hotel, sondern auch über die Jagd nach dem Buch zurückbekommen. Seit dem Auftauchen des Buches hatte er den Eindruck, nur noch zu reagieren, anstatt selbst Weichen zu stellen. Der Kontrollverlust belastete ihn.

Seine Gedanken drehten sich darum, dass er nicht wusste, wie er die Spur zum Buch Liath wieder aufnehmen konnte. Ihm blieb wohl nur, abzuwarten, bis die Augen des La Mano de Dios die Spur wiederfinden würden. Die Späher waren bereits informiert. Alle Ordensmitglieder in Schottland wussten, dass sie nach dem blauen Alfa Romeo Ausschau halten sollten. Meyerhoff wusste nicht, dass auch Hauke Ansbach über seine Facebook-Gruppen bereits das gleiche Ziel verfolgte.

Andererseits war Abwarten eine Kunst, die Meyerhoff sehr wohl beherrschte. Nur eine Sache wollte er morgen auf jeden

Fall regeln: Er wollte nach einem anderen Hotel in Oban suchen oder alternativ nochmals versuchen, in diesem Hotel ein zweites Zimmer zu bekommen.

Im Hotelzimmer Nummer 16 wählte Gertrud das Bett am Fenster aus. Es gab keine Absprachen diesbezüglich, und sie wollte nicht noch einmal nach unten gehen, um das zu klären. ‚Es ist ja nur für eine Nacht‘, dachte sie. Sie legte ihre Jacke und das Halstuch ab, stellte ihre Schuhe vor das Bett und zog die knielangen Strümpfe aus, um sie über die Schuhe zu legen. Aus ihrem Koffer holte sie ein weißes Nachthemd und ihren gerade erst in Zülpich erworbenen Kulturbeutel, dann verschwand sie im angrenzenden Badezimmer.

Gertrud putzte sich ausführlich die Zähne und machte sich mit den Armaturen der Dusche vertraut. Nach wenigen Handgriffen floss warmes Wasser. Sie entkleidete sich bis auf Slip und BH, versicherte sich, dass der Prälat nicht zwischenzeitlich ins Zimmer gekommen war, und brachte ihre Kleidungsstücke schnell ins Zimmer zurück. Sie suchte einen Platz, um die Kleidung abzulegen, und wählte einen der beiden Stühle. Die Strickjacke und das Halstuch legte sie ebenfalls dorthin.

Während sie in BH und Höschen im Zimmer umherlief, dachte sie: ‚Noch vor wenigen Tagen hätte ich es nicht einmal gewagt, allein im Haus in Unterwäsche herumzulaufen. Zeiten ändern sich. Menschen ändern sich.‘ Sie wagte es, vor dem mannshohen Spiegel am Schrank stehen zu bleiben und sich zu betrachten. Ihre Wäsche war funktional und einfach, aber nicht unmodern. Zufrieden warf Gertrud einen kurzen Blick auf ihr Spiegelbild. Aber warum war sie zufrieden? Für wen? Sie ging ins Bad, zog die letzten Kleidungsstücke aus und verschwand in der Dusche. Diesmal nahm sie sich ungewöhnlich lange Zeit, und das warme Wasser wärmte sie auf. Baden und Duschen waren bis dahin Tätigkeiten gewesen, die man erledigte, um sich zu reinigen, ohne körperliche Empfindungen. Heute wollte sie die Dusche genießen.

Gertrud blieb länger in der Dusche. Sie drehte das Wasser noch ein bisschen heißer auf und begann nochmals alle erreichbaren Stellen zu waschen. Ihre Hände verweilten besonders lange zwischen ihren Beinen. Sie begann, Lust zu empfinden. Gertrud lehnte sich gegen die Wand der Dusche. Ihre Finger kreisten langsam zwischen den Schamlippen. Zeigefinger und Mittelfinger drangen bei diesen Bewegungen millimeterweise tiefer ein. Als die vorderen Glieder der Finger verschwunden waren, erwachte Gertrud aus einem Traum, schreckte zurück, drehte das Wasser ab und verließ die Dusche.

Sie kam in ihrer alten Realität an; trocknete sich ab, verhüllte sich im Nachthemd und verschwand im Bett.

Meyerhoff schaute auf seine Uhr. Er saß seit über einer Stunde im Erker, und seine Blicke verloren sich in der mittlerweile schwarzen Fläche des ruhigen Wassers. Er schaute in Richtung Himmel. Der Regen war ausgeblieben.

‚Es ist Zeit, ins Bett zu gehen‘, dachte er. Müde wollte er den Moment nicht weiter hinauszögern. Auch unter seinen Schritten ächzten die hölzernen Stufen der Treppe. Jeder Schritt im Gang zum Zimmer kam ihm besonders laut vor. Der Flur kündigte sein Kommen an, noch bevor er am Zimmer war.

Gertrud lag auf der Seite, dem Zimmer zugewandt und stellte sich schlafend, um ihn nicht zu kompromittieren, wenn er das Zimmer betreten würde. Der runde Messing-Türknauf drehte sich langsam. Die Tür sprang einen Spaltbreit auf. Gedämpftes, vorwitziges, orangefarbenes Licht drang durch den Spalt ins Zimmer und wurde auch direkt durch Meyerhoffs Konturen abgedeckt. Er huschte ins Zimmer und schaute sich um.

‚Noli me tangere⁴² ‘, dachte er und schlich leise an der scheinbar schlafenden Gertrud vorbei zu seinem Koffer, der auf dem freien Bett lag. Dort benötigte er einige Zeit, um beim Licht der Nachttischlampe einige Sachen zu sortieren und den Koffer auf den Boden neben das Bett zu legen.

Gertrud hörte bei geschlossenen Augen, wie Meyerhoff im Bad verschwand. Dann vernahm sie das Rauschen von Wasser. Zunächst rauschte die Toilettenspülung wie ein Schwall, dann rauschte das Wasser im Waschbecken stetig und letztendlich plätscherten Tropfen in der Dusche. Meyerhoff beendete seine Dusche schnell.

Gertrud schlief fast ein, war aber zu neugierig, um die Augen zu schließen. Nach langen Minuten öffnete sich die Badezimmertür leise, begleitet von einem frischen Geruch nach Meeresbrise mit Limonen, und der Prälat schlich zu seinem Bett. Gertrud bemerkte aus den Augenwinkeln, wie er kurz vor ihrem Bett stehen blieb.

Sie realisierte, dass eine ihrer Hände zwischen ihren Schenkeln lag, auf ihre Scham drückte und wie unter der Dusche mit kleinen kreisenden Bewegungen begann. ‚Hoffentlich merkt er es nicht.‘

Ein neues Leben hatte endgültig begonnen.

---

⁴² *Berühre mich nicht*

Früh am Morgen kam Mairi, die Köchin, ins Haus und brachte – wie üblich – frische Lebensmittel mit. Anschließend bereitete sie das Frühstück für Bram und seine Gäste vor. Sie richtete ein kleines Buffet mit verschiedenen Marmeladen, Toasts und einem großen chromglänzenden Toaster, der die Scheiben wie eine Dampfmaschine verarbeitete. Die üblichen warmen Speisen gab es frisch aus der Pfanne.

Ein Samowar lieferte ständig heißes Wasser für diverse Tees, und es gab auch frische Milch und einen Kaffee-Vollautomaten. Enya kam spät zum Frühstück, war aber bereits mit Juna zum Strand gelaufen. Sie fühlte sich zunehmend in Schottland zu Hause.

Annie und Bram warteten bereits im Frühstückszimmer. Bram las die Oban Times und rauchte eine Pfeife. »*Madainn mhath*, Guten Morgen«, begrüßte er Enya und legte seine Zeitung beiseite. »Juna hat ja saubere Pfoten«, lächelte er.

Enya erklärte: »Juna bekommt immer die Pfoten geputzt, bevor sie ein Haus betreten darf.«

Enyas Blick fiel auf die Kaffeemaschine. Bram lächelte: »Natürlich habe ich auch Gäste, die keinen Tee mögen.« Enya erwiderte: »Ich nehme gerne einen Tee am Morgen, auch wenn ich ansonsten lieber Kaffee trinke.«

Bram lachte: »Du kannst ruhig zugeben, wenn du lieber Kaffee trinkst.« Annie ergänzte: »Mittlerweile trinken immer mehr Schotten lieber Kaffee als Tee, in Opposition zu den Engländern.« Bram lachte laut, und es war das erste Mal, dass Enya ihn lachen hörte.

Der Frühstückstisch war für sechs Personen gedeckt. Bram bemerkte Enyas fragenden Blick. »Ich frühstücke gerne mit meinen Gästen und Angestellten. Es war früher auf vielen Höfen so üblich. Bitte, nehmt Platz.«

Annie saß bereits am Tisch, und der Diener George sowie der Gärtner Iain kamen hinzu. »Mein Diener George hast du bereits kennengelernt. Dies ist mein Gärtner Iain. Und Mairi, meine Köchin, bereitet gerade unser Frühstück vor. Sie kommt jeden Morgen aus dem Dorf. Manchmal sind noch die Zwillinge dabei. Du wirst sie später kennenlernen.«

Iain ergänzte: »Ich heize den Ofen an und dann kommen die Pfannen auf den Herd.« Enya hatte den Eindruck, dass Iain ein wenig einfältig war. »Und was gibt es zum Frühstück?«, fragte sie.

»Alles!«, meinte Annie. »Ein schottisches Frühstück muss den ganzen Tag halten.«

Enya hörte das Scheppern aus der Küche und erwartete eine ältere Frau. Stattdessen erschien eine junge Dame mit blassem Teint und kleinen Schweißperlen auf der Stirn.

»Da war noch etwas offen. Seit Tagen sprechen wir von Haggis. Was ist eigentlich dieses Haggis?«, wollte Enya wissen.

Bram begann: »Die schottische Küche verwertet alles, was essbar ist. Es musste nicht unbedingt schmecken, sondern sättigen.«

Iain fügte humorvoll hinzu: »Haggis sind kleine pelzige Tiere mit Geweihen, langem Fell, langen Nasen und tapsigen Pfoten. Eine Art hat links kürzere Beine und läuft gegen den Uhrzeigersinn am Hang, die andere Art im Uhrzeigersinn.«

Enya runzelte ungläubig die Stirn. Mairi ergänzte: »Wenn es zu viele Haggisse gibt, kochen wir sie in Schafsdärmen.«

Enya lachte, begriff aber, dass sie auf den Arm genommen wurde. »Und was ist es wirklich?«, fragte sie.

Mairi erklärte: »Leber, Niere, Herz, Lunge, Grütze, Speck – was eben da ist. Das wird im Schafsdarm gekocht.«

Enya schaute auf die Teller der anderen: »Und man isst das zum Frühstück?«

Bram erläuterte weiter: »Heute erlebt Haggis eine Renaissance. Man kann es kochen, grillen, braten oder frittieren. Gewürzt wird es mit schottischen Kräutern oder scharfen Gewürzen. Haggis wird international.«

»Es gibt sogar Haggis Pizza«, meinte Mairi und schüttelte sich demonstrativ.

Enya verabschiedete sich schnell vom Tisch und musste raus.

Mairi fragte: »War das jetzt falsch?«

Bram lachte: »Vielleicht ein wenig zu derb. Sie wird sich daran gewöhnen müssen und lange in Schottland bleiben. Sehr lange.«

Sir Bram und die Vergangenheit, das ewige Leben und Hexen

An diesem Dienstagmorgen war das Wetter diesig und kühl. Es war fast windstill, und feuchte Luft zog schwer und langsam vom Atlantik den Loch Linnhe entlang. Regen lag noch immer in der Luft.

Der alte Mann nahm Enya zur Seite. »Es ist Zeit für meinen Spaziergang am Meer. Den lasse ich mir trotz meiner gesundheitlichen Einschränkungen nicht nehmen. Magst du mich begleiten? Es würde auch Juna gefallen.«

Juna schaute auf, als sie ihren Namen hörte.

»Manchmal sieht es so aus, als würde sie verstehen«, kommentierte Enya. »Jetzt lächelt die Hundedame sogar.«

Juna drehte ihren Kopf zu Enya, als würde sie am Gespräch teilnehmen.

»Sie versteht mehr, als du denkst«, murmelte Sir Bram.

Enya nahm die Aussage wahr. Sie nickte. »Es wird mir eine Freude und Ehre sein.« Auch in Sachen Stil und Umgangsformen schien Enya sich anzupassen, obwohl Sir Bram immer wieder betonte, dass er unter Freunden nicht viel Wert darauf legte. Enya nahm ihm dies nicht ab.

Etwa fünfzehn Minuten später gingen die beiden gemächlich den Kiesweg zum Strand hinunter, und Bram begann zu erzählen.

Juna mochte die Nässe nicht und rümpfte die Nase. Am Strand gab es jedoch so viel Neues zu entdecken. Treibhölzer, die wie Knochen aussahen, Muscheln, die nach Abendessen rochen, und angeschwemmte Reste von Fischernetzen und leeren Plastikflaschen.

Juna tollte hin und her, während Sir Bram und Enya hinterher schlenderten.

»Sir Scobie ...«

»Ich sagte doch, du darfst mich ruhig Bram nennen. Als Kurzform von Abraham. Diesen Namen habe ich nie leiden können und zum Glück fand er auch keine Verbreitung; weder bei meinen Feinden – er lachte – noch bei meinen Freunden oder Literaturkritikern.«

»Gerne. Annie erwähnte, dass du Bram Stoker sein sollst. Ich kann das einfach nicht glauben. Es wäre so ... surreal.«

»Ich verstehe. Nimm es erst einmal so hin, wie ich es sage. Entweder wirst du es später erkennen oder ablehnen. Daran wird es auch liegen, ob du die Auserwählte bist oder nicht.«

»Die Auserwählte?« Enya hatte das Gefühl, dass je länger sie durch Schottland reiste, desto unwirklicher wurde ihr Leben.

»Bram Stoker hatte doch Vampirgeschichten ... Du hast doch Vampirgeschichten geschrieben. Oder etwa nicht?«

»Eine lange Geschichte. Ich bin Ire. Zum Glück kein Engländer. Leider kein Schotte. Zumindest nicht von Geburt. Na ja, vielleicht ein Schotte im Herzen. Jeder liebt Schottland, der einmal hier geatmet hat, nicht wahr?« Bram schien eine zustimmende Antwort zu erwarten.

»Ich glaube, das kann ich jetzt schon bestätigen«, stimmte Enya zu.

»Ich war in meiner Kindheit lange krank. Ich war auf den Rollstuhl angewiesen. Das Leben hatte mich damals einfach vergessen. Bis Mitte der fünfziger Jahre ...«

»Fünfziger Jahre?« Enya versuchte zu folgen.

»Die Achtzehnhundertfünfziger Jahre. Ich bin – als Hexenmeister – noch recht jung. Wo war ich gleich stehengeblieben? Ach so. Kindheit.«

Das nächste Wort ließ Enya aufhorchen: ‚Hexenmeister‘. ‚Wann wache ich aus diesem Traum auf?‘

Brams Blick schweifte über das Meer. »Also, ich war auf fremde Hilfe angewiesen. Ich konnte den Rollstuhl kaum verlassen. Die dunklen Nächte waren meine Tage.«

»Daher kommt wohl auch, dass die Vampire in deinen Geschichten des Nachts aktiv werden?«

»Ach, Papperlapp! Das war doch alles fiktiv. Da dachte noch niemand dran. Zumindest habe ich viel gelegen und in Etappen geschlafen. Schlafen und wiedergeboren werden, gehörte damals zu meinem Tagesablauf.«

»Bram Stoker ... also du hast doch die Welt bereist. So habe ich es irgendwann mal gelesen. Wie ging das denn damals im Rollstuhl?«

Enya meinte, einen Punkt gefunden zu haben, an dem sich die Geschichte in Luft auflösen würde.

»Gemach, gemach, junge Freundin. Natürlich ging es so nicht. Mitte der 50er Jahre hatte ich meine erste Begegnung mit dem Teufel, der sinnigerweise in einer Mönchsrobe steckte. Stell dir das einmal vor. Ein Junge im Rollstuhl und ein Mönch.«

Man merkte Bram an, dass er noch immer über das damals Geschehene erzürnt war. Seine Finger krampften sich um den Silberknauf seines Stocks und seine Knöchel traten weiß hervor.

»Schon damals hatte die Kirche etwas für kleine Jungs übrig«, fuhr er mit harter, verbitterter Stimme fort. »Dieser Mönch blies Leben in meinen scheintoten Körper. Und das kannst du wörtlich nehmen. Ich vergalt es der Kirche, indem ich den Mönch an den Pranger stellte und ihn später in Flammen aufgehen ließ. Zunächst den Mönch, später sein irisches Kloster.«

»War es denn wirklich der Mönch, der dir den Weg aus dem Rollstuhl ermöglichte?«

»Zumindest dachte ich damals so. Viel wahrscheinlicher ist jedoch, dass der Hass, die Scham, der Gedanke an Rache oder die eigene Willenskraft mich damals aufstehen ließ. Was auch immer.«

»Ich verstehe. Man redete nicht darüber. Weder damals noch heute redet man über Täter in Kutten«, bemerkte Enya nachdenklich und schaute gedankenverloren Juna hinterher, die sich mit einem viel zu großen Stück Treibholz abmühte. In der stillen Minute nach diesem Geständnis füllten Gedanken die Ruhe.

»Nicht nur die irische Kirche brennt«, ergänzte Enya. »Überall lodern die Feuer auf. Auch im Lande des Papstes lodern die Flammen. Selbst die ehemalige Diözese des Heiligen Vaters bleibt nicht verschont. Und dies zu Recht! Priester, die über Kinder herfallen und gleichzeitig ablenken, indem sie den Exorzismus ausüben und gegen die Hexerei wettern ...«

Enya hatte unbewusst das Wort Hexerei verwendet und realisiert es nun mit Verwunderung. Auch Bram hatte es gehört.

Bram hielt einen Augenblick inne, um kurz durchzuatmen. »Später wurde ich sogar noch Athlet. Ich genas vollständig und spannte Oscar Wilde seine Freundin Florence aus. Wir heirateten und zogen nach London. Mein Freund und Mentor Henry Irving, Schauspieler, zeigte mir die Welt. Ich reiste mit ihm und begann, Romane und Reisegeschichten zu schreiben. Neben Oscar Wilde lernte ich Sir Arthur Conan Doyle kennen und schätzen. Irgendwann gesellte sich Hermann Wamberger, oder Arminius Vámbéry, wie er sich im Orient nannte, zu unserem Kreis. Ein Türkenforscher, ein Hobby-Derwisch, ein britischer Geheimagent mit Pseudonym Raschid Effendi.«

Enya quittierte diesen kurzen Abriss mit Verwunderung und Neugierde einerseits und mit Skepsis andererseits. »Also eine jener Gestalten, auf die das britische Empire ihren Welt-machtanspruch aufbauten. Ein wenig spleenig – wie jeder Gentleman und Derwisch – wie jeder Geheimagent und Hexer.«

»Du darfst nicht so grob über das Empire urteilen. Schließ-lich hat es über 200 Jahre lange prächtig funktioniert. Wo waren wir stehen geblieben? ... Ach so, Hermann Wamberger. Also jener Professor – und dies war er wirklich – erzählte mir damals die Geschichte eines Grafen aus den Karpaten: Vlad III. Draculea. Ich war fasziniert, meine Liebe. Das kannst du mir glauben.«

»Waaas?«

»Zumindest leitete Hermann Wamberger meine Transfor-mation zum Hexer erst in meinem Lebensherbst ein. Daher meine gebeugte Haltung. Du, meine junge Freundin, wirst das Glück haben, früh genug im Leben transformiert zu werden. So bleibt der Status quo des Körpers erhalten.«

Enya schaute an sich herab. Sie verzog ihr Gesicht zu einer gequälten Grimasse. ‚Noch so ein Schlüsselwort: ‚Transforma-tion!' Unwillkürlich dachte sie an die ersten Anzeichen der Cellulitis und dass die Brüste begannen, der Schwerkraft zu folgen. Sie dachte an ihre kleinen Fältchen unter ihren Augen. Tränensäckchen begannen sich langsam zu bilden. ‚Warum konnte diese Transformation nicht bereits vor zehn Jahren vonstatten gegangen sein.'

»Ich liebte diese Figur Draculea. Zeigte sie doch so viele Facetten, die sich für einen Roman anboten. Graf Dracula ward geboren.«

»Und wieso so anders als real?«

»Ach, meine Liebe. Das wahre Leben ist langweilig. Men-schen brauchen Geschichten. In Geschichten leben wir all das aus, was wir real nicht haben oder sind. Autoren wollen unter-halten und unterhalten letztendlich sich selbst am meisten. Wir sonnen uns in all unserer Eitelkeit in den Kommentaren der

Leserschar! Viele Autoren sind Narzissten, die es aber gut verbergen können. Manche leben sogar in ihren Geschichten und nehmen Rollen ein, die ihnen das Leben verwehrt hatte. Der Versuch, die Welt irrezuleiten ist mir wohl geglückt.«

Bram nahm eine Hand hoch und begann ein Kreuz zu schlagen, stoppte aber urplötzlich. Seine Hand sank kraftlos runter, bevor er das Kreuzzeichen beenden konnte.

Enya blieb still und wartete ungeduldig auf die Fortsetzung.

»Menschen glauben an Hexen, weil sie an Hexen glauben wollen. Also sind sie real. Und die Kirche glaubt an die Auferstehung. Das ist ihr Glaube. Für sie ist dies real. Ich habe die Kirche für eine Zeit ablenken können. Ich brachte durch die Geschichten Vampire in den Fokus. Eine Fiktion. Die Kirche braucht das Böse als Fundament ihres Glaubens, weil sie sonst das Gute nicht gegenüberstellen kann. Erst durch das Böse kann man das Gute erkennen. Diesen Dualismus kann man nicht trennen. Heute ist für viele Harry Potter der böse Verführer; das niedliche Gesicht des Antichristen. Ist er dies wirklich? Dies war ein weiterer Versuch, die Kirche von uns Hexen abzulenken. Der Beelzebub – wie sie ihn nennen – hat keine Hörner.«

»Also sind Hexen böse und die Kirche ist gut?«

»Natürlich nicht! Es gibt weiße und schwarze Hexerei. Wir sind weiße Hexen. Wir steuern die Welt und tun Gutes. Nur weigert sich die Kirche, dies anzuerkennen.«

»Und all das Morden. Das Blutsaugen?«

»Dummes Geschwätz eines alternden Autors, dem man später auch noch die Syphilis andichten wollte. Eine gute, wenn auch nicht perfekte Tarnung dafür, dass Hexen noch heute auf unserer Erde weilen ... die heilige Inquisition sucht noch immer die blutsaugenden Monstervampire, die sich des Nachts aus ihren Grüften erheben, ohne zu ahnen, dass stattdessen die Hexen seit langem, seit Jahrhunderten, unter ihnen weilen.«

»Ich dachte, die Kirche jagt Hexen und keine Vampire?«

»Dies ist unser Dilemma«, bemerkte Bram betrübt. »Sie hat unsere Spur wieder aufgenommen. Die Kirche weiß durch unsere Bücher von uns, auch wenn ihnen vieles verborgen ist.«

Man erreichte die Nordostspitze der Insel. Bram ließ sich auf einer Bank nieder, während Juna weiter die Gegend erkundete. Enya war noch zu unruhig, um sich zu setzen. Irgendetwas zog sie ans Wasser zu Juna, wo die Hundenase neugierig herumschnüffelte. Enya bückte sich zu Juna. Ein kleines, kaputtes Muschelgehäuse weckte ihre Aufmerksamkeit. Enya betrachtete kurz das Kleinod und steckte es unbewusst in ihre Tasche. Sir Bram lächelte, als er dies sah. ‚Dinge fügen sich zusammen, wie es vor langer Zeit prophezeit wurde.‘

Enya beruhigte sich und nahm neben ihm Platz. Bram beugte sich zu Enya vor und mit gesenkter Stimme – fast verschwörerisch – erzählte er: »Wie verdreht diese Welt doch ist, zeigt, dass man mir posthum einen Preis verleihen wollte. Später war ich – nach meinem Tod und incognito – bei meiner Ehrung als bester Gruselautor bei der American Society of irgendwas. *Isn't it scary*?«

‚Sollte dies alles stimmen‘, dachte Enya, ‚hat die Kirche an diesem Buch allerhöchstes Interesse.‘ Enya wurde es flau im Magen und sie bekam innerhalb von Sekunden Kopfschmerzen. Sie fühlte Gefahr.

Für den Rückweg hatte Bram einen Weg abseits der Küste gewählt. An manchen Ecken säumten Wacholder die Küstenlinie und spendeten im Sommer Schatten und im Herbst Schutz gegen die Stürme, bevor der Winter mit eisigen, rauen Stürmen das Regiment übernahm.

»1912 dreht sich alles. Es war für uns ein Schicksalsjahr.«

»Die Titanic begann eine unfreiwillige Tauchfahrt«, kommentierte Enya unpassend und half dem alten Mann, das

Gleichgewicht zu halten, während man Seite an Seite einen Trampelpfad durch die Klippen nahm.

Bram überhörte geflissentlich den Kommentar, obwohl man seiner Miene deutlich das Missbehagen ansehen konnte. »Europa war mit sich selbst sehr beschäftigt. Der französisch-preußische Konflikt brach wieder auf. Österreich-Ungarn hatte Großmachtgelüste. Die Habsburger brachten Unruhe ins instabile Europa. Der Zar war ebenfalls kein Friedenslamm und ließ sich von den Kriegstreibern stark beeinflussen. Der Krieg stand vor der Türe. Dagegen war Alba eine Insel der Ruhe.«

Lange Reden fielen dem alten Mann sichtlich schwer. Insbesondere sobald der Weg, den die beiden eingeschlagen hatten, körperlich fordernder wurde. So musste Bram gelegentlich stehen bleiben und durchatmen. Hierbei stützte er sein Gewicht auf seinen Stock ab. »In dieser Situation beschäftigten sich die Highlands mit sich selbst. Streng katholische, aber auch stolze, heimatverbundene Menschen lebten hier zwischen den Anglikanern. Menschen, die loyal zur Kirche standen und noch loyaler zu ihren Clans und zu ihrem Land.«

»Und wie ging es weiter?«

»Alba ist erstarkt. Ein stolzes Land. Und wir Hexen haben hier immer einen guten Weg gewählt; spielten Shinty, unser Nationalspiel, jagten mit Hunden, waren geachtet und anerkannt in der hiesigen Gesellschaft, ohne dass man uns als das erkannte, was wir wirklich waren. Wir gehörten einfach dazu. Irgendwie kam es nach und nach zu verschiedenen Exzessen, die nicht mehr zu verheimlichen waren. Verschiedene Coven bekriegten sich untereinander: schwarze und weiße Hexen prallten aufeinander. So wurde die Kirche wieder auf uns aufmerksam und hatte leichtes Spiel. Sie griff in die Streitereien ein und vernichteten Coven um Coven. Ein Kirchenhistoriker namens José Serra – später, nach seiner Herkunft José d'Arrazua benannt – brachte die alten Aufzeichnungen mit den neuen Ereignissen wieder in Zusammenhang.

Auf den Hebriden gab es noch vereinzelt Hexen. Ein letzter Rückzugsort. Als Reaktion wurde auf einer der kleinen Hebrideninseln, auf Eriskay, von diesem fanatischen Priester eine Niederlassung des Ordens gegründet. Man stellte ihm ein altes Anwesen zur Verfügung. Damals war es eine Baracke. Es war dem Spinner egal. An diesem Ort scharte er Gleichgesinnte um sich. Sie begannen - mit viel fremdem Geld unbekannter Herkunft - die Gebäude wieder herzurichten. Geplant war, von dieser Basis aus fortzuführen, was die Inquisition nicht geschafft hat: Die Suche nach den letzten Hexen und nach dem letzten Buch. Es waren fanatische Männer, denen die Inquisition der Neuzeit nicht weit genug ging.«

Man merkte, dass Sir Bram mit langen Erläuterungen Schwierigkeiten hatte. Sie strengten ihn sichtlich an.

»Aber das ist doch alles die Vergangenheit«, meinte Enya. »Worin besteht der Bezug zu unserer Zeit?«

Sir Bram musste lächeln. »Unsere Zeit ... das war zumindest alles meine Zeit.«

Der alte Mann musste nochmals unterbrechen, bevor er fortfahren konnte: »Und nun zu unserer Zeit: Heute führt ein Prälat, ein gewisser Dr. Meyerhoff, aus der Nähe von Bonn oder Köln den Orden. Er untersteht direkt dieser Glaubenskongregation in Rom und ist sonst niemandem Rechenschaft schuldig. Das macht ihn so gefährlich.«

»Was ist diese Glaubenskongregation?«

»Früher nannte man dies Inquisition. Das waren die Richter der Kirche, Hexenverfolger und Teufelsaustreiber. Die Organisation gibt es noch immer, nur hat man erst vor kurzem den Namen geändert. Es war wohl nicht mehr opportun, in der heutigen Zeit eine Inquisition zu haben.

Später trug dieser Orden den Kampf in die Welt hinaus. Überall, wo sie meinte, Indizien von Hexerei zu sehen, gab es dann Prälaturen, wie auf der Insel Eriskay.«

»Ich dachte, es gibt keine Coven mehr?«

»So ist es. Der Orden hat alle Coven brutal zerschlagen können. Es gibt nur noch einzelne Hexen ohne Gemeinschaft.«

»Und warum schließen die sich nicht einfach neu zusammen?« Enyas Wissensdurst war offensichtlich geweckt.

»So einfach ist das leider nicht. Es bedarf gewisser Formalien. Eines Ritus, eines Buches, ... Aber dazu kommen wir später.«

»Das mit dem Buch verstehe ich nun. Und woher wissen wir wiederum von diesen ... Prälaturen?«

Bram lächelte wissend. »Ganz einfach. Diese Trottel lassen auch alles als gemeinnütziger Verein beim Amtsgericht eintragen, um alle Steuervorteile abgreifen zu können.«

»Die stellen sich quasi selbst ins Rampenlicht.«

»So ist es. Und so kennen wir – dem Vereinsrecht sei Dank – den Vorstand dieses gemeinnützigen Vereins in Köln. Und hier in Schottland ist es ganz ähnlich.«

Sir Bram hielt in seinen Schritten und Reden inne. Seine Burg war nur noch wenige Schritte entfernt hinter dem kleinen Forst versteckt. Nachdem er wieder zu Atem gekommen war, meinte er: »Und nun ist Meyerhoff hier.«

Es war ein Tag des Müßiggangs. Am Nachmittag traf sich Enya mit Sir Bram in der Bibliothek der Burg. Diese war weniger imposant, als sie erwartet hatte, enthielt jedoch einige Bücher, ein Landschaftsbild von David Murray, einen Humidor für die Zigarren des Hausherrn, einen Whiskyschrank, bequeme Sessel und einen wunderbaren Ausblick auf das Meer.

Enya brachte das Buch Liath mit und legte es, in Seidenpapier eingeschlagen, auf einen großen alten Mahagonitisch, der früher zum Kartenstudium benutzt wurde. Als sie das Papier aufschlug, kam ein altes, grau-blaues Buch zum Vorschein, dessen Farbe sich kontinuierlich, aber langsam, änderte. Mal erschien es eher blau, dann wieder mehr grau, heller oder dunkler.

Sir Bram warf einen ersten flüchtigen Blick auf das Buch: »Es ist das Buch Liath«, stellte er fest. »Spürst du seine Aura?«

Enya hatte sich darüber schon mehrmals Gedanken gemacht. Das Buch strahlte eine besondere Stimmung aus, die sie nicht fassen oder beschreiben konnte.

»Ja. Irgendetwas ist da, wenn man in der Nähe des Buchs ist.«

»Darf ich es aufschlagen?«

»Natürlich!« Enya hatte keine Vorbehalte.

Sir Bram trat an den Tisch und schlug die letzte Seite auf. Unten rechts stand in vergilbter Schrift die Zahlenfolge 2,71828 18284 59045.

»Es trägt Laird Napiers Signatur«, erläuterte Sir Bram. »Es ist wirklich unser letztes Buch. Wir müssen es an den Ort des Ursprungs bringen. Du, Enya, wirst es dort lesen.«

»Kann man nicht einfach Kopien machen? Oder fotografieren?«

»Probiere es«, forderte Sir Bram Enya auf.

Enya zückte ihr Handy und fotografierte einige Seiten. Anschließend betrachtete sie die Ergebnisse.

»Die Seiten auf den Fotos sind ja alle leer! Wie geht das?«

»Es ist das Ergebnis deiner neu erwachenden Hypersensibilität. Normale Menschen und auch die Kamera sehen nichts. Du nimmst etwas wahr, was andere nicht sehen können.«

Enya war noch immer mit den leeren Seiten auf den Fotos beschäftigt.

»Leider, leider kann auch ich dieses Buch nicht lesen. Zwar bin ich der oberste Hexenmeister, aber die Fähigkeit, das Buch zu lesen, ist mir nicht gegeben. Dies ist das Dilemma. Ich kann nur einige Schlüsselwörter lesen. Und eben die Signatur. Deshalb gibt es noch keinen neuen Coven.«

»Aber ich kann kein Gälisch.«

»Wir haben viel Arbeit vor uns. Ab jetzt nutzen wir jede freie Minute, um die Sprache zu lernen. Und du musst deine Hypersensibilität trainieren, um die Buchstaben in Liath auch zu sehen. Darum wird sich Annie kümmern. Sie wird dich auch anleiten, um deine Aufgabe im Coven zu finden.«

»Was passiert, wenn ich das Buch lese?«

»Durch dich wird der Coven wieder beginnen zu leben. Und dann können wir Bücher für andere Coven neu erstellen. Du liest es vor, interpretierst es und eine andere noch auszuwählende Person schreibt es neu nieder. Du bist die Keimzelle der neuen Coven.«

Enya begann zu verstehen.

»Das heißt, die Hexenzirkel werden mich schützen und die Kirche wird mich jagen? So wie das Buch?«

Sir Bram zögerte die Antwort hinaus. »So wird es leider sein. So ist es sicher schon.«

»Und warum soll ich das Buch nicht hier lesen? Was hat es damit auf sich, dass wir nach Lewis müssen?«

»Es ist eine Besonderheit des Buchs. Ein Schutzmechanismus. Es kann nur bei bestimmten Lichtverhältnissen und an einem magischen Ort gelesen werden. Und du brauchst einen Schlüssel. Bis dahin offenbart das Buch nur immer mal wieder Fragmente seiner Geheimnisse.«

»So wie das Ziel meiner Reise?«

Ein stummes Nicken bestätigte Enyas Annahme.

»Widerspruch ist zwecklos«, flüsterte Annie, als sie sich spät am Abend in Enyas Zimmer schlich.

Enya war schon halb im Schlaf. Juna schaute schlaftrunken mit einem offenen und einem geschlossenen Auge zu Annie rüber. Sie schnaufte einmal kräftig, es klang wie ein tiefer Seufzer. Enya öffnete die Augen und sah, wie Annie den Bademantel fallen ließ und unter ihre Decke kroch.

Enya war nicht nach einer Widerrede zumute. Sie ließ geschehen, dass Annie sehr nahe kam.

»Spürst du das?«, fragte Annie, obwohl sie Enya nicht berührte. »Spürst du meine Nähe?«

Annie schwieg und wartete auf eine Reaktion. Enya atmete tief ein, ihre Glieder erschlafften. Sie lag ruhig auf dem Rücken und versuchte sich auf das zu konzentrieren, was sie spürte.

Annie berührte Enya noch immer nicht. Ihre Hand streifte mit Abstand an Enyas Körper vorbei. Sie strahlte Nähe aus, ohne zu berühren. Dennoch fühlte Enya sich berührt.

Annie zog die Decke von Enya. Enya trug einen dünnen Schlafanzug aus beiger Naturseide. Ihren wunderschönen Körper konnte man im Licht des Mondes nur erahnen. Enya lernte die eigenen Sinne neu zu entdecken.

Shopping in Oban

Siùna und Oban

Nach dem ausgiebigen Frühstück legte Bram seine Serviette zur Seite und schlug den Damen vor, gemeinsam nach Oban zum Shoppen zu fahren. Aus gegebenem Anlass würde er – oder besser gesagt, der nicht existierende Coven – bis zu einem gewissen Limit die Ausgaben übernehmen. Sir Bram war der Verwalter der Güter. Er wusste sehr wohl, dass Oban nicht die Stadt war, wo man viel Geld ausgeben würde. Sir Bram war eben in finanziellen Angelegenheiten schottischer als die Schotten. Ein wenig Abwechslung würde seinen Mädchen gut tun.

»Wir werden noch ein paar Tage hierbleiben und noch das eine oder andere klären. Dann brechen wir nach Lewis auf.«

»Heute können wir uns ja mal in Oban umsehen. Das Wetter scheint trocken zu bleiben«, nahm Annie den Gedanken auf.

Die Entscheidung fiel schnell, noch früh an diesem Vormittag loszufahren.

Annie informierte Bram über die Absicht.

»Dann nehmt bitte den Jaguar«, schlug Bram vor. »Oder lasst euch von George in die Stadt fahren.«

Enya dachte kurz über diese Option nach und verneinte. »Ich würde gerne den Alfa fahren.«

»Ich halte das Risiko für zu groß.«

»Das Auto ist doch in Ordnung.«

»... aber zu auffällig.«

Widerwillig ließ sich Sir Bram letztendlich doch überreden. George ging mit den beiden Damen und Juna zum Bootsanlieger. Die Überfahrt aufs Festland zur Autohalle dauerte nur wenige Minuten. Auch Juna schien sich langsam an die Bootsfahrten zu gewöhnen.

George ging über den Parkplatz voraus und schloss die Fahrzeughalle auf, nicht ohne unterwegs zwei Wohnmobilbesitzer von dem privaten Gelände zu verscheuchen.

In der Halle ging Enya spontan auf den Alfa Romeo zu und lächelte. »Ich möchte kein rechtsgesteuertes unbekanntes Fahrzeug fahren.«

»Dann kann ich sie auch fahren«, meinte George. »Oder Annie.«

»Vielleicht fahren wir anschließend noch ein bisschen durch die Gegend.«

Die Fahrt führte über eine ordentlich ausgebaute Küstenstraße entlang des Loch Creran in Richtung Oban. Den kleinen Provinzflugplatz von Oban konnte man fast übersehen. Wieder mussten die Frauen vor der Connel Bridge warten. Die Ampel zeigte Rot. Die letzten Meter in die Stadt hinein schlängelten sich den Berg hinunter. Die Frauen fanden nach kurzer Suche einen Parkplatz auf der zentral und nahe am Wasser gelegenen Corran Esplanade.

Der Wind brachte einen salzigen Geruch von Tang vom Atlantik ins Land und vermischte sich in der Stadt mit der Würze von Käse, Lammfleisch, Kaffee, Rotwein und der Betriebsamkeit am Fischhafen.

Enya musste sich mit den Parkscheinautomaten auseinandersetzen. Sie verstand anfangs das System überhaupt nicht. Annie erklärte es ruhig. Man kramte einige Münzen zusammen und Enya hatte den Eindruck, an dem Parkscheinautomaten ihre halbe Lebensgeschichte eintippen zu müssen. Dabei wollte das Gerät nur das Fahrzeugkennzeichen. Diese Hürde ward schnell genommen und man konnte an der Uferpromenade schlendern. Recht nahe sah man zwei Gebäude mit knalligen roten Dächern.

»In einem der Gebäude ist ein Fischrestaurant«, erläuterte Annie. »*Houchin*[43], aber sehr laut und hektisch.«

»Laut und hektisch ist nichts für mich«, meinte Enya.

Enya hielt Ausschau nach einem Café in Hafennähe. In Oban hatte die Pappbecherkultur Einzug gehalten. Coffee-2-Go. Gehetzte Schönheitsköniginnen und all jene, die sich dafür hielten, strömten mehr oder minder eilig mit ihren Pappbechern durch die Stadt und vermischten sich mit Touristen, die mit deutlich mehr Zeit ziellos umherschlenderten. Der eine oder andere Anzugträger kreuzte den Weg der Schönheitsköniginnen. Arbeiter in berufstypisch verdreckter Kleidung schwirrten ebenfalls mit Pappbecher und Schälchen oder Tüten mit Fish 'n' Chips umher. Manche hatten Gips oder Betonreste auf zumeist weißen Arbeitshosen. Der eine oder andere Farbkleckse. Ölflecken sah man auf blauen oder grauen Overalls. Schwere gelbe oder orange Sicherheitsstiefel passten zu fettglänzenden Ölzeug-Latzhosen in dunkelgrün, schwarz oder blau. Diese Kombination sah man nur bei Männern mit See-gegerbten Gesichtern und Vollbärten direkt am Fischhafen.

Ein schneller Kaffee aus einem der neuen Coffeeshops konkurrierte mit der Langsamkeit der Bars, die immer weniger wurden. Gegensätze prallten aufeinander. Amerika versus Alba.

»Auf Dauer wird sich die schottische Kultur ändern«, meinte Annie und seufzte.

Enya verstand. »Amerika bleibt leider nicht auf der westlichen Seite des Atlantiks. Die Invasion hat schon längst begonnen.«

»Selbst dieser orangefarbene Präsident mit Entenfrisur kauft sich nun unsere traditionellen Golfplätze. Wir Schotten wehren uns heftig«, bedeutete Annie. »Unsere alte Sprache

---

[43] *Gescchäftig*

erlebt eine Renaissance. Selbst Du kannst schon einige Worte. Und diese sprichst du sehr gut aus.«

»*Tapadh leat gu mòr*«, entgegnete Enya lächelnd, was auf Deutsch „Herzlichen Dank" bedeutete.

»Kann man hier gut einkaufen«, fragte Enya?

»Nicht wirklich«, entgegnete Annie. »Die Stadt ist klein. Es gibt die eine oder andere nette Boutique. Nicht zu vergleichen mit Glasgow oder Edinburgh.«

»Wir werden schon was finden. Ich brauche ein Seelenpflaster.«

»Auf Kosten des Hauses!«, spornte Annie Enya an und sprang zwei, drei Schritte voran.

Juna kläffte zustimmend und sprang sofort hinter Annie her. Sie hielt es für ein Spiel für kleine Hunde, obwohl es eher das Spiel der Zweibeiner war. Lange trieben sich die beiden Frauen in verschiedenen Geschäften um. Sie kauften Kleinigkeiten in einer Parfümerie und ein wenig Alltagskleidung ohne besondere Bedeutung. Annie fand zudem einen Heilkräuterladen und ergänzte ihr Räucherwerk um verschiedene Harze: Olibanum aus Indien und aus Somalia, Copal aus Manila und Akazienharz.

»Vielleicht noch ein paar Schuhe«, meinte Annie, nachdem die beiden Frauen bereits seit zwei Stunden durch die Geschäfte streiften und schon einige Beutestücke erlegt hatten.

»Ich liebe Schuhe! Ich könnte dafür sterben«, freute sich Enya.

»So weit wird es nicht kommen«, entgegnete Annie. ‚Nie mehr', ergänzt sie gedanklich. ‚Aber wer kann das schon sagen.'

Nachdem beide Frauenzimmer mit den zusätzlichen Ballasttüten voller Kosmetika aus einer Parfümerie wieder in das helle Tageslicht traten und hierbei eine Schleppe aus verschiedenen Gerüchen hinter sich her schleiften, rief Enya: »Dort! Sind die nicht wunderbar?«

Sie hatte auf der gegenüberliegenden Straßenseite in einem Schaufenster sündhafte High Heels, die überhaupt nicht zu Oban passten, gesehen.

Enya ergriff Annies Hand und zerrte sie über die Straße. »Die muss ich haben!«

Annie zierte sich nur gespielt und folgte willig. »Aye. Dann lass uns die mal anprobieren.«

Enya stürmte den Laden und deutete auf die Stiefel. Das Funkeln in Enyas Augen hatte ihre Wünsche bereits verraten. Annie wollte gerade übersetzen, aber der Verkäufer schätzte bereits sachkundig Enyas Schuhgröße ab. Ebenso schnell verschwand er wieder, um nach kürzester Zeit mit drei Schuhkartons und einem geschäftigen Grinsen im Gesicht wieder zu erscheinen.

Enya hatte sich bereits in die Schuhe verliebt und schlüpfte hinein.

»Das sind besonders schöne Schuhe«, kommentierte der Verkäufer überflüssigerweise.

Minuten später hatte Enya neue Schuhe und bemerkte nicht, was auf der Corran Esplanade geschah.

»Sag mal, ist das nicht der Alfa, den der Deutsche aus unserer Facebook-Gruppe sucht?« Der Rothaarige begann hastig in seinem Mobiltelefon herumzusuchen.

»Was hast du denn da wieder gesehen?«

»Da sucht jemand seine Giulia.«

Wenige Sekunden später verglichen die beiden Männer die Facebook-Fotos mit dem Auto, vor dem sie gerade standen.

»Ja, das ist er!«, bestätigte der Rothaarige aufgeregt. »Die gleichen Kennzeichen und alles.«

Sein Freund nickte und fragte: »Was machen wir jetzt?«

»Wir sollten ihn informieren. Der sucht doch schon seit Tagen nach dem Wagen.«

Der Rothaarige tippte eilig eine Nachricht in sein Handy: »Hab den gesuchten Alfa in Oban gefunden. Steht an der Corran Esplanade.«

Kaum hatte er die Nachricht abgeschickt, erhielten sie eine Antwort: »Danke für die Info! Bitte haltet das Auto im Auge.«

Die beiden Männer nickten sich zu. »Jetzt heißt es warten«, meinte der Freund.

»Ja, und hoffen, dass der Deutsche schnell hier ist«, fügte der Rothaarige hinzu.

»Der kommt aus Deutschland nicht so schnell rüber«, stellte sein Freund klar.

Verfolgung

Bonn, Venusberg, 16:44

Hauke Ansbach las die Nachricht sofort. »Gefunden«, dachte er. »Aber wie bekomme ich meinen Schatz nun zurück nach Bonn?« Hauke setzte Prioritäten: »Und wenn mein Schatz hier ist, kann die Schlampe sehen, wo sie bleibt.«

Er lief auf und ab und überlegte, wen er einschalten konnte.

Bonn, Polizeipräsidium, 16:47

»KHK Mathijs, was kann ich für Sie tun?«

»Bringen Sie mein Auto zurück!«

»Was soll ich? Wer ist denn da?«

»Ansbach, Hauke. Meine Giulia ist in Oban, Schottland. Ich kann Ihnen genau sagen, wo sie jetzt ist. Corran ... irgendwas. Warten Sie, ich schicke Ihnen die Nachricht.«

Hauke legte auf und stellte fest, dass er keine Telefonnummer oder Facebook-Adresse hatte, an die er die Nachricht weiterleiten konnte. Er fluchte.

Bonn, Polizeipräsidium, 16:48

Hauke Ansbach wählte erneut die Telefonnummer des Polizeipräsidiums und ließ sich verbinden.

»KHK Mathijs, was ...«

»Also, an welche Telefonnummer kann ich die Nachricht senden?«

AM gab ihm eine Kontaktnummer, und Hauke Ansbach leitete sofort die Nachricht weiter, die er aus Oban erhalten hatte.

Bonn und Marias Gnade, 17:02

AM dachte kurz darüber nach, wie sie weiter vorgehen wollte. Wenn sie die Nachricht direkt weiterleitete, bestand eine Chance, Enya Ansbach schnell zu finden. Der einzige Weg dorthin war, Prälat Meyerhoff zu verständigen. Sie suchte seine Telefonnummer, erinnerte sich aber, dass sie ihn bereits in Schottland angerufen hatte. Sie blätterte durch die Anrufliste, fand den Eintrag jedoch nicht.

»Verdammt!«, fluchte sie laut, woraufhin die Kollegen aufschauten. »Moment, ist privat«, erklärte AM schnell und ging hinaus, um nochmals die Anrufliste zu durchsuchen. Da fiel ihr ein, dass sie die Anruflisten kürzlich gelöscht hatte.

Als Alternative blieb ihr ein Anruf im Kloster Maria Hilf. Sie wählte die offizielle Telefonnummer der Abtei und ließ sich mit dem Abt verbinden. Zuerst versuchte man, sie abzuwimmeln, aber sie betonte die Dringlichkeit, bis man sie durchstellte.

»Abt Raphael, Gott sei mit ihnen. Man sagte mir, dass sie es sind, Frau Mathijs. Was liegt an?«

»Wir haben eine heiße Spur zu Frau Ansbach in Schottland. Ich habe dummerweise die Telefonnummer von Dr. Meyerhoff verlegt. Können sie mir nochmals weiterhelfen?«

»Natürlich«, entgegnete der Abt. »Was haben sie denn für neue Erkenntnisse?«

AM gab einen detaillierten Bericht über Hauke Ansbachs Nachricht weiter. Bruder Ulrich servierte gerade Tee und blickte auf, als Raphael meinte: »Wir haben eine brandheiße Spur. Reichen sie mir bitte mein Notizbuch vom Schreibtisch an.« Der Abt blätterte kurz in seinem Notizbuch und gab die Telefonnummer des Prälaten an AM weiter.

Oban, 17:13

Prälat Meyerhoff war wie elektrisiert. Gerade erhielt er die Nachricht von Abt Raphael, dass die blaue Giulia vor dreißig Minuten auf einem Parkplatz in etwa 800 Meter Entfernung gesehen wurde.

Oban, 17:17

Meyerhoff ließ alles stehen und liegen, bezahlte das Essen und wandte sich an Gertrud. »Kommen Sie, Gertrud. Wir müssen sofort los. Sie müssen die Käuferin des Buches für mich identifizieren. Beeilen Sie sich!«

»Sofort!« Gertrud nahm schnell ihren Mantel von der Garderobe.

Beide liefen zu Meyerhoffs Mietwagen. Er ließ sich die Adresse in Google Maps anzeigen und fuhr die kurze Strecke zum angegebenen Parkplatz.

Er stieg aus und schaute sich um. »Weg! Sie sind weg!«, schrie er frustriert. »Wir haben sie verpasst.« Dann sah er sie doch noch am Ende der Straße.

Siùna, ebenfalls 17:17

Sir Bram rief George und Iain zu sich. »Mir gefällt es immer weniger, dass die Frauen mit dem blauen italienischen Auto unterwegs sind. Es ist viel zu auffällig. George, versuche sofort Annie zu erreichen. Die Frauen sollten unverzüglich zurück zur Burg kommen.«

George reagierte sofort und verließ den Raum.

»Iain, nimm das Fährboot und fahre zum Festland. Du öffnest die Garage. Sobald die Frauen auftauchen, sorgst du dafür, dass das Auto in der Halle verschwindet. Dann bringst du die beiden Frauen und den Hund sofort zur Burg.«

Auch Iain verschwand unverzüglich, um die Befehle umzusetzen.

‚Manchmal zahlt es sich aus, wenn man ehemalige Elitesoldaten des Special Air Service als Personal beschäftigt‘, dachte Sir Bram.

Oban, 17:18

Meyerhoff war in Sekunden später wieder an seinem Wagen. Man merkte Gertrud an, dass sie sportlich war und täglich mit dem Fahrrad ihre Erledigungen vornahm. Auch sie war direkt am Auto. Meyerhoff nahm die Verfolgung auf.

Enya fuhr gemütlich die Corran Esplanade entlang und bog dann am Kreisel in die Dunolie Road ab.

»Mach doch Musik«, meinte Annie.

Enya blätterte durch ihre Playlists und fand ihre Alba-Playlist. Zu Hearthammer von Runrig drehte sie die Lautstärke auf. Annie versuchte mitzusingen. Zumindest war es laut.

Langsam verließen sie die Stadt. Aus der Dunolie Road wurde die A85, eine Landstraße, der sie nun bis Connel folgen sollten.

In Meyerhoffs Auto herrschte Anspannung.

»Da sind sie«, meinte Gertrud. »Sie nehmen die zweite Ausfahrt.«

Meyerhoff nickte und versuchte, die Distanz zum Alfa Romeo zu verkürzen. In der Stadt musste er vorsichtig sein, um keine Geschwindigkeitsbegrenzungen zu verletzen. Der weitere Straßenverlauf war nicht übersichtlich, und noch war die Distanz zum Alfa recht groß. Auf dem Weg aus der Stadt gelang es Meyerhoff jedoch, Boden gutzumachen. Seine Hände schwitzten am Lenkrad – Verfolgungsjagden gehörten nicht zu seinen täglichen Routinen.

Außerhalb der Stadt lag der Pennyfuir Friedhof. Auf dessen Höhe hatte sich der Abstand zum vorausfahrenden Alfa Romeo soweit verkürzt, dass die Verfolgung auffällig werden konnte.

»Abstand, Abstand«, mahnte Gertrud.

Der Prälat nickte und musste sich eingestehen, dass er in der Verfolgung zu übereifrig war. Er verlangsamte seine Fahrt etwas, auch weil er nun realisierte, dass es unwahrscheinlich war, dass Enya hier irgendwo abbiegen würde.

Am Dunstaffnage Castle

Am Dunstaffnage Castle

Als Enya und Annie laut singend den Ort Dunberg erreichten, meinte Annie: »Wir haben noch etwas Zeit. Lass uns abbiegen und zum Dunstaffnage Castle ans Meer fahren. Es ist dort magisch.«

»Noch magischer als auf Siùna?«

»Nein, natürlich nicht. Es ist auch sehr schön. Magie gibt es hier überall in Alba. Man muss sie nur finden. Man muss bereit sein, sie in sich aufzunehmen. Viele Menschen werden sie nie erleben, weil sie die Augen und Seelen verschlossen halten. Man muss Magie zulassen können. Man muss auf sie zugehen.«

Enya hörte aufmerksam zu. Sie hatte schon verstanden, was Annie sagen wollte. »Ich fühlte zum ersten Mal etwas von dieser Magie am Loch Lomond.«

»Ja«, lachte Annie laut auf. »Magie oder die Wirkung der Kräuter.«

Enya stimmte zu. »Wir fühlten, dass Magie da war.«

Annie hörte zu. »Du hast also auch die Magie des Landes fühlen können? Dann kann ich auch gestehen, dass wir besondere Kräuter geraucht haben, die alle sechs Sinne sensibilisieren. Mit dem Wecken der Sinne beginnt die Transformation zur Hexe.«

»Dafür einen Joint? Ich soll ...?«

»Kein Joint. Andere Kräuter. Das ist nur ein möglicher Weg. Mit Übung geht es auch. Aber langsamer.«

»Richtig begegnete mir die Magie dann an den Falls of Falloch. Dort, wo Wasser und die Farbe Grün zusammentreffen. Dort steigt Magie aus der Erde.«

»Und Sir Bram war dort. Auch er ist Teil der Magie.«

»Auch an den Ufern des Loch Linnhe am Caisteal an Siùna gibt es diese Magie. Juna hatte das bemerkt.«

»Auch da war Sir Bram ...«

Enya parkte vor dem Schild „*Fàilte gu Caisteal Dhùn Staidhinis*[44]". Ohne weitere Erklärung wusste sie, dass man sie hier am Dunstaffnage Castle willkommen hieß. Vom Parkplatz aus konnte man nicht viel von der Ruine der Burg sehen. Schon nach wenigen Minuten kamen sie an einem kleinen grüngrau verputzten Haus vorbei. Ein Schild an der Türe zeigte an, dass der Wächter auf dem Gelände unterwegs war und man die Eintrittsgebühr zahlen solle, wenn man zurückkommt. Annie zeigte Enya die massiven Mauern, die sich auf einem Felsen erhoben.

»Von dort oben hat man einen wunderbaren Ausblick über die Bucht«, sagte Annie.

Enya interessierte die Burg wenig. Sie genoss Annies Nähe und sicher auch den Ausblick über das Wasser. In der Ruine angekommen, lief Enya sofort die Treppen nach oben auf den Wehrgang. Sie konnte vom Wasser nicht genug bekommen.

Annie folgte Enya über den Gang und auf dem Weg nach unten durch eine kleine Ausstellung in einem Wachgebäude.

»Lass uns zum Wasser runtergehen«, meinte Enya.

Annie nickte zustimmend. »Aye. Machen wir.«

Die Frauen verließen zusammen mit Juna die mächtigen Burgmauern und suchten den Weg hinunter zum Meer. Er führte durch nasse Wiesen, in denen die Schritte tief einsanken. Juna wollte nicht über diese Wiesen laufen. Sie mochte keine nassen Pfoten. Enya nahm Juna hoch. Sie ließ sich nur widerwillig tragen.

---

[44] *Willkommen am Dunstaffnage Castle*

Hier war Enya vollkommen von der Magie umgeben. Vielleicht lebte die Magie unter dem Gras im nassen Torf und konnte sich dort besser vor den Touristen verbergen. Es roch nach Salz und Tang einerseits und den nassen Moorwiesen andererseits. Hier vermählten sich Süßwasser mit Salzwasser. Enya spürte dieses Aufeinandertreffen körperlich.

Am Rande der Wiesen gelangten die Frauen zu den Klippen, die von Flechten und Moosen überzogen waren. Enya setzte Juna wieder ab, die dankend über die Felsen sprang. Enya erkundete mit Annie die Felsen. Kleine Blumen, deren Namen weder Enya noch Annie kannten, fanden Schutz und karge Nahrung in den Ritzen.

Die Frauen setzten sich auf die Klippen und schauten lange auf das Meer hinaus. Es sah so friedlich an diesem späten Nachmittag aus. Alles schien zur Ruhe zu kommen. Enyas Finger spielten mit der kleinen Muschel, die sie am Strand von Siùna fand und seitdem in der Hosentasche mit sich trug. In der Ferne sah sie Schiffe langsam vorbeiziehen. Sie konnte tief durchatmen. Bonn lag hinter ihr. Weit hinter ihr. Sie atmete Schottland und die neue Freiheit. Die Frauen blieben lange. Vielleicht eine Stunde. Vielleicht etwas mehr. Manchmal meinte Enya, dass in Schottland die Zeit stillstand.

Nachdem Enya viele Eindrücke aufsaugen konnte, brachen die Frauen wieder auf und liefen durch die angrenzenden lichten Wälder in einem Bogen zurück zum Parkplatz. Auch hier spürte sie die Magie aus der Erde aufsteigen. Unter den Bäumen fand Enya Pilze, Moose und die Ruhe des Waldes. Alles erschien ihr viel grüner als zu Hause. Ihre ehemalige Heimat. Wenn man denn die Farbe Grün überhaupt noch steigern konnte, so war dies hier möglich.

»Wo tanzen die Druiden?«, fragte Enya.

»Vielleicht machen sie gerade Urlaub auf den Hebriden. Falls ja, werden wir sie dort treffen, um mit ihnen zu tanzen. Unsere Druiden sind übrigens Hexer.« Annie lächelte.

Bei den letzten Schritten wurden die Frauen ruhiger. Eine verfallene Mauer außerhalb der Burg begleitete den Weg zum Parkplatz. Über den Steinen wuchs das Moos viele Zentimeter dick. Es bildete Ballen, unter denen man die Mauersteine nur noch erahnen konnte. Die Natur begann, sich das Menschenwerk zurückzuholen.

Der Ford Focus parkte am anderen Ende des Parkplatzes. Meyerhoff hielt den blauen Alfa Romeo im Blick. Er verzichtete darauf, den Frauen zu Fuß zu folgen, da er kein Privatdetektiv war und sich sicher verraten würde. Kurz dachte er darüber nach, Gertrud hinter den Frauen herzuschicken, entschied aber, dass sie noch unsicherer beim Beschatten wäre. So blieben beide in der Nähe des Autos und warteten auf einer etwas abseits stehenden Parkbank.

»Warum sind es zwei Frauen?«, fragte Gertrud.

»Ich weiß es nicht«, antwortete der Prälat. »Ich wusste nur von dieser Enya Ansbach, aber ich kann nicht sagen, welche von beiden das ist. Dafür sind Sie hier, Gertrud.«

»Es ist die schlankere, die mit den braunen Locken.«

»Also die dünnere«, bestätigte Meyerhoff. Nun hatte er ein Gesicht zu dem Namen.

»Warum bin ich eigentlich hier?«, fragte Gertrud. »Es geht doch sicher nicht nur um die Identifizierung.«

»… aber auch. Sie haben mir gerade bestätigt, wenn wir hier verfolgen.« Meyerhoff erkannte, dass es Zeit war, die Mission zu erläutern. »Es geht um das Buch Liath. Nur wer es einmal in den

Händen hielt, spürt, wenn es nahe ist. Dazu brauche ich Sie. Dann kann ich muss das Buch vernichten.«

‚Vor ein paar Tagen habe ich noch in Ülpenich die Kirche geputzt und für einen alten nörglerischen Bauern das Mittagessen gekocht. Und nun bin ich ... so etwas wie eine Geheimagentin ... in Schottland.' Gertrud erzitterte bei diesem Gedanken vor Aufregung.

Die Zeit verging und Enya und Annie waren schon lange unterwegs. Meyerhoff wurde ungeduldig und schaute immer wieder in Richtung der Burg. Plötzlich schreckte er auf, als Enya und Annie nicht über den Weg, sondern neben ihrer Parkbank direkt aus dem Wald auftauchten. Gertrud erkannte die Gefahr, entdeckt zu werden, und rutschte schnell zum Prälaten, umarmte ihn und verdeckte sein Gesicht, als ob sie ein Liebespaar wären und sich gerade küssten.

Zuerst wollte Meyerhoff Gertrud schroff wegstoßen, aber dann erkannte er den Grund für ihr impulsives Handeln. Er bemerkte, dass Gertrud Parfum trug, was ihm im Auto schon aufgefallen war. Er spürte ihre Hände an seinem Hals und ihre Lippen an seinem Gesicht. Seine Gefühle waren eine Mischung aus Neugier und Entrüstung. Im Augenwinkel sah Meyerhoff, dass die beiden Frauen vorbeiliefen, ohne ihnen besondere Beachtung zu schenken. ‚Gertrud hatte die Situation gerettet', dachte Meyerhoff.

Caisteal an Siùna

Im Caisteal an Siùna wurde Sir Bram zunehmend nervöser. Er rief George zu sich. »Die Frauen sind schon zu lange weg. Ich hätte sie nicht mit ihrem blauen Auto fahren lassen dürfen. Haben wir eine Antwort?«

»Bis jetzt noch nicht«, bestätigte George. »Ich versuche es immer wieder. Wir haben keine Telefonnummer von Frau Ansbach. Und Annie antwortet nicht.«

»Wir müssen Vorbereitungen treffen. Ich befürchte, wir sind hier nicht mehr lange sicher. Rufen Sie Robyn, die Schäferin, an. Vielleicht benötigen wir bald ihre Hilfe hier auf Siùna. Falls irgendwie möglich, soll sie unverzüglich zur Halle kommen und Iain unterstützen. Als nächstes rufen Sie Kayla, die Zwillingsschwester der Schäferin, auf Lewis an. Sie sollte auch informiert sein und bereits ihre Vorbereitungen vor Ort treffen. Und letztendlich rufen Sie noch den Physiker an, der auf dem Boot lebt.«

»Napier?«

»Ja. Für den Fall, dass wir eine Fluchtmöglichkeit über See benötigen. «

George entfernte sich und traf die notwendigen Vorbereitungen. Im Falkland-Krieg waren George und Iain aktiv im Einsatz. Und nun schätzte Sir Bram wieder die militärische Präzision und Zielstrebigkeit, mit der die beiden seinen Anweisungen folgten.

Langsam fuhr Enya durch den kleinen Ort Dunberg und hielt kurz vor einem Gemischtwarenladen an. »Auch einen Kaffee?«, fragte sie Annie. »Ja bitte. Und vielleicht ein Wasser. Ich habe vergessen, es einzupacken.«

Enya sprang aus dem Auto und war in Sekunden im Laden verschwunden. Annie blieb draußen, lief am Auto auf und ab und bemerkte einen braunen Ford Focus auf der anderen Straßenseite. »Komisch, der stand doch eben schon am Castle«, dachte sie und runzelte die Stirn.

Annie nahm ihr Handy aus der Tasche und sah, dass sie drei Anrufe in Abwesenheit und eine ungelesene Nachricht hatte. Sie stellte fest, dass ihr Handy auf lautlos stand und hörte die Nachrichten von George ab. Ihr Gesichtsausdruck wurde ernst.

Gerade als sie Enya aus dem Geschäft holen wollte, kam diese schon mit zwei Kaffees und zwei Flaschen Wasser zurück. »Wir sollen zurück nach Siùna kommen«, sagte Annie.

»Was ist los?«

»Sir Bram befürchtet, dass das Auto aufgefallen ist. Er irrt sich selten.«

Enya sprang ins Auto und gab Gas. Annie dirigierte sie zurück zur Connel Bridge. Wieder zeigte die Ampel Rot. Die einspurige Brücke ließ keinen Platz für Missachtung des Signals.

Annie hatte den braunen Ford Focus wieder im Seitenspiegel erkannt. »Los. Wir werden verfolgt. Der Ford folgt uns seit Oban.«

Auf Höhe des Flughafens von Oban verlor Enya den Verfolger aus den Augen, aber er sie nicht. Bei Ledaig verließ sie das Wasser und fuhr durch das Land. Weiter ging es am Loch Creran entlang, dann wieder durchs Land, um endlich in der Nähe von Appin wieder das Wasser zu erreichen. Kurz hinter dem Castle Stalker bog Enya links zum privaten Anlieger nach Siùna ab.

Wie verabredet, stand Iain an der offenen Halle und wies Enya ein. Die Frauen nahmen schnell ihre Einkaufstüten aus dem Auto, Juna sprang vorweg. Mit einem scharfen Kommando dirigierte Enya Juna zur Fähre. Robyn, die Schäferin, wartete bereits am Boot mit laufendem Motor. Sie sah aus wie ein junger Mann von etwa zwanzig Jahren, war aber 36.

»Das geht in Ordnung«, rief Iain. »Sie gehört zu uns.«

Robyn sprang aus dem Boot und ließ den Motor laufen. Sie spurtete zur Zufahrtsstraße, um diese im Auge zu behalten. Iain verschloss das große Tor der Fahrzeughalle hinter der blauen Giulia und kam schnell zum Boot zurück. Robyn kehrte von ihrem Beobachtungsposten zurück. »Oben an der Kreuzung steht ein braunes Auto mit zwei Personen.«

»Kein gutes Zeichen«, meinte Iain. »Los, ins Boot! Wir setzen sofort zur Insel über.«

Meyerhoff beobachtete, wie die kleine Gruppe zur Insel fuhr. Allein konnte und wollte er nicht eingreifen. Er fühlte sich hilflos, wusste aber, dass seine nächsten Schritte wohlüberlegt sein mussten. „Ich brauche ortskundige Unterstützung", erkannte er. Das Verschwinden des Autos in der Halle war offensichtlich, und er konnte sich keinen Reim darauf machen, warum diese scheinbar unbewohnte Insel das Ziel der Frauen war. Andererseits erkannte er, dass die Insel groß genug für ein Versteck war.

Er führte mehrere Telefonate und erhielt schnell Zusagen für Unterstützung. Es dauerte noch über eine Stunde, bis er auf seinem Beobachtungsposten am Bootsanleger abgelöst wurde. Meyerhoff wollte die Insel Siùna so bald wie möglich erkunden und benötigte dafür ein Boot. Auch danach hatte er gefragt.

»Wir können hier in der Gegend doch sicher ein Boot mieten«, meinte Gertrud.

»Wer vermietet denn ein Boot an Fremde? Zudem ohne Bootsführerschein, ohne Ortskenntnisse, keine Ahnung von der Technik und ohne Fragen zu stellen«, entgegnete Meyerhoff.

Gertrud verstand die Argumente.

Meyerhoff telefonierte nochmals mit seinen Kontaktpersonen. »Morgen früh wird uns ein Anglerboot mit einem kundigen Bootsführer – heißt das so? – zur Verfügung stehen.«

»Dann werden wir die Insel erkunden?«, fragte Gertrud.

»Nein, Gertrud. Sie bleiben hier. Drei Personen in einem Anglerboot sind sicher zu auffällig.«

»Sie sagten selbst, dass ich die Nähe des Buches spüren kann, weil ich es in den Händen hatte. Ich könnte nützlich sein.«

Einen Moment dachte Meyerhoff über dieses Argument nach. Es war nicht von der Hand zu weisen, dass es ohne Gertrud ungleich schwieriger wäre, das Buch aufzuspüren. »Sie haben Recht. Und es ist ja Ihre Aufgabe, das Buch zu finden.«

»Also komme ich mit?«

»Ja.«

Unschuld

Oban

Meyerhoff fuhr nach Oban zurück und ärgerte sich, dass er es versäumt hatte, sich um ein anderes Hotel zu kümmern. Andere Prioritäten hatten ihn in Anspruch genommen, daher würde er noch eine Nacht mit Gertrud im gleichen Zimmer verbringen müssen. Er wollte das Auto tauschen, da er wusste, dass es am Anlieger nach Siùna aufgefallen war. Glücklicherweise gab es in Oban eine Mietwagenstation, wo er das Auto zurückgeben konnte.

Gertrud wollte die Zeit nutzen, um nach einer Regenjacke zu suchen. Der Prälat fand die Mietwagenstation in der Nähe der Fähranleger zu den Hebriden.

»Ich möchte das Fahrzeug wechseln«, sagte er.

»Ist irgendetwas mit dem Auto?«

»Ich brauche ein anderes Auto, um die Highlands zu erkunden.«

»Dann kann ich Ihnen gegen einen geringen Aufpreis einen SUV mit Allradantrieb anbieten.«

»Einen was?«

»SUV – Sport Utility Vehicle.«

»Ich benötige kein Auto für den Sport.«

»Das ist auch nur ein Marketingname. SUV steht für hochgebaute Kombis, die wie Geländewagen aussehen.«

»Ach so. Dann ja. Dann nehme ich so ein Auto.«

Der Tausch wurde schnell vollzogen. Der Angestellte begutachtete kurz den Ford und schien zufrieden. Nach wenigen Minuten fuhr Meyerhoff mit dem SUV vom Hof.

❧ ❧ ❧

Unterdessen schlenderte Gertrud durch die George Street und die benachbarten Straßen auf der Suche nach einem Bekleidungsgeschäft. Dies war in Oban nicht so einfach. Dann kam sie auf die Idee, es am Hafen bei den Bootsausrüstern zu versuchen. ‚Die müssen sich doch mit wetterfesten Regenjacken auskennen', dachte sie richtig.

Gertrud fand schnell, was sie suchte. Zwar empfand sie den Preis als teuer, und das Einkaufen ohne Kenntnis der Landessprache war nicht einfach, aber irgendwie gelang es ihr, den Laden mit einer modernen und strapazierfähigen Jacke zu verlassen. Später würde sie von Meyerhoff erfahren, dass sie sogar recht günstig eingekauft hatte und Funktionsjacken üblicherweise teuer sind. Und sie würde erfahren, dass die Jacke im Spesenbudget enthalten sein könnte.

Gertrud überlegte kurz, ob sie direkt zum Hotel zurücklaufen sollte. Sie entschied sich für einen kleinen Umweg. Grob in Richtung des Seafront Guest Houses, lief sie zickzack durch die Stadt. Unterwegs kam sie an einem Geschäft vorbei. „Lingerie" stand in weißen Lettern auf rosa Grund über dem Schaufenster. Gertrud blieb stehen. Auf Puppen drapierte Ausstellungsstücke mit viel Spitze und glänzenden Stoffen in kräftigen Farben und Schwarz zeigten, dass hier sündhafte Dessous verkauft wurden. Ihr Herz schlug schneller. Sollte sie es wagen?

Gertrud betrat mit klopfendem Herzen den Laden. Sie hatte ihre Unterwäsche bisher immer in Euskirchen bei Geschäften wie C&A gekauft. Dort gab es auch manchmal ansatzweise frivole Stücke, die sie immer ignorierte. Nun stellte sie sich bewusst diesen Eindrücken. Obwohl außer ihr, einem anderen Kunden und der Verkäuferin niemand im Laden war, fühlte sie sich beobachtet. Gertrud lief unschlüssig zwischen den Displayständern hin und her. Schließlich entschied sie sich für eines der gewagtesten Sets im Laden. Sie wollte konsequent sein. Zum ersten Mal würde sie einen String tragen, eine Büstenhebe, die ihre Nippel freiließ, und halterlose Strümpfe.

Die Verkäuferin ermutigte Gertrud sanft zu einer Anprobe im Laden und zeigte ihr noch den passenden Strapsgürtel zum Set. Soweit wollte Gertrud dann doch nicht gehen und lehnte lächelnd ab. Sie verstand kaum ein Wort, aber die Verkäuferin sprach langsam und einfach. Gertrud dachte an den anderen Kunden im Laden. Sie wollte testen, wie es sich anfühlte, sich einem Unbekannten zu zeigen.

Gertrud zog den Vorhang der Umkleide bewusst unvollständig zu, entkleidete sich bis auf ihr Höschen und die Söckchen. Sie zog den BH zitternd an. Die Häkchen des Verschlusses fand sie erst nach einiger Mühe. Das Höschen hielt sie nur an und entschied, dass es passen müsste. Sie betrachtete sich im Spiegel und erschrak über ihren Mut. Im Spiegel sah sie die neugierigen Augen des anderen Kunden, der offensichtlich auf diesen Moment gewartet hatte.

Gertrud drehte sich für einen Wimpernschlag um und stand ihm frontal gegenüber. Sie tat, als wolle sie ihre Rückseite im Spiegel betrachten. Ihre Brustwarzen verhärteten sich, ihr Herzschlag war bis zum Hals zu spüren. Gänsehaut bildete sich. Die Reaktion des Mannes bestätigte ihr, dass sie begehrenswert war. Sie würde die Dessous kaufen.

Mit leicht zitternden Händen nahm sie nach dem Bezahlen die Papiertüte entgegen. Sonst sah sie immer andere Frauen mit solchen Taschen in der Stadt. Nun fühlte sie sich zugehörig. Sie trug stolz ihre neuen Dessous in einer Werbetasche durch die Stadt. Der weiße Aufdruck auf rosa Grund „For Her" versprach alles und verriet nichts.

‚Stolz', dachte Gertrud. ‚Eine der sieben Todsünden.' An Sex und Verführung dachte sie nicht. Der Stolz machte ihr Angst.

Nachdem sich Meyerhoff bisher nicht um ein anderes Hotelzimmer oder gar ein anderes Hotel gekümmert hatte, blieb ihm nichts anderes übrig, als noch eine dritte Nacht mit Gertrud in diesem Zimmer zu verbringen. ‚Morgen werde ich ein anderes Hotel suchen‘, dachte er erneut.

Es ergab sich die gleiche Routine wie zuvor. Gertrud ging zuerst zum Zimmer, während Meyerhoff noch eine Weile im Erker sitzen blieb, um Pläne für den nächsten Tag zu schmieden. Er hatte vor, Siùna zu erkunden und musste noch ein paar Telefonate führen, um die notwendigen Vorbereitungen zu treffen.

»Vielleicht sind ein paar automatische Kameras sinnvoll, um den Bootsanleger zu überwachen«, meinte sein Kontakt am Telefon. »Ich habe noch zwei Kameras, die aus der Ferne per Handy abgefragt werden können.«

»Das geht?«, fragte Meyerhoff.

»Ja. Mittlerweile gibt es Kameras, die sich direkt mit dem Internet verbinden. Sie sehen alles, wann immer Sie wollen, von wo Sie wollen.«

»Bringen Sie die Kameras mit«, stimmte Meyerhoff zu. »Was benötigen wir noch?«

»Das hängt davon ab, was Sie wissen wollen.«

»Zunächst brauchen wir einen Überblick über die Situation und die Insel.«

»Dann bringe ich eine Fotokamera mit Teleobjektiv und Ferngläser mit.«

Der Abend im Erker zog sich hin. Meyerhoff war angespannt. Der Manager brachte ihm – auf Kosten des Hauses – einen Single Malt. »Ein 14-jähriger samtweicher Whisky mit Charakter«, erläuterte der Manager. »Hier aus der Oban Distillery. Den kann man nur direkt in der Distille kaufen.«

Meyerhoff dachte kurz darüber nach, ob er ablehnen konnte. Schließlich nahm er den Whisky an, obwohl ihm nicht nach Alkohol war. »Besten Dank. Ich kenne den lokalen Whisky noch nicht.«

»Slàinte! Das ist eine Lücke, die wir nun schließen werden.«

Der Manager wartete ab, und Meyerhoff nippte daran, ließ sich aber nichts anmerken. »Oh, so stark ...«

»Wir nennen das Fassstärke, wenn Whisky ungestreckt abgefüllt wird.«

Meyerhoff atmete durch und nahm einen zweiten Schluck. Er versuchte, dem Gespräch des Managers auszuweichen. »Meine Freundin wartet oben auf mich«, sagte er.

»Dann lassen Sie uns noch schnell einen Whisky auf Ihre tolle Freundin trinken«, sagte der Manager und schenkte ungefragt nach.

Um die Situation abzukürzen, trank Meyerhoff den Whisky in einem Zug aus. Der 55-prozentige brannte in seiner Kehle. Meyerhoff rückte den Genuss von Whisky in die Nähe einer Selbstgeißelung. »Ich muss nun nach oben ...«

Der Manager goss sich selbst noch einmal nach und entließ den Prälaten verschwörerisch mit einem »Viel Spaß!« in sein Schicksal.

Wenige Minuten später betrat Meyerhoff leise das Zimmer und sah, dass noch eine Stehlampe brannte. Gertrud saß im Schein der Lampe in einem weißen Hotelbademantel gehüllt und blätterte in einer Zeitung. »Ich konnte noch nicht schlafen.«

Meyerhoff verschwand mit seinem Schlafanzug und Bademantel im Bad. Er wollte Gertrud – wie es zur Routine geworden war – ausweichen. Nachdem er ausgiebig die Zähne geputzt und geduscht hatte, trat er leise an die Zimmertüre. Es war still. Meyerhoff öffnete die Türe und das Licht war nach wie vor an. Zurück konnte er nicht mehr.

Meyerhoff ging zügig an Gertrud vorbei zu seinem Bett. Gertrud las weiter in ihrer Zeitung und hatte ihm den Rücken zugedreht. Meyerhoff ließ den Bademantel fallen und schlüpfte schnell unter die noch kühle Decke. Gertrud ließ noch zwei Minuten vergehen, dann stand sie auf und trat vor sein Bett. Sie öffnete wortlos den Gürtel des Bademantels und ließ ihn von den Schultern gleiten. Sie stand in neuen Dessous vor Meyerhoff.

Auch jetzt kam keine abwehrende Reaktion. Meyerhoff fühlte sich vom Alkohol gelähmt. Rational denkend, wusste er, dass er Gertrud vorsichtig zurückweisen musste, da er sie noch brauchte. Doch Gertrud kroch unter seine Bettdecke und kuschelte sich an ihn. Ihr Bein umklammerte ihn, ihre Hände hielten ihn fest. Meyerhoff spürte den Druck auf seinem Schoß, wandte den Kopf ab und erhielt Küsse auf den Hals.

»*Maxime peccantes, quia nihil peccare conantur.*[45]« Er bäumte sich auf, wehrte sich aber nicht. ‚*Praevalent inlicita!*[46] ', dachte er noch. Der Prälat verlor in dieser Nacht seine Jungfernschaft.

---

[45] *Wer nicht zu sündigen wagt, begeht die größte Sünde.*
[46] *Was verboten ist, hat seinen Reiz.*

Die Verfolgungsjagd hatte alle aufgewühlt. Zum Abendessen gesellten sich nun auch die Schäferin Robyn, Sir Bram, Annie, George und Iain. Enya fiel auf, dass Robyn einen Ring mit einer Triskele trug, der von einem Smaragd geschmückt wurde.

»Wo ist Mairi?«, fragte Enya.

»Sie ist nur bis Mittag auf der Burg und kehrt dann nach Hause zurück«, erklärte Sir Bram. »Sie gehört nicht zur Gemeinschaft und weiß vermutlich – oder hoffentlich – nichts über die Hexerei.«

»Wie viele sind wir denn eigentlich?«

»Wenige. Solange es keinen Coven gibt, ist Annie die Ranghöchste. Wir verwalten aktuell nur die Tradition. Später sollten es dann schon sieben Personen oder Paare sein.«

»Was ist mit dir, Bram, wenn Annie die Ranghöchste ist?«

Bram lachte. »Ich stehe sozusagen über den Dingen. Vielleicht kann ich deshalb Liath nicht lesen.«

George war nun damit beschäftigt, das vorbereitete Abendessen fertigzumachen und aufzutragen.

»Haben wir Neuigkeiten vom Physiker, George?«, fragte Sir Bram.

»Ich versuche noch, ihn zu erreichen. Es ist mir noch nicht gelungen.«

Sir Bram nickte, ohne seine Gedanken dazu preiszugeben.

Mairi hatte bei der Auswahl der Speisen Rücksicht auf Enyas Vorlieben genommen. Sie hatte einen deftigen Eintopf mit Fleisch schottischer Hochlandrinder in einer Blätterteigpastete, einer Scottish Pie, vorbereitet. George musste die Auflaufform nur noch im Ofen fertigbacken. Dieses Gericht traf Enyas Geschmack. Zum Nachtisch gab es dann einen hausgemachten Grießpudding mit eingelegten Früchten, aus denen man den Gin deutlich herausschmecken konnte. Enya hatte den Eindruck, alle Zutaten zu erschmecken, auch wenn sie von manchen Sachen die Namen nicht kannte.

Später am Abend versuchte Enya, zu entspannen und den Tag positiv abzuschließen. Die beiden Frauen waren mit Juna allein in einem der oberen Turmzimmer und genossen den fabelhaften Ausblick auf die untergehende Sonne, die hinter dem gegenüberliegenden Castle Stalker im Meer versank.

Annie spürte Enyas Unruhe. »Es kann nichts passieren. Mit Iain, George und dem verschlossenen Tor sind wir hier in Sicherheit. Eine Burg ist eben eine Burg.«

Enya war nicht überzeugt.

Auch Juna schien die Unruhe zu spüren. Zuerst strich sie mit all der lasziven Zärtlichkeit, die eine Fellnase haben konnte, um Enyas Beine. Pflichtbewusst kraulte Enya Junas Fell. Dann wandte sie sich Annie zu. Juna drängte sich dazwischen und begann ihr Spiel nun bei ihr. ‚Kraule mich!', hieß die unmissverständliche Aufforderung.

‚Vielleicht später', schienen Annies Blicke zu sagen. ‚Zuerst einmal kommt das Frauchen dran.'

»Juna scheint dich zu mögen«, bemerkte Enya.

»Ich bin ja auch nicht jede.«

Annie schloss die Tür des Turmzimmers. Iain und Robyn teilten sich unten im Turm die Wache und machten zotige Witze über die beiden Frauen oben, ohne jedoch an Wachsamkeit zu verlieren. Die Burg war mit vielen elektronischen Sicherheitssystemen ausgestattet, die George im Laufe der letzten Jahre installiert hatte. Sir Bram hatte wenig für dieses neuartige Zeug übrig, aber George konnte ihn von der Notwendigkeit überzeugen.

Weiter oben im Turmzimmer spendete ein Kaminfeuer neben den wenigen Sonnenstrahlen, die durch die kleinen Fenster drangen, Wärme und Licht.

Enya blickte sich aufmerksam um und stellte fest, dass dieser Raum nur wenig Aufmerksamkeit bekam. Es gab kaum Möbel. Die Wände waren kahl, Dekorationen fehlten. Zentraler Punkt im Raum war ein breites modernes Sofa mit großen Kissen neben einem Beistelltisch. Das Ensemble wirkte in diesen alten Mauern deplatziert, lud aber zum Ausruhen und mehr ein. Es war ein Rückzugsort zum Meditieren.

Annie wendete sich Enya zu: »Nimm schon mal Platz«, sagte sie und deutete auf das terrakottafarbene Sofa. »Vielleicht zum Abend noch einen Kaffee, Tee, Mineralwasser, Saft, oder lieber einen Dram Whisky?«

»Kaffee hatte ich genug zum Nachtisch. Was kommt dir sonst in den Sinn?«

»Ganz bodenständig einen schottischen Whisky, oder Gin und Wasser vielleicht?«

»Schön.« Enya lächelte. »Gin wäre okay. Aber nur ein Gläschen.«

Annie lief nochmals die steinerne Treppe hinunter, um kurze Zeit später mit einer Flasche Harris Gin, zwei Gläsern und einer kleinen Box aus Jakarandaholz zurückzukommen.

»Was ist in der Box?«, wollte Enya wissen.

»Räucherwerk.«

Annie entnahm eine Venusmuschel aus der Box, füllte etwas Sand zum Schutz der Muschel ein und legte eine Kohle auf, die sie entzündete und durch stetiges Anblasen zum Erglühen brachte. Enya beobachtete Annies Handeln mit wachsender Neugierde. Als die Kohle rot glühte, streute Annie eine Mischung aus verschiedenen Zutaten auf die Kohle. Sofort stieg Rauch mit einer Komposition verschiedener Düfte auf.

»Was ist das?«, fragte Enya.

»Verschiedene Harze, wie Benzoe, getrocknete Blätter und Hölzer, zum Beispiel White Sage. Dazu etwas, was deine Sinne für die Magie des Körpers öffnet«, antwortete Annie. Sie lächelte und fächerte die Düfte Enya entgegen.

Die Düfte stiegen Enya langsam zu Kopf und verdrängten den allgegenwärtigen Geruch des Meeres und der feuchten Wiesen. Es roch weniger nach Tang und Salz. Dafür nahm sie mehr und mehr würzig herbe Holznoten und eine schwere, süße Note wahr. Die Gerüche wurden immer intensiver.

Das Zimmer war farbneutral eingerichtet. Das Graubraun des Mauerwerks wurde intensiver. Die Farben des Sofas waren nicht mehr terrakotta-dezent, sondern erschienen kräftig rotbraun. Annies Pullover aus ungefärbter Wolle bekam einen leichten Gelbstich.

Annie setzte sich neben Enya und öffnete die Ginflasche mit einem „Plop!". Viel zu viel Gin ergoss sich in die Gläser. Zugleich auch über Enyas Arm.

Annie nahm sanft Enyas Arm und meinte: »Lass mich das machen.« Dabei berührte sie mit ihren Lippen die Gin-nasse Haut und ihre Zunge verfolgte sogleich die Spur des Alkohols bis hinunter zu den Fingern. Enya roch den Gin. Der Geruch von Wacholder mischte sich unter die Düfte des Räucherwerks. Die Duftwelt wurde immer komplexer. Enya hatte das Gefühl, dass der Wacholder und die Schärfe des Alkohols bewusst unter die anderen Düfte gemischt wurden.

‚Das kann kein Zufall sein', dachte Enya.

Annie wusste, dass Enya mit dieser Vermutung richtig lag.

Enya bekam aufgrund der plötzlichen Berührung sofort eine Gänsehaut und zuckte zusammen. Sie bewegte sich nicht; wagte noch nicht einmal an Widerstand zu denken.

Als Annies Zunge in Enyas Handgelenk angelangte, fuhr ein wohliger Schauer durch Enyas Körper. Annie registrierte das kurze Erzittern, schaute in Enyas Augen und meinte mit sanfter Stimme: »Lecker.«

Mehr bedurfte es nicht, um die Dämme brechen zu lassen. Während Annie noch Enyas linken Arm liebkoste, griff Enya linkisch nach dem Gin und nahm einen großen Schluck, den sie wie Wasser durch die Kehle laufen ließ. Sie empfand dies sofort als Fehler, weil sie meinte, der Alkohol explodiere in ihrem Hals. Alle Geschmacksnerven meldeten Information Overflow Error. Enya atmete tief durch und hoffte, die Reizung wieder loszuwerden.

Annie folgte zwischenzeitlich dem Beispiel und trank ebenfalls einen großen Schluck.

Enya stellte ihr Glas ab und nahm Annie das Glas aus der Hand. Anschließend drückte sie Annie mit Nachdruck zurück auf das Sofa. Enyas Lippen suchten Annies Lippen. Ihre Hände vergruben sich in Annies Haaren und zogen ihren Kopf zu sich. Fordernd erzwang sich Enyas Zunge Einlass in Annies Mund.

‚Was mache ich hier?‘, dachte Enya für eine Sekunde. Sie lag förmlich über Annie und atmete schwer. Egal. Wer dachte schon an Luft holen, wenn man eine fremde Zunge zwischen den Zähnen spürte?

Es dauerte nicht lange, da lagen Annies und Enyas Pullover auf dem Boden hinter dem Sofa. Enya hielt sich nicht damit auf, Annies roten BH zu öffnen, sondern riss die Träger mit einem Ruck herunter. Das Rot schmerzte in Enyas Augen. Es war viel zu bunt. Enya trug ein kurzes fliederfarbenes Top mit Spaghettiträger unter dem Pullover. Sie zog es sich selbst über den Kopf. Sie nahm die Fliederfarbe eher Brombeerrot wahr. Es gab keine Pastellfarben mehr in ihrem Kopf. Es gab nur extreme Farben.

Halbnackt tollten die beiden Frauen über das Sofa, lachten laut, glucksten und bewarfen sich mit Kissen.

Nach den ersten intensiven Küssen und harten Liebkosungen folgte eine kurze Phase der Ruhe. Annie beugte sich zu Enyas Füße hinunter und öffnete deren Turnschuhe, die vor dem Sofa verstreut liegen blieben. Annie streifte ihre Schuhe ebenfalls ab. Sie ließ ihre Hände zur Knopfleiste ihrer Jeans gleiten. Annie knöpfte die Jeans auf und häutete sich langsam und lasziv, wie eine Schlange eine zu eng gewordene Haut abstreifte.

Enya blieb passiv und schaute Annie zu.

Annie widmete sich anschließend Enyas Jeans. Nachdem auch dieses Kleidungsstück gefallen war und diesmal seitlich neben dem Sofa landete, blieben noch die Socken. Wen interessierten schon Socken?

Enya schaute auffordernd auf Annie herab: »Ich habe Lust auf dich ...«

Sechs Sinne

Mitten in der Nacht wachte Enya auf und lauschte. Sie hatte pochende Kopfschmerzen. Sie öffnete das Turmfenster, um den erkalteten Gerüchen im Raum zu entfliehen. Frische Seeluft brachte den Geruch nach Tang und Salz zurück und vertrieb den Duft von Salbei und Benzoe. Der Wind und die Wellen lieferten ein ständiges Rauschen im Hintergrund ihres Kopfes. Einzelne Sterne schauten vorwitzig durch Lücken in den Wolken und erkundeten, ob Enya noch da war.

Dann fühlte Enya Annies Hände auf ihren Schultern. Sie musste lautlos herangekommen sein, so still, dass selbst Enya es nicht bemerkte. Enyas Blick ruhte irgendwo fern am Horizont.

»Neben all den negativen Punkten sind für uns verschiedene andere Eigenschaften wichtig – vielleicht sogar überlebenswichtig – geworden.« Annie knüpfte dort an, wo Sir Brams Erläuterungen endeten. »Insbesondere geht mit der Transformation auch ein erhebliches Schärfen aller sechs Sinne einher.«

»Sechs?«

»Natürlich sechs. Hast du nie darüber nachgedacht, warum so viele Kulturkreise dieser Welt vom sechsten Sinn reden? Und alle unabhängig voneinander gleich. Die Folgerung kann also nur lauten: ‚Es gibt diesen sechsten Sinn.'«

Annie hielt einen Augenblick inne, bevor sie erläuterte: »Wir müssen nur lernen, diesen Sinn zu erwecken. Voodoo-Zauberer in Afrika, die Medizinmänner der Anasazi-Indianer in Nordamerika, die Priester der Inka, Reiki-Meister, die Chakren-Lehrer in Indien, Schamanen verschiedener Kulturkreise und – last but not least – Druiden und Hexen in Europa. Da ist die Verbindung! Die Wahrnehmung haben alle gleich, nur die Rituale zum Erwecken der Fähigkeiten unterscheiden sich.«

Annie unterbrach den Monolog, um Enya die Gelegenheit zu geben, Fragen zu stellen. Sie blieb stumm und saugte das neue Wissen still in sich auf. Was sollte sie auch fragen, solange eine Facette nach der anderen beleuchtet wird und ein immer bunteres Bild entstand?

Dann nahm Annie den Faden wieder auf: »Überall auf der Welt funktionieren Menschen gleich. So ist es auch vollkommen normal, dass all diese Fähigkeiten die gleichen Punkte im Menschen ansprechen. Wir Hexen reihen uns nur ein. Nicht mehr, nicht weniger. Hexen sehen besser, sie hören besser, schmecken, fühlen und riechen mehr als Menschen. Genaugenommen stehen wir nur in einem wesentlich engeren Verhältnis zur Natur und haben gelernt, diese zu nutzen, zu achten und zu bewahren.«

Nun erkannte Enya doch erste Zusammenhänge zu ihrer Verfassung und ihre ursprüngliche Ablehnung bekam Risse: »Deshalb auch das Ritual der Verschmelzung mit den Elementen?«

Annie hatte endlich den Eindruck, dass sie mit ihren Erläuterungen auf dem richtigen Weg war: »Hexen erleben nach der Sensibilisierung – *nomen est omen* – die Umgebung viel intensiver als Sterbliche es können. Wir brauen hierfür keine Zaubertränke, sondern nutzen nur die Eigenschaften, welche die Natur den Pflanzen, der Erde, der Luft, dem Feuer und dem Wasser bereits vererbt hat. Und wir betrachten den Geist als fünftes, nicht fassbares Element. Zudem haben wir Hexen auch diesen sechsten Sinn, den Menschen so oft verleugnen.«

»Und wie äußert sich das?«

»Hexen nehmen menschliche Regungen – die Schwingungen des Geistes – wesentlich besser wahr. Das unterbewusste Sehen oder Fühlen ist existent. Bisher konnte noch keiner schlüssig erklären, wie es möglich ist, dass sich alle Sinne gleichzeitig schärfen lassen. Die Wissenschaft hat Erklärungen und Vermutungen zu einzelnen, verbesserten Sinnesleistungen. Wer zum Beispiel sein Augenlicht verliert, sensibilisiert sein Gehör und lernt sich so neu zu orientieren. Dies erklärt die Ursache nicht wirklich.«

»Du meinst also, dass Hexen Hellsehen können, oder Gedanken lesen? Kannst du lesen, was ich jetzt denke?«

»Ja und nein. Zumindest solltest du wissen, dass zu jedem äußeren Sinn auch ein innerer Sinn existiert. Zum Sehen gehört das Hellsehen, zum Fühlen das Hellfühlen, zum Hören das …«

»Hör auf! Hör auf! Das ist mir zu schnell,« unterbrach Enya. »Mein Kopf pocht fürchterlich.«

»Ja. Auch einfache Kopfschmerzen können übersteigert werden.« Annies Hände glitten von Enyas Schultern und hielten sie nun vor dem offenen Fenster umfasst. »… leider.«

Für einige Minuten blieb Annie stumm und versuchte mit Enya die Nachtruhe und kühle Luft zu genießen; wenn da nicht die Kopfschmerzen wären. Annie leitete Enya unbewusst an, sich auf andere Dinge zu konzentrieren und die Schmerzen ein wenig zu vergessen.

»Also im Sinne von Hellsehen …« Annie atmete die kühle Luft tief ein. »Das können wir nicht. Ich erkenne lediglich deine Verwirrung und Neugierde. Um dies zu erkennen, muss man nicht Hellsehen können. Da reicht etwas Empathie.«

Annie legte eine erneute Pause ein. Sie wollte Enya nicht überfordern. »Hellsehen können wir also nicht. Was in der Zukunft liegt, bleibt auch uns verborgen. Wir können ahnen, was Menschen, die mit uns sprechen, denken. Wir sehen ihre Optionen, können nicht voraussagen, welche Wahl sie treffen werden. Wir wissen es nicht. Wir ahnen es. So bleibt vieles im Dunkeln oder zumindest unsicher in unserer Wahrnehmung.«

Enya versuchte zu folgen. Sie wusste nicht, wie sie die Informationen bewerten sollte und was sie glauben konnte.

»Durch Gespräche werden Gedankenbrücken aufgebaut. Worte werden durch Schwingungen der Luft übertragen, Diese Schwingungen haben eine zusätzliche Dimension: Emotionen, Gefühle, Eindrücke. Und selbst wenn wir die Sprache nicht verstehen, verstehen wir die transportierten Emotionen.«

»Das verstehe ich«, regte sich Enya. »So ist das, wenn man in einem Zug Menschen zuhört, die in einer fremden Sprache miteinander reden. Man weiß oft nicht, worüber man sich unterhält, aber man erkennt sofort, welche Stimmung hierbei in der Luft liegt.«

»Oftmals kennen wir Worte und Sätze, bevor sie ausgesprochen wurden. Das gehört zum Hellhören. Wir hören Zweikanalton: das gesprochene Wort und die übertragenen Gedanken. Und manchmal antworten wir auf den falschen Kanal. Das kann lustig sein. Das kann verwirren. Das kann tarnen und täuschen. Wir erkennen, welche Worte ehrlich sind und welche Lügen, wenn wir hierfür sensibel sind. Wenn wir es forcieren, blockieren wir unsere Wahrnehmungen und nehmen sogar weniger wahr. Wenn wir etwas zwanghaft glauben wollen, verschließen wir uns für diese emotionalen Brücken und werden taub. Dann folgen wir blind politischen und religiösen Verführern.«

»Wenn ich es richtig verstehe, ist es wie beim Sehen: Wenn wir etwas sehen wollen, was nicht da ist, werden wir blind für alles andere drumherum.«

»Manche Menschen haben auch diesen Sinn, ohne jemals mit der Hexerei in Verbindung gekommen zu sein. Was macht denn diese Sinnesleistung bei euch Hexen so besonders?«

»mmm ... bei uns Hexen? Ich habe nicht gesagt, dass dies eine ausschließliche Fähigkeit der Hexen ist.« Annie versuchte langsam, durch die Betonung des ‚wir‘ Enyas Gedanken so zu steuern, dass sie sich zugehörig fühlte. »Vielmehr sagte ich, dass unsere Sinne einfach nur schärfer sind. Wir haben nicht mehr

Sinne als Menschen, sondern nur sensiblere Antennen. Viele von uns haben sich dem Reiki, dem Tantra oder der Homöopathie verschrieben, denn hier ist die Sensibilität der Sinne eine wesentliche Voraussetzung. Viele hypersensible Menschen stehen uns nahe, ohne es zu wissen.«

Enya wurde unruhig, löste sich von Annie und ging ein paar Schritte auf und ab. »Bedeutet dies, dass es auch unvollständige, oder abgebrochene Sensibilisierungen gibt?«

»Ja ... Leider ja. Unvollständig. Es ist nicht steuerbar. Die meisten erreichen die Reife der vollständigen Transformation und Sinneswahrnehmung nicht. Aus diesem Grund müssen wir sehr sorgfältig auswählen. Auch dies führt dazu, dass wir nur wenige sind. Erst mit der vollständigen Erkenntnis erlangen wir ewiges Leben.«

Annie ließ die Worte wirken.

Von Enya kam keine Resonanz.

Enya war wieder an dem Punkt angelangt, an dem ihre Aufnahmefähigkeit sich erschöpfte und den Kopfschmerzen wieder mehr Platz einräumte. Es war Zeit für eine Pause oder vielleicht wieder einzuschlafen. Immerhin war es mitten in der Nacht.

Annie erkannte die Situation, ergriff Enyas Hand und meinte: »Komm, langsam wird es kühl. Nicht, dass mich die Dunkelheit irritiert – im Gegenteil – ich spüre die Kälte aufsteigen.«

Solstice

Stornoway

Üblicherweise lag die Solstice im Hafen von Stornoway, wenn sie nicht gerade vor den Äußeren Hebriden unterwegs war. Die Solstice war eine für einen einzelnen Segler viel zu große Yacht der 60-Fuß-Klasse, also 18 Meter lang, und mit diversen elektronischen Systemen ausgestattet, damit ein Mann sie allein segeln konnte. Die Solstice ersetzte dem Physiker Fionn Napier ein festes Haus, seitdem er frustriert seinen gut bezahlten Job in der Erdölindustrie in Aberdeen aufgegeben und seine Immobilie gegen ein mobiles Zuhause eingetauscht hatte. Seitdem konstruierte er elektronische Systeme für Segelboote, die er zusammen mit einem kleinen Unternehmen in Stornoway baute und vertrieb. Die Solstice war der Prototyp dieser Entwicklungen. Als "Entwicklungsschiff" deklariert, durfte er zwischen Fischerei- und Gewerbehafen anlegen, fern von den Hobbyseglern. In dieser Umgebung fühlte sich Fionn wohl. Die Fischer und Arbeiter auf den kleinen Familienwerften waren bodenständige, ruhige und direkte Menschen – genau wie Fionn. Hier redete man nur, wenn es etwas zu sagen gab. Smalltalk war ihm weder gegeben, noch mochte er ihn.

George versuchte, Fionn zu erreichen, aber der Physiker beantwortete den Anruf nicht. Also versuchte es George in seiner Firma. Man versprach, die Nachricht weiterzuleiten. George betonte noch mit Nachdruck: »Geben Sie ihm die Zahlenfolge 1 – 3 – 5 – 6 – 13 – 17 weiter.« Fionn würde dann wissen, worum es ginge. Er hoffte, dass Fionn den Ernst der Lage erkannte und sich schnell melden würde.

Nachdem Fionn die Küstengewässer verlassen hatte und das Segelboot im offenen Wasser mit vollen Segeln über die Wellen glitt, hatte er Ruhe und nahm er das Handy auf, um den Wetterbericht zu prüfen. Er sah Georges Nachricht. Eigentlich wollte er alle Kommunikation hier auf See ignorieren. Neben dem verpassten Anruf von George hatten sich zwei weitere Anrufe aus seiner Firma angesammelt, die Nachrichten auf seiner Mailbox hinterlassen hatten. Zudem gab es die Textnachricht mit der Zahlenreihe 1 – 3 – 5 – 6 – 13 – 17, unterzeichnet mit der Zahl 2,718. Die Verwendung der Eulerschen Zahl war das verabredete Zeichen für wichtige Angelegenheiten. Fionn las die Nachricht am Steuer des Bootes. Er musste George allerdings mitteilen, dass die Solstice nicht klar für lange Fahrten war. Er wartete noch auf ein wichtiges Ersatzteil, und sie konnte nur eingeschränkt unter Segeln laufen. Dies konnte bei den Windverhältnissen vor Schottlands Westküste schnell gefährlich werden. Das Ersatzteil sollte jedoch noch im Laufe des Tages geliefert werden.

Ein Unwetter schien aufzuziehen, und der Himmel wollte an diesem Morgen nicht aufhellen. Fionn Napier hatte auf dem Weg zurück nach Stornoway bereits eine Route nach Siùna geplant. Bis nach Siùna würde er etwa einen langen Tag benötigen, vielleicht auch zwei, falls er in der Nacht nicht segeln wollte. Die Strecke betrug immerhin 250 Kilometer oder etwa 140 Seemeilen, und die See war rau. Andererseits stand trotz der widrigen Verhältnisse der Wind gut. Die Solstice würde Bedingungen trotzen und dennoch schnell sein. Eigentlich brauchte er für die Überfahrt mehr Hände an Bord. So musste die Elektronik die fehlenden Hände ersetzen. Wäre Georges Nachricht nicht mit der Eulerschen Zahl signiert gewesen, dem Forschungsergebnis seines Vorfahren, hätte der Physiker die Überfahrt einige Tage verschoben. Das schlechte Wetter sollte sich noch längere Zeit über den Hebriden halten. Es war eben Sommer in Schottland.

Meyerhoff erwachte übelgelaunt und gereizt. Der Kontrollverlust – Verlust seiner eigenen Werte, Alkohol und Sex –
ärgerte ihn maßlos. Alles fand zugleich statt. Er gestand sich ein,
dass er den Sex genossen hatte und sich in Gertrud ergoss. In
diesem kurzen Moment der Schwäche fand er Gertrud sogar
begehrenswert. Auch dies war eine weitere Facette des Kon-
trollverlustes. Nun verglich er Gertrud mit der Verkörperung
des Belzebubs, der ihn verführen wollte und auch hatte. Der
Belzebub wollte ihn, den Inquisitor, Prälat des La Mano de Dios,
Dr. Franz-Michael Meyerhoff, von seiner Mission abbringen.
'Ich werde wieder stark sein,' dachte Meyerhoff. Noch stärker
als jemals zuvor. 'Ich habe die Erfahrung der Sünde gemacht,
habe mich ihr hingegeben und nun werde ich sie intensiver
bekämpfen können als jemals zuvor.'

'Ist Gertrud auf meiner ... auf der Seite der Kirche, oder Teil
der Verschwörung?' dachte er kurz. 'Wie hatte der Belzebub
von ihr Besitz ergreifen können? War sie es, die eigentlich
schwach war? Sollte sie das Tor des Teufels zu ihm, zum
Inquisitor, sein?' Dann verwarf er den Gedanken wieder. Er
hatte selbst darauf gedrängt, dass Gertrud ihn begleiten solle.
Oder war auch dies nur geschickt eingefädelt?

Meyerhoff begann zu zweifeln. Er fand wieder Kraft bei
seinem Morgengebet. Später würde er alle Energie für die
Erkundung von Siùna benötigen. '*Ora et labora*!⁴⁷' dachte der
Prälat und konzentrierte sich nach dem Gebet auf die
kommenden Aufgaben.

Später kam Meyerhoff langsam wieder mit sich selbst ins
Reine: 'Einmal ist keinmal,' legte er sich als Ausrede zurecht,
ohne davon überzeugt zu sein. Dieser Grundsatz sollte ihn erst

---

⁴⁷ *Bete und arbeite*

einmal beruhigen. Er beschloss, so zu tun, als wäre nichts geschehen, und wollte das Geschehen bei Gelegenheit analytisch aufarbeiten.

Wortkarg fuhr Meyerhoff mit Gertrud zum verabredeten Treffpunkt. Es war Gertrud recht. Auch sie wusste nicht wirklich, wie sie ihren eigenen Mut, ihr Handeln, im Nachhinein einschätzen sollte. 'Hat mich der gefallene Engel benutzt, oder ist das mein wirkliches Ich?' fragte sie sich. Nach dem Sex hatte sie sich aus Meyerhoffs Bett gestohlen und war in ihr eigenes Bett gezogen, ohne seinen triefenden Samen wegzuwaschen. Noch lange spürte Gertrud die langsam eintrocknende, klebrige Nässe zwischen ihren Schenkeln.

Besuch auf Siùna

Am späten Vormittag trafen sich Meyerhoff, Gertrud und ein älterer, wortkarger Mann unbestimmten Alters etwa zwei Kilometer nordöstlich von Siùna an der Uferstraße. Meyerhoff nannte ihn „den Angler", denn auch namenlose Menschen müssen angesprochen werden. Der Angler hatte bereits sein Boot zu Wasser gelassen und schaute besorgt zum Himmel. Ihm gefielen die Wolkenformationen nicht.

»Es wird Regen geben. Vielleicht Sturm. Vielleicht auch ein Gewitter«, meinte er.

Meyerhoff folgte seinem Blick. Mehr als einen dunkelgrauen Himmel konnte er nicht sehen. Die Menschen von der Küste wussten die Zeichen des Himmels besser zu deuten als er.

»Ich habe zur Sicherheit noch feste Regenponchos mitgebracht. Es könnte ungemütlich werden, auch wenn die Fahrt nur kurz ist und wir in Ufernähe bleiben.«

Der Alte holte noch einen Benzintank, zwei Ruder für Notfälle und Rettungswesten aus dem Auto. In einer wasserfesten, verbeulten Blechkiste verstaute er die Überwachungskameras und Ferngläser.

Wenige Minuten später waren die drei mit Alibi-Anglerausrüstungen und Gepäck unterwegs zur Nordostseite von Siùna. Das Boot versteckten sie an einer schroffen Stelle der Inselküste zwischen Felsen.

»Das sollte reichen«, meinte der Alte.

»Ich schlage vor, wir umrunden die Insel. Es sollte in zwei Stunden erledigt sein«, vermutete Meyerhoff.

Der Alte nickte und folgte Meyerhoff zu dem nördlichen Wäldchen. Dann liefen sie in kleinen Etappen, immer Schutz suchend, in Nähe der Küstenlinie weiter. Gertrud folgte mit etwas Abstand und beobachtete die Gegend und die vorausgehenden Männer gleichermaßen aufmerksam.

Sie fanden immer wieder Spuren von Menschen. Jugendliche oder vielleicht auch Angler hatten an manchen Stellen verbrannte Erde, wie nach einem Lagerfeuer, hinterlassen. Hier und da gab es neben dem ausgetretenen Weg entlang der Küste noch Trampelpfade durch die feuchten Wiesen ins Innere der Insel.

»Üblicherweise liegt an Feuerstellen auch mal Müll rum. Alte Flaschen, Papier, Dosen. Aber diese Insel ist sauber«, bemerkte der Alte stirnrunzelnd. »Seltsam. Als ob hier jemand aufräumt.«

»Die Insel ist Privatbesitz, habe ich herausgefunden. Vielleicht kommt der Besitzer gelegentlich vorbei.«

»Zumindest habe ich Schafskot gesehen. Sie wird wohl gelegentlich bewirtschaftet. Aber ob der Besitzer manchmal hier ist, … Davon habe ich nichts gehört. Was suchen wir eigentlich?«

»Ein Versteck. Vielleicht eine alte Hütte. Irgendeinen Platz, wo ein halbes Dutzend Menschen ein paar Tage unterkriechen können.«

»Es gab früher einmal einen einzelnen Bauernhof auf der Insel. Der wurde zwischen den Kriegen aufgegeben. Dort könnte eine Möglichkeit bestehen. Und irgendwo muss auch noch die Burgruine aus dem 15. Jahrhundert sein. Das wäre eine weitere Möglichkeit. Irgendwo im Süden der Insel müssen die Reste zu finden sein. Vielleicht existiert auch eine Schutzhütte für die Schafe, oder den Schäfer.«

Nun hatte Meyerhoff ein Ziel. Er würde diese Plätze suchen. Und er war davon überzeugt, dass er dort irgendwo Enya Ansbach, die Brut, und das Buch finden würde.

❧ ❧ ❧

»Bram, wir bekommen unangemeldeten Besuch!« Mit diesen Worten stürzte die Schäferin in die Halle des Caisteal an Siùna, wo Sir Bram sichtlich erschrocken aufsah. Er fing sich schnell wieder. »Irgendwann würde es so kommen.«

»Als ich die Schafe im Zentrum der Insel zusammengetrieben habe, sah ich aus der Entfernung drei Personen über die Insel laufen. Vermutlich zwei Männer und eine Frau. Sie kommen in Richtung der Burg. Wir haben nicht viel Zeit.«

Sir Bram ließ Robyn die Gruppe zusammenrufen. Fast alle befanden sich nun in der großen Halle der Burg.

»Wo ist Enya?«, wandte er sich an Annie.

»Mit Juna Gassi gehen.«

»Iain, kannst du bitte die beiden suchen gehen? Vermutlich laufen sie an der Küste entlang.«

»In beiden Richtungen.«

‚Manchmal ist er entwaffnend ehrlich in seiner Einfältigkeit‘, dachte Sir Bram.

»George, nimm die andere Richtung!« Eigentlich wollte Sir Bram George in der Burg halten. Nun waren die Prioritäten andere, und neben dem alten Mann blieben nur Annie und Robyn vor Ort.

»Annie, versuch Enya per Handy zu erreichen.« Sir Bram schaute sich um: »Ab jetzt trägt jeder sein Handy bei sich.« Er schaute zu Annie: »Und stellt verdammt nochmal den Ton an.«

»Nachdem fast alle unterwegs sind, sind wir schutzlos«, meinte Sir Bram zu Robyn. »Wir können das Tor nicht schließen, solange einige draußen sind.«

Der Angler sah zum ersten Mal Caisteal an Siùna und war verblüfft, dass es in der näheren Umgebung noch eine erhaltene Burg gab, die er nicht kannte. Er hatte eine Ruine erwartet, weil niemand mehr über das Gebäude sprach. Die Burg tauchte unvermittelt auf, nachdem sie im Schutze der Schatten den kleinen Wald umgangen hatten.

»Wir bleiben hier in Deckung«, beschloss Meyerhoff.

»Also zurück in die Büsche?«

»Ja. So machen wir es.«

Die drei Beobachter verkrochen sich ins Unterholz und hatten nur eine begrenzte Einsicht auf das Burgtor. Von Seiten des Waldes blickten sie nur auf die mächtigen Mauern.

»Da läuft jemand«, erkannte Gertrud und deutete zum Strand hinunter. Sie hatten Iain gesehen, wie er schnellen Schrittes auf der Suche nach Enya zum Wasser lief.

»Das Tor muss auf der anderen Seite sein«, kombinierte der Angler.

»Ich gehe nachschauen«, meinte Meyerhoff.

»Und wenn Sie entdeckt werden?«

»Dann bin ich Tourist.«

»Nehmen Sie Ihre ... mmm ... Bekannte mit. Das wirkt wenigstens authentisch.«

Der Prälat suchte nach Gegenargumenten; fand aber keine. So nickte er. Zudem war Gertrud seine Antenne für das Aufspüren des Buchs.

»Ich werde nach Möglichkeit eine Beobachtungskamera positionieren.«

Meyerhoff ließ sich die Funktionsweise und die Aufstellung erläutern. ‚Das verstehe selbst ich‘, erkannte der Prälat.

Meyerhoff wollte sich ganz nah an der Burgmauer nach vorne schleichen.

»Das fällt auf«, argwöhnte Gertrud. »Wir sind neugierige Touristen. Die schleichen nicht um Mauern herum. Die halten Abstand und fotografieren.«

»Verständlich«, erkannte der Prälat. »Also laufen wir.«

Ganz offen und ohne auf Deckung zu achten, liefen Gertrud und der Prälat um die Burg. Hier und dort blieben sie stehen, um das eine oder andere Touristenfoto zu machen. Man fotografierte sich gegenseitig und achtete darauf, immer die Burg im Hintergrund zu behalten. Unbewusst versuchte Gertrud, für den Prälaten zu posieren und sich ins rechte Licht zu setzen. Sie drehte sich mal nach links, mal nach rechts, streckte sich und lächelte.

Vor der Burg angekommen, wurde der einzige Zugang sichtbar. Meyerhoff fand einen geschützten, unauffälligen Platz für die Überwachungskamera und war verblüfft, wie einfach ihm alles erschien. Er konnte sogar durch das offene Burgtor einen kurzen Blick in den Innenhof werfen und ein schnelles Foto machen. Die Burg erschien gepflegt und bewohnt. Er wagte nicht, die Burg zu betreten.

Kaum waren sie um die Ecke der Burg, erschien auch schon George mit Enya und Juna. Gertrud hörte die Schritte auf dem Kies und zog Meyerhoff schnell hinter die Ecke der Burgmauern. Er dachte zunächst an einen weiteren sexuellen Überfall und wollte protestieren, konnte den Gedanken aber schnell wieder revidieren, nachdem auch er die Schritte auf dem Kies deutlich hörte.

Meyerhoff wagte einen kurzen Blick um die Gebäudeecke und konnte die Personen identifizieren.

»Sie sind also in der Burg«, fühlte er sich bestätigt.

Auf dem Rückweg fand Meyerhoff noch die perfekte Position für die zweite Beobachtungskamera am Waldrand. Unterwegs kamen sie am Versteck des Anglers vorbei.

»Wir sollten die Kameras überprüfen, bevor wir gehen«, empfahl der Angler.

»Sinnvoll«, erkannte Meyerhoff.

Der Prälat nahm das Tablet aus dem Rucksack und versuchte zunächst allein mit der Technik zurechtzukommen. Die Bedienung der App erschloss sich ihm nicht.

»Wie geht das denn jetzt schon wieder? Ist das Ding kaputt?«, ärgerte er sich und wurde nervös.

Der Angler nahm das Tablet und demonstrierte die verschiedenen Funktionen der Überwachungs-App. Meyerhoff war vom Funktionsumfang verblüfft. Er konnte das Bild hin und her schwenken und auf jedes Fenster zoomen. Er erkannte Details in den Räumen der Burg, sofern der Beobachtungswinkel der Kamera stimmte. Die vordere Kamera war recht tief positioniert und zeigte lediglich Bilder aus der Froschperspektive. Die hintere Kamera befand sich höher und blickte fast geradlinig in die Räume.

Nach dieser Funktionsprobe liefen die drei Beobachter zufrieden mit schnellen Schritten zum versteckten Boot. Sie verließen die Insel unverzüglich, und Meyerhoff machte sich bereits Gedanken, wie er weiter vorgehen wollte. Er dachte an die alten mittelalterlichen Methoden der Belagerung oder der Stürmung der Burg. Diese Methoden schieden aus. In Anbetracht der eigenen Möglichkeiten musste es anders gehen.

Er hatte Zeit.

Alles reist nach Schottland

Abtei Marias Gnade

Abt Raphael wartete ungeduldig auf Informationen. Seiner Meinung nach war Meyerhoff schon viel zu lange ohne Nachricht unterwegs. Bruder Ulrich war inzwischen sein Vertrauter in den Angelegenheiten des La Mano de Dios geworden. Oft diskutierten sie mögliche Entwicklungen. Manchmal hatte Raphael das Gefühl, dass Ulrich mehr über Liath und die Verbindungen wusste als er selbst. Ulrich hatte einfach eine andere Perspektive, besonders wenn er heimlich einen Joint aus heimischem Anbau geraucht hatte. Raphael sah großzügig über Ulrichs Liebe zum Hanf hinweg.

»Wir werden die Koffer packen und unsere Abreise nach Schottland vorbereiten«, sagte Raphael.

Ulrich schien erschrocken zu reagieren.

Raphael bemerkte diesen Gesichtsausdruck und fügte beruhigend hinzu: »Falls wir fahren, werden wir die Fähre nehmen. Ich fliege auch nicht gerne.«

Ulrich nahm diesen Gedankengang dankend auf. »Dann bin ich beruhigt«, antwortete er.

»In Schottland wird sich alles entscheiden«, prophezeite der Abt.

Die Kommissarin langweilte sich in ihrem Büro. Seit dem abgeschlossenen Fall des Josef Schmitz war sie nur noch mit Routinetätigkeiten beschäftigt und kam kaum noch nach draußen. ‚Ich hasse Innendienst', dachte sie frustriert. Neue Fälle wurden an ihrem Schreibtisch vorbei in andere Dezernate vergeben.

»Die Kollegen müssen sich auch noch bewähren«, erklärte Kriminaloberrat Jäger. »Bald ist die neue Beurteilungsrunde fällig, und manche Kollegen kenne ich gar nicht richtig.«

»Und was ist mit meiner Beurteilung?«

»Ich weiß doch, was ich an Ihnen habe, Frau Mathijs«, schloss Jäger das Gespräch und duldete keine Widerrede.

‚Dann gibt es eben für Jäger weiterhin Spezialkaffee zweiter Aufguss.' Die Kommissarin lehnte sich zurück und drehte sich im Bürostuhl. Sie warf einen Blick auf ihr Stundenkonto. Neben dem Jahresurlaub und zehn Tagen Resturlaub hatte sie noch 150 Überstunden. Zusammen mit den Urlaubstagen könnte sie nun drei Monate Urlaub machen.

‚Warum eigentlich nicht?', dachte sie und füllte ein Urlaubs-antragsformular aus. Urlaub bis Ende Oktober. Sie wusste, Kriminaloberrat Jäger würde toben, wenn er diesen Antrag auf dem Schreibtisch liegen sah.

Ausnahmsweise beschloss AM, nach Dienst in ihre alte Stammkneipe zu fahren. Schnitzel-Heinz war wie immer hinter der Theke im Dauereinsatz, auch wenn kaum Gäste da waren. Stoisch polierte er Glas um Glas, bevor er sie zurückstellte.

»Lange nicht gesehen«, begrüßte er AM, als Licht durch die geöffnete Kneipentüre fiel.

»Ich bin ja auch immer im Dienst«, meinte die Kommissarin, und beide wussten, dass das nicht stimmte. Sie lachten, als wäre

AM nie weg gewesen. Vermutlich machte genau das einen guten Wirt aus: Gäste fühlten sich sofort heimisch. AM setzte sich an einen der Barhocker.

»Dann ein leckeres Kölsch? So wie früher?«

Ohne abzuwarten, zapfte er drauflos.

»Kölsch geht immer«, antwortete AM lächelnd. »Und etwas zu essen.«

»Wir haben eine neue Spezialität auf der Karte ...«

»Lass mich raten ... Schnitzel?«

Schnitzel-Heinz verzog den Mund. »Wie hast du das erraten können?«

»Deine Karte besteht doch nur aus Schnitzel ... Wiener Schnitzel, Rahmschnitzel, Jägerschnitzel, Holsteiner Schnitzel, Schnitzel mit Hollandaise, ...«

»Genug. Genug. Wir haben seit zwei Jahren auch Currywurst, Rumpsteak und einen Salat auf der Karte.«

»Einen Salat?«

»Ja. Die neue Spezialität ist Schnitzel mit Salat anstatt mit Pommes.«

AM lachte. »Gut, dann nehme ich die Spezialität des Hauses.«

»Gute Wahl. Du kannst auch Pommes dazu haben. Dann fühlt sich der Salat nicht so einsam.«

Heinz verschwand in der Küche und überließ seiner Frau den Platz hinter der Theke. Währenddessen vernahm man lautes Klopfen aus der Küche. »Heinz klopft liebevoll jedes seiner Schnitzel«, erklärte „dem Heinz seine Frau" überflüssigerweise.

Alex Mathijs konnte an diesem Abend ihren Hunger stillen. Und nach einem halben Dutzend Kölsch fühlte sie sich auch emotional besser.

Noch in der Kneipe klingelte ihr Telefon. AM wandte sich von der Theke ab, weil es langsam lauter und voller wurde und sie den Anrufer kaum verstehen konnte. Der Anruf von Abt Raphael kam ihr gerade recht.

»Wollen Sie eventuell mit nach Schottland kommen und Ihre Recherchen dort fortführen?«, fragte der Abt unvermittelt am Telefon. »Ich habe zwar noch keine konkreten Informationen oder einen Zeitraum, aber wir bereiten uns gerade auf die Abreise vor.«

Caisteal an Siùna

Am späten Nachmittag verließen der Prälat und Gertrud das Hotel. Meyerhoff sagte dem Manager des Seafront Guest House, dass er das Zimmer behalten wolle und weiterhin bezahle, auch wenn er nun ein paar Tage mit seiner Freundin zum Wandern in die Highlands fahren würde. Er hatte sich mittlerweile von dem Gedanken verabschiedet, nach getrennten Zimmern zu suchen.

Meyerhoff hatte dafür gesorgt, dass ihm das Anglerboot zur Verfügung stand. Das Steuern des kleinen Bootes war auf der kurzen Distanz zwischen dem Festland und der Insel einfach, auch wenn er Angst vor einem Blitzeinschlag hatte.

Kurz bevor die Sonne unterging, schob Meyerhoff das Boot ins Wasser. Gertrud wartete mit zwei vollgepackten Rucksäcken am Ufer. Nachdem das Boot im Wasser lag, zog Meyerhoff am Starterseil des Außenborders, der nach ein paar Versuchen ansprang.

Gertrud hatte ihn daran erinnert, den Choke zu ziehen und den Benzinhahn zu öffnen. Meyerhoff steuerte die bekannte Landungsstelle auf Siùna an. Er rechnete damit, mindestens

24 Stunden vor Ort zu sein. In den Rucksäcken hatten sie Proviant und Ausrüstung für zwei Tage dabei.

Sie erreichten die Insel mit den letzten Sonnenstrahlen. Bis zum Beobachtungspunkt mussten sie etwa 1700 Meter zurücklegen. Trotz Gepäck rechnete Meyerhoff damit, die Strecke in einer halben Stunde zu schaffen. Ihr Quartier war ein kleiner Schafschuppen am Rand des Wäldchens hinter dem Caisteal an Siùna.

Gertrud richtete den Schuppen ein, während Meyerhoff das Tablet mit den Überwachungskameras einrichtete. „Wir haben ein Bild", stellte er zufrieden fest.

Das Tablet würde einen Alarm ausgeben, wenn die Kameras Bewegungen detektierten. Meyerhoff konnte live verfolgen, was sich am Burgtor tat, oder Aufzeichnungen abrufen.

Er erkannte, dass tagsüber das Haupttor offenstand und beobachtete Bewegungen, die nichtssagend waren. Frau Ansbach hatte einen Hund, der regelmäßig ausgeführt wurde. Meyerhoff bekam langsam einen Überblick über die Personen in der Burg: Enya, Annie, einen alten Mann mit Stock, zwei Männer mittleren Alters – einer drahtig, der andere bullig. Außerdem sah er eine jüngere Frau, die mit dem kräftigen Mann die Burg verließ. Der Mann kehrte allein zurück, vermutlich hatte er die Frau von der Insel gebracht.

Bis auf Robyn, die Schäferin, hatte Meyerhoff alle Personen auf Video. Er versuchte, einen Weg durch den Wald zur Burg zu finden, scheiterte jedoch am dichten Unterholz. Es würde notwendig sein, den Wald zu umgehen.

Meyerhoff wollte zunächst mehr Informationen sammeln. Damals wie heute bildeten Burgen Orte der Abwehr und Verteidigung. Es gab einfach keinen Weg, um unbemerkt in das Gebäude zu gelangen.

❧ ❧ ❧

Bei Einbruch der Dunkelheit wurde das Burgtor verschlossen. Danach gab es kein Eindringen mehr. Nach und nach erloschen die Lampen. Lediglich aus den Fenstern des oberen Turmzimmers schien noch Licht.

Meyerhoff richtete die rückwärtige Kamera auf das beleuchtete Turmfenster. Gelegentlich sah er Enya oder Annie vorbeihuschen.

»Beide Frauen sind im Turm«, stellte der Prälat fest, obwohl Gertrud das ebenfalls sehen konnte.

»Sie sind gut erkennbar«, bemerkte Gertrud unnötigerweise.

»Die Kameras sind sehr gut«, ergänzte Meyerhoff.

Gertrud richtete das Stroh zu einem halbwegs behaglichen Lager her und erwärmte Ravioli direkt in der Dose auf dem kleinen Kocher. Meyerhoff gönnte sich etwas Ruhe.

Man aß unter einfachsten Verhältnissen mit einem gemeinsamen Löffel aus der Dose. Für Gertrud war es wie ein Jugendabenteuer in den katholischen Zeltlagern, während Meyerhoff einfach nur Hunger hatte. Die beiden aßen schweigend und blickten ab und zu auf das Tablet. Die Erkenntnisse blieben dürftig.

Räucherwerk

Leise hörte man im Hintergrund das Meeresrauschen; so leise, dass es fast nur unterbewusst wahrnehmbar war. Zumindest für Menschen.

»Schließ die Augen«, sagte Annie mit sanfter Stimme, bei der nun immer mehr die Hexe zum Vorschein kam. Enya war noch etwas verwirrt, beruhigte sich aber langsam.

»Und was passiert nun?«, fragte Enya leise, bekam aber von Annie nur ein sanftes »Pssst« zur Antwort.

Annie stand leise auf und wendete sich einem niedrigen Sideboard zu. Das knorrige Wacholderholz strahlte eine angenehme Wärme aus. Sie öffnete eine schwergängige Schublade und nahm wieder das Kistchen mit ihrem Räucherwerk heraus. Sie legte eine Kohle in die Venusmuschelschale auf Meersand und entzündete sie. Aus einer weiteren Schublade nahm sie ein Kästchen aus rotbraun gemasertem Jacaranda-Holz mit vielen kleinen Flaschen und Döschen. Diesmal wählte Annie als Grundnote zwei schwere, süßliche Düfte: Ylang Ylang und Wildrose. Sie gab einige Krümel auf die Kohle und stellte das Kästchen mit den getrockneten Pflanzen beiseite. Annie war bemüht, Geräusche zu vermeiden.

Aus derselben Schublade nahm sie ein weiteres Kästchen mit kleinen, emaillierten Döschen, die wie Schatzkästlein aussahen. Nacheinander betrachtete sie die Symbole einer alten Sprache auf den Dosen. Bereits bei der dritten Dose hielt sie inne und lächelte. Sie hatte lange gebraucht, dieses Rezept richtig umzusetzen und die passenden Harze zu finden. Es hatte viele Versuche mit lustigen, ungewollten Ergebnissen gebraucht, bevor sie eine Rezeptur kreiert hatte, deren Geruch allein ausreichte, um vergessen zu lassen. Problematisch war, dass sie selbst ebenfalls auf die Essenz reagierte und vergaß, was sie tat.

Annie hatte schließlich die Idee gehabt, sich vorher Notizen zu machen, um feststellen zu können, wann sie ihr Gedächtnis verlor und welche Ingredienzien sie bis dahin zur Rezeptur gegeben hatte. Irgendwann schaffte sie es, die Mischung derart abzuändern, dass Hexen nicht mehr so stark auf die Essenz reagierten. Nun hatte sie zwei Varianten im Kästchen: eine nur für Menschen und eine andere für alle. Annie schraubte ein Fläschchen auf und tropfte mit der Pipette sieben Tropfen auf die heiße Kohle.

Meyerhoff schaute interessiert auf das Tablet. »Es sieht fast wie ein Ritual aus. Die andere mischt da irgendetwas zusammen.«

»Wirkt fast wie das Zusammenstellen von Weihrauch für die Ostermesse«, entgegnete Gertrud.

»Vergleiche dies Treiben nicht mit unserer Heiligen Messe!«

»Das war ja auch nur ein wertfreier Vergleich der Handlungsabläufe.«

»Sehr wertfrei«, grummelte der Prälat verärgert.

Annie zögerte. Während sie darauf wartete, dass die Öle ihre Aromen entfalteten, dachte sie darüber nach, zwei Dinge miteinander zu verknüpfen. ‚Ich könnte Enyas Trieb wecken und sie gleichzeitig weiter sensibilisieren.‘

Es dauerte nur wenige Minuten, bevor sich der Geruch des Räucherwerks im Raum verteilte. Zuerst nahm Annie die neue

Duftnote wahr. Etwas später realisierte auch Enya, dass der Raum ein eigenartiges, beruhigendes und sinnliches Aroma versprühte.

Annie richtete sich auf und zog ihre Stiefel aus. Lässig bewegte sie sich zu Enya, um auch ihr die Schuhe auszuziehen. Ohne Widerstand ließ Enya es zu, dass die Hexe ihre Turnschuhe aufschnürte und von den Füßen streifte.

Anschließend zog sich Annie ihren beigen Pullover über den Kopf. Auberginefarbene Spitze kam zum Vorschein. Es schien ihre Farbe zu sein. Ihre vollen, schweren Brüste wollten auch dieses Hindernis auf dem Weg in die Freiheit überwinden. Ohne die Augen von Enya zu lassen, folgte Annie dem Wunsch ihrer Brüste und griff nach hinten an die Häkchen ihres BHs. Innerhalb weniger Sekunden fiel das Stück Spitze zu Boden.

Enya tat sich sichtlich schwer, die Situation einzuschätzen. Sie war irritiert, jedoch empfand sie die Situation nicht als unangenehm. Im Gegenteil, sie bewunderte Annies Lockerheit, während die flüchtigen ätherischen Öle im Raum ihre Nase umspielten.

Enya betrachtete Annie mit unverhohlener Neugierde. »Hat das mit Reiki zu tun?«, fragte sie kaum hörbar, um die Stille des Raumes nicht zu stören.

»Sicher. Ruhe und ein angenehmes Wohlbefinden gehören dazu. Man löst sich von allen Zwängen, und Kleidung ist ein solcher, überflüssiger Zwang.«

❧ ❧ ❧

»Sehen sie das?«, fragte Gertrud.

»Ich bin doch nicht blind.«

»Ist das gut oder schlecht?«

»Ich weiß nicht.« Der Prälat fühlte sich in der Rolle des unfreiwilligen Spanners nicht wohl. Voyeurismus lag ihm nicht und damit fehlte ihm eigentlich eine Grundvoraussetzung für einen Observator.

Gertrud war neugierig. In Ülpenich sah man selten fremde, nackte Haut. Sie fuhr auch nicht zum nahegelegenen See zum Baden. De facto versuchte sie – wo immer möglich – derartigen Reizen auszuweichen, denn es gab Triebe, die man nicht einfach bei Seite drücken konnte. Hier mochte es nicht gelingen. »Warum tut sie das?«, fragte sie.

»Ich weiß es nicht.«

»Ich sehe sie auch nicht mehr. Sie hat sich wieder runter gebeugt.«

Das Wissen um die Spielarten des Sex gehörte nicht zu den Kernkompetenzen eines Prälaten. Andererseits war Meyerhoff nicht so weltfremd, dass er nicht realisierte, was sich dort vor seinen Augen abspielte.

»Verstehe ich nicht«, meinte er. »Ich habe den Eindruck, dass sich da zwei Frauen der Sünde hingeben wollen.«

»So ist es«, bestätigte Gertrud. »Das sieht nach mehr als nur freundschaftlichem Kennenlernen aus.«

Enya lehnte sich zurück. Der Duftcocktail begann zu wirken. Jeder erlebte die Wirkung auf seine eigene Weise: Annie verspürte eine glückliche Gleichgültigkeit gegenüber Schwindel und Unwohlsein, gepaart mit Verlangen nach der anderen Frau, während Enya sich in eine Welt aus zärtlicher Feuchtigkeit fallen ließ, der sie so lange entgegengefiebert hatte.

»Jetzt habe ich schon seit Minuten nichts mehr gesehen«, flüsterte Meyerhoff und öffnete die Metall-Thermoskanne, um zwei Becher halbvoll mit dampfendem Kräutertee zu füllen. »Das wird guttun«, kommentierte er sein Tun, während er einen Becher Gertrud herüberreichte. Mittlerweile war es im Schuppen empfindlich kühl geworden. Der Prälat und Gertrud hatten nur wenig wärmende Kleidung dabei. Lediglich der Tee und die beiden Decken stemmten sich ein wenig gegen die feuchte Kälte, die vom Meer her in das Gebäude einzog.

Meyerhoff konzentrierte sich wieder auf das Tablet. »Ich kann die beiden Frauen nicht mehr sehen.«

»Sie müssen noch im Zimmer sein. Die Schatten an der Wand tanzen miteinander.«

Meyerhoff fröstelte. »Ich habe keine Ahnung, wie uns diese Beobachtungen weiterhelfen sollen.«

Gertrud schaute ihn fragend an. »Wir wissen nun, dass die Frauen mehr verbindet als nur eine lose Freundschaft. Vielleicht können wir das später irgendwie ausnutzen.«

Meyerhoff überlegte kurz: »Das könnte sie in der Tat erpressbar machen. Schau mal nach, ob wir noch Schokoriegel haben. Ich habe Hunger.«

»Wir sollten ein paar Stunden schlafen. Wir können nicht mehr tun«, meinte Meyerhoff. »Wir sollten morgen einen Weg in die Burg suchen.«

»Oder wir müssen eine der Frauen erwischen und versuchen, auf dem Weg an das Buch zu kommen.«

»Ich glaube nicht, dass wir als Erpresser etwas taugen. Nun schlafen wir erst einmal.«

Beim Versuch einzuschlafen, sah Meyerhoff noch immer die verzerrten Schatten an der Wand im Turmzimmer tanzen. Was geschah, konnte er aus dem Schattenbild nur ahnen: Zwei Menschen vergnügten sich miteinander. Trotz des heißen Tees wurde sein Hals trocken. Trotz der Kälte im Schuppen wurde ihm warm. Trotz des Zölibats konnte er sich dem Geschehen nicht entziehen. Meyerhoff schaute sich um. ‚Gertrud scheint zu schlafen'. Sie atmete ruhig und tief.

‚*Praevalent inlicita*.[48]' Sehr zögerlich griff Meyerhoff in seine Trekkinghose und sodann verfluchte er das Keuschheitsgelübde, das Zölibat, den engen Bund seiner Unterhose und die Tatsache das er fluchte – in dieser Reihenfolge.

»Gott erbarme«, stöhnte er noch und zitierte aus dem zweiten Brief des Apostel Paulus an die Korinther: »Und wenn ich schwach bin, bin ich stark!« Dann griff seine Hand fester zu. Er entlud sich sofort und ein großer Fleck zeugte von der Erleichterung. Nachdenklich betrachtete er die klebrige Nässe an der Hand, bevor sein Unrechtsbewusstsein einsetzte.

Sir Bram schaute auf seine Taschenuhr. Er war lange vor den anderen wach. Seit vielen Jahren konnte er nicht mehr richtig durchschlafen und begann den Tag – Sommer wie Winter – spätestens mit den ersten Sonnenstrahlen.

Fionn Napier fand sich langsam wieder in seine alte Rolle ein. Seine Loyalität galt bis zur damaligen Zerschlagung dem gälischen Coven, und er fühlte sich weiterhin verpflichtet. Er wusste, dass er Sir Bram früh erreichen konnte: »Ich bin sehr früh losgesegelt. Am späten Nachmittag sollte ich in Siùna eintreffen.«

»Dann bereiten wir alles zum Aufbruch vor.«

---

[48] *Was verboten ist, hat seinen besonderen Reiz.*

»Ich habe eben in den Gezeitenkalender geschaut. Wenn ich ankomme, haben wir Ebbe. Ich kann den üblichen Steg nicht anlaufen. Ich muss den Behelfssteg auf der Seeseite nehmen.«

»Das kommt mir entgegen. Es sollte unsere Beobachter eine Zeit lang ablenken und uns etwas Vorsprung geben.«

»Komm, wach auf!«, flüsterte Annie und gab Enya leichte Schläge auf die Wangen. »Wach auf.«

Ihre Stimme war leise, aber bestimmt. Nach wenigen Minuten öffnete Enya die Augen und schwebte aus ihrer Traumwelt in die nicht minder schöne Realität hinüber. Sie sah direkt auf Annies Brüste, die unter einem dünnen T-Shirt vor ihren Augen wippten.

»Im Himmel«, murmelte Enya und schloss die Augen wieder.

»Wach endlich auf!«

»Das muss der Himmel sein.« Noch war Enya nicht ganz wach. Der Nebel in ihrem Hirn lichtete sich langsam. »Ich sehe nur Titten.«

Dann schaute sie auf und direkt in Annies Augen.

»Du weißt, wer ich bin?« fragte Annie.

Enya schaute irritiert und zögerte. Was sollte jetzt kommen? Noch eine abenteuerliche Beichte über ein Leben in der Vergangenheit? Schließlich meinte Enya: »Ich bin doch nicht blöd.«

Annie war erleichtert. Die Dosis war nicht zu stark.

Die Nacht im Schuppen hinterließ Spuren. Meyerhoff fröstelte. ‚Vielleicht ist es gut so, dass ich zur Strafe friere‘, dachte er und stellte fest, dass er, seitdem er in Schottland war, nun schon zum zweiten Mal unkeusch geworden war. Mit dem Blick zum Himmel fügte er leise hinzu: »Ich werde Buße tun. *Nolens volens[49].*«

Schließlich schaltete er das Tablet wieder an und wendete sich dem Geschehen auf der anderen Seite zu. »Noch immer da«, murmelte er und sank langsam mit dem Rücken zur Wand und geschlossenen Augen nieder. Er umschlang seine Beine mit den Armen, weil er nicht nur äußerlich, sondern auch innerlich fror.

Zum Frühstück gab es belegte Sandwiches, die sie gestern auf dem Weg nach Siùna in ausreichender Anzahl gekauft hatten. Gertrud ärgerte sich über den labbrigen Weißbrottoast, der sich wie ein feuchter Schwamm anfühlte.

»Richtiges Brot fühlt sich anders an«, grummelte sie. Auf ihrem Sandwich vermisste sie richtige Butter. Der hellgelbe Belag unter dem Kochschinken war entweder Mayonnaise oder irgendeine ähnliche Crème. Zwischen den Schinkenscheiben verbarg sich eine dünne Scheibe Gewürzgurke und ein halb verwelktes Alibi-Salatblatt. Ebenso lustlos wie das Sandwich belegt war, aß Gertrud ihr Frühstück.

Auch Meyerhoff war mit seinem Thunfischsandwich nicht zufrieden. Der krümelige, trockene Fischbelag hatte durch Mayonnaise eine pastöse Geschmeidigkeit, aber keinen Geschmack bekommen.

»Wollen wir tauschen?«, fragte Gertrud, nachdem sie den Prälaten ebenfalls lustlos kauen sah.

Meyerhoff nickte, obwohl er vermutete, dass das Schinkensandwich auch nicht besser schmeckte. Zwischen den Bissen

---

[49] *Wohl oder übel*

teilten sie sich einen Becher lauwarmen Tee, der wenigstens mehr Geschmack hatte als die beiden Sandwiches zusammen.

Im Laufe des Vormittags warfen die beiden immer wieder einen Blick auf das Tablet und kontrollierten die Bilder der beiden Kameras.

Meyerhoff behielt das Kamerabild im Auge. Zunächst sah er, wie der kräftige Mann die Burg verließ und später mit einer unbekannten jungen Frau zurückkam. Dies war Mairi, die Köchin, in Begleitung von Iain, der wieder das Fährboot fuhr. Gegen 13 Uhr verließ Mairi wieder die Burg.

Zwischenzeitlich brachen auch Annie und Enya zusammen mit Juna zum Morgenspaziergang auf. Der andere sportliche Mann folgte den beiden Frauen.

»Sie haben einen Schatten«, ärgerte sich der Prälat. Zur Sicherheit folgte George den beiden Frauen.

»So kommen wir schlecht an die Frauen ran.«

»Dann bleibt immer noch unser primäres Ziel: das Buch.«

Unvermittelt ergab sich am frühen Nachmittag die Chance, auf die Meyerhoff so lange gewartet hatte. Scheinbar verließ nach dem Mittagessen die gesamte Gesellschaft die Burg zu einem Spaziergang am Strand. »Sie haben das Burgtor offen gelassen. Die Brut wähnt sich wohl allein auf der Insel.«

Gertrud zählte durch: »Da ist der alte Mann mit dem Stock, Frau Ansbach und die andere Frau. Dann die beiden starken Männer. Und die Köchin – oder wer auch immer es ist – wurde bereits zurückgebracht. Die Burg müsste leer sein.«

Meyerhoff kam zur gleichen Schlussfolgerung. »Die müssen sich auf der Insel sehr sicher fühlen«, freute er sich.

Sir Bram lächelte, als er die gesamte Gesellschaft zusammen auf den Klippen am Nordufer sitzen sah. Lediglich die Schäferin fehlte, was so gewollt war.

»Wir werden heute Abend Siùna verlassen«, erklärte er.

»Wer ist 'wir'?«, wollte Enya wissen.

»Das bist du, Annie, George und ich«, antwortete Sir Bram. »Iain und Robyn bleiben erst einmal hier. In der Nacht oder am kommenden Morgen sollten wir in Stornoway ankommen.«

»Wo ist das?«, fragte Enya.

»Stornoway liegt an der Ostküste von Lewis, weit im Norden. Es ist der Hauptort der Inseln Lewis & Harris«, erläuterte Annie.

Alle außer Enya schienen den Grund des Aufbruchs bereits zu kennen. Enya ahnte, dass nun das Buch Liath nach Hause gebracht werden sollte.

»Geht es um das Buch?«, fragte Enya.

»Und um dich«, antwortete Sir Bram.

Die Suche nach dem Buch

»Schnell!«, forderte Meyerhoff Gertrud auf. »Wir gehen das Buch suchen.«

Trotz des Risikos liefen die beiden Beobachter zur Burg. Ein letzter Blick um die Ecke der Burg zeigte, dass noch immer niemand zu sehen war.

»Wo fangen wir an?«, fragte Gertrud.

»Gertrud, ich hoffe, Sie spüren die Nähe des Buchs und wir können die Suche abkürzen. Wir laufen durch die Burg, Raum für Raum und vielleicht fühlen Sie irgendwo etwas.«

Gertrud nickte stumm.

»*Qui audet adipiscitur!*[50]« Meyerhoff lief mit Gertrud im Schlepptau los.

Sie ließen das Erdgeschoss mit der Küche, den Lager- und Wirtschaftsräumen außen vor. Lediglich die große Halle prüften sie aufmerksam.

»Schnell nach oben!« Der Prälat gab die Richtung vor. Er hatte keinen Blick für die vielen Gemälde mit honorigen Personen an den Wänden im Treppenhaus, an denen er schnell vorbeihuschte. Gertrud hatte allerdings das Gefühl, die Menschen in den Bildern beobachteten sie. Sie war sich dessen sogar sicher. Im Obergeschoss angekommen, liefen die beiden von Raum zu Raum. Gertrud betrat die Räume und Meyerhoff blieb auf dem Flur und sicherte den Rückweg. Alles blieb ruhig.

Gertrud kam durch einige Schlafzimmer, schaute in die Regale und warf auch einen flüchtigen Blick in den einen oder anderen Schrank.

Nach jedem einzelnen Zimmer fragte Meyerhoff nach dem Sachstand: »Und? Haben Sie schon etwas?« Nervös und unge-

---

[50] *Wer wagt gewinnt.*

duldig trommelte der Prälat mit seinen Fingern an jedem Türrahmen, an dem er stehen blieb. Er wollte die Burg möglichst
schnell wieder verlassen.

»Nein, noch nicht. Ich suche ja ...«, war jeweils Gertruds
Standardantwort. »Vielleicht ist das Buch ja gar nicht in der
Burg. Oder es ist der Stress, dass ich mich nicht konzentrieren
kann.«

»Dennoch ... nun weiter!«

Mit dem ersten Obergeschoss waren sie erfolglos fertig.

»Nächstes Geschoss!«, gab Meyerhoff vor.

»Pssssst! Ich habe etwas gehört.« Gertrud hielt inne.

Meyerhoff blieb auf der Treppe »Vielleicht nur ein Knacken
des alten Fußbodens.« Überzeugt war er nicht.

,Glück gehabt', dachte Robyn. Sie hatte bemerkt, dass die
Eindringlinge in der Burg umherliefen. Sie wusste, was die
Besucher suchten. Sie griff nicht ein. Sie blieb im Hintergrund
und beobachtete.

Nach einem kurzen Innehalten schlichen Meyerhoff und
Gertrud ins obere Geschoss. Hinter der ersten Tür befand sich
ein Raucherzimmer. Erlesene Single Malt Whiskys, einige
Rums, klare Gins und andere Spirituosen standen mit passen-
den Gläsern in einem Schrank. Meyerhoff kannte sich mit den
Spirituosen nicht aus, aber das Arrangement beeindruckte ihn.
Gertrud kannte solche privaten Bars nur aus Filmen und konnte
kaum nachvollziehen, dass jemand ein solches Sortiment zu
Hause haben konnte, ohne ein Säufer zu sein.

Meyerhoff beteiligte sich nun aktiv an der Suche und betrat die Räume mit Gertrud. Im Raucherzimmer fanden sie nichts, was auf das gesuchte Buch hindeutete. Die nächste Tür führte sie zur Bibliothek.

»Hier könnte etwas sein«, sagte Meyerhoff. »*Quaere et invenies*[51].«

Er blickte in den Raum und stellte fest, dass man von einem der Fenster aus einen wunderbaren Überblick über das Loch Linnhe hatte. Ein wenig Neid kam auf, wenn er daran dachte, dass der Alte hier im Chesterfieldsessel saß, Zigarre rauchte, Whisky trank und ein gutes Buch las.

»Ich glaube, das Buch ist hier«, meinte Gertrud plötzlich. »Ich habe so ein Gefühl ...«

»Schnell, lassen Sie uns die Regale durchsuchen.«

Gertrud lief an den Regalen entlang, während Meyerhoff nervös wurde. »Ändert sich das Gefühl?«

»Es bleibt unbestimmt. Hier ist etwas?«

Gertrud verharrte in einer Ecke, in der alte Atlanten und Karten aufbewahrt wurden.

»Ist da etwas?«, fragte Meyerhoff.

»Ich glaube ja.«

Gertrud blätterte durch die Karten auf dem Tisch, fand aber nichts Auffälliges. »Hier muss etwas sein. Ich spüre es, sehe aber nichts.«

»Hier ist noch etwas!« Meyerhoff entdeckte unter dem Tisch flache Schubladen, in denen Karten gelagert wurden. Er zog sie nacheinander auf. Die Schubladen bewegten sich leicht, was von Handwerkskunst zeugte. Meyerhoff war von den histo-

---

[51] *Suche und du wirst finden.*

rischen Karten fasziniert, insbesondere von einer, die alte Klöster und Orte auf den britischen Inseln zeigte.

»Fotografieren geht immer«, schlug Gertrud vor.

Während Meyerhoff die Karten fotografierte, suchte Gertrud weiter nach dem Buch. »Es muss doch irgendwo hier sein.«

Meyerhoff wollte gerade die Karten zurücklegen, als er ein Rascheln von Seidenpapier hörte. Elektrisiert zog er die Schublade ganz heraus und fand ein in Seidenpapier eingeschlagenes Paket.

»Gertrud, ist das das Buch?«

»Es fühlt sich so an.«

Meyerhoff schlug das Seidenpapier auf und sah einen abgegriffenen grau-blauen Ledereinband. Er blätterte flüchtig durch das Buch, konnte aber kaum etwas lesen. Viele Seiten erschienen ihm leer.

»Das muss es sein!« Meyerhoff suchte nach der Signatur und fand die ersten Stellen der Eulerschen Zahl. Er sprang vor Freude auf und schlug schnell das Seidenpapier wieder um das Buch. Kaum hatte er das Buch wieder verpackt, hörte er Schritte auf dem Flur.

»Wir müssen weg!«, stellte der Prälat fest und klemmte sich das Buch unter den Arm.

Vor der Tür schlich Robyn vorsichtig über den Flur. Sie lächelte, obwohl sie wusste, dass die Eindringlinge in der Bibliothek waren. Schnell lief sie zum anderen Ende des Flurs und versteckte sich hinter der Säule der Wendeltreppe.

Sie beobachtete die beiden Eindringlinge. Meyerhoff steckte den Kopf aus der Tür und sah, dass die Luft vermeintlich rein war. Dann winkte er Gertrud zu, und beide liefen schnell mit dem Päckchen unter dem Arm das große Treppenhaus hinunter. Nachdem Robyn hörte, dass ihre Schritte verhallten, nahm sie ihr Handy hervor und sagte kurz: »Sie sind weg.«

Trotz aller Euphorie vergaß der Prälat nicht, auf dem Rückzug zum Versteck die beiden Beobachtungskameras mitzunehmen. Mit Ausnahme des fehlenden Buches sollte es keine Hinweise auf den Besuch geben. Am Versteck angekommen, mussten sie nur noch die Rucksäcke aufnehmen, in denen bereits alles verpackt war. Sie liefen zurück zum versteckten Anglerboot, um die Insel zu verlassen.

Noch im Boot rief Meyerhoff Abt Raphael an: »Wir haben das Buch. Wie wollen wir es machen? Prüfen wir es hier, oder soll ich es direkt nach Deutschland bringen?«

»Die Frage erübrigt sich«, entgegnete der Abt am Telefon. »Ich werde gleich auf der Fähre einchecken und nach Newcastle-Upon-Tyne übersetzen.«

»Zumindest haben wir nun Zeit. Die Hexen haben keine Grundlage mehr.«

»Sie sind weg«, meinte Sir Bram in die Runde.

Enya registrierte die Äußerung. »Wer ist weg?«, wollte sie wissen.

Nach kurzem Zögern erläuterte Sir Bram: »Wir hatten Besuch. Erwarteten Besuch, den wir aber nicht willkommen heißen wollten. Die Eingeweihten waren in der Burg.«

Enya war irritiert. ‚Wie konnte es Sir Bram so ruhig zulassen, dass der Feind durch das Caisteal an Siùna stöberte?'

»Wir gehen nun zurück. Wir werden bereits von Robyn an der Burg erwartet.«

»Dann war unser Ausflug zum Meer so geplant?«, wollte Enya unterwegs von Annie wissen.

Annie antwortete mit einem Schmunzeln. »Bram ist eben ein Genie«, meinte sie nur.

»Wir werden nun unsere Sachen packen. Es ist an der Zeit zu gehen«, sagte Sir Bram und erhob sich.

Kurze Zeit später fuhren Iain und George mit den kleinen Elektrokarren zwischen der Burg und dem seeseitigen Anleger im Pendelverkehr hin und her. Von der Landseite aus konnte man sie nicht sehen. Am Anleger sammelte sich nach und nach eine ganze Menge Gepäck.

»Wo ist mein Buch?«, fragte sich Enya selbst, nachdem sie ihr Zimmer durchgesehen hatte. Sie wurde zunehmend nervöser, denn das Buch war nicht zu finden.

Annie bemerkte Enyas Unruhe. »Suchst du etwas?«

»Ich vermisse das Buch.«

»Lass uns zusammen suchen.«

Auch mit vereinten Kräften gelang es den beiden nicht, das Buch zu finden.

»Wo hattest du es zuletzt?«, fragte Annie.

»Ich habe im Turmzimmer versucht zu lesen. Und ich war mit dem Buch in der Bibliothek.«

Die beiden Frauen stürmten die Treppe zum Turmzimmer hinauf. Es war schnell durchsucht.

»Hier ist es nicht.«

Enya war enttäuscht. »Dann vielleicht in der Bibliothek?«

Die beiden Frauen rannten wieder die Treppe hinunter.

»Nicht so stürmisch, meine jungen Pferdchen«, meinte Sir Bram lachend, nachdem er auf dem Flur fast umgerannt worden wäre.

»Wir suchen Liath«, rief Enya ihm zu.

»Das glaube ich gerne«, murmelte er. Annie bekam diese Äußerung unterbewusst mit und runzelte die Stirn. Enya hingegen stürmte voran in die Bibliothek und suchte das Buch. »Wir hatten es hier auf dem Kartentisch.« Sie atmete kurz durch. »Das Buch ist weg!« rief sie.

»Wir hatten eben Eindringlinge«, meinte Robyn. Sie schien von der Aufregung nicht überrascht zu sein und mischte sich vom Flur aus ein.

Sir Bram blieb ruhig. »Enya, nun komm zu dir.«

Enya stutzte. »Wie kannst du so ruhig sein? Es geht doch um die Zukunft der Hexen. Oder war das alles falsch, was du mir vorgemacht hast? Alles nur Märchen?«

Enya sank in sich zusammen.

Oban

Im Hotel kehrte Ruhe ein. Meyerhoff setzte sich mit Gertrud in den Erker des Hotels. Das in Seidenpapier verpackte Buch lag auf einem kleinen Beistelltisch vor ihnen.

»Schauen Sie mal«, sagte Gertrud und zeigte auf eine Ecke des Papiers. »Sehen Sie, wie das Papier hier verkohlt ist? Das ist draußen am Feuer passiert, als ich alles verbrannt hatte, was ich von Josefs Erbe nicht gebrauchen konnte.«

Meyerhoff war zufrieden. Er packte das Buch vorsichtig aus und nahm sich die Zeit, es Seite für Seite zu betrachten.

»Ich kann es wirklich nicht lesen«, stellte er frustriert fest. Dies bestätigte seinen Eindruck aus der Bibliothek. »Der Abt ist zu uns unterwegs. Er wird uns helfen. Wir werden leider seine Hilfe benötigen.«

Abschied von Siùna

Enya war sehr enttäuscht. »War alles umsonst?«, fragte sie sich. »Bram, wieso kannst du nur so ruhig bleiben?«

»Es ist alles unter Kontrolle«, antwortete er und versuchte, Ruhe auszustrahlen. Die Ruhe kam jedoch nicht an.

»Enya, lass die Vergangenheit los. Alles wird gut. Alles!«

Langsam, ganz langsam beruhigte sich Enya. »Vielleicht geht es doch nicht um das Buch«, dachte sie.

Aufmerksam beobachtete sie Juna. Der English Pointer blieb erstaunlich entspannt liegen. »Ich bin hektisch, renne herum, und der dumme Hund verschläft fast unsere Abfahrt nach Lewis im Körbchen.« Dies bestätigte Enya in dem Glauben, dass das Buch nur ein Hinweisgeber, ein Wegweiser, war.

Die Burg wurde nicht endgültig geräumt, nachdem Sir Bram ohne zurückzuschauen mit Annie, Enya und Juna durch das Burgtor schritt. Die wertvolle Inneneinrichtung und viele Erinnerungen blieben für eine spätere Rückkehr in der Burg. »Wir werden wiederkommen.«

Iain verschloss hinter den Reisenden die schweren Eichentorflügel.

»Iain wird sich mit seiner Familie um die Burg kümmern«, erläuterte Sir Bram. »Es ist bereits alles geregelt.«

»Iain hat Familie?«, fragte Enya erstaunt, da sie wenig über die familiären Verhältnisse ihrer neuen Bekannten wusste.

»Seine Familie lebt in der Nähe auf dem Festland. Seine Frau wird mit auf die Burg ziehen. Seine erwachsenen Kinder nicht, dafür holt er seine Mutter mit. die ist aufmerksamer als jede Alarmanlage.«

»Und George?«

»Er wird uns begleiten. Er hat keine Familie. Oder eher: Ich bin seit vielen Jahrzehnten seine Familie«, sagte Sir Bram.

»Annie kommt sicher mit …«, sagte Enya.

»Klar doch«, antwortete Annie an Sir Brams Stelle. »Ich kann dich doch nicht allein losziehen lassen, nachdem wir zusammen … Schuhe kauften.« Annie lachte laut, und Enya stimmte ein.

Sir Bram wandte sich wieder an Enya und blickte kurz zu Robyn hinüber: »Sie bleibt zunächst hier und kommt eventuell später nach. Die Schafe kann man nur eine kurze Zeit alleinlassen.« Alle wussten, dass diese Aussage nur vorgeschoben war.

»Sie hatte die Eindringlinge beobachtet. Einer war ein alter Bekannter: Prälat Dr. Meyerhoff.«

»Und sie hat uns nicht alarmiert?«

»Das war nicht beabsichtigt.«

Enya versuchte ihre Gedanken zu ordnen: »Hat die Kirche nun das Buch Liath? War es beabsichtigt? Warum?«

»Alles hat seine Zeit«, meinte Sir Bram mehrdeutig.

‚Zeit für den Abschied oder Zeit für die Erklärung, warum nun das Buch in den Händen der Kirche ist?', fragte sich Enya.

»Beides ist richtig.«

»Ich habe die Gedanken doch gar nicht ausgesprochen«, wunderte sich Enya.

»Korrekt. Du hast die Gedanken nicht ausgesprochen. Für mich reicht es, wenn deine Gedanken dich beherrschen. Dann kann ich sie spüren.«

Enya realisierte, dass hinter diesen Hexenwesen viel mehr verborgen sein musste, als sie bisher wusste. »Was wird noch alles auf mich zukommen?«

»Wie ich schon sagte«, nahm Sir Bram den Gedanken auf: »Alles hat seine Zeit.«

Enya wunderte sich, wie emotionslos dieser Abschied vonstatten ging. Man sollte doch glauben, dass vielleicht Tränen fließen würden, wenn man unvermittelt aus seiner Burg vertrieben wird. Alle redeten ruhig und besonnen. Es schien, als hätte man schon längst mit dem Gebäude abgeschlossen und nur auf diesen Moment gewartet. Oder man wusste, bald wieder hier zu sein.

»Die Schäferin hat eine Zwillingsschwester auf Lewis, die wir dort kennenlernen werden.« Gestützt auf seinen Stock und flankiert von den beiden Frauen, ging Sir Bram mit schweren Schritten zum Bootsanleger. Enya hatte sich links untergehakt, auf der Seite, in der Sir Bram seinen Stock hielt. Der Mondstein in der Triskele funkelte wie das Leuchten des Mondes. Enya schaute an Sir Bram vorbei zu Annie. Annie trug ein Medaillon mit dem gleichen Symbol um den Hals. In ihrer Triskele funkelte ein tiefroter Stein. »Ein Rubin«, dachte Enya. »Warum ist mir das nicht vorher aufgefallen? Auch dieses Symbol scheint zu leuchten.«

Auf dem Wasserweg nach Oban herrschte reges Treiben. Fionn segelte gemächlich an der Stadt vorbei. Nur wenige Schiffe fuhren in den Loch Linnhe, dem Meeresarm, der sich als Caledonian Canal weiter durch die Highlands zur Nordsee erstreckt.

Auf Höhe von Siùna drehte die Solstice bei und steuerte direkt auf die Insel zu. Sir Bram erklärte Enya: »Da kommt Fionn. Er wird uns nach Lewis bringen.« George bereitete sich am Anleger vor, um die Leinen entgegenzunehmen und das Boot zu vertäuen, sobald es den Steg erreichte.

Enya erkannte an Bord einen Seemann, der sicher schon über fünfzig war. Aber bei den wettergegerbten Gesichtern vertut man sich schnell. Behutsam steuerte er das Boot mit zusätzlicher Motorkraft gegen das ablaufende Wasser an den Steg.

»Gestatten«, sagte Sir Bram zu Enya. »Das ist Fionn Napier. Der Physiker und Seemann.« Dann wendete er sich an Fionn: »Und dies sind Enya und natürlich Juna. Sie sind die Hoffnung des Covens.«

Fionn Napier nickte. Nach einer kurzen Begrüßung meinte er: »Alle nennen mich nur Fionn.« Enya bemerkte, dass Fionn nicht viel sprach. Es war ihr nicht unangenehm. Noch wusste sie nicht, dass er viel mehr durch seine Gedanken kommunizierte. Fionn schaute sich in der Runde um. »Das Boot kann nicht lange hier bleiben. Das Wasser läuft bereits ab. Bei Ebbe müssen wir wieder draußen in der Fahrrinne sein. Sonst sitzen wir gleich auf Grund.«

»Dann sollten wir schnell das Gepäck verstauen«, sagte Iain, während er bereits anpackte.

»George, kannst du oben das Gepäck entgegennehmen?«

George nickte und sprang auf das Boot. Alle halfen je nach ihren Fähigkeiten mit. Sir Bram blieb mit einem wasserfesten Koffer auf dem Steg. Das Beladen des Bootes ging zügig vonstatten. Auch die mitgebrachten Lebensmittel waren schnell verstaut. An Bord wurde jeder Zentimeter Stauraum genutzt. Junas Körbchen fand Platz neben Enyas Koje. Für Juna würde die lange Überfahrt auf dem wackeligen Schiff nicht einfach werden. Besonders die fehlende Hundetoilette und die Gefahr, über Bord zu gehen, könnten zu Problemen führen.

»Wir bieten leider nur begrenzten Service für Hunde an Bord«, entschuldigte sich Fionn für die fehlenden Einrichtungen. »Das Wetter bereitet mir aktuell mehr Sorgen. Es zieht wieder ein Gewitter mit heftigen Stürmen auf. Angekündigt war es ja schon für gestern.«

»Dann wollen wir keine Zeit verlieren und in See stechen«, sagte Annie voller Tatendrang, ohne zu ahnen, was sie auf See erwarten würde.

Wieder saß ein Beobachter in einem Auto mit Blick auf den Bootsanleger auf der Landseite von Siùna. Regelmäßig telefonierte er mit dem Prälaten. »Hier ist alles ruhig. Keine Bewegungen.«

»Dann wird die Gesellschaft wohl noch eine Zeit auf der Insel bleiben. Können Sie eine kontinuierliche Überwachung sicherstellen?«

»Das ist einfach. Wir installieren hier am Bootsanleger eine unserer automatischen Überwachungskameras.«

»Gut. Dann muss keiner ständig vor Ort sein. Machen Sie das.«

Meyerhoff bekam wieder Zugang zur Kamera und konnte aus der Ferne mit seinem Tablet mögliche Bewegungen überwachen. Gleich an diesem Abend bekam er fünf Bewegungsalarme von der Kamera gemeldet. Viermal waren es aus seiner Sicht Fehlalarme: dreimal vorbeispazierende Touristen und einmal eine wohl ausgerissene Highland-Kuh, die neugierig ihre Hörner vor die Kamera hielt. Lediglich einmal sah er eine relevante Bewegung, als Iain mit der kleinen Fähre von der Insel kam, kurz nach der Autohalle schaute und ohne Zeit zu verlieren wieder zurück zur Insel fuhr. Meyerhoff konnte nicht ahnen, dass dieser Auftritt für ihn inszeniert war, damit er von einer weiteren Nutzung der Insel ausgehen musste. Und morgen früh würde Iain – wie üblich – die Köchin Mairi abholen und am Nachmittag zurückbringen. Robyn würde ihre kleine Herde gut sichtbar am Ufer grasen lassen. Das Inselleben würde von außen so normal oder langweilig wie immer aussehen.

Meyerhoff griff wieder zum Telefon. »Das wird mir zu blöd. Nur Touristen und Rindviecher.«

»Dann können wir die Beobachtung übernehmen.«

»Melden Sie sich bei mir, wenn Sie eine relevante Beobachtung haben.«

Loch Linnhe

Je weiter sich die Solstice vom Ufer entfernte, desto düsterer wurde der Himmel. Zeitweise schien es, als würde man auf eine schwarze Wand zufahren, die gelegentlich von Blitzen durchbrochen wurde.

»Wird das gefährlich?« Enya war besorgt.

Als die Solstice den Sound of Mull hinter sich ließ, traf die volle Kraft des Atlantiks die Segelyacht. Fionn, der versuchte, seine Nervosität zu verbergen, entschied sich für die Wahrheit: »Das Wetter gefällt mir nicht. Wir haben Kreuzsee, was bedeutet, dass die Wellen aus verschiedenen Richtungen kommen und unkalkulierbar auftürmen. Es wird dunkel, und wir können die Wellen weder richtig anlaufen noch deren Höhen einschätzen.«

Enya verstand wenig von den Details, spürte aber die Anspannung. Fionn ließ die elektronischen Winschen die Segel weiter einholen, während der Motor zur Stabilisierung mit halber Kraft lief. »Die Motorkraft hält uns manövrierfähiger als nur die Segel allein.«

Die Solstice tanzte unruhig über die Wellen und legte sich immer wieder stärker auf die Seite. »Hoffentlich nehmen wir kein Wasser auf«, murmelte Fionn.

Im Salon saßen Sir Bram und Annie wortkarg. Sir Bram sah blass und erschöpft aus, während Annie ernst wirkte. Juna hatte sich in ihr Körbchen verzogen, und Enya kämpfte mit der Übelkeit und versuchte, sich mit einer Decke warmzuhalten.

George bot Fionn seine Hilfe an. »Kann ich irgendwie helfen?«

Fionn zögerte, entschied sich dann aber anders. »Du kannst die Wellen beobachten. Versuche herauszufinden, ob dieses ekelhafte Kreuzmuster irgendwo aufhört. Wir müssen hier raus. Das Wasser spricht gerade nicht mit mir.«

Im Laufe der Zeit verschwanden die Kreuzwellen, und die Wellen kamen nur noch aus einer Richtung. Fionn nahm Kurs Nordwest und steuerte die Äußeren Hebriden an. Die Solstice stabilisierte sich, und die Bewegungen des Bootes wurden vorhersehbarer.

Fionn suchte nach weiterer Unterstützung beim Segeln. »Wer hat sonst noch Segelerfahrung?«

George bot sich erneut an und wurde in einem Crashkurs eingewiesen. Auch Annie half im Steuerstand. George kam schnell zurecht und entlastete Fionn.

»Du musst das Steuer lockerer halten. Du darfst nicht gegen das Boot arbeiten, sondern mit ihm über die Wellen reiten«, riet Fionn.

Die Nacht brach herein, und die Solstice kämpfte weiter gegen die Wellen. Fionn entschied, nicht direkt nach Lewis zu segeln. »Wir sollten schnell wieder an der Küste Schutz suchen.«

George fragte: »Besteht da nicht die Gefahr auf Grund zu laufen?«

»Wir werden die Südspitze von South Uist ansteuern und mit etwa zwei Seemeilen Abstand an der Küste entlangsegeln.

So sind wir im Windschatten der Inseln und ein bisschen geschützter.«

Die Gesellschaft nahm dies wohlwollend zur Kenntnis, in der Hoffnung auf weniger Schaukelei.

✥ ✥ ✥

Lochboisdale auf South Uist

Während sich die Solstice South Uist näherte, zeigte sich, dass nicht das Boot, sondern die Besatzung schlapp machte. Fehler schlichen sich ein, wurden größer und schwerwiegender. Eine falsch eingeschätzte Welle legte das Boot plötzlich auf die Backbordseite, Wasser schwappte über die Bordwand.

»*It's a dreich day*[52]«, kommentierte Annie die Situation trocken.

Fionn wusste, dass menschliche Fehler auf See oft zu Schiffbruch führen. Immer wieder verlor das GPS-System den Satellitenempfang. »Das kann im starken Regen passieren«, erklärte er George. »Wir müssen mehr Abstand zur Küste halten.«

George nickte nur.

»Annie, beobachte weiter das Radar. Der weiße Bereich links oben – da kommt die Küste in Sicht. Achte darauf, dass wir zwei Linien davon entfernt bleiben. Das wären dann zwei Seemeilen.«

»Aye, aye, Captain!«

Plötzlich rief Enya von unten: »Wasser!« Obwohl die Kajüte fest geschlossen war, drang irgendwo Wasser ins Boot. Juna sprang mit nassen, kalten Pfoten auf eine Sitzbank, rutschte aber ab, bekam einen nassen Bauch, quiekte und versuchte es

---

[52] *It's a dreich day: Es ist ein schlechter Tag, oder: Wir haben schlechtes Wetter.*

erneut. Enya war von der Seekrankheit überwältigt und konnte kaum helfen.

Die Solstice legte sich mit ächzenden Geräuschen und einem deutlichen Knacken auf die Backbordseite.

»Hoffentlich ist nichts am Mast gebrochen!« Fionn war sofort alarmiert. Nur mit Mühe konnte er die Situation retten, das Ruder herumreißen und das Boot wieder aufrichten. Die Ruderbewegungen waren zu heftig, und das Boot legte kurz auf die Steuerbordseite über. Fionn fluchte erstmals auf dieser Überfahrt. Die Solstice schlingerte, bevor sie langsam wieder in Normallage zurückkehrte.

»George ans Ruder! Kurs halten!« kommandierte Fionn. »Annie, nach vorne in den Bug, such' das Leck. Ich suche hinten.«

Annie bekam nasse Füße. »It's baltic[53]!« Sie stand zentimetertief im Wasser. »Hier ist was! Ich sehe es nur nicht. Es ist zu dunkel.«

Fionn rannte vom Heck zum Bug des Bootes. Das Wasser drang von oben, nicht von unten ein. »Wenigstens kein Leck!« Mit der Taschenlampe kontrollierte er die Luke und entdeckte, dass sie einen Spaltbreit offenstand. Diese Lücke reichte aus, um Wasser eindringen zu lassen, wenn es über den Bug schwappte. Fionn schloss die Luke und schaltete zurück im Steuerstand die Lenzpumpe an. Es musste einiges an Wasser im Zwischenboden sein, das herausgepumpt werden musste.

»Wir werden die Fahrt unterbrechen, wenn wir Uist erreichen. Ich muss das Boot kontrollieren.« Fionn holte die Segel automatisch ein und schob den Fahrthebel des Motors auf achtzig Prozent. »Wir fahren nun mit Motorkraft weiter. Unter Segeln wird es für meine Gäste zu ungemütlich. Bram, haben wir die Zeit, die Fahrt zu unterbrechen?«

---

[53] *It's baltic: Es ist kalt.*

Sir Bram, noch immer seekrank, nickte.

Keine dreißig Minuten später legte Fionn die Solstice sicher im Lochboisdale Harbor an. Es war spät in der Nacht. Annie versuchte, eine Unterkunft für die Nacht zu organisieren, hatte aber keinen Erfolg. So arrangierte man sich so gut es ging auf der nassen Solstice. Trotz ihrer Größe hatte das Boot nur zwei Kabinen und vier Kojen. Irgendwie fand jeder einen Schlafplatz. Fionn konnte als einziger fest schlafen. Er kannte sein Boot und wusste, dass sie nun in Sicherheit waren. Alle anderen beruhigten sich langsam und dösten vor sich hin.

Lindisfarne

Lindisfarne auf Holy Island

Abt Raphael war nicht leicht aus der Ruhe zu bringen, doch diesmal war er sichtlich unzufrieden. Die Überfahrt mit der Fähre nach Newcastle-Upon-Tyne war reibungslos verlaufen, und er war zügig auf der Küstenstraße A1 nach Norden unterwegs. Nach einer ruhigen Überfahrt wollte er den anbrechenden Tag sinnvoll nutzen. Ein Grund für seine Unzufriedenheit war, dass Alex Mathijs, genannt AM, noch nicht mitreisen konnte, da auf der Fähre keine Kabine mehr frei war. Vielleicht würde sie nachkommen. Dies war jedoch nicht der alleinige Grund für Raphaels Unmut.

Bereits nach einer Stunde hatten Bruder Ulrich und er ihr erstes Zwischenziel erreicht. Später wollten sie die lange Fahrt nach Oban antreten, die mindestens fünf Stunden dauern würde, sofern sie gut durch den Verkehr in Edinburgh kämen. Raphael hatte nur einen kurzen Stopp auf der Holy Island eingeplant.

Nun saßen die beiden Mönche mit Blick auf Holy Island im Café und Restaurant The Barn At Beal auf der Terrasse. Sie tranken Tee, aßen Sandwiches und verschmähten das britische Frühstück, nachdem sie am Nachbartisch gesehen hatten, was Engländer unter Breakfast verstanden.

Die Mönche waren zur Untätigkeit verdammt. Sie schauten über den kurzen Damm zur Insel hinüber. Die Flut hatte den Damm überschwemmt.

Raphael hatte sich mit einem Literaturwissenschaftler verabredet, der im Museum Lindisfarne auf Holy Island an alten Schriften forschte. Das Navi im Auto hatte ihm aber verschwiegen, dass die Insel nur bei Ebbe zugänglich war. Nun mussten Ulrich und er warten, bis das Wasser ablief. Sie würden bis

Mittag warten müssen, bevor die Überfahrt über den Deich sicher war.

»War es hier, wo die Wikinger nach England kamen und das Kloster überfielen?« Ulrich wollte die Zeit überbrücken oder seine Neugierde stillen.

»Ja, das war hier. Die Wikinger haben mindestens zweimal das Kloster geplündert.«

»Da müssen wir hin.«

»Wir versuchen es ja.«

Oban

Meyerhoff hatte gerade mit dem Hotelmanager gesprochen und weitere Zimmer für den Abt und Bruder Ulrich organisiert. Das Zimmer für Gertrud hatte er entweder vergessen oder bewusst ignoriert.

Am Hafen traf er Gertrud, die auf einer Bank saß und aufs Wasser blickte. Sie legte ihren Sprachkurs beiseite und begrüßte ihn: »*Nice to meet you. How are you?*«

»*Fine. And yourself?*« Meyerhoff lächelte und setzte sich neben sie. »Ich habe Zimmer für Abt Raphael und Bruder Ulrich reservieren lassen. Es waren mal wieder die letzten Zimmer.«

»Und was ist mit einen eigenen Zimmer für mich?« fragte Gertrud.

»Es bleibt alles beim Alten. Wir müssen in diesem Zimmer bleiben.« Meyerhoff spürte, dass er sich sowohl gegenüber Gertrud als auch später gegenüber dem Abt rechtfertigen musste.

Er dachte darüber nach, ob ein Zimmerwechsel möglich wäre, und sprach den Punkt offen an: »Es gab nur noch zwei Zimmer. Es ist lediglich ein kleines Hotel.«

»Könnte man die Zimmer nicht anders aufteilen? Vielleicht können sich der Abt und der Klosterkoch ein Zimmer teilen, und ich nehme eines der Einzelzimmer.«

»Diese Option fiel mir zu spät ein. Dann hätten wir bis elf Uhr unser Zimmer räumen müssen, damit es für die neuen Gäste hergerichtet werden kann.«

»Vielleicht geht es ja jetzt noch. Es ist gerade erst Mittag.«

Meyerhoff nahm sein Telefon und versuchte, den Hotelmanager zu erreichen. Dann legte er wieder auf, ohne sein Anliegen vorzutragen, und fragte stattdessen nach einer Lappalie – ob man beim Frühstück an einem Tisch zusammensitzen konnte.

Gertrud bemerkte, dass die Frage mit den Zimmern nicht angesprochen wurde, und schaute Meyerhoff fragend an.

»Wie hätte ich dem Hotel erklären sollen, dass wir ausgerechnet dann Einzelzimmer benötigen, wenn zwei Kirchenmänner eintreffen. Es weiß keiner, dass ich auch von der Kirche bin.«

»Ich verstehe.«

Nein, Gertrud verstand nicht wirklich. Meyerhoff empfand die neue Nähe zu Gertrud nicht als unangenehm, auch wenn er viel zu eng neben ihr saß – zumindest für einen Mann der Kirche.

Lindisfarne

Gegen Mittag lief das Wasser ab, und viele Touristen, ebenso wie Raphael, wollten über den Lindisfarne Causeway zur Insel fahren. Auf einer Hinweistafel waren die sicheren Zeiten für die Überfahrt angeschlagen, doch einige Touristen fuhren bereits los, obwohl noch Wasser auf dem Damm stand. Mit Mühe konnten sie sich zum rettenden Ufer der Insel vorarbeiten, denn schon wenige Zentimeter Wasser auf dem Damm konnten mit der hohen Strömungsgeschwindigkeit gefährlich werden. Am Ortseingang von Lindisfarne saugte ein großer Parkplatz die Autos der unzähligen Touristen auf. Bruder Ulrich beschloss, ebenfalls dort zu parken. Die letzten Schritte wollten sie zu Fuß durch den kleinen Ort laufen.

Vom Lindisfarne Kloster waren nur noch Ruinen übrig, um die sich ein neuer Ort gebildet hatte. Zusammen mit dem englischen Literaturwissenschaftler liefen die beiden Mönche durch die Klosterruinen.

»Wir benötigen Unterstützung bei der Prüfung eines Buchs«, begann Raphael.

»Mein lieber Raphael, ihr benötigt Hilfe? Gerade sie sind doch die Fachkompetenz schlechthin für alte kirchliche Handschriften.«

»Danke für das Kompliment, so falsch es auch sein mag.«

»Stellen sie ihr Licht nicht unter den Scheffel. Also, worum geht es?«

»Das betreffende Buch ist ... kein Kirchenbuch.«

»Sondern es ist was?« Der Wissenschaftler wurde neugierig.

»Es ist ein ... ein Buch der anderen Seite.«

»Worüber sprechen wir? Einen Teufelskult? Blasphemie? Schwarze Wissenschaft? Hexerei?«

»Letzteres. Das gälische Buch ist wohl aufgetaucht.« Es trat Stille ein, die zu den Ruinen des Klosters passte.

»Ich dachte, das Buch Liath wäre eine Legende.«

»Es ist real«, meinte Raphael.

»Das ist natürlich hochinteressant.«

Raphael zog sein Handy aus der Kutte und zeigte dem Wissenschaftler einige Fotos aus dem Buch. »Ich weiß, kaum eine Seite ist lesbar. Das ist leider alles, was wir haben.«

»Auch wenn das Buch für mich hochinteressant ist, gibt es noch ein weiteres Problem«, meinte der Engländer. »Ich kann kein Gälisch. Ich werde ihnen auch bei den wenigen Zeilen kaum weiterhelfen können.«

»Das habe ich befürchtet. Sie können eventuell mit einer Einschätzung der Situation helfen.«

»Ich stehe ihnen zur Verfügung.«

»Können Sie uns begleiten?«

»Wohin soll die Reise gehen?«

»Nach Oban.«

»Hin und zurück wäre eine ganztägige Fahrt, am besten mit Übernachtung. Leider kann ich hier nicht kurzfristig weg. Falls notwendig, mache ich es bei Bedarf möglich.«

Abt Raphael bedankte sich. Bruder Ulrich, der sich während des Gesprächs im Hintergrund gehalten hatte, nickte ebenfalls zum Abschied.

Auf dem Weg zum Parkplatz meinte Raphael zu Ulrich: »Wir werden lesen, was lesbar ist. Und wenn es Jahre dauern wird. Das ist nun meine Vorhersehung. Ich fühle, dass der Herr mir dies aufgetragen hat.«

Bruder Ulrich steuerte den Wagen routiniert und entspannt durch die Highlands nach Oban. Am späten Nachmittag erreichten sie die Hafenstadt. Dank Navi fanden sie das Seafront Guest House ohne Mühen. Ulrich parkte hinter dem geliehenen SUV des Prälaten. Meyerhoff hatte im Erker des Hotels gewartet und sah die Ankunft der beiden Mönche. Man begrüßte sich herzlich.

»Willkommen in Oban. Wie war die Fahrt?«, fragte Meyerhoff.

»Entspannt«, entgegnete Raphael.

Meyerhoff kam direkt zur Sache: »Was ist mit dem Literaturwissenschaftler? Kann er uns helfen?«

»Wir haben ihn auf Holy Island getroffen. Ich wollte ihn direkt mitbringen. Es ging nicht. Er steht zur Verfügung, wenn wir ihn brauchen. Nur meinte er, wir können das auch ohne ihn. Er kann auch kein Gälisch und würde das Buch nicht lesen können.«

»Wir hätten sowieso kein Zimmer mehr für ihn gehabt. Wollen wir direkt einen Blick auf das Buch werfen?«, fragte Meyerhoff. »Gertrud verwahrt es im Erker des Hotels.«

»Wir wollen erst kurz die Zimmer beziehen und uns frisch machen. Vielleicht in einer halben Stunde?«

»Ich werde unten im Erker warten.«

Nach der verabredeten Zeitspanne trafen sich die drei Männer im Erker des Hotels. Gertrud war nicht anwesend. Meyerhoff hatte das in Papier eingewickelte Buch vor sich liegen. Der Abt betrachtete es mit Respekt und Ehrfurcht – oder eher Furcht? ,Nun ist es endlich wahr. Wir haben das Buch', dachte er. Meyerhoff wollte es vernichten, Raphael hingegen wollte es für weitere Studien in der Klosterbibliothek verwahren und unter Verschluss halten. Die beiden Männer hatten diese Meinungsverschiedenheit bisher immer ausgeklammert.

»Darf ich?«, fragte der Abt und Meyerhoff nickte.

Raphael nahm das Buch zu sich und schlug das Seidenpapier auf. Er blickte auf das alte blau-graue Leder, das speckig glänzend vor ihm lag. Er zögerte, das Buch aufzuschlagen, prüfte den Umschlag mit grübelnder Miene und tastenden Fingern. Er legte das Buch auf die Vorderseite und schlug es von hinten auf. »Die Eulersche Zahl! Es ist die Signatur des Mathematikers Napier.«

»Die Signatur stimmt«, kommentierte Meyerhoff. »Ich habe sie geprüft.«

Der Abt nickte wortlos. Dann drehte er das Buch wieder um und begann die Seiten von vorne nach hinten durchzublättern. Es dauerte eine Viertelstunde, bis er alle Seiten des dicken Buches zumindest oberflächlich betrachtet hatte. Seine Miene wurde immer dunkler, während Meyerhoffs Spannung wuchs.

Der Abt schaute den Prälaten an: »Es ist eine Fälschung.«

»Sicher? ... Sie wollen doch nur das Buch vor der Vernichtung retten. Oder etwa nicht?«

»Es ist eine Fälschung. Vielleicht eine gute Kopie«, wiederholte der Abt. »Das Buch hat keinen Wert.«

»Sind Sie wirklich sicher?«

»Ja, ohne Zweifel. Zugegebenermaßen ist es ein altes Buch. Es könnte zeitgleich mit dem Original extra zum Zwecke der Täuschung geschrieben worden sein.« Der Abt nahm einen Schluck Wasser. »Für Momente, wie diesen.«

»Ich bin nicht überzeugt.« Meyerhoff beugte sich über das Buch.

Raphael erläuterte: »Der Einband sollte je nach Himmelsfarbe auch die eigene Farbe wechseln und sich anpassen. Das tut er nicht. Er glänzt lediglich abgegriffen.«

»Kann es denn nicht sein, dass die Erzählungen von der Wechselfarbe nicht stimmen und man genau dieses Schimmern meinte?«

»Möglich. Ich glaube nicht. Ich halte die Überlieferungen für glaubhaft. Sie stammen aus anderen Hexenbüchern, die der La Mano de Dios ... leider ... vernichtete.«

Raphael schaute den Abt schweigend an, hin und her gerissen zwischen der Frage, ob der Abt richtig lag, oder ob er nur versuchte, das Buch für sich und seine Klosterbibliothek in den Griff zu bekommen.

Meyerhoff kochte innerlich vor Wut. Langsam erkannte er, dass er auf Siùna in eine bewusst gestellte Falle getappt war. ‚Das bedeutet, die Brut weiß, dass wir hinter ihnen her sind.‘

Raphael fuhr fort: »Einzelne Zeilen sollten erscheinen und wieder verschwinden. Stattdessen fehlen sie wohl ganz. Die Schrift bleibt, wie sie ist. Der Inhalt wechselt nicht.«

»Vermutlich nur, weil wir die Schrift nicht lesen können.« Meyerhoff schluckte enttäuscht seine Wut hinunter.

»Dem Buch fehlt die Magie«, fasste Raphael seine Untersuchung zusammen. »Dieses Buch hier zieht seinen Besitzer nicht in seinen Bann. Oder spüren Sie so etwas?«

Insgeheim musste Meyerhoff verneinen, obwohl er dies nicht wollte.

»Gertrud hatte seine Nähe doch auf der Burg gespürt und nur deshalb halten wir es in den Händen.« Meyerhoff wurde laut; fast hysterisch. Raphael musste ihn beruhigen, bevor andere von dem Gespräch etwas mitbekamen.

Raphael konnte auch dies erklären und fuhr ruhig fort: »Sehen Sie das Seidenpapier? Es ist ebenfalls alt. Vermutlich war das echte Buch in diesem Papier lange Zeit eingeschlagen. Die Aura des Buchs hatte wohl etwas abgefärbt. Dies hatte Ihre Gertrud gespürt. Wir machen einen Versuch. Sie verstecken das

Buch hier oben in der Vitrine und das Papier unten. Dann rufen wir Gertrud. Sie soll das Buch suchen.«

Es dauerte keine Minute, bis Gertrud mit dem Stück Seidenpapier, aber ohne Buch, mitten im Raum stand. Meyerhoff musste sich selbst eingestehen: »*Male parta, male dilabuntur.*[54]«

---

[54] *Wie gewonnen, so zerronnen. Wörtlich: Übel Erworbenes geht übel zu Ende.*

Uibhist a Deas (South Uist)

Beim Musiker

Lochboisdale, South Uist

Lochboisdale hatte dem Besucher nicht viel zu bieten. Der Ort bestand aus nur wenigen Häusern, und der Tourismus begann erst langsam, die Äußeren Hebriden zu erschließen. Die Überfahrt war vielen Urlaubern zu weit, während die Inneren Hebriden bereits touristisch überlaufen waren.

Im kleinen Sporthafen gab es etwa zwanzig Liegeplätze für Sportboote oder Segelyachten. Dazwischen lag nun die Solstice. Ansonsten legten die Fährboote aus Oban hier an. Fionn Napier war in der letzten Nacht fast die gleiche Route gefahren, die auch die Fährboote von Caledonian MacBrayne nahmen.

Die kleine Gesellschaft um Sir Bram im Laufe des Tages die weitere Reise nach Stornoway auf Lewis antreten. Hierzu waren zwei Wege möglich: Weitersegeln mit der Solstice oder mit dem Auto von Insel zu Insel fahren. South Uist und North Uist waren durch eine kurze Brücke miteinander verbunden. Lediglich von North Uist bedurfte es einen kurzen Fährhüpfer zum Hafen von Leverbourgh auf Harris. Die Strecke mit dem Auto, inklusive der Fährüberfahrt, sollte im Verlaufe des Tages zu bewältigen sein, während die Solstice erst am Folgetag im Hafen von Stornoway erwartet wurde.

Fionn war der Einzige, der wirklich zum Schlafen gekommen war. Das Meer sagte ihm, dass es nun ruhig bleiben würde. Als er bereits morgens, kurz nach sechs Uhr, sein Boot inspiziert hatte, war von den Unruhen der letzten Nacht nichts übriggeblieben. Die Sonne war wieder über einem friedlichen Meer aufgegangen. »Heuchlerin«, dachte Fionn und schaute über das Meer zur Sonne. Am Strand lag etwas mehr Treibgut als üblich. Die Boote hatten teilweise doppelte Taue und mehr Fender zum Schutz der Bootswände außenbords hängen. Die wenigen Bäume hatten einige Äste im Sturm verloren. Für die Hebriden war dieser Sturm einer wie viele andere. Für die Gesellschaft um Sir Bram war es ein Abenteuer mehr in ihrer langen Lebensgeschichte.

Die Solstice hatte den Sturm gut überstanden. Das gestern Nacht gehörte Knacken konnte keinem Schaden zugeordnet werden. Der Wassereinbruch war auf menschliches Versagen zurückzuführen. Das Wasser war mittlerweile aus dem Boot abgepumpt und das Boot wieder seeklar.

Nach und nach wachten Fionns Passagiere auf. Zuerst streckte Juna ihre feuchte Nase durch die Luke und wollte endlich an Land ihren Geschäften nachgehen. Fionn hob sie auf den Steg und versuchte sie zu überreden, ihm auf festen Grund zu folgen. Erst als Enya mit schlafschweren Augen und noch immer fahl im Gesicht auftauchte, ließ Juna sich nicht mehr länger bitten und folgte an Land.

»Wie war die Nacht?«, fragte Fionn rhetorisch. Er wusste, in welchem Zustand seine Passagiere sich befanden.

»Wenigstens fester Boden unter den Füßen.«

»War es so schlimm?«

»Schlimmer.«

Fionn saß am Bug und ließ die Beine über die Reling baumeln. Er war bleich, hielt die Augen geschlossen und schwitzte. Enya kam zu ihm und setzte sich direkt neben ihn. »Ist alles in Ordnung?«, fragte sie und legte ihre Hand auf seine Schulter.

Fionn antwortete nicht direkt. Er schien mit sich selbst und mit seiner Atmung beschäftigt zu sein. »Mir ist schummerig. Mein Kreislauf bricht gelegentlich nach einer kurzen Belastung immer mal wieder weg ...«

Enya hielt ihre Hand auf seiner Schulter. Fionn spürte einen nicht unerheblichen Energiefluss. »Das passiert manchmal, wenn ich nach einer Ruhephase sofort in eine Belastung reingehe. Ich kann es nur bedingt kontrollieren. Meistens versuche ich dann, die Belastung erst wieder zurückzunehmen.«

»Dann bleib erst einmal sitzen. Ich bleibe bei dir«, sagte Enya, ahnend, dass diese Aussage nicht nur diesen Augenblick betraf.

Annie, die recht fit wirkte, kam an Deck. »Huhu! Möchte jemand Frühstück? Es ist alles da.«

Fionn nickte.

Enya grummelte ein »Vielleicht.«

Annie verschwand wieder unter Deck.

Enya und Fionn blieben sitzen und ließen Annie zaubern. Bald roch es nach gebratenen Eiern und Speck.

Als Enya Fionn half, wieder aufzustehen, streifte sie seinen Körper erneut. Fionn lehnte sich für eine Sekunde an, weil das Boot wackelte. Oder weil er wackelte. Oder weil die Welt nicht ruhig stehen konnte. Für wenige Sekunden passten Fionn und die Solstice nicht zusammen.

Unter Deck saßen bereits Sir Bram und George am gedeckten Tisch. Annie wirbelte in der Pantryküche herum. Das gemeinsame Frühstück brachte wieder etwas Normalität an Bord.

Oban

Die beiden Mönche führten ihre Reise in ihrer Mönchstracht durch und saßen bereits im Frühstücksraum, als Gertrud eintraf.

»Sie teilen sich ein Zimmer?« fragte Bruder Ulrich nach einer kurzen Begrüßung. Raphael schaute interessiert zu Gertrud. Es sollte kein Verhör werden, aber gerade Bruder Ulrich war neugierig.

»Wir hatten keine andere Wahl. Der Prälat hatte sich bei der Buchung vertan, und dann stand nur noch ein Doppelzimmer zur Verfügung. Wir haben uns arrangiert, so gut es eben geht. Wir nutzen das Bad nacheinander. Erst ich, dann der Prälat.«

Wie von Gertrud vorhergesagt, erschien Meyerhoff nach etwa einer Viertelstunde im Frühstückszimmer des Hotels. Alle, mit Ausnahme von Bruder Ulrich, konnten sich gut mit dem schottischen Frühstück arrangieren. Er tappte hingegen in die Falle, in die jeder Schottlandurlauber in den ersten Tagen tappt: Haggis und Black Pudding.

Erst nach dem Frühstück und nachdem man sich gemeinsam ans Wasser zurückgezogen hatte, kam Meyerhoff zur Sache. »Wir haben lediglich eine Kopie des Buches.«

»Es tut mir leid. Ich hätte es merken müssen.« Gertrud war enttäuscht und fühlte sich schuldig.

»Sie trifft keine Schuld.« Der Abt erklärte die Situation mit dem Seidenpapier.

»Fakt ist, dass wir hier herumsitzen und noch immer kein Buch haben.« Der Prälat fasste die Situation zusammen. »Vermutlich ist es noch bei der Gesellschaft auf Siùna. Wir müssen also nochmals rüber.«

Meyerhoff legte das Tablet auf den Tisch und zeigte den beiden Mönchen die Ergebnisse der Überwachungskameras.

»Wir sehen hier die tägliche Routine auf der privaten Fähr-verbindung nach Siùna. Die Einzige, die seit unserem Zugriff die Insel verlassen hat, war die Köchin. Sie wurde jeweils von diesem Fährmann übergesetzt. Ansonsten haben wir nur Schafe und eine Schäferin gesehen.«

»Also wird das Buch noch auf der Insel sein«, folgerte der Abt.

»Ich befürchte, sie wollen auf dieser Insel einen neuen Coven gründen und treffen nun die Vorbereitungen. Die dortige Burg ist ideal gelegen und wohl im Besitz des alten Mannes. Der Zugang über das Meer ist kontrollierbar, und so weiter ... Eben ein idealer Ort.« Meyerhoff fokussierte sich immer intensiver auf die Insel Siùna.

»Wollen wir nicht mal ganz offen rüberfahren? Oder eher im Geheimen?«, fragte der Abt.

Man unterhielt sich lange über die Möglichkeiten. Letztend-lich entschied man sich für die Offensive. Man wollte gemein-sam den Feind besuchen. Raphael und Bruder Ulrich würden nun auch für eine Zeit lang ihre Kutten ablegen.

Meyerhoff fragte sich durch, bis er eine Telefonnummer für das Caisteal an Siùna bekommen hatte. Eine direkte Nummer für den Hausherren hatte er nicht herausfinden können. Statt-dessen erreichte er Iain.

»Dr. Meyerhoff. Guten Tag. Ich hätte gern den Hausherren gesprochen.«, meldete sich der Prälat.

»Der *Laird*[55] ist leider nicht zu sprechen«, entgegnete Iain knapp. »Worum geht es?«

---

[55] *Schottische Form von Lord*

»Wir recherchieren zu alten Burgen und ihren Besitzern hier an der Küste. Ich hätte gerne ein Gespräch mit dem Hausherren, … dem Laird … vereinbart.«

»Wie gesagt, er ist auf absehbare Zeit nicht zu sprechen. Vielleicht kann ich weiterhelfen. Ich verwalte das Anwesen und die Insel Siùna.«

»Es geht uns eher um das Verhältnis der Besitzer zu ihren Burgen. Sind sie Lust oder Last?«

»Ich kann Ihnen da nicht weiterhelfen. Wie gesagt, der Hausherr …«

»… ist nicht verfügbar.«

»Können Sie uns vielleicht in dieser Sache weiterhelfen? Sie kennen den Laird sicher gut.«

»Es tut mir leid. Ohne Erlaubnis des Laird of Siùna kann ich natürlich keine Auskünfte erteilen.«

Meyerhoff legte frustriert auf und schaute Raphael an. »Zumindest haben wir nun einen Namen. Und der ist so offensichtlich.«

Er nahm sein Handy heraus und gab als Suchbegriff „*Laird of Siùna*" ein, während die anderen ihm über die Schulter schauten. Die Einträge zum Suchbegriff waren dürftig. Meyerhoff konnte lediglich in Erfahrung bringen, dass ein Sir Abraham Scobie, Laird of Siùna, Eigentümer des Anwesens war. Der Clan Scobie of Siùna war wohl von niederem Landadel und wurde erstmalig vor der Schlacht von Culloden als Lehnsnehmer des Clan McKenzie erwähnt. Auf eine Familienchronik wurde verwiesen. Nur war diese nicht online aufrufbar.

»Vermutlich müssen wir nochmals in der Nacht rüber?«, meinte Meyerhoff.

»Und dann?«, fragte Gertrud. »Wie wollen wir durch das dicke Tor gelangen?«

Das Gespräch drehte sich noch eine Zeit lang im Kreis, ohne dass man einer Lösung näherkam.

»Und wenn wir wieder am Tag eindringen? So wie letztens?«, warf Meyerhoff in die Runde.

»Was wollen wir eigentlich in der Burg?«, mischte sich Bruder Ulrich ein. »Wollen wir den Burgherren entführen? Oder Frau Ansbach umbringen? Oder nur alle zusammen ein zweites Mal das Buch suchen?«

Man schaute sich ratlos an. Was wollte man eigentlich auf Siùna erreichen? Schließlich entschloss sich Meyerhoff nochmals anzurufen. »Ich habe da noch eine Idee.«

Die Gruppe der Mönche und die Haushälterin hörten aufmerksam zu. Man war neugierig und wollte wissen, worauf Meyerhoff hinauswollte.

»Ich bin es nochmals.«

»Ja. Das höre ich«, entgegnete Iain leicht genervt.

»Sie sagten ja bereits, dass der Hausherr nicht anwesend ist. Aber unsere Recherche für die deutsche Ausgabe des Witchcraft Magazins wollte eine Übersicht über die letzten von uns selbstgenutzten Burgen in Europa fortsetzen.« Meyerhoff betonte die Worte „von uns" und hoffte, so eine Türe zu wieteren Informationen öffnen zu können.

Es blieb eine Zeit ruhig. Iain schien längere Zeit zu überlegen, bis er dann meinte: »Es tut mir wirklich leid. Der Hausherr weilt mit seiner Gesellschaft auf den Hebriden.«

»Können Sie mir sagen, wie ich ihn erreichen kann?«

Langsam realisierte Iain, dass er vermutlich schon zu viel verraten hatte. »Leider nein. Diese Information kann ich nicht weitergeben.«

❧ ❧ ❧

Nach Norden?

Lochboisdale

Die Zeit des Aufbruchs war gekommen. Sir Bram führte verschiedene Telefonate, nachdem man sich entschieden hatte, auf welche Art und Weise man weiter nach Stornoway gelangen wollte. Er würde in den kommenden Stunden von der Frau eines bekannten Musikers von der Insel South Uist abgeholt werden. Die Frau des Musikers war gerade in der Nähe, um ein Pferd für ihr Gestüt zu kaufen. Hierzu benötigte sie noch einige Zeit. Danach würde sie zum Hafen kommen. George würde seinen Herrn natürlich begleiten.

Fionn bereitete die Solstice vor, um in den kommenden Stunden wieder auszulaufen. Für den Seeweg nach Stornoway war der Tag zu kurz. Entweder müsste man erneut eine Nacht durchsegeln oder einen Hafen anlaufen und am kommenden Montag die Fahrt fortsetzen.

Enya überlegte lange, ob sie lieber mit Sir Bram fahren wollte oder nochmals eine Zeit auf einem wackeligen Boot verbringen konnte. Immerhin war eine Schiffsreise für Juna nicht einfach.

»Wir können rechtzeitig vor der Dämmerung einen Hafen anlaufen. Dann könnte Juna nochmals ausgiebig auf festem Grund laufen. Es gibt unterwegs mindestens drei Häfen, die wir anlaufen können: Lochmaddy, Leverburgh und Tarbert.« Fionn erläuterte den weiteren Weg entlang der Küsten.

»Ich schlage vor, ihr segelt zunächst bis Lochmaddy. Wir könnten dort wieder zusammentreffen und den Musiker besuchen«, mischte sich Sir Bram ein und setzte wohl schon voraus, dass Enya lieber mit Fionn segeln würde. Dann segelt ihr am Montag weiter. Wie wäre das?«

»Das können wir so machen«, meinte Fionn. Der Wind ist abgeflaut. Ich kann nicht sagen, wie spät wir ankommen werden. Wir laufen dann Lochmaddy an. Wer kommt mit?«

»Juna und ich. Aber zunächst laufe ich noch eine kurze Runde mit der Fellnase.«

»Dann bin ich auch mit dabei«, ergänzte Annie. »Brauchen wir noch irgendetwas? Getränke? Lebensmittel?«

»Noch haben wir alles an Bord.«

Eine halbe Stunde später verließ die Solstice den Hafen und nahm Nordkurs auf.

Oban

Die Mitglieder des Ordens kamen nicht weiter. Man entschloss sich zu einem Spaziergang am Wasser entlang, um in der Seeluft neue Gedanken zu fassen. Gegen Mittag hielt man Ausschau nach einem Restaurant und lief Richtung Hafen. Seafood-Restaurants gab es genug, aber weder Gertrud noch Bruder Ulrich hatten Lust auf Meeresgetier. Nachdem man Passanten nach einem guten Restaurant gefragt hatte, fand man in der Aird's Cress eine traditionelle Bar mit Mittagessen.

»Wie wäre es hier?«, fragte Raphael.

Nach kurzer Diskussion stimmten die anderen zu. Es war wenig los, hauptsächlich Einheimische. Das Lokal hatte Flair und eine endlose Reihe von Whiskys hinter der Bar. Man trank Kaffee und Wasser und bestellte eine Kleinigkeit zu Essen.

Bruder Ulrich und Meyerhoff probierten Fish ‚n' Chips. Gertrud nahm einen Caesars Salad, und der Abt überbackenen Schinkentoast.

Fish ,n' Chips wurden in Zeitungspapier serviert, ohne Teller. Dazu gab es Remoulade, Erbsenpüree und eine Zitronenscheibe. Gertruds Salat hingegen schwamm im Wasser.

»Muss das so in England sein?«, fragte Gertrud.

»Schottland«, korrigierte Meyerhoff.

Ulrich schaute sich den Salat näher an. »Als Koch kann ich das verneinen. Der Salat muss kein Schwimmerabzeichen machen.« Er goss das überschüssige Wasser in seine Kaffeetasse. »Das ist kein Dressing. Das ist Wasser.«

Trotz seiner detektivischen Fähigkeiten konnte er die Kapern und den Schinken im Salat nicht finden. Er rief die Kellnerin. »Wo sind die Kapern und der Schinken?«

Die Kellnerin meinte: »*Capers and ham are all in the sauce.*«

»Na bravo! Alles im Dressing«, übersetzte Ulrich und kippte den Inhalt der Tasse in den Blumenkübel. »Möge hier ein Kapernstrauch wachsen.« Auch wenn Bruder Ulrich ein anderes Gericht aß, konnte er sich immer weniger mit der schottischen Küche anfreunden.

Gertrud begann ihren Salat zu essen. Zum Glück konnte sie sich bei den Chips der Mönche bedienen. Zumindest war der Fisch genießbar und das Schinkensandwich schmeckte nach Schinken.

Nach weiteren Kaffees und Gin kam man wieder zur Sache.

»Wie kommen wir an das Buch?«, fragte Meyerhoff.

»Gibt es weitere Beobachtungen von der Insel?«, wollte der Abt wissen.

»Lediglich der Fährmann, eine Frau, die Schafe hütet, und das junge Mädchen, das täglich abgeholt wird. Sonst haben wir niemanden gesehen. Seit zwei Tagen keine Spur von Frau Ansbach, der anderen Frau oder dem Hausherrn.«

»Wir sollten in Betracht ziehen, dass der Hausherr und seine Begleiter auf die Hebriden aufgebrochen sind«, meinte Raphael.

»Und wie soll das geschehen sein? Auf Hexenbesen vielleicht?«

»Vielleicht gibt es noch andere Wege, die Insel zu verlassen. Die Küstenlinie ist lang.«

Gertrud mischte sich ein: »Herr Prälat, Sie haben doch diese Hexenkarten fotografiert ...«

Der Abt schaute den Prälaten fragend an.

»Oh ja. Wir haben historische Karten bei unserem Besuch auf Siùna gesehen, die Markierungen zeigen. Wir wollten diese noch hinterfragen.«

Meyerhoff zog sein Handy aus der Tasche und zeigt dem Abt die Fotos. Beim Heranzoomen konnte man viele Markierungen erkennen.

»Gibt es als Referenz eine Karte aus Deutschland?«, fragte der Abt.

»Ja, in den Grenzen von 1914.«

Raphael betrachtete das Foto. »Hier. Unser Kloster Maria Hilf ist in Rot eingetragen. Und auch die sonstigen Niederlassungen des La Mano de Dios. Sehen Sie hier: In Blau der Ort, wo wir den deutschen Hexencoven ausgehoben haben: die Burg Veynau.«

Meyerhoff schaute interessiert zu. »Schauen wir uns nun eine Schottlandkarte an.«

Meyerhoff durchsuchte die Fotos. »Hier ist eine Großbritannienkarte mit entsprechenden Markierungen.«

Er zoomte auf die Hebriden. »Hier ist unsere geheime Niederlassung des Ordens auf der Insel Eriskay in Rot zu sehen. Und ich dachte, wir hätten die Niederlassung perfekt getarnt.«

Er hielt inne. »Es gibt zwei Markierungen in Blau. Eine auf South Uist und eine auf Lewis.«

»Ich schlage vor«, meinte Meyerhoff ernst, »wir brechen nach Eriskay auf und holen uns dort die notwendige Unterstützung.«

An Bord

Der Tag auf See verlief ruhig und entspannend. Im Gegensatz zur stürmischen Überfahrt der letzten Nacht war der Sonntag auf See ruhig. Die Solstice hatte volle Segel gesetzt, kam aber nur langsam voran. Der Wind blies stetig aus westlicher Richtung und musste über die Inselkette hinweg, bevor er die Solstice erreichte.

»Das Meer macht vor den Hebriden, was es will. Heute ist es brav. Zu brav«, meinte Fionn. Nach seiner Meinung hätte es mehr Wind sein dürfen.

»Man kann es dir auch nie recht machen. Was hätten wir gemacht, wenn wir im Sturm der vergangenen Nacht die Segel hätten einholen müssen?«

»Wenn wir die Segel hätten streichen müssen«, korrigierte Fionn, »wären wir nur mit Motorkraft weitergefahren.«

»Und was ist schneller? Segeln oder der Motor? Oder beides?«

»Du stellst viele Fragen«, lachte Fionn. »Die Solstice ist mit Segel schneller als mit dem Motor. Der ist nur für Notfälle, zum Unterstützen bei Flaute oder zum Manövrieren im Hafen gedacht.«

Enya nickte. Die heutige Segelpartie kam ihr wie Urlaub vor. Juna lag im Heck an Deck und genoss die Sonne. Sie durfte nicht nach vorne aufs Vordeck, solange man auf See war, da es für den Hund zu gefährlich war.

‚Es gibt sie doch, diese ruhigen Tage, wie zuletzt beim Runrig-Konzert‘, dachte Enya und räkelte sich auf den Polstern. Das Ufer war gerade noch in Sichtweite, ein schmaler, sonnenbeschienener Streifen im Westen. Auf Backbordseite.

Es waren kaum Wolken am Himmel. Liath, die Farbe des Himmels, war heute ein helles Blau. Enya genoss die Wärme der Sonnenstrahlen auf ihrer Haut, fühlte sich durchflutet von der Wärme. Das Licht erschien ihr zu hell, also setzte sie ihre dunkle Sonnenbrille auf.

Annie lag in Shorts und einem pinken Spaghettiträger-Top, das ihren hellblauen BH nur dürftig abdeckte, in der Sonne auf dem Vordeck. Enya leistete ihr Gesellschaft.

»Zieh dir doch etwas Leichtes an. Es ist so schön warm«, meinte Annie.

Enya trug Jeans und ein einfaches, zerknittertes schwarzes T-Shirt aus ihrem Koffer und war barfuß. »Meine Sommerkleidung ist irgendwo in den Koffern und Taschen.« Sie schaute Annie an und die Farbkombination von Top und BH schmerzten ihren Augen. Das war eben Annie: unkonventionell und geradeheraus.

Fionn kam nach vorne und brachte einen Teller frisch gebackene Pizza zu den Frauen. Die Pizza war bereits mundgerecht aufgeschnitten. »Ich dachte, ihr müsst hungrig sein«, sagte er und ließ den Teller bei den Frauen, bevor er sich wieder in den Steuerstand zurückzog.

»Oh, ich liebe Kapern«, freute sich Enya. »Und Anchovis.«

»So wie ein Caesars Salad. Nur ohne Salat und Dressing. Dafür mit Pizza und Tomatensoße«, sagte Annie entwaffnend logisch.

»Und heiß.«

Nach und nach verschwanden die Pizzastücke.

Annie drehte sich zu Enya und leckte plötzlich ihre Finger ab. »Die waren schmutzig«, entschuldigte sie sich grinsend und ließ Enyas Finger langsam wieder los.

Enya lachte über die Ausrede.

Annie öffnete den Knopf an Enyas Jeans. »Die Pizza braucht Luft zum Atmen.« Annie fiel kein besserer Kommentar ein. Enya blieb ruhig.

Fionn stand am Ruder und beobachtete mit Neugierde die Szene, die sich vor ihm auf den Polstern abspielte.

»Du spürst die Sonne?«

Enya nickte.

»Du siehst grelles Licht?«

Enya nickte erneut. »Zu grell.«

»Das, was du nun spürst, ist der Beginn der Sensibilisierung für eine neue Welt.«, meinte Annie.

»Die Wärme ist so intensiv.«

»Deine Sinne öffnen sich für eine andere Art der Wahrnehmung. Du hast es schon mal am Loch Lomond erfahren können. Das war erst der Anfang.«

»Das waren die *Kräuter* am See.«

»Teils. Teils. Diesmal geschieht es aus dir selbst heraus. Das Räucherwerk unterstützt ein wenig.« Dies war nur zum Teil richtig; die Kräuter steuern im nicht unerheblichen Maße die Bewusstseinserweiterung.

»Hast du mir vorher irgendwelche Drogen gegeben? Irgendeinen Trank?«

»Naw!« Annie verneinte.

»Kann ich eine Paracetamol bekommen? Oder besser zwei? Vielleicht auch gleich drei?« Enya hielt die Augen geschlossen. »Die Farben sind wieder so intensiv. So grell. Sie tun weh.«

Mittlerweile war auch der Reißverschluss ihrer Jeans offen. Annie streichelte den schmalen Streifen Haut zwischen dem Bund der Jeans und Enyas T-Shirt. Es fühlte sich gut an.

»Zu viele Fragen auf einmal.« Annie wich den Fragen aus. Wie hätte sie erklären sollen, dass auch ihr Parfum nicht unwesentlich zur Situation beitrug und bewusst auf die Situation abgestimmt war. Noch würde Enya es nicht verstehen. So antwortete sie lediglich: »Nein. Da helfen keine Schmerzmittel. Du nimmst deine Umgebung wieder deutlicher wahr als sonst.«

Enya atmete viel kontrollierter. Die Luft strich langsamer an ihren Nasenschleimhäuten vorbei. Die Nerven lieferten Höchstleistungen ab und transportierten die Codes der Gerüche in das Hirn. In Enyas Kopf hämmerte es immer mehr. Auch alle anderen Nerven gaben ihre Informationen ebenso pflichtgemäß ab. Das Gehirn begann zu selektieren. ‚Welche Sinne brauche ich aktuell? Was kann ich verdrängen?‘ Es fühlte sich an, als ob ihre Synapsen mit einem Handgranatenwurfstand vernetzt waren. Aus jeder Richtung wurden sie befeuert.

»Nun lass das unsinnige Gefasel vom *deutlicher spüren*. Ich habe Kopfschmerzen.«

Annie nahm ihre Hand von Enyas Bauch und schaute die Freundin an.

»Deine Hand kann ruhig bleiben. Das fühlt sich so gut an.«

Annie begann erneut mit leichtem Streicheln über Enyas Bauchdecke. Diese Gefühle waren akzeptiert.

Enya ließ sich auf die Polster zurückfallen, atmete einmal tief durch, weil sie sich den Kopfschmerzen ergab und versteckte ihre Augen hinter ihren Händen. Sie versuchte, sich auf Annies Hand zu konzentrieren.

Fionn versuchte zwischenzeitlich den Kurs der Solstice so anzupassen, dass sie möglichst sacht über die Wellen glitt. Es gelang ihm, dass lediglich ein sanftes Schaukeln wahrzunehmen war.

‚Es tut gut, berührt zu werden‘, dachte Enya.

»Aye. Berührungen tun gut«, antwortete Annie.

»Ich habe das doch nicht ausgesprochen. Oder etwa doch?« Enya war verwirrt.

»Das ist richtig«, meine Annie. »Nicht alles muss ausgesprochen werden.«

Enya runzelte die Stirn. ‚Schon wieder eine Reaktion auf etwas Unausgesprochenes. Langsam wird mir das unheimlich.‘

»Es muss dir nicht unheimlich sein.«

Es waren wieder zu viele Eindrücke, die sich gleichzeitig auf Enya stürzten. Sie fühlte den *Information Overflow*.

Annie spielte mit Enyas Bauchnabelpiercing. Ein kleiner undefinierter Stein in einer Goldfassung

»Das geht auch anders«, meinte Annie. »Gib mir mal deine Sonnenbrille.«

Enya schüttelte leicht den Kopf. Dies sollte „Nein" bedeuten.

»Na, mach schon!«

Enya gab Annie ihre Sonnenbrille und kniff die Augen fest zusammen. Annie kniete über Enya, ergriff den Rand des T-Shirts und zog es soweit hoch, dass Enyas Kopf unter dem schwarzen Stoff verschwand und das Shirt doppelt gefaltet Enyas Kopf bedeckte. Die Reizüberflutung der Augen ließ nach. Andere Sinne waren nun eher gefordert. Gleichzeitig erschienen Enyas Brüste in einem schmucklosen, einfachen, aber sicher sehr teurem schwarzen BH.

»Welcome aboard, *braw[56]*«, begrüßte Annie die beiden Brüste an Bord der Solstice.

Vom schwarzen Stoff bedeckt, fühlte sich Enya wohler. Die Sonne brannte nicht mehr so sehr. Zugleich spürte sie Wärme auf ihrem Bauch. Unterstützt von den langsam kreisenden Bewegungen Annies Finger kehrte wieder so etwas wie Ruhe ein.

---

[56] *Braw: beautiful oder sehr schön*

»Was ist geschehen?«, fragte sie, ohne jedoch wirklich eine Antwort zu erwarten.

Dennoch begann Annie: »Lass es mich so erklären ...«. Sie versuchte, auch in das Gespräch wieder ein wenig Ruhe zu bringen. »Irgendwie ist es eine Art Hochzeit ...«

»Du willst mich heiraten?«

»Mince[57]! Du vermählst dich mit deinen eigenen Sinnen. Ihr findet wieder zusammen.«

»Ich verstehe das nicht unbedingt.«

»Ich wollte dir nur symbolisch klar machen, was geschehen ist.«

»Also doch!«

»Naw! Du solltest dir nur klar machen, dass du eine Verbindung mit den fünf Elementen eingegangen bist. Es sind Feuer, Wasser, Wind, die Erde und auch der Geist. Du bist Eins mit den Elementen geworden.«

Enya hielt in ihrer Verwirrung inne. »Wasser kann ich mir vorstellen: wir segeln. Feuer auch. Das ist die Sonne. Den Wind spüre ich. Aber die Erde? Und erst recht der Geist? Verstehe ich nicht.«

»Der Geist umfasst unser Wissen, unsere Spiritualität, unser Fühlen. Es ist ein nicht fassbares Element.«

Ärger und Verwirrung wechselten sich in Wellen ab. Manchmal überschlugen sich die Wellen, bildeten Kreuzwellen. Wie gestern im Sound of Mull. Sie schaukelten sich auf und sie überfluten die Bordwand ihres Verstehens.

»Es sind symbolische Bilder. Die fünf Elemente werden eins mit dir. Sie werden in einem Pentagramm dargestellt. Es ist eine Wandlung.«

---

[57] *Mince: Unsinn*

»Vielleicht wie in der katholischen Kirche ...? Die sagen auch immer, die Handlung – ach Wandlung – hat einen symbolischen Sinn. Wasser zu Wein, oder so ... Brot zu Fisch oder Fleisch ... Sag mal, welcher Kirche gehörst du überhaupt an? Irgendeine Naturreligion? Voodoo ...? Erkläre, was du gemacht hast ...«

»Alles was wir tun, hat nichts mit *Kirche* zu tun. Es geschieht aus uns selbst. *Wir* sind die Kraft. *Wir* sind unsere eigene Kirche. *Du* bist deine Kirche.«

»Und was geschieht nun mit mir? Oder ... was meinst du, sollte nun geschehen?«

»Du wirst aufmerksamer. Deine Sinne schärfen sich. Das weißt du bereits. Neu ist, dass du lernst, deinen sechsten Sinn zu nutzen, um das Verborgene zu erkennen. Hierzu benötigst du den Einklang mit den Elementen.«

Langsam kehrte ein wenig Ruhe ein. Ein wenig. Innerlich war Enya aufgewühlt. Es fehlte ihr an Kraft, gegen die Kopfschmerzen anzukämpfen. Noch immer spürte sie dieses hämmernde Pochen unter ihrer Schädeldecke. Nur war es nicht mehr so penetrant. Ob es nachließ, oder sie sich dran gewöhnt hatte, konnte sie nicht sagen. Sie spürte nur, dass der Schlagbohrer in ihrem Kopf nun einem Hammer und Meißel seinen Platz überlassen hatte.

Fionn hatte seinen Platz im Steuerstand der Solstice verlassen. Der Autopilot steuerte das Boot zuverlässig. Eine der vielen technischen Spielereien aus seiner Tüftlerwerkstatt. Er hatte sich diesen Autopiloten für Segelboote, der zugleich die Segel bedienen kann, patentieren lassen und war zu Recht stolz auf diese Leistung. Der Seemann und Physiker hatte sich zu den Frauen auf das Vordeck gesellt. »Eine Hexe ist eine besondere Lebensform: ein Mensch mit einer Beziehung zu den fünf Elementen. Wenn diese Symbiose gelingt, kann man so lange leben, wie es die Elemente gibt. Man ist ein Teil dieses ewigen Lebens ... wenn man mag.«

Fionn beugte sich nahe an Enyas Gesicht und flüsterte durch das T-Shirt: »Du wirst nicht mehr altern, wenn du den Übergang geschafft hast. Feuer altert nicht. Die Luft wird nicht älter. Die Erde hat Bestand und das Wasser sowieso. Du wirst immer fünfunddreißig bleiben.«

»Ich bin bereits siebenundvierzig.«

»Man sieht es dir nicht an«, mischte sich Annie ein.

»So kann man es sehen.« Annie musste lachen.

Während Annie erklärte, führten ihre Hände ein Eigenleben und zeichneten die Linien von Enyas BH-Träger nach. Fionn lag auf der anderen Seite von Enya und begann seinerseits mit Enyas Piercing zu spielen. Dabei beobachtete Fionn Annie, wie sie Linien über Enyas Bauch zog.

Enya sah wenig. Noch immer war ihr Gesicht vom T-Shirt bedeckt. Die beginnende Gänsehaut und das Aufbäumen sprachen für sich.

»Wie lange dauert das Ganze?«, fragte Enya durch den T-Shirt-Stoff.

»Ich nehme an, du meinst die Sensibilisierung. Normalerweise zwischen einer Woche und zwei Monaten; je nach Konstitution des Betroffenen. Und sie wirkt ein langes, langes Leben lang. In dieser Phase wird die neue Hexe – oder der Hexer – ständig begleitet. Die Sensibilisierung verläuft verschieden schnell und verschieden heftig. Menschen sind eben sehr verschieden«, erklärte Fionn.

»Wenn du von Phasen sprichst, schließe ich daraus, dass es mehrere geben muss. Liege ich richtig?«

»Ja. Der körperliche Prozess ist nach der Sensibilisierung abgeschlossen. Es folgt die Phase des Lernens. Diese wird ein ewiges Leben andauern. Dazwischen wirst du beginnen, aus dem Buche Liath zu lesen. Alles wichtige wird dir das Buch erklären, wenn die Zeit dazu gekommen ist. Du wirst mehr und mehr auf den Seiten erkennen können. Alles zu seiner Zeit.«

Enyas Gedanken schweiften langsam wieder ab. Das war genügend Hexenwissen für einen noch jungen Tag, der noch nicht mit einem Gin begrüßt werden konnte. »Kann ich jetzt eine Paracetamol oder einen Gin bekommen?«, fragte Enya. »Oder beides. In einem Glas?«

Fionn verschwand für einen kurzen Augenblick. Annie streifte Enya zwischenzeitlich wie beiläufig die Träger des BHs von den Schultern. Sie zog die Körbchen gleich mit runter. Die feuchtwarme Meeresluft streifte über Enyas Nippel und ließen sie sofort erhärten.

Fionn kam mit einem Wasserglas zurück. Es war halbvoll mit einer glasklaren Flüssigkeit. Zunächst steckte er einen Finger in das Glas und befeuchtete Enyas Brüste. Gänsehaut breitete sich aus. Dann nahm Fionn das T-Shirt von Enyas Gesicht und flößte ihr die Flüssigkeit ein. »Gin mit Ibuprofen. Paracetamol war aus.«

Enya trank das Glas in einem Zug aus. Anschließend bedeckte Fionn ihr wieder das Gesicht mit ihrem T-Shirt. Sie sollte nur fühlen. Nicht sehen.

»Die Auswirkungen der Sensibilisierung sind vielfältig und nicht ausschließlich auf die Sinne beschränkt. Sie beeinflusst uns und unsere animalischen Triebe.«

Fionn glitt an Enya hinunter und mühte sich ab, sie aus ihrer engen Jeans zu schälen. Enya ließ es geschehen, half aber nicht viel mit. Mit einigen Mühen gelangte es Fionn, ihre schönen Beine zu entblößen. Annie spielte mittlerweile mit Enya Brüsten und liebkoste sie mit ihren Lippen. Sie knabberte an den Nippeln.

Enyas schwerer Atem war zu hören. Sie zitterte, aber es war ihr nicht kalt.

Fionn erhob sich und legte seine Shorts und sein Shirt beiseite. Nackt kniete er vor Enya und streifte ihr auch den Slip ab. Nun lag sie verletzlich, nur noch mit heruntergezogenem BH und dem T-Shirt über den Kopf, auf dem Bootsdeck.

Fionn schaute zu Annie hinüber: »Zieh dich auch aus. Ich möchte euch beide. Jetzt!«

Es schien, als hätte Annie nur auf diese Ansage gewartet. Sie entledigte sich ihres Tops, ließ den BH an. Annie stand über Enya. Enya spürte den Schatten. Annie trug Shorts, die schnell fielen. Der Rubin in Annies Triskele reflektierte die Sonne und warf wirre Muster auf Enyas Haut.

»Genug von dieser Sensibilisierung. Lass uns Spaß haben.«, flüsterte Annie fordernd.

Glasgow

Gegen Mittag checkten Meyerhoff, die Mönche und Gertrud aus dem Seafront Guest House aus und fuhren nach Glasgow zum Flughafen. Man hatte es tatsächlich geschafft, vier Plätze in der kleinen Maschine zu buchen, die nach Barra flog. Von dort aus war es nur noch ein Katzensprung zur Nachbarinsel Eriskay. Die kleine Insel bot eine gute Ausgangslage für weitere Aktivitäten. Auf Eriskay gab es einen Stützpunkt des La Mano de Dios. Dort würde man die nächste Nacht verbringen und die weiteren Schritte planen.

Bruder Ulrich hatte keine Ahnung, was ihn erwarten würde. In Glasgow angekommen, war er der Meinung, in eine große Maschine mit vielleicht hundert bis zweihundert Passagieren einzusteigen. Stattdessen stand ein kleines Grüppchen von zwölf Personen am Schalter von Loganair. Ulrich schaute sich um. »Sind wir richtig? Warum sind wir fast allein? Da bleiben wohl fast alle Plätze im Flieger leer. Da lohnt sich Fliegen doch nicht.«

Die Stewardess am Schalter hatte die Frage mitbekommen. »Es werden nicht mehr Passagiere. Unser Flugzeug ist nicht viel größer.«

Während der Abt und der Prälat sich angeregt unterhielten und Gertrud sich neugierig umsah, verlor Ulrich langsam die Farbe aus dem Gesicht. ‚Nicht mehr Passagiere? Nur eine kleine Maschine?' Er hatte Angst vor nichts; noch nicht einmal vor dem Tod. Es gab eine Ausnahme: Er hatte Angst vor dem Fliegen. Nun sah er sich mit einem winzigen Flugzeug auf dem Rollfeld konfrontiert. Ulrich zählte erneut die Anzahl der Passagiere. Es blieben zwölf! Am liebsten hätte er die Fähre nach Barra genommen. Oder direkt nach Eriskay, wenn es so eine Verbindung gegeben hätte.

»Können wir nicht ein Boot mieten?«

»Nein!«, entgegnete Meyerhoff knapp.

»Und wenn ihr schon einmal vorweg fliegt und ich mit der Fähre später nachkomme?«

»Nein.«

Ein kleiner Bus brachte die Fluggäste auf das Flugfeld zu einem zweimotorigen Hochdecker, einer Twin Otter.

»Und wenn …«

»Nein. Und nochmals nein. Wir fliegen jetzt.«

Lachend stiegen die Passagiere ein. Bruder Ulrich zählte erneut durch. ‚Noch immer zwölf!' Ulrich war der letzte in der Reihe. Noch immer spielte er mit dem Gedanken, umzudrehen. Er suchte nach Ausreden. Niemand konnte ihn zwingen, in diese Teufelsmaschine zu steigen. Kein gutes Zureden. Keine Aussicht auf ein leckeres selbstgekochtes Abendessen auf Eriskay. ‚Leckeres Essen in Schottland?' Bruder Ulrich rümpfte die Nase. Die Stewardess vom Check-in-Schalter war auch hier anwesend und würde den Flug begleiten. Sie stieg nach den Passagieren ein. Bruder Ulrich sah sie in Gedanken mit kleinen roten Teufelshörnern, Hufen und einem gezackten Schwanz. Bei jedem Wort ihrer Sicherheitserläuterungen züngelten kleine Flammen aus ihren Mundwinkeln.

»Dreizehn«, grummelte Ulrich. »Mit ihr sind es dreizehn.«

Der Abt bemerkte das Grummeln und schaute sich zu Bruder Ulrich um. »Ist alles in Ordnung?«

»Nichts ist in Ordnung. Es sind dreizehn Passagiere an Bord der Höllenmaschine.«

»Ulrich, du warst nie abergläubisch. Oder doch?«

»Manchmal. Etwas Gras täte jetzt gut.«

»Beruhige dich. Mit den beiden Pilotinnen sind fünfzehn Menschen an Bord.« Abt Raphael wollte seinen Klosterbruder beruhigen und von der Zahl Dreizehn ablenken. Er erreichte das Gegenteil.

»Pilotinnen? Frauen fliegen diese Blechdose?«

Ob es nun dreizehn oder fünfzehn waren, spielte für Ulrich nun keine Rolle mehr. Frauen als Pilotinnen gaben ihm gedanklich den Todesstoß. »Zuerst das Frauenwahlrecht, dann den Führerschein, unbegleitetes Fahren und nun dürfen die auch noch fliegen.«

Als die beiden Propeller der kleinen Maschine begannen, sich immer schneller zu drehen, hatte Ulrich das Gefühl, dass sich sein Magen in gleicher Geschwindigkeit mitdrehen wollte. Immer schneller. Immer schneller. Er suchte nach den berüchtigten Spucktüten.

Die Kopfschmerzen ließen langsam nach. Enya saß mit dem Rücken an den Mast gelehnt und schaute über die Wellen in die Ferne. Ihre Augen kannten kein Ziel. Introvertiert suchte sie fern am Horizont sich selbst. Sie trug lediglich ihr schwarzes T-Shirt am Körper. Es war noch immer nass von Speichel, Schweiß und Gin. Sie bemerkte es nicht. Oder sie ignorierte es. Ansonsten war sie nackt. Die Sonne brannte nicht mehr stark, gab aber noch immer genügend Wärme, um sich nicht weiter anziehen zu müssen. Sie versuchte Gedanken zu entflechten. Da war der Sex zu Dritt. Zum ersten Mal hatte sie diese Erfahrung und es genossen. Aber da waren auch die Gespräche, die zwischendurch geführt wurden. Gespräche über die fünf Elemente, obwohl es nur vier sein sollten.

Die geschärften Sinne. Sind es fünf? Oder sechs? Enya kam ganz durcheinander. Die Zahlen verfolgten sie. Die Welt erweiterte sich, schien eine zusätzliche Dimension zu haben, von der sie bisher keine Ahnung hatte. Enya war auf dem Weg, diese Dimension zu akzeptieren und ein Teil davon zu werden. Sie tauchte in eine Zwischenwelt ein.

Annie und Fionn schienen verschwunden, aber das war natürlich nicht so. Fionn kümmerte sich um die Solstice, Annie um Juna und die Küche.

Fünf Elemente? Enya akzeptierte den Geist als fünftes Element.

Und die Sinne? Enya versuchte, sich einen Überblick zu verschaffen, was sie glaubte und was sie glauben sollte.

Sehen

Enya reagierte empfindlicher auf Helligkeit. Manchmal tat es sogar weh. Sie nahm Farben anders wahr. Aus Pastelltönen wurden kräftige Farben, selbst zarte Farben explodierten in ihrem Hirn. Sie sah Farben jenseits des sichtbaren Spektrums, die Wärme oder Kälte transportierten. Sie begann, Farben zu fühlen.

Hören

Enya hatte diesem Sinn weniger Aufmerksamkeit gewidmet. Nun lehnte sie am Mast des Bootes, schloss die Augen und konzentrierte sich auf die Möwen. Konnte sie die Wellen hören? Zunächst hörte sie, wie der Wind an den Segeln vorbeistrich. Kleinere Wellen schlugen gegen den Rumpf des Bootes, manchmal klang es wie Hammerschläge. Ein leises Plätschern wurde zu einem Hammerwerk. Eine Möwe flog über sie hinweg, der Flügelschlag klang laut. Annie summte eine unbekannte Melodie im Salon des Bootes. Enya hörte Obertöne und Dissonanzen, die ihr vorher fremd waren. Es hatte nicht nur positive Seiten, mehr zu hören. Vielleicht wurde van Beethoven taub, weil er hörte, wie schlecht seine Musiker spielten. Enya begann das Hören neu zu entdecken.

Fühlen

Das Fühlen wurde viel intensiver. Sie hatte an diesem Morgen zwei Menschen auf eine Art und Weise gespürt, wie sie noch nie zuvor fremde Haut erlebt hatte. Kleinste Berührungen potenzierten sich. Gänsehaut und Orgasmen kamen als Reaktion. Auf was eigentlich? Was spürte sie eigentlich?

Riechen

Annie hatte ihr gezeigt, dass sie mehr riechen konnte. Annie spielte mit Gerüchen wie auf einem Klavier.

Enya roch Duftnuancen, die sie zuvor nie wahrgenommen hatte, und verspürte bei manchen Gerüchen Wirkungen, die ihr unbekannt waren. Gerüche kombinierte sie mit Situationen. Wie sah es mit den unangenehmen Gerüchen aus? Enya wusste dies noch nicht. Sie erkannte, dass ihr noch viele Erfahrungen bevorstanden.

Schmecken

Da war der Gin. Er hatte so viele Facetten bekommen. Enya wusste sofort, dass er nicht nur mit Wacholder gewürzt wurde. Es musste ein besonderer Gin gewesen sein. Sie hatte zudem Ingwer auf der Zunge und eine Note von schwarzem Pfeffer wahrgenommen. Es stimmte. Sie schmeckte die Dinge anders als noch vor einer Woche. Da wäre es noch ein simpler Weizenbrand mit Wacholdergeschmack gewesen.

Die hellen Sinne

Annie sagte: „Man kann über die Sinne hinausgehen." Empathie geht über das hinaus, was man sieht, hört, fühlt, schmeckt oder riecht. Es gibt hellere Sinne im Leben. Das Leben erweiterte sich.

Enya wurde sich langsam klar, was alles anders war. Alles.

Sie schaute weiterhin unbestimmt nach vorne, als sie etwas an ihrem Hals spürte. Sie griff an die Stelle, an der sie meinte, etwas gespürt zu haben. Es waren Annies Hände. Aber sie lagen nicht auf der Haut, sondern schwebten zentimeterweit darüber.

»Ich weiß, was in dir vorgeht«, meinte Annie. »Du bist nun bereit. Du hast den sechsten Sinn akzeptiert. Du hast das fünfte Element akzeptiert. Du bewegst dich nun in einer erweiterten Welt.«

»Ich habe es akzeptiert.«

Annie nahm Enya das Piercing aus dem Bauchnabel und ersetzte es durch ein neues, unscheinbares Schmuckstück: eine

Triskele. Das neue Piercing schmückte ein klarer, farbloser Stein ohne Feuer.

»Bedeutet dieses Zeichen etwas?«

»Ja. Es ist ein altes Symbol. Eine Triskele. Sie bedeutet eigentlich: das Vergangene, das Aktuelle und das Zukünftige. In Verbindung mit einem persönlichen Stein hat sie für uns eine weitere Bedeutung. Die Triskele steht dann für die drei Phasen der Initiierung: Sensibilisieren – Akzeptieren – Lernen. Wenn die Phasen abgeschlossen sind, entscheidet der Stein, ob du dazugehörst. Dann beginnt er zu funkeln. Der Diamant in der Mitte des Symbols ist dein Stein. Das bist du. Der wertvollste aller Edelsteine. Du musst ihn zum Strahlen bringen.«

Uibhist a Tuath (North Uist)

Ankunft auf den Äußeren Hebriden

Lochmaddie

Es war bereits dunkel, als die Solstice im Hafen von Lochmaddie einlief. Zu spät, um sich abholen zu lassen. Ein Taxi wollte man nicht nehmen, um möglichst unauffällig zu bleiben. An diesem Abend würde man nicht mehr zum Musiker und Sir Bram weiterfahren, obwohl es lediglich eine kurze Fahrt wäre. Man hätte zudem noch Kleidung für die Nacht und den kommenden Tag zusammenpacken müssen. So schickte Annie Sir Bram lediglich eine kurze Nachricht:

"Wir sind gut in Lochmaddie angekommen. Morgen kommen wir vorbei."

Kurz danach ging die Antwort ein:

"Sehr gut. Dann kommt zum Frühstück. Wir erwarten euch."

Die letzten drei Kilometer in die Bucht in Richtung Lochmaddie erforderten alle Aufmerksamkeit von einem Segler. Der Wind war weitgehend eingeschlafen, und die Solstice lief mit Motorkraft. Hier lagen Untiefen und kleinere Inseln, die bei Unachtsamkeit zum Verhängnis werden konnten. Das intelligente Steuerungssystem der Solstice unterstützte Fionn bei der Navigation in diesen schwierigen Gewässern.

Juna war schon ungeduldig. Niemand erwartete den Landgang mehr als sie. Fionn konnte am einzigen Steg anlegen. Die See war so ruhig, dass die Nachtruhe auf dem Boot gesichert war. Kaum nachdem die Fender der Solstice rausgehängt und das Boot vertäut worden waren, sprang Juna an Land. Enya folgte, und die beiden verschwanden sofort aus der Sichtweite von Annie und Fionn.

»Das war wohl eilig«, lächelte Fionn.

»Klar. Was meinst du denn? Wenn du einen Tag lang einhalten müsstest.«

»Juna wird North Uist genießen.«

»Das tut sie jetzt schon.«

Fionn und Annie machten das Boot bereit für die Nacht. Annie holte Decken und Kissen hervor, während Fionn das Boot sicher vertäute und die Navigationsinstrumente abschaltete. Es war eine friedliche Nacht, und der Hafen von Lochmaddie lag still unter dem Sternenhimmel.

Nachdem alles erledigt war, setzten sich Fionn und Annie auf das Deck und genossen die Ruhe. Der leichte Wellengang schaukelte das Boot sanft hin und her. Die Lichter der kleinen Hafenstadt spiegelten sich im Wasser.

»Ich bin froh, dass wir es geschafft haben«, sagte Annie leise. »Es war ein langer Tag.«

»Ja, aber ein guter Tag«, stimmte Fionn zu. »Und morgen wird auch gut werden.«

Sie saßen noch eine Weile zusammen, genossen die Stille und die frische Luft. Schließlich gingen sie unter Deck, um sich auszuruhen. Der Morgen würde bald anbrechen, und ein neues Abenteuer wartete auf sie.

In dem kleinen Flugzeug konnte man klar erkennen, wer das erste Mal nach Barra flog und für wen es Routine war. Die meisten Fluggäste waren mit oberflächlichem Small Talk oder dem Lesen von Illustrierten beschäftigt. Einige sprachen leise Englisch mit dem schottischen Akzent der Hebriden, wenige Gälisch. Diese Passagiere konnte nichts mehr aus der Ruhe bringen. Es waren Schotten.

Meyerhoff und Gertrud schauten neugierig durch die Fenster. Sie saßen hinten in der Maschine und blickten an den endlos rotierenden Propellern vorbei, während sich das Flugzeug langsam den Inseln näherte. Die Maschine flog schon seit einiger Zeit unterhalb der Wolkendecke und man hatte einen guten Blick auf die südlichen Inseln. Aus der Luft erkannte man die zerklüftete Küstenlinie, die in einzelne Inseln aufbrach. Zum Landeanflug musste das Flugzeug die schmale Landmasse überqueren und man konnte wunderbar die hellen Strandabschnitte zwischen dunklen Felsenabschnitten erkennen.

Die Anschnallzeichen flammten auf.

»Bitte schnallen Sie sich an und stellen Sie Ihre Lehnen aufrecht. Logan Air bedankt sich, dass Sie uns gewählt haben.« Danach wiederholte die Pilotin ihre Durchsage nochmals in einer scharf klingenden Sprache. In Gälisch.

»Hatten wir eine andere Wahl?«, grummelte Ulrich, und der Prälat grinste.

»Das Land ist so grün«, erkannte Gertrud. »Wie kurz nach dem Regen.«

»Es sieht immer so kräftig grün aus. Auch im Herbst verliert das Gras kaum seine Farbe.«

»Und wo ist der Flughafen?«, mischte sich Bruder Ulrich ein. »Das Fahrwerk ist schon draußen.«

»Die Twin Otter hat ein feststehendes Fahrwerk. Das ist immer draußen«, erläuterte Meyerhoff, der seine Apathie gegen Bruder Ulrich pflegte. »Einen Flugplatz sehe ich auch nicht. Keine Bange. Den Start kann man abbrechen. Landen müssen alle.«

»Aber nicht ohne Flughafen!«

Zwischenzeitlich verlor das Flugzeug immer mehr an Höhe. Die Landeklappen wurden ausgefahren. Der Rumpf der Maschine ruckelte. Das Flugzeug verlor schlagartig an Geschwindigkeit, gewann aber an Auftrieb. Das Motorengeräusch wurde leiser, ruhiger. Und dann senkte die Twin Otter deutlich die Nase. Bruder Ulrich sah auf seiner Seite des Flugzeugs nur Wasser.

»Ist da Land auf der anderen Seite? Ist da Land?«

»Hier ist Land«, antwortete der Abt. »Eine ganze Insel.«

»Aber keine Landebahn«, streute Meyerhoff Salz in die Wunden.

»Hier ist nur Wasser. Bei mir ist nur Meer.« Ulrich wurde immer nervöser. Es waren nur noch wenige Meter zwischen dem Flugzeug und dem Meer.

»Wir haben Räder, keine Schwimmer! Wir werden in den Fluten des Atlantiks versinken. Wie die Titanic. Im Blechkäfig!« Schweißperlen standen Bruder Ulrich auf der Stirn. Er atmete hastig, fast hyperventilierend, als wären es seine letzten Atemzüge.

Dann stellte die Pilotin die Triebwerke in den Leerlauf. Durch die Lautsprecheranlage kam die Durchsage: »Willkommen auf Barra!«

Aus lauter Panik hatte Bruder Ulrich die Landung der Twin Otter verpasst. So sanft setzte die erfahrene Pilotin die Maschine auf dem Sandstrand auf. Barra war der einzige Flughafen auf der Welt, der nur bei Ebbe angeflogen werden konnte.

Die Flugzeuge starteten und landeten auf dem festen Sand der Bucht.

Bruder Ulrich vergaß zu atmen. Land! Nein, Sand unter den Füßen! Er schwor sich, nie wieder in eine fliegende Blechkiste einzusteigen. Beim Verlassen des Flugzeugs vergewisserte er sich nochmals, dass die Stewardess keine Teufelshörner, Hufe und auch keinen gezackten Schwanz hatte. Sie spie auch kein Feuer. Sie lächelte freundlich zum Abschied.

»Nie wieder«, murmelte Ulrich und wankte von Bord.

Am Terminal des Flughafens, das eher einem Provinz-bahnhof oder einer kleinen Lagerhalle glich, warteten zwei Taxis, einige private Fahrzeuge und ein schwarzer Kleinbus darauf, die ankommenden Fluggäste aufzunehmen. Viele Passagiere sahen das Terminalgebäude nicht einmal von innen. Das Gepäck konnte man direkt draußen unter einem Glasdach, ähnlich einer Bushaltestelle, abholen. Von dort aus ging es direkt zum Parkplatz, ohne das Gebäude betreten zu müssen. Die Ankömmlinge verteilten sich schnell auf die wartenden Fahrzeuge, entweder weil sie erwartet wurden oder ihre eigenen Autos am Flugplatz geparkt hatten. Da es keine Zollformalitäten gab, kehrte der Flughafen innerhalb weniger Minuten wieder in seinen ruhigen Zustand zurück. Die Landung war nur eine kurze Unterbrechung.

Auf die vier Eingeweihten wartete ein unscheinbarer Mann, dessen Gesicht man sich nicht merken konnte. »Willkommen auf Barra! Wie war der Flug?«

Gertrud verstand die Frage nicht, konnte sich aber die Begrüßung zusammenreimen.

»Angenehm«, antwortete der Abt.

»Unspektakulär«, untertrieb Meyerhoff, um Bruder Ulrich zu reizen.

Bruder Ulrich brauchte man gar nicht erst fragen. Seine Antwort stand ihm ins kreidebleiche Gesicht geschrieben.

»Wir müssen uns etwas beeilen. Die Fähre nach Eriskay legt in zwanzig Minuten ab. Kommen Sie bitte.«

Die Eingeweihten hatten ihre Unterkunft in einer ehemaligen Brauerei, die seit vielen Jahren im Besitz des Ordens war. Zusammen mit weiteren Mitgliedern des La Mano de Dios nutzte man die Anlage. Die abgelegene und hochwertig restaurierte Hofanlage bot Annehmlichkeiten wie bequeme Gästezimmer und Räumlichkeiten für ein zurückgezogenes, meditatives Arbeiten. Diverse Lagermöglichkeiten befanden sich in den ehemaligen Gär- und Lagerkellern. Im Herrenhaus hatte der Orden nachträglich eine kleine Kapelle eingerichtet.

Die Planung des Todes

Mit einem kurzen gemeinsamen Gebet in der Kapelle begann der Morgen, noch bevor die Sonne den Horizont erreichte. Meyerhoff hatte diesen frühen Termin angesetzt. Eine kurze Andacht und ein erstes Zusammentreffen vor dem Frühstück sollten helfen, Gedanken und Ideen zusammenzutragen. Erst danach würde ein Frühstück die Mägen füllen und die Gedanken träge werden lassen. Später würde man wieder zusammenkommen, um weiter zu planen.

Nach dem einfachen Frühstück – es gab lediglich Porridge und Toast mit Marmelade – zogen die Eingeweihten mit ernsten oder grimmigen Mienen in einen angrenzenden Saal. Sechs Männer trugen Mönchskutten, auch der Abt und Bruder Ulrich. Hinzu kam Dr. Meyerhoff. Gertrud war die einzige Frau in der Gruppe. Drei weitere Männer, Zivilisten, rundeten das Bild ab. Inwieweit sie Statisten oder Protagonisten der beginnenden Jagd sein würden, musste sich noch zeigen.

Nach dem Einzug der Eingeweihten in den Saal verschloss einer der Zivilisten die schweren Türflügel aus Eiche von innen. Bruder Ulrich fragte sich, woher dieses Holz wohl kam. Er hatte auf der Insel keine Wälder sehen können. Diese wurden schon vor langer Zeit dem Schiffsbau geopfert. Hier und da fanden sich noch einzelne Wacholder oder Krüppelkiefer. Mehr nicht. Allein diese Tür musste damals ein Vermögen gekostet haben.

Zentral im Raum stand einer jener Konferenztische, die aus einzelnen Elementen nach Bedarf zusammengestellt werden konnten. Der Tisch versprühte den Charme der Jahrtausendwende, als es überall modern erschien, alle Möbel mit Buche, oder was danach aussah, zu furnieren. Dieses praktische Möbel passte überhaupt nicht in diesen Raum. Die Resopaloberfläche stand im schreienden Kontrast zu den Schnitzereien und Kassetten der Türflügel.

Alle Personen fanden ihren Platz am gleichen Tisch. Gebäck, Kaffee- und Teekannen, sowie Karaffen mit stillem Wasser standen in zwei Rondellen auf dem Tisch. In den kommenden Tagen sollte dieser Raum als Lagezentrum und Einsatzzentrale dienen. Hierzu hatte man bereits einige Notebooks, einen Beamer, zwei Telefone und Amateurfunkgeräte auf Nebentischen aufgebaut.

An den Stirnseiten des Tisches fanden jeweils zwei Personen Platz. Die übrigen Personen saßen ohne besondere Ordnung an den beiden Längsseiten. Meyerhoff saß zusammen mit einem farblosen Mönch an einer Kopfseite des Tisches. Abt Raphael und Bruder Ulrich saßen – auch optisch in Opposition – an der anderen Tischseite.

Meyerhoff schaute in jedes einzelne Gesicht, bevor er begann: »Zum ersten Mal seit vielen Jahren haben sich die Eingeweihten zusammengefunden. Nur wenige können sich noch daran erinnern, jemals an einer Zusammenkunft auf Barra teilgenommen zu haben. Wir sind heute nur wenige. Elf Personen, wenn wir unsere liebe Schwester Gertrud mit hinzurechnen.«

Gertrud runzelte die Stirn. Meyerhoff sprach die Eingeweihten auf Deutsch an. Scheinbar verstand jeder der Anwesenden diese Sprache. »Schwester Gertrud« kam ihr eher wie eine Schutzbehauptung vor. Sie würde allerdings dieses Spiel mitspielen.

»Jegliche Ähnlichkeit mit Artus' Tafelrunde ist zufällig«, fuhr Meyerhoff fort. »Auch weil die Ziele der Tafelrunde sehr weltlicher Natur waren und die Suche nach dem Gral nur ein Vorwand war, kann man unsere Zusammenkunft nicht mit Artus' Runde vergleichen.«

»Bla, bla, bla«, dachte sich einer der Zivilisten, der durch seinen muskulösen Nacken auffiel.

Der Prälat schaute in die Runde und erhob seine Stimme mahnend. »Auch jeglicher Versuch, die Eingeweihten mit den zwölf Aposteln vergleichen zu wollen, ist zum Scheitern verurteilt. Gemeinsam ist nur die Zahl und sie ist – in unserem Falle – zufällig. Betrachten Sie diese Runde eher als eine gottgewollte Zusammenkunft von Menschen, welche die göttliche Lehre verteidigen. Mit allen Mitteln.«

Meyerhoff erhob nicht nur sich, sondern auch seine Stimme. Kaum einer hatte den Prälaten einmal so laut erlebt. »... und wir werden das Böse vernichten. Wir haben es identifiziert und wissen, in welchen Körpern es auf dieser Erde unterwegs ist.«

Der Prälat setzte sich wieder. Er hielt inne, schaute in die Runde und versicherte sich der Aufmerksamkeit der Anwesenden. Mit butterweicher Stimme nahm er die Spannung aus seiner Rede: »Lassen Sie es mit diesen einleitenden Worten genug sein.« Die Runde blieb ruhig. Keiner wusste so recht, wie man den Faden aufgreifen konnte oder was der Prälat erwartete. So blieb die Runde still.

Meyerhoff erkannte, dass er sich nicht das erste Mal in der Rolle des Predigers oder Dozenten in einem Priesterseminar verlor. Sein Gespräch über die Ziele der Zusammenkunft kam so nicht weiter. Man hing noch immer an seinen Lippen. So fuhr er nach kurzer Pause fort: »Meine Dame, meine Herren. Ich darf Ihnen mitteilen, dass ich die Aufgaben des Inquisitors vom Vertreter der Heiligen Glaubenskongregation am Stuhl unseres Heiligen Vaters übertragen bekommen habe. Wir haben Prokura und dürfen alle notwendigen Maßnahmen anwenden.«

»Die Inquisition ist hier?«, raunte der Stiernacken fragend einem Mönch zu. »Sie wissen schon ... Hexenverbrennung im Mittelalter, Teufelsaustreibungen, ... Hochnotpeinliches und so weiter.«

»Nicht nur. Eher die Bewahrung der reinen Lehre«, flüsterte der Angesprochene.

»Der Prälat sagte doch: 'mit allen Mitteln', oder so.«

»Wir werden es sehen.«

»Erst vorgestern ist die Entscheidung gefallen, dass wir mit aller Härte gegen diese Brut vorgehen dürfen und sollen. Alle Mittel der Inquisition wurden zur Anwendung freigegeben. So danke ich Ihnen, dass Sie so schnell meinem Ruf Folge leisten konnten.« Meyerhoff senkte seine Stimme verschwörerisch: »Die Brut wird brennen.«

Ungläubiges Stirnrunzeln und Getuschel erfüllte den Raum. »*Brennen? Durch et Führ? Oder es et em övvertrajene Senn zo sinn?* [58]« fragte Bruder Ulrich, der gelegentlich wieder in den Eifler Dialekt verfiel.

»Es wird so sein.« Abt Raphael sprach leise zu Bruder Ulrich. »Ich werde es nicht verhindern können.«

»Hier und nun?«

»Hier auf den Hebriden und nun ... in kürzester Zeit. Meyerhoff wird nicht mehr reden, sondern handeln.«

»Vorschläge zum weiteren Vorgehen?« Meyerhoff schaute in die Runde. Allgemeines Schweigen schlug ihm entgegen. Niemand wollte den ersten Schritt wagen und die verhängnisvollen Worte in den Mund nehmen.

»Dann nehmen wir Benzin«, schlug der Stiernacken vor.

»Die Kirche besteht auf das Feuer. Die alten Schriften der Inquisition verlangen danach. Die Inquisition hat beste Erfahrungen mit der Anwendung des Feuers machen dürfen. *Ad maiorem dei gloriam* [59]. Bedenken Sie, wie viele Hexenkorpusse ...«

---

[58] *Brennen? Durch das Feuer, oder ist es im übertragenen Sinne zu sehen?*

[59] *Zur höheren Ehre Gottes*

»Irgendwie erinnert mich die Stimme an einen Kastraten«, flüsterte der Stiernacken seinem Nachbarn zu.

»Psst!«

»Mit Verlaub, Herr Prälat. Ihr Reden von Körpern ist menschenverachtend. Auch Hexen sind Menschen.« Die Diskussion spielte sich nun zwischen Meyerhoff und dem Abt ab. »Wir reden nicht über Müllverbrennung.«

»Sind Menschen? Sie waren Menschen!«, entgegnete der Prälat ruhig. »Wir haben frühzeitig das wahre Wesen der Hexen erkannt. Es gibt genügend geheime Aufzeichnungen zum Thema, die Sie natürlich nicht kennen können. Ihre Körper sind dem Feuer zuzuführen. Wir machen uns noch nicht einmal strafbar. Was tot ist, kann man nicht mehr töten.«

»Na ja. Höchstens Sachbeschädigung«, grunzte der Stiernacken verächtlich und wunderte sich, dass niemand über diesen Witz lachte.

»Ich bleibe bei meinem Standpunkt. Die Menschen ...«, betonte der Abt.

»Hexen!«, korrigierte Meyerhoff den Abt. »Sie wissen, ich habe meine Promotion über die Hexerei des Mittelalters mit Magna cum laude abgeschlossen und kann das Wesen der Hexen nach langen Studien beurteilen.« Meyerhoff hob energisch seine Stimme: »Es sind keine Menschen mehr!«

»Angeber«, dachte der Abt. »Menschen!«, nahm er seinen Punkt wieder auf. »Menschen dürfen nicht brennen. Das war der Irrglaube des Mittelalters.«

»Stellen Sie die Methoden der Inquisition in Frage? Dann stellen Sie die Unfehlbarkeit der Kirche in Frage.«

»Mit Verlaub: ich stelle Ihre Sicht der Dinge in Frage, nicht die Lehren der heiligen Kirche. Über den Kenntnisstand des Mittelalters sind wir hoffentlich hinweg.« Raphael wurde ungeduldig. Auch er hatte intensiv in den geheimen Aufzeichnungen recherchiert, war aber zu anderen Schlussfolgerungen gekommen. Die Wendung der Diskussion gefiel ihm gar nicht. »Es müsste ausreichend sein, die toten Körper später einzuäschern! Wenn sie denn wirklich Untote sind. Nach meinen Recherchen ist das nicht der Fall.«

»Wenn tot, dann tot«, mischte sich nun der Stiernacken lauthals ein.

Nun waren die Männer mitten im Geschehen angekommen und ihre Loyalität wurde eingefordert. Gertrud blieb erstaunlich ruhig und unbeteiligt in der immer hitziger werdenden Situation.

»Nochmals ...«, betonte der Prälat, »Die Kirche wird nicht auf das Feuer verzichten.«

»Ich halte es als Kompromiss für denkbar, die reinigende Kraft vielleicht erst später zur Anwendung gelangen zu lassen«, mischte sich Bruder Ulrich ein und unterstützte seinen Abt.

»Was soll später bedeuten?«, fragte Meyerhoff nach.

»Nach dem Tod.« Der Abt versuchte sich somit seinen eigenen Weg offen zu halten.

»Da muss ich nachfragen, mein lieber Abt.« Prälat Meyerhoff zeigte sich kurzzeitig unsicher.

Abt Raphael erkannte seine Chance und übernahm wieder die Gesprächsführung: »Lassen Sie mich zusammenfassen«, meinte er, während er an den Fingern abzählte: »Erstens: Wir agieren mehr oder minder offen. Zweitens: Feuer wird es nicht geben. Zumindest nicht vor Ort und nicht sofort. Und drittens: Die Korpusse können nachträglich verbrannt werden.«

Dann hielt er für einen kurzen Augenblick inne.

»Das hört sich so an, als ob man die Ausführung eines Kommandounternehmens – so wie hinter feindlichen Linien im Weltkrieg – plant«, sagte der Stiernacken.

»Denken Sie an die Kreuzritter auf ihren heiligen Missionen ins gelobte Land«, ergänzte der Prälat. »Wir haben eine heilige Mission und das Feuer, mit dem bereits das sündige Rom zerstört wurde.«

»Das war aber Nero aus niederen Beweggründen«, widersprach der Abt. »Ein schlechter Vergleich.«

»Wir töten nicht. Wir machen uns nicht des Mordes schuldig. Nein, wir beseitigen nur die bereits seelenleeren Hüllen.«

Gälisch lernen

Lochmaddy

»Wir wollen noch nach Lewis«, brachte Fionn die Situation auf den Punkt.

»Vorher schauen wir doch noch beim Musiker vorbei«, ergänzte Annie. »Ich habe ihn lange nicht mehr gesehen, und Sir Bram wollte uns dort erwarten.«

»Wer ist der Musiker?«, wollte Enya wissen.

»Es ist derjenige, der mit seinem Bruder die gälische Sprache durch seine Musik wieder in das Bewusstsein der Menschen gebracht hat. Es ist wieder modern – gerade hier auf den Hebriden – die alte Sprache zu sprechen. Das kommt uns natürlich entgegen, wenn du aus dem Buch Liath lesen solltest«, erklärte Annie.

»Und wie kommen wir zu diesem Musiker?«

»Wir werden gleich abgeholt. Möchtest du deine Sachen an Bord lassen und später mit nach Stornoway segeln, oder fährst du lieber mit Sir Bram in der Limousine?«

»Ich bleibe an Bord, Captain!«

Fionn lachte. »Dann bleibt das Gepäck an Bord.«

Der Bruder des Musikers hatte sich angeboten, die Gesellschaft in Lochmaddy abzuholen und über die Single Lanes zum Gestüt zu bringen, auf dem der Musiker lebte und seinen Ruhestand in Unruhe verbrachte.

Enya schaute unterwegs aus dem Fenster und versuchte, die Änderungen der Landschaft in sich aufzunehmen. ‚Schottland scheint überall schön und grün zu sein‘, erkannte sie. ‚Ein wahrhaft mystisches Land.‘

∽ ∾ ∾

Der Musiker saß zusammen mit Sir Bram auf der Terrasse hinter dem weiß gestrichenen Haus. Die frische Seeluft kräuselte das Meer, und der typische Geruch des Meeres mischte sich mit dem kräftigen Aroma des Earl Grey Tees. Die beiden Männer waren in ihrem Gespräch vertieft, als der Wagen auf dem Kiesweg vor dem Haus sportlich abgebremst wurde.

»Sie sind da«, bemerkte der Musiker.

»Nicht zu überhören.« Sir Bram nippte an seinem Tee und knabberte an einem Scottish Shortbread. Es war kaum ein richtiges Frühstück, und viel Hunger hatte Sir Bram auch nicht.

»Verzeiht, wenn ich sitzen bleibe. Mein Rücken schmerzt.« Dennoch begrüßte er die Ankömmlinge mit einem freudigen Lächeln. »Ihr habt es also geschafft.«

Sir Bram stellte den Musiker Enya vor. Der Musiker war ein hochgewachsener, hagerer Mann mit scharfen, wettergegerbten Gesichtszügen und lebendigen Augen. Enya hatte den Eindruck, dass er irgendwie „ausgelaugt" wirkte. Die vergangene Zeit musste anstrengend gewesen sein. Die soeben beendete Tournee hatte viele Ressourcen gefordert.

Als sie sich zur Begrüßung die Hand gaben, bemerkte Enya, dass er an der linken Hand schwarze Fingernägel hatte. ‚Nagellack', wollte sie schon indiskret und neugierig fragen. Der Musiker bemerkte ihren Blick und kam ihr zuvor: »Nein. Ich habe mir die Finger gequetscht.«

‚Noch jemand, der meine Gedanken lesen kann', dachte sie. ‚Kaffee oder Tee wäre jetzt toll.'

Ohne dass dies als Frage ausgesprochen war, lächelte der Musiker Enya an und verteilte die bereits zurechtgestellten Teetassen für Enya, Annie und Fionn auf dem Tisch.

»Mein Bruder und ich werden dir das Gälische beibringen. Wir sprechen es in der Familie.«

᪐ ᪐ ᪐

Für die Eingeweihten war klar, dass sich die Gesellschaft um Sir Bram bereits auf den Hebriden befinden musste. Die Herausforderung bestand nun darin, herauszufinden, auf welcher der vielen Inseln sie sich versteckten. Das Inselsystem erstreckte sich über mehr als 200 Kilometer und umfasste über ein Dutzend bewohnter Inseln.

Der muskulöse Mann, den alle nur als "Stiernacken" kannten, schaute sich um. »Wie sollen wir mit lediglich zwölf Mitgliedern, davon fünf Ausländern, die Inseln durchkämmen?«

»Ohne weitere Hilfe geht das natürlich nicht«, antwortete Meyerhoff.

»Wir können doch keine Zeitungsannoncen schalten oder auf Facebook Fahndungsaufrufe starten«, meinte Abt Raphael.

»Daran habe ich bereits gedacht«, konterte Meyerhoff. »Natürlich werden wir über Facebook suchen lassen.«

Die anderen reagierten mit ungläubigem Kopfschütteln.

»Facebook? Und wonach werden wir suchen lassen?«, wollte ein Mönch wissen. »Hexenverfolgung über Facebook?«

»So unüblich ist das wohl nicht.« Meyerhoff hielt kurz inne. »Nein. Wir suchen nach einem Hund. Wir werden nach einem weißen Pointer mit schwarzen Flecken für einen Werbefilm suchen.«

»Was ist ein Pointer?«

»Der Hund. Sagte ich doch.«

»Und wenn wir einhundert Antworten bekommen?«

»Umso besser. Dann müssen wir nur neunundneunzig aussortieren und haben den richtigen. So viele werden es auf den Äußeren Hebriden kaum sein.« Meyerhoff schaute in die Runde. »Wer lässt suchen?«

»Ich übernehme das«, meldete sich einer der jüngeren Zivilisten. Hierbei war der Begriff „jünger" sehr relativ, denn der Betreffende war auch schon weit über vierzig. »Ich werde unspezifisch suchen lassen, damit es nicht so auffällig ist.«

Wenig später gab es verschiedene Suchmeldungen in den lokalen Gruppen auf den Hebriden, wie beispielsweise:

Wanted!

Wir suchen für einen Werbefilm einen aristokratischen Pointer. Am besten weiß-schwarz. Honorar für die Vermittlung.

Die Ankündigung wurde in mehreren lokalen Gruppen auf Facebook geteilt, in der Hoffnung, dass jemand den gesuchten Hund – und damit die Gesellschaft um Sir Bram – finden würde.

Lochmaddy

Enya und Juna verlebten einen ruhigen Tag auf dem Gestüt nahe Lochmaddy. Am Vormittag wanderten sie mit dem Musiker über die Felder der Insel. Er zeigte Enya die Umgebung und erläuterte das Gesehene auf Gälisch. Ohne die Schrift vor Augen zu haben, lernte Enya die Laute und Betonungen der Sprache. Sie entwickelte schnell ein Gehör für die Worte.

Der Musiker zeigte auf eine große, violett blühende Distel. »*Cluaran.* Dies ist unsere Nationalpflanze. Sie wächst auf unseren Wiesen. *Cluaintean.*«

Enya versuchte, die Namen nachzusprechen und übte deren Aussprache. Der Musiker erklärte weiter, dass North Uist vom Meer umschlossen ist, dem "*Mar*". Dieses Wort war einfach zu merken.

Und so ging es mit weiteren einfachen Sätzen weiter. Zusammen mit Juna, dem „*Cù*", genossen sie die frische Luft und die Wanderung. Der Musiker sprach zu Enya wie zu einem Kind, zuerst mit einzelnen Worten und dann mit kurzen ganzen Sätzen. Bald würde sie Liedtexte lernen und vielleicht sogar Phrasen aus Liath, sofern einer von ihnen die Passagen im Buch lesen konnte.

Die Stunden verflogen. Der Musiker schaute in den Himmel und sah, dass das Wetter stabil blieb. »*Bidh dìnnear againn sa badh.*«

Enya schaute ihn mit großen Augen an und sagte: »Was auch immer es heißen mag. Ich habe Hunger.«

Der Musiker lachte laut auf. »Ich meinte gerade, dass es gleich Dinner gibt. Lass uns zurückgehen.«

Der Abend gehörte Sir Bram. Enya hatte eine weitere Unterrichtsstunde. Sir Bram und Enya teilten sich eine ganze Flasche Islay Single Malt auf der Terrasse. Es wurde kühl. Enya trug einen Fleecepullover, und Juna zog es vor, auf einer Decke Platz zu nehmen.

»Lass uns ein paar Meter zum Meer runterlaufen. Manchmal tun selbst meinen alten Knochen die paar Schritte gut.«

»Sicher mag Juna uns begleiten.«

»Bram, du bist mir noch eine Erklärung schuldig. Was ist mit Annie? Warum ist sie nicht geeignet, den Coven neu zu gründen?«

Aus irgendeinem Grunde schien Enya einen wunden Punkt getroffen zu haben. Der Alte blieb längere Zeit in sich gekehrt, bevor er mit einer Wiederholung fortfuhr: »Sie hat bereits eine herausgehobene Rolle. Sie ist eine Maiden. Sie vertritt die Hohepriesterin bei vielen Ritualen.«

Enya hakte nochmals nach, war aber bestrebt, den Bogen nicht zu überspannen. »Und warum ...«

»... warum sie keine Hohepriesterin ist, möchtest du wissen? Es ist einfach. Sie konnte das Buch Liath nicht lesen. Keiner von uns kann es lesen. Liath hat eine andere Wahl getroffen. Wir können uns dieser Wahl nicht widersetzen.«

Enya hatte das Gefühl, nicht die ganze Wahrheit gehört zu haben, aber sie fragte nicht weiter.

»Wo war ich stehen geblieben?« Bram hielt auch mit seinen Schritten inne. »Diese Neugründung kann die Keimzelle aller anderen alten Coven sein. Wir suchen seit Jahrhunderten jemanden, der das letzte Buch wieder lesen kann und uns unterrichtet.«

Gestützt auf seinen Stock erreichte Bram mit Enya den Strand.

»Erlaube mir eine Zwischenfrage?«

»Gerne.«

»Wie kommt es, dass einige Hexen – und seien sie noch so alt – aussehen, als stünden sie erst seit dreißig Jahren voll im Leben, während andere deutlich älter wirken?«

»Ah. Du spielst auf meine Gebrechen an. ... Mit dem Abschluss der Initiierung wird das Altern des Körpers de facto eingefroren und eine kontinuierliche Zellregeneration setzt ein. Wir altern also nicht mehr. Leider werden wir auch nicht mehr jünger. Und ich wurde eben spät transformiert. Nun schleppe ich diesen alten Körper mit mir rum. Leider.« Ein kaum wahrnehmbares Seufzen kam über seine Lippen.

»Können Hexen eigentlich sterben?«

»Oh ja. Niemand lebt ewig. Auch wir nicht. Man spricht zwar vom ewigen Leben. Es ist eben nur viel länger als üblich. Nicht ewig. Ich kann nicht sagen, warum das so ist. Irgendwann hört auch bei uns die Zellregeneration auf. Und man kann uns töten. Es ist zwar nicht so einfach, wie bei gewöhnlichen Menschen.«

»Die Regeneration ... ich verstehe. Wie kann es dann geschehen?«

»Ich möchte dazu nicht zu viel sagen. Feuer ist immer eine Gefahr. Man versuchte, uns seit jeher zu verbrennen. Alles Weitere wird dir Liath offenbaren, wenn die Zeit reif ist.«

Sir Bram blickte über das Meer hinaus in die Ferne. Er sammelte seine Gedanken.

»Und was ist mit dem Musiker? Ist der auch Hexer? Ich habe keine Zeichen gesehen.«

»Welche Zeichen?«

»Wenn ich richtig liege, tragen die Hexen alle irgendwo Schmuck mit Triskelen und einem Stein. Und Annie hat mir auch so etwas geschenkt. Der Musiker trägt aber keine Zeichen.«

»Du bist ein aufmerksames Kind«, erkannte Sir Bram lächelnd. »Du hast Recht. Die Familie des Musikers ist streng katholisch. Sie haben etwas erkannt, was viele andere nicht sehen. Wir Hexen stehen dem Glauben nicht im Wege. Unsere Art zu leben, ist nur ein anderer Weg, das gleiche zu beschreiben und zu glauben.«

»Aber die Hexen haben doch keinen Gott. Keine Heiligen.«

»Das sind nur verschiedene Facetten. Erinnere Dich! Auch die Evangelen glauben nicht an die Heiligen. Aber an Gott. Auch innerhalb der Kirche ist nicht jeder Glaube gleich. Es ist aber richtig, dass in unseren Gedanken Gott nicht vorkommt. Wir verleugnen ihn aber auch nicht. Aber er spielt für uns einfach keine Rolle. Zumindest nennen wir ihn nicht so. Aber auch wir kennen die Liebe zur Erde. Die Liebe zum Menschen. Mitgefühl und soziales Handeln. Die untrennbare Einheit des Menschen mit der Natur. Leider sieht die römische Kirche das oftmals nicht so.«

»Und daher werden wir gejagt?«

»So in etwa. Spätestens seit 1486, nachdem Heinrich Kramer den *Malleus maleficarum*, den Hexenhammer, veröffentlichte und die Jagd auf Hexen mehr oder weniger am Heiligen Stuhl vorbei legitimiert wurde.«

»Und irgendwann war das Buch Liath verschwunden.«

»So ist es. Bis vor wenigen Wochen.«

⋙ ⋘ ⋗

Die Unterrichtsstunde war noch nicht zu Ende, als man wieder auf der Terrasse des Musikers saß. Die Single Malt Flasche stand noch auf dem Tisch. Sie war halbvoll. Der Musiker bemerkte die Rückkehr seiner Gäste und gesellte sich zu ihnen. Er streute die eine oder andere gälische Vokabel in das Gespräch mit ein, damit Enya ihr Gefühl für diese Laute weiter ausbauen konnte.

»Du musst die Zahlenreihe des Covens verinnerlichen. Sie könnte für dich wichtig werden. Von der Eulerschen Zahl, der Zahl des Laird Napier, hast du bereits gehört?«

»Fionn Napier? Nein.«

»Ein Vorfahre. Der Laird John Napier of Merchiston, Namensgeber der Universität von Edinburgh.«

»*Dùn Èideann*«, warf der Musiker ein: »Edinburgh.«

Enya nickte.

»Und dann folgen die Zahlen 1, 3, 5, 6, 13, 17 und 64«

Der Musiker übersetzte langsam: »*Aon – Trì – Còig – Sia - Trì-deug - Seachd-deug*« Dann holte er kurz Luft: »*seasgad 's a ceithir*. Das bedeutet „Vierundsechzig".«

»Alle Hexen kennen übrigens diese Zahlenreihe bis auf die letzte Zahl. Dass die Vierundsechzig mit zur Reihe gehört, wissen nur wenige. Nun ja. Auch der Musiker kennt diese Zahl. Wenn du mal gefragt wirst, nutze immer die Reihe bis zur Dreizehn. Wer zu uns gehört, oder auf unserer Seite steht, wird mit der Siebzehn antworten. Wer eingeweiht ist, kennt auch die Vierundsechzig.«

»Bedeuten die Zahlen etwas?«

»Natürlich. Es gibt eine Meisterin oder einen Meister. Die Initiierung geschieht in drei Schritten. Zudem steht diese Zahl für das Vergangene, das Aktuelle und das Zukünftige. Wir kennen fünf Elemente und sechs Sinne. In einem Coven sollten idealerweise dreizehn Personen oder Paare sein, mindestens jedoch sieben. Die Siebzehn ist auch eine Primzahl, wie die Dreizehn. Wir nennen sie Grenzzahl. Sollte ein Coven Siebzehn Mitglieder oder Paare zählen, sollte er sich teilen und einen neuen, Tochtercoven bilden.«

»Und Vierundsechzig?«

Der Musiker brachte nochmals »*seasgad 's a ceithir*« in den Sinn.

Sir Bram lachte laut auf.

»Warum lachst du?«

»Ich mag einfach die Zahl. Sie steht für die Unabhängigkeit. Man kann trefflich über diese Zahl philosophieren. Acht mal Acht. Die Zahl passt so gar nicht zu den anderen. Sie ist so … rund.«

»Stopp, stopp, stopp!« Nun lachte auch Enya.

»Wenn du mir zu meinen Geburtstagen einen Gefallen tun möchtest, schenkst du mir vierundsechzig Distelzweige, die du selbst gesammelt hast. … Es ist einfach nur meine Lieblingszahl.«

»Lass mich raten. Du bist mit vierundsechzig Hexer geworden.«

»Es wäre naheliegend. Aber es ist falsch. Die Zahl ist einfach nur … praktisch.«

Ruhe kehrte ein. Sir Brams Gedanken schienen in der Vergangenheit zu versinken.

Leise nahm Enya die Diskussion wieder auf. »Aber es sind ... wir sind doch so wenige. Wir kennen uns doch alle, Sir Bram. Warum brauchen wir dann diese Zahlen als Erkennungszeichen?«

»Du hast nicht zugehört. Nicht nur die Initiierten, sondern auch unsere Unterstützer nutzen diese Zahlenreihe. Sie sind nicht nur ein Erkennungszeichen. Wie verwenden sie auch für Passwörter, für Zahlenschlösser und vielem mehr. Einfach gesagt ... die Zahlen sind Schlüssel.«

»Also komme ich auch mit 1 – 3 – 5 – 6 in die Halle an der kleinen Fähre nach Siùna, um den Alfa Romeo wieder herauszuholen?«

Sir Bram lachte. »Kluges Kind. In diesem Falle ist der Code sechsstellig: 1 – 3 – 5 – 6 – 1 – 3. Du musst hier die Dreizehn als 1 – 3 mit einbinden. Das hättest du auch herausgefunden. Unsere kleine Fähre kannst du mit dem Code 1 – 3 – 5 – 6 starten.«

»Kennt die Kirche diese Reihen?«

»Ich hoffe doch nicht ... obwohl ... standen die nicht bei diesem unglückseligen Bauern an der Wand? Hoffentlich ist dieses Wissen nicht bei den Falschen haften geblieben.«

Der Musiker nickte zustimmend. »*Tha sinn a 'toirt urram do chàch a chèile* – wir achten uns gegenseitig.«

Der alte Mann stand auf, ging ein paar Schritte um den Tisch. Er genoss einen großen Schluck Whisky ohne Eis und ließ sich auf der Mauer der Terrasse nieder. Er legte seinen Stock in seinen Schoß. Der Mondstein im Knauf glitzerte in allen Regenbogenfarben.

»Ich muss einmal verschnaufen.«

»Lass dir nur Zeit. Das Meer und die Geschichte laufen uns nicht davon.«

»Oh doch. Das Meer zumindest. Es verschwindet und wird wieder erscheinen. Zweimal täglich. *Bidh a 'mhuir a' dol à sealladh aig ìsle-mara*«, entgegnete der Musiker.

»... und die Geschichte will weitererzählt werden«, ergänzte Sir Bram.

»Viele Hexen mussten sterben. Viele Bücher wurden vernichtet. Wir hatten auch Liath schon verloren geglaubt. Durch das wiedergefundene Buch schöpfen wir wieder Hoffnung.«

»Die Kirche glaubt an das Leben nach dem Tod. Wie ist es bei den Hexen?«

»Die Seelen getöteter Hexen wandern zu Geschöpfen in ihrer Nähe; zumeist Katzen oder auch Hunde; also unauffällige Begleiter des Menschen. Es sind die Kraft- oder Schutztiere der Hexen. Ihre Seelen könnten so ewig leben – sofern sie immer rechtzeitig einen neuen Wirt finden.«

»Juna?«

Sir Bram nickte nur. »Auch Juna. Sie brachte dich nach Schottland.«

Jagd auf Juna

„Sie suchen so einen weiß-schwarzen Pointer?" Die private Nachricht kam über Facebook am späten Vormittag an. Der Nachricht war ein unscharfes Bild eines Hundes am Strand angehängt. „Der Hund gehört zwar nicht mir, aber ich habe hier am Strand bei Lochmaddy so einen Hund in Begleitung einer Frau gesehen."

Der unwesentlich jüngere Zivilist zeigte die Nachricht unverzüglich Meyerhoff. Ein kurzer Blick auf das Foto genügte. »So schnell! Wunderbar! Lassen Sie sich beschreiben, wo das genau ist.«

Meyerhoff wendete seinen Blick zur Karte an der Wand. »Lassen Sie mich das erledigen«, meinte der Stiernacken.

Meyerhoff nickte und erklärte die Situation, soweit sie ihm bekannt war. Er erzählte von Enya und beschrieb Annie. Dann den alten Mann mit dem Stock: Sir Bram, und seine kräftigen Begleiter: George und Iain. Meyerhoff wusste nicht, dass Iain auf Siùna geblieben war.

»Es wird also nicht so einfach«, sinnierte der Stiernacken.

»Wir benötigen auch nicht alle. Falls wir das Buch nicht in die Hände bekommen, würde es reichen, zumindest die deutsche Hexe in unsere Gewalt zu bekommen. Falls wir überdies noch die Begleiter in unsere Hände bekommen, wäre dies hilfreich, aber nicht zwingend notwendig.«

»Wir machen uns direkt auf den Weg.«

Noch innerhalb der gleichen Stunde brachen die Zivilisten auf. Es gab über einen Deich eine feste Verbindung nach South Uist. Von dort aus würde es kaum mehr als eine Stunde dauern, um Lochmaddy zu erreichen.

Der weiße Vauxhall-Lieferwagen war so unauffällig, wie es auf der Insel möglich war. Es gab viele derartige Gefährte. Keiner würde sich an das Auto erinnern können. Im Inneren quetschten sich der Stiernacken, ein schleimiger Mann und der unscheinbare Fahrer auf die Sitze im Führerhaus. Die Stimmung schwankte zwischen grimmiger Entschlossenheit und Ärger über die begrenzten Platzverhältnisse. Die bescheidenen Straßenverhältnisse sorgten für Stöße und schnelle seitliche Beschleunigungen beim Ausweichen von Schlaglöchern im Asphalt. Immer wieder stießen die Männer aneinander, auch weil der Fahrer viel zu schnell unterwegs war.

»Verdammt! Jetzt fahr endlich langsamer. Die Polizei wird uns sonst noch anhalten.«

»Wird sie nicht.«

»Ich habe schon blaue Flecken von deiner Fahrerei.«

Widerwillig nahm der unscheinbare Fahrer etwas Geschwindigkeit weg. Kurze Zeit später stand der Lieferwagen auf der Pier in Lochmaddy, zufälligerweise nahe dem Anlegeplatz der Solstice.

»Und nun? Wie geht es weiter?«

Zwei Männer schauten fragend den Stiernacken an. Dieser blieb ruhig.

»Ich dachte, du hast einen Plan!«, ärgerte sich der Schleimige.

»Ja ich, wir … wir suchen die erst einmal. Dann schnappen wir sie uns. Und dann rein in den Wagen.«

»Klingt nicht unbedingt nach einem durchdachten Plan. Irgendwie stupide.«

»Mehr brauchen wir nicht. Passt doch so. Der Kleine bleibt beim Wagen«, befal der Stiernacken. Er und der dritte Mitfahrer schwärmten aus. Sie konnten nicht wissen, dass Enya und Annie unterdessen beim Musiker waren. Nach langer, erfolgloser Suche traf man sich wieder am Transporter.

»Gibt es einen Plan B, wenn wir niemanden finden?«

Der Stiernacken schüttelte den Kopf. »Wir werden sie schon finden.« Überzeugt klang er nicht.

Der Unscheinbare lief durch die Straße von Lochmaddy und kaufte drei Coffee-to-go und Fish 'n' Chips. Mittlerweile wunderten sich die ersten Fischer am Hafen über den Lieferwagen und die drei Männer. Sie waren Fremdkörper. Sie fielen auf.

Gefangengenommen

Lochmaddy

Nach dem Abendessen brachen Fionn, Enya, Annie und Juna zur Solstice auf. Sie wurden vom Musiker gefahren. Unterwegs gab es noch Unterricht in der gälischen Sprache, wobei der Musiker das eine oder andere über die Inseln oder über seine Musik erläuterte.

»Da sind sie!«, rief einer der Männer im Lieferwagen, als er beobachtete, wie der Musiker die beiden Frauen, Juna und Fionn am Pier absetzte.

Sofort war der Stiernacken wach. »Zwei Männer. Zwei Frauen und der Köter. So geht das nicht.«

Die Männer beobachteten die Situation. Der Musiker fuhr nach einer kurzen Verabschiedungsszene wieder. Fionn verschwand auf seinem Boot. Die beiden Frauen liefen mit Juna nochmals zu einer Wiese, damit die Fellnase ihre Geschäfte erledigen konnte.

»Fast perfekt. Fahr uns zur Wiese«, befahl der Stiernacken. Sogleich setzte sich der Lieferwagen in Bewegung.

»Ich nehme die Braunhaarige und ihr beide die andere Hexe«, gab der Stiernacken vor.

»Und der Köter?«

»Egal. Wen interessiert der Hund?«

Langsam fuhr der Lieferwagen an die Wiese heran. Die Männer machten sich bereit. Sobald sie die beiden Frauen erreicht hatten, sprangen die Männer aus dem Auto. Der Stiernacken warf sich auf Enya, die mit einem überraschten Schrei zu Boden ging. Ihre Gegenwehr verpuffte angesichts seiner Muskelmassen.

»Renn! Renn zum Boot!«, schrie Enya Annie zu, die wie erstarrt zusah. Doch die beiden anderen Männer kamen schon auf sie zu. Einer sprang ihr an die Beine, riss sie brutal zu Boden. Annie schrie auf vor Schmerz und Überraschung.

»Hilfe! Fionn! Hilfe!«, schrie Annie, ihre Stimme voller Verzweiflung und Angst.

»Ruhe, ihr Zicken!«, knurrte der Stiernacken und riss Enya grob auf die Beine, zerrte sie zum Lieferwagen. Brutal stieß er sie auf die Ladefläche. Die beiden anderen Männer hatten Mühe mit Annie, die wild um sich schlug und trat. Doch ihre Gegenwehr war vergeblich. Die Männer überwältigten sie und warfen sie ebenfalls auf die Ladefläche, wo sie hart aufschlug.

Juna bellte wild und sprang den Schleimigen an, biss ihm heftig in den Arm. »Scheiß Töle!«, schrie er vor Schmerz und versuchte, den Hund abzuschütteln. Schließlich gelang es ihm, Juna loszuwerden. Der Hund flog im hohen Bogen durch die Luft, landete jaulend im Gebüsch.

Die Männer sprangen ins Führerhaus. Der Motor des Lieferwagens jaulte auf und das Fahrzeug raste davon, verschwand in der Dämmerung.

Fionn hatte den Krach und die Schreie gehört. Er rannte auf die Pier, sah gerade noch, wie der Lieferwagen verschwand. Juna humpelte ihm entgegen, ein Stück Stoff in ihrem Maul. Fionn nahm es, betrachtete es kurz und erkannte, dass es von einem Ärmel stammte.

Dunkle Ahnungen überkamen Fionn. Er rannte zur Wiese, doch von Enya und Annie war keine Spur mehr zu sehen. Stattdessen hatten sich einige hilfsbereite Menschen versammelt, die das Geschehene beobachtet hatten. Nach einer gefühlten Ewigkeit erschien auch die örtliche Polizei. Die beiden Beamten waren sichtlich überfordert. Üblicherweise beschäftigten sie sich mit Falschparkern und Geschwindigkeitsübertretungen.

Eine Entführung auf den Hebriden? So etwas gab es eigentlich nicht.

Die Informationen blieben vage und widersprachen sich in wichtigen Punkten. Keiner kannte die Frauen. Es gab keine Namen. Keiner wusste, wo sie herkamen. Die Beobachter waren sich einig, dass mehrere Männer zwei Frauen überwältigten und gewaltsam in einen Transporter zerrten. Es waren zwei Männer. Es konnten auch drei gewesen sein. Auf jeden Fall mehr als einer. Vielleicht saß auch noch ein vierter als Fahrer im Lieferwagen.

Die Männer nutzten einen Kleinbus. Zumindest war er grau. Vielleicht auch weiß. Dunkelgrün wäre auch möglich gewesen. Es war sicher ein größerer Kombi. Oder ein Wohnmobil mit holländischem Kennzeichen. Sicher ein Niederländer. Vielleicht auch jemand aus London. Zumindest war das Lenkrad links. Oder rechts. Auf jeden Fall hatte das Auto ein Lenkrad. Vorne. Hinter der Windschutzscheibe.

Die Männer waren nicht aus Lochmaddy. Sie sprachen laut und mit ordinärem schottischen Dialekt. Soweit war man sich einig. Man konnte sie gut verstehen. Vermutlich kamen sie von den Hebriden.

Die Polizisten würden Hilfe aus Stornoway anfordern.

Fionn suchte inzwischen vergeblich auf eigene Faust weiter. Dann rannte er zur Solstice zurück und telefonierte mit Sir Bram. Die ganze Zeit hatte er das Stück Stoff und die Fellnase vor Augen.

Meyerhoff legte mit einem Lächeln sein Telefon zurück. »Die beiden Hexen sind in unserer Gewalt, mein lieber Abt.«

»Und das Buch?«

»Dazu habe ich keine Information. Vermutlich nicht.«

»Lassen Sie mich nun die Rollen verteilen.« Meyerhoff schaute in die Runde der Eingeweihten. Der Abt schickte zwei Mönche weg. »Bereitet das Verlies und die Ketten vor. Wir bekommen Gäste.«

Meyerhoff bestand auf eine schnelle Lösung: »Wir werden sofort das Feuer anzünden.«

Abt Raphael fuhr dazwischen: »Nein. Nicht bevor wir alle relevanten Informationen haben. Wir wissen nichts über deren Ziele. Und wir müssen die Spur zum Buch wieder aufnehmen. Wir brauchen das Buch.«

»Sie wollen das Buch«, konterte Meyerhoff. »Unser gemeinsames Ziel ist die Ausrottung der Hexerei. Wenn dabei für das Kloster Marias Gnade nebenbei so ein Buch abfällt, ist es mir recht. Das kann nicht unser primäres Ziel sein.«

»Solange wir das Buch nicht haben«, erzürnte sich der Abt, »bleibt immer die latente Gefahr des Wiederaufflammens des Hexenkults.«

»Das werden wir auch so verhindern. Erst einmal brennen die Hexen. Den Rest sehen wir anschließend.« Meyerhoff wurde immer zorniger.

Bruder Ulrich mischte sich ein: »Vielleicht ein Vorschlag zur Güte: Wir sperren die Damen ...«

»Hexen!«, schrie Meyerhoff dazwischen. Seine Halsschlagader pulsierte.

Widerwillig nahm Ulrich den Begriff auf: »Wir sperren die ... Hexen ... erst einmal weg und schauen, welche Informationen wir herauspressen können.«

Prälat Meyerhoff ordnete seine Gedanken. »Ich habe zwar noch keine persönlichen Erfahrungen mit der hochnotpeinlichen Befragung, aber mit Hilfe des *Malleus maleficarum* bekommen wir das schon hin.«

»Sprechen Sie es aus!«, forderte Abt Raphael. »Sagen Sie, dass es Folter ist.«

»Folter wäre es nur, wenn die Kirche es nicht gutheißen würde. Wir sind nur die Werkzeuge des Herrn.« Meyerhoff lehnte sich zurück. »*Nolens volens*[60]. Wir werden es tun müssen. Heinrich Kramers Hexenhammer wird uns den Weg weisen.«

Es gab keine gemeinsame Linie. »Folter werde ich nicht zulassen.« Bruder Ulrich bezog eine klare Position. Der Abt schloss sich an: »Der Herr, der für uns am Kreuz starb, würde solche Qualen anderen nie zumuten.«

»Das ist Unsinn. Die Kirche hat jahrhundertelang sehr gute Erfahrungen mit diesen Befragungen gemacht.« Meyerhoffs Meinung war eindeutig.

»Bereitet alles vor«, wies Meyerhoff die anwesenden Mönche an, die nun sich widersprechende Anweisungen hatten.

»Ich bereite hier nichts vor«, entgegnete Bruder Ulrich. »Ich unterstehe nicht eurer Befehlsgebung.«

Meyerhoff schaute auf. Innerlich brodelte der Vulkan, aber nach außen war nur an kleinen Rauchwölkchen zu erkennen, dass der Vulkan kurz davor war, all sein Magma in die Atmosphäre zu blasen. Einerseits kämpfte er gegen die Hexerei und nun wohl auch gegen diese kleingläubigen Trappisten aus dem

---

[60] *Wohl oder übel*

Eifelkloster. »Provinzpfaffen«, ärgerte sich der Prälat. »Die Kirche ist zu unbeweglich und zu träge geworden.«

Betont langsam legte Meyerhoff seinen Bleistift auf die Tischplatte, um sich wieder unter Kontrolle zu bringen. Er hielt noch ein, zwei Sekunden inne, schaute wieder zu den Trappisten auf und wurde laut: »Wir kämpfen seit 1912 gegen das Böse! Wir: Das ist La Mano De Dios – die Hand Gottes. Der heilige José d'Arrazua hat sich damals angeboten, die unvollendete Aufgabe der Inquisition zu Ende zu führen. Eure Institution, lieber Abt, hat versagt! Wer will schon Bücher? Nur das Feuer ist die Lösung.«

Der Prälat atmete kurz ein und der Abt aus.

»Entweder ihr seid für mich ... für die Sache des Herrn, oder dagegen«, forderte Meyerhoff. »*Roma locuta, causa finita*[61].«

»Setzen Sie wirklich Ihre Sache mit den Zielen der Kirche gleich?«, entgegnete Raphael mit höhnischem Unterton.

Meyerhoff schäumte vor Wut und konnte nicht verstehen, dass der Abt sich nicht unterordnen wollte. »Feuer muss mit Feuer bekämpft werden. Ihr werdet dem Heiligen Vater und seinen Anweisungen folgen. Und ich vertrete hier den Heiligen Stuhl.«

»Natürlich folge ich dem Heiligen Vater, aber La Mano De Dios ist eine Organisation, welche die Worte des Papstes viel zu weit interpretiert. Ich glaube nicht, dass der Heilige Vater auch nur im Ansatz weiß, welche Aufgabe der Orden hier meint, zu sehen. So folge ich der Kirche. Sicher nicht der Inquisition! Nicht dem Inquisitor!«

»Die Inquisition ist das Instrument zur Reinhaltung der Lehre. Den Leibhaftigen haben viele aus den Augen verloren. Nein! Sie haben die Augen sogar bewusst verschlossen. Nur

---

[61] *Rom hat gesprochen. Der Fall ist entschieden.*

Männer, wie der Heilige José hatten den Mut, den Kampf aufzunehmen. In seiner Tradition führen wir ihn fort.«

»Vermutlich werden sich unsere Wege bald trennen«, ergänzte Meyerhoff, woraufhin Bruder Ulrich und der Abt ohne Gruß den Raum verließen.

Gertrud schaute bei dem Disput mal den einen, mal den anderen Protagonisten an. Sie zog ihre eigenen Schlüsse, ohne selbst in die Diskussion einzugreifen. Dafür fühlte sie sich in ihrer Rolle als Schwester Gertrud zu klein. Sie kannte diese Streitereien aus der Kirche noch nicht. Sie waren befremdend. Sie hatte nie einen Einblick in derartige Machtkämpfe bekommen.

Èirisgeigh (Eriskay)

Tag 1

Eriskay

Nach Sonnenuntergang kam der weiße Lieferwagen in Eriskay an und fuhr gleich in den Hof des U-förmigen Gutes. Es war eine der wenigen Anlagen, die einen Keller hatten. In diesem Fall war der Keller uralt und lag oberirdisch. Ohne Worte zerrten die Männer Enya und Annie aus dem Auto. Enya war lethargisch und hatte den Mut verloren. Umso mehr wehrte sich Annie: »*Yer aff yer heid!*[62]« Sie sträubte sich, schlug um sich, doch dies irritierte die Männer nicht. »Schrei doch. Hier hört dich keiner.«

Brutal stieß der Stiernacken Annie vorwärts. Sie stolperte. Enya wollte sich zu ihr bücken, um ihr aufzuhelfen. »Ich mache das!« befahl der Stiernacken. Einer der Männer zog Enya vorwärts und der Stiernacken griff in Annies Haare und zog sie an ihren Locken hoch. Annie schrie auf. Halb lief sie, halb wurde sie vorwärts gezerrt.

Der Schleimige hielt die schwere Eichentüre zum Kerker offen. Der Bruchsteinkeller des Hauses war nur von außen über den Hof zugänglich. Kleine Fenster sorgten für eine kontinuierliche Durchlüftung. Früher verhinderte der Luftstrom, dass sich Schimmel auf der Braugerste bildete. Damals wie heute war der Keller ungemütlich feuchtkalt. Der Keller war eine Ansammlung größerer und kleinerer Lagerräume, die durch einen breiten Gang verbunden waren.

Die beiden Frauen wurden den Gang entlang gezerrt. Ein kräftiger Tritt beförderte Annie in das Verlies am Ende des

---

[62] *Lass' Deine Finger bei Dir*

Ganges. Enya folgte ebenso unsanft. Kurz darauf befanden sich die Frauen hinter einer dicken verschlossenen Tür.

Gertrud saß allein in ihrem Zimmer und starrte gegen die Wand. Der Kampf der Kirchenmänner hallte noch in ihr nach. Ihr Bild von der Kirche bekam Risse. In ihrer Vorstellung stritten Priester und Mönche nicht, sie führten ihre Gemeinden, sie führten die Kirche. Doch was sie hier erlebte, war der Kampf zweier Alpharüden um das Rudel. Es irritierte Gertrud. »Wer steht wofür? Wie kann es sein, dass diese beiden klugen Männer so unterschiedlich für die Kirche kämpfen? Oder kämpfen sie für etwas anderes?« fragte sie sich immer wieder. Sie ging in ihrem Zimmer auf und ab und ließ die einzelnen Personen gedanklich Revue passieren.

Da war zunächst der Prälat Dr. Meyerhoff. Sie dachte, sie kenne ihn gut. Seit Jahren lebten sie unter einem Dach. Noch vor kurzem hatten sie eine kurze Intimität. Nun entwickelte er sich immer mehr zu einem religiösen Eiferer. Oder war er es schon immer und zeigte jetzt sein wahres Gesicht?

Gertrud öffnete die Flasche Mineralwasser, die auf dem kleinen Tisch neben Teebeuteln und einem Wasserkocher stand. Sie goss sich ein Glas ein und suchte vergeblich nach der perlenden Kohlensäure. Es war stilles Wasser. Gutes Mineralwasser war eines der wenigen Luxusgüter, die Gertrud sich erlaubte. Zu Hause in Ülpenich trank sie Gerolsteiner Sprudel. Die Kästen ließ sie sich regelmäßig liefern. Und nun musste geschmackloses Wasser ihren Durst löschen.

»Der wohl intelligenteste der Eingeweihten und zudem der belesenste ist der Abt,« überlegte Gertrud. »Aber Raphael ist weich. Ein Mann des Dialogs. Des Ausgleichs. Würde Abt Raphael die Eingeweihten anführen, würde man keinen Schritt weiterkommen.« Gertrud hatte viel Respekt vor diesem Mann und seinem messerscharfen Verstand.

»Kann der Prälat dem Abt das Wasser reichen?« Sie schaute auf das halbleere Wasserglas und lächelte kurz bei diesem Vergleich. Beide Männer kamen ihr so unendlich intelligent vor. Insgeheim bewunderte Gertrud beide gleichermaßen.

Dann war da noch Bruder Ulrich. »Der Bruder ist ein komischer Mann. Irgendwie ist er immer dabei.« Gertrud konnte ihn nicht einschätzen. »Gestern bezog er erstmalig klar die Position seines Abtes. Hat er eine eigene Meinung? Ist er nur das Werkzeug des Abtes?« Gertruds Bild wurde klarer. »Wie dem auch sei, Ulrich ist ein weicher Mitläufer.«

Zu den anderen Personen, insbesondere jenen hier von den Inseln, konnte Gertrud nichts sagen. Diese Männer waren, mit Ausnahme des Stiernackens, unauffällig.

Gertrud trank ihr Glas Wasser aus. »Ich muss wohl auch selbst Position beziehen,« sagte sie ihrem Spiegelbild. »Vermutlich folge ich Meyerhoff.«

◈ ◈ ◈

Lochmaddy

Auf dem Gestüt des Musikers herrschte nervöses Treiben. Sir Bram mobilisierte alle Unterstützer.

»Enya und Annie müssen unbedingt schnell gefunden werden.«

»Wer könnten die Entführer sein?«, fragte der Musiker.

»Ich kann mir kaum vorstellen, dass jemand anderes als die Kirche dahintersteckt. Wir wissen, dass die Eingeweihten auf Siùna waren. Der Prälat war dort. Ich kann mir kaum erklären, wie sie unsere Spur hierhin gefunden haben sollten. Ich verstehe es wirklich nicht.«

»Wir werden es herausfinden«, meinte der Musiker.

»Zunächst werde ich unsere Kräfte informieren. Fionn, bitte telefoniere mit Iain auf Siùna. Er soll mit der Schäferin umgehend hierhin kommen. Um die Burg soll sich seine Familie kümmern.«

Sir Bram lief auf und ab. Er schien seine Schmerzen zu vergessen oder zu verdrängen. »Kayla, Robyns Zwillingsschwester, kommt von Lewis hierher. Sie wird heute noch eintreffen.«

Der Musiker mischte sich ein: »In unserem Clan gibt es viele Menschen, denen wir trauen können. Leider können sie mit der Hexerei nichts anfangen. Ich überlege mir, wie wir sie einbinden können.«

»Sehr gerne.«

»Was ist eigentlich mit der Polizei?«, fragte Fionn. »Sie haben den Fall aufgenommen und auch mich als Zeugen vernommen. Sie haben natürlich keine Informationen von mir bekommen. Genaugenommen konnte ich nicht helfen. Kommen wir unsererseits dort an Informationen?«

Sir Bram musste verneinen. »Ich habe da leider keine Kontakte.«

»Aber ich«, meinte der Musiker. »Ich kann nachfragen. Zudem werde ich im Clan der McDonalds of Lewis & Harris die Information von der Entführung vorsichtig streuen und auf Beobachtungen hoffen. Leider ist der Clan nur – wie es der Name schon sagt – eher auf Lewis & Harris verbreitet.«

»Und meine Frau wird ihre Reiterfreunde fragen. Immerhin sind die hier auf North Uist präsenter.«

»Dummerweise haben wir kaum verlässliche Kontakte zu den südlichen Inseln wie South Uist, Barra, Eriskay und auf die kleinen Inseln«, erkannte George.

Innerhalb kürzester Zeit wurden viele Telefonate geführt. Gerade auf North Uist kam schnell Bewegung in die Gemeinschaft und ihre Unterstützer.

»Es ist nur eine Frage der Zeit, bis wir mehr wissen«, meinte der Musiker.

»Und gerade Zeit haben wir nicht.« Sir Bram grübelte.

»Fionn, so wichtig du hier sein könntest, möchte ich dich doch auf dein Boot zurückschicken.«

»Hier kann ich helfen.«

»Du bist auf dem Boot wichtiger. Und ganz ehrlich ... ich habe Angst, dass du bei einer der Aktionen Probleme mit dem Kreislauf bekommst und du unter der Belastung ausfällst.«

Fionn wollte zunächst rebellieren. Rational musste er sich aber eingestehen, dass Sir Bram mit diesem Argument leider Recht hatte.

»Es ist doch richtig, dass sich Liath auf dem Boot befindet?«

»Korrekt.«

»Dann bringe Liath in Sicherheit und segele auf das Meer hinaus. Da kommt so schnell keiner an das Buch.«

»Ich hoffe, das Buch akzeptiert mich als Beschützer.«

»So wird es sein.«

»Und Juna?«

»Der Hund ist hier besser aufgehoben als auf einem Boot.«

»Schade. Du hast Recht. Kümmert euch gut um die Fellnase.«

Tag 2

Eriskay

»Diese Mauern kenne ich. Es ist lange her. Sehr lange. Ich war schon einmal hier.« Annie schaute sich um und tastete mit ihren Fingerkuppen und Augen die Wände Zentimeter um Zentimeter ab, als suche sie Anhaltspunkte, um ihre Vermutung zu untermauern.

»Was soll das heißen? Du warst schon mal hier?«, wunderte sich Enya.

»Es muss lange her sein. Die Erinnerungen an diesen Geruch, den ein Gebäude nie ablegen kann, haben sich fest eingebrannt. Es riecht nach Hefe und geräuchertem Malz. Merkst du das?«

Enya versuchte, die Gerüche zu identifizieren. Sie streckte die Nase in die Luft und konzentrierte sich. »Schimmel? Rauch?«, fragte sie.

»Nahe dran. Etwas zu riechen ist eine Sache. Die Gerüche in Worten zu beschreiben eine andere. Wie ich sagte: Hefe und geräuchertes Malz. Es sind keine guten Erinnerungen. Nur fällt mir nicht ein, mit welchem Ereignis ich diesen Ort in Verbindung bringen soll. Ich bin mir nicht sicher, ob ich es wirklich wissen will.«

»Ist es denn nicht so, dass sich schlechte Erinnerungen so einprägen, dass sie unauslöschlich sind? Sind Hefe und Malz nicht Anzeichen für eine Whiskydestillerie oder eine Brauerei?«

»Es ist lange her. Denke daran, dass ich viele Jahre mehr auf dem Buckel habe als du.«

Für Enya klang dies wie ein Witz. Eine übertriebene Pointe. »Vielleicht fünf. Maximal.«

»Nein. Ich scherze nicht. Du weißt mittlerweile einiges über Hexen. Die Geschichte mit der langen Lebenserwartung, zum Beispiel. Ich wurde 1452 geboren und bin über fünfhundert Jahre alt. Vielleicht habe ich mich irgendwo verzählt.«

»Dafür hast du dich aber gut gehalten. Wirklich gut«, sagte Enya ungläubig.

»Ich bin wirklich so alt.«

»Du musst es ja wissen. Verarsch mich bloß nicht. Ich glaube nicht, dass dies hier der richtige Ort und die richtige Zeit dafür sind.«

»*Zarrafact*[63]! Hier verarscht dich keiner.« Annie wusste nicht, wie sie dies Enya beibringen sollte.

»Vergiss es!« Enya ließ sich von der gereizten Stimmung anstecken und drehte sich zur Seite weg. Sie sah nur Bruchsteine, ein wenig Stroh auf dem Boden und die Einwegflaschen mit Wasser.

Nach langen, schweigsamen Stunden, die nicht verrinnen wollten, war Enya langsam geneigt, daran zu glauben, dass es zumindest so sein könnte. Zumindest fand sie keine rationalen Argumente dagegen. Letztendlich blieb Unsicherheit.

❦ ❧ ❦

Bruder Ulrich fühlte sich nach dem Frühstück unwohl. Er konnte sich nicht daran gewöhnen, dass Frühstück und Mittagessen eins waren. Zu einer Tasse Tee wurde der halbe Kalorienbedarf des Tages auf einmal verschlungen. Andererseits konnte sich Bruder Ulrich auch nicht zurückhalten. Er aß einfach gerne und manchmal auch zu viel. »Vielleicht hilft noch eine Tasse Kräutertee«, dachte er.

---

[63] *It's a fact – Es ist eine Tatsache*

Im Gegensatz zu den anderen am Frühstückstisch verzichtete er auf Kaffee oder den üblichen schwarzen Tee. Bruder Ulrich war der Meinung, das Wesen eines Landes kann man am besten am Geschmack seiner Kräuter erkennen. So blieb er lieber bei seinem Kräutertee, den er allerdings allein genoss.

Es wurde nicht besser. Das Völlegefühl blieb. Ulrich verließ den Frühstückssaal mit einem kurzen Gruß. Er fühlte sich in der Nähe von Meyerhoff ohnehin unwohl. Er fühlte sich von der geistlichen Elite, wie er es nannte, lediglich geduldet. Mehr nicht. Ein Spaziergang über die saftigen Wiesen würde wohl seinen Magen wieder in Ordnung bringen und die Verdauung ankurbeln.

Die Brauerei lag am Rande des Ben Scrien, des mit etwa 180 Metern höchsten „Bergs" auf der Insel. Bis zum Meer war es lediglich ein Kilometer. Es zog ihn in diese Richtung.

Die frische Luft tat ihm gut. Über satte Wiesen und von Moosen und Flechten überzogene Felsen lief Ulrich langsam den abschüssigen Weg hinunter. Es war kaum mehr als ein schmaler Trampelpfad, den auch die Schafe der Insel nutzten. Mit seinen Mönchssandalen hatte er nicht das optimale Schuhwerk für diesen Weg an den Füßen. Schon bald fühlten sich seine Zehen in den offenen Sandalen taub an, obwohl es nicht kalt war. Ulrich hielt inne. Er setzte sich auf einen Felsen und bewegte die Zehen. »Die Feuchtigkeit«, dachte er. Er schaute sich zur Brauerei um. Er war kaum dreihundert Meter weit bergab gekommen und musste schon pausieren, obgleich er eine gute Kondition hatte.

Der Mönch stand wieder auf und stampfte auf den feuchten Wiesenuntergrund kräftig auf. Die Sandalen sanken zentimetertief ein. Seine Zehen blieben dennoch taub.

Ulrich lief weiter; das Meer vor Augen. Er atmete tief ein. Er genoss die frische Luft.

Seine Finger kribbelten. Es begann an den Fingerkuppen. »Die Blutgefäße werden alt. Kaum noch Zirkulation«, dachte er. »Erklärt auch die tauben Zehen. Wenn ich wieder in der Eifel bin und meine Kräuter nicht helfen, werde ich wohl mal zum Arzt gehen.«

Ulrich veranstaltete einige verunglückte gymnastische Übungen. Er streckte die Arme vom Körper zur Seite aus. Dann nach oben und wieder zur Seite. Er schlug Räder wie eine Windmühle, um die Blutzirkulation anzukurbeln.

Gertrud beobachtete die Situation von einem Fenster der Brauerei aus. Sie schüttelte den Kopf. Meyerhoff stand neben ihr. »Komisch, diese Mönche. Dieser hier erinnert mich an die Bockmühle aus dem Freilichtmuseum.«

Unterdessen bemerkte Bruder Ulrich, dass die Fingerspitzen nicht mehr kribbelten, sondern taub wurden. Er spürte sie nicht, wenn er sich kniff. »Wie seltsam«, murmelte er. Dann beugte er sich vor und kniff sich in die Zehen. Sie waren auch alle taub. Grübelnd betrachtete er seine Zehen. »Die sind durchblutet. Dann sind es wohl die Nerven.«

Bruder Ulrich lief weiter. Er stolperte. Er knickte weg. »Ups!« Er rappelte sich wieder auf. »Meine Waden sind auch irgendwie taub.« Ulrich torkelte etwas, als er versuchte, vorwärts zu kommen. Seine Beine trugen ihn nicht sicher. »Wieso ist es so schwer, über den weichen Boden zu lauf ..., lauf, ... laufen?«

Das Meer war nahe. Bruder Ulrich spürte, wie ihm Speichel aus dem Mund lief. Er wischte sich über das Kinn. »Nss, ... nss, ... nass«, nuschelte er und versuchte zu schlucken.

Ulrich atmete tief ein und wischte sich erneut den Speichel weg. Es fiel ihm schwerer und schwerer, den Arm zu heben.

»Ssso, sssso alt bin iiii ... noch ... niiii.«

Die Laute kamen ihm seltsam gedehnt vor. Er konnte sie kaum noch bilden, obwohl seine Gedanken alles mitbekamen. Er verkrampfte. Bruder Ulrich verzog sein Gesicht ungewollt zu einer Grimasse. Es kam ihm vor, als ob er einem anderen, alten Mann zuhörte.

Er setzte sich erneut und griff in den Ärmel seiner Kutte. Aus einer versteckt eingenähten Tasche zog er eine kleine Pappschachtel. Er entnahm einen Joint und ein Feuerzeug. »Gras zur Entspannung«, sagte er sich. Krämpfe schüttelten ihn. Ansonsten war seine Muskulatur seltsam entspannt. Nur mit Mühe gelang es ihm, den Joint zwischen die Lippen zu stecken. Noch schwieriger war es, das kleine Reibrad des Feuerzeugs zu bedienen. Letztendlich schaffte er es doch.

»Dasssss bruh .... Beruuu ... beruhigt.« Das Gegenteil war der Fall. Angst breitete sich aus. Er wusste nicht, was mit ihm geschah.

Bruder Ulrich rappelte sich wieder auf. Es fiel ihm schwer, die notwendige Spannung in seiner Muskulatur aufzubauen. Dabei wollte er doch nur aufstehen.

Bis zum Meer waren es vielleicht noch hundert Meter. Schritt für Schritt kämpfte sich Ulrich vorwärts. Er schmeckte nichts mehr. Auch nicht den süßlichen Geruch des brennenden Grases. Er roch das Meer auch nicht mehr. Er sah es noch. Er hörte es rauschen. Sein Kopf war klar, obgleich Schwindelgefühle einsetzten und er die aufwallenden Krämpfe nicht unterdrücken konnte.

Als die Wellen seine Füße umspülten, setzte seine Atmung aus. Er riss seinen Mund auf, kämpfte um Sauerstoff. Er griff nach seinem Hals. Er spürte keine Bewegungen des Brustkorbes. Er saugte keine Luft in seine Lungen. Er atmete nicht aus.

Der Joint fiel aus dem Mundwinkel. Die Pupillen weiteten sich, obwohl es hell war. Seine Arme umklammerten seinen

Körper. Ulrich knickte nach vorne auf die Knie, was er nicht mehr spürte. Er wollte schreien. Nach Hilfe rufen. Wollte atmen. Nichts davon gelang. Als er vorneüber in die seichten Wellen stürzte, setzte sein Herzschlag aus.

Für immer.

৶ ৵ ৸

Als Meyerhoff nach einiger Zeit wieder aus dem Fenster schaute, sah er in der Ferne etwas in der Brandung liegen, was er zunächst für einen Sack hielt. Nachdem er wusste, dass Bruder Ulrich in seiner braunen Mönchskutte zum Meer gelaufen war, schaute er nochmals intensiver zum Meer hinaus. »Ist es geschehen?«, fragte er sich selbst.

Gertrud hörte die Frage, konnte den Sinn nicht einordnen, stand auf und blickte ebenfalls aus dem Fenster. »Da unten am Meer ...«, Meyerhoff deutete zum Wasser. »Gertrud, laufen Sie runter. Da stimmt etwas nicht. Ich komme nach.«

Gertrud lief, wie geheißen, voran. Meyerhoff folgte mit schnellen Schritten. Je näher sie dem Wasser kamen, desto gewisser wurden sie. Bei Ulrich angekommen, drehten sie mit Mühe den Mönch auf den Rücken. Meyerhoff prüfte die Vitalparameter. Es war überflüssig. Mit aufgerissenen Augen lag Bruder Ulrich vor ihnen.

»*Requiescat in pace.*[64]« Der Prälat bekreuzigte sich und sprach über die sterbliche Hülle gebeugt ein Totengebet. Gertrud stand abseitig und telefonierte mit dem Besprechungsraum in der Brauerei.

Auch wenn der Prälat und der Mönch keine Freunde, vielleicht sogar Feinde, waren, war es eine Frage des Anstandes, im Tode zu vergeben. Meyerhoff hegte keinen Groll mehr gegen

---

[64] *Ruhe in Frieden.*

den toten Mönch. Er konnte diesen Schalter umlegen. »Seine Reise ist beendet.«

Die Nachricht verbreitete sich schnell im La Mano de Dios. Nach wenigen Augenblicken trafen die anderen Männer ein. Einer der Zivilisten beugte sich kurz über Bruder Ulrich und meinte, ohne großartig den Leichnam untersucht zu haben: »Herzversagen, vermute ich. Er riecht nach Cannabis. Und die Anstrengung der Wanderung.«

»Sicher?«, fragte Meyerhoff. »Welche Wanderung?«, fragte er sich laut.

»Und wenn es kein Herzversagen war, schreibe ich dennoch Herzversagen in den Totenschein.«

‚Scheinbar ist der Mann Arzt', erkannte Gertrud. ‚Alles kann so einfach sein, wenn man nur die richtigen Leute kennt.'

Abt Raphael traf erst später ein und hatte das Gespräch mit dem Arzt nicht mitbekommen. Er beugte sich zu seinem Klosterbruder runter, sah in die toten Augen und schlug ebenfalls das Kreuzzeichen über Bruder Ulrich. Dann schloss er vorsichtig die Augen des toten Mönchs. Raphael schaute nach und nach in die Gesichter der umherstehenden Männer.

»Wohl ein Herzinfarkt nach dem üppigen Frühstück«, meinte der Arzt zu Abt Raphael lapidar, und niemand widersprach. Die Zeit des Abtes im La Mano de Dios schien sich dem Ende zuzuneigen. Man verschwor sich gegen die deutschen Mönche, oder zumindest gegenüber dem letzten deutschen Mönch im Orden. Raphael spürte die Kälte, die ihm entgegenschlug.

Meyerhoff wurde ungeduldig. »Was müssen wir noch wissen? Können wir nicht gleich der Brut eine abschließende Behandlung angedeihen lassen? Warum warten?«

»Wir wissen noch zu wenig,« antwortete Abt Raphael, der wegen der Trauer um seinen toten Mitbruder den warmen Sommermorgen nicht genießen konnte, während er mit Meyerhoff nach der Morgenandacht zu einem Spaziergang über die Wiesen aufgebrochen war.

»Ein Feuer ist im Hof der Brauerei schnell gemacht.«

Der Abt lenkte ab. »Wir müssen uns zunächst um den toten Bruder kümmern. Wir werden schauen, ob wir ihn hier in Saint Michael's Church aufbahren oder was mit ihm geschehen soll.«

»Darum sollten Sie sich kümmern. Wir haben weiß Gott andere Prioritäten. Wäre er im Kampf gefallen, wäre er ein Kollateralschaden. So ist er einfach nur tot.«

Der Abt blieb stehen und schaute über die sanften grünen Hügel. Alles sah so friedlich aus, aber ihm drehte sich bei Meyerhoffs Formulierungen der Magen um.

»Wir benötigen noch Informationen über die Strukturen im Hintergrund und die Ziele. Wie weit waren die Hexen mit dem Aufbau eines neuen Zirkels?« Raphael versuchte, auf die eigentliche Aufgabe zurückzukommen, um nicht Meyerhoff das Feld vollständig zu überlassen.

»Nun verzögern Sie nicht«, entgegnete der Prälat genervt.

»Sie werden nicht schnell reden,« antwortete der Abt. »Wir lassen sie noch ein wenig hungern. Dann werfen wir ihnen ein paar Brotkrumen in den Kerker. Irgendwann werden sie reden. Wir haben die Hexen. Wir haben Zeit.«

»Nur tote Hexen sind gute Hexen.«

»Und da wäre noch das Buch.«

»Das Buch wird verbrannt, wenn wir es bekommen. Wenn nicht, ist es auch nicht schlimm. Wir reduzieren die Anzahl der Hexen auch ohne Buch.«

Tag 3

Die beiden Frauen hatten Hunger. Zwei Nächte waren vergangen, seit sich die Türe zum Verlies das letzte Mal geöffnet hatte. Immerhin hatten sie genügend zu trinken und einen Eimer für die Notdurft. Aber sie hatten kein Papier. Es waren die kleinen Dinge, die das Leben unangenehm machten – wie ein Po, den man nicht abwischen konnte. Es war absichtlich so eingerichtet.

Wenn nur nicht der Hunger wäre.

Erschöpfung machte sich breit, dazu kam Mutlosigkeit. Das langsame Auskühlen sorgte dafür, dass sie immer näher zusammenrückten. Man hätte meinen können, auf ein Vogelpärchen in einem Zoogehege zu blicken. Das wenige Nistmaterial war sorgsam in einer Ecke zusammengetragen, und die beiden Frauen suchten nahe beieinander Schutz vor der Kälte.

Irgendwann durchbrach Annie die ewige Stille: »Ich weiß nun, wo wir sind. *A dour place*[65]. Und es ist wirklich kein Ort, mit dem ich angenehme Gedanken verbinde.«

Enya schaute fragend auf, ohne Annie unterbrechen zu wollen.

»Dies ist das Gemäuer, in dem ich gefangen gehalten wurde, nachdem man mich erstmalig der Hexerei beschuldigt hatte.«

»Man hatte dich schon einmal angeklagt?«

»Ja. Auf einer Insel namens Eriskay. Dies muss Eriskay sein. Wir wären dann im Süden der Hebriden, wenn ich Recht habe.« Es verstrichen einige Minuten, dann fügte sie hinzu: »Ich habe Recht.«

Annies Finger glitten über die Fugen zwischen den Bruchsteinen in der Wand, als suche sie nach bekannten Merkmalen.

---

[65] *Ein miserabler Ort.*

»Man brachte mich hierher, nachdem man mich auf der Flucht mit Fionn gestellt hatte.«

»Ist Fionn wirklich auch schon so alt?«

»Aye. Er ist etwas älter als ich. Wir waren damals eine kurze Zeit liiert. Vielleicht für etwa einhundert Jahre. Das ist lange her.«

Annie kam auf das Gebäude zurück, obwohl Enya gerne mehr über Fionn erfahren hätte. »Es war damals eine Brauerei. An diesem Ort musste ich einem Braumeister zu Diensten sein.«

»Das heißt?«

»Der Braumeister war zugleich der Kerkermeister. Er kam täglich in das Verlies und folterte mich. Er nannte es Folter. In der Realität ließ er mich in Ruhe, wenn ich ihm jeweils einen blase oder er mich anal nehmen konnte. Vermutlich wie seine Knechte oder Mägde zuvor.«

Einen Moment lang herrschte Ruhe. Dann folgte ein zaghaftes »Ja ...!« Annie entwickelte Trotz aus der Niedergeschlagenheit und den Erinnerungen heraus, und das »Ja« wurde kräftiger. »Ja. Endlich habe ich den Ort gefunden. Eben nicht so, wie ich es mir gewünscht habe ... anders.«

Und dann begann sie zu erzählen: »Tagsüber, nach seinem Morgenbrevier – ich glaube so heißt es – wurde ich aus dem Kerker geholt. Mein Tagesablauf begann mit meiner *tägliche Buße*. Dann folgten Reinigungsdienste ... Latrinen, Küche, und so weiter. Am Tage bekam ich nur ein paar Schlucke Wasser. Ein Stück Brot musste ich mir anders erarbeiten. Ich prostituierte mich für ein Stück Brot. Abends wurde ich wieder für die gleichen Dienste *gebraucht* – oder *missbraucht*. Dann gab man mir wieder ein Stück Brot und brachte mich zurück in diesen Keller. So überlebte ich.«

»Exakt dieser Keller?«, fragte Enya.

»Ja. Es war dieser Keller. Ich habe ihn nicht sofort erkannt. Eigentlich wusste ich, dass er es sein muss, aber der Geruch hat sich doch etwas verändert. Etwas fehlt. Damals roch es hier stark nach Hefe, es erinnerte an Bier. Heute ist davon nichts zu merken. Das hat mich irritiert. Manche Gerüche bleiben auch über lange Zeit hinweg unverändert. Andere nicht. Daher bin ich mir nun sicher: Hier verbrachte ich viele Nächte.«

»So lange soll es diesmal nicht werden.«

»*I'm wobbit*[66]. Ich weiß nicht«, entgegnete Annie unsicher. »Wenn unser Aufenthalt ein positives Ende finden soll, muss es schnell gehen.«

»Und falls nicht?«

»Auch dann wäre ein schnelles Ende nicht das Schlechteste.«

»Das Zweitschlechteste.«

»Siehst du diesen alten Haken dort an der Decke?« Annie deutete mit einer Kopfbewegung zur Deckenmitte. »Dort hatte man mich, an den Händen gefesselt, aufgehängt, wenn es mir nicht gelang, den *Eeejit*[67] zum Orgasmus zu bringen.«

»Oder richtiger: Er war impotent.«

»Genauso. Wenn ich meinen Tagesdienst nicht mit der gebührlichen Pflichterfüllung erledigte – wie er es nannte – hing ich dort die ganze Nacht und konnte keine Ruhe finden.«

»Und wenn ich mir etwas zu Schulden habe kommen lassen, hing ich dort an den Füßen und mein Kopf baumelte knapp über dem Boden. Das Blut schoss mir ins Hirn und langsam verlor ich den Überblick. Mir wurde es schwarz vor Augen.«

Enya stand auf. Voller Neugierde und Abscheu zugleich ging sie zum Haken. Sie untersuchte ihn skeptisch. Rostiges Braun

---

[66] *Wobbit: Ausgelaugt*

[67] *Eeejit: Idiot*

überzog ihn. Auf der Oberseite schien er blankgescheuert zu sein. »Ich bin mir nicht sicher, aber ich habe den Eindruck, als ob er noch immer im Gebrauch ist. Es kann nicht lange her sein, dass hier das letzte Mal ein Seil an diesem Haken hing.«

Lochmaddy

Als Kayla, die Weberin, in Lochmaddy eintraf, konnte man meinen, Robyn vor sich zu haben. Sie sah ihrer Schwester so ähnlich, wie es nur Zwillinge können. Allerdings hatte sie längere Haare. Wie ihre Schwester trug auch sie einen Ring mit Triskele und einem Smaragd. Der gleiche Stein deutete darauf hin, dass sie zusammen mit ihrer Schwester ein Paar im Coven gebildet hatte und wieder bilden würde.

Sir Bram begrüßte sie flüchtig auf dem Gestüt des Musikers. Sein Haus schien zu einer Kommandozentrale zu werden. Immerhin war es groß genug, um die Ankömmlinge für die Nachbarschaft unauffällig aufzunehmen. Zu den nächsten Häusern lag eine Distanz von etwa zweihundert Metern. Bram erklärte Kayla die Situation. Einerseits freute sie sich darauf, ihre Schwester Robyn bald wiederzusehen und dass der Coven eine Chance auf eine Neugründung hatte. Andererseits machte ihr die Situation Angst. Es erschien alles final, wie ein Endspiel.

»Wir beginnen gerade erst mit der Suche nach Enya und Annie. Leider haben wir noch keine Spur aufnehmen können.«

»Wie wollen wir denn weiter vorgehen?«

»Wir sind auf Informanten angewiesen. Der Musiker hat das Einverständnis des Lairds der McDonalds, dies in seinem Clan zu tun. Vielleicht kommen wir so weiter.«

Kayla bemerkte, dass Sir Bram nicht besonders zuversichtlich war, und er gab es zu. »Ansonsten habe ich keine Ahnung, was wir tun können.« Er schaute die Weberin hilflos an. Sir Bram wirkte seltsam ausgebrannt.

»Ich schicke dich zunächst einmal zu Fionn auf die Solstice. Es ist mir nicht wohl dabei zu wissen, dass er das Buch allein schützen muss.«

Kurz nach ihrer Ankunft auf dem Gestüt fuhr Kayla in ihrem kleinen, klapprigen Kastenwagen gleich weiter zum Hafen von Lochmaddy. Fionn, der die letzte Zeit auf hoher See verbracht hatte, lief gerade im Hafen ein, als die Weberin ankam. Unterwegs hatte sie frische Lebensmittel eingekauft.

Mit ernster Miene begrüßte Fionn Kayla. Zusammen verluden sie die Lebensmittel und unterhielten sich über das Wetter und andere Belanglosigkeiten. Fionn wollte zeitig wieder auslaufen, und die Segel waren schnell gesetzt. Sir Bram hatte recht mit seiner Vorsichtsmaßnahme, dass Liath geschützt werden musste. Seit Enya und Annie in Hafennähe von Lochmaddy entführt worden waren, hatte es viele Beobachtungen fremder Personen gegeben. Manchmal streiften Männer durch die Straßen, die keine Touristen sein konnten, und ein anderes Mal schienen Männer im Auto Patrouille zu fahren. Nur von der Polizei war wenig zu sehen.

Kayla verstaute ihre beiden Reisetaschen in der leeren Kabine, während die Solstice langsam Fahrt aufnahm. Kayla konnte auch segeln, was Fionn entlastete. Sie verschaffte sich eine Orientierung an Bord und suchte passende Unterbringungsmöglichkeiten für die mitgebrachten Lebensmittel.

»Fionn, was ist das denn für ein Stück Tweed?« fragte sie, als sie mit einem abgerissenen Ärmel nach oben ans Steuer kam. »Wenn jemand Harris Tweed so zerreißen kann, muss viel Kraft und Wut dabei gewesen sein.«

Fionn berichtete von der Entführung. »Die kleine Juna kam mit dem Stofffetzen an.«

»Ein Kind?«

»Nein. Juna ist ein Pointer. Ein Hund. Sie hatte den Stofffetzen in der Schnauze, scheinbar von einem der Entführer.«

»Zu Harris Tweed darf man nicht Fetzen sagen.« Die Weberin versuchte, die Situation etwas aufzulockern und ließ den Stoff durch ihre Finger gleiten. »Hast du irgendwo eine Lupe an Bord?«

»Leider nein. Mein Handy kann Makrofotos machen.«

Schnell wurden einige Fotos vom Stoff gemacht.

»Der Tweed ist wirklich von Harris. Schau mal, das ist ein Mischfaden mit mindestens sechs verschiedenen Farben. Das ist ein Kaona-Streifenmuster. Eigentlich gängig, aber mit diesen dunklen Farben und dem Meerblau unüblich. So arbeiten wir nur auf Harris. Und man fühlt die Wolle unserer Schafe.«

»Also vermutlich jemand mit lokalem Bezug. Das hat die Polizei auch vermutet. Die Entführer sprachen unseren Hebriden-Dialekt.«

»Ich kann noch mehr über den Stoff herausfinden. Der Tweed wird mir seine Geschichte erzählen.«

»Wie das?«

»Nur Tweed, der in Hausarbeit auf den Äußeren Hebriden gefertigt wurde, darf sich Harris Tweed nennen. Alle Muster sind registriert. Dieses seltene Kaona-Muster können wir vermutlich identifizieren. Ich schicke mal ein paar Bilder nach Harris.«

Schon nach wenigen Minuten hatte Kayla eine Antwort von der Harris Tweed Authority.

»Fionn, schau her! Das Muster hatte eine Weberin aus Barra vor ein paar Jahren registrieren lassen. Es wurden nur zwei Bahnen Stoff vermarktet, die für Taschen verwendet wurden.«

»Dieses Stück stammt aber von einer Jacke. Das ist das Ende des Ärmels.«

»Richtig. Ich habe die Telefonnummer der Weberin. Ich rufe sie gleich an.«

Die Frauen unterhielten sich am Telefon auf Gälisch. Am Ende hatte Kayla eine interessante Information. »Bevor die beiden Bahnen zum Verkauf gefertigt wurden, gab es einen Probeanlauf. Der Stoff ging an einen Schneider auf Barra und meine Kollegin meinte, dass er zu einer robusten, wetterfesten Jacke verarbeitet wurde.«

Kayla spürte detektivischen Eifer.

Fionn konnte kaum verbergen, dass er beeindruckt war.

Beim nächsten Telefonat musste Kayla alle Überredungs-künste aufwenden. Mit Bezug auf die Kollegin auf Barra gelang es ihr, Informationen zu bekommen. Der Schneider erinnerte sich, weil der Kunde schwierig war. Der Name des Kunden stand in seinen Büchern. Es war ein Crofter, ein Kleinbauer von der Insel Eriskay.

Kayla wendete sich an Fionn. »Der Kunde stammte von der Insel Eriskay.«

Nun war es an Fionn, zu telefonieren.

»Bram, wir haben eine Spur.« Aufgeregt, aber sachlich beschrieb er, was seine Mitseglerin herausgefunden hatte.

»Eriskay! Ich hätte es mir denken können.«

»Was ist dort, Bram?«

»Ich glaube, es gab dort einmal ein Zentrum dieses spani-schen Ordens. Versteckt in … Moment … es muss eine Destillerie gewesen sein. Irgendwas mit Alkohol. Ich rufe zurück.«

ക ~ ೧

Sir Bram diskutierte die neuen Informationen mit dem Musiker und seiner Frau. »Eine Destillerie auf Eriskay? Daran kann ich mich nicht erinnern«, meinte der Musiker.

Seine Frau schüttelte den Kopf. »Die Insel ist sehr klein. Ich müsste wissen, wenn es dort eine Destille gibt.«

»Es kann lange her sein«, sagte Sir Bram. »Lange vor eurer Zeit.«

Die Frau überlegte. »Bis ins 19. Jahrhundert hinein wurde auf Eriskay Bier für den Export gebraut, als hier noch Gerste wuchs.«

»Das wird es sein«, sagte Sir Bram hoffnungsvoll. »Es sollte herauszubekommen sein, welches Gebäude das ist und ob es heute noch existiert.«

Mit Hilfe von Tante Google kamen sie schnell weiter. Die Frau recherchierte zügig, während Sir Bram beeindruckt über ihre Schulter schaute. »Diese moderne Technik ist beeindruckend.«

»Meine Frau ist beeindruckend«, korrigierte der Musiker.

Die Frau lächelte. »Das Gebäude existiert noch. Es war die Saint Michael's Brewery. In der Nähe gibt es noch immer eine gleichnamige katholische Kirche oder Kapelle. Die Brauerei wurde von einem katholischen Orden übernommen. Das Gebäude ist noch in Gebrauch. Es dient wohl – ähnlich einem Kloster – dazu, sich zurückzuziehen, für Exerzitien und Seminare.«

»Für den Exorzismus«, ergänzte Sir Bram düster.

Fionn erhielt den Anruf von Sir Bram, kurz nachdem die Erkenntnisse zur ehemaligen Brauerei bekannt wurden.

»Auch wenn mir unwohl ist, das Buch in Richtung Eriskay zu bringen und es dort möglicherweise einer Gefahr auszusetzen, brauche ich dich vermutlich vor Ort. Wir können keine Zeit verlieren.«

»Wir sind zu zweit auf dem Boot«, antwortete Fionn.

»Ja, ich weiß. Du segelst mit Kayla nach Eriskay. Robyn ist übrigens bereits unterwegs.«

Noch während des Telefonats fasste Fionn den Entschluss, Enya und Annie zu retten. Nun segelte er unter vollen Segeln Richtung Süden an South Uist vorbei. Er hatte bereits die See-karte auf dem Monitor am Steuerstand. Die Strecke betrug etwa 40 Seemeilen, oder 70 Kilometer. Allerdings bereitete ihm noch Kopfzerbrechen, wo er in Eriskay unauffällig an Land gehen konnte. Zwar gab es einen kleinen Hafen, in dem auch die Fähren anlegten, aber eine so große Yacht würde dort auffallen.

Der Wind stand gut und er rechnete damit, in etwa vier Stunden vor Eriskay zu sein. »Bis dahin muss ich wissen, wo ich anlegen kann«, grübelte Fionn.

Je näher Fionn der Brauerei von Eriskay kam, desto prä-senter wurden längst verdrängte Erinnerungen. Eriskay war seit vielen hundert Jahren für ihn eine neutrale Insel geworden, aber das war nicht immer so. Mit dem Wissen um die Brauerei im Hinterkopf wurde ihm unwohl. Gedanken an seine Gefan-genschaft, als er Annie auf der Flucht unterstützte, und an das Feuer, das sie verbrennen sollte, kamen wieder hoch. Aus-gerechnet diese Brauerei. Fionn schluckte und ein kalter Schauer fuhr über seinen Rücken. Er wusste, dass er seine Ängste überwinden musste, um die Aufgabe zu bewältigen.

Meyerhoff sprach Gertrud in einem ruhigen Moment an: »Ich muss Ihnen etwas erklären. Eigentlich wollte ich schon lange beichten, aber gerade meinem Beichtvater kann ich es nicht anvertrauen.«

»Ich kann doch nicht die Beichte abnehmen.«

»Das sollen Sie auch nicht. Sie sollen nur zuhören. Ich muss mein Gewissen ein wenig erleichtern. Irgendjemandem muss ich es erklären.«

Gertrud blieb ruhig, aber verwirrt. ‚Doch wie eine Beichte‘, dachte sie und wartete auf die nächsten Sätze.

»Wir gehen nach oben.« Meyerhoff ging voran.

Im Obergeschoss gab es ein kleines ehemaliges Raucherzimmer, in dem seit einiger Zeit das Rauchen verboten war. Dennoch hielt sich der kalte Rauch hartnäckig im Zimmer.

Meyerhoff sah Gertruds Unbehagen. »Eigentlich ist hier Rauchverbot.«

»Rauchen Sie etwa heimlich?«, fragte Gertrud und meinte den Grund für Meyerhoffs Beichte erraten zu haben.

»Das ist nicht der Grund, aus dem wir hier sind. Ich habe in anderer Art und Weise gesündigt«, begann er.

Gertrud dachte an die gemeinsame Nacht. ‚Wollte er über diese Nacht reden? Das würde erklären, warum er es nicht seinem Beichtvater anvertrauen konnte.‘

Meyerhoff hatte die Unkeuschheit nach langem Hadern als notwendig akzeptiert. Diese Unkeuschheit geschah alleinig aus der Schwäche des Fleisches heraus. Nicht, weil er es wollte. Es war eine Notwendigkeit der Selbstfindung. Dann erinnerte er sich wieder lebhaft an Gertruds Dessous. ‚Sie hatte es darauf angelegt. Das müsste sie beichten. Ich nicht.‘

Dann kam Meyerhoff zur Sache: »Ich habe gemordet. Ich habe es für Gott getan.«

Gertrud erschrak.

»Es war letzten Monat. Josef fütterte gerade seine Schweine.«

Gertrud verzog verächtlich den Mund. »Hätte ich die Chance gehabt, ich hätte es auch ...«

»*De mortuis nihil nisi bene* – Über die Toten nur Gutes.«

»Ich wollte es schon lange. Entweder fehlte der Mut oder die Gelegenheit. Er hatte es verdient.«

»Für mich war die Gelegenheit günstig. Es bedurfte nur eines kurzen Schubs. Josef war nicht mehr nüchtern. Er hatte sich weit über das Gatter vorgebeugt. Ich schlich mich an, ergriff seine Hosenbeine und riss sie hoch. Er fiel kopfüber direkt zwischen die hungrigen Schweine. Josef schrie hässlich. Er lebte noch. Ich habe dann nochmals ... also mit dem Spaten.«

Gertrud blieb in diesen Gedanken hängen. »Und dann war er tot? Nur warum?«

»Ich habe davon gehört, dass er besondere Zahlenrätsel löste. Er hatte sie auf einer Tapete notiert. Irgendwann redete sein Bruder Johann mit mir darüber beiläufig bei einem Essen im Gasthof und nannte einige der Zahlen. Er wollte einen Rat, wissen, ob Josef wieder so irre sei, dass man ihn endlich wieder einweisen konnte. Ich bin hingefahren und sah die Zahlen, als Johann gerade auf den Feldern war. Mir war sofort klar, dass er die Zahlen nur aus dem verschwundenen Hexenbuch haben konnte. Josef erwischte mich beinahe in seinem Zimmer. Ich habe ihn draußen gehört, als er die Schweine fütterte. Ich musste wissen, wo das Buch war. Ich fragte ihn eindringlich. Josef redete aber nicht darüber. Er schwieg. Er sprach auch nicht über die Zahlen. So sehr ich mich auch bemühte. Wir gerieten in Streit.«

»Der Tod hatte auch etwas Gutes«, meinte Gertrud. »Er hatte es verdient. So wie er mich immer erniedrigt hatte.«

Es wurde ruhig im Raucherzimmer. Gertrud wusste nicht, ob sie gehen konnte. Der Mord an Josef ließ sie gefühlslos, die Beichte des Prälaten weniger. ›Meyerhoff: ein Mörder!‹ Gertrud stand auf, nachdem Meyerhoff still blieb. Sie wendete sich um.

»Warten Sie. Da ist noch etwas.«

Gertrud schaute fragend auf.

»Ich habe heute Morgen Bruder Ulrich Schierling in den Kräutertee gemischt. Es hat gewirkt.«

»Warum?«

»Er war nicht bereit, den wahren Glauben zu vertreten. Nicht bereit, den Weg der Inquisition mitzugehen. So musste er nun seinen eigenen Weg gehen.«

Aus einer Eingebung heraus fragte Gertrud: »Und warum nicht dem Abt?« Nicht, dass sie es wollte, aber es wäre aus ihrer Sicht naheliegender gewesen.

Meyerhoff schaute erschrocken auf. »Es wäre ... sinnvoll. Er ist auch so weg. Kaltgestellt. Fast. Er wird zurück nach Deutschland müssen, um seinen toten Bruder beerdigen zu können.«

Wieder neigte sich ein Tag dem Ende zu, und Dunkelheit umfing die Frauen im Verlies. »Dies war wohl der dritte Tag«, zählte Annie.

»So langsam beginne ich zu verstehen, wieso man anfängt, Tage zu zählen und Striche in die Wände zu ritzen.«

Beide Frauen waren matt und lethargisch. »Ich habe Hunger!«, murmelte Enya.

»Man lässt uns wohl mit Absicht hungern. So foltert man, ohne sich die Hände schmutzig zu machen.«

Bei diesem Gedanken begannen Annies Augen, die Wände zentimeterweise nach Zeichen früherer Gefangenschaften abzusuchen. Obwohl sich das Tageslicht langsam aus dem Keller verabschiedete und vieles nur noch schemenhaft zu sehen war, gewöhnten sich ihre Augen schnell an die veränderten Verhältnisse. Die Hypersensibilität der Sinne ermöglichte es den Frauen, auch mit wenig Mondlicht viel zu sehen.

»Wir müssen irgendetwas machen. Sonst werden wir hier noch verrückt.« Enya suchte Ablenkung vom Hunger.

»Ich kann dir noch etwas Gälisch beibringen. *Seilear* heißt beispielsweise Keller. Und *tha an t-acras orm* bedeutet, dass ich Hunger habe.«

»Hast du keine anderen Beispiele? Sonst bekomme ich sogar beim Sprachunterricht Hunger.«

»Verzeihung. Ich könnte dir von den Wiesen und Feldern auf Lewis erzählen. Oder lieber Grammatik?«

»Pssst. Erwähne unser Ziel nicht. Ich weiß nicht, ob die Wände hier Ohren haben.«

»Dann erzähle mir doch von Fionn. Ihr wart zusammen hier? Ihr wart zusammen? Ein Paar?«

»Ja. Wir hatten uns geliebt. Wir waren etwa neunzig Jahre zusammen. Das ist lange her. Danach hatten wir uns aus den Augen verloren. Später hatten wir noch bei der einen oder anderen Gelegenheit Casual Sex.«

Der Stiernacken schmatzte laut, als er im Besprechungsraum in sein Ei-Sandwich mit Gewürzgurke und Remoulade
biss. »Sie wollten also nach Lewis«, sprach er laut aus, was er
gerade hörte. »Der Pfaffe wird sich freuen.« Dann rief er
Meyerhoff an und teilte ihm diese neue Erkenntnis mit.

»Interessant. Interessant.« Meyerhoff stöberte in seinem
Handy nach den Bildern, die er auf Siùna am Kartentisch
gemacht hatte. »Also Lewis ...«

Auf der Insel im Norden der Hebriden fand er eine rote
Markierung. »Es gibt dort also einen Hexenzirkel oder sonst
etwas Wichtiges.«

»Wir kommen also weiter.«

Das Geschwätz vom ewigen Leben und Liebe hatte der
Stiernacken schlichtweg ignoriert. »So ein Blödsinn« oder »die
halluzinieren«, dachte er gestern zu diesen Äußerungen, die er
dann auch nicht an Meyerhoff weitergab. Ihm wurde aufgetragen, nur Relevantes weiterzugeben und die Ohren offen zu
halten. So stark seine Muskeln schienen, so schwach war sein
Verstand.

Mit einem gemieteten Boot setzte Abt Raphael zusammen mit dem Sarg des toten Bruder Ulrich und einem Bestattungsunternehmer nach Lochboisdale auf South Uist über. Von dort aus ging die Fahrt mit der Fähre zurück nach Oban aufs Festland. Die nächste Etappe führte den Totengräber und die Begleitung nach Glasgow. Der Sarg sollte mit einer Frachtmaschine in der Nacht nach Köln überführt werden. Der Abt flog mit einer Linienmaschine vorab nach Düsseldorf und ließ sich dort abholen. Die Überführung dauerte zwei Tage.

Bruder Ulrich sollte von seinen Mitbrüdern auf dem Klosterfriedhof von Marias Gnade seine letzte Ruhe finden. Schon während der Überführung bereiteten die Brüder in der Eifel die Beisetzung vor. Mit dem Totenschein und der Todesursache Herzversagen war dies auch in dieser kurzen Zeit möglich.

Unterwegs kam der Abt ins Grübeln. Er konnte sich noch immer nicht mit der drohenden Hexenverbrennung anfreunden. Es widerstrebte ihm, Menschen zu verbrennen, seien es Hexen oder nicht. Niemand verdiente eine solche Strafe. Schon während er im Flugzeug saß, fasste er den Entschluss, sofort nach der Beerdigung zurückzukehren. ‚Es ist schizophren‘, dachte er. ‚Ich werde zur Hoffnung für Hexen.‘

Tag 4

Eriskay

»Bereiten sie alles für die Befragung vor«, forderte Meyerhoff vom Stiernacken.

»Es wird mir ein Vergnügen sein.«

Mehr Worte bedarf es nicht. Der Stiernacken verschwand mit Werkzeug im Keller der Brauerei. Er legte zwei Seile, Handschellen, Knebel und Ketten zurecht, ging wieder nach oben und organisierte seine Helfer. Auch wenn die Frauen ausgehungert waren, konnte man nie sicher sein.

Der Unscheinbare öffnete die Kerkertüre. Der Stiernacken folgte mit den Fesseln.

Auch wenn Annie ihn bereits vorher gehört hatte, fehlte ihr die Kraft und der Wille, einen Ausbruch zu wagen.

Die Begleiter des Stiernackens packten die Frauen und trennten sie. Der Stiernacken legte beiden Handschellen an. Sie versuchten noch zurückzuweichen. Es gelang nicht. Fast ohne Gegenwehr konnte der Stiernacken das Seil zunächst an den Handschellen anbringen und dann am Deckenhaken einfädeln. Er zog mit aller Kraft am losen Ende, bis dass die beiden Frauen kaum noch den Boden unter den Füßen spürten.

Enya stöhnte auf.

Annie unterdrückte Geräusche des Schmerzes. Sie wollte den Männern nicht diesen Triumph gönnen.

Der Schleimige verknotete das Seil am Fenstergitter. Und dann verließen die Männer das Verließ.

Nach einer undefinierten Zeitspanne öffnete sich die Türe wieder.

»Stillgestanden!«, brüllte der Stiernacken militärisch.

Die beiden Begleiter lachten. »Die stehen ja schon im Achtung.«

Der Schleimige ging zu den Frauen und fasste brutal nach den Brüsten. Enya roch den penetranten Schweißgeruch eines Mannes, der schon lange nicht mehr geduscht hatte. In jeder Hand hatte er nun eine Brust von Enya und von Annie und krallte sich fest. Er grinste Annie an. »Du hast die dickeren Euter. Dich ficke ich zuer ...«

Er konnte den Satz nicht mehr beenden. Ein Tritt zwischen seine Beine ließen ihn aufschreien. Enya hatte getroffen. Der Schleimige lief rot an. Er schnappte nach Luft und zischte: »Dann eben die umgekehrte Reihenfolge. Die Dünnere zuerst.«

Die dreckige Hose und die nicht minder schmutzige Boxershorts fielen auf seine Knöchel. Der Schmerz nahm ihm die Lust. Sein Penetrationsgerät baumelte nur noch lustlos zwischen seinen Beinen.

»Sofort aufhören!« Meyerhoff hatte den Raum betreten und sah den schleimigen Mann mit heruntergelassener Hose und erigiertem Glied vor den Frauen stehen, während der Stiernacken und der andere Helfer grinsend in der Ecke warteten, bis dass die Reihe an sie kommen sollte.

»Wir sind nicht zum Lustgewinn, sondern zum Erkenntnisgewinn hier,« wies Meyerhoff die Männer mit scharfer Stimme in ihre Schranken. Er zog die Luft ein. »Einer muss sich hier mal waschen.« Der Prälat blickte zum Schleimigen, der unter den Blicken des Prälaten so klein wurde, wie seine Penetrationsvorrichtung. Der Schleimige griff schnell nach seiner Hose und zog sie wieder hoch. Nicht, ohne sich Meyerhoff zuzuwenden und ihm seine Gerätschaften zu zeigen.

Der Prälat ignorierte die Provokation. Der Schleimige kroch zur Seite.

Meyerhoff umkreiste die beiden aufgehängten Frauen wie ein Geier. Der Schweißgeruch des Schleimigen wich dem Geruch von Kernseife. Die Stimme des Prälaten säuselte sauer: »Na, wohin sollte denn die Reise gehen?«

Die Frauen gaben keine Antwort. Annie schaute ihn nur an.

»Etwa nach Lewis?« kreischte er fasst. »Wir wissen alles.«

Annie meinte nur: »unbestimmtes Ziel.«

»Ich kenne mich hier nicht aus«, ergänzte Enya.

»Ich kenne mich aus.« Meyerhoff blieb bei der Taktik, Wissen vorzutäuschen.

»Wenn sie es besser wissen, dann ist das wohl so.«

Annie begann auf Gälisch zu singen.

»Englisch! Sprich Englisch!«

»Ich spreche Gälisch«, meint der Stiernacken. »Ich übersetze.«

»Wer führt hier das Verhör? Sie oder ich? Ich habe Englisch verlangt.«

»Es sollte meine Aufgabe sein. Und nun sind sie dabei ...«

»*Ich* bin der Prälat des La Mano de Dios!«, schrie Meyerhoff den Stiernacken an.

»Ich habe keinen Rang in der Kirche. Hier vor Ort bin ich der örtliche Vertreter.«

»... der von uns bezahlt wird! Ich ...«

Die Männer begannen sich immer intensiver zu streiten und vergaßen beinahe, warum sie in den Kerker gekommen waren.

»So geht das nicht weiter. Wir brechen ab. Als Prälat des Ordens habe ich hier das Sagen. Alle raus!«

Die drei Zivilsten verließen den Raum.

Nachdem Meyerhoff mit den beiden Frauen allein war, setzte er sich. Er wahrte eine Distanz von einigen Metern zu den beiden Frauen. Mit weicher Stimme meinte er: »Wir können die Situation abkürzen. Erzählen sie mir einfach ihre Ziele. Und vergessen sie nicht zu erwähnen, wo ich dieses Buch finde.«

»Und dann?«

»Dann haben sie es hinter sich.«

৯৶ ๙ ঙ৶

Eriskay

Annie und Enya hingen die ganze Nacht am Haken. Meyerhoff hatte noch immer keine Antworten erhalten, obwohl er die halbe Nacht wartend im Verließ auf dem Stuhl zugebracht hatte. Er hatte keine Hand an die Frauen gelegt. Bevor er tief in der Nacht wortlos den Kerker verließ, band er das Seil los. Er ließ den Frauen die Handschellen. Dann holte er noch einen Laib Brot aus der Küche und brachte ihn ins Verließ. Anschließend ging er nachdenklich nach oben. ,Ich bin zu weich für so etwas', belog er sich selbst.

Meyerhoff ging zu den Schlafräumen. Er blieb vor seinem Zimmer auf dem Flur stehen und überlegte. Er drehte sich um und öffnete die gegenüberliegende, unverschlossene Türe. Er zog sich leise aus. Er nahm die Decke vom Bett auf und legte sich zu Gertrud. Sie war zwischenzeitlich wach geworden und hatte bemerkt, dass sich jemand in ihr Zimmer geschlichen hatte. Es konnte nur Meyerhoff sein. Gertrud stellte sich schlafend. Meyerhoff schmiegte sich an den warmen Körper und verströmte seinerseits die nasse Kälte des Verließ. Er hatte in Gedanken Annie vor Augen. Er war unschlüssig. Das Bild aus dem Kerker ging ihm nicht aus dem Kopf, wie einer der Männer die Brüste der Frauen packte. Es hatte ihn erregt. Meyerhoff griff nach Gertrud, wie er es zuvor gesehen hatte. Diesmal hatte

Gertrud nicht die Kontrolle. Sie fühlte sich an die Zeit zurück-erinnert, in der Josef sie demütigte und gewaltsam nahm. Diesmal Meyerhoff.

Sie ließ es geschehen.

Sie schwor Rache.

Kontakt zur Außenwelt gab es nur über die Peiniger. Die Versuche, durch das kleine Fenster Kontakt zur Außenwelt auf-zunehmen scheiterten. Das Fenster ging zum Hof der Brauerei. Das Gebäude schien abseits zu liegen. Weder Annie noch Enya konnten sich daran erinnern, ein Auto in der Nähe gehört zu haben.

Neben dem recht angenehm schmeckenden Wasser – wahr-scheinlich aus einer schottischen Hochlandquelle – gab es kräf-tiges, für Schottland untypisches Brot. Die einfachen Dinge schmeckten auf einmal ganz besonders. Nachdem die Frauen satt waren, versteckte Annie die Reste unter dem Stroh in der Ecke des Kerkers.

»Mir fehlt richtiges Essen«, meinte Enya wieder ein wenig gestärkt.

»Und mir erst. Falls das Brot nicht schmeckt, kannst du die Beschwerde ins Beschwerdebuch eintragen.«

»Beschwerdebuch? Soll ich es etwa in die Wände ritzen?«

Langsam füllte sich der Eimer in der Ecke mit Exkrementen. »Sarkastisch. Da steht Mayonnaise drauf.« Enya hatte den Schriftzug immer wieder mit steigendem Groll gelesen. Es waren die einzigen Schriftzeichen im Verließ, wenn man von vereinzelt lesbaren Kritzeleien an den Wänden absah.

»Wann wird dieses stinkende Ding denn mal geleert?« Wen sollte sie fragen? Den Stiernacken? Meyerhoff?

Die Gerüche der Fäkalien breiteten sich im Raume aus und fingen an, Ungeziefer anzuziehen. »*Gads*[68], *so many biesties*[69]. Ob wir ebenso riechen?«, fragte Annie. Eigentlich war es ihr egal, wie sie roch. Sie wollte hier raus.

Annie nahm den Eimer und schuf Tatsachen. Sie schüttete die Fäkalien aus dem Kellerfenster. »Sollen die sich doch auf dem Hof darum kümmern.«

---

[68] *Gads: Ein Ausdruck des Unbehagens*
[69] *Alles, was keucht und fleucht*

Gegenmaßnahmen

Acairseid Mhor, Eriskay

Fionn hatte einen abgelegenen Anlegeplatz im Acairseid Mhor gefunden, einer kleinen geschützten Bucht auf der Ostseite von Eriskay. Die Bucht erstreckte sich bis zur Inselmitte. Der Anlegeplatz war zentral gelegen, sodass man innerhalb einer halben Stunde zu Fuß alle Punkte der Insel erreichen konnte.

George war inzwischen mit dem Auto von Lochmaddy auf die kleine Insel gekommen und hatte in einem einfachen B&B Quartier bezogen. Er traf sich mit Fionn und Kayla am Steg. Iain und Robyn würden bei Bedarf nachkommen; sie befanden sich noch auf dem Anwesen des Musikers.

George, Fionn und Robyn waren in der vergangenen Nacht unabhängig voneinander aktiv gewesen und hätten sich in der Nähe der Brauerei über den Weg laufen können. Fionn hatte aus seinem Fundus technischer Spielereien Wärmebildkameras installiert, um von der Solstice aus das Treiben außerhalb der Brauerei und die Eingänge zum Haus bei Tag und Nacht zu beobachten.

George war schon etwas früher vor Ort gewesen und hatte die Schlösser der Türen und den Verschluss der Fenster geprüft. Erstaunlicherweise war es sehr ruhig um das Gebäude. Es schien keine Bewachung zu geben, was George überraschte.

»Ich habe keine Wachen gesehen«, sagte er.

»Auf den Monitoren blieb auch alles ruhig«, ergänzte Fionn.

»Haben die vielleicht interne Alarmsysteme?«, spekulierte George.

»Vermutlich nicht. Ich habe noch keine Anhaltspunkte. Es scheint keinen direkten Durchgang vom Wohnbereich zum Keller zu geben. Der Keller hat ein großes Tor und eine kleine

Seitentür. Ich vermute, es war mal ein außenliegender Lagerbereich.«

George hatte mehr Erfahrung mit solchen Aktionen. »Das sollten wir uns zunutze machen.«

»Sobald es dunkel wird, fahren wir …«, schlug Fionn vor.

»Nein«, entgegnete George. »Wir laufen zur Brauerei und erkunden vor Ort.«

»Nicht nötig«, meinte Fionn. »Dafür habe ich die Kameras.«

»Doch notwendig«, entgegnete George. »Vor Ort können wir die Stimmung aufnehmen und sicher mehr sehen als deine Kameras.«

Fionn sah das Argument ein.

»Lasst uns vorher essen. Ich habe gekocht«, rief Kayla aus dem Salon. »Es gibt Haggis, Kartoffelpüree und Minzsoße.«

Man musste Schotte sein, um geminztes Haggis zu essen. Zumindest konnte man den Geschmack mit einem Tennant's Beer runterspülen.

Beim Abendessen brachte George seine Bedenken vor: »Sehe ich das richtig, dass wir ausschließlich wegen einem Stückchen Stoff von einem Ärmel hier sind und jetzt annehmen, wir wüssten, dass die Mädchen hier gefangen sind? Haben wir nicht mehr?«

Fionn überdachte die Situation und schaute Kayla fragend an. »Ich muss gestehen … Ja. Die Gedanken und Spekulationen haben sich irgendwie Schritt für Schritt so ergeben.«

»Und ja, es begann mit einem Stückchen Stoff«, ergänzte die Weberin.

»Und was haben wir sonst?«, wollte George wissen.

»Nichts …«

Die Gemeinschaft aß schweigend weiter. Jeder war in seinen Gedanken vertieft. Manche Gedankensplitter wurden von den anderen auch sofort aufgegriffen.

,Was soll das eigentlich?', dachte George. ,Wir sind wegen eines Fetzens Stoff hier.'

,Wir haben wirklich keine handfesten Beweise', ging Fionn durch den Kopf.

Kayla schaute ihn an und dachte: ,Es ist der sechste Sinn, der uns hierher geführt hat.'

Die beiden Männer nickten. Fionn sprach es dann aus: »Lass uns deinem sechsten Sinn vertrauen.«

»Und da gibt es noch ein Problem«, meinte George nachdenklich. »Ich glaube nicht, dass du der Richtige für diesen Job bist. Du bist nicht der Schnellste. Nicht der Stärkste. Deine Kampfkünste und Skrupellosigkeit, wenn man sie braucht, werden sicher auch nicht besonders sein.«

Fionn musste wohl oder übel eingestehen, dass er mehr mit dem Kopf als mit den Muskeln kämpfte.

George setzte gleich noch einen Punkt obendrauf: »Und deine elektronischen Spielereien mögen für die Aufklärung ganz sinnvoll sein. Ansonsten helfen sie uns kaum weiter. Oder hast du bereits Beweise für die Anwesenheit der Frauen erhalten? Da ist Kaylas sechster Sinn effektiver als das elektrische Zeug.«

Auch in diesem Punkt musste Fionn passen. In seinen Gedanken war er der große Retter, der die Jungfrauen aus den Klauen des – buchstäblich – feuerspeienden Drachens rettete. Dabei hatte er Angst vor dem Feuer. Und vor dem Drachen. Nun musste er erkennen, dass er nicht der Ritter in seiner schimmernden Rüstung war. Er war lediglich der Knappe, der die Steigbügel für andere hielt. Andere zogen voll des Mutes in die Schlacht. Fionn wurde aus seinen Träumen gerissen. Er war schlau genug zu erkennen, dass George mit seiner Einschätzung richtig lag.

Fionn schaute Kayla an. Er bekam von ihr nicht die erhoffte Unterstützung. Stattdessen meinte sie: »Ich rufe Bram an. Er soll meine Schwester und Iain schicken. Es ist sicherer für alle.«

»Und ich soll auf dem Boot bleiben und warten?«

»Ja!«, kam es unisono von Kayla und George zugleich.

Insgeheim war Fionn nicht unglücklich über die Wendung. Er wollte nicht zu diesem Ort zurückkehren. Und nun blieb es ihm erspart.

Ulrichs Garten

Marias Gnade

Der Leichnam des toten Mönchs lag aufgebahrt im offenen, schmucklosen Kiefernsarg in der üppig dekorierten Klosterkapelle. Größer konnte der Kontrast zwischen der Schlichtheit des Sarges und den Verzierungen der Kapelle nicht sein. Goldene Barockengel schauten gnadenvoll auf das einfache Eifelholz des Sarges herab. Die Erde würde nicht mehr lange auf den Körper warten müssen. Gott hatte seine Seele ja schon, wenn man davon absah, dass er wahrscheinlich für seine regelmäßigen Joints noch einen Umweg über das Fegefeuer vor sich hatte. Wer hatte eigentlich den Cannabisgenuss verboten? Gott? Oder die Menschen? Falls das Verbot Menschenwerk war, dann würde er vielleicht um das Fegefeuer herumkommen.

Im kleinen Kreis hielt Abt Raphael eine lateinische Totenmesse nach dem alten Ritus ab. Diese progressiven Neuerungen des Zweiten Vatikanischen Konzils lehnte er ab. An diesem regnerischen Freitag hatten sich wenige Mönche zum Abschied in der Kapelle versammelt. Zu viele Brüder waren in den letzten Jahren in einer schlichten Holzkiste aus dieser Kapelle getragen worden. Nur wenige kamen hinzu. Seitens der Familie des toten Mönchs kamen lediglich eine Schwester mit ihrem Mann. Dazu gesellten sich einige Bekannte aus dem benachbarten Heimbach, wo der gewaltsam Verblichene in der Jugendseelsorge tätig und beliebt war. Sie bildeten die Mehrheit in der Kapelle. Einige versprengte – mehr oder minder katholische – Wanderer, die durch Zufall und voller Neugierde in die Messe geraten waren, rundeten das Bild ab. Lateinische Messen übten – auch wenn sie den Ritus nicht verstanden – einen esoterischen, entschleunigenden Einfluss auf viele Menschen aus. Egal, wenn es in diesem Fall eine Beerdigung war.

Alex Mathijs stand mit einem leichten, dunkelgrauen Trenchcoat zwischen den Pfeilern unter der Orgel. Sie beobachtete die Szene aus der Distanz. Ihre aufmerksamen Augen wanderten ruhelos durch das kleine Kirchenschiff und musterten die Besucher der Trauerfeierlichkeiten. Es war so unwirklich. Ein Mönch reiste mit seinem Abt nach Schottland in geheimer Mission, deren Ziel ihr noch immer unbekannt war. Dann erlitt der Mönch bei bester Gesundheit aus heiterem Himmel einen Herzinfarkt und wurde nach Hause überführt. Nun lag er hier in der Kapelle und sollte in Kürze der Erde übergeben werden.

Alex Mathijs dachte daran, dass sie eigentlich mit nach Schottland hätte reisen sollen. Sie verließ die Kapelle und telefonierte mit der Staatsanwaltschaft. Sie schilderte eindringlich ihre Bedenken.

Zum Ende der Messe wollte die Gesellschaft auf den Friedhof ziehen. Alex Mathijs stoppte den Trauerzug spontan noch in der Kirche. »Die Leiche ist beschlagnahmt. Es wird eine Obduktion geben.«

Die Nachricht schlug wie eine Bombe ein. Nur mit Mühe konnte Alex Mathijs die Maßnahme gegen die Widerstände der Mönche durchsetzen.

Eine halbe Stunde später saßen Abt Raphael und die Kommissarin im Besprechungsraum des Klosters. Abt Raphael konnte sich nur schwer beherrschen. »Was hat Sie zu dieser – sagen wir mal – kreativen Maßnahme veranlasst?«

»Kriminalistischer Instinkt. Der Mann war bei bester Gesundheit. Und wie man mir die Umstände schilderte, passt das nicht zu einem Infarkt. Die Begleitumstände waren mysteriös. Ich halte die Obduktion für sinnvoll. Und wenn mein Verdacht falsch war, können wir alle ruhiger schlafen.«

Der Abt war ein rational denkender Mensch. Er bedachte die verschiedenen Umstände. »Ich glaube, es spielt keine Rolle, ob ich der Obduktion zustimme oder nicht.«

»Korrekt. Die Maßnahme wurde gerichtlich angeordnet. Das Papier ist unterwegs.«

»Ist meine Anwesenheit hier erforderlich? Ich müsste dringend zurück nach Schottland.«

»Eigentlich nicht.«

»Können Sie mich informieren, was bei der Obduktion herausgekommen ist? Vielleicht kann ich etwas in Schottland hierzu regeln.«

»Ich habe zwar keine Ahnung, was Sie hierzu regeln wollen. Wenn es kein natürlicher Tod war, ist es ein Fall für die Polizei.«

»Das ist mir bekannt. Ich habe dennoch Möglichkeiten, zu unterstützen.«

ৰ্ঙ ৫৫ ৬৹

Acairseid Mhor, Eriskay

Kayla verließ das Boot in wetterfester, abgenutzter Kleidung und lief schnell zur Brauerei. Sie verschwamm nach wenigen Metern mit der Landschaft, weil sie ganz natürlich dorthin gehörte. Die Weberin war ein Teil der Hebriden. Sie wurde unauffällig, indem sie sichtbar blieb.

George folgte ihr kurze Zeit später mit dem alten Kastenwagen der Weberin.

Sie mussten mehr Informationen sammeln. Ohne Bestätigung, dass Enya und Annie hier gefangen waren, wäre jede Aktion wie Fischen im Trüben. Sie brauchten Details. Man konnte sich nicht einfach Raum für Raum durch das Gemäuer arbeiten. Wurden die beiden Frauen zusammen eingekerkert? Wurden sie in getrennten Räumen gehalten? Waren sie überhaupt in den Kellern oder vielleicht unter dem Dach? Vielleicht waren sie gar nicht in diesem Gebäude? Es gab Nebengebäude, eine Scheune, eine Lagerhalle.

Die Aufgabe war riskant. Und es war heller Tag. Das Gebäude lag offen zwischen den Wiesen. Es gab keine Option, sich anzuschleichen oder Deckung zu nutzen. Der offene Weg schien hier am unauffälligsten.

Als Kayla näher an das Gebäude herankam, verlangsamte sie ihren Schritt. Ihr Kastenwagen stand bereits im Hof. George sorgte am Empfang für Krach.

»Ich möchte genau dieses Seminar buchen ...«

»Tut mir leid. Das ist unser Programm vom letzten Jahr.«

»Sie bieten doch dieses Seminar an.«

»Es geht nicht ...«

»Merken Sie nicht, dass ich entschleunigen muss?« George gefiel dieses Spiel. So beschäftigte er gleich zwei Mitarbeiter am Empfang.

Kayla schlenderte an den Lagerräumen vorbei. An jedem der kleinen vergitterten Fenster blieb sie stehen. Leise rief sie die Namen: »Enya? Annie?« Keine Antwort. Dann hörte sie Männer lachen aus dem letzten Raum auf der Rückseite des Gebäudes, wo es vor dem Fenster streng nach Fäkalien roch. Und nach Annie.

Eriskay

Die Momente der Kommunikation wurden weniger. Am späten Nachmittag kam der Stiernacken wieder mit seinen Vasallen ins Verließ. Er riss Annie hoch und zog sie an den Handschellen nach oben. »*Naw[70]*! Wir hatten das schon«, zischte Annie ihm entgegen.

»Sei still. Wir waren nicht fertig«, raunzte der Stiernacken zurück. »Heute rettet dich der Pfaffe nicht.«

Der Schleimige griff in seinen Schritt und machte eindeutige Bewegungen, die Annie zeigen sollten, was er zu tun gedachte.

Wieder fädelte der Stiernacken das Seil am Deckenhaken ein und zog Annie hoch. Anschließend erfolgte bei Enya die gleiche Prozedur. »Ich sagte doch, das ist meine Zuständigkeit.«

Erneut trat der Schleimige nah an Annie heran. Sie roch seinen fauligen Atem. Annie wendete sich ab. Der Schleimige zog mit seiner Zunge eine sabbernde Spur über Annies Hals.

‚Ekel ist auch eine Art Folter‘, dachte Annie.

Annies Erinnerungen kamen in Sequenzen zurück und schnitten sich quälend tief in ihr Denken ein. Sie fühlte das raue Hanfseil der Fesseln, die sie hier vor fünfhundert Jahren trug, wieder körperlich in die Handgelenke schneiden. Dabei waren es diesmal Handschellen. Sie spürte, wie sich ihre Arme streckten, als man sie an diesem Haken hängte und nur noch ihre Zehen den Boden berührten. Sie erlebte erneut die gierigen Hände des Kerkermeisters. Sie erinnerte sich daran, wie sie damals gedemütigt und benutzt wurde; nur damit er die Fesseln ein wenig lockerte und ihre Füße auf dem Boden Halt finden ließ. Damals war ihr Wille gebrochen. Ihre heutige Stärke

---

[70] *Naw: Nein*

war noch nicht da. Diesmal wollte sie stärker sein. Aber Annies Kräfte drohten wieder zu schwinden.

Enya hatte weitaus weniger Kraft. Ihre Augen schweiften wahrnehmungslos durch den Keller, während sie am Haken hing. Sie verschloss sich hinter ihren Gedanken.

Der Schleimige griff hart zwischen ihre Beine.

Enya presste ihre Schenkel vor Schreck und Abscheu zusammen.

Der Stiernacken lachte. Für ihn war es ein Spiel, welches er nun gerne noch weiterspielen wollte. Er diktierte die Regeln.

Annie hörte es zuerst. Irgendjemand rief draußen nach ihrem Namen. Und nach Enya. Das Rufen war leise. Sehr leise. Dies konnte nur bedeuten, dass jemand da draußen zum einen davon wusste, dass sie hier gefangen wurden und andererseits auch, dass die beiden Frauen ein hypersensibles Gehör hatten. Nun hörte auch Enya das Rufen.

Die Frauen tauschten einen kurzen Blick aus. Enya rief in dem Schleimigen entgegen: »*Naw*! Du bekommst weder Annie noch mich.«

Nun war sie sicher, dass die Person draußen sie gehört hatte. Draußen antwortete Kayla: »Wir holen euch raus.«

Die Männer bekamen mittlerweile auch mit, dass irgendein renitenter Gast am Empfang Ärger machte. Der Stiernacken meinte: »Ich gehe nachschauen. Und ihr bleibt unauffällig. Lasst die Mädchen in Ruhe. Wir kommen später wieder.«

Der Schleimige grunzte enttäuscht und zog seine schmierigen Finger zurück. Annie begann zu singen:

Óró

'Sé do bheatha, a bhean ba léanmhar,
Do b' é ár gcreach thú bheith i ngéibheann,
Do dhúiche bhreá i seilbh méirleach,
Is tú díolta leis na Gallaibh.

Óró, sé do bheatha 'bhaile,
Óró, sé do bheatha 'bhaile,
Óró, sé do bheatha 'bhaile
Anois ar theacht an tsamhraidh.

Tá Gráinne Mhaol ag teacht thar sáile,
Óglaigh armtha léi mar gharda,
Gaeil iad féin is ní Frainc ná Spáinnigh,
Is cuirfidh siad ruaig ar Ghallaibh.

Óró, sé do bheatha 'bhaile
Anois ar theacht an tsamhraidh.
A bhuí le Rí na bhFeart go bhfeiceam,
Mura mbeam beo ina dhiaidh ach seachtain,
Gráinne Mhaol agus míle gaiscíoch,
Ag fógairt fáin ar Ghallaibh.
Óró, sé do bheatha 'bhaile,
Anois ar theacht an tsamhraidh.

Glasgow

Am späten Nachmittag landete Abt Raphael in Glasgow. Gleich nach der Landung konnte er sein Reisegepäck in Empfang nehmen und checkte es direkt wieder ein. Sein Weiterflug nach Barra würde erst am frühen Abend stattfinden, was ihm endlos lange Stunden im Flughafenbereich bescherte. Er telefonierte mit Alex Mathijs. »Haben Sie schon Ergebnisse, die Sie weitergeben können?«

»Leider noch nicht. Ich bin formal noch im Urlaub und vom direkten Informationsfluss abgeschnitten. Ich kümmere mich darum.«

Alex versprach, sich mit ihrer Dienststelle in Verbindung zu setzen und sich zu melden, sobald sie Erkenntnisse zur Todesursache hatte.

Theater

Unmittelbar nach dem Gespräch mit dem Abt telefonierte Alex Mathijs (AM) mit ihrer Dienststelle. »Ja, ich weiß, dass ich im Urlaub bin. Es wäre wichtig, wenn die richtigen Informationen nach Schottland gelangen würden.«

Der Dürre wusste, dass seine Chefin nie abschalten konnte. Wieso sollte sie sonst im Urlaub dafür sorgen, dass ein Mönch obduziert wurde? Er fragte nicht weiter nach, nachdem AM meinte, es könnte im Zusammenhang mit dem bereits abgeschlossenen Fall des toten Bauern-Bruders stehen.

»Ich bewundere Ihren Spürsinn«, meinte der Dürre ohne Ironie. »Sie hatten Recht. Der Mönch ist an keinem Herzinfarkt verstorben. Die Toxikologie steht noch aus. Professor Neuhaus ist sich sicher, dass Gift im Spiel gewesen sein musste. Kurz gesagt: der Mönch roch nach Cannabis. Er wurde aber mit etwas anderem vergiftet, das starke Krämpfe auslöst. Ich halte Sie auf dem Laufenden.«

AM bedankte sich und gab die vorläufigen Erkenntnisse an den Abt weiter.

Eriskay

Mit der Abenddämmerung kehrten die Männer ins Verließ zurück. Sie stellten zwei Plastikstühle in die Mitte der Zelle. Diesmal warteten sie nicht auf Meyerhoff. Der Stiernacken und der Unscheinbare nahmen Platz und machten es sich in der Zuschauerloge bequem.

»Ta-ta-ta! Möge die Show beginnen!« Der Stiernacken imitierte einen Zirkusdirektor. Er und der Unscheinbare hoben ihre mitgebrachten Bierflaschen und prosteten sich zu.

Der Schleimige verbeugte sich mit theatralisch ausladenden Bewegungen und stolzierte dann um die am Seil hängenden Frauen herum.

Der Schleimige hielt in seiner Vorführung inne. Er stand aufrecht und drehte den Kopf nach links und rechts. »Wir haben Gäste!« sprach er aus der Manege in Richtung Publikum.

»Wir haben sogar ein ausverkauftes Haus.« Der Unscheinbare hatte sich auf seinen Stuhl zurückgelehnt, die Beine gekreuzt, und rief: »Ich will Popcorn!«

»Beide Plätze sind belegt.« Der Stiernacken gluckste, lachte laut los und kratzte sich im Schritt.

»Wir haben wirklich Gäste. Vor der Tür.«

»Da stehen wohl noch Besucher vor dem Zirkuszelt, die keine Platzkarten mehr bekommen haben.«

Der Unscheinbare schaute sich erschrocken um. »Hoffentlich nicht der Pfaffe.«

»Prälat Stock-im-Arsch darf draußen warten.« Der Stiernacken war bester Laune.

Bonn, Montag

Nach weiteren zwei Stunden des Wartens wurde Alex Mathijs angerufen.

»Eindeutig Schierling«, fasste der Pathologe Neuhaus seine Erkenntnisse am Telefon kurz zusammen. »Mir ist klar, dass ich Ihnen eigentlich nicht berichten darf, weil der Fall von Ihren Kollegen bearbeitet wird. Sie haben die Sache ins Rollen gebracht ...«

»Das Socrates-Gift aus der Antike?«, fragte Kommissarin Mathijs ungläubig.

»So kann man es nennen. Alle beschriebenen Symptome passen. Die Toxikologie ist eindeutig. Das Coniin – also das Gift des gefleckten Schierlings – ist gut nachweisbar.«

»Wie kommt man an das Gift?«

»Mit etwas Kenntnis der Biologie findet das jeder in Europa. Die weitere Handhabung ist auch trivial.«

»Also könnte jeder?«

»So ist es.«

Alex Mathijs ließ keine Zeit verstreichen. Sie rief sofort wieder in Schottland an. Abt Raphael hatte bereits für den Weiterflug eingecheckt und wartete am Gate für das Boarding, als er den Telefonanruf entgegennahm.

»Das Gift ist identifiziert. Es war Coniin.« Indem AM nicht direkt die übliche Quelle des Giftes benannte, wollte sie Abt Raphael auf die Probe stellen.

»Das Gift des gefleckten Schierlings«, gab er sofort zur Antwort. »Das könnte sich jeder beschafft haben.«

Die Kommissarin war verblüfft. ‚Was wusste dieser Mensch eigentlich nicht?‘

Der Abt bedankte sich für die Information und versprach nun seinerseits, Alex Mathijs auf dem Laufenden zu halten.

AM wiederum erklärte, dass sie diese Information an die zuständigen Polizeibehörden weitergeben müsse. Abt Raphael stimmte nach kurzem Zögern zu. Ihm war bekannt, dass er dies weder verzögern noch verhindern konnte. Und weil er dies wusste und einen zeitlichen Vorsprung hatte, konnte er seine Maßnahmen entsprechend koordinieren. ‚Welche Maßnahmen? Die Hexen vor dem Feuer zu retten ist offensichtlich‘, überlegte er. ‚Aber wie gehe ich mit dem Wissen um den Giftmord um?‘

৵ ৵ ৵

Acairseid Mhor

Mittlerweile waren Robyn und Iain eingetroffen. Die beiden brachten Juna mit, die Fionn überschwänglich begrüßte.

»Das ist also die kleine Heldin, die das Stück Stoff angebracht hatte?«, lächelte Kayla und begrüßte dann ihre lange nicht mehr gesehene Zwillingsschwester besonders herzlich. Beide lebten in und mit der Natur. Ihre Schultertattoos und Kaylas längere Haare waren die offensichtlichen Unterscheidungsmerkmale. Ansonsten würde es einem Fremden schwerfallen, die beiden auseinanderzuhalten.

In der Dämmerung begann die Aktion. Da die Umgebung keine Deckung bot, entschloss man sich nach einer kurzen Diskussion für ein offenes Vorgehen. Dennoch war die Gemeinschaft bemüht, so nah wie möglich an die Brauerei zu gelangen, ohne gesehen zu werden. Die Aktion musste so leise wie möglich bleiben und sollte sich auf die unbedingt erforderlichen Räume beschränken. Zum Glück bot der Keller keinen direkten Zugang zu den oberen Räumen. Jeder Besucher musste zwingend entweder durch das Tor oder die kleine Schlupftüre kommen.

George und Iain waren aus alten Kommandozeiten bei der Armee miteinander vertraut. Kayla kannte sich am besten vor Ort aus und führte das Kommando. Es gab von George und Iain keinen Widerspruch.

Die Gemeinschaft hielt über Ohrstöpsel Funkkontakt zu Fionn. Genaugenommen konnte er nicht viel unterstützen, aber so fühlte er sich immerhin an der Aktion beteiligt.

Kayla drängte auf Eile. »Wir haben keine Zeit zu verlieren.«

Rennen verbot sich, es wäre zu auffällig. Zwar wäre eine Gruppe Jogger unauffällig, nur nicht in schwarzer Kommandokleidung mit Rucksäcken, Messer und Ausrüstung am Gürtel.

Vorsichtig nutzte man die wenigen Möglichkeiten, die das Gelände bot. George hatte besondere Kenntnisse in dieser Sache. Er suchte nach längeren Schatten, die von den vereinzelten Sträuchern geworfen wurden. Auch wenn diese klein waren, boten die Schatten doch ein dunkleres Bild in der Umgebung.

Das Licht stand günstig. Man konnte gut von Schatten zu Schatten laufen. Im Gebäude blieb alles ruhig. Entweder hatte man sie nicht bemerkt oder man erwartete die Besucher bereits in aller Stille.

George verschmolz mit der Umgebung. Kayla folgte mit geschmeidigen Bewegungen. Genauso elegant hatte sich Robyn angehängt. Iains Bewegungen erschienen im Vergleich ungelenkig abgehackt.

Fionn beobachtete das Gebäude an seinen Monitoren. »Alles ruhig«, gab er durch.

»Bleib leise«, erwiderte Kayla. »Du störst. Melde dich nur bei Gefahr.«

Fionn nahm die Antwort nicht persönlich. Er erkannte sofort den Sinn der Aussage.

Kayla beobachtete aufmerksam die Umgebung. Sie spürte, dass irgendwo noch jemand in der Nähe sein musste, konnte aber niemanden sehen. »Vorsicht. Wir sind nicht allein.«

Von Fionn kam keine Warnung. Auf freiem Feld konnten sie nicht bleiben.

»Los. Die letzten Meter schnell ganz an die Wand ran.«

Es waren noch fünfzig Meter. Der Sprint kam Iain ewig lang vor. Das Team presste sich an der Rückseite des Gebäudes an die kalte, feuchte Bruchsteinmauer. Würde jemand aus dem Haus treten, konnte er das Kommando nicht sofort sehen. Andererseits konnte Fionn die Gruppe rechtzeitig warnen.

Eine getigerte Katze huschte aufgeschreckt vorbei.

Sofort nachdem Iain als letzter der Gruppe die Mauer erreichte, flammten die Scheinwerfer vor dem Gebäude im Hof auf, obwohl es noch hell war und die Dämmerung gerade erst begonnen hatte.

»Kein Bewegungsmelder. Da muss jemand das Licht von Hand angeschaltet haben«, war Fionn über die Ohrstöpsel zu hören. Das Kommando presste sich noch enger an die Wand.

Auf der Vorderseite öffnete sich die Haustüre. Ein Mönch trat hinaus und blieb an der Balustrade oberhalb der Treppe stehen. Er zündete sich eine Zigarette an. Fionn konnte es sowohl in der normalen Ansicht als auch im Infrarotbild sehen.

»Rauchende Person vor dem Gebäude«, berichtete er knapp.

»Hoffentlich bleibt er, wo er ist«, flüsterte Kayla.

Iain und George nickten sich zu, nahmen Messer aus den Scheiden am Gürtel und schlichen jeweils zu einer Hausecke. Sollte der Mönch um das Haus kommen, würde er entsprechend empfangen.

Fionn sah immer wieder die Glut der Zigarette aufleuchten. Der Mönch kam die Treppe herunter. Unten streckte er seine Glieder. Auf der gegenüberliegenden Längsseite warteten Iain und George an der Wand. Der Mönch lief ein paar Schritte im Kreis. Er machte keine Anstalten, den Hof zu verlassen und um das Gebäude zu laufen.

Nach der Zigarettenlänge verschwand der Mönch und die Außenbeleuchtung wurde wieder ausgeschaltet.

George schlich um die Hausecke und inspizierte das große Tor. Es war groß genug, um Fuhrwerke die Zufahrt zu gewähren. Die Torflügel waren massiv. Früher gab es wohl noch ausreichend Holz auf der Insel. Das Tor zu öffnen würde größeren Aufwand erfordern. George schüttelte den Kopf und gab seine Erkenntnisse den anderen weiter. Zusammen mit Kayla schlich er zur Vorderseite des Gebäudes und warf einen Blick auf die kleine Schlupftüre.

»Das geht«, meinte die Weberin. Sie zog eine kleine blaugelbe Dose Sprühöl aus der Tasche und sprühte die Scharniere und das Schloss üppig ein. Das Öl schäumte leicht auf den Metallteilen. »In einer Minute geht es los.«

Die Gruppe versammelte sich an der kleinen Türe.

George und Iain hielten ihre Kampfmesser bereit. Robyn würde auf Kommando die Türe öffnen. Kayla hielt die Umgebung im Auge.

Kayla übte einen leichten Druck gegen die Türe aus. Sie ruckelte lediglich ein wenig im Schloss hin und her. Sie verstärkte den Druck mit ihrer linken Schulter. Unter einem anfänglich lauten Knarzen gab die Türe dann doch nach und öffnete sich einen Spalt breit. Sie war erleichtert und hielt inne. Die Lautstärke der schleifenden Türe hatte sie doch überrascht, da sie die Türe anhand der Spuren als rege im Gebrauch wähnte. ‚Ich hoffe, das hat niemand gehört‘, war ihre augenblickliche Hauptsorge. Diese Gefahr war wohl nicht gegeben.

Kayla warf einen ersten Blick durch den Spalt der geöffneten Türe. Letztendlich öffnete sie die Türe ohne weitere Geräusche gerade einmal so weit, dass sie alle nacheinander durch den Spalt in den Keller gelangen konnten. ‚Nur nichts überstürzen‘, mahnte sich die Weberin selbst zu mehr Besonnenheit.

George schlich voran und flüsterte den andern zu: »Alles klar.« Er verschwand in der Dunkelheit und orientierte sich nach links und hatte einen langen Gang vor sich.

Iain folgte und beobachtete die rechte Seite des Ganges.

Kayla schloss hinter den Eindringlingen die Türe. Sie achtete darauf, dass diese nicht ins Schloss fiel. Sie verhinderte dies, indem sie einen kleinen Stein auf die Schwelle der Türe legte.

Es zeigte sich sofort, wo die Gesellschaft hinmusste. Lautes Männergelächter drang aus einem schräg gegenüberliegenden Kellerraum. Die Kellertüre war nicht ganz geschlossen. Durch den Spalt drang Licht nach außen.

»Wir müssen auf die andere Seite«, gab Kayla knapp vor.

»Noch nicht!«, entgegnete George. Er zählte die verschiedenen Stimmen und bei jeder anderen Klangfarbe hob er einen weiteren Finger. Am Ende zeigte er drei Finger.

Kayla nickte. Sie wussten nicht, wer wo im Raum war. Es sollten drei Männer sein. Es gelang ihnen nicht, die Situation näher zu bewerten. Sie deutete auf George und dann nach links. Iain wurde nach rechts eingeteilt. Kayla positionierte sich mit ihrer Schwester hinter den beiden, zeigte auf sich selbst und dann mittig voraus.

»Bereit?«, flüsterte sie. Die Gemeinschaft nickte. »Bei Null geht's los.«

Sie hielt drei ausgestreckten Finger hoch und klappte nacheinander die Finger im Sekundentakt ein.

Barra

An diesem Abend konnte der Abt nicht mehr nach Eriskay übersetzen. Er nahm sich ein Zimmer in einem kleinen Bed & Breakfast auf Barra. Nach einem Lammeintopf mit Rotwein wollte er seine Gedanken nochmals mit Alex Mathijs besprechen und rief sie zu Hause an. Die Kommissarin gehörte zu den Menschen, die ständig erreichbar waren, selbst auf der Toilette. Und so war es auch diesmal.

»Nach langem Hin und Her vermute ich, dass Bruder Ulrich mit Absicht – und nicht aus Versehen – vergiftet wurde.« Der Abt erläuterte seine Vermutung. »Er hatte an diesem Morgen seinen eigenen Tee getrunken, den sonst niemand trank. Er war darin eigen und jeder, der ihn kannte, wusste das.«

»Könnte es ein Selbstmord gewesen sein? Hatte Bruder Ulrich irgendwelche möglichen Gründe?« Die Kommissarin versuchte, andere Möglichkeiten früh auszuschließen. »Hatte er jemals etwas in dieser Richtung geäußert?«

»Im Gegenteil. Er war psychisch stabil und belastbar. Aus diesem Grund habe ich ihn auch mit nach Schottland gebracht.«

»Wie dem auch sei. Meine Mitarbeiter wollen morgen Kontakt mit der britischen Polizei aufnehmen. Es ist und bleibt ein unnatürlicher Tod.«

»Der Zeitpunkt ist denkbar ungünstig. Es sind gewisse Aktionen angelaufen, die aus Sicht der Kirche nicht unterbrochen werden können.«

Nun war es an der Zeit, dass der Abt die Kommissarin einweihte. AM fühlte sich, als sei sie in einen konfus geschriebenen Film versetzt.

»Die Kirche! Die Hexen! Die Inquisition?«

»Wenn es nur so einfach wäre. Ich muss das Buch retten.«

Eriskay

Im Verließ begann die Show. Der Stiernacken rülpste. Der schleimige vergaß seine Beobachtungen und dass er irgendetwas gehört hatte. Keiner hatte ein Interesse an dem Auftauchen von Meyerhoff.

Annie versuchte, den Männern den Rücken zuzudrehen.

Der Schleimige hinderte sie mit einem kräftigen Griff an der Schulter daran. Dann riss er den Stoff, den er in den Fingern hatte, in Fetzen. Seine Fingernägel zogen zugleich roten Striemen über Annies Haut. Ihr T-Shirt hing nur noch in Fetzen runter.

Die beiden Zuschauer grölten.

Der Stiernacken rülpste und schlug sich auf die Oberschenkel.

Der Unscheinbare prustete. Bier floss aus seinen Mundwinkeln auf die Tweedjacke, an der die Ärmel fehlten.

»Weiter! Weiter!«, feuerten die Männer den Schleimigen an. Er griff nach Enyas Shirt. Und auch dieses zerriss unter den kräftigen Fingern. Enyas Haut wurde ebenfalls durch Striemen gezeichnet. Blut quoll träge aus den roten Spuren.

Enya schrie auf und versuchte, sich abzuwenden.

Der Schleimige erwischte Enyas BH beim Wegdrehen. Das Kleidungsstück bot keinen Widerstand. Es zerfetzte umgehend und die Körbchen baumelten funktionslos an den Trägern.

»Titten! Titten! Wir wollen Titten sehen«

Der Schleimige griff nach Annies BH.

Annie wendete sich so weit ab, wie es die Fesseln erlaubten.

Der Schleimige trat hinter Annie und drehte sie gewaltsam zurück, den anderen Männern zu. Er packte Annie an den Schultern. Er schubste sie, soweit es das Seil zuließ, nach vorne. Er griff nach Annies BH-Träger und riss diese zur Seite weg. Ihre schweren Brüste erlebten eine ungewollte Freiheit.

Im Zirkus herrschte allerbeste Laune bei den Männern und eine Mischung aus Hass, Wut und Angst bei den beiden Frauen. »Jetzt will ich Pussies sehen!«, feuerte der Stiernacken die Situation an.

»Pussies! Pussies! Puss ...«, grölten die Männer im Chor.

Die Türe flog auf!

George sprang nach links und erwischte den sitzenden Stiernacken von hinten. Er presste sein Messer unmissverständlich an den massiven Hals. Der Unauffällige wendete ich vor Schreck seinem Chef zu. Bevor er etwas sagen konnte, geschah ihm das gleiche.

Der Zugriff auf den Schleimigen gestaltete sich schwieriger. Er stand hinter Annie und zog sie wie einen Schutzschild an sich heran.

Die Zwillinge konnten nicht geradeaus stürmen, weil der Weg durch die Gartenstühle und den anderen Männern versperrt war. Also musste je eine der Frauen links und rechts das Hindernis umlaufen.

Der Schleimige war ebenso unbewaffnet, wie seine Kumpane. Seine Augen weiteten sich. Bevor er schreien konnte, bekam er einen Tritt von der gefesselten Enya zwischen die Beine. »Schon wieder!«, presste er hervor und krümmte sich vor Schmerzen. Zugleich traf ihn von links ein Schlag an der Halsschlagader und von rechts bohrten sich Finger in seine Augenhöhlen. Er schrie kurz auf und sackte in sich zusammen.

Ruhe trat ein.

»Das war einfach«, stellte Iain erleichtert fest.

»Noch sind wir nicht draußen«, mahnte Kayla.

Die Zwillinge fesselten und knebelten den Stiernacken und den Unscheinbaren auf den Plastikstühlen.

Die Männer trauten sich nicht, sich aus den Griffen von George oder Iain zu befreien. Der Druck der Klingen an ihren Hälsen ließ nicht nach.

Der Schleimige krümmte sich noch wie ein Wurm am Boden. Auch er wurde geknebelt und gefesselt.

Die Situation entspannte sich etwas. Die Schäferin löste die Fesseln der Frauen.

»Wo sind die Schlüssel der Handschellen?« fragte Kayla mit scharfer Stimme den Unscheinbaren aus nächster Nähe. Er stank nicht so schlimm, wie die beiden anderen. Er deutete mit einem Kopfnicken zum Stiernacken.

Der Stiernacken versuchte auf Zeit zu spielen. Je länger die Situation andauerte, desto größer die Wahrscheinlichkeit, entdeckt zu werden. Er wand sich hin und her, als seine Taschen von Kayla mit Abscheu durchsucht wurden. Vergeblich.

»Wir müssen schnell machen«, flüsterte ihre Zwillingsschwester.

Nach wenigen Sekunden waren Enya und Annie ohne Fesseln. Annie konnte sich allein aufrecht halten. Enya sank zusammen und wurde direkt von den Zwillingen aufgefangen und gestützt.

»Nimm die Seile«, kommandierte Kayla.

George nickte und fesselte die Männer zusätzlich mit den vorhandenen Seilen an den Füßen. Mit Hilfe von Iain zog er einen nach dem anderen mit den Füßen voran hoch.

Die drei Eingeweihten baumelten kopfüber in der Mitte des Verließ am Haken.

»Ich werde euch bekommen. Alle! Ihr werdet alle brennen!« Der Stiernacken verfluchte seine Gegner. Trotz Knebel war deutlich zu hören, was er meinte.

Enya schöpfte wieder neuen Lebensmut.

George wollte ihr gerade seine schwere Jacke überstreiften.

Kayla schüttelte den Kopf und gab ihr ihre leichtere Jacke. »Die ist besser«, kommentierte sie.

Ihre Schwester tat es gleich und reichte Annie ihre Jacke. Diese war für Annies große Brüste zu klein. Annie nahm stattdessen Georges Jacke.

Flucht

Meyerhoff saß am offenen Kamin im Obergeschoss, ohne zu ahnen, was im Keller geschah. Er diskutierte mit den Mönchen die letzten Erkenntnisse. Der Raum glich eher einem altenglischen Raucherclub als einem Arbeitszimmer des Ordens La Mano de Dios. Ironischerweise galt hier Rauchverbot.

Die Sonne war hinter dem Horizont verschwunden. Das restliche Tageslicht färbte den Himmel rot, und die Wiesen verloren ihre Farbe. Die Männer teilten sich einige Flaschen Tempranillo-Rotwein. Meyerhoff spürte, dass diese Nacht entscheidend sein würde, und war positiv angespannt. »Vermutlich wird der Stiernacken Ergebnisse erreichen. Ich möchte gar nicht wissen, wie er das anstellt.« Nachdenklich schaute er auf das sanfte Schwappen des Rotweins im Glas, das er mit sanften Bewegungen verursachte. »Noch haben sie nicht geredet.«

»Ich sagte ja ... Feuer.« Die Flammen loderten im Kamin und spiegelten sich unheilvoll in Meyerhoffs Augen.

»Wir hätten die Befragung nicht den Amateuren überlassen sollen«, entgegnete ein Mönch.

»Warten wir die Ergebnisse ab. Für das Grobe haben wir weiterhin unsere Zivilisten. ... Einfache Naturen.« Meyerhoff schenkte sich nochmals Wein nach und griff nach einem, mit undefinierbarem Käse belegten Sandwichdreieck von einem bereitstehenden Tablett. Eigentlich hatte Meyerhoff keinen Appetit und legte das Sandwich auf seinem Teller ab, ohne einen Bissen genommen zu haben. »Der Stiernacken wird sicher noch etwas rauspressen.«

Einer der Mönche meinte: »Zumindest, wenn morgen noch etwas übrig ist, was man quetschen kann. Eigentlich mag er keine Frauen.«

Gertrud saß abseits in einer Ecke am Fenster und versuchte zu lesen. Ihr Blick schweifte beim Zuhören immer wieder zum Sonnenuntergang. »Hinten laufen Leute. Die kommen aus unserer Richtung.«

Meyerhoff dachte kurz nach. Er hatte keine Vorstellung, wer um diese Uhrzeit nochmals als Gruppe wandern ging. »Wie viele sind es?«, fragte er beiläufig.

Gertrud zählte: »Eins, zwei, ... ich glaube, es sind sechs Personen.«

»Sechs? Wo sollen die denn herkommen?«, fragte ein Mönch.

»Ich weiß es nicht«, antwortete Meyerhoff. Die Kirchenmänner gingen zum Fenster. »Gertrud, Sie haben Recht. Sechs Personen. Ich kann aus der Distanz niemanden identifizieren. Ich kenne die Silhouetten nicht. Aber sie laufen so unterschiedlich. Manche erscheinen stark und andere stolpern vor sich hin. So verschieden ...«

»Da stimmt etwas nicht.« Meyerhoff war alarmiert. »Ich werde den Stiernacken mit seinen Männern hinterherschicken. Die sollten im Keller für heute fertig sein.«

Meyerhoff wandte sich vom Fenster ab. »Ich gehe sie suchen.« Er entfernte sich. Bald klopfte Meyerhoff an Türen. Er erhielt keine Antwort. Ohne auf Antwort zu warten, öffnete er die Zimmertüren. Keiner der drei Männer war in seinem Zimmer.

»Die sind doch nicht etwa in den Pub gefahren?«, meinte Gertrud.

»Ich hatte es verboten«, antwortete Meyerhoff genervt. Er rief laut nach den Männern. Bald steckte ein Mönch seinen Kopf aus seinem Zimmer. »Was ist hier los?«

»Ich suche die Zivilisten.«

Wertvolle Zeit verstrich. Meyerhoff öffnete nach und nach alle Türen. Die Männer blieben verschwunden. »Mit wem könnten die unterwegs sein?«, fragte Meyerhoff hier und da. Er erntete lediglich Schulterzucken. »Die werden nicht weit weg sein.«

»Oder doch«, meinte Gertrud. »Vielleicht mit den Geiseln?«

Man schaute sich kurz an und stürmte zum Keller.

Die ersten zweihundert Meter mussten die sechs über offenes Feld laufen. Zunächst überquerten sie einen Feldweg und dann eine von Schafen kurzgehaltene Wiese. Bis dahin war der Weg einfach und ohne große Hindernisse. Das änderte sich schlagartig, als sie die Klippen am Meer erreichten. Enya und Annie stolperten hinter Kayla her. Für beide war der Weg eine Qual, während Enya zugleich die Leichtigkeit der Zwillinge bewunderte.

»Wir hätten doch das Auto nehmen sollen«, meinte Iain.

»Dann wären wir früh aufgefallen«, entgegnete die Weberin. »Es ist nicht mehr weit.«

Enya sackte zusammen, erschöpft bis zum Äußersten.

Iain, der Stärkste, nahm Enya einfach auf die Schulter und trug sie scheinbar mühelos und sicher den Weg hinunter.

In der Ferne war der kleine Hafen zu sehen. Kayla meinte: »Ich laufe vor und hole den Wagen. Wartet hier.«

»Ich komme mit«, meinte ihre Schwester.

George nahm Plastik-Wasserflaschen aus seinem Rucksack und reichte sie den Frauen. Enya war sogar zu schwach, die Flasche zu öffnen. Iain nahm sie, schraubte den Deckel ab und gab sie ihr zurück.

George kramte weiter in seinem Rucksack. »Ich habe noch Schokoriegel.«

Zum ersten Mal seit Tagen lächelte Enya wieder. In den vergangenen fünf Tagen gab es insgesamt nur zwei Laibe Brot.

Es war nicht mehr weit. Den letzten Kilometer legten die Frauen mit dem klapprigen Gefährt zurück. Es kam Enya wie eine Luxuslimousine vor.

Während sich die vier Frauen in den kleinen Wagen neben die Rucksäcke der Gruppe quetschten, liefen George und Iain die letzte Strecke zur Solstice.

Enyas Lebensgeister erwachten wieder, als sie Juna sah.

Juna bekam sich vor Freude nicht mehr ein und sprang an Enya hoch, bellte die ganze Zeit. Enya heulte vor Glück, und die Tränen quollen nur so heraus. Die Spannung fiel ab.

Lochmaddy

Sir Bram erhielt die Nachricht von der geglückten Befreiung beim Abendessen am Tisch des Musikers. Er bekam sowieso keinen Bissen runter und entschuldigte sich, als die Nachricht eintraf.

Erledigt. Alle sind wohlauf.

Sir Bram antwortete:

Gratuliere. Weiteres Vorgehen: Enya und Annie fahren sofort mit Fionn los. Kurs Isle of Lewis. Die anderen erwarte ich hier in Lochmaddy.

Er überlegte kurz und setzte hinzu:

Sofort!

Dass die Gruppe sich nun trennen sollte, war ein kluger Schachzug. Sir Bram ging davon aus, dass die Eingeweihten alles versuchten, die Frauen wieder in ihre Gewalt zu bringen. Folglich suchten sie nach der ganzen Gruppe, sofern sie wissen sollten, wie viele es waren. Dann würden sie nicht mehr zögern. Es würde ein schneller Tod folgen.

Der Prälat tobte. Er schrie die verbliebenen Mönche zusammen, nachdem er die drei Zivilisten am Haken hängend vorgefunden hatte.

»Los! Holt uns hier runter!«, brüllte der Stiernacken, nachdem man ihm den Knebel aus dem Mund genommen hatte.

»Später!«, entgegnete Meyerhoff scharf. »Erst die Geflohenen!«

Dann besann er sich. Die Geflohenen würden kaum noch einzuholen sein, nicht ohne deren Ziel zu kennen oder Spuren zu haben. Er ließ ein Messer holen. Ein Mönch durchschnitt die Seile, und die drei Zivilisten fielen kopfüber zu Boden. Ein wirres Knäuel gefesselter Gliedmaßen versuchte, sich auf dem Boden zu entwirren.

»Alles Weitere später«, bedeutete Meyerhoff und verließ mit den Mönchen schnell den Keller.

»Ich sagte es ja. Man kann sich auf die Zivilisten nicht verlassen.«

Dann rief er einen Mönch zu sich. »Holt *Schwester* Gertrud von oben aus dem Haus. Sie kann die Geflohenen identifizieren. Dann nehmt einen Wagen und fahrt schnell zum Damm nach Ludag. Diese Straße ist der einzige Weg, um schnell von der Insel zu kommen. Schlagt Alarm, wenn die Frauen vorbeikommen.«

»Sollen wir sie aufhalten?«

»Wenn es geht. Nun, schnell! Ich schicke diese drei Versager zur Ablösung hinterher.«

Meyerhoff wendete sich einem weiteren Mönch zu: »Sie holen oben noch einen Mitfahrer und fahren mit ihm zum Hafen. Beobachten Sie das Geschehen. Ich muss wissen, wenn ein Boot den Hafen verlässt. Dann sind alle Wege von der Insel dicht.«

Noch in der gleichen Minute verließen zwei Autos den Hof der Brauerei.

»Und nun zu uns«, wendete sich Meyerhoff den am Boden liegenden Zivilisten zu.

Die Zwillinge verstauten ihre Taschen schnell im kleinen Lieferwagen. Zudem stand der Wagen, mit dem George auf die Insel gekommen war, zur Verfügung. Mit beiden Fahrzeugen fuhren die vier vom Bootsanleger ab. Die Zwillinge nahmen den direkten Weg nach Norden zum Damm. Sie erreichten das Nordende der Insel in kürzester Zeit – soweit es der klapprige Lieferwagen zuließ.

Der Mönch fuhr mit Gertrud eilig Richtung Norden. Die einzige Straße, die von der Insel führte, lief an der Saint Michael's Church vorbei. Die kleine Kirche war das letzte Gebäude, bevor man nach weiteren vierhundert Metern den Damm erreichte, der Eriskay mit der viel größeren Insel South Uist verband. Ein Mönch vor einer katholischen Kirche erschien unauffällig. Zudem kurbelte er den Wagenheber unter das rechte Hinterrad, simulierte so einen platten Reifen und blockierte zugleich die schmale Straße.

Gertrud beobachtete die Straße von einem erhöhten Punkt am Rande der Kirche aus und blieb im Hintergrund. Als der kleine weiße Lieferwagen der Zwillinge hinter dem vermeintlichen Pannenfahrzeug und direkt vor Gertruds Nase anhielt, hatte sie einen guten Einblick in das Fahrzeug. Sie sah zwei Frauen, die sie nicht identifizieren konnte.

Der Mönch blickte kurz fragend zu Gertrud auf.

Gertrud schüttelte verneinend den Kopf.

Der Mönch wendete sich den wartenden Zwillingen zu. »Können wir helfen?« fragte Kayla.

»Nein. Danke. Ich bin bereits fertig.«

Er stellte sich hinter das Fahrzeug und gab die Straße frei. Der Lieferwagen hatte ausreichend Platz zum Passieren. Die Zwillinge winkten kurz und fuhren auf den Deich in Richtung Ludag.

»Waren das wirklich nicht die gesuchten Frauen?«, versicherte sich der Mönch nochmals bei Gertrud.

»Nein. Definitiv nicht. Diese kenne ich nicht.«

Später würde sie Meyerhoff berichten, dass lediglich die Zwillinge und ein Milchlaster in dieser Nacht Eriskay über den Damm verlassen hatten.

Der Beobachter lief um den Fähranleger des kleinen Hafens von Eriskay. Die Fähre von und nach Barra lag nicht im Hafen. Auch sonstige Boote fehlten. Der Parkplatz war leer. Der Hafen schlief.

»Hier kann keiner die Insel verlassen, solange keine Boote einlaufen«, berichtete der Mönch Meyerhoff telefonisch. »Ich komme zu Fuß zurück. Mein Mönchsbruder bleibt zur Sicherheit hier.«

Meyerhoff bestätigte. Kurz bevor der Mönch loslaufen wollte, kam ein Wagen mit schneller Fahrt an. Er parkte am anderen Ende des Parkplatzes. Der Beobachter verschwand hinter dem eigenen Wagen.

Zwei Männer stiegen aus und schauten ebenfalls auf den Hafen hinaus. »Es ist keiner hier«, sprach George so laut zu Iain, dass der Beobachter es hören musste.

George und Iain setzten sich wieder in den Wagen, warteten noch einen Augenblick und grinsten sich an.

Der Beobachter nahm sein Telefon und rief erneut Meyerhoff an. »Ich bleibe noch. Hier sind gerade zwei Männer aufgetaucht, die am Hafen auf irgendetwas oder irgendjemanden warten. Vielleicht auf ein Boot.«

»Es könnte eine Spur sein. Bleiben Sie.«

Es war eine Spur. Aber eine bewusst gelegte Täuschung.

Meyerhoff disponierte um. Er nahm den drei Zivilisten im Kerker die Knebel und Fesseln ab und schickte sie doch nicht wie geplant raus.

»Das wurde langsam Zeit«, grunzte der Stiernacken. Meyerhoff nahm den deutlichen Alkoholatem wahr.

»Sie drohen mir nicht!« Meyerhoff wurde gefährlich leise. »In kurzen Worten ... Was ist hier geschehen?«

Die Zivilisten beschrieben die Situation und wie sie überwältigt wurden. Sie verschwiegen Meyerhoff allerdings ihr Zirkusspielchen mit den Frauen.

»Also zwei Männer und zwei Frauen?«, versicherte sich Meyerhoff erneut.

»Mindestens!«, meinte der Schleimige, während sich der Unscheinbare im Hintergrund hielt.

‚Das könnten die Sechs auf der Wiese sein‘, dachte Meyerhoff.

»Und sicher noch zwei weitere draußen im Flur«, log der Schleimige.

‚Dann müssten es Acht sein‘, kombinierte Meyerhoff und beschloss, diese Aussage nicht zu glauben.

»Ihr werdet eine Chance bekommen, den Fehler zu korrigieren.« Meyerhoff dachte bereits wieder an den Einsatz des Feuers.

Acairseid Mhor

Die Solstice war am versteckten Liegeplatz schnell wieder klar zum Auslaufen. Fionn hatte versucht, mit Juna Gassi zu gehen. Aus der Ferne erschien es aber andersherum: Juna führte Fionn an der Leine.

Man konnte den Anlegeplatz im Acairseid Mhor innerhalb weniger Minuten mit dem Boot wieder verlassen. Der Steg lag in der kleinen Bucht auf der anderen Seite der Insel, keinen Kilometer vom Fähranleger entfernt. Ein leichter Höhenzug versperrte den Sichtkontakt, sodass die Beobachter am Hafen diese Bucht nicht einsehen konnten.

Meyerhoff wusste nichts von diesem Steg; ihm fehlten schlichtweg die Ortskenntnisse.

Während ein Beobachter am Fähranleger auf der Lauer lag und Gertrud an der Kirche die Straße überwachte, glitt die Solstice langsam und ungesehen mit Motorkraft aus dem Acairseid Mhor aufs offene Meer hinaus. Enya, Annie und Juna leisteten Fionn dabei Gesellschaft.

Meyerhoff hatte sich in den Salon zurückgezogen und versuchte, die Puzzleteile zu einem Bild zusammenzusetzen. Der Stiernacken und seine Männer sprachen von Zwillingen und zwei Männern. Gertrud meldete die Beobachtung der Zwillinge am Damm. So viele Zwillingsmädchen konnte es auf der Insel wohl kaum geben, als dass dies ein Zufall gewesen sein könnte. Gertrud war sich sicher, dass sonst niemand im Wagen war.

Der Beobachter berichtete von den beiden Männern am Hafen, die wohl eine Überfahrt vereinbart hatten. Auch diese Beschreibung passte zum Geschehen im Keller. »Sie können die Insel noch nicht verlassen haben.«

»Und wo sind unsere Gefangenen?«, wollte Meyerhoff wissen.

Während das Puzzle unvollständig blieb, rief Gertrud erneut an. »Zwei Männer in einer kleinen Limousine verlassen nun die Insel über den Damm.«

»Nur zwei Männer? Nicht die Gefangenen?«

»Nein. Ich bin mir sicher. Das ist ein kompaktes Auto ohne Kofferraum. Da kann sich auch keiner verstecken.«

Meyerhoff wurde ärgerlich und sprach die entscheidende Frage aus: »Das Kommando ist uns wohl entwischt. Wo sind die Frauen? Wo sind sie?«

Nach Verlassen der Bucht setzte Fionn die Segel. Dank der Elektrik an Bord geschah dies wie von Zauberhand. Zunächst segelte er bei westlichem Wind in Richtung Südspitze der Insel und umrundete Eriskay. Die Passage an der Südspitze zwischen den vorgelagerten Felsen erforderte seine volle Aufmerksamkeit. Gegen den Wind musste er kreuzen.

Fionn hatte – sobald die Fahrt ruhiger wurde – ein schnelles Abendessen für die hungrigen Damen, inklusive Juna, in den Ofen geschoben. Es gab einen Tiefkühl-Nudelauflauf und heißen Tee. Allein schon die Wärme tat den Frauen gut. Und die Tatsache, dass es endlich etwas Richtiges zu essen gab. Auch wenn es nur ein Auflauf aus der Tiefkühltruhe war. Selbst Juna bevorzugte den einfachen Auflauf mit Schinken, obwohl sie ihr eigenes Futter im Napf hatte.

Nach dem Essen prüfte Fionn den Kurs und den Autopiloten. Zur Sicherheit programmierte er eine Route, die etwas weiter vom Ufer entfernt lag. Zudem schaltete er die Kollisionswarnung ein, damit man nicht plötzlich ein anderes Boot vor dem Bug hatte. Nachdem diese Handgriffe schnell und routiniert erledigt waren und die Segel nochmals geprüft wurden, ging er wieder den Niedergang hinunter zu den Frauen. Er wollte gerade noch klären, wer in welchem Bett schlafen konnte, doch leichtes Schnarchen erfüllte das Boot und machte die Frage überflüssig. Leise räumte er das benutzte Geschirr weg und trug nacheinander erst Enya und dann Annie in die Kojen. Juna wollte nicht in ihr Körbchen. Sie sprang in Enyas Koje und suchte sich einen Platz zu ihren Füßen.

Fionn wollte darauf verzichten, die Frauen zu entkleiden, aber dann sah er, dass beide unter ihren Jacken nichts mehr außer ein paar Fetzen Stoff trugen. Er zog ihnen dann doch die Schuhe und Jeans aus und entfernte die zerrissenen Shirts und BHs. Schließlich sorgte er noch dafür, dass beide warm in Decken gehüllt waren, bevor er sich selbst noch ein paar Stunden in seine Kajüte legte. Die Solstice würde ihren Weg allein finden.

Es war eine ruhige Nacht auf See. Friedvoll.

Es war ein schöner, warmer Morgen. Meyerhoff hatte dafür keinen Blick. Übernächtigt und mit dunklen Ringen unter den Augen saß er am Frühstückstisch. Er war nun 24 Stunden wach, und die Ereignisse hatten sich nicht wie geplant entwickelt. Noch immer wusste er nicht, wo die Frauen sein könnten. Der Hafen und der Deich nach South Uist wurden weiterhin überwacht, die Beobachter abgelöst. Und ab heute hatte er auch noch den Abt am Hals.

Meyerhoff war gereizt. Er saß zusammen mit Gertrud und dem Stiernacken am Tisch und trank viel Kaffee.

»Wo können sich die Frauen auf der Insel verstecken? Ohne Ortskenntnisse?«, fragte Gertrud. Man blieb ihr die Antwort schuldig.

»Wir lassen die Insel durchsuchen, sobald wir genügend Kräfte haben«, bemerkte der Prälat.

Nach einer Tasse Tee und einem Toast meinte der Stiernacken: »Sie haben doch alle drei Wege von der Insel überwachen lassen. Dann werden wir nun wohl in jeder Ecke der Insel suchen gehen.«

»Drei?«, fragte Meyerhoff erstaunt.

Der Stiernacken schaute verdutzt. Er hatte vorausgesetzt, dass alle Wege überwacht wurden. »Natürlich ... drei.« Er zählte auf: »Der Deich, der Fähranleger und der Steg in der Bucht.«

Meyerhoff suchte einen Schuldigen. Seine Halsschlagader pochte sichtbar. Er merkte, dass er auf sich selbst zeigen musste, wenn es einen Schuldigen gab. Er hätte jemanden mit Ortskenntnissen einbinden sollen.

Der Prälat begann, seine Gedanken neu zu ordnen.

Wieder war es Gertrud, die den richtigen Ansatz hatte: »Wir sind doch erst auf diese Inseln gekommen, weil oben auf der Inselkarte ein rotes Kreuz zu sehen war.«

»Stimmt!« Meyerhoff nahm sein Handy aus der Tasche und blätterte die Bilder der abfotografierten Karten durch. Er versuchte, das Kreuz genauer zu lokalisieren. Die Karte war alt und ungenau, und das Kreuz verwischt.

»Auf der obersten Insel«, wiederholte Gertrud.

»Im Norden von Lewis«, erinnerte sich Meyerhoff schlagartig.

»Sagte ich doch«, meinte der Stiernacken. »Das habe ich auch im Keller belauscht.«

Für Meyerhoff war die Situation klar. Es war ihm nun egal, wer welchen Weg von der Insel genommen hatte. Nur ärgerte es ihn, dass ausgerechnet der Stiernacken ihm gleich zweimal mit der richtigen Informationen voraus war.

»Packt alle eure Sachen. Wir fahren nach Lewis.«

»Alle?«

»Ja.«

Meyerhoff wurde rechtzeitig informiert. »Heute ist nicht mein Tag«, dachte er. »Gestern eigentlich auch nicht.« Verärgert nahm er zur Kenntnis, dass der Abt zurückkehren würde. An diesem Morgen war er unausstehlich.

»Ich war froh, dass er endlich weg war«, meinte er zu Gertrud.

»Nun ist er wieder hier.«

»Was will er eigentlich? Habe ich ihm nicht klar gemacht, dass die Lösung Feuer heißt und die Kirche und die Inquisition daran nicht rütteln lassen? *Ad maiorem dei gloriam!*[71]« Er schaute Gertrud sauer an. »Was will er?«

»Das Buch.«

Die Begrüßung fiel eisig aus. »Willkommen zurück auf Eriskay.« Der Abt spürte, dass dieses Willkommen kaum so gemeint war. »Wir reisen gleich weiter auf die nördliche Insel. Nach Lewis. Sie brauchen nicht erst auspacken.«

Gertrud stand einen halben Schritt hinter Meyerhoff. Raphael sah, dass sie bereits Gepäck rausgestellt hatte.

Abt Raphael interessierte dies nur beiläufig. »Gibt es neue Spuren vom Buch?«

»Und von den Hexen ...«, ergänzte Meyerhoff. »Sie sind geflohen. Wir müssen hinterher.«

---

[71] *Zu höheren Ehren Gottes*

Leòdhas agus na Hearadh
(Lewis & Harris)

In Bewegung

Lochmaddy

Sir Bram war sich unsicher, inwieweit er sich über die erfolgreichen falschen Spuren freuen konnte. Zumindest war sein Plan aufgegangen, und alle hatten Eriskay wohlbehalten verlassen. Das bedeutete jedoch nicht, dass auch alle wohlbehalten auf Lewis ankommen würden.

Im Laufe der Nacht waren die Zwillinge eingetroffen, und George und Iain kamen im Morgengrauen nach. Bram hatte einen Ruhetag angeordnet. Die letzten Tage und Stunden waren strapaziös gewesen, und übermüdete Mitarbeiter konnte er nicht gebrauchen. Vorher galt es umzuziehen. Die Zwillinge sollten zum Haus der Weberin nördlich von Stornoway fahren. Sie wären dann schon nahe am Ziel. Morgen sollten sie beginnen, die Zusammenkunft am Steinkreis vorzubereiten. Der Hexenzirkel sollte wieder auferstehen und ihre neue Meisterin einführen. Zum ersten Mal sollte jemand die Aufgabe wahrnehmen, der nicht aus einem Coven heraus bestimmt wurde. Aber Liath hatte anders gewählt.

Bram verabschiedete sich vom Musiker und seiner Frau und fuhr mit Iain und George ebenfalls nach Norden. Sein Ziel lag in der Nähe des Steinkreises, in einem Blackhouse, knapp vierzig Kilometer südwestlich der Nordspitze von Lewis. Ein Blackhouse war eine Hütte eines Schäfers, Bauern oder Fischers, der sich ein richtiges Haus nicht leisten konnte. Die Bruchsteinhütten waren mit Reet oder Schilf gedeckt, hatten schmale Türen und kleine Fenster. Mensch und Tier lebten hier auf engem Raum zusammen unter einem gemeinsamen Dach.

Es gab sie seit vielen hundert Jahren. Heute waren sie teilweise Touristenattraktionen und wurden zu Preisen wie Nobelherbergen an wohlhabende Abenteurer vermietet. Eines dieser Blackhouses lag abseits in den Dünen an einer kleinen Bucht und war nur wenigen Menschen bekannt. Dort würden sich die drei Männer auf die kommenden Tage vorbereiten.

Fionn sollte um die Nordspitze von Lewis nach Port Ness segeln.

Der Musiker würde dafür sorgen, dass aus seinem alten gälischen Clan Männer zum Schutz abgestellt würden.

Stornoway

Mit Mühen und dank der Kontakte der Zivilisten gelang es, zumindest auf einem Campingplatz in der Nähe von Stornoway Unterkünfte für die Eingeweihten zu finden. Eine Wandergruppe hatte kurzfristig abgesagt, sodass man für ein Dutzend Leute Betten ergattern konnte. In der späten Feriensaison war das ansonsten kaum möglich.

Abt Raphael hatte seit seiner Jugend nicht mehr in einem Zelt geschlafen. Kurzentschlossen suchte er nach einem festen Dach über dem Kopf und fand es im Lews Castle, einem noblen Hotel. Dort mietete er ein Zimmer zu einem horrenden Preis.

Meyerhoff behagte die Unterbringung auf dem Zeltplatz nicht. Es war ein Handicap für die weiteren Aktionen, da ihm die notwendige Infrastruktur fehlte.

Suche nach der Magie

Stornoway

Die Erkundigungen begannen. Meyerhoff gab wieder den Urlauber. Zusammen mit Gertrud fuhr er im Norden von Lewis von Sehenswürdigkeit zu Sehenswürdigkeit. Meyerhoff wollte alle auffälligen Orte in der nördlichen Hälfte der Insel sehen und bewerten.

Sie hatten Stornoway verlassen und fuhren an der Küstenstraße nach Norden. An der Ostseite der Insel gab es einige kleinere Buchten mit Sandstränden. Als sie am kleinen Garry Beach ankamen, waren sie allein. Meyerhoff parkte den Wagen, stieg aus und schaute sich unschlüssig um.

»Wonach schauen wir eigentlich?«

»Das weiß ich selbst nicht so genau. Ich kann nicht sagen, was einen Hexenplatz ausmacht. Sicher wird der Platz irgendeine Magie haben.«

»Was ist eigentlich Magie?«

Meyerhoff hatte sich diese Frage nie selbst gestellt. Er stutzte. »Was ist Magie?« Wiederholte er Gertruds Frage. Dann versuchte er, eine rationale Definition zu finden. »Vielleicht etwas, was verzaubert?«

»Und woran erkennen wir die Magie?«

Wieder eine Frage, mit der Meyerhoff wenig anfangen konnte. Es irritierte ihn, dass er sich diese Frage nie selbst gestellt hatte. »Woran erkennt man sie? Vielleicht ist es wie bei uns in der Kirche. Wir sprechen auch immer davon, dass wir die Anwesenheit Gottes spüren.«

»Ich dachte, dass man die Hexerei nicht mit der Kirche vergleichen soll«, entgegnete Gertrud. »Gott ist immer da. Und überall. Dann müsste ich ihn immer spüren.«

Meyerhoff begann, den Weg zum Strand zu gehen. Er trug Freizeitkleidung, wie auch Gertrud, und dazu einen kleinen Rucksack und eine Picknickdecke. Die Fragen verwirrten ihn. Die Fragen waren präzise, sinnvoll und zielführend. Sie trafen Meyerhoff unvorbereitet. ‚Warum habe ich mir diese Fragen nie wirklich gestellt‘, fragte sich Meyerhoff. Er ärgerte sich, dass er es selbst war, der nun einen Vergleich zwischen der Magie seines Glaubens und der Magie der Hexerei suchte. Ein Vergleich, den er immer abgelehnt hatte.

»Es verwirrt mich«, gab er zu. »Vielleicht spüren Sie etwas, Gertrud.«

Es konnte nicht sein, dass ein Mann der Kirche solche Magie spüren konnte. Es gab keine andere Magie außer der seiner Kirche. Ein nicht so hochgestelltes und beleuchtetes Wesen, also eine Frau, konnte vielleicht etwas spüren, was er nicht konnte.

»Ich weiß auch nicht, wie man Magie spürt. Entweder sie ist da, oder nicht … glaube ich.«

»Zumindest hat dieser Strand keine Magie. Es ist ein Strand.« Meyerhoff hatte eine eigene Logik. Gertrud musste es nicht verstehen.

Blackhouse

Dail Mor Blackhouse

Der Donnerstag begrüßte die Menschen mit nasskaltem Wetter. Ein Tief zog von Nordwesten nach Schottland und trieb Regenwolken vor sich her. Der Wind war nicht allzu stark, aber stetig. Ständig war ein leichtes Nieseln in der Luft, das sich immer mal wieder zu einem leichten Regen verstärkte. Wenn man draußen war, hatte man ständig Nässe im Gesicht. Bei falscher Kleidung merkte man schnell, dass Hosen und Jacken klamm wurden. Vielleicht musste man hier geboren sein, um das Wetter zu mögen. Oder war es eher so, dass auch die Bewohner der Hebriden dieses Wetter nicht mochten, es aber nie zugeben würden.

Das Blackhouse war gemütlich und rustikal eingerichtet. Früher war es bei diesem Wetter kein besonders angenehmer Ort. Sir Bram konnte sich noch daran erinnern, wie der Wind sich immer einen Weg durch das Reetdach suchte und die feuchte Luft kontinuierlich nach innen trug. Mit Heizmaterial musste man sparsam umgehen. Man heizte mit Torf, weil es kaum noch Holz auf der Insel gab. Torf brannte bei der feuchten Witterung widerwillig und gab nur wenig Hitze, dafür aber viel Qualm ab. Man war im Haus geschützt und konnte es sich unter Decken und Schafsfellen einrichten, wenn man nichts Handwerkliches zu tun hatte; beispielsweise Spinnen, Weben, Schnitzen oder Werkzeuge reparieren.

Mittlerweile war es wesentlich angenehmer. Eine elektrische Heizung war stark genug, um das Haus zu heizen. Das Dach war dicht und hielt Wind und Regen zuverlässig draußen. Sir Bram studierte einige Dokumente, die er mit den Zwillingen besprechen wollte. Er rief bei Kayla an und bat sie, zu ihm und seinen Begleitern ins Blackhouse zu kommen. Die Zwillinge sagten beide zu.

»Wie sieht es mit den Vorbereitungen aus? Ist schon zu erkennen, wann wir die Zeremonie durchführen können?«

»Das entscheiden die Steine und der Himmel. Die Farben müssen stimmen. Die Magie muss da sein. Und der Tag muss besonders sein.«

»Soweit kann ich folgen.« Bram lächelte milde. Er kannte die Voraussetzungen.

»Es gibt im September nur zwei Möglichkeiten. Weniger gut wäre der 13. September, wenn das Fest der Aphrodite gefeiert wird. Der nächste gute Termin ist der 23. September.«

»Die Tag-und-Nacht-Gleiche. Das wäre auch meine Empfehlung.«

Es blieb also noch Zeit bis zum großen Fest.

»Eigentlich ist mir die Zeitspanne bis zur Tag-und-Nacht-Gleiche zu lang. Wir müssten uns lange unauffällig verhalten. Wir können andererseits auch nicht gegen die Magie arbeiten. Dann ständen unsere Bemühungen – im wahrsten Sinne des Wortes – unter keinem günstigen Stern. Alles wäre verdorben.«

»Wir haben Jahrzehnte auf die Neugründung gewartet. Dann können wir nun auch bis zum 23. warten«, meinte Kayla. »Das Buch wird uns nur eine Chance geben.«

»Wir sollten vorher nochmals zusammenkommen und uns abstimmen«, kam von Robyn.

»Ich wollte dieses Risiko vermeiden«, entgegnete Sir Bram. Dann korrigierte er sich. »Wir müssen dieses Risiko vermeiden.«

»Mit welchen Personen können wir den Coven denn neu gründen?«, fragte Robyn. »Bekommen wir sieben Mitglieder zusammen? Ich bin nicht sehr optimistisch.«

»Wir müssen wirklich klein anfangen«, entgegnete Sir Bram. Er schaute sich um. George und Iain waren stille Zuhörer und hatten sich bis dahin nicht am Gespräch beteiligt. George hatte wieder seine alte Rolle als Diener und natürlich auch als Beschützer und Vertrauter von Sir Abraham Scobie eingenommen. Sein Beruf war seine Berufung. Hingegen wollte Iain wieder zurück nach Siùna, wo er zu Hause war.

»Wer von euch beiden wird in den Coven mit eintreten?«

George, wie auch Iain, waren zurückhaltend.

»Ich stehe eigentlich außen vor. Dann wären es erst einmal nur Enya, Annie und Fionn. Dazu die Zwillinge. Fünf. Und wenn man die Zwillinge als Paar zählt, sogar nur vier. Das ist dünn. Viel zu dünn.«

George verstand. »Ich würde meinem Herrn folgen.«

Der Ball lag nun bei Sir Bram im Spielfeld. Alle schauten den alten Herren an. Bram drehte seinen Gehstock in der Hand, wie er es häufiger tat, wenn er nachdachte. Schließlich meinte er: »Gut. Aber nur, wenn ich keine tragende Rolle mehr wahrnehmen muss.«

Iain schaute sich in der Runde um: »Muss man denn hier vor Ort sein, oder kann ich dennoch nach Siùna zurück?«

»Iain«, meinte Bram, »ich gehe auch nach Siùna zurück. Wir sehen uns nur zu den Festen hier. Ansonsten können wir leben, wo wir wollen ... sofern die Meisterin nichts dagegen haben wird.«

»Davon können wir wohl ausgehen«, meinte Robyn.

»Dann bin ich auch dabei«, meinte Iain.

»Wenn ich nun richtig zähle, sind wir zu acht, wobei die Zwillinge als Paar zählen; also nur sieben. Weniger dürfen es nicht sein. Aber darauf können wir aufbauen.«

Der nächste Halt Meyerhoffs war die Nordspitze der Insel. Am Leuchtturm stiegen die beiden wieder aus.

»Auch kein magischer Ort«, meinte Meyerhoff.

»Es sieht sicher gut aus, wenn abends das Licht des Leuchtturms angeht und im Sekundentakt seinen hellen Strahl rotieren lässt.«

»Das ist keine Magie. Das ist vom Menschen gemachtes Licht.«

»Können Menschen keine Magie machen?«, fragte Gertrud.

Wieder so eine Frage, auf die Meyerhoff keine Antwort hatte. ‚War der Glaube an seinen Gott nicht vom Menschen gemacht? Generiert die Kirche nicht die Magie in ihren Gotteshäusern durch Menschen? Oder ist die Magie dort, weil Gott anwesend ist?‘

»Lassen Sie uns noch ein wenig laufen. Ich muss nachdenken.« Der Tag war voller Fragen und brachte keine Antworten. Meyerhoff lief ziellos umher. Hauptsache der Leuchtturm mit dem vom Menschen gemachten Licht blieb in seinem Rücken. Er wollte sich von der Magie des Menschen abwenden. Schweigsam folgte Gertrud.

Meyerhoff lief an diesem Tag an der Küste entlang. Er passierte mit Gertrud den kleinen Ort Port Ness, den dortigen Hafen, an dem es kaum Betriebsamkeit gab, und den angrenzenden Strand Ness Beach.

Meyerhoff kam langsam wieder aus seinen Gedanken zurück. »Wir laufen noch ein wenig.«

Gertrud hatte kein Problem, mitzuhalten. Sie wanderte ausdauernd und mit einem schnellen Schritt. »Wo laufen wir eigentlich hin?«

»Ich weiß es nicht genau. Auf Google habe ich noch einen historischen Platz hier in der Nähe gesehen. Es ist nicht mehr weit.«

Etwa 1200 Meter südlich vom Ness Beach erreichte Meyerhoff diesen Punkt. »Es könnte ein Steinkreis gewesen sein.«

»Ich sehe nicht viel davon.«

»Sehen Sie die Unebenheiten im Boden? Sie markieren einen kleinen Kreis.« Meyerhoff deutete auf einige kleinere Hügel, die von Moosen überdeckt waren.

Mit einiger Fantasie konnte Gertrud den Kreis erkennen. Der angedeutete Steinkreis lag inmitten eines neueren Quadrates aus Steinmauern. Sie schaute sich in der Umgebung um. Es gab ansonsten noch weitere Steinmauern, die wohl Schafherden zusammenhalten sollen und das Land parzellierten. Die Ruinen eines alten Blackhouse gehörten ebenfalls zu den von Menschen hinterlassenen Merkmalen der Landschaft.

»Nicht besonders magisch«, meinte Gertrud, die hier weder viel sah noch spürte.

»Da muss ich Ihnen zustimmen. Wir werden weitersuchen.«

Auf dem Rückweg legten die beiden in einem kleinen Café in Port Ness eine kurze Rast ein.

Nach Lewis

Auf See, westlich von Lewis

Die Solstice blieb auf See. Sir Bram hatte Fionn angewiesen, möglichst unsichtbar zu bleiben.

»Insbesondere sollten die Frauen unsichtbar bleiben, bis die Einführungsfeier stattfinden kann«, meinte Sir Bram am Telefon. »Danach wird die Macht der Magie wiedererweckt sein, und wir haben kaum noch etwas zu fürchten.«

»Wir könnten natürlich auf See kreuzen und pünktlich wieder im Hafen sein. Aber wie regeln wir das mit Juna? Sie müsste regelmäßig an Land. So werden wir immer wieder sichtbar.«

»Könnt ihr nicht zwischenzeitlich einen anderen Hafen anlaufen? Vielleicht auf dem Festland? Auf Skye? Shetlands?«, fragte Sir Bram.

Fionn überlegte hin und her und suchte den bestmöglichen Weg. »Alles möglich. Auf See wäre es am sichersten. Zwischen den Wellen sind wir unsichtbar.«

»Und wenn ihr den Hund irgendwo an Land absetzt? Vielleicht beim Musiker? Und später wieder abholt?«

»Das kann ich Enya nicht antun. Nicht nach den Nächten im Verließ.«

Dies hatte Enya mitbekommen. Sie war zwischenzeitlich zum Steuerstand gekommen.

»Was kannst du mir nicht antun?«, fragte sie.

Fionn erklärte die Situation und die bereits diskutierten Möglichkeiten.

»Ist doch kein Problem«, entgegnete Enya. »Juna ist alt. Sie läuft nicht mehr so viel. Ein paar Tage an Bord sollten gehen.«

»Und die Geschäfte?«

»Juna war schon mal längere Zeit an Bord. Sie wird sich an Deck ein Plätzchen für ihre Häufchen suchen.«

Fionn rümpfte die Nase. »Hundekot an Bord der Solstice«, dachte er.

»Es geht. Wir hatten das schon. Ich reinige auch.«

»Dann machen wir das so. Wir werden unsichtbar auf See.«

Fionn gab Sir Bram die Entscheidung am Telefon durch. Bram hatte sowieso die Hälfte des Gesprächs aus der Ferne mitbekommen. Dann meldete sich Fionn noch ab. »Wir werden außerhalb der Telefonreichweite sein. Du kannst uns über das Satellitentelefon erreichen, wenn etwas sein sollte.«

»Dann sehen wir uns am 22. Am Tag vor der Feier. Bereitest du bitte Enya vor. Und vergesst nicht, aus dem Buch zu lesen und zu lernen. Enya ist noch nicht bereit.«

Insgeheim dachte Sir Bram: »Hoffentlich schafft sie es rechtzeitig. Ich kann ihr wenig helfen.«

Nachdem das Telefongespräch beendet war, drehte sich Fionn zu Enya um. »Wir werden bald wieder festen Boden unter den Füßen haben. Ich weiß, wo wir so lange unterkommen.«

»Wie? Doch festen Boden?«

Fionn ließ sich nicht mehr entlocken und wendete die Solstice.

Stornoway

Nach und nach gelang es Meyerhoff, für die Eingeweihten Zimmer in Stornoway zu finden. Genau genommen ließ er suchen und finden. Die Mönche waren über die Stadt verteilt, vornehmlich in privat geführten Bed & Breakfasts untergekommen. Der Stiernacken hatte mit seinen Kumpanen einen Wohnwagen mieten können und einen Standplatz auf dem Campingplatz gefunden. Meyerhoff hoffte, den Wohnwagen nicht sehen zu müssen, wenn die drei Männer ihn nach Gebrauch wieder abgeben würden.

Gertrud und der Prälat knüpften an die Zeiten an, wie sie in Schottland eingetroffen waren und zusammen ein Zimmer in Oban teilen mussten.

»Wir werden uns arrangieren«, meinte Gertrud.

Der Stiernacken hatte weitere Kräfte rekrutiert, die über die Äußeren Hebriden verstreut waren, aber rechtzeitig zur Verfügung stehen würden. Langsam sammelte sich eine Armee. Zusammen mit örtlichen Mönchen standen etwas mehr als ein Dutzend Leute zur Verfügung. Er war sich sicher, dass es mit diesem Netzwerk nur noch eine Frage der Zeit sein musste, bis man der Hexen wieder habhaft werden würde.

»Und dann gibt es keine Fragen mehr«, meinte er. »Dann gibt es nur noch Feuer.«

Cearcall cloiche dorcha – der dunkle Steinkreis

Auf der Suche nach magischen Orten kamen Meyerhoff und Gertrud ihren Zielen näher. Sie mieden die Touristenorte und suchten immer mehr an abgelegenen Plätzen im Inneren der Insel. Die meisten der besuchten Orte waren ruhiger und urtümlicher als die Orte an der Küste. Manche Orte schienen von der Öffentlichkeit vergessen worden zu sein, während andere immer mehr Touristen anzogen. Dies war der Fluch der sozialen Medien.

Früh morgens standen Meyerhoff und Gertrud noch allein im Steinkreis Cearcall cloiche dorcha, der auch „der dunkle Steinkreis" genannt wurde.

»So wie auf der Zeichnung in diesem Buch. Erinnern Sie sich? Ich hatte Ihnen davon erzählt, als ich das Buch das erste Mal in Ülpenich beim Kaffee erwähnte.«

Meyerhoff war wie elektrisiert. Hatte Gertrud unbewusst den magischen Ort der Hexen gefunden?

»Seltsam, dass wir hier allein sind«, bemerkte Gertrud.

»Vielleicht weiß keiner mehr von der Magie dieses Ortes. Aber wir und die ersten Sonnenstrahlen sind ja hier. Ich wollte hier sein, bevor die Touristen kommen. Ich wollte wissen, ob dieser Ort Magie hat. Oder das, was andere dafür halten.«

»Der Kreis ist aber klein. Er hat so dunkle Steine. Die sind sicher nicht von hier.«

»Ich glaube, die Größe ist nicht so entscheidend. Wir stellen uns auch Stonehenge riesig vor, aber Stonehenge ist kleiner als man denkt. Dieser Ort hier ist höchstens halb so groß. Und die Steine sind viel kleiner.«

»Fast unter Moos verborgen und zwischen den Klippen kaum zu sehen.«

Meyerhoff wanderte umher und wollte das Umfeld in sich aufnehmen. Auf dem Weg hierher waren sie an vereinzelten Bauernhäusern vorbeigekommen. »Eine arme Gegend«, dachte er. Bis zum Atlantik waren es knapp vierhundert Meter. Im Westen lag in etwa gleicher Entfernung der kleine Süßwassersee Leoch Eirearaigh und im Osten das Loch Mor Bharabhais, etwa doppelt so groß wie der See auf der westlichen Seite.

»Der Ort ist schon besonders«, versteifte sich Meyerhoff. Der Prälat konnte Magie nicht spüren. Weder hier noch in der Kirche. Letzteres würde er aber nie offen eingestehen. Er suchte stattdessen rationale, oberflächliche Begründungen, warum hier Magie sein musste. Meyerhoff kannte die Schizophrenie dieser Sichtweise. »Hier trifft sich Salzwasser mit Süßwasser. Der stetige Wind vermischt das Wasser in der Luft über den feuchten Wiesen. Wasser aus vier Richtungen trifft sich hier.« So klang die rationale Erklärung, warum hier Magie sein musste.

Meyerhoff stand auf einem kleineren Felsen und überblickte das Gelände. Er breitete die Arme aus, und aus der Distanz betrachtet, erinnerte seine Silhouette Gertrud an den gekreuzigten Heiland. Oder vielleicht eher an die Jesusstatue über Rio de Janeiro. »Auf diesem Zuckerberg. Oder wie das hieß.«

»Spüren Sie Magie?«, fragte Meyerhoff. »Spüren Sie etwas?«

Meyerhoff bemühte Gertrud als seine Antenne, sein Medium für Magie. »Ich glaube, ich spüre etwas. Treten Sie mal in den Steinkreis, Gertrud.«

Gertrud tat, wie ihr geheißen wurde. Meyerhoff umrundete sie außerhalb des Steinkreises. Es waren wenige Steine. Er zählte dreizehn. »Da haben wir es. Dreizehn! Zwölf im Kreis. Einer in der Mitte. Dreizehn! Die Zahl des Teufels!«

Dass Druiden und die hier viel früher lebenden Pikten mit der Dreizehn nicht viel anfangen konnten, war ihm egal. Die

Deutung der Zahl kam mit der Kirche. Meyerhoff steigerte sich in seiner Idee, mit dem Steinkreis Cearcall cloiche dorcha den Ort gefunden zu haben, der auf der Hexenkarte rot markiert war.

»Gertrud, stellen Sie sich bitte auf den Stein in der Mitte. Steigen Sie hoch!«

Gertrud gehorchte. Der Stein war niedrig und hatte eine Fläche von etwa zwei mal zwei Metern. Er war etwa vierzig Zentimeter hoch. Man konnte ihn für einen Altar halten.

Wieder umkreiste der Prälat den Steinkreis, diesmal mit Gertrud auf dem Stein stehend.

»Ziehen Sie sich aus!«

»Ich soll was?«

»Ausziehen. Ich möchte wissen, ob dies ein Opferstein ist. Ich möchte Sie auf dem Stein sehen!«

»Ich bin kein Opfer!«, protestierte sie laut und energisch. »Opfer« war das falsche Wort zur falschen Zeit. Gertruds Gedanken aus dunkler Vergangenheit kamen wieder hoch. Die Demütigung durch Josef, die pflichtschuldige Hingabe an seinen Bruder Johann und die Vergewaltigung durch Meyerhoff, nachdem sie zuvor auch einvernehmlichen Sex gehabt hatten. »Ich bin kein Opfer«, wiederholte sie nun leiser protestierend.

,Ich werde die Opferrolle wohl nie ablegen können', weinte Gertrud innerlich voller Enttäuschung, aber auch aus Zorn.

»Nein. Natürlich nicht. Nur übertragen.«

»Auch im übertragenen Sinne nicht!«

Meyerhoff erinnerte sich an Gertruds Schuldgefühle, das Buch Liath aus den Händen gegeben zu haben. »Ich möchte ... muss ... erkennen, ob man diesen Stein als Opferstein oder Altar sehen kann.«

»Ist ein Altar nicht auch ein Opferstein? Vielleicht sollten wir die Rollen tauschen?«, entgegnete Gertrud. »Sie stellen sich nackt auf diesen Stein und ich schaue, ob ich etwas spüren kann.«

»Aber ich bin ein Mann der Kirche ...«

»Und ich? Ich bin ein Kind Gottes!«

Gertrud gab nicht nach und der Prälat fühlte nicht die Magie, die er sich vorgestellt hatte. Die Diskussion mit Gertrud störte ihn sehr. Er war in die Defensive geraten, wieder einmal ausgekontert von einer Frau. Er brach sein Vorhaben unverrichteter Dinge ab.

Schweigend fuhren Meyerhoff und Gertrud zurück nach Stornoway. Die bis zum Gefrierpunkt abgekühlte Stimmung erwärmte sich erst langsam wieder, als sie das Ortsschild von Stornoway sahen.

»Das ist der Platz«, war sich Meyerhoff dennoch sicher. Später kontrollierte er nochmals die Fotos der Hexenkarte und fühlte sich bestätigt.

Hiort (Saint Kilda)

Versteckt auf Saint Kilda

Hirta

Die kleine Inselgruppe Saint Kilda, etwa sechzig Kilometer westlich von North Uist, war einer der abgelegensten Orte Schottlands. Doch auch hier war man nicht allein. Täglich brachte ein Katamaran Touristen zur Hauptinsel Hirta, wo sie einen Tag lang die Blackhouses, ein UNESCO-Weltkulturerbe, besichtigen konnten. Früher lebten hier etwa einhundert Menschen.

Zusätzlich gab es eine kleine militärische Radarstation und eine Ranger Station auf diesen rauen, vulkanischen Inseln. Der höchste Felsen ragte über 400 Meter aus dem Wasser und war weithin sichtbar, sofern die Inseln nicht im Nebel verborgen waren.

Fionn kannte den Park Ranger, der dort im Sommer lebte und das Kulturerbe betreute. Im Süden der Insel gab es eine geschützte Möglichkeit für die Solstice zu ankern. Das Anlegen am einzigen kurzen Steg war zu gefährlich, da der Wellengang in der Bucht tückisch war.

Dieser Ort würde für die kommenden zehn Tage der Rückzugsort für Enya, Annie, Juna und Fionn sein. Für Juna wäre bestens gesorgt, da sie täglich festen Boden unter den Pfoten haben würde. Das kleine Beiboot der Solstice würde im Pendelverkehr zwischen Ankerplatz und Strand in der Bucht hin und her fahren.

Der Müßiggang war relativ. Für Enya begann eine schwierige Phase des Lernens. Einerseits musste sie sich in kleinen Schritten mit der Sprache vertraut machen, andererseits versuchte sie, den Sinn der Sätze aus dem Buch Liath zu verstehen. Mehr und mehr Phrasen und Sätze konnte sie erkennen. Nach und nach sah sie auch Bilder und Zeichnungen, zum Beispiel von einem Steinkreis und einer nackten Frau in der Mitte auf einem Stein.

Fionn und Annie konnten bei der Sprache helfen. Die Umgangssprache an Bord war nun Gälisch. Nur wenn Enya gar nicht weiterkam, wurden einzelne Worte und Sätze auf Englisch gewechselt.

Da nur Enya die Zeichen und Symbole sehen konnte, musste sie die Symbole für die anderen aufzeichnen, wenn sie Fragen hatte. Dabei achteten alle sehr darauf, keine ungewollten Hinweise auf das Buch zu hinterlassen. Sie malten die Zeichen in den Sand der Bucht. Die Wellen würden ihre Zeichen bald wieder dem Meer übergaben.

Eriskay

Die Polizei hatte auf Eriskay Ermittlungen aufgenommen. Die Polizeistation der Western Isles war zuständig, den Tod von Bruder Ulrich aufzuklären. Der Polizeioffizier aus Lochboisdale fluchte, weil er kaum Informationen aus Deutschland bekommen hatte. Zudem hatte er keine Leiche, einen undefinierten Fundort und Zeugen, die nicht mehr vor Ort waren. Von Bewiesen oder wenigstens Indizien ganz zu schweigen. Insgeheim hoffte er, dass der Fall kein Fall war und sich alles in Luft auflösen würde.

»Wieso sind die in Deutschland darauf gekommen, bei einer offensichtlich natürlichen Todesursache eine Autopsie durchzuführen?«, fragte er den jüngeren Polizisten, der den Dienstwagen steuerte. Die Frage war eher rhetorisch gemeint, und er erwartete keine Antwort.

»Wir werden uns mit dem Arzt unterhalten, der den Totenschein ausgestellt hat, und dann sehen wir weiter.«

Die Ortschaft Eriskay auf der gleichnamigen Insel war eine Ansammlung weniger Häuser. Man fand schnell heraus, dass der einzige Arzt auf der Insel nicht mehr praktizierte und nur noch Selbstfindungsseminare in einem katholischen Bildungszentrum durchführte. Die Polizei traf den Arzt in der ehemaligen Brauerei an.

»Vergiftet? Das muss ein Missverständnis sein«, erläuterte der Arzt glaubhaft. »Die Anzeichen deuteten unmissverständlich auf ein Herzversagen hin.«

»Aber wir haben einen anderslautenden Obduktionsbefund und ein Amtshilfeersuchen aus Deutschland.«

Zunächst war der Arzt irritiert. »Das klingt für mich eher nach Verwechslung. Diese Vergiftungserscheinungen wären ganz andere und leicht zu diagnostizieren.«

Natürlich verschwieg der Arzt, dass Bruder Ulrich genau die Anzeichen der Vergiftung aufwies.

Da die beiden Polizisten weiterhin nichts in der Hand hatten und die Gruppe um Meyerhoff längst abgereist war, fuhren sie unverrichteter Dinge nach Lochboisdale zurück. »Sollen die doch erst einmal in Deutschland richtig recherchieren.«

Der letzte nicht unbedingt offizielle Kommentar in der Sache war: »Die spinnen, die Deutschen.«

Stornoway

Abt Raphael stand zunehmend im Abseits. Im wahrsten Sinne des Wortes kaltgestellt, stand er vor seinem Hotel im Regen und versuchte, seine Gedanken zu ordnen. Seine eigenen Recherchen brachten ihn nicht weiter. Ohne ein Netzwerk vor Ort und ohne Zusammenarbeit mit La Mano de Dios gab es wenig, worauf er sich stützen konnte. Zudem hatte er in Schottland keinen Zugriff auf seine Bibliothek und keine Ahnung, wo er nach dem Buch suchen sollte. Auch die Polizei hatte ihn wegen Bruder Ulrich nicht kontaktiert. Wie auch? Die Polizei wusste nicht, dass er im Lews Castle übernachtete. Langsam fragte sich Abt Raphael selbst, warum er überhaupt zurückgekommen war. Er beschränkte sich zwangsläufig auf Beobachtungen.

Saint Kilda

Die Solstice lag nun schon einige Tage in der Bucht der Hauptinsel Hirta vor Anker. Langsam wurde Enya klar, worin die Magie des Buches bestand. Es war nicht das Buch selbst, das die Magie trug, sondern es zeigte, wie man die Magie wecken konnte. Es enthielt alle notwendigen Informationen, wie die fünf Elemente miteinander verbunden werden konnten. Es zeigte, wie die sechs Sinne interagieren. Das Buch verband den Menschen mit der Natur und machte ihn so zur Hexe – einem Wesen in Harmonie mit der Natur.

Eine Welt, drei Zeiten – Vergangenheit, Gegenwart, Zukunft, fünf Elemente und sechs Sinne.

»1 – 3 – 5 – 6«, zählte Enya und stockte. Als sie diese Zahlen vor dem offenen Buch aufsagte, flammten kurz weitere Worte und Sätze auf. Die Buchstaben schienen sich neu ordnen zu wollen, bevor sie wieder an ihren alten Platz zurücksprangen. ‚Warum ist das nicht bereits anderen aufgefallen? Es sind wohl nicht die Zahlen allein.'

Enya kam dem Geheimnis in kleinen Schritten näher.

‚Wie ging es weiter?' Sie wollte gerade Fionn um Hilfe bitten, aber sie erkannte, dass sie die Reihe selbst können musste. ‚War die 11 in der Reihe?' Sie verneinte die Überlegung. ‚Es waren die 13 und 17. Dreizehn Stein hat der Steinkreis – wenn ich den Bildern im Buch glauben darf. Und siebzehn wahr die Grenzzahl, bei der ein Coven geteilt werden sollte.'

»Das Bild fügt sich zusammen. Die Zahlen bekommen ihre Bedeutung. ... Und noch eine Zahl.«

Enya stand auf. Die Konzentration auf das Lernen kostete Kraft. ‚Die letzte Zahl war eine Zahl ohne Bedeutung', meinte Sir Bram. Der Begriff „Lieblingszahl" kam ihr wieder in den Sinn. »Vierundsechzig!«

‚Die Zahl hat sicher eine Bedeutung.' Enya konnte nicht glauben, dass Sir Bram diese Zahl einfach nur so dahingesagt hatte. ‚Sir Bram macht nichts ohne Grund. Und wie sagte er: es hat nichts mit ihm zu tun. Es ist einfach nur eine praktische Zahl.'

»Und wenn die Zahl so praktisch ist, dann sollte sie das auch beweisen.« Je mehr Enya darüber nachdachte, desto überzeugter war sie, dass die 64 für die Lösung des Rätsels wichtig sein könnte. Sie zitierte erneut voller Spannung: »1 – 3 – 5 – 6 – 13 – 17 – ... – 64.«

Die Seiten des Buches änderten sich. Sie glätteten sich. Vergilbte Ecken verschwanden. Bilder fingen an zu schimmern. Buchstaben wurden schwungvoller. Enya hatte den Eindruck, dass sie zuschauen konnte, wie manche Sätze neu geschrieben wurden. Sie freute sich. Sie war fasziniert. Dann verschwanden die Effekte wieder, als wären sie nie dagewesen.

»Schaut! Schaut! Das Buch beginnt zu leben!«, rief Enya freudig und stolz. Annie drehte sich von der Kombüse um und schaute zur Bank, von der Enya gerade aufgesprungen war. Liath lag mittig auf dem Tisch. So wie immer.

Fionn steckte seinen Kopf durch die Luke. Er war an Deck. »Ist etwas nicht in Ordnung?«

»Schaut doch! Die Schrift lebt!«

Annie und Fionn sahen nur leere Seiten. Und auch vor Enyas Augen verschwand die Schrift wieder. Nun wusste sie, dass sie auf dem richtigen Weg war.

Der dunkle Steinkreis (I)

Cearcall cloiche dorcha

In der Nacht waren Meyerhoff und Gertrud wieder zum dunklen Steinkreis gefahren. Der Ort ließ den Prälaten nicht los.

Gertrud konnte dies nicht nachvollziehen. Sie hatte lange nachgedacht und kam zu dem Schluss, dass sie Meyerhoff den „Gefallen" tun würde. Sie würde eine Gegenleistung verlangen. Sie hatte ihren Wert erkannt. Meyerhoff war auf sie angewiesen. Ihre Gefühle für ihn sprangen hin und her. Sie hatte ihn verführt. Er hatte sie vergewaltigt. Er wollte sie nackt im Steinkreis sehen. Sie weigerte sich. Nun war sie bereit, sich für eine Gegenleistung zu verkaufen.

Sie waren schnell wieder am Steinkreis. Der Vollmond spendeten wenig Licht. Man konnte sich gerade so orientieren.

Der Wagen parkte etwa fünfzig Meter entfernt. Kühle Luft schlug ihnen entgegen, als sie den Wagen verließen. Die beiden liefen schweigend über die nasse Wiese. Der Prälat lief voran und Gertrud folgte bis zum Steinkreis.

Der Prälat schaute Gertrud an. Sie wusste auch ohne Worte, was er nun erwartete. Sie betrat den Innenraum des Kreises. Sie lief langsam auf den flachen Stein in der Mitte zu und blieb davor stehen. Sie zögerte. Sie berührte den Stein mit der Hand. Er fühlte sich weich und trotz des kühlen Wetters ungewöhnlich warm an. Sie fühlte das Moos, nicht den Stein, der sich darunter verbarg.

Gertrud schlüpfte aus ihren Turnschuhen und kletterte auf den Stein. Sie stand bewegungslos an der Kante des Steines. Sie zögerte erneut. Dann suchte sie mit zwei kleinen Schritten die Mitte des Steines auf. Gertrud drehte sich zu Meyerhoff um. Sie trug ein schlichtes, einfarbiges, dunkles Wollkleid. Es war ihr schönstes und zugleich durch Einfachheit und Eleganz wirkendes Wollkleid. Sie hatte es noch nie getragen. Sie hatte es vor wenigen Tagen erst in Oban gekauft. In Ülpenich hätte sie so ein Kleid nie angezogen. Es modellierte ihre schlanken Linien. Das allein wäre bis vor wenigen Tagen schon Grund genug, das Kleid abzulehnen. Nun mochte sie es. Es gehörte zu ihrem neuen, schottischen Leben.

Gertrud öffnete den Knopf, der im Nacken den Halsausschnitt zusammenhielt. Sie suchte einen festen, stabilen Stand auf dem Stein. Nun fasste sie den Saum des Kleides und zog es sich über den Kopf. Gertrud war nackt. Sie fühlte sich nackt.

Sie hatte sich auf diesen Moment mit etwas Angst vor ihrem eigenen Mut vorbereitet. Zuerst wollte sie ihre neuen Dessous unter diesem Kleid anziehen. Dann normale Wäsche und letztendlich entschied sie sich, nackt unter dem Kleid zu bleiben. Das erste Mal in ihrem Leben.

Es war keine Verführung. Sie wollte alle Ansätze vermeiden, Meyerhoff zu verführen, oder ihn zu reizen. Sie machte sich bewusst zum Objekt. Sie stand regungslos. Die Arme hingen lang an ihrem Körper herunter. Sie verbarg nichts. Sie betonte nichts. Sie wollte erscheinen, wie eine natürlich, klassische Statue im alten Griechenland.

»*Nuda veritas*«[72], dachte Meyerhoff und schluckte. Sein Hals fühlte sich trocken an.

Gertrud schaute ihn an. Sie fixierte ihn regelrecht mit ihren Blicken. Sie wartete auf Reaktionen. Auf irgendeine Reaktion.

Meyerhoff begann, den Kreis zu umrunden. Er blieb außerhalb der Steine. »Bleiben sie auf dem Stein stehen. Nicht umdrehen«, forderte Meyerhoff Gertrud auf.

Sie tat, wie geheißen.

---

[72] *Die nackte Wahrheit*

Meyerhoff war sich nicht sicher, ob das was er fühlte, Magie war, oder einfach nur Lust. ,Wie soll ich das trennen?', fragte er sich. Er beschloss, noch eine weitere Runde um den Kreis zu gehen, und auf Klarheit zu hoffen.

Meyerhoff trat in den Kreis, nachdem er die Runde beendet hatte. Er blieb direkt vor Gertrud stehen. »Ist es Magie? Ist es Lust?«, fragte er eher rhetorisch. Eine Antwort erwartete er nicht.

Gertrud meinte: »Besiegen sie die Lust. Bleibt das Gefühl, dann muss es Magie sein.«

Meyerhoff dachte über diese Worte nach. ,Wie besiegt man die Lust?', fragte er sich. Ihm fiel nur ein Weg ein. Er kletterte auf den Stein, öffnete linkisch mit einer Hand seine Hose und krallt die andere in Gertruds Haare. »Besiege meine Lust.«

Meyerhoff zerstörte in diesem Augenblick alles, was vielleicht an Magie vor Ort war. Der Prälat zog Gertruds Kopf brutal zu seinem kleinen Prälaten.

Rein mechanisch begann Gertrud, ihn schnell zum Orgasmus zu bringen, so wie sie es einmal in einem Krimi gesehen hatte. Je schneller, desto besser. Gertrud versuchte, die Gefühle des Ekels zu unterdrücken. Sie schmeckte schnell seinen Samen und war überrascht, dass er salzig schmeckte.

Gertrud fühlte sich ein weiteres Mal vergewaltigt. Gedemütigt. Benutzt.

Meyerhoff setzte sich nieder und erwartete, dass Gertrud das gleiche tat. Gertrud blieb kalt und distanziert. Sie nahm ihr Kleid auf, wendete sich von ihm ab, zog am Rande des Steines ihre Schuhe wieder an und verließ mit dem Kleid in der Armbeuge den Steinkreis. ,Ein elender, kleiner Mann', dachte sie. Gertrud blieb außerhalb stehen und betrachtete angewidert und enttäuscht den Prälaten, während sie sich abseits des Kreises ihr Kleid überzog.

Meyerhoff blieb zurück. Er stellte sich wieder die gleiche Frage: ‚War es Lust oder ist es Magie?' Nach wenigen Momenten sagte er sich: ‚Eben war es noch Lust. Nun ist es wohl Magie.' Dabei schwebte er noch auf der Wolke des Nachfühlens. Es war keine Magie. Es war das Gefühl der Macht über andere Menschen.

Kaylas Haus bestand aus Bruchstein mit Reetdach. Kleine Fenster durchbrachen die Mauern, ließen wenig Licht in die Räume und hielten im Winter die Kälte draußen. Man konnte kaum von einem Haus sprechen. Im Laufe der Jahrzehnte wurde immer wieder angebaut, ohne sich um Baugenehmigungen zu kümmern. Zunächst wurde ein kleiner Stall für Schafe angebaut, der nun den Webstuhl und die Vorräte an gesponnener Wolle beherbergte. Dieser ausgebaute Stall war der wohnlichste Raum im Haus geworden, in dem die Weberin die meiste Zeit verbrachte. In einem neuen Stall mit Ziegeldach standen ein paar Schafe. Ein weiteres Gebäude diente als Lager, in dem manchmal auch der klapprige kleine Lieferwagen parkte. Dieses Gebäude hatte ein Wellblechdach, das längst hätte erneuert werden sollen. Später wurde noch ein kleiner Hühnerstall mit einem Holzdach und Teerpappe angebaut. Nichts passte zusammen. Man baute immer mit den Materialien, die man gerade günstig oder kostenlos bekommen konnte.

Die Zwillinge saßen in der Weberei und stellten eine Liste auf, was zu erledigen sei. Kayla saß auf der Bank am Webstuhl. Während ihre Schwester die Liste führte, entstand ein neuer Tweed mit einem Hahnenfußmuster in vielen Farben. Die Einzelfarben kombinierten sich zu einem Blau-Grau mit einer dünnen dunkelroten Linie, wie die Farbe des Himmels bei untergehender Sonne. Der Tweed sollte „Liath – die Farbe des

Himmels" heißen. Er stand noch nicht im Harris Tweed Muster-
buch. Es würde der Tartan des Covens werden.

Es gab noch so viel zu tun.

Cearcall cloiche dorcha

Meyerhoff wurde aus seinen Gedanken gerissen. »Was auch
gut ist, weil ich mich auf die Straße konzentrieren sollte«, murmelte er.

»Ich möchte nicht mehr nach Ülpenich zurück«, meinte
Gertrud zaghaft. »Kann ich vielleicht auf Eriskay bleiben und
dort den Haushalt führen?« Dies sollte ihr Preis für die
Erniedrigungen sein.

Meyerhoff dachte nach. Gertrud hatte ihre wichtigsten
Aufgaben erfüllt. Sie hatte ihn zum Buch geführt und ihm vermutlich gezeigt, wie die Magie funktioniert. Nach der Beichte
der beiden Morde – an Josef und Bruder Ulrich – wäre Gertrud
in seiner Nähe sicher irgendwann zur Last oder Gefahr geworden. Die Lösung, sie auf Eriskay zu lassen, war elegant. Aber
Meyerhoff wäre nicht Meyerhoff, wenn er nicht noch etwas
mehr aus dieser Gegenleistung herausholen wollte.

»Ich kann zustimmen.«

Gertrud juchzte vor Freude und klatschte in die Hände.
»Wie schön!«

»Da wäre noch etwas.«

Gertrud schaute fragend zu ihm hinüber.

»Sie müssen mir mehr von dieser Magie zeigen.«

Gertrud erkannte, dass sie wohl nie aus diesem Kreislauf
ausbrechen konnte.

Erkenntnisse auf Saint Kilda

Hirta, die Hauptinsel von Saint Kilda

Seit Tagen beschäftigte sich Enya mit dem Buch Liath. Sie sah Dinge, die anderen verborgen blieben. Das Buch offenbarte Bruchstücke des Wissens, und Enya konnte nicht ahnen, was es noch alles zeigen würde.

Enya erkannte, dass die magischen Zahlen der Schlüssel zu diesem Buch waren. John Napier, Laird of Merchiston, hatte das Buch auf wunderbare Weise verschlüsselt. ‚Und sprach nicht auch Sir Bram von dem Schlüssel, der den Zahlen innewohnt?‘

Enya verstand mehr und mehr, dass der Schlüssel zum Buch die Zahl Vierundsechzig sein musste. ‚Die Zahl liegt so weit weg von den übrigen Zahlen.‘ Kurzentschlossen packte Enya das Buch in ihren Rucksack, nahm genug Wasser und Futter für Juna, eine Decke und eine warme Jacke mit. Dazu packte sie ein kleines Kistchen mit etwas Räucherwerk ein. Sie ließ sich von Fionn mit dem Beiboot von der Solstice zur Insel bringen. Sie wollte das Geheimnis lösen und hierzu allein sein.

Fionn protestierte laut. Er konnte Enya nicht umstimmen. Sie war stur.

Enya wanderte über die Insel nach Norden, bis das Meer ihren weiteren Weg begrenzte. Auf ihrem Weg kam sie an vielen steinernen Schutzhütten vorbei, die langsam verfielen. Nur auf dieser Insel hatte sie solche Hütten gesehen. Grobe Steine waren in Trockenbauweise zu winddurchlässigen Wänden aufgeschichtet. Ob dies so gewollt war, konnte Enya nicht beurteilen. Große Steinplatten deckten die winzigen Hütten ab. Gras und Moos wuchs über den Steinen. Es nahm den Regen auf und isolierte die Hütten. Sollte das Wetter schlecht werden, konnte sie in einer solchen Hütte Schutz suchen.

Enya schaute auf die beiden Felsen Stac Shoaigh und Stac Biorach hinüber, die sich zwischen Hirta und der kleineren Nachbarinsel Soay aus dem Meer erhoben. Hier setzte sich Enya nieder, und Juna legte sich zu ihren Füßen. Sie wollte all ihre Gedanken laut aussprechen, ohne dass sie jemand hören konnte. Dieser Ort an der Nordspitze der Insel war magisch.

Sie begann mit der bekannten Zahlenreihe: »1 – 3 – 5 – 6 – 13 – 17 – 64«.

Liath antwortete mit den Effekten, die sie schon mehrmals in den letzten Tagen gesehen hatte.

Enya kam nicht weiter. Sie schaute zum Himmel auf. »Liath ... die Farbe des Himmels!« Die Farben des Buchs und des Himmels glichen sich aneinander an. Beide verfärbten sich im Gleichtakt. Das Buch hatte die Macht, die Farbe des Himmels zu ändern. Dazu der Ort. Er musste magisch sein. Der Himmel musste es zulassen.

Enya erkannte, dass die Lösung des Rätsels komplexer war als ursprünglich angenommen. »Es muss vieles zusammenkommen«, sagte sie. »Das Buch. Der Himmel. Zahlen. Jemand, der dem Buch nahestand oder von ihm ausgesucht wurde. Ein magischer Ort.« Enya hielt inne. »Was noch?«, fragte sie sich. »Vielleicht noch ein Schlüssel. ... Und der richtige Zeitpunkt«, erkannte sie. »Deshalb warten wir bis zur Tag/Nacht-Gleiche.«

❦ ❧ ❦

Es war dunkel geworden, und Enya hatte noch immer nicht das verabredete Lichtzeichen gegeben, dass man sie wieder abholen sollte. Fionn sorgte sich um Enya. »Ich hätte sie nicht allein gehen lassen dürfen«, meinte er zu Annie auf der Solstice.

»Es musste so sein«, entgegnete Annie. »Und du weißt es.«

»Es ist mir nicht wohl dabei.«

»Was soll denn passieren?«

»Hast du nicht gesehen, wie sich der Himmel verfärbt hatte? So schnell? Dieses seltsame Violett mit Blau. Dazu ... wie nennt ihr Frauen das ...«

»Brombeere, Aubergine oder Malve«, ergänzte Annie.

»Ja, sag ich doch: Violett. Ich fahre sie suchen.«

»Nein. Das machst du nicht! Enya ist allein mit den Farben des Himmels – mit Liath. Du darfst jetzt nicht stören!«, mahnte Annie eindringlich.

Die Sonne war untergegangen. Der Himmel hatte seine Farbe zu einem dunklen Rot mit viel Grau gewechselt. Es fing an zu regnen. Enya schützte sich und das Buch mit der Decke, ohne sich in eine der winzigen Steinhütten zurückziehen zu wollen. Juna schlüpfte ebenfalls mit unter die Decke. Mit dem Regen zog kühle Luft über die Klippen, und Enya fröstelte.

Sie nahm das Kästchen mit dem Räucherwerk aus dem Rucksack. Unterwegs hatte sie eine große Muschel gefunden. Sie legte die Kohle auf die Muschel und hatte Mühe, sie zu entzünden. Als sie langsam anfing zu glühen, streute sie das Räuchergut mit einem kleinen, angelaufenen Löffel auf die Kohle. Unter der Decke entwickelte sich der Duft schnell und intensiv, wie in einer Schwitzhütte. Enya hatte das Gefühl, dass die Gerüche in ihrem Kopf explodierten und sich alle Synapsen neu verknüpften. In Sekundenschnelle nahm sie alles noch einmal verstärkt wahr. Es war, als ob man eine Hypersensibilität nochmals steigern konnte.

»Ich sitze auf der Mutter Erde. Der Himmel sendet mir sein Wasser. Das Feuer wärmt mich. Die Luft trägt mir die Gerüche zu, und mein Geist nimmt alles auf. Er verknüpft es.« Sie weinte fast, weil dieser Moment so besonders erschien. »Es ist Zeit, zu lesen.«

Enya hatte das Gefühl, dass der Zeitpunkt gekommen sein musste. Sie begann, die Zahlen zu kombinieren. Sie begann, mit ihnen zu spielen. Sie war nicht die Erste, die solche Zahlenspiele anstellte. Würde man ihre Zahlenreihen mit der Tapete in Josefs Zimmer in Ülpenich vergleichen, würde man schnell erkennen, dass auch Josef vor seinem Tod begonnen hatte, mit den Zahlen zu spielen. Er war dem Geheimnis nahegekommen, nur wusste er nichts von der Vierundsechzig. Diese Zahl wurde nirgends im Buch erwähnt. Das Buch Liath hatte ihn aber nicht gewählt. Die Zahlen waren gefährlich! Sie konnten in den Köpfen der falschen Personen den Tod bedeuten. Aber dies wusste Enya nicht, und Josef wurde ein Opfer. Ein Opfer der Zahlen.

Ohne weitere Verzögerung begann Enya: »Vierundsechzig minus Siebzehn ist Siebenundvierzig. Siebenundvierzig minus Dreizehn ist Vierunddreißig. Vierunddreißig minus Sechs ist Achtundzwanzig. Achtundzwanzig minus Fünf ist Dreiundzwanzig. Minus Drei ist Zwanzig. Minus Eins ist ... Neunzehn. *Naoi-deug.*«

Ohne das gälische Wort vorher gekannt zu haben, wusste sie plötzlich, dass naoi-deug für Neunzehn steht. Liath verfärbte sich kurz flammend Rot, als wollte das Buch sagen, dass dies der richtige Weg war. Zugleich verschwand alles Licht aus dem Himmel. Schlagartig wurde aus Schwarz Rot. Dann kamen die Sterne wieder. Alle Sterne des Firmaments.

»1 – 3 – 5 – 6 – 13 – 17 – ... 19.«

Der Himmel begann zu leuchten. Auf Liaths Titelseite wurde das Bild einer Muschel sichtbar. Mehr nicht. Die Zahlen allein reichten nicht, um die Geheimnisse zu offenbaren, wurde Enya schlagartig klar.

Sie erkannte das Symbol sofort. Überhastet durchsuchte sie ihre Hosentaschen. ‚Irgendwo muss die Muschel von Siùna sein!' Enya wurde nervös. Sie fand die Muschel nicht auf Anhieb. Hektisch kramte sie alles aus ihren Taschen. Unter einem Papiertaschentuch im Rucksack fand sie schließlich die Muschel. Sie hielt das kleine, beschädigte Gehäuse in ihrer Hand und legte es auf das Symbol auf der Titelseite. »Der fehlende Schlüssel!« jubelte sie.

Die vergilbten Seiten im Buch Liath glätteten sich wieder. Die Schrift wurde erneut klar und deutlich, als wäre die Tinte gerade erst getrocknet. Enya erkannte nun alle Buchstaben. Dann las sie die Wörter. Letztendlich verstand sie die Sätze.

Enya begann zu schluchzen. Sie drückte Liath an sich und zog die Decke über Juna, das Räucherwerk und das Buch zu. Dann schlief sie unter den explodierenden Farben des Himmels ein. Sie schlief ohne Träume.

෧ ෯ ෨

Auf See, nach Stornoway

Es waren die letzten ruhigen Stunden auf See, bevor es morgen einen Tag der inneren Reinigung geben sollte. Die Solstice hatte nur wenig Segel gesetzt. Man hatte Zeit. Am späten Vormittag hatte man sich nach einem gemeinsamen Frühstück vom Park Ranger auf Hirta verabschiedet und nach einem ausgiebigen Spaziergang mit Juna zum Segelboot übergesetzt. Da auf der Solstice nicht viel vorzubereiten war, konnten die Segel sofort gesetzt werden.

Enya konnte mittlerweile flüssig aus dem Buch Liath lesen und versuchte, den Sinn der Sätze und Zeichnungen zu verstehen. Es fiel ihr immer leichter. Nach einer ersten Phase des Lernens schlug sie Liath sanft zu und legte das Buch beiseite. Sie ging nach oben aufs Deck.

Fionn stand diesmal nicht am Ruder. Er saß in einer kurzen Jeans und einem einfachen T-Shirt auf dem Vordeck der Solstice und schaute in eine unbestimmte Ferne. Dort hinten war die Küste von Lewis. Da lag ihr Ziel. Annie hatte den Dienst am Ruder übernommen, obwohl auch der Autopilot den Kurs halten konnte. Man würde in einigem Abstand an der Küste entlangsegeln, um in der Nähe des Blackhouse vor Anker zu gehen.

Enya hielt sich kurz am Mast fest. Sie ging nach vorne zu Fionn. »Alles in Ordnung, oder wieder Probleme mit dem Kreislauf?«

»Nein. Nein. Alles in Ordnung.« Er lächelte. Er log. Aber Enya merkte es und Fionn wusste, dass seine Lüge enttarnt war.

Enya setzte sich zu Fionn auf das Vordeck und nahm seine Blickrichtung auf. Ihre nackten Arme berührten sich leicht. Enyas Flaumhärchen richteten sich auf. Sie bekam eine Gänsehaut. ‚Gänsehaut scheint ansteckend zu sein.‘ Sie schaute auf Fionns Arm, auf dem sich ebenfalls die Härchen aufrichteten und kleine Noppen bildeten.

»Ich bekomme Gänsehaut«, meinte Fionn. »Berührungen sind so intensiv. Auch wenn sie so sanft sind.«

»Berührungen können durch die Haut die Seele erreichen.«

»Nur bei ganz wenigen Menschen lasse ich Berührungen zu.«

Enya hatte den Eindruck, dass Fionn irgendein dunkles Geheimnis trug, welches sie so schnell auch nicht erfahren würde. ‚Er lebt so lange. Was hat er alles erfahren und mitmachen müssen?‘

Enya wusste nicht, ob und wie sie sich Fionn nähern durfte. Sie blieb erst einmal nur neben ihm sitzen. Er zog sich auch nicht zurück. Beide blieben eine Zeit wie eingefroren dort sitzen.

Annie kam hinzu und nahm nun mit Fionn zusammen Enya in die Mitte. Nun schauten alle drei voraus und keiner sagte ein Wort. Irgendetwas würde sie dort hinten in nicht einmal achtundvierzig Stunden erwarten.

Óró

German Wertarbeit

Stornoway

Der Unscheinbare kam ungewohnt aufgeregt zu Meyerhoff ins Hotel. »Es tut sich was am Steinkreis.«

Er hatte in den vergangenen Tagen in Sichtweite, aber entfernt genug in den Dünen, um nicht zu auffällig zu sein, ein Zelt aufgeschlagen. So konnte er aus der Distanz die Gegend im Auge behalten.

»Was haben Sie gesehen?«, fragte Meyerhoff.

»Man hat begonnen, aufzuräumen. Der Platz wurde gründlich gereinigt.«

»Macht das nicht diese ... Parkverwaltung ... routinemäßig mit Sehenswürdigkeiten?«

»Sicher. Aber nicht abends kurz vor Sonnenuntergang. Ich hatte nun zweimal Menschen so spät dort gesehen, die aufgeräumt haben. Gestern hatten sie sogar ganz früh am Morgen den mittleren Stein geputzt.«

Meyerhoff war elektrisiert. Er hatte schon darauf spekuliert, dass nicht er zu diesen Hexen hätte kommen müssen. Irgendwann würden sie zu diesem Kreis kommen. Und dann wäre er bereit. Mit seiner Sicht auf die Magie des Ortes fühlte er sich bestätigt. Stolz und Hochmut waren Sünden. Er hatte die Macht über diesen Ort. In diesem Moment war er stolz auf sich. Und unbefriedigt. Sein Schwanz wurde sofort wieder hart, als er an die Geschehnisse im Steinkreis dachte. Er verdrängte den Gedanken. Versuchte es.

Meyerhoff ließ nach dem Stiernacken rufen.

»Sie können das Feuer entzünden.«

»Jetzt? Sofort?«

»Nein. Sehr bald. Es kann nicht mehr lange dauern. Die Hexen bereiten irgendein Fest hier vor.«

»Übermorgen«, meinte der Stiernacken und grinste. Er freute sich an seinem Wissensvorsprung.

»Wie kommen Sie darauf? Woher haben Sie die Information?«

»Ich habe einfach mal in den Kalender geschaut. Übermorgen ist der Tag genauso lang wie die Nacht. Für die Hexen ein heiliger Tag.«

Meyerhoff hatte den Stiernacken erneut unterschätzt. Und wieder fühlte er sich gekränkt, weil andere ihm voraus waren.

Der Stiernacken lächelte überlegen. »Ich habe mir erlaubt, schon einmal ein paar Kanister Benzin bereitzustellen.«

»Sie haben was?«

»Wir beteiligen uns am Fest. Wir entzünden ein kleines Freudenfeuer im Steinkreis. Ich habe Flammenwerfer aus Beständen der Wehrmacht besorgt.«

Meyerhoff schaute ungläubig. »Wehrmacht? Die deutsche Wehrmacht?«

»"*German Wertarbeit*", glaube ich, nennt ihr Deutschen das. Ein Bekannter von mir hat sie in einem Militarialaden gefunden und wieder funktionstüchtig gemacht. Wir haben sie bereits probiert. Ich muss sagen … es macht Spaß.«

»Spaß am Tod?« Meyerhoff drehte sich der Magen um. Es war ihm klar, dass der Moment des Feuers kommen würde. Er selbst forderte die ganze Zeit über diesen Moment. Spaß machte es definitiv nicht.

»Schon übermorgen.«

»Ich habe bereits alles vorbereitet. Nur der Ort und der Termin waren mir noch nicht klar«, meinte der Stiernacken. »Nun haben wir Gewissheit.«

Cearcall cloiche dorcha

Die Zwillinge waren mit letzten Aufräumarbeiten um den dunklen Steinkreis herum beschäftigt. Die Schals für alle zukünftigen Mitglieder waren fertig. Eine bekannte Künstlerin hatte aus dem Tweed eine Decke für den Stein gefertigt. Die beiden legten den *Tartan*[73] auf den Stein.

»Passt wunderbar«, meinte Kayla.

»Enya wird traumhaft auf diesem Stoff aussehen.«

»Es wird eine wunderbare Nacht. Was sind das für schwarze Spuren um den Stein herum? Das Gras sieht verbrannt aus.«

Robyn schaute sich um. »Du hast Recht. Als ob es gebrannt hätte. Und ... riechst du es?«

»Benzin?«

Aus den Dünen heraus beobachtete der Schleimige die Szene am Stein. »Das sind die beiden, die uns überwältigt haben.«

Der Stiernacken lachte. Er säuberte dabei einen Flammenwerfer. »Ich habe mit denen noch ein Hühnchen zu rupfen. Besser ... zu grillen. Funktionieren gut, diese Dinger.«

---

[73] *Schottisches Webmuster*

Er streichelte liebevoll über das Rohr des Flammenwerfers. Er duzte sein neues Spielzeug. »Sehr bald darfst du zeigen, was in dir steckt.«

※ ❧ ※

»Hast du das gehört?« fragte Kayla ihre Schwester.

»Hörte sich wie Lachen an. Muss wohl vom Strand kommen.«

Sie packten langsam wieder ihre Sachen in den Lieferwagen und verließen die Steine.

※ ❧ ※

»Wollen wir hinterher?«, fragte der Schleimige.

»Verdammt! Daran habe ich jetzt nicht gedacht. Bis das wir am Auto sind, sind die weg. Lauf los und versuch's. Ich bin nicht so flott.«

Der Versuch war vergebens. Schnell war der Lieferwagen außer Sichtweite und der Schleimige war noch nicht einmal an ihrem Wagen angekommen.

※ ❧ ※

Dail Mor Blackhouse

Enya war angekommen. Nun lag es an ihr zu entscheiden, ob sie bereit war. Sir Bram hatte alles getan, was er bis zu diesem Zeitpunkt tun konnte. Annie und Fionn hatten ihn nach Kräften unterstützt. Die Zwillinge hatten zudem ihre Vorbereitungen abgeschlossen.

Es war an der Zeit, das Vergangene hinter sich zu lassen. Enya schloss das Kapitel ihres Lebens in Bonn am Venusberg endgültig ab. Die Ehe mit Hauke Ansbach existierte schon lange nur noch auf dem Papier.

Enya durchging alles in ihrem Leben, was ihr etwas bedeutete. Was wollte sie mit in das neue Leben nehmen? Was war nur noch Ballast?

Sir Bram hatte ihr versprochen, dass ihr Leben zumindest aus finanzieller Sicht sorgenfrei sein würde.

Enya zog sich mit dem Buch Liath und Juna an den Strand zurück. Sie beschloss, für ihre Reinigung – für das Abwerfen des Ballasts – einen magischen Ort zu finden. Dabei wurde er längst gefunden. Nur hatte man sie bis dato hatte man sie im Unklaren gelassen, wo die Zeremonie stattfinden würde.

Cearcall cloiche dorcha, der dunkle Kreis (II)

Cearcall cloiche dorcha

Gegen jeden Widerstand lieh sich Enya Brams Auto und fuhr durch die Gegend. Zunächst querte sie die Insel und erreichte die östliche Küste. Sie bog links ab und nahm die Küstenstraße. Enya fuhr langsam, ohne ein festes Ziel vor Augen. Sie ließ sich einfach treiben.

Kurz bevor sie wieder am Blackhouse ankam, fand sie zufällig den dunklen Steinkreis. Enya nahm die kurze Stichstraße in Richtung Ufer. Auf beiden Seiten der Straße lagen kleinere Seen, die sie passierte, nachdem die Farmhäuser endeten.

Am Steinkreis stand bereits ein Fahrzeug, das sie kannte: Kaylas klappriger Lieferwagen. ‚Hier wird wohl morgen die Zeremonie stattfinden', dachte Enya. Sie nahm ihren Rucksack mit dem Buch Liath und stieg mit Juna aus. Der kleine Pointer sprang durch die Wiesen und lief schnurstracks auf den Steinkreis zu. Ohne zu stoppen rannte sie bis zum Zentrum vor und sprang auf den zentralen Stein. »Wenn das kein Zeichen ist«, meinte Enya.

Vor Ort war Enya enttäuscht. Sie versuchte, die Magie des Ortes in sich aufzusaugen. Nichts geschah. Sie legte das Buch Liath auf den zentralen Stein und erwartete irgendeine Reaktion, irgendetwas. Doch nichts geschah.

»Hast du das gesehen? Da ist sie!«, rief der Schleimige aufgeregt. Er hatte Enya entdeckt, als sie gerade das Buch wieder in den Rucksack packte. Schnell sprang er ins Beobachtungszelt.

Der Stiernacken schnarchte laut neben dem Flammenwerfer. Der Schleimige rüttelte ihn wach, bis er hochschreckte und einige Augenblicke brauchte, um aus dem Halbschlaf zu erwachen. Er rieb sich den Schlaf aus den verklebten Augen und folgte dem Blick des Schleimigen. Der Stiernacken wollte los, aber er kam nicht schnell genug hoch und aus dem Zelt. Als er endlich bereit war, saß Enya schon wieder im Auto und fuhr davon.

Der Stiernacken griff nach seinem Telefon und informierte Meyerhoff. »Die Frau mit dem Buch war eben hier ganz kurz im Kreis.«

Der Prälat frohlockte nach dem Anruf. ‚Es ist nur noch eine Frage der Zeit‘, dachte er zufrieden.

⋘ ⋙ ⋙

Cearcall cloiche dorcha

Tag der Sonnenwende, 13:00 Uhr

Lautes Kinderlachen erfüllte die Luft auf der Zufahrt zum Steinkreis. Kinder spielten mit ihren Müttern am Strand. Hunde, meist Border Collies, liefen laut kläffend umher und versuchten, die Wellen zu fangen oder vergeblich ihre Rudel aus Menschen zusammenzuhalten. Border Collies waren Hütehunde, die hier ihre Aufgabe erfüllten, soweit es die Zweibeiner zuließen.

Mehr oder minder wild aussehende Männer in blau-grüngrauen Kilts standen beieinander, tranken Bier aus Dosen und Whisky aus Flachmännern oder direkt aus den Flaschen. Sie unterhielten sich und lachten auf Gälisch. Hier war die Sprache noch zu Hause, und Englisch war verpönt.

Drei Dudelsackspieler und zwei Trommler versuchten, sich gegenseitig an Lautstärke zu übertreffen. Junge Frauen tanzten den Ceilidh, eine traditionelle Mischung aus Polka, Steptanz und Volkstanz. Etwa achtzig Personen in den Clanfarben der MacDonalds of Lewis & Harris feierten ein Familienfest zur Tag/Nacht-Gleiche. Mitten unter ihnen feierte der Musiker aus Lochmaddie mit.

Man hatte Spaß zusammen.

Cearcall cloiche dorcha, 13:12 Uhr

»Ich werde irre!«, rief der Stiernacken aus den Dünen. Er versteckte seinen Flammenwerfer. »Es werden immer mehr von diesen Schotten.« Er rief Meyerhoff in seinem Hotel an.

»Sie glauben nicht, was sich hier gerade abspielt.«

»Was?«

»Hier wimmelt es von Schotten.«

»Das ist in Schottland wohl nicht unüblich?«

»Doch nicht alle gleichzeitig hier am Steinkreis. Und wohl alle aus einem Clan.«

»Ein Clantreffen? Keine Hexentreffen?«

»Zumindest sieht es so aus. Sie tragen alle den gleichen Tartan.«

»Den was?«

»Schottenmuster ...« und in Gedanken fügte er hinzu: ‚für die Unwissenden unter uns.‘

»Sehen Sie denn irgendwelche bekannten Gesichter?«

Der Stiernacken suchte die Umgebung ab. »Im Augenblick nicht. Ich schicke meine hochqualifizierten Mitarbeiter runter. Vielleicht können die etwas herausfinden.«

Meyerhoff verbiss sich einen Kommentar.

Cearcall cloiche dorcha, 13:18 Uhr

Der Musiker aus Lochmaddy lächelte zufrieden und nahm einen kräftigen Schluck aus seiner Bierdose. Er prostete dem einen und anderen Bekannten – oder Familienmitglied – zu. Auf irgendeine Art und Weise waren hier alle MacDonalds miteinander verwandt oder voneinander abhängig. Er rief Sir Bram an.

»Wir machen hier gerade ein großes Familienfest. Das sollte zur Ablenkung reichen.«

Sir Bram zeigte sich zufrieden. »Wie besprochen ...«

Die Zwillinge

5 – Die Zwillinge fallen auf

Der Unscheinbare erstattete dem Stiernacken Bericht: »Keine bekannten Personen, mit Ausnahme der Zwillinge, die im Verließ waren.«

»Die holen wir uns«, zischte der Stiernacken.

»Wollen wir nicht warten, bis dass alle da sind?«

»Noch mehr von denen?«

»Wollen wir nicht warten, bis wir das mit dem Prälaten geklärt haben?«

»Wir grillen erst die Hühnchen und dann sehen wir weiter«, sagte der Stiernacken mit grimmiger Entschlossenheit.

»Wie wollen wir die da rausbekommen?«

»Wenn wirklich dieses Hexentreffen heute hier sein wird, dann werden sich noch Gelegenheiten ergeben.«

Der Stiernacken schickte den Unscheinbaren los, um nach Kaylas Lieferwagen zu suchen und zu erkunden, ob sie sich einen Vorsprung auf dem Weg dorthin verschaffen konnten.

Cearcall cloiche dorcha, 13:46 Uhr

Meyerhoff traf mit den Mönchen in seiner Begleitung an der Zufahrtsstraße zum Steinkreis ein.

»Wir lassen die Autos hier stehen und gehen zu Fuß«, entschied er.

»Wir können doch bis zum Parkplatz an den Steinen weiterfahren«, entgegnete ein Mönch.

»Ich möchte nicht direkt zu den Steinen. Wir laufen zu den Zivilisten rüber zum Zelt. Ich möchte erst herausfinden, was gespielt wird. Ich brauche den Überblick.«

Nach einer kurzen Inspektion kehrte der Prälat in sein Hotel zurück.

∽ ∾ ∽

Stornoway, 14:14 Uhr

Abt Raphael war bei Meyerhoff im Hotel, als der Anruf des Stiernackens entgegengenommen wurde. Er wurde Zeuge des übereilten Aufbruchs Meyerhoffs und der anderen Mönche. Man wollte ihn bei der Aktion nicht dabeihaben und fuhr einfach ohne ihn los. Raphael war ratlos.

Auch Gertrud blieb zurück.

»Es ist also soweit«, meinte Gertrud beiläufig mehr zu sich selbst.

Bei Raphael gingen alle Alarmlampen an. »Was ist soweit, Gertrud?«

Gertrud erschrak. Sie hatte nicht bedacht, dass sie gehört wurde. Man saß zusammen im Lesezimmer, und doch jeder für sich allein. Raphael wiederholte seine Frage: »Gertrud, was ist soweit?«

»Diese Hexenzeremonie, auf die der Herr Prälat gewartet hatte.«

»Was haben die Männer vor?«

»Ich weiß es nicht.«

»Sie wissen es! Bitte lügen Sie mich nicht an.« Abt Raphael versuchte freundlich und dennoch zugleich auffordernd zu sein. »Was hat Meyerhoff vor?«

»Der Herr Prälat …«

»Ja?«

»Es geht um das Feuer. Der Herr Prälat wollte irgendetwas mit Feuer machen. Seine Zivilisten haben sich mit irgendwelchen Sachen ausgestattet.«

»Wir müssen etwas tun!«

Gertrud begann kurz zu zweifeln, ob sie nicht schon zu viel verraten hatte. Sie wollte weiterhin zum Prälaten stehen.

Cearcall cloiche dorcha, 14:36 Uhr

Kayla verabschiedete sich vom Clanfest der MacDonalds.

»Kommst du mit? Wir haben noch einiges zu erledigen«, fragte sie ihre Schwester.

Robyn nickte, und beide gingen gemächlich zu ihrem Wagen. Sie waren voller Vorfreude, voller Leichtigkeit. Sie sahen der Zeremonie nicht so ernst entgegen wie Sir Bram oder Fionn. Die Weberin hatte die neuen Tartanschals für den Coven im Auto liegen. Gleich würde jeder ihren Tweed tragen. Sie war stolz. Zu Recht.

Cearcall cloiche dorcha, 14:37 Uhr

»Habe ich es nicht gesagt?«, fragte der Stiernacken aufgeregt. »Habe ich es nicht gesagt!« Dabei war es eher eine Feststellung.

»Du hast immer Recht.« Der Schleimige meinte dieses Kompliment diesmal sogar ehrlich.

»Schnell. Wir packen die Flammenwerfer und dann los zum Auto.«

»Aber Meyerhoff?«

»Dann wartest du hier auf den Pfaffen. Ich darf jetzt keine Zeit verlieren.«

Ohne auf Antwort zu warten, packte der Stiernacken einen der beiden Flammenwerfer mit den schweren Öltanks und rannte dem Unscheinbaren hinterher, der fast am Wagen der Eingeweihten angekommen war.

»Die beiden Zicken sind unterwegs zu ihrer Klapperkiste.« Der Stiernacken keuchte außer Atem, als er seinen Kumpanen eingeholt hatte. »Starten! Schnell!«

Der Flammenwerfer verschwand im Kofferraum. Der Stiernacken sprang auf den Beifahrersitz und dirigierte seinen Fahrer in Richtung der einzigen Zufahrtsstraße. Fast hätten sie die Zwillinge verpasst. Eben nur fast.

»Ihnen nach.«

Der Unscheinbare folgte den Befehlen. »Und was ist nun mit dem Prälaten?«

»Scheiß auf den Prälaten! Erst holen wir uns die beiden. Ich lasse denen nicht durchgehen, dass die mich im Verließ an den Haken gehängt haben.«

»Da bin ich bei dir.« Der Unscheinbare gab Gas.

Zwischen Port Ness und Adabroc, 14:53 Uhr

Die Zwillinge fuhren über die enge Single Lane langsam in Richtung Kaylas Haus. Der Unscheinbare machte sich nicht die Mühe, Abstand zu halten. Warum auch? Auf den einspurigen Straßen war es üblich, mit Vorsicht hintereinander zu fahren. Zweimal mussten sie an einer Ausweichstelle den Gegenverkehr passieren lassen. Einmal hielt ein entgegenkommendes Fahrzeug auf seiner Seite in der Bucht. Nachdem sie das Macdonald-Fest verlassen hatten, gab es keinen Verkehr mehr auf den Straßen. Lewis war an diesem Sonntag kurz vor Mittag noch am Schlafen. Die letzten Häuser lagen hinter ihnen. Die Straße wurde nun von Bruchsteinmauern beidseitig eingefasst. Die Mauern waren alt. Die Mauerkronen an manchen Stellen entweder weggebrochen oder von dicken Moosteppichen oder Flechten überwuchert.

An einer Haltebucht sah es so aus, als wollte Kayla das folgende Auto – den Unscheinbaren und seinen Chef – passieren lassen. Sie fuhr nach links in die Haltebucht.

»Jetzt!« schrie der Stiernacken und griff ins Lenkrad. Er rammte den klapprigen Lieferwagen.

Der Unscheinbare war überrascht. Bevor er reagieren konnte, sprang der Stiernacken aus dem Auto, rannte zum Kofferraum, nahm den Flammenwerfer und lief um das Auto herum zu Kaylas Wagen.

Krachend schlug er die Beifahrerscheibe mit dem Flammrohr ein. Die Scheibe hatte der Gewalt nichts entgegenzusetzen und zerbrach scheinbar ohne Widerstand.

Robyn erschrak ein zweites Mal, nachdem sie den Schock des Rammstoßes noch nicht verdaut hatte.

Kayla öffnete die Fahrertür und wollte aussteigen. Sie war benommen. Nicht angeschnallt war sie auf das Lenkrad geprallt. Sie kam nicht weit. Noch im Auto hörte sie das böse Zischen des Flammenwerfers und roch noch kurz den Brennstoff, bevor sie in den Flammen die Besinnung verlor.

Ihre Schwester starb langsamer. Qualvoller. Schmerzerfüllte Schreie erfüllten das brennende Auto. Sie riss die Augen noch auf. Sie versuchte zu atmen. Sie verbrannte sich die Lungen beim Einatmen der heißen Gase. Sie verkrampfte. Ihr Leben wich langsam aus ihrem Körper.

Feuer füllte den ganzen Innenraum des kleinen Wagens aus. Es erfasste zuletzt auch die hinten liegenden Tartans. Der zukünftige Coven schien zu brennen, bevor er begann zu existieren.

Der Unscheinbare setzte den Wagen zurück, nachdem er erkannt hatte, was geschah. Er brachte sich und das Auto der Eingeweihten in Sicherheit.

Der Stiernacken ließ nicht nach. Wieder und wieder gab er Feuerstöße ab. Dann ging er einige Schritte zurück und sah, dass das Fahrzeug nun lichterloh brannte. Zufrieden über sein Werk ging er lächelnd zurück. Testosteron und Endorphine mischten sich mit beißendem Schweiß. Er verstaute den nach Benzin stinkenden Flammenwerfer im Kofferraum und wies den Unscheinbaren an, zu wenden und zurück zum Steinkreis zu fahren.

Cearcall cloiche dorcha, 14:55 Uhr

»Was ist los?«, fragte Meyerhoff den Schleimigen. Er schaute sich um. »Wo sind die beiden anderen?« Wie ein Überfallkommando erschien der Prälat mit den Mönchen am Zelt der Beobachter. Keiner trug seine Kutte.

»Unterwegs.«

»Falsche Antwort.« Meyerhoff wurde eindringlicher. »Wo sind die beiden anderen?«

»Die verfolgen gerade die Zwillinge mit dem Wagen.«

»Sie hatten doch die Anweisung, zu beobachten, nicht zu verfolgen.« Sichtlich nervös und ungehalten schaute der Prälat sich um. Er sah tanzende und singende Menschen am Steinkreis. »Es ist alles so bizarr. Nichts passt zusammen. Das hat nichts mit einem Hexenritus zu tun.«

Keiner konnte oder wollte ihm nähere Auskünfte geben.

Ein Mönch sprach Meyerhoff von der Seite an. »Da hinten! Eine Rauchsäule. Da brennt irgendetwas!«

Meyerhoff hatte eine böse Vorahnung. »Der Irre wird hoffentlich nicht voreilig alle gewarnt haben.«

Bereits nach wenigen Minuten erschien der am Kotflügel beschädigte Wagen, mit dem Unscheinbaren am Steuer.

Wie ein Sieger stieg der Stiernacken vom Beifahrersitz, nahm den Flammenwerfer aus dem Kofferraum und realisierte, dass Meyerhoff und die Mönche am Zelt standen und entgeistert in seine Richtung starrten.

Nun gab es für den Stiernacken nur noch eine Richtung: Vorwärts! Grinsend kam er mit der Waffe in der Hand auf Meyerhoff zu. Der Prälat roch das Benzin.

»Die Zicken sind nun Geschichte. Nun nehme ich mir die anderen vor«, meinte der Stiernacken noch im Adrenalinrausch eines Siegers.

»Was soll das?«, schrie Meyerhoff zornesrot. »Wie wollen wir die anderen denn finden? Hier wird ja wohl heute nichts stattfinden.«

Man sah, dass der Stiernacken langsam begann, die Information zu verarbeiten.

»Wir werden sie schon finden.«

Meyerhoff lief auf und ab. »Ruhe, ich muss nachdenken.«

Er kam mit seinen Gedanken nicht weiter. »Ich fahre mit den Mönchen kurz zum Hotel zurück.«

»Wir kommen mit«, meinte der Stiernacken, der mittlerweile immer dominanter auftrat.

Meyerhoff musste seine Autorität nochmals unter Beweis stellen: »Ein klares Nein. Ihr bleibt hier und beobachtet weiter, ob sich noch etwas entwickelt. Ich melde mich.«

৬৩ ৬৩ ৬৩

Der falsche Kreis

Mittlerweile saßen Abt Raphael und Gertrud in der Lounge des Lews Castles. Raphael versuchte weiterhin – nun beim Tee mit Gebäck – von Gertrud zu erfahren, was Meyerhoff vorhatte. Ansatzweise sprach Gertrud von den Steinkreisen, insbesondere dem dunklen Kreis mit dem magischen Stein in der Mitte. Dort, wo Meyerhoff meinte, Magie zu spüren. Der Abt spürte, dass Gertrud irgendetwas verschwieg. Er musste vorsichtig vorgehen, damit sie sich nicht verschloss.

Der Abt wusste auch so schon genug. Aus den Informationen ,Irgendwas mit Feuer', ,Steinkreis', ,Suche nach einem magischen Ort' und mit dem Blick auf den Kalender, ahnte er, was heute geschehen sollte und wie Meyerhoff es verhindern wollte.

Mittlerweile drang auch gerüchteweise von anderen Hotelgästen und vom Personal durch, dass es auf der Küstenstraße südlich von Port Ness zu einem tragischen Verkehrsunfall gekommen sei. Man munkelte, dass eine ortsansässige Weberin mit ihrer Schwester bei einem Alleinunfall in die Mauer am Rande der Straße gefahren sei. Das Auto müsse sofort Feuer gefangen haben. Es müsse schrecklich am Unfallort aussehen. Beide wären bis zur Unkenntlichkeit im Auto verbrannt.

Meyerhoff stürmte in die Hotel Lounge, nachdem er gehört hatte, dass Raphael mit Gertrud zu seinem Hotel rübergegangen sei. Scheinbar lief er von einem Wutausbruch in den nächsten hinein. Er schaute zwischen den beiden hin und her. »Was passiert hier?« Es klang fast wie eine Geltendmachung von nichtexistierenden Besitzansprüchen.

»Du kannst dir abschminken, hier in Schottland zu bleiben. Wenn wir mit dem Feuer fertig sind, kommst du mit zurück nach Ülpenich. Mit dem Abt hast du nichts zu schaffen. Ich habe dich beauftragt. Nicht er.«

Gertrud realisierte, dass es das erste Mal war, dass der Prälat sie duzte. »Jetzt, wo er wütend war. Nicht beim Sex. Nicht ‚bei der Magie'. Jetzt, wo er sie nach Deutschland mit zurückbringen wollte.« Sie erkannte, dass es wohl Eifersucht war. Schottland sollte für sie ein Traum bleiben, der schnell ausgeräumt schien. Sie war es schon gewohnt, dass sich immer wieder Türen vor ihr verschlossen, bevor sie richtig offen waren.

Abt Raphael lenkte das Gespräch auf sich. »Herr Prälat, wir haben andere, wichtigere Dinge zu klären. Können Sie diese Diskussion zurückstellen?« Andere Gäste wurden auf das seltsame Trio aufmerksam, das sich teutonisch laut stritt. Ein Abt und scheinbar ein ziviles Pärchen. Warum saß der Abt mit der Frau des anderen in der Lounge? Ein Skandal?

Währenddessen konkretisierten sich die Gerüchte zum Unfall und es wurde Gewissheit, dass die Zwillinge zu Tode gekommen waren. Nach wie vor blieb es ein Verkehrsunfall. Das Trio schnappte in Fetzen die neuen Informationen auf. Meyerhoff konnte diese einordnen. Abt Raphael hatte Schwierigkeiten, die Nachrichten in den Kontext zu bringen. Aber er ahnte, dass es einen Zusammenhang mit dem Feuer des Prälaten haben musste. Gertrud verstand die Nachrichten nicht, konnte sich aber aus einzelnen Worten den Inhalt zusammenreimen.

Nachdem Meyerhoff langsam etwas zur Ruhe gekommen war, beschloss er, den Abt in den aktuellen Sachstand einzuweihen. Lange hätte er die Zusammenhänge nicht mehr verbergen können.

»Wo waren sie?«, wollte der Abt wissen.

»An dem magischen Ort im Westen der Insel: Cearcall ... Irgendwie. Irgendwas.«

»Magisch?«, fragte Raphael.

Meyerhoff nickte und schaute verschwörerisch zu Gertrud. Sie senkte den Kopf. »Der magische Steinkreis.«

Der Abt war irritiert und fragte nochmals: »Im Westen der Insel?«

Meyerhoffs Wut kochte langsam wieder hoch. »Was soll das? Natürlich im Westen!«

»Der falsche Kreis«, meinte Abt Raphael kühl. »Nach Unterlagen des Klosters liegt der magische Kreis nicht auf der Westseite der Insel. Er muss im Osten, südlich von Port Ness sein.«

Meyerhoff erkannte die Tragweite der Aussage. »Dann ist es der andere Kreis. Ich weiß wo.«

»Warum haben sie mich nicht gefragt ...«

»Keine Zeit, nachzukarten!« Meyerhoff schöpfte wieder Hoffnung. »Ich fahre hin!«

»Wir!« Abt Raphael ließ keinen Zweifel aufkommen, dass er mitkommen würde. Immerhin wollte er das Buch Liath retten. »Alles darf brennen. Nur das Buch nicht!«

Meyerhoff hörte es nicht mehr. Er war bereits wieder draußen vor dem Hotel.

»Ich komme auch mit«, meinte Gertrud ungewohnt resolut und rannte den beiden Kirchenfürsten hinterher. Die Zurechtweisung und Unterdrückung erinnerten sie schmerzlich an Josef und Johann Schmitz. ‚Ich habe noch eine Rechnung offen‘, dachte sie.

»Es wird Zeit zu fahren«, meinte Sir Bram und schaute angespannt in die Runde. Er schien nervös zu sein. Ungewohnt nervös für jemanden, der in den vielen Jahrhunderten schon alles gesehen haben müsste.

Enya stand bereits mit Liath im Arm vor dem Blackhouse. Juna lag zu ihren Füßen und merkte, dass etwas Besonderes seine Schatten vorauswarf. »Bitte schaltet eure Handys aus. Es gibt keine elektronische Magie.«

Iain und George nickten. George holte den Wagen und hielt Sir Bram die hintere Tür auf. Sir Bram stützte sich auf seinen Stock. Der Mondstein auf dem Knauf funkelte wie seit langem nicht mehr. Sir Bram schaute sich um. »Ein neues, altes Zeitalter wird gleich beginnen.«

»Ich weiß«, meinte Enya nachdenklich.

»Du kennst die Zeremonie?«, fragte Sir Bram. »Oder ist noch irgendetwas offen?«

»Nein. Das Buch hat mir alles Wichtige offenbart. Ich werde es schaffen.« Insgeheim hatte Enya Zweifel, und Sir Bram merkte es.

»Du wirst es schon schaffen, mein Mädchen.« Er lächelte Enya aufmunternd zu.

Fionn ging mit unsicheren Schritten zum zweiten Wagen. »Es ist nur der Kreislauf«, begründete er seine Schwäche.

Annie würde fahren. Enya nahm Juna im Wagen von Sir Bram mit.

Mit schneller Fahrt fuhren der Prälat, der Abt und Gertrud von Stornoway nach Port Ness. Es gab keine direkte Verbindung an der Ostküste nach Norden. Man musste zunächst zur Nordwestküste fahren, bevor man dann entlang der Nordspitze wieder ein Stück an der Ostküste entlang südlich fahren konnte. Die Fahrt dauerte etwa fünfzig Minuten.

Obwohl er selbst fuhr, versuchte Meyerhoff unterwegs immer wieder, seine Zivilisten telefonisch zu erreichen. Er wusste, dass er zwar auch einen der Flammenwerfer im Kofferraum liegen hatte, aber in diesem Fall vertraute er viel mehr auf den Stiernacken mit seinen Leuten. Den wenigen Mönchen in seinem Umkreis traute Meyerhoff nicht allzu viel zu. Er musste sie später noch hinzurufen. Zunächst telefonierte er mit dem Stiernacken. Seine Entfernung zum richtigen Steinkreis war nur halb so lang wie die Strecke, die Meyerhoff noch vor sich hatte.

Der Stiernacken sprühte selbst vor Feuer, als er das Kommando seines Chefs zum Aufbruch und die weiteren Instruktionen zum Zielort bekam.

»Wir bekommen die anderen also auch noch!«, meinte er freudig zum Schleimigen. »Los ins Auto. Wir brechen auf.«

»Und was ist mit dem Zelt?«

»Scheiß aufs Zelt. Ich kaufe dir ein neues.«

Die drei Zivilisten waren umgehend an ihrem Auto. Der Stiernacken stoppte, als er das Auto sah. Alle vier Reifen waren abmontiert. Das Auto stand mit den Bremsen auf Feldsteinen. An der Mauer lehnte ein schmächtiger Mann im Kilt der MacDonalds und schaute teilnahmslos. Seine Beine schauten dünn und rosa wie Flamingostelzen unter dem Tartan hervor. »Habt ihr Probleme mit dem Auto?«

»Dann nehmen wir eben einen von euren Karren«, schrie der Stiernacken und baute sich so breit wie möglich vor dem

MacDonald auf, der komplett im Schattenwurf des Riesen verschwand. »Gib mir mal ein paar Autoschlüssel.«

Der Angesprochene schaute sich zunächst fragend um und wandte sich dann überlegen grinsend wieder dem Stiernacken zu. »Wird's bald? Wir haben nicht die Zeit, zu diskutieren.«

»Und du möchtest dich wirklich mit dem Clan der Mac-Donalds of Lewis & Harris anlegen?« Während er dies aussprach, schaute er sich erneut zum Steinkreis um, wo genügend Unterstützung nur darauf wartete, herbeigerufen zu werden.

Der Stiernacken wich zurück. »Ich glaube, es hat keinen Sinn, zu diskutieren«, meinte der Schleimige.

»Der Junge hat es erkannt«, meinte der Schmächtige im Kilt. »Guter Mann.«

»100 Pfund und dafür montierst du wieder die Räder.« Der MacDonald lächelte verächtlich. »Mein Clan war nie käuflich. Und wird es nie sein.«

Ohne weitere Worte drehte er sich um und ging zurück zum Steinkreis. »Ganz wie Sir Bram es geplant hatte«, grummelte er zufrieden vor sich hin. »Schade, dass er nicht zu unserem Clan gehört.«

Der Stiernacken griff zu seinem Telefon: »Chef, wir haben ein Problem …«

Warten auf den Sonnenuntergang

Sgiogarstaigh Cairns, 19:05 Uhr

»Ist das auch ein Steinkreis?«, fragte Enya, als sie sich südlich von Port Ness den Unebenheiten im Gras näherten. Diese Frage war überflüssig. Je näher die kleine Gemeinschaft dem Ort kam, desto mehr spürte Enya die aus der Erde strömende Magie. Es war das Gefühl, das sie am anderen, wesentlich größeren Kreis vermisste.

»Ja. Auch dies ist ein Steinkreis«, bestätigte Sir Bram. »Es ist egal, was es ist. Die Magie war zuerst da. Vor vielen Jahrhunderten spürten die Druiden die Bedeutung des Ortes und setzten nachher die Steine. Kaum einer kennt heute noch den Ort. Es gibt keine Hinweisschilder. So bleiben die Touristen aus. Das ist gut so. So kann die Magie hier bewahrt bleiben. Alle fahren immer zu den Cearcall cloiche dorcha Steinen, wenn von einem Steinkreis die Rede ist. Dabei hat der große Kreis längst seine Magie verloren. Die Magie ist dort versiegt, nachdem mehr und mehr Touristen dort Schindluder trieben und beispielsweise mystischen Sex auf den Steinen haben wollten.«

Enya hörte zu und nickte. ‚Sex ist so viel mehr. Auch Berührungen gehören dazu. Egal wo …‘ Sie verdrängte die Gedanken wieder. Heute Abend geht es nur um die Magie. Um die Vereinigung der Elemente und der Menschen mit der Magie.

Die beiden Wagen hielten an den Sgiogarstaigh Cairns. »Warum sind die Zwillinge noch nicht hier?«, fragte Annie. »Soll ich sie anrufen?«

»Zwecklos«, entgegnete Sir Bram. »Ich habe auch sie angewiesen, ihre Handys zu Hause zu lassen. Wir warten noch etwas.«

»Waren die beiden nicht an … Cearcall cloiche …«, fragte Enya.

»Ja. Cearcall cloiche dorcha. Ich habe sie zur Ablenkung dorthin geschickt. Sie sollten aber längst wieder hier sein.«

»Ich möchte nicht drängen, aber wir haben nicht viel Zeit«, drängte Fionn. »Als Physiker und Mystiker sehe ich, dass gleich der Zeitpunkt da ist. Um 19:22 Uhr wird die Sonne den Horizont berühren. Dann muss Liath auf dem Stein liegen, bis dass die Sonne ganz versunken ist.«

Sir Bram überlegte, ob er noch warten konnte. Er schaute zum Himmel und sah, dass sich die Farben immer schneller änderten. Dann blickte er zunächst auf seine Uhr und schließlich nach Westen, wo der Sonnenuntergang über der Insel und nicht über dem Wasser erfolgte.

»Spätestens 19:22, wenn die Sonne gnädig ist und ihre Vermählung mit dem Horizont und nicht mit den Hügeln zählt.«

◈ ◈ ◈

Sgiogarstaigh Cairns, 19:12 Uhr

Man merkte Sir Bram an, dass er begann zu zweifeln. »Wo bleiben die Zwillinge? Wir sind sonst zu wenige.«

»Können wir nicht ohne sie anfangen?«, fragte Annie ratlos. »Reicht es noch, wenn sie später dazukommen?«

Da keiner außer Enya wissen konnte, was das Buch Liath dazu sagen würde, schauten alle sie erwartungsvoll an. »Ich habe – ehrlich gesagt – nichts dazu gelesen.« Sie schüttelte den Kopf. »Ich weiß es einfach nicht.«

»Wir fangen dennoch an, auch wenn wir zu wenige sind.« Sir Bram klang zunehmend verzweifelt. »Wir können den Zeitpunkt nicht verstreichen lassen. Auch wenn es ein enormes Risiko ist. Wir wissen nicht, was passiert, wenn wir die Magie umsonst rufen.« Bram sprach aus, was er eigentlich verschweigen wollte. Nur wusste er, dass Enya, Annie und Fionn seine Gedanken sowieso lesen konnten.

Enya nickte. »Wir gehen das Risiko ein.« Sie legte das Buch Liath auf den zentralen Stein ab, während die anderen sich an die Hände nahmen und mit Enya einen Kreis um den Stein bildeten.

Juna lag abseits. Plötzlich begann sie wütend zu bellen. Sie merkte zuerst, dass die Elemente aus dem Gleichgewicht geriet.

Sgiogarstaigh Cairns, 19:18 Uhr

Sir Bram schreckte auf. Er hörte Motorengeräusche, bevor er die zugehörigen Autos sah. Er erkannte schnell, dass die Klapperkiste der Weberin nicht dabei war. »Wer sonst?«, fragte er.

Meyerhoff hielt direkt am Steinkreis. Mittlerweile waren neben dem Prälaten mit seinem Begleiter auch einige Mönche im zweiten Fahrzeug erschienen.

»Stopp. Sofort einhalten!« Meyerhoff stand mit ausgebreiteten Armen neben seinem Wagen.

Liath lag bereits zentral auf dem Stein. Raphael ging wie von einem Magneten angezogen auf das Buch zu. Er konnte sich nicht mehr abwenden.

Meyerhoff drehte sich auf dem Absatz um, nachdem er die Situation überblickte. Er öffnete den Kofferraum und griff nach dem alten Wehrmachtsungetüm, dem Flammenwerfer.

George löste sich sofort aus dem Kreis. Er sprang auf Meyerhoff zu.

Iain hinderte gleich zwei Mönche einzuschreiten. Sie waren für ihn keine Gegner.

Fionn versuchte auch etwas, was man wohlwollend als Gegenwehr bezeichnen konnte.

Dafür erledigte Annie das für Fionn wesentlich effektiver und trat einfach zu. Sie hatte es auf den Schleimigen abgesehen und traf ihn wieder zwischen den Beinen. »Deja vu! «, jaulte er auf.

»*Haud yer wheesht*![74]«, antwortete Annie scharf.

Fionn wendete sich ab und positionierte sich vor Enya und Liath.

Enya hatte ihr Kleid abgelegt und stand mit geschlossenen Augen hinter dem Buch neben dem Stein. Sie war nur noch mit einem Armband, an dem die Muschel baumelte, bekleidet. Ihre alten Kleider würden den Übergang in das neue Leben, die Verbindung mit den Elementen, erschweren. Sie war in Trance. Sie nahm die Welt um sich herum nicht mehr wahr. Sie versuchte, sich mit den Elementen zu verbinden.

»Eins – Drei – Fünf – Sechs – Dreizehn – Siebzehn – Neunzehn!« Sie sprach das Buch Liath direkt an und hielt die Muschel auf die Titelseite.

Meyerhoff hörte die Zahlen. ‚Wieso Neunzehn?', fragte er sich. ‚Wie kommt sie auf Neunzehn?'

Auch Abt Raphael vernahm die Zahlenfolge. Bis Dreizehn kannte er diese. ‚Siebzehn? Neunzehn?', fragte auch er sich.

»Es gibt ein Problem«, schrie Fionn in die Konfusion hinein. »Er schaute auf das Buch.«

Liath vibrierte auf dem Stein.

Juna bellte aufgeregt.

Der Himmel und das Buch verfärbten sich gleichzeitig dunkelrot, dann grau. Aus Grau wurde Schwarz. Der aufkommende Wind – der Sturm – riss die Blätter hin und her und drohte, sie aus dem Buch zu reißen.

---

[74] *Halt deinen Mund*

Enya wurde ebenso hin und her gerissen. Sie hatte sich mit den Elementen und dem Buch verbunden und drohte nun, ihr Opfer zu werden. Wie in Ektase wurde sie durchgeschüttelt. Sie konnte sich nicht entziehen.

»Wir sind zu wenige«, schrie Sir Bram gegen den Sturm an.

»Und wir haben nur noch vier Minuten!«, ergänzte Fionn.

Der Sturm nahm noch weiter zu. Draußen auf dem Meer türmten sich die Wellen auf und begannen auf Lewis zuzurollen. Erste Blitze waren zwischen den dunklen Wolken zu sehen.

»Wir müssen die Elemente besänftigen, bevor sie uns und die Insel vernichten«, erkannte Sir Bram.

In dieser Konfusion hatte keiner einen funktionierenden Plan. Meyerhoff versuchte, zurückzuweichen, um wieder Kontrolle über die Situation und den Flammenwerfer zu bekommen. Zugleich versuchte er, Abstand zum magischen Stein zu halten. George hinderte ihn mit einem festen Griff. Die Mönche wandten sich aus Iains Griff. Sie suchten hinter ihrem Wagen Schutz und kauerten am Boden. Angst breitete sich aus.

Der Abt hingegen wurde weiter vom Buch angezogen. Schritt um Schritt näherte er sich ungehindert Enya und dem Buch. Niemand hielt ihn auf.

»Warum hält ihn keiner auf?«, schrie Iain. »Warum nicht?« Er wollte eingreifen. Irgendeine unsichtbare Kraft hinderte Iain.

Abt Raphael hatte die Gemeinschaft erreicht.

Sieben

Noch zwei Minuten blieben dem Coven, die Mitglieder zu vervollständigen. Aber wer sollte die Reihen schließen?

Gertrud sprang vor und sah ihre Chance, Ülpenich endgültig hinter sich zu lassen und in Alba zu bleiben. »Ich bin dabei«, rief sie gegen den Sturm an. Es war der Zeitpunkt, sich von Meyerhoff zu lösen. Es war die Zeit ihrer Rache. Sie riss die Arme hoch. »Ich möchte hierbleiben. Nehmt mich! Akzeptiert mich in eurem Kreis!«

Von der Gemeinschaft sprach nur Enya Deutsch. Sie verstand Gertrud und nickte mühsam. Anders konnte sie unter der Macht der Elemente ihre Zustimmung nicht ausdrücken. Sir Bram verstand ihre Gesten, auch ohne die Worte zu verstehen.

»Nein! Das geht nicht! Nie!« Meyerhoff wollte Gertrud aufhalten. Er versuchte, sich loszureißen, aber gegen George hatte er keine Chance. Meyerhoff musste tatenlos zusehen, wie Gertrud zum Stein lief und Sir Bram bei der Hand nahm.

Sir Bram schaute reichlich irritiert zu Gertrud. Dann nickte er zur Bestätigung. »Das Buch trifft seine eigene Wahl. Nicht wir.«

Der Himmel verfärbte sich erneut. Aus dem Grau wurde wieder ein etwas freundlicheres dunkles Rot.

»Wir sind zu siebt. Es würde reichen: Enya, Annie, Fionn, George, Iain, sie, deren Namen ich nicht kenne ...«

»Gertrud ...«

George stieß den Prälaten zu Boden, damit er nicht Teil des Kreises wurde und nahm seinen Platz im Kreis ein.

»Und ich!« rief Sir Bram.

Die Gemeinschaft bildete den Kreis um den zentralen Stein. Der Sturm tobte weiterhin, doch die Elemente schienen sich langsam zu beruhigen, als die Verbindung zwischen den Menschen und der Magie stärker wurde. Enya hielt die Muschel fest in der Hand, während sie die Worte des Buches Liath sprach.

Die Macht des Ortes begann, sich zu entfalten. Der Himmel, das Land und die Menschen schienen in einer symbiotischen Verbindung zu stehen. Die Blitze, die zuvor bedrohlich gezuckt hatten, wurden weniger und der Wind ließ nach. Das Buch Liath leuchtete auf dem Stein, als die Magie des Ortes wiedererweckt wurde.

Meyerhoff lag am Boden und sah, wie seine Pläne und seine Kontrolle über die Situation entglitten. Der Abt stand neben ihm, unfähig, das Geschehen zu beeinflussen. Die Macht des Steinkreises war nun in den Händen derjenigen, die wirklich dazugehörten. Gertrud hatte ihren Platz gefunden und die Gemeinschaft war bereit, die Magie zu entfesseln.

Mit einem letzten Aufleuchten erstrahlte der Steinkreis in hellem Licht, das die Dunkelheit vertrieb und die Magie zurückbrachte. Enya wusste, dass dies der Beginn eines neuen Zeitalters war, eines Zeitalters der Magie und des Wissens, das lange verborgen geblieben war.

❧ ❧ ❧

Sgiogarstaigh Cairns, 19:21 Uhr

Die Mönche krochen aus dem Schutz hinter dem Auto hervor. Vielleicht konnten sie eingreifen. Doch ihre Kraft reichte nicht aus, um sich gegen die Elemente in den Kreis zu bewegen. Ihre Beine schienen mit dem Boden zu verschmelzen. Schritte nach vorne wurden ihnen unmöglich.

»Es reicht nicht. Irgendetwas stimmt nicht!« rief Enya verzweifelt. »Das Buch akzeptiert es nicht.«

»Wieso nicht?« fragte Sir Bram.

»Das Buch erkennt zwei von uns als Paar und Paare zählen als eine Person.«

Alle in der Gemeinschaft schauten sich irritiert an. »Wer ist hier ein Paar?« fragte Fionn.

»Die Neue vielleicht? Und der Prälat?«, schrie Annie in die Runde.

»Nein. Ich habe mich von ihm losgesagt«, antwortete Gertrud lautstark.

»Und der Pfaffe ist nicht im Kreis«, ergänzte Iain.

Annie schaute sich nochmals um. »Dann müssen es Enya und Fionn sein. Andere Paare kommen nicht in Frage.«

Sir Bram sank in sich zusammen. Der Mondstein auf seinem Stock verlor sein Leuchten. Hoffnung schien zu schwinden.

»Gewonnen«, schrie Meyerhoff triumphierend und rappelte sich hoch. Es gelang ihm sogar, außerhalb von Georges Reichweite, an den Abzug des Flammenwerfers zu kommen.

Plötzlich stieg ein durchdringendes Bellen auf. Juna, die bis dahin still gewesen war, sprang auf Meyerhoff zu. Der Flammenwerfer rutschte aus seiner Hand und landete im Schlamm.

George nutzte den Moment der Ablenkung und packte Meyerhoff, der versuchte, nach dem Flammenwerfer zu greifen. Es entstand ein Gerangel. Die Mönche versuchten, George zu überwältigen, doch Fionn und Iain kamen ihm zu Hilfe.

Gertrud schaute entschlossen. »Es muss funktionieren. Wir müssen uns verbinden, nicht nur körperlich, sondern auch geistig.«

Enya spürte die Wahrheit in Gertruds Worten. Sie hielt Fionns Hand und sah ihm tief in die Augen. Eine Welle von Energie durchströmte sie beide. Die Elemente um sie herum begannen sich zu beruhigen, als ob sie die Verbindung akzeptierten.

»Wir sind bereit«, sagte Enya leise. Sie legte die Muschel auf das Buch Liath, das daraufhin in einem goldenen Licht erstrahlte.

Die Macht des Ortes erfüllte den Steinkreis. Der Himmel leuchtete auf und die Elemente schienen sich zu fügen. Enya spürte, wie die Magie sie durchströmte und die Verbindung zwischen den Menschen und der Natur wiederhergestellt wurde.

Der Sturm legte sich. Das Buch Liath ruhte friedlich auf dem Stein, seine Geheimnisse offenbart. Enya und Fionn standen vereint, ihre Hände fest ineinander verschlungen.

Meyerhoff lag am Boden, überwältigt und besiegt. Die Mönche wichen zurück, ihre Macht gebrochen.

Die Gemeinschaft im Kreis wusste, dass dies der Beginn einer neuen Ära war. Eine Ära, in der die Magie wieder lebendig war und die alten Kräfte zurückkehrten.

∽ ∾ ∾

Sgiogarstaigh Cairns, 19:22 Uhr

»Halt!«, rief Abt Raphael dazwischen, ohne dass klar war, wen er ansprach. »Kein Feuer ... Ich brauche das Buch.«

‚Es gibt keinen Weg, an das Buch zu gelangen‘, dachte der Abt. ‚Außer vielleicht ...‘ Kurzentschlossen öffnete Abt Raphael den Kreis der Gemeinschaft und reihte sich zwischen Iain und George ein. »Wieder Sieben!« sagte er.

Der Himmel öffnete sich. Auf dem Meer beruhigten sich die Wellen. Der Wind ließ nach und die Blitze verschwanden. Der Stein verlor seinen Moosüberzug und begann in hellem Rot zu schillern, als ob Magma emporstieg. Doch er reflektierte lediglich das intensive Rot des Himmels. Die Farben des Himmels wurden vom Diamanten in Enyas Piercing reflektiert. Die Reflektionen trafen alle in der Gemeinschaft, so wie sie sich an den Händen hielten. Aber keiner der Eingeweihten außerhalb des Kreises wurde beschienen.

Der Stein unter dem Moos war absolut ebenmäßig. Man sah keine Spuren, dass er von Menschen behauen wurde. Kein Werkzeug hatte ihn berührt. Der Himmel nahm die Farbe des Steins auf. Zwischen Himmel und Erde lag Liath und bestimmte das Farbenspiel. Um die unsichtbare Achse drehte sich die Welt in diesem Augenblick.

Die Gemeinschaft stand still, gebannt von der Magie des Augenblicks. Enya spürte die Energie durch ihre Adern pulsieren. Die Macht des Steins, des Himmels und des Buches Liath vereinte sich in ihr. Ihre Stimme erhob sich, getragen von der Kraft der Elemente: »Eins – Drei – Fünf – Sechs – Dreizehn – Siebzehn – Neunzehn.«

Mit jedem Wort schien die Verbindung stärker zu werden. Der Kreis der Gemeinschaft leuchtete im Einklang mit dem Buch und dem Himmel. Abt Raphael spürte die Energie und ließ sich davon durchdringen. Seine Augen weiteten sich in Erkenntnis und Akzeptanz.

Die Mönche und Meyerhoff, die außerhalb des Kreises standen, konnten nur zusehen. Sie waren machtlos gegenüber der Magie, die sich entfesselte. Meyerhoff, der immer noch mit dem Flammenwerfer kämpfte, ließ ihn schließlich fallen. Er erkannte die Unvermeidlichkeit dessen, was geschah.

Die Welt um sie herum schien stillzustehen. Enya nahm das Buch Liath in die Hände und hob es hoch. Das Licht des Himmels brach sich darin und sandte Strahlen in alle Richtungen. Die Macht des Buches war entfesselt, und die Gemeinschaft war vollständig.

In diesem Moment verstand Enya die wahre Bedeutung der Magie. Es ging nicht nur um Macht oder Kontrolle, sondern um Einheit und Harmonie mit den Elementen und der Welt. Sie schloss die Augen und spürte, wie die Magie durch sie hindurchfloss, sie ergriff und mit ihr eins wurde.

Als die Sonne endgültig unterging, verschmolz der Kreis der Gemeinschaft mit der Magie des Steinkreises. Die Verbindung war vollkommen, und die Welt atmete auf. Enya wusste, dass dies erst der Anfang war. Die Magie war zurückgekehrt, und mit ihr die Verantwortung, sie weise und gerecht zu nutzen.

Keiner beachtete Meyerhoff. Er hatte sich von George lösen können, weil jener in den Kreis eingebunden war. Meyerhoff betätigte den Auslöser des Flammenwerfers. »*Adora quod incendisti, incende quod adorasti!*[75]«, schrie er in den Himmel.

Während der Flammenwerfer seine feurigen Zungen in Richtung des Steines schoss, sprühten seinerseits aus dem Buch Flammen in alle Richtungen und umhüllten die Gemeinschaft. Obwohl die Flammen den Steinkreis ganz ausfüllten, blieb auf wunderliche Art und Weise die Gemeinschaft im Kreis unversehrt.

»Bekämpfe Feuer mit Feuer!«, rief Enya eindringlich den Elementen zu.

Diesmal stand Meyerhoff sofort in Flammen. Er brannte in surrealen grünen und weißgelben Flammen. Es erschien, als wäre dem Maler das Gelb oder das Rot für normale Flammen ausgegangen. Er schrie noch: »*De profundis clamavi ad te, Domine!*[76]«

Sir Brams Mondstein funkelte wie nie zuvor. Enyas Diamant begann in Weiß zu strahlen. Auch die Edelsteine von Fionn und Annie beteiligten sich am Farbenspiel und hüllten die Gemeinschaft in gleißendes Licht.

---

[75] *Bete an, was du verbrannt hast; verbrenne, was du angebetet hast*

[76] *Aus den Abgründen habe ich zu dir gerufen, Herr!*

Die Mönche flohen in verschiedene Richtungen.

Von Prälat Doktor theol. Franz-Josef Meyerhoff blieb nur ein Häufchen Asche, welches der Wind sofort aufs Meer hinaustrug.

Es wurde still. Liath verwandelte sich in Stein und verband sich mit dem zentralen Stein.

Der Abt sank zusammen. »Das Buch ...«

Sir Bram beruhigte ihn. »Es wird neu geschrieben. Unsere Meisterin kennt es auswendig. Sie wird Hilfe benötigen, das Buch neu zu schreiben. Aus diesem Grund hat Liath sie – mein Abt – ausgewählt.«

»Ich war ein Abt ...«

Gertrud weinte vor Glück.

Enya sank vor Erschöpfung zusammen, bevor sie selbst erstrahlte, wie das Licht.

Fionn umarmte sie. »Vereint auf ewig.«

Epiloge

Windspiele

Leòdhas agus na Hearadh, Irgendwann später

Juna verstarb bald nachdem Enya den Coven übernommen hatte und als neue Meisterin einer großen Aufgabe gegenüberstand. Juna schlief einfach ein.

»Sie hat ihre Aufgabe wundervoll erfüllt«, meinte Sir Bram zu Enya. »Vor langer Zeit war sie selbst eine Hexe. Sie war dein Krafttier. Sie hat dich beschützt und nach Alba geführt. Sie trug die Seele unserer letzten Meisterin. Und das bist nun du.«

Enya konnte die Tränen nicht unterdrücken.

»Schau genau hin. Was siehst du dort hinten am Horizont?«

Enya musste sich anstrengen. Langsam erkannte sie zwei gertenschlanke Hunde, die nicht in die Gegend passen wollten. »Windhunde?«

»Ja. Es sind Windspiele. Sie tragen die Seelen der Zwillinge. Nimm sie an. So gehören nun auch – ein wenig verspätet – die Zwillinge zum Coven.«

Òró Sé do Bheatha Bhaile!

Irgendwann später

Gertrud war glücklich. Sie lernte zu weben, übernahm Kaylas alten Webstuhl, heiratete einen MacDonald und begann ein selbstbestimmtes Leben im Clan auf Harris. Nachdem sie zur Ruhe gekommen war, telefonierte sie mit Alex Mathijs in Bonn und berichtete von Meyerhoffs Beichte. Die Kommissarin beschloss, nichts mehr zu unternehmen. Der Mörder hatte seine gerechte Strafe gefunden, und die Fälle lagen bei den Akten.

Der alte Mann war zufrieden. Er war mit seinen beiden Gefährten, George und Iain, nach Siùna zurückgekehrt. Sir Bram vertraute darauf, dass Enya mit der neuen Unterstützung dem Coven neues Leben einhauchen würde.

»Bald gibt es viele neue Coven«, schwor Enya ihm im Steinkreis. Dann lehnte sie sich bei Fionn an und war glücklich. Annie umarmte beide. »Ich möchte euch beide. Jetzt.«

So geschah es, und sie teilten das Glück zu dritt. Nicht nur einmal. Nicht nur an diesem Tag. Immer wieder.

Raphael hatte mit seinem alten Leben abgeschlossen. Man nannte ihn noch immer „der Abt", obwohl er dies schon lange nicht mehr war. Er begann aufzuschreiben, was Enya ihm diktierte, und war glücklich, weil das neue Buch Liath seine Signatur tragen würde.

»Das neue Buch Liath wird eine Symbiose aus dem Hexenwissen und allen Kenntnissen, die ich als Mönch gesammelt habe. Ich werde Brücken bauen.«

Wat fott es, es fott

Köln, auch irgendwann später

Wie jeden Morgen hatte sich der fette Kardinal nach seinem geheuchelten Morgengebet den Stadtanzeiger zum Frühstück bringen lassen. Die Zeitung beschrieb in einer Randnotiz im Euskirchener Lokalteil unter „Geistlicher spurlos verschwunden", dass der Abt des Klosters Marias Gnade nach einer Schottlandreise vermisst wurde. Auch ein Prälat aus Köln wurde nicht mehr gesehen.

Zülpich, zur gleichen Zeit

»Watt fott es, es fott«, murmelte Johann Schmitz, legte seine Zeitung, den Express, beiseite, schlüpfte in seine alten Gummistiefel und meinte: »*Es es Zick, de Säu zo födere.*«

Tapadh leat (Danke)

Bei der Recherche zu diesem Buch in den Jahren 2011 bis 2020 und während der Phase des Schreibens habe ich in unzähligen Diskussionen Unterstützung erfahren und wertvolle Tipps bekommen.

Beispielsweise hat Birgit Geldermann maßgeblich an der Entwicklung der Figuren mitgeholfen und den Weg nach Alba gestaltet.

Liva und Niggels haben weitere Facetten beigetragen und mussten immer wieder zuhören.

Später hat Elke Rockel den Roman nochmals kritisch quergelesen und vieles korrigiert.

Für eine leicht verkürzte Fassung zur dritten Auflage wurde mittels ChatGPT eine intensive Syntax- und Rechtschreibkorrektur durchgeführt.

Danke!

Ohne euch wäre dies nicht möglich gewesen.

Anhang

Personen

In der Reihenfolge der Erwähnung sortiert. Personen ohne Erwähnung spielen keine besondere Rolle im Verlauf der Geschichte.

<u>Jo, Pete, Charlie, der Kugelblitz:</u> Bluesband aus dem Rheinland. Proben in Ülpenich

<u>Josef (Jupp) Schmitz:</u> Bruder von Johann Schmitz. Ehemaliger Investmentbanker.

<u>Johann Schmitz:</u> Besitzer des Bauernhofs, auf dem die Bluesband probt.

<u>Alexandra (AM) Mathijs:</u> Bonner Kommissarin. Die Frustration in ihrem Beruf treibt sie mit nach Schottland, um das Rätsel von Jupps Tod zu klären. Sie wird in den Strudel um Liath mit hineingezogen.

<u>Professor Dr. Neuhaus:</u> Pathologe in Bonn

<u>Gertrud:</u> Haushälterin von Johann Schmitz und Prälat Meyerhoff. Zunächst an Meyerhoffs Seite, wechselt sie später die Seiten und schließt sich dem Coven an.

<u>Enya Ansbach:</u> Die Protagonistin des Romans, die eine besondere Verbindung zu dem magischen Buch Liath hat und allmählich dessen Geheimnisse entschlüsselt.

<u>Juna:</u> Enyas treuer Hund und spiritueller Beschützer, der eine wichtige Rolle in ihrer Reise spielt. Ein English Pointer.

<u>Prälat Dr. Franz-Peter Meyerhoff:</u> Ein zentraler Antagonist, der die magischen Praktiken bekämpft und versucht, die Macht von Liath zu kontrollieren oder zu zerstören. Religiöser Eiferer und Prälat (Vorsitzender) des Ordens La Mano de Dias.

<u>Der Kardinal:</u> Oberhaupt des Erzbistums Kölns. Machthungrig, ungeliebt, aber mit einer Bauernschläue versehen.

<u>Hauke Ansbach:</u> Ehemann von Enya. Unbedeutend.

<u>Annie Tempest:</u> Eine wichtige Verbündete auf Enyas Weg. Sie ist auch in die magischen Praktiken des Covens involviert.

<u>Sir Abraham *Bram* Scobie, Laird of Siùna</u> (Person aus dem ersten Liath-Roman): Eigentlich Bram Stoker. Irischer Romanautor (Dracula). Er lebt als Hexenmeister weiter und ist Mitglied im Hexencoven um Enya. Mentor

und graue Eminenz im Coven. Er lebt im (fiktiven) Caisteal an Siùna, einer Burg auf der gleichnamigen Insel im Loch Linnhe, nahe Oban.

Fionn Napier: Physiker, Segler und Entwickler technischer Spielereien für die Seefahrt. Ein Nachfahre des Namensgeber der Universität Edinburgh, dem Mathematiker John Napier. Mitinhaber an einer kleinen Elektronikfirma in Stornoway, Lewis and Harris und Eigner der Solstice. Mitglied des Hexencovens. Hexer seit vielen hundert Jahren.

George: Ein Verbündeter, Diener und Vertrauter, der Sir Bram und Enya bei ihrer Mission unterstützt. Ehemaliger Elitesoldat

Iain: Gärtner und ein weiterer Unterstützer von Sir Bram, der eine Rolle im Schutz und im Voranbringen des Covens spielt.

Kayla: Eine Weberin, die Enya und dem Coven praktische Unterstützung bietet. Zwillingsschwester von Robyn.

Robyn: Kaylas Zwillingsschwester, die ebenfalls in die magischen Praktiken und den Schutz des Covens eingebunden ist. Schäferin auf der Isle of Siùna.

Abt Raphael: Ein geistlicher Führer, der ebenfalls in den Konflikt um Liath verwickelt wird. Abt des Klosters Marias Gnade am Rursee in der Eifel.

Der Stiernacken: Ein brutaler und rücksichtsloser Handlanger von Meyerhoff, der versucht, die Pläne des Covens zu durchkreuzen und letztlich sein Ende findet.

Weitere Referenzen

La Mano de Dios: (fiktiver) katholischer Orden, der die Heilige Inquisition ausführt und teilweise illegale Aufgaben übernimmt, mit denen die Kirche nicht in Verbindung gebracht werden möchte.

Runrig: Reale schottische Band, die sich mit zwei Abschiedskonzerten „The Last Dance" in Stirling am 17./18. August 2018 aufgelöst hatte.

Solstice: (wörtlich: „Sonnenwende) Das Boot von Fionn Napier. Eine große, technisch hochgerüstete Segelyacht mit etwa 18 Meter Länge.

Orte

Acairseid Mhor: Eine (reale) Bucht auf Eriskay, von der aus die Solstice ablegt und in der Enya und die anderen Zuflucht finden.

Bonn-Venusberg: (realer) Vorort von Bonn mit einer großen Universitäts-klinik und vielen noblen Villen

Barra: Kleine Insel im Süden der Äußeren Hebriden. Als offizieller Flugplatz dient der feste Sand des Küstenstreifen.

Buchlyvie: Kleines (reales) Dorf zwischen Stirling und dem Loch Lomond

Caisteal an Siùna: (fiktiver Ort) Schloss auf der (realen) Insel Siùna im Loch Linnhe, nahe Oban. Wohnort von Sir Bram. Im Blickkontakt zum Castel Stalker.

Cearcall cloiche dorcha: „Der dunkle Steinkreis" (fiktiver) Steinkreis auf Lewis ans Harris. Steinkreis ohne Magie

Dail Mor Blackhouse: (fiktiv) Ein traditionelles schottisches Haus auf Lewis, das als Rückzugsort für Sir Bram und andere Figuren dient.

Eas Fallach (Falls of Falloch): (realer) bekannter Wasserfall in der Nähe des Loch Lomonds

Eriskay: Eine kleine Insel in den Äußeren Hebriden von Schottland. Ein zen-traler Schauplatz der Handlung, wo mystische Ereignisse stattfinden und einige der Hauptfiguren interagieren.

Garry Beach: Ein (realer) abgelegener Strand auf Lewis, den Meyerhoff und Gertrud während ihrer Suche nach magischen Orten besuchen.

Hirta: (realer Ort) Die Hauptinsel der kleinen Saint Kilda-Inselgruppe, die westlich von North Uist liegt. Ein abgelegener Zufluchtsort für Enya und die Solstice-Crew.

Holy Island: Kleine Insel vor der Atlantikküste in North Umbria. Bei Ebbe über einen Damm zugänglich. Auf der Insel befindet sich die Ruine des Klosters Lindisfarne und ein kleiner gleichnamiger Ort.

Köln: Zentrum des Rheinlands

Lews Castle: (reales) Schloss, heute ein Hotel, in Stornoway, das als Auf-enthaltsort für einige Charaktere dient, insbesondere für Abt Raphael.

Lewis and Harris: Die nördlichste Insel der Äußeren Hebriden und ein wich-tiger Schauplatz für den Höhepunkt der Handlung. Hier befinden sich mehrere magische Orte. Es sind geographisch gesehen zwei Inseln die mit unterschiedlicher Landschaft zu einer verschmolzen sind.

<u>Lindisfarne</u>: Mehrfach von den Wikingern geplündertes Kloster auf der Holy Island (Heiligen Insel) an der Nordseeküste, nördlich von Newcastle-Upon-Tyne

<u>Loch Eirearaigh</u> und <u>Loch Mor Bharabhais</u>: Zwei kleine (reale) Seen auf Lewis, die in der Nähe des magischen Steinkreises liegen und zur Atmosphäre des Ortes beitragen.

<u>Lochboisdale</u>: Ein kleiner Ort auf der Insel South Uist, der als Bezugspunkt für einige polizeiliche Ermittlungen dient.

<u>Marias Gnade</u>: (fiktives) Kloster in der Eifel. Am Rursee gelegen.

<u>Oban</u>: Eine (reale) Küstenstadt in Schottland, die als temporärer Aufenthaltsort für Gertrud und den Prälaten erwähnt wird.

<u>Port Ness</u>: (reales) Ein Dorf an der Nordküste von Lewis. In der Nähe befinden sich wichtige magische Orte, darunter ein Steinkreis.

<u>Saint Kilda</u>: (reale) abgelegene Inselgruppe westlich von Schottland. Ein Teil der Handlung spielt in dieser isolierten Gegend.

<u>Sgiogarstaigh Cairns</u>, Der (fiktive) kleine Steinkreis, nahe dem gleichnamigen Ort Sgiogarstaigh auf Lewis and Harris. Ort großer magischer Bedeutung. Hier finden zentrale Ereignisse der Handlung statt.

<u>Siùna</u>: (real) Eine wenig bekannte, aber reale Insel, die im Kontext des Romans eine besondere Bedeutung für einige Charaktere hat, insbesondere für Sir Bram und Iain.

<u>Stornoway</u>: Hafenstadt und größte Stadt auf der Insel Lewis auf den Äußeren Hebriden. Dient als Ausgangspunkt für verschiedene Ereignisse im Roman und als Ort, an dem einige der Charaktere untergebracht sind.

<u>South Uist</u>: Eine größere Insel der Äußeren Hebriden, mit der Eriskay über einen Damm verbunden ist. Wichtige Ereignisse und Bewegungen der Charaktere finden in dieser Gegend statt.

<u>Ülpenich:</u> (realer Ort) Dorf im Stadtgebiet von Zülpich, Kreis Euskirchen, NRW

<u>Upper Ballaird Bothy</u>: (reales) Bed and Breakfast in der Nähe von Buchlyvie bei Stirling

Bernd Pesch, geboren 1963, studierte Physik und Elektrotechnik.

Er lebt im Rheinland und ist als Berater im Bereich der Metrologie selbstständig.

Romane und Kurzgeschichten bilden seinen Kreativbereich neben der Fotografie und Musik.

Eine besondere Liebe verbindet ihn mit Schottland. Viele seiner Romane und Kurzgeschichten spielen in diesen wunderschönen und rauen Landschaften.

Umschlagbild: Castle Stalker, nahe Appin im Loch Linnhe. Auf der Nachbarinsel Siùna (Shuna Island) liegt das fiktive Caisteal an Siùna.

c: Bernd Pesch, 2018

Ebenfalls in dieser Reihe erschienen:

Liath – Grün, wie der Tod (Teil 2)

In "Grün, wie der Tod" entführt uns ein mysteriöser Wettbewerb in die Welt der Scottish Colourists und ihrer düsteren Geheimnisse. Vier berühmte Gemälde, die scheinbar unschuldig Leuchttürme zeigen, werden zum Ausgangspunkt einer spannungsgeladenen Jagd nach der Wahrheit. Als der Hexencoven von Siùna auf eine tödliche Verschwörung stößt, müssen sie all ihre Kräfte bündeln, um die drohende Katastrophe abzuwenden. Ein packender Roman voller Kunst, Magie und Intrigen, der die Grenzen zwischen Vergangenheit und Gegenwart verschwimmen lässt.

Paperback, 284 Seiten, € 14,00 ISBN: 978-3759779212

Liath – Skye (Teil 3)

Auf der Isle of Skye entfaltet sich ein düsteres Geheimnis, als die altehrwürdige Staffin Bay Distillery wiedereröffnet wird. Enya, eine junge Frau mit einer besonderen Gabe, wird in ein Netz aus Intrigen, Mord und Magie verwickelt. Während sie die Wahrheit hinter Reginald Greenes Tod aufdeckt, stößt sie auf verborgene Familiengeheimnisse und uralte Mächte, die die Insel durchdringen. Die Grenzen zwischen Realität und Mythos verschwimmen, und Enya muss sich entscheiden, welchem Weg sie folgen will – dem der Wahrheit oder dem der Magie.

Paperback, 354 Seiten, € 15,00 ISBN: 978-3759779236